Das Buch
Anwalt Dismas Hardy hat sich geschworen, nie wieder einen Mordfall zu übernehmen. Doch da bittet ihn ein alter Bekannter, Graham Russo, um Hilfe. Grahams Lage ist prekär: Er wird wegen Mordes an seinem todkranken Vater angeklagt. Niemand zweifelt daran, daß er seinem Vater die tödliche Morphiumspritze verabreicht hat. Während liberale Interessenverbände die Tat zu einem mutigen Akt der Menschlichkeit hochstilisieren, halten konservative Kräfte Graham für einen Verbrecher, der sich eine schweigend tolerierte Sterbehilfepraxis zunutze macht. Nur Graham selbst bestreitet, überhaupt irgend etwas mit dem Tod seines Vaters zu tun zu haben. Hardy kommt bald zu der Überzeugung, daß sein Mandant die Wahrheit sagt. Aber die Polizei hat ihren Schuldigen, und die offiziellen Ermittlungen sind abgeschlossen. Hinter den Kulissen macht sich der Anwalt auf die Suche nach dem Mörder und gerät in ein Labyrinth widersprüchlicher Hinweise. Doch die Zeit drängt...

Vor dem Hintergrund des pulsierenden San Francisco hat John Lescroart, der Spezialist für Justizthriller, diesmal einen aufsehenerregenden Fall um einen Mord und einen moralischen Konflikt in Szene gesetzt.

Der Autor
John T. Lescroart studierte in Berkeley und lebt heute als freier Schriftsteller in Davis, Kalifornien. Mit dem Thriller *Das Indiz* (01/10298) schaffte er den internationalen Durchbruch.

Im Wilhelm Heyne Verlag liegen außerdem vor: *Der Deal* (01/9538), *Die Rache* (01/9682), *Das Urteil* (01/10077), *Die Farben der Gerechtigkeit* (01/10488), *Der Vertraute* (01/10685).

JOHN T. LESCROART

GNADE VOR RECHT

Roman

Aus dem Amerikanischen
von Karin Dufner

WILHELM HEYNE VERLAG
MÜNCHEN

HEYNE ALLGEMEINE REIHE
Nr. 01/13028

Die Originalausgabe
THE MERCY RULE
erschien bei Delacorte Press, New York

Umwelthinweis:
Dieses Buch wurde auf
chlor- und säurefreiem Papier gedruckt.

Taschenbucherstausgabe 2/2000
Copyright © 1998 by John Lescroart
Copyright © der deutschsprachigen Ausgabe 1998
by Wilhelm Heyne Verlag GmbH & Co. KG, München
Printed in Danmark 2000
Umschlagillustration: Mathias Dietze/die KLEINERT
Umschlaggestaltung: Nele Schütz Design, München
Satz: Leingärtner, Nabburg
Druck und Bindung: Nørhaven, Viborg

ISBN 3-453-16096-7

http://www.heyne.de

Für J., J. & L.,
alles Asse

Leiden gehört zum Leben;
Leiden wird verursacht durch Zuneigung.

*Die erste und die zweite edle Wahrheit
des Buddhismus*

Prolog

Die Vergangenheit löste sich immer weiter auf, verwirrte sich mit einer endlosen Gegenwart.

Die Nachmittagssonne fiel wärmend durch das offene Fenster auf das Gesicht des Mannes, so daß die zwei Tage alten grauen Bartstoppeln in ihrem Licht schimmerten. Salvatore Russo lag in einem alten Fernsehsessel, den er ans Fenster in die Sonne gerückt hatte. Milde Tage waren, Gott weiß, selten in San Francisco, und man mußte jeden davon ausnutzen.

Mit geschlossenen Augen dachte er an einen anderen sonnigen Tag, hatte aber gar nicht das Gefühl, daß sich alles nur in seiner Erinnerung abspielte. Dazu war das Bild viel zu unmittelbar, und er glaubte, jenen längst vergangenen Moment noch einmal zu durchleben.

Helen Raessler war neunzehn, und ihr honigblondes Haar glänzte in der Sonne. Sie lag rücklings im Sand einer Düne am Ocean Beach. Sal konnte den warmen Boden spüren. Hügel und Riedgras schützten sie vor Blicken.

Trotz ihrer unterschiedlichen Herkunft war Sal überzeugt, daß Helen ihn liebte. Sie liebte seine großen Hände, die von der Arbeit und vom Baseball schon dicke Schwielen aufwiesen, sein dichtes Haar und seine muskulöse Brust. Er war fünfundzwanzig.

Nein, er *ist* fünfundzwanzig.

Nachdem sie sich geküßt haben, rutscht er ein wenig zur Seite, um ihr makelloses Gesicht zu bewundern. Mit seiner rauhen Hand fährt er ihr Kinn entlang. Sie nimmt seine Hand und legt sie auf ihre Brust. Seit etwas über einem Monat sind sie nun schon ein Paar, und das Knistern zwischen ihnen macht ihm angst. Er wagt nicht, sie zu Zärtlichkeiten zu drängen. So weit wie heute sind sie noch nie gegangen.

Sie küssen sich noch einmal, und ein Geräusch steigt in ihrer Kehle auf: Begierde. Er spürt die angeschwollene Brustwarze unter ihrem Pullover, und ihm wird klar, daß sie absichtlich kei-

nen Büstenhalter angezogen hat. Eine Möwe kreischt hoch über ihren Köpfen, in der Ferne prallen die Wellen gegen die Dünen, die Sonne scheint heiß.

Plötzlich steht sein Hemd offen, und ihre weiche Hand schiebt sich darunter. Mit den Nägeln fährt sie seine Seiten und seinen Bauch entlang. Wieder rückt er weg, um sie anzusehen.

»Schon gut«, sagt er. »Ich höre auf.«
»Nein.«
Seine Hand tastet weiter, und sie nickt.
Hastig zerrt sie an seinem Gürtel und macht ihn auf.

Sie hat nur einen kurzen Rock an, der ihr inzwischen bis fast an die Taille gerutscht ist. Dann liegt er auf ihr, das Höschen hat sie beiseitegeschoben.

Sie bäumt sich ihm entgegen. Ein kurzer Widerstand, doch sie stößt heftig, und dann – mit einem leisen Aufschrei – ist er in sie eingedrungen, sie nimmt ihn in sich auf, und das Gefühl wird übermächtig.

Er öffnete die Augen, blickte an sich herunter und bemerkte überrascht und insgeheim stolz, daß er eine Erektion hatte.

Sieh mal einer an, dachte er. Da regt sich noch was.

Aber im nächsten Moment war der Gedanke – wie alle in letzter Zeit – wieder verschwunden. Die Erektion auch. Die Kopfschmerzen kamen wieder – dieses scharfe, rasende Stechen. Stirnrunzelnd preßte er, so fest er konnte, die Hände an die Schläfen.

Gut, schon viel besser. Aber er hätte wirklich gern darauf verzichtet.

Er sah sich um. Das Zimmer war mit gebrauchten Möbeln von der Heilsarmee eingerichtet. Der Fernsehsessel hatte ausgeleierte Federn und neigte sich leicht zur Seite, war jedoch einigermaßen bequem. Über dem durchgesessenen grünen Sofa hing ein Stück Sperrholz, auf das Sal vor sechzehn Jahren mit Wasserfarben sein altes Fischerboot gemalt hatte, die *Signing Bonus*. Die Maserung des Holzes schimmerte bereits durch die verblichenen Farben, doch bei günstigem Licht, wie jetzt zum Beispiel, konnte er sein Werk noch gut erkennen.

Vor dem Sofa stand ein Couchtisch, und rechts und links davon befanden sich zwei Beistelltischchen, zernarbt von Brandlöchern und voller Wasserflecke. Der Teppichboden war abgewetzt.

Allerdings hatte Sal keine großen Ansprüche, und außerdem war er im Vergleich zu den meisten anderen Hausbewohnern noch ziemlich gut dran. Sein Wohnzimmer hatte sogar eine Ecke, die von der Sonne beschienen wurde. Die Wohnung war zwar klein, verfügte jedoch über drei separate Räume – Wohnzimmer, Küche und Schlafzimmer – und über ein eigenes Bad. Was brauchte der Mensch mehr?

Neben dem halbleeren Glas auf dem Couchtisch stand eine fast volle Flasche Old Crow. Sal beugte sich vor, nahm das Glas und schnüffelte daran, um den Inhalt zu ermitteln. Er konnte sich nicht erinnern, es eingeschenkt zu haben, aber es befand sich eindeutig Alkohol darin. Er trank das Glas mit einem Schluck aus.

Irgendwas war da doch noch. Was für ein Tag war heute? Eigentlich hätte er aufstehen und im Kalender in der Küche nachsehen müssen. Er wurde irgendwo erwartet, aber es fiel ihm beim besten Willen nicht mehr ein.

Er schloß die Augen. Die Sonne.

Sie scheint ihm ins Gesicht, so daß er die Augen zusammenkneifen muß. Er steht am Sportplatz, es ist Wochenende, ein Baseballspiel im Candlestick-Park. Alle sind erstaunt, wie schön das Wetter ist. Wo bleibt der Wind? Die ganze Familie ist zum Sportplatz gekommen. Helen hält seine Hand und lächelt. Sie ist stolz auf ihren ältesten Sohn Graham, der jetzt in der Mitte des Spielfeldes an der Home Plate *wartet. Als Sieger seiner Altersgruppe im Wettbewerb der Stadt gewinnt er einen Bundesschatzbrief im Wert von fünfzig Dollar. Der Junge ist erst acht und schlägt einen harten Baseball schon fünfzig Meter weit.*

Bestimmt bringt er es mal so weit wie DiMaggio, ihr werdet's noch erleben.

Die sechsjährige Deb hängt an der Hand ihrer Mutter. Weil sie die Gegenwart von dreißigtausend Fans verlegen macht, klammert sie sich gleichzeitig ans Bein ihres Vaters. George, der Kleinste, hat so lange gequengelt, bis er auf Sals Schultern sitzen darf. Jetzt hüpft er dort auf und nieder, stößt mit den Fersen gegen Papas Brust und zieht ihn mit beiden Händen an den Haaren. Aber es tut nicht weh. Nichts tut weh.

Er hat Helen, und er hat die Kinder. Sein eigenes Boot. Er ist sein eigener Herr. Die Sonne scheint auf ihn herab.

Aber es war kalt geworden. Er sollte besser aufstehen. Die Dämmerung brach herein. Wo war nur der Tag geblieben?

Sal ging zum Fenster und schloß es, denn inzwischen blies der Wind heftig. Nebel waberte um Twin Peaks.

Als er sich aufgerichtet hatte, verharrte er einen Augenblick mit schräggeneigtem Kopf. »Verdammter Mist!« brüllte er dann laut und stürzte in die Küche. Der Tag war auf seinem Kalender mit einem Kreis markiert. Freitag!

»Freitag, du Idiot!« schimpfte er. Der Tag fürs Geschäft. Der Tag für die Kunden. Der Tag, um seine Brötchen zu verdienen. Der einzige Tag, an dem er es unbedingt schaffen mußte, sein Leben auf die Reihe zu kriegen.

»Nein, nein, nein!« schrie er und stampfte zornig mit dem Fuß auf. Er stieß noch einen wütenden Fluch aus und versetzte dem Stuhl neben dem Tisch einen Tritt. Doch der blieb beharrlich stehen. Also packte Sal ihn an der Lehne und schleuderte ihn durch den Raum, so daß er gegen die Schränke knallte und dem zerkratzten Holz weitere Schrammen zufügte.

Sal ließ den Stuhl auf dem Boden liegen. Es dauerte eine Weile, bis er sich wieder beruhigt hatte. Er mußte nachdenken.

Unverkennbar, wieder ein Warnsignal. Er hatte sich fest vorgenommen, die Symptome rechtzeitig zu bemerken und nicht die Augen davor zu verschließen. Bald würde sein Verstand ihn endgültig im Stich lassen, daran war nicht zu rütteln. Und in seinen klaren Momenten wußte er genau, was er tun würde, bevor es dazu kam. Er würde nicht mit vollgeschissenen Windeln herumlaufen und dummes Zeug brabbeln, sondern sterben wie ein Mann.

Er hatte die Spritzen, das Morphium. Er wußte sogar noch, wo sie waren. Zum Glück gab es Graham, seinen einzigen zuverlässigen Sohn. Das einzig Gute in seinem Leben, wenn er so auf alles zurückblickte.

Er würde Graham anrufen. Das war's!

Er kehrte zurück ins Wohnzimmer. Warum war das Fenster denn jetzt zu? Er hatte doch in seinem Sessel gesessen, und dann war ihm eingefallen, daß heute Freitag war. Er war in die Küche gegangen ...

Also gut. Die Spritze. Er erinnerte sich. Sein Gedächtnis funktionierte noch, verdammt noch mal.

Aber als sein Blick auf das Bild fiel, blieb er wieder stehen und verlor sich in der Betrachtung der Linien, die er vor so langer Zeit gemalt hatte: sein altes Boot. Ein Nebelhorn tutete, und er sah erneut zum Fenster, das jetzt auf einmal geschlossen war. Reglos stand er mitten im Zimmer. Er hatte eben irgendwas tun wollen. Es würde ihm schon noch einfallen.

Noch eine Weile stand er da und versuchte sich zu erinnern. Wieder spürte er einen stechenden Schmerz im Kopf.

Tränen liefen ihm übers Gesicht.

Die Ampullen – sein Morphiumvorrat – und die Spritzen befanden sich in der Hausapotheke. Er nahm die Sachen heraus und legte sie auf die Kommode neben dem Bett.

Er kehrte in die Küche zurück. Jemand hatte den Stuhl umgeworfen; er würde ihn gleich aufheben. Oder auch nicht. Deswegen war er nicht hergekommen.

Er war hergekommen, um... irgendwas nachzusehen. Ach ja, das war's. Der leuchtend orangefarbene Aufkleber auf der Kühlschranktür. Im Tiefkühlfach entdeckte er das Aluröhrchen mit der ärztlichen Bescheinigung, daß er nicht wiederbelebt werden wollte. Sie steckte noch immer in dem Röhrchen, wo sie hingehörte und wo die Sanitäter danach suchen würden. Das Schreiben teilte jedem, der ihn bewußtlos auffand, mit, daß er in Ruhe gelassen werden wollte. Keine Erste Hilfe und erst recht keine lebensverlängernden Maßnahmen.

Er ließ das Papier im Tiefkühlfach, holte seine Gerätschaften aus dem Schlafzimmer und ging wieder ins Wohnzimmer, wo er alles auf dem Couchtisch neben der Flasche Old Crow ausbreitete.

Das Fenster zog ihn magisch an. Ein schmaler Lichtstreifen über dem Nebel. Er setzte sich aufs Sofa und schenkte sich zwei Fingerbreit Bourbon ein, um sich Mut anzutrinken.

Die Schritte auf dem Flur hatte er nicht gehört, aber jetzt klopfte jemand an die Tür.

Auf einmal wurde ihm klar, daß er Graham offenbar doch angerufen hatte. Damit er ihm das Leben rettete. Es war noch nicht Zeit zu sterben. Vielleicht bald, aber nicht heute.

Er hatte Graham tatsächlich angerufen – jetzt fiel es ihm wieder ein. Nun war sein Junge hier, und gemeinsam würden sie einen Weg finden, bis es wirklich Zeit war.

Würde. Das war alles, was er noch wollte. Ein wenig Würde. Und vielleicht noch ein paar schöne Tage.

Er stand auf, um die Tür zu öffnen.

Erster Teil

1

Dismas Hardy spielte gerade eine sehr spannende Partie Darts und näherte sich seinem persönlichen Rekord.

Es war Montag morgen, als er in seinem Büro mit den zwanzig Gramm schweren, handgefertigten, mit maßgearbeiteten Federn versehenen Prachtstücken trainierte. Das Spiel, das auf keiner offiziellen Liste stand, nannte er »20-down«. Angefangen hatte es als einfache Fingerübung – vom Zwanziger-Segment einmal rund um die Scheibe und dann in die Mitte. Und im Laufe der Zeit war aus dem Training ein Spiel gegen sich selbst geworden.

Sein Rekord lag bei fünfundzwanzig Würfen. Bestenfalls waren einundzwanzig nötig, und nun zielte er mit dem neunzehnten Dartpfeil auf die Drei. Zweiundzwanzig lag noch im Bereich des Machbaren. Sicher würde er die fünfundzwanzig diesmal unterbieten, vorausgesetzt, daß ihn niemand störte.

Auf seinem Schreibtisch läutete das Telephon.

Seit fast sechs Jahren hatte Hardy sein Büro in der Sutter Street. Das restliche Gebäude beherbergte die Kanzlei David Freeman & Partner, die sich auf Schadensersatzklagen und Strafprozesse spezialisiert hatte. Hardy war zwar kein Teilhaber, und eigentlich arbeitete er nicht einmal für Freeman, doch in letzter Zeit verdiente er den Großteil seines Geldes mit einem Mandanten, den sein Vermieter ihm zugeschanzt hatte.

Sozusagen als Symbol seiner Unabhängigkeit hauste Hardy mutterseelenallein unter dem Dach.

Den Dartpfeil in der Hand, betrachtete er finster das Telephon, das noch einmal läutete. Jetzt wäre der Wurf bestimmt danebengegangen. Also setzte er sich an den Schreibtisch und drückte einen Knopf. »Ja?«

Freemans Empfangsdame Phyllis hatte sich mittlerweile mit Hardy abgefunden – vielleicht mochte sie ihn sogar –, obwohl sie seine lässige Art offensichtlich mißbilligte. Schließlich handelte es sich hier um eine Anwaltskanzlei, und von einem Anwalt war zu erwarten, daß er am Telephon knapp, kompetent und würdevoll klang. Ein einfaches »Ja« gehörte sich einfach nicht.

Einen Augenblick freute sich Hardy über ihren Seufzer.

Sie senkte die Stimme. »Hier unten ist ein Mann, der Sie sprechen möchte. Er hat keinen Termin.« Sie hörte sich an, als sei der Besucher auf der Straße in etwas Übelriechendes getreten. »Er sagt, er kennt Sie aus« – eine Pause entstand, während sie sich das Hirn nach einer beschönigenden Formulierung zermarterte. Schließlich gab sie es auf – »Ihrer Stammkneipe. Er heißt Graham Russo.«

Hardy kannte etwa sechs Russos, in San Francisco war das ein ziemlich häufiger Name. Doch durch die Information, daß Graham aus dem Little Shamrock unten stand und vermutlich einen Anwalt brauchte, wurde der Personenkreis ein wenig eingeschränkt.

Er warf einen Blick auf den Kalender an der Wand. Es war Montag, der 12. Mai. Mit einem Aufstöhnen legte er den kostbaren Dartpfeil auf den Schreibtisch und bat Phyllis, Mr. Russo sofort hinaufzuschicken.

Hardy stand an der Tür, als Graham die Stufen hinaufgepoltert kam. Er war ein gutaussehender, sportlicher junger Mann, der wirkte, als ob er die Last der ganzen Welt auf seinen Schultern trug. Kein Wunder, denn Hardy kannte seine traurige Geschichte.

Sie waren sich begegnet, als Graham auf ein Bier ins Shamrock gekommen war, wo Hardy gelegentlich hinterm Tresen aushalf. Im Laufe des Abends hatte Hardy eine Menge über ihn erfahren. Auch Graham war Anwalt, obwohl er im Augenblick seinen Beruf nicht ausübte, da er in Juristenkreisen auf der schwarzen Liste stand.

Da Hardy ebenfalls einige Zusammenstöße mit der Justizbürokratie hinter sich hatte, wußte er, daß es das Aus für einen Anwalt bedeuten konnte, wenn seine Berufskollegen ihn schnitten. Hardy war zwar nicht von diesem Problem betroffen, empfand aber die Atmosphäre zuweilen als so feindselig, daß er aufpassen mußte, nicht paranoid zu werden.

Die beiden Männer hatten sich auf Anhieb verstanden, denn jeder von ihnen hatte auf seine Weise mit der Juristerei zu kämpfen. Nach Lokalschluß war Graham geblieben und hatte beim Aufräumen geholfen. Er war ein netter Junge, vielleicht ein bißchen naiv und idealistisch, hatte aber das Herz am rechten Fleck. Hardy mochte ihn.

Vor dem Jurastudium hatte Graham nur für Baseball gelebt. Als *Centerfielder* an der Universität von San Francisco hatte er in den späten Achtzigern einen Trefferdurchschnitt von .373 erzielt und war von den Dodgers in der sechsten Runde aus dem *Pool* gezogen worden. Zwei Jahre lang hatte er in den *Minor Leagues* gespielt. Dann aber war ihm ein Ball vom Schläger ins linke Auge abgesprungen. Nach einem dreiwöchigen Krankenhausaufenthalt hatte sich herausgestellt, daß seine Sehschärfe dauerhaft beeinträchtigt war. Und deshalb hatte er trotz eines Trefferdurchschnitts von .373 als Profi und glänzender Zukunftsaussichten alles aufgeben müssen.

Aus der Bahn geworfen und entmutigt, hatte er ein Jurastudium in Berkeley angefangen und als einer der Besten seines Jahrgangs abgeschnitten. Es war ihm gelungen, sämtliche Konkurrenten aus dem Feld zu schlagen und eine auf ein Jahr befristete Stelle als Referendar am 9. Appellationsgericht zu ergattern. Doch er war nur sechs Monate lang geblieben.

Anfang 1994 – im Jahr des Baseballstreiks und etwa zwei Monate nach seiner Zulassungsprüfung vor der Anwaltskammer – warf Graham das Handtuch. Er wollte lieber Baseball spielen. Also bewarb er sich in Vero Beach, Florida, als Ersatzspieler bei den Dodgers.

Und er schaffte es bis in die Mannschaft.

Im Shamrock hatte er Hardy erklärt, daß er nie vorgehabt habe, als Streikbrecher zu spielen. Von Anfang an habe er nur gewollt, daß die Dodgers ihn sich noch einmal ansähen. Inzwischen hatte sich seine Sehschärfe gebessert, und er war noch immer in Topform. Er hatte vor, sich im Frühjahrstraining zu profilieren, als Ersatzspieler eingeteilt zu werden wie alle andern auch, aber zumindest wieder eine Chance in den *Minor Leagues* zu bekommen.

Und so geschah es auch. Die Saison 1994 fing er bei den Albuquerque Dukes an und war den *Major Leagues* näher als vor sieben Jahren.

Aber er konnte einfach den verdammten *Curveball* nicht treffen, und so dauerte sein Comeback, für das er alles aufs Spiel gesetzt hatte, nur sechs Wochen. Als er gefeuert wurde, betrug sein Trefferdurchschnitt schlappe .192. In den letzten sieben Spielen hatte er keinen brauchbaren Ball geschlagen. Zum Teufel, sagte er zu Hardy, er hätte sich selbst den Laufpaß gegeben.

Graham hatte Schultern wie ein Holzfäller und die langen Beine eines Hürdenläufers. Sein dichtes Haar war goldblond, sein markantes Kinn glattrasiert. Er trug ein blaugraues Sakko über einem leuchtend blauen durchgeknöpften Hemd, ausgewaschene Jeans und Cowboystiefel.

Jetzt saß er auf einem Polstersessel vor Hardys Schreibtisch, stützte die Ellenbogen auf die Knie und beugte sich vor. Hardy fielen seine Hände auf, die er ineinander verschränkt hatte – Hände, die man knotig nennen würde, wenn Graham älter war, Arbeiterhände, riesig und irgendwie ausdrucksvoll.

Graham zwang sich zu einem Lächeln. »Um die Wahrheit zu sagen, weiß ich nicht mal genau, warum ich hier bin.«

Auch Hardy schmunzelte. »So fühle ich mich auch öfter.« Er saß auf der Schreibtischkante. »Geht es um deinen Vater?«

Graham nickte.

Über Salvatore Russo – seit Herb Caen ihn in seiner Kolumne Schellfisch-Sal getauft hatte, war der Spitzname hängengeblieben – wurde in sämtlichen Nachrichtensendungen berichtet. Verzweifelt wegen seines schlechten Gesundheitszustands, seiner Gebrechlichkeit und seiner finanziellen Misere, hatte sich Sal offenbar am vergangenen Freitag das Leben genommen. Nach ein paar Cocktails hatte er sich selbst eine tödliche Morphiumspritze verabreicht. Er hatte zwar eine Verfügung hinterlassen, ihn nicht wiederzubeleben, doch als die Sanitäter eintrafen, war er schon tot gewesen.

Die meisten Einwohner San Franciscos hatten noch nie von Sal gehört, doch in Juristenkreisen war er bekannt wie ein bunter Hund. Jeden Freitag fuhr Sal mit seinem alten Ford-Pickup sämtliche Gebäude ab, wo Recht praktiziert wurde. Hardy sah ihn meistens hinter dem Justizpalast, wo er neben dem Hydranten parkte und Schellfisch, Lachs, Abalone-Muscheln, Stör, Kaviar und andere Meerestiere verkaufte, die er hatte beschaffen können. Zu seiner Kundschaft gehörten Polizisten, Richter sämtlicher Instanzen, Anwälte, Bundesmarshalls, Sheriffs und Angestellte des Gerichts und des Rathauses.

Der Laster kam nur einmal in der Woche, doch da Sals Ware stets frischer und um einiges billiger war als auf dem Markt, reichten seine Einkünfte anscheinend zum Überleben, wobei man allerdings nicht vergessen durfte, daß er keine Genehmigung hatte.

Die abgeschnittenen Schwanzflossen seiner Lachse wiesen darauf hin, daß sie von Hobbyfischern geangelt worden und nicht für den Verkauf bestimmt waren. Mit den Muscheln war es dasselbe, denn Privatpersonen war das Ernten von Abalone zu kommerziellen Zwecken schon lange untersagt. Die Riesenlachse, die er im Winter anbot, waren vermutlich von Indianern mit grobmaschigen Netzen gefangen worden. Und dennoch ließ das Angebot auf der Ladefläche von Sals Laster nie zu wünschen übrig.

Natürlich hatte Schellfisch-Sal keinen Gewerbeschein, aber das spielte keine Rolle, denn schließlich verfügte er über gute Beziehungen. Seine Jugendfreunde kannten ihn aus den Tagen, als die Männer noch vom Fisherman's Wharf mit ihren Booten aufs Meer hinausgefahren waren. Inzwischen waren diese Jungen Richter, Polizisten und Amtsleiter. Und keiner von ihnen wäre auf den Gedanken gekommen, Sal hopszunehmen.

Obwohl Sal sich in einer gesetzlichen Grauzone bewegte, galt er bei den anständigen Bürgern als netter Bursche. Mit seinem gelben Schal, den hüfthohen Stiefeln und der abgekauten, kalten Zigarre war er ein Original. Er schenkte roten und weißen

Billigwein aus Vierliterflaschen in Plastikbechern aus und erzählte dabei die politisch unkorrektesten Witze von ganz San Francisco.

Als Hardy Sal vor mehr als zehn Jahren kennengelernt hatte, war Abe Glitsky dabeigewesen. Glitsky war halb Schwarzer, halb Jude und sah mit seinem finsteren Gesicht und der leuchtenden Narbe durch Ober- und Unterlippe ziemlich furchterregend aus. »Hey, Abe, ein Schwarzer und ein Jude fallen gleichzeitig von einem Hausdach. Wer kommt zuerst unten an?« rief Sal bei seinem Anblick.

»Keine Ahnung, Sal«, antwortete Glitsky. »Wer denn?«

»Interessiert doch niemand.«

Und jetzt war Sal tot, und die Zeitungen überschlugen sich vor Spekulationen. Von Anfang an hatte einiges darauf hingewiesen, daß er bei seinem Tod nicht allein gewesen war. Ein umgestürzter Stuhl in der Küche. Gebrüll und Fußgetrappel. Weitere Anzeichen eines Kampfes.

Die Polizei bezeichnete diese Begleitumstände als verdächtig. Vielleicht hatte jemand ein bißchen nachgeholfen und Sal in einen früheren Flieger gesetzt.

»Ich wußte gar nicht, daß Sal dein Vater war«, sagte Hardy. »War mir völlig neu.«

»Na ja, ich habe nicht unbedingt mit ihm angegeben.« Graham holte Luft und blickte an Hardy vorbei aus dem Fenster. »Morgen ist die Beerdigung.«

»Steckst du in Schwierigkeiten?« bohrte Hardy nach.

»Nein!« Das kam ein wenig zu schnell und zu laut. Graham versuchte, die Wirkung abzumildern. »Nein, ich glaube nicht. Warum auch?«

Hardy wartete ab.

»Es passiert einfach zu viel auf einmal. Der Nachlaß – obwohl das Wort eigentlich ein Witz ist. Dad hat mich gebeten, seinen Nachlaß zu verwalten, doch wir haben es nie geschafft, ein Testament aufzusetzen. Und was das für Folgen hat, kannst du dir ja wohl denken.«

»Du hattest kein enges Verhältnis zu deinem Vater?«

»Nicht sehr«, antwortete Graham nach einer kurzen Pause. Hardy fand Grahams eindringlichen Blick ziemlich übertrieben, ging aber nicht weiter darauf ein. »Also brauchst du Hilfe bei der Regelung des Nachlasses. Was genau ist denn das Problem?«

»Wenn ich das wüßte! Ich kenne mich nicht mehr aus.« Graham schaute zu Boden und schüttelte den Kopf. Dann sah er Hardy wieder an. »Die Cops waren bei mir und haben mir Fragen gestellt.«

»Was für Fragen?«

»Wo ich am Freitag war. Ob ich über die Krankheit meines Vaters Bescheid wußte. Und so weiter und so fort. Es war offensichtlich, worauf sie hinauswollten.« Grahams blaue Augen blitzten ärgerlich auf, vielleicht war es auch Verzweiflung. »Wie können die annehmen, daß ich etwas damit zu tun habe? Mein Dad hat sich aus gutem Grund umgebracht. Er konnte nicht mehr klar denken und baute geistig immer stärker ab. Außerdem hatte er schreckliche Schmerzen. Ich hätte an seiner Stelle dasselbe getan.«

»Und was glaubt die Polizei?«

»Woher soll ich das wissen?« Wieder eine Pause. »Ich hatte ihn seit einer Woche nicht gesehen und habe erst am Samstag abend davon erfahren. Als ich nach Hause kam, stand ein Cop von der Mordkommission vor der Tür.«

»Wo warst du denn?«

»Beim Baseball.« Er hob den Kopf und spuckte das nächste Wort regelrecht aus. »*Soft*ball. Wir hatten ein Turnier in Santa Clara und sind in der vierten Runde ausgeschieden. Deshalb war ich schon früher zurück, so gegen sechs.«

»Und wo warst du Freitag abend?«

Graham spreizte seine Rodin-Hände. »Ich habe meinen Dad nicht getötet.«

»Das war auch gar nicht meine Frage. Ich wollte wissen, wo du Freitag abend warst.«

Graham atmete durch und beruhigte sich wieder. »Nach der Arbeit war ich zu Hause.«

»Allein?«

Er lächelte. »Wie im Film. Allein zu Haus. Eine tolle Antwort. Dem Cop hat sie auch gefallen, aber aus anderen Gründen. Das war ihm anzusehen.«

Hardy nickte. »Cops sind manchmal ziemlich anspruchsvoll.«

»Ich habe bis halb zehn gearbeitet...«

»Was machst du sonst außer Baseball?«

»Softball«, verbesserte ihn Graham und zuckte die Achseln. »Zur Zeit bin ich Sanitäter.«

»Gut. Dann warst du also Freitag abend im Krankenwagen unterwegs?«

Ein Nicken. »So um Viertel nach zehn war ich zu Hause. Ich wußte, daß ich am nächsten Tag einige Spiele vor mir hatte. Wenn wir es bis zum Finale geschafft hätten, wären es fünf gewesen. Also wollte ich mich vorher ein bißchen ausruhen. Ich bin ins Bett gegangen.«

»Wann hat dein Dienst angefangen?«

»Ich war zwischen drei und halb vier an der Stechuhr. Das ist registriert.«

»Und wann wurde dein Vater gefunden?«

»Um zehn Uhr abends.« Der Zeitablauf schien Graham nicht weiter zu stören, obwohl er für Hardy einige Fragen aufwarf. Wenn sein Gedächtnis ihn nicht trog – und das tat es eigentlich nie –, war Sal wahrscheinlich zwischen ein und vier Uhr nachmittags gestorben. Und vermutlich war die Polizei wegen Grahams ausweichender Antworten mißtrauisch geworden. Falls sie ihn überhaupt als Täter in Betracht zogen. Zwischen ein Uhr und seinem Dienstbeginn um drei hätte er genug Zeit gehabt.

Der junge Mann sprach weiter. »Du kennst Richter Giotti? Der hat ihn gefunden.«

»Das habe ich gelesen. Was wollte er denn bei ihm?«

Graham zuckte die Achseln. »Das kann ich dir auch nicht sagen – er kam gerade vom Essen. Er hatte bei Sal Fisch bestellt, und als er nicht erschien, hat er bei ihm vorbeigeschaut, um sich zu vergewissern, daß alles in Ordnung ist.«

»Und warum sollte der Richter so was tun?«

Die Antwort klang ungezwungen. Eine alte Familiengeschichte. »Sie waren Freunde, wenigstens früher in der High School und auf dem College. Sie haben zusammen Baseball gespielt.«

»Dein Vater war auf dem College?«

Graham nickte. »Klingt komisch, nicht? Schellfisch-Sal, der Akademiker. Sal war ein klassischer Versager. Liegt in der Familie.« Er rang sich ein Lächeln ab, machte einen Scherz. Doch seine Hände waren weiter ineinander verkrampft, obwohl er sich lässig vorbeugte und die Ellenbogen auf die Knie stützte. Die Knöchel waren weiß.

»Kennst du Giotti?« fragte Hardy. Graham blickte zu Boden. »Du warst doch nicht etwa bei ihm Referendar?«

Wieder hob Graham den Kopf. Nein, sagte er. Er sei Referendar bei Bundesrichter Harold Draper gewesen.

»Eigentlich wollte ich nur wissen«, fuhr Hardy fort, »ob du und Giotti, der schließlich ein alter Kumpel deines Vaters war, euch während deines Referendariats miteinander angefreundet habt.«

Nach einer Weile schüttelte Graham den Kopf. »Nein. Nachdem ich den Job gekriegt hatte, kam er einmal vorbei, um mir zu gratulieren. Aber Richter haben praktisch kein Privatleben. Ich bin ihm nicht mal im Gerichtsgebäude begegnet.«

»Wie lange hast du dort gearbeitet?«

»Sechs Monate.«

Hardy rutschte von der Schreibtischkante und ging zum Fenster. »Mal sehen, ob ich alles richtig verstanden habe: Draper hat dich als Referendar am 9. Gericht angestellt. Wie viele Referendare hat er?«

»Drei.«

»Und jeder bleibt ein Jahr?«

»Genau.«

Das hatte Hardy sich gedacht. Er fuhr fort. »Als ich seinerzeit, kurz nach dem Bürgerkrieg, anfing, war eine Referendariatsstelle bei einem Bundesgericht so etwas wie ein Sechser im Lotto. Hat sich das inzwischen geändert?«

Graham lächelte schüchtern. »Soweit ich informiert bin, nicht.«

»Aber du hast nach sechs Monaten das Handtuch geworfen, um dich während des Baseballstreiks als Ersatzsspieler zu bewerben?«

Endlich lehnte sich Graham zurück. Er nahm die Hände auseinander und spreizte sie. »Ich bin eben ein arrogantes, undankbares Arschloch.«

»Und nun hält man dich in Kollegenkreisen entweder für einen Verräter oder einen Vollidioten.«

»Nein, so denken nur meine Freunde.« Graham machte eine kurze Pause. »Draper zum Beispiel kann mich auf den Tod nicht ausstehen. Und dasselbe gilt für seine Frau, seine Kinder, seine Hunde, die anderen beiden Referendare und die Sekretärinnen – sie hassen mich alle wie die Pest. Die anderen wünschen mir nur einen möglichst baldigen und qualvollen Tod.«

Hardy nickte. »Also hat Giotti nicht zuerst dich angerufen, als er deinen Vater fand?«

Graham schüttelte den Kopf. »Daran würde er nicht im Traum denken. Wer diesen Typen einmal die kalte Schulter zeigt, hat so eine Art Ehrenkodex verletzt. Deshalb bin ich zu dir gekommen. Du bist wahrscheinlich der einzige Anwalt, der trotzdem noch mit mir redet.«

»Denkst du die Polizei könnte was von dir wollen?«

Ein Achselzucken. »Eigentlich nicht. Keine Ahnung. Keine Ahnung, was in denen vorgeht.«

»Ich bezweifle, daß sie dich verdächtigen, Graham. Polizisten sind eben gerne gründlich und stellen eine Menge Fragen, und das macht die meisten Leute nervös. Vielleicht hat sich die Sache mit deiner Vergangenheit inzwischen herumgesprochen. Darum schütteln sie den Baum ein bißchen fester und hoffen, daß etwas herausfällt.«

»Da hoffen sie umsonst. Mein Dad hat sich das Leben genommen.«

2

»Möglicherweise hat er es ja doch nicht getan.«
Hardy aß mit Lieutenant Abraham Glitsky zu Mittag. Die beiden Männer saßen in einer Nische bei Lou, dem Griechen, einem im Keller gelegenen Restaurant gegenüber vom Justizpalast.

Im Lokal herrschte heute Hochbetrieb, und vor ihnen auf dem Tisch standen halbleere Schüsseln. Außerdem lagen da die Überreste der Glückskekse, Teil des Mittagsmenüs aus chinesischen Nudeln mit Tsatsiki, Sesamöl und Pitabrot. Die Frau von Lou, dem Griechen, die in der Küche stand, war nämlich Chinesin, weshalb das Speiseangebot multikulturellen Einflüssen unterlag. Einiges entpuppte sich als erstaunlich schmackhaft, anderes wiederum weniger. Heute war einer der besseren Tage.

Da Glitskys Augen beim Lächeln meistens ernst blieben, wirkte er nicht so freundlich, wie das normalerweise bei lächelnden Menschen der Fall ist. Die dicke Narbe, die mitten über Ober- und Unterlippe lief, verbesserte seine Wirkung auch nicht gerade. Hardy wußte, daß Abe sich die Verletzung als kleiner Junge auf einem Klettergerüst zugezogen hatte. Doch Glitsky, der sich gern als knallharter Cop gebärdete, ließ die Leute gern in dem Glauben, daß sie von einer Messerstecherei herrührte.

Die beiden Männer waren Freunde, seit sie vor über zwanzig Jahren zusammen Streife gegangen waren. Heute trafen sie sich zum erstenmal seit einigen Monaten wieder zum Essen. Hardy und Graham Russo hatten eine halbe Stunde mit Sals »Nachlaß« verbracht: der alte Pickup, einige persönliche Gegenstände, Kleider aus dem Gebrauchtwarenladen, ein paar hundert Dollar. Da Hardy neugierig gewesen war, was sich bei der Polizei tat, hatte er beschlossen, Abe anzurufen.

Natürlich hätte er auch weiter darüber nachgrübeln können, aber die weitaus bessere Möglichkeit war, alles aus erster Hand zu erfahren. Außer es handelte sich um schlechte Nachrichten, was im Augenblick der Fall zu sein schien. »Was meinst du damit, daß Sal sich vielleicht gar nicht umgebracht hat?«

Glitskys Grimasse, die wohl ein Lächeln darstellen sollte, wirkte wie festgefroren. »Welches Wort hast du nicht verstanden? Es war doch gar kein langes dabei.« Glitskys Sinn für Humor.

Allerdings war Hardy nicht zum Scherzen aufgelegt. Er hatte zwar nichts dagegen, Graham bei seinen Erbschaftsangelegenheiten zu helfen, doch weiter ging die Freundschaft nicht. Obwohl er in seiner Glanzzeit zwei Mordverdächtige verteidigt und beide Prozesse gewonnen hatte, verspürte er nicht die geringste Lust, sich wieder auf so etwas einzulassen. Derartige Fälle verschlangen einfach zu viel Zeit und Kraft und gingen ihm zu nahe.

Und nun deutete Glitsky an, daß Sal sich vielleicht doch nicht selbst umgebracht hatte. »Es geht nicht um die Wörter, sondern um die Bedeutung, Abe. Hat Sal nun Selbstmord begangen oder nicht?«

Glitsky leerte gemächlich seine Teetasse, bevor er sich über den Tisch beugte und die Ellenbogen aufstützte. »Der Autopsiebericht liegt noch nicht vor.« Sein spöttischer Unterton verschwand so rasch, wie er gekommen war. »Hast du einen neuen Mandanten?«

Das war eine schwierige Frage. Wenn jemand Hardy im Zusammenhang mit einem Mordfall um Hilfe gebeten hatte, war das ein wichtiger Hinweis für die Polizei. Aber Hardy wollte seinen Freund nicht anlügen, und da er sich schließlich nicht bereiterklärt hatte, Graham in einem Strafprozeß zu verteidigen, zuckte er die Achseln. »Ich regle für eines der Kinder die Erbschaftsangelegenheiten.«

»Für welches?«

Ein Lächeln. »Den Nachlaßverwalter. Jetzt rück schon raus mit der Sprache, Abe. Was hast du gehört?«

Glitsky legte die Hände flach auf die Tischplatte. »Daß um die Einstichstelle herum eine Verletzung vorliegt.«

»Und das heißt?«

»Daß er sich die Spritze vielleicht nicht selbst verpaßt hat. Möglicherweise hat er eine ruckartige Bewegung gemacht, etwa beim Versuch, sich loszureißen.«

»Was bedeutet das?«

»Das weißt du genausogut wie ich. Aber ich stelle keine Schlußfolgerungen an, bevor ich nicht Strouts Ergebnisse habe.« John Strout war der Gerichtsmediziner. »Die Ermittlungen dauern noch an. Und wir gehen von einem Mord aus, bis Strout uns das Gegenteil bestätigt.«

Hardy lehnte sich zurück. Nach einer Weile ließ Glitsky sich erweichen und sprach weiter. »Sal hatte eine Verfügung im Tiefkühlfach, daß er nicht wiederbelebt werden wollte. Auf dem Couchtisch lag ein Hinweisaufkleber. Der Mann war schwerkrank und stand kurz vor dem Tod. Wahrscheinlich hat er kaum etwas gespürt – Alkohol und Morphium. Jetzt hat er keine Schmerzen mehr.«

»Über Schmerzen habe ich nichts gelesen. Ich dachte, er hätte an Alzheimer gelitten.« Graham hatte zwar von den Schmerzen seines Vaters erzählt, doch Hardy glaubte nicht, daß das allgemein bekannt war.

Glitsky blickte ins Leere. Er griff nach der ausgetrunkenen Teetasse, lutschte daran herum und stellte sie wieder weg.

Hardy beobachtete ihn. »Was ist?«

Die beiden Männer kannten sich so gut, daß sie sich auch ohne Worte verständigen konnten. Glitsky nickte. »Wir haben jetzt zum erstenmal eine Frau in unserer Abteilung. Inspector Sarah Evans, früher bei der Sitte. Fähig, zuverlässig und nicht auf den Kopf gefallen. Sie und ihr Partner Lanier sind für den Fall zuständig.«

»Und sie findet, daß es nicht wie ein Selbstmord aussieht?«

»Wie immer triffst du den Nagel auf den Kopf.«

Hardy nickte großzügig. »Deshalb liebt und fürchtet man mich überall«, sagte er. »Also ist diese Sarah Evans scharf darauf, einen richtigen Mordfall zu untersuchen. Und du befürchtest, sie könnte Dinge sehen, die gar nicht vorhanden sind.«

Diesmal wirkte Glitskys Lächeln fast echt. »Wozu brauchst du mich überhaupt, wenn du alles sowieso schon weißt?«

»Ich brauche dich nicht. Es macht mir einfach Spaß, meine Zeit mit dir zu verbringen. Sag mir nur, ob ich richtig liege.«

»Sagen wir mal, nicht ganz falsch.«
»Aber diese Verletzung. Hat Evans sie bemerkt?«
»Das und noch ein paar andere Sachen.«

Sarah Evans betrachtete sich als ernstzunehmende Polizistin, als Vollprofi, und nur wenige hätten ihr darin widersprochen. Zehn Jahre harte Arbeit hatte es sie gekostet, die Karriereleiter zu erklimmen und die sexistischen Vorurteile ihrer Vorgesetzten zu überwinden. Und nun hatte sie endlich ihr selbstgestecktes Ziel erreicht. Sie war zum Sergeant Inspector bei der Mordkommission befördert worden.

Das Wochenende hatte sie mit Ermittlungen im Fall Sal Russo verbracht, und von Anfang an hatte sie sich des Gefühls nicht erwehren können, daß da irgend etwas faul war. Sie spürte, daß Sals Wohnung ihr etwas sagen wollte, obwohl sie sich albern vorgekommen wäre, diesen Gedanken laut auszusprechen. Deshalb wußte sie nicht, wie sie mit ihrem Partner, einem erfahrenen männlichen Beamten (ein weißer Schimmel, denn alle erfahrenen Beamten bei der Mordkommission von San Francisco waren Männer) namens Marcel Lanier, darüber reden sollte.

Dennoch, der Stuhl in Sal Russos Küche war umgeworfen worden, und der Küchentresen wies frische Kratzer auf. Auch sonst waren ihr einige Dinge aufgefallen, vage Eindrücke eher: die Beule unter Sals Ohr und der Gesichtsausdruck des alten Mannes, der alles andere als friedlich gewesen war.

Und dann die Stellung, in der er auf dem Boden gelegen hatte. Weshalb überhaupt auf dem Boden? hatte sie sich gefragt. Wenn er sich wirklich umgebracht hatte, hätte er sich eher in den bequemen Sessel gesetzt, sich das Morphium gespritzt und wäre dann eingeschlafen. Statt dessen jedoch lag er zusammengekrümmt auf dem Teppich. Das war merkwürdig, obwohl Sarah sich nicht ganz sicher war, woher ihre Zweifel kamen.

War es eine Gefühlssache oder, wie Lanier ständig wiederholte, eine glasklare Angelegenheit? Das Beweismaterial zeigt in diese Richtung, nicht in jene, und mehr war dazu nicht zu sagen.

Bei der Mordkommission hatte man die Aufgabe, jeden verdächtigen Todesfall zu untersuchen, bis der Leichenbeschauer einen zurückpfiff. Allerdings hatte Lanier schon eine Menge mehr Morde gesehen als Sarah und war fest davon überzeugt, daß sie es hier mit einem Selbstmord zu tun hatten. Wenn sie schon unbedingt das ganze Wochenende durcharbeiten mußten, meinte Lanier, war es um einiges sinnvoller, die Zeugen in all den anderen unerledigten Mordfällen zu vernehmen. Ein gewalttätiger Übergriff mit Todesfolge in der Familie. Ein bedauernswerter Junge, der in einer offenen Schublade im Haus seines besten Freundes eine geladene .45er entdeckt hatte. Eine Bandenschießerei. Es gab also jede Menge zu tun.

Aber Sarah wollte nicht, daß Hinweise auf Sals Ermordung – wenn es denn eine war – verlorengingen. Jedenfalls nicht, bevor sie Strouts Ergebnisse kannte. Deshalb zog Marcel los und befragte den ältesten Sohn Graham. Den Namen hatte er von Richter Giotti.

Sarah hatte den gesamten Samstag mit den Leuten von der Spurensicherung in Sals Wohnung verbracht, Schränke, Schubladen, Küchenkästen, Pappschachteln und Mülleimer durchsucht und einiges entdeckt, das sie für Beweise hielt: den riesigen, ziemlich gewichtigen Safe unter dem Bett, die übrigen Spritzen, noch mehr Morphium, Papiere. Sie bat den Fingerabdruckexperten, alle Spuren zu sichern, doch das hatte er ohnehin vorgehabt.

Nie hätte sie mit so vielen Papieren gerechnet. Sie steckten unter der Matratze, in den Kartons, die neben Sals Kommode und an der Wand standen, und in den drei Papierkörben. Allein diese Zettelsammlung zu durchforsten, würde einen ganzen Tag in Anspruch nehmen. Aber ein Blatt im Badezimmerpapierkorb stach Sarah besonders ins Auge. Es war mit einer langen Zahlenreihe beschriftet, die Ziffern in Dreiergruppen angeordnet. Der Schluß lag auf der Hand. Sarah ging zum Safe, der inzwischen unter dem Bett hervorgezogen worden war, und probierte alle aus.

Mit der letzten Kombination – 16/8/27 – funktionierte es, doch das Ergebnis war enttäuschend. Der Safe enthielt nichts weiter als einen alten Ledergürtel.

Am Sonntag nachmittag las sie die Niederschrift von Laniers Gespräch mit Graham durch. Er erzählte, sein Vater und er hätten sich nicht gut vertragen. Schellfisch-Sal habe seine Familie verlassen, als Graham zwölf Jahre alt gewesen sei. So etwas vergäße man nicht so leicht. Und es sei auch schwer zu verzeihen. Graham berichtete Lanier, er wisse nicht, woher das Morphium stammte. Ja, er habe den alten Mann ein paarmal in seiner Wohnung besucht. Da er Jurist sei, habe sein Vater ihn gebeten, ihm zu helfen, seinen sogenannten Nachlaß zu ordnen. Aber enge Freunde seien sie nicht gewesen.

Von Graham hatte Lanier die Namen der restlichen Familienmitglieder erfahren, und Sarah hatte Glück, als sie sich am Sonntag ans Telephon hängte.

Debra, Sals Tochter, hatte ihren Vater in letzter Zeit auch kaum gesehen. Doch sie sagte, ihrer Meinung nach sei der Nachlaß ihres Vaters nicht so wertlos, wie Graham behauptete. Sie erklärte, daß ihr älterer Bruder vermutlich log oder etwas zu verbergen hatte, denn Graham sei nicht sehr zuverlässig. Debra war sicher, daß Sal eine Sammlung von Baseballkarten aus den fünfziger Jahren besessen hatte. Davon hätte er sich nie getrennt. Seien die Karten denn nicht in der Wohnung gefunden worden?

Sarah war überzeugt, daß Debra noch mehr über Graham zu erzählen wußte. Doch mitten im Gespräch fiel ihr offenbar ein, wie leichtsinnig es war, so frei von der Leber weg mit einer Polizistin zu reden.

Und das sprach ebenfalls Bände.

George, der jüngere Bruder, arbeitete bei einer Bank in der Innenstadt und war gar nicht begeistert davon, in eine polizeiliche Ermittlung, ganz gleich welcher Art, hineingezogen zu werden. Er hatte Sal schon jahrelang nicht mehr gesehen. Außerdem betrachtete er ihn eigentlich gar nicht als seinen Vater. Leland Talor, sein Stiefvater, hatte ihn großgezogen. Allerdings vermutete George, daß er, Graham und Debra möglicherweise ein ordentliches Sümmchen erben würden, wenn der alte Mann starb. Doch als er Graham am Samstag – gestern also – anrief, habe Graham behauptet, daß kein Geld vorhanden sei.

Sarah Evans fand es höchst interessant, daß George und seine Schwester Graham beide für einen Lügner hielten.

Hardy war fest entschlossen, keinen Mordfall mehr zu übernehmen.

Damit stand er im Widerspruch zur Berufsauffassung seines Vermieters David Freeman. David war ein Vollprofi, der seinen Beruf unter finanziellen Gesichtspunkten sah. Nach seiner Auffassung von Leben und Gesetz war es nötig, ja, sogar richtig, auch Menschen zu verteidigen, die die gräßlichen, ihnen zur Last gelegten Verbrechen tatsächlich begangen hatten.

Nach dem College und einer kurzen Dienstzeit in Vietnam war Hardy eine Weile Polizist gewesen und hatte später ein paar Jahre als Ankläger für den Bezirksstaatsanwalt gearbeitet. Als seine erste Ehe nach dem Unfalltod seines Sohnes zerbrach, hängte er für fast zwölf Jahre die Juristerei an den Nagel, jobbte als Barkeeper und grübelte mit guinnessvernebeltem Hirn über das Universum nach.

Irgendwann lichtete sich der Nebel. Er wurde Teilhaber am Little Shamrock und heiratete ein zweitesmal, und zwar Frannie, die jüngere Schwester von Moses, seinem Geschäftspartner. Und schließlich fing Hardy wieder bei der Staatsanwaltschaft an.

Bürointrigen, nicht etwa ein weltanschaulich begründeter Sinneswandel, sorgten jedoch bald für seinen Abschied von dieser Behörde. Als ein günstiges Geschick die ersten beiden Mandanten zu ihm führte, glaubte er fest an ihre Unschuld, und sein sechster Sinn trog ihn nicht.

Danach boten sich zwar noch öfter Gelegenheiten, für seine Mandanten einen Freispruch zu erwirken, doch das mußte nicht unbedingt heißen, daß sie nichts auf dem Kerbholz hatten.

Fortan weigerte sich Hardy, Kriminelle zu verteidigen oder sie mit Hilfe seines irischen Sprachwitzes und eines Griffs in die Trickkiste wegen Formalitäten herauszupauken. Ihm fehlte jegliches Verständnis für Verbrecher, und es interessierte ihn auch nicht, inwieweit die Gesellschaft zu ihrem Abstieg beigetragen hatte. Trotz der fatalen Folgen für sein Bankkonto wollte er sich nicht zu ihren Komplizen machen, indem er ihnen eine Gefängnisstrafe ersparte. Natürlich war auch er der Meinung, daß jeder Angeklagte ein Recht auf die bestmögliche Verteidigung im

Sinne des Gesetzes hatte. Aber persönlich wollte er nichts damit zu tun haben.

Deshalb beschränkte sich sein Tätigkeitsfeld auf Testamentsentwürfe, Vertragsrecht und Zivilklagen. Hin und wieder verdiente er sein Geld auch als Führer durch den Behördendschungel, in den man geriet, wenn man betrunken am Steuer oder bei einem Ladendiebstahl erwischt wurde.

Oft träumte Hardy davon, das Theaterspielen endgültig aufzugeben, sich hinter den Tresen zu stellen und für den Rest seiner Tage Bier auszuschenken – doch das war ein Problem für sich. Die Welt sah jetzt anders aus als vor der Geburt der Kinder.

Damals waren Frannie und er sich reich vorgekommen. Sie hatten Geld auf der Bank. Hardys Haus war zwar klein, aber abbezahlt. Zweimal im Jahr wurde ihr Anteil an den Gewinnen des Shamrock – etwa fünftausend Dollar – ausgeschüttet, was das Minus auf ihren Kreditkarten ausglich. Außerdem hatte er an den ersten beiden Mordfällen ziemlich gut verdient, so daß sie mit dreitausend Dollar im Monat ein recht sorgenfreies Leben führen konnten.

Inzwischen brauchten sie fast das dreifache: Hausratsversicherung, Krankenversicherung, Lebensversicherung, Sparen für die Studiengebühren, falls die Kinder mal aufs College wollten, und die Tilgung des Kredits, den sie für den Anbau am Haus hatten aufnehmen müssen. Dazu Lebensmittel, Kleidung und der gelegentliche Ausbruch in die kinderfreie Welt der Restaurants und Kneipen.

Deshalb konnte Hardy es sich beim besten Willen nicht leisten, das Anwaltsdasein an den Nagel zu hängen. Seinen Beruf zu lieben, war ein Luxus, den er sich nicht mehr gestatten konnte. Frannie redete davon, sich im nächsten Jahr wieder einen Job zu suchen, wenn Vincent in die erste Klasse kam. Doch das brachte auch nicht viel, denn sie beide wußten, daß ihr Gehalt mit ein wenig Glück gerade für die Kinderbetreuung reichen würde.

Natürlich gab es noch eine weitere Möglichkeit: Frannie konnte weiterstudieren, Familientherapeutin werden, erneute

Schulden in Form von Studiengebühren anhäufen und irgendwann vielleicht einmal viel Geld verdienen (»Mit Familientherapie?« fragte Hardy dann.), so daß sie in zehn Jahren ...

In den Neunzigern war eben Gesundschrumpfen angesagt. Man schnallte den Gürtel enger, kratzte jeden Cent zusammen und rackerte sich ab, damit die Kinder es später vielleicht nur ein wenig schlechter haben würden als man selbst.

Hardy war klar, daß er nie wieder in seiner kleinen Kneipe arbeiten und dabei mit den Trinkgeldern über die Runden kommen konnte. Statt dessen würde er bis zum bitteren Ende hier an diesem Schreibtisch versauern und seinen Mandanten hundertfünfzig Stunden monatlich in Rechnung stellen – was hieß, daß er zweihundert Stunden schuften mußte.

Erwachsensein. Hardys Theorie nach war das die häufigste Todesursache in den Vereinigten Staaten. Jemand sollte darüber mal eine Studie verfassen.

Das Leben war sowieso viel zu kurz. Er würde keinen Mordfall mehr übernehmen.

Allerdings hinderte ihn das nicht daran, Glitsky auf die andere Seite der Bryant Street in den ihm wohlbekannten, unwirtlichen Justizpalast zu begleiten. Der gewaltige, gesichtslose Klotz war blaugrau und eine architektonische Entgleisung. Aus der Adresse, nur sieben schäbige Blocks südlich der Market Street, hätte niemand geschlossen, daß zwischen diesem Gebäude und der Kulturmetropole, in der es stand, Lichtjahre lagen.

Seit Hardys letztem Besuch war die riesige, gläserne Eingangstür mit graffitibeschmierten Brettern verrammelt worden. Keine sehr glückliche Lösung, wenn man sich vor Augen führte, daß ein Justizpalast den Bürgern eigentlich ein Gefühl der Sicherheit vermitteln sollte. Durch eine Schleuse, an einem Metalldetektor vorbei, kam man in die Vorhalle.

An den Aufzügen, wo es zuging wie auf dem Marktplatz, wurde Glitsky von einem jungen Latino aufgehalten, der mit ihm über einen Fall sprechen wollte. Anscheinend war der Kleine, so wie Hardy damals, stellvertretender Staatsanwalt. War er wirklich einmal so jung gewesen?

Während Aufzüge ankamen und abfuhren, geriet Hardy ins Grübeln. Bei der Staatsanwaltschaft mußte sich einiges gründlich geändert haben, wenn ein solcher Grünschnabel bereits in Mordfällen die Anklage vertreten durfte. Da er sich mit Glitsky unterhielt, mußte es wohl so sein. Glitsky war nicht gerade ein Freund müßiger Plaudereien.

Endlich fand Abe die Zeit, die beiden Männer einander vorzustellen. Er zeigte mit dem Finger. »Eric Franco, junges Blut. Dismas Hardy, alter Hase. Hardy arbeitet nicht mehr hier. Er hat sich in ruhigere Gefilde abgesetzt. Eigene Kanzlei. Franco steht vor seinem ersten Mordprozeß und ist ein bißchen nervös.« Für Glitsky war das eine lange Rede.

Die Türen gingen auf. Der Fahrstuhl war leer, und die drei stiegen ein. Eric versuchte, mit Hardy ein Gespräch anzuknüpfen. »Sind Sie hier, um mit dem Lieutenant über einen Mord zu sprechen?«

Hardy schüttelte den Kopf. »Reiner Freundschaftsbesuch. Schwer vorstellbar, ich weiß«, fügte er hinzu.

Als sich die Tür öffnete, wäre Hardy fast aus alter Gewohnheit ausgestiegen. In diesem Stockwerk befand sich die Staatsanwaltschaft, seine ehemalige Wirkungsstätte. Glitsky saß in der Mordkommission in der vierten Etage. Nachdem die Türen sich hinter Franco geschlossen hatten, warf Hardy Glitsky einen Blick zu. »Wie alt ist Eric?«

»Keine Ahnung. Fünfundzwanzig? Dreißig?«

»Und man hat ihm wirklich einen Mordfall zugeteilt?«

Achselzucken. »Wahrscheinlich keine heikle Kiste.«

»Trotzdem«, beharrte Hardy. »Er kann doch noch nicht viel Erfahrung haben.«

Die Tür ging auf. »Keine Ahnung, Diz. Außerdem habe ich ihn nicht eingestellt, sondern die Bezirksstaatsanwältin. Wenn du seinen Lebenslauf willst, den gibt's unten. Sieh doch nach.« Ohne sich umzudrehen, marschierte er in Richtung Mordkommission.

Während Hardy ihm folgte, fragte er sich, wie man einen jungen, unerfahrenen Mann wie Eric Franco mit einem Mordfall vor dem Obersten Gericht betrauen und annehmen konnte, daß er ihn gewann. Auch wenn es keine heikle Kiste war.

»Das soll er auch gar nicht«, erklärte Glitsky. »Eine rein politische Entscheidung.«

Hardy stand in dem türlosen Verschlag, der Glitsky als Büro diente. Draußen im Großraumbüro drängten sich vierzehn paarweise zusammengestellte Schreibtische. In unregelmäßigen Abständen standen tragende Säulen, über und über beklebt mit Fahndungsplakaten und vergilbten Merkzetteln. Dazwischen hatte man Trinkwasserspender und Kaffeemaschinen aufgebaut. Vor langer Zeit war ein zwölf Quadratmeter großer Raum mit Spanplatten als Büro für den Lieutenant abgetrennt worden. Ein paar Jahre später hatte jemand die Tür zum Lackieren mitgenommen und nie zurückgebracht.

Glitsky saß hinter seinem riesigen, vollgepackten Schreibtisch und versuchte, den liegengebliebenen Papierkram zu erledigen. Er hatte nichts dagegen, daß Hardy mitgekommen war, um mit Sarah Evans und Marcel Lanier zu sprechen, die im Fall Sal Russo ermittelten – wenn sie nichts dagegen hatten. Wenn sie nicht mit ihm reden wollten, würden sie ihn das sicherlich wissen lassen. Falls doch, würde Hardy vielleicht einen Hinweis darauf bekommen, was die Evans in der Wohnung des alten Fischers auf die Idee gebracht hatte, daß er möglicherweise doch nicht Selbstmord begangen hatte.

Aber beide Beamte waren noch unterwegs. Also ging Hardy erst einmal auf die Toilette, kehrte dann in Glitskys Verschlag zurück, fragte ihn erneut nach Eric Franco und erhielt wieder zur Antwort, es sei eine politische Entscheidung gewesen.

»Was ist politisch daran, einen Prozeß zu verlieren?«

»Du solltest wirklich mal dort runtergehen.« Er meinte die Staatsanwaltschaft. »Nichts ist mehr so wie früher.« Glitsky legte den Bericht weg, den er gerade las. »Du läßt mich wohl heute gar nicht mehr in Ruhe. Ich muß unbedingt weiterarbeiten.«

Hardy schnalzte mit der Zunge. »Nichts lieber als das.«

»Dann zieh Leine.« Der Lieutenant griff wieder zu seinem Bericht. »Und mach die Tür zu, wenn du gehst.«

Wie immer trug David Freeman einen braunen, zerknitterten Anzug und eine zerknautschte Krawatte. Er saß auf dem niedrigen Ledersofa in Hardys Büro, rauchte eine Zigarre und hatte die Füße in abgeschabten Stiefeln auf der Glasplatte des Rattan-Couchtischs liegen. Man hätte Freeman, den wohlhabenden, stadtbekannten Inhaber dieses Gebäudes, für einen mittellosen Mandanten halten können. Er war weit über das Rentenalter hinaus, aus seinen Ohren ragten weiße Haarbüschel, und seine Augenbrauen sträubten sich. Außerdem hatte er eine Glatze, ein Bäuchlein und Leberflecken auf jedem sichtbaren Zentimeter Haut. Doch in den Gerichtssälen der Stadt zitterte man noch immer vor ihm.

»Daß die Sache politische Dimensionen hat«, sagte er, weil Hardy immer noch über dieser Frage brütete, »liegt an Sharron Pratt, unserer hochgeschätzen Bezirksstaatsanwältin.«

Hardy kannte die Hintergründe ihrer Wahl nur zu gut. Im vergangenen November hatte Pratt Alan Reston, ihren ziemlich beliebten Konkurrenten und Vorgänger, aus dem Rennen geworfen. Und das, obwohl Reston wie fast alle gewählten Amtsträger in San Francisco der demokratischen Partei angehörte und obendrein Afroamerikaner und – wahrscheinlich noch ein größeres Plus – ein erfahrener Ankläger war. Viele Bewohner der Stadt, einschließlich Hardy, fanden es einen Witz, daß ausgerechnet seine kompromißlose Haltung zur Verbrechensbekämpfung Reston das Genick gebrochen hatte. Bei einem Mann, der sich um den Posten des Leiters von San Franciscos Strafverfolgungsbehörden bewarb, konnte eine solche Einstellung doch nur von Vorteil sein.

Klar, ein Bezirksstaatsanwalt hatte die Pflicht, Bösewichte hinter Gitter zu bringen. Aber Reston war anscheinend nicht fähig zur Quadratur des Kreises, die in diesem Fall besagte, daß die Angeklagten eigentlich nette Kerle waren. In seinen Augen war ein Verbrecher eben ein Verbrecher, und wer gegen das Gesetz verstieß, mußte so hart wie möglich bestraft werden.

Pratt hingegen räumte zwar ein, daß viele Kriminelle wirklich schlimme Sachen getan hatten – Mord, Vergewaltigung, Kätzchen bei Santeria-Riten Verbrennen –, fand aber, daß sie das nicht notwendigerweise zu schlechten Menschen machte. Sie brauchten nur ein wenig Verständnis und konnten durch eine

Therapie und die richtige Anleitung wieder zu nützlichen Mitgliedern der Gemeinschaft werden.

Außerdem hatte Reston seinen Bonus als Afroamerikaner verschenkt, indem er den Gesetzesvorschlag 209 der kalifornischen Bürgerrechtsinitiative nicht unterstützte. Er war ein Gegner der Quotenregelung und vertrat die Auffassung, daß Staatsanwälte ebenso wie beispielsweise Gehirnchirurgen aufgrund ihrer beruflichen Qualifikation eingestellt werden sollten, nämlich Schuldsprüche zu erwirken und Verbrecher hinter Schloß und Riegel zu bringen.

Als Reston seinen Posten angetreten hatte, hatte er sich in seiner Abteilung umgeschaut und festgestellt, daß dort viele Frauen, ein paar Farbige und eine Menge alter weißer Männer arbeiteten. Sie hatten alles im Griff. Wenn eine Stelle frei wurde, besetzte er sie mit dem qualifiziertesten Bewerber. Ob der Betreffende schwarz, weiß, männlich, weiblich, Asiat oder Latino war, kümmerte ihn nicht. Ganz im Gegensatz zu Pratt, die deshalb die Wahl gewann.

»Und was hat das damit zu tun, daß Eric Franco für einen Mordfall zuständig ist?«

»Pratt serviert die alten weißen Männer einen nach dem anderen ab, und die unerledigten Fälle türmen sich. Um ihre Theorie zu beweisen, daß jeder für diesen Job geeignet ist, vergibt sie offene Stellen streng nach Quote und teilt dann willkürlich die Fälle zu. Wenn ihre Leute verlieren, spielt das keine Rolle. Irgendwann gewinnen sie vielleicht.« Freeman zuckte vielsagend die Achseln. »Wer weiß, könnte sogar dazu kommen. Fast alles passiert ja irgendwann mal.«

Nachdem Hardy Freeman vor die Tür gesetzt hatte, wurde ihm klar, daß über Graham Russos Problemen der ganze Tag vergangen war. Er hatte seine Zeit damit verschwendet, seine Neugier zu befriedigen und sich hinter den Kulissen der Stadtverwaltung umzuhören, obwohl er sich das zeitlich überhaupt nicht leisten konnte. Aber er hatte der Versuchung einfach nicht widerstehen können.

Doch nun mußte er sich wieder dem Geldverdienen widmen.

Obwohl Hardy offiziell nicht für Freeman & Partner tätig war, blieb von den Aufträgen der Kanzlei genug für ihn übrig. In den letzten sechs Monaten hatte er sich hauptsächlich mit einer Schadensersatzklage gegen die Hafenverwaltung von Oakland beschäftigt, in der es um eine beschädigte Lieferung ging. Eine Containerladung Computer, mehr als zehn Tonnen schwer und achtzehn Millionen Dollar wert, war über zwanzig Meter tief aufs Deck des Schiffes gestürzt, das die Geräte zur Auslieferung an den asiatischen Markt nach Singapur hätte bringen sollen. Der Unfall hatte darüber hinaus einen 5-Millionen-Dollar-Schaden am Schiff verursacht und natürlich das Löschen der übrigen Fracht verzögert.

Und wie immer uferten die Prozesse aus. Die Hafenverwaltung von Oakland hatte erklärt, die Herstellerfirma Tryptech habe den Container überladen und dadurch das Versagen des Krans verschuldet. Andere Spediteure, die durch die Verzögerungen finanziell geschädigt worden waren, drohten, sowohl Tryptech als auch die Hafenverwaltung zu verklagen. Einer der Arbeiter, die sich zum Zeitpunkt des Unfalls an Deck befunden hatten, behauptete, er habe sich beim Versuch, den umherfliegenden Metallteilen auszuweichen, den Rücken verrenkt. Nun forderte er vom Schuldigen mehr als eine Million Dollar Schmerzensgeld.

Unter gewöhnlichen Umständen hätte ein einfacher Anwalt wie Hardy nie mit einem derartigen Prozeß zu tun gehabt. Die Versicherungsgesellschaften der Prozeßparteien hätten ihre riesigen Kanzleien damit beauftragt, eine Lösung auszuhandeln. Irgendwann wäre es schließlich zu einer außergerichtlichen Einigung gekommen, und auch die Anwälte hätten dabei nicht schlecht verdient.

In diesem Fall jedoch hatte Tryptechs Versicherung sich geweigert, die beschädigten Computer zu ersetzen, und zwar mit der Begründung, die Firma habe zur Anzahl der beförderten Geräte falsche Angaben gemacht. Deshalb hatte sich der Direktor der Firma, ein weißhaariger, aalglatter Geschäftsmann namens Dyson Brunel aus Los Altos, an David Freeman gewandt. Er brauchte einen Anwalt, der unabhängig von den Versicherungen seine persönlichen Interessen vertrat.

Er rechnete mit einer verhältnismäßig hohen Abfindung, von der Freeman ein Drittel bekommen sollte. Da Freeman eine Klage gegen die Hafenverwaltung aussichtsreich erschien, hatte er den Fall nach einer Vorauszahlung plus Spesen übernommen und ihn Hardy übertragen, den er dafür stundenweise entlohnte.

Eine für alle Seiten vorteilhafte Regelung.

Also verbrachte Hardy den restlichen Nachmittag und den frühen Abend mit dem Addieren von Zahlen. Inzwischen versuchte Tryptech offenbar ihn, den eigenen Anwalt, auszutricksen. Die Firma wollte sich einfach nicht darauf festlegen, wie viele Computer sich in dem Container befanden, der noch immer am Pier 17 in Oakland im fünfzehn Meter tiefen Wasser ruhte. Mittlerweile gewann Hardy jedoch den Eindruck, daß sein Mandant den Container tatsächlich zu voll gepackt hatte.

Allerdings würde Tryptech dagegenhalten – und Hardy würde dieser Argumentation folgen müssen, wenn er weiter Honorar kassieren wollte –, daß dies keinen Unterschied machte, selbst wenn es der Wahrheit entsprach. Schließlich habe das Gewicht selbst des überladenen Containers die Höchstnutzlast des Krans weit unterschritten ...

Und so weiter.

Um acht gab Hardy es auf. Als er endlich einen Parkplatz etwa vier Blocks von seinem Haus entfernt fand, war es schon dunkel. Eines Tages würde er seinen hübschen Vorgarten planieren und einer Garage opfern müssen. Daran führte kein Weg vorbei, spätestens dann, wenn er abends um halb elf überhaupt keinen Parkplatz in Laufnähe mehr würde ergattern können.

Vielleicht war es besser, das Auto abzuschaffen, doch das bedeutete, auf öffentliche Verkehrsmittel angewiesen zu sein, was nicht in Frage kam. Selbst wenn die Busse pünktlich wären, der Fahrplan ließ sich nicht mit seinen unregelmäßigen Arbeitszeiten vereinbaren, und das machte diese Überlegung müßig. Eine der Freuden des Stadtlebens.

Und wenn sie die Stadt verließen? Das war die Lösung! Das kleine Haus verkaufen, eine halbe Million Dollar für drei Schlafzimmer und zwei Bäder in Milbrae ausgeben, aufs Land ziehen und endlich stolzer Besitzer einer Garage sein!

Mit einem erschöpften Seufzer schleppte Hardy seinen dickleibigen Aktenkoffer bis zum Gartentor. Er fühlte sich wie ein Greis. Einen Moment blieb er stehen und ließ den Anblick seines Zuhauses auf sich wirken.

Er liebte sein Haus, daran gab es keinen Zweifel. Es war das einzige Einfamilienhaus in einer Straße, in der sich drei- und vierstöckige Mietshäuser drängten. Und er hing sentimental an dem briefmarkengroßen Rasenstück, dem weißen Lattenzaun und der kleinen Vortreppe, wo Frannie und die Kinder ihn erwarteten, wenn er an sonnigen Tagen vor Dunkelwerden nach Hause kam – also fast gar nicht mehr.

Nun waren die Fenster einladend erleuchtet. Hardy hörte von drinnen leise Musik. Er schob das Gartentor auf.

Zu seiner Überraschung saß Abe Glitsky am Küchentresen und verzehrte bedächtig Nüsse aus einer Schale, die vor ihm stand. »Was machst du denn hier? Wehe, wenn du mir keine Cashews übrigläßt.«

Hardys Frau Frannie kam ihm entgegen. Sie hatte langes, rotes Haar und grüne Augen. Im Moment funkelten sie belustigt, vielleicht auch ein wenig vom Chardonnay. Sie trug Joggingshorts aus schwarzem Lycra, Tennisschuhe und ein grünweißes Sweatshirt mit dem Wappen von Oregon. Nachdem sie ihn auf die Wange geküßt hatte, legte sie den Arm um ihn. Er erwiderte die Umarmung und spürte den leichten, beruhigenden Druck ihres Oberschenkels.

»Abe und Orel waren gerade in der Nähe«, erklärte sie. »Fußball im Lincoln Park. Ich habe gesagt, daß du jeden Moment nach Hause kommst und daß er auf dich warten soll. Orel ist hinten bei den Kindern.«

Hardy hörte unverkennbares Kindergeschrei aus dem hinteren Teil des Hauses. Orel war Glitskys Jüngster und zwölf Jahre alt. Hardys Kinder – neun und sieben – beteten ihn an. Glitsky wühlte in der Schüssel mit den Nüssen und blickte auf. »Ich fürchte, die Cashews sind alle. Keine Ahnung, wo sie geblieben sind.«

»Ich habe sie gefragt, ob sie zum Essen bleiben«, sagte Frannie.

»Er hat doch schon was gegessen.« Hardy ging zum Kühlschrank. »Hat er mir etwa auch das Bier weggetrunken?«

Glitsky rutschte vom Küchentresen. »Ich trinke kein Bier. Genau genommen trinke ich überhaupt keinen Alkohol.«

Frannie lächelte Glitsky an. »Wir wissen, daß du nicht trinkst, Abe. Aber das macht nichts. Wir mögen dich trotzdem.«

Hardy wirbelte herum. »Wie kann man einen Kerl mögen, der einem alle Cashews wegißt?« Er öffnete eine Flasche Sierra Nevada Pale Ale, nahm einen Schluck und sah seinen Freund an. »Also, was ist los?«

Glitsky antwortete, als ob ihr Gespräch von vorhin nur kurz unterbrochen worden wäre. »Wir haben den Autopsiebericht von Sals Leiche. Ich dachte, das würde dich interessieren. Strout will sich nicht festlegen, ob es Mord oder Selbstmord war.«

Das gefiel Frannie nicht. Sie stellte das Weinglas ab und verschränkte die Arme vor der Brust. »Worum geht's? Was für ein Mord?«

»Es ist nur ein Fall«, antwortete Glitsky und erntete dafür einen gequälten Blick seines Freundes.

»Abes Fall«, ergänzte Hardy. »Nicht meiner.«

»Ist ja interessant.« Frannie nahm ihm das nicht ab. »Es klang so, als hättest du was damit zu tun.«

»Nein, es dreht sich nur um einen meiner Mandanten, beziehungsweise um seinen Vater. Eine Erbschaftssache.«

»Und deswegen redest du mit Abe darüber? Der ist doch bei der Mordkommission.«

Achselzuckend trank Hardy noch einen Schluck Bier. »Einer der kleinen Zufälle im Leben. Es sieht aus, als hätte der Vater meines Mandanten Selbstmord begangen, doch vielleicht hat jemand nachgeholfen. Es muß nicht unbedingt mein Mandant gewesen sein, richtig, Abe?«

Ein ernstes Nicken. »Richtig, nicht unbedingt.«

Frannie griff nach ihrem Glas. »Nicht unbedingt. Ist ja großartig. Ihr Männer haltet doch immer zusammen.«

»Frannie möchte nicht, daß ich noch einmal einen Mordfall übernehme.«

»Wäre ich nie drauf gekommen.«

»Und sie denkt, daß es sich womöglich um einen Mord handelt.«

»Da liegt sie gar nicht so falsch.«

Hardy ging auf seine Frau zu und strahlte sie nicht ganz aufrichtig an: »Was gibt's denn zum Abendessen?«

Nach dem Abendessen – Hühnchenbrust mit einer köstlichen Weißwein-Sahnesauce, Artikschockenherzen und Reis – hatte Glitsky sich verabschiedet. Die Kinder hatten mit unappetitlichen Witzen das Tischgespräch bestimmt: »Was ist grün und geht rückwärts? Rotz!« Schließlich hatten die Erwachsenen den kleinen Lieblingen gestattet aufzustehen. Auf Abes Mordverdacht kamen sie nicht mehr zu sprechen.

Es war fast elf, und die Kinder lagen endlich in ihren Betten. Hardy und Frannie standen in der Küche und begutachteten die vom Abendessen zurückgebliebenen Geschirrberge.

Hardy griff sich einen Schwamm, drehte das heiße Wasser an und begann zu spülen. »Allein deshalb wird man mich mit Fanfarenklängen empfangen, wenn ich einmal in den Himmel komme.«

Allerdings war Frannie nicht in der Laune, einen Lobgesang auf ihren Mann anzustimmen. Sie holte einen Stapel Dessertteller aus dem Eßzimmer und stellte sie in die Spüle. »Gut. Was ist denn das für ein Mandant? Wie heißt er?«

»Graham Russo.«

»Diesen Namen habe ich noch nie gehört. Seit wann arbeitest du für ihn? Ist es ein großer Nachlaß?«

»Eigentlich nicht,« antwortete Hary. »Und mein Mandant ist er genau genommen erst seit heute morgen.«

»Sein Vater wurde umgebracht?«

Hardy stellte das Wasser ab. »Niemand hat Graham des Mordes angeklagt, wenn es sich überhaupt um einen Mord handelt. Ich versuche nur, ihm zu helfen, Frannie. Er ist ein netter Junge. Ich kenne ihn aus dem Shamrock. Er fühlt sich von der Polizei bedrängt.«

»Er glaubt, daß Abe ihn bedrängt? Abe bedrängt keine Leute.«

Hardy schüttelte den Kopf. »Nein, nicht von Abe. Inzwischen ist Abe nur noch mit Papierkram beschäftigt. Von einem der neuen Beamten. Vielleicht.«

»Also steht dein Mandant unter Verdacht?«

»Das ist etwas zu hart ausgedrückt. Er macht sich nur Sorgen, daß das irgendwann passieren könnte, und braucht jemanden, der ihm das Händchen hält. Mehr ist nicht dran.«

Sie schwieg und verschränkte wieder die Arme. »Die Sache ist so unbedeutend, daß der Leiter der Mordkommission extra hier vorbeikommt, um dich vom Autopsieergebnis zu unterrichten«, sagte sie.

Hardy ließ den Schwamm sinken und drehte sich zu ihr um. »Ich will nicht wieder einen Mordfall übernehmen, Frannie. Wenn es soweit kommt, gebe ich den Mandanten ab. Ich hätte sowieso keine Zeit. Die Sache interessiert mich eben. Es gibt einfach faszinierendere Dinge als Tryptechs Unfall mit dem Verladekran, auch wenn man sich das kaum vorstellen kann. Grahams Vater hatte offenbar Alzheimer, und es sieht aus, als hätte er sich umgebracht. Aber vielleicht hat ihm jemand dabei geholfen.«

»Und dieser Jemand ist Graham?«

»Er streitet das ab und möchte nur, daß ich für ihn den Nachlaß regele.«

»Und das glaubst du ihm?«

Hardy wandte den Blick ab. »Ich habe keinen Grund, ihm nicht zu glauben, noch nicht.«

Frannie nickte. »Klingt sehr überzeugend«, sagte sie und stand immer noch mit verschränkten Armen da. Sie seufzte. »Er wird unter Anklage gestellt, und du wirst ihn schließlich verteidigen. Richtig?«

»Nein.«

»Versprochen?«

»Frannie, ich könnte ihn gar nicht verteidigen. Erstens habe ich Tryptech auf dem Hals, was mich, wie dir wahrscheinlich schon aufgefallen ist, fast den ganzen Tag auf Trab hält. Zweitens hat Graham nicht annähernd genug Geld, um einen Verteidiger zu bezahlen, selbst keinen so preiswerten wie mich. Wenn man ihn wirklich unter Anklage stellt, bekommt er einen Pflichtverteidiger. Außerdem ist es ein Fall von öffentlichem Interesse. Die Anwälte werden ihm die Bude einrennen.«

»Du hast mir noch nicht versprochen, daß du den Fall nicht übernehmen wirst.«

»So weit wird es gar nicht kommen.«

Sie seufzte wieder. »Ich werde dich dran erinnern.«

Als Sarah am Abend mit Lanier ins Büro kam, wartete der Autopsiebericht auf ihrem Schreibtisch. Nun war die Sache offiziell. Bis zum späten Abend beschäftigte sich Sarah mit liegengebliebenem Papierkram, weshalb der Fingerabdruckexperte sie noch antraf, als er seinen Bericht abgeben wollte. Graham Russos Fingerabdrücke waren überall in der Wohnung seines Vaters gefunden worden – auf dem Safe, auf den Morphiumampullen und auf den Spritzen. Graham hatte Lanier erklärt, er wisse nicht, woher sein Vater das Morphium habe. Außerdem habe er ihn nur »ein- oder zweimal« in seiner Wohnung besucht. Sarahs Argwohn machte einen Quantensprung nach vorn.

Wenn der Leichenbeschauer sich nicht schlüssig war, ob es sich eindeutig um einen Selbstmord handelte, würden sie und Lanier die Wahrheit ans Licht bringen müssen. Und Sarah hatte auch schon einen Plan. Sicher bestand genug Anlaß für eine Hausdurchsuchung bei Graham, bei der sich vielleicht so manches Interessante finden würde. Der Richter, der den Durchsuchungsbefehl unterschrieb, teilte ihre Ansicht.

3

Neben Hardys Bett brach auf einmal ein ohrenbetäubendes Getöse los. Stöhnend richtete er sich auf und schlug nach dem Wecker. Er hatte das Gefühl, aus dem tiefsten Tiefschlaf gerissen worden zu sein. Kurz herrschte Schweigen, dann fing es wieder an zu klingeln.

»Das Telephon«, sagte Frannie.

Hardy grapschte nach dem Hörer und warf dabei einen Blick auf die Digitalanzeige der Uhr – 7:00. »Hauptbahnhof«, meldete er sich.

»Sie haben mich gerade mit einem Durchsuchungsbefehl aus dem Bett geholt. Was soll ich jetzt tun?«

»Haben sie wirklich einen Durchsuchungsbefehl?«

»Hab' ich doch gerade gesagt.«

»Nur immer mit der Ruhe, Graham. Du mußt sie reinlassen.«

»Schon passiert.«

Hardy sah durchs Schlafzimmerfenster. In der Nacht war dichter Nebel aufgezogen. »Wonach suchen sie?«

»Moment mal.« Graham klang, als würde er ein amtliches Schreiben vorlesen: »Morphiumampullen, benutzte oder unbenutzte Spritzbestecke, Baseballkarten, Fanartikel, Papiere, aus denen die Zahlenkombination eines Safes oder einer Geldkassette hervorgeht...«

»Und wie kommen sie auf den Gedanken, daß sie dieses Zeug bei dir finden könnten?«

»Das verraten sie mir nicht. Sie haben mir nur den Durchsuchungsbefehl gezeigt, nicht die Begründung. Daß ich dich überhaupt anrufen darf, war schon sehr entgegenkommend.«

Hardy wußte das. Deshalb konnte es nicht so schlimm sein. Noch nicht. Hoffte er.

Um Punkt sieben Uhr, dem frühestmöglichen Zeitpunkt, hatte die Polizei bei Graham geklingelt. Da Razzien mitten in der Nacht Erinnerungen an Nazischergen wachriefen, die mit ihren

Stiefeln die Tür eintraten, durften Durchsuchungsbefehle zwischen 22:00 und 7:00 nicht zugestellt werden. Einzige Ausnahme: Wenn zu befürchten war, daß der Verdächtige Beweismittel vernichten oder sich aus dem Staub machen könnte.

Daß die Polizei nicht mitten in der Nacht bei Graham erschienen war, deutete auf eine routinemäßige Durchsuchung hin. Andererseits war es kein gutes Zeichen, daß die Beamten pünktlich auf die Sekunde bei Graham geklingelt hatten.

Hardy holte tief Luft. »Okay, bleib ganz ruhig und streite dich nicht mit ihnen rum. Wenn du mir deine Adresse gibst, bin ich sofort da.«

Er sprang aus dem Bett. »Das war dann wohl Graham Russo?« fragte Frannie, während er seine Hose anzog. Sie saß mit verschränkten Armen im Bett. Aus den Kinderzimmern war bereits Radau zu hören.

»Meine Frau, die Hellseherin.«

»Der Mann, der mit einem Mordfall nichts zu tun hat?«

Hardy lächelte. »Genau der. Die Polizei bedrängt ihn, das ist alles. Er hat ein paar Feinde bei der Justiz.«

»Hört sich fast danach an.«

»Ich muß los und ihm helfen. Ihn beruhigen.«

»Ich weiß. Mach dir keine Sorgen um die Kinder. Ich gebe ihnen Frühstück, ziehe sie an und bringe sie in die Schule.«

Er sah sie an. »Morgen bin ich wieder dran. Schließlich will ich mich nicht vor meinen Vaterpflichten drücken.«

»Außerdem habe ich noch eine richtig gute Idee«, sagte sie.

»Es wird ja immer besser. Schieß los.«

»Während du zu ihm fährst, kannst du dir ja schon mal überlegen, wen du ihm als Verteidiger empfehlen willst. Was hältst du von David Freeman?«

»Vielleicht.« Pause. »Falls er überhaupt einen Verteidiger braucht.«

Hardy zog den Stadtplan heraus. An der Ecke Stanyan Boulevard und Parnassus Avenue blieb er kurz stehen, um einen Blick auf die Karte zu werfen. Grahams Adresse war nicht leicht zu finden. Hardy bog rechts ab und wandte sich nach einem Block nach links. Die Straße führte steil bergauf wie so viele in dieser Stadt. Verkehrsschilder besagten, daß sie wegen der zu starken Steigung für Lastwagen und Lieferfahrzeuge gesperrt war. Ein weiteres Schild wies sie als Sackgasse aus. Wer dort oben wohnte, wollte vermutlich nicht, daß sich seine Adresse herumsprach, dachte Hardy.

Wieder konsultierte er den Stadtplan. Wegen des Nebels konnte er kaum dreißig Meter weit sehen. Inzwischen wünschte er, er hätte sich von Graham eine Wegbeschreibung geben lassen, aber nun war es zu spät. Er mußte weiterfahren. Wenn er sich endgültig verirrte, würde er sich eben eine Telephonzelle suchen.

Sein alter Honda keuchte den Hügel hinauf. Hardy bog in eine weitere Sackgasse ein, die nach rechts führte. Und dann lichtete sich der Nebel plötzlich wie durch Zauberhand. Hier oben war die Luft klar.

Hardy hatte das Gefühl, in einer Märchenwelt gelandet zu sein.

Die Edgewood Avenue war mit roten Steinen gepflastert und von lebkuchenfarbenen Häusern gesäumt, die in der Morgensonne leuchteten. Am Straßenrand standen Bäume mit weißen und rosafarbenen Blüten. Als Hardy das Fenster herunterkurbelte, hörte er Vögel zwitschern.

Was war das für eine Gegend? Obwohl Hardy den Großteil seines Erwachsenenlebens in San Francisco verbracht hatte, war er noch nie hier gewesen. Und dabei waren es von hier bis zum Little Shamrock nur knapp achthundert Meter.

Er entdeckte eine Parklücke ein wenig weiter den Hügel hinauf, kurz vor einem Hain aus Kiefern und Eukalyptussträuchern, die am Ende dieser märchenhaften Sackgasse wuchsen. Eine Weile stand er neben seinem Auto, betrachtete staunend die roten Ziegel und schnupperte die wohlriechende Luft. Unter ihm waberte der Nebel wie Wattebäusche. Die roten Pfeiler der Golden Gate Bridge bohrten sich durch den Dunst.

Im Osten, jenseits der Nebelbank, funkelten die Fenster der Wolkenkratzer in der Innenstadt im Sonnenlicht. Schiffe kreuzten in der Bucht. Treasure Island schien zum Greifen nah. Der

Autoverkehr schlängelte sich wie ein schimmerndes Band über die Oakland Bay Bridge.

Hardy fand die angegebene Adresse am Ende einer Auffahrt. Die Tür befand sich in einer Mauer, die offenbar früher zu einer Garage gehört hatte. Er blieb stehen und wartete.

Sobald er die Schwelle von Grahams zur Einliegerwohnung umgebauten Garage überschritt, war es seine Aufgabe, die Rechte seines Mandanten zu schützen. Und wenn die Polizei etwas fand, gab es für ihn kein Entrinnen mehr. Er würde Graham verteidigen müssen, und trotz aller gegenteiligen Beteuerungen war ihm das eigentlich gar nicht so unrecht.

Er spürte, wie sich sein Puls beschleunigte. Das geschah nie, wenn er an die Papierberge und die Zahlenreihen dachte, die ihn im Fall Tryptech im Büro erwarteten. Doch er konnte sich den Luxus nicht leisten, seinen Beruf zu lieben, sagte er sich wieder. Inzwischen hatte er andere Prioritäten. Er war erwachsen.

Als er von innen ein Geräusch hörte, holte er Luft und klopfte an.

»Wenn Ihr Mandant kein Entgegenkommen zeigt, sehen wir auch keinen Grund dazu.« Hardy stand noch immer draußen. Inspector Marcel Lanier, den er schon seit Jahren kannte, wollte ihn nicht hereinlassen. »Wir sind mitten in einer Hausdurchsuchung, und Sie sind nicht zutrittsberechtigt. Basta.«

Hardy senkte die Stimme. »Inwiefern zeigt er denn kein Entgegenkommen?«

Lanier zuckte die Achseln. »Meine Kollegin hatte ein paar Fragen, und er antwortete, als Verdächtiger hätte er gern seinen Anwalt dabei.«

»Ein kluger Junge. Er hat ein Recht darauf.«

»Stimmt, da kann ich Ihnen nicht widersprechen. Allerdings nicht während der Hausdurchsuchung. Sie würden nicht glauben, was bei einer solchen Gelegenheit schon alles verschwunden ist. Sobald wir fertig sind, dürfen Sie reinkommen, und dann plaudern wir ein bißchen fürs Protokoll.«

Hardy konnte Graham sehen. Er saß barfuß und in Joggingshorts und ärmellosem Unterhemd am großen Tisch vor dem hohen Fenster. Wegen der Jalousien drang kaum Sonnenlicht in das lange, schmale Ein-Zimmer-Apartment, und auch von der Aussicht war nichts zu bemerken. Laniers Kollegin sprach mit ihm.

Auch wenn die Straße noch so hübsch war, wollte Hardy nicht den ganzen Tag dort draußen verbringen. Lanier war eigentlich kein schlechter Mensch, nur im Moment ein bißchen verärgert. Hardy würde mit Graham darüber reden müssen, wie man sich gegenüber Polizisten verhielt. Wenn man die Polizei gegen sich aufbrachte, konnte man sich das Leben ganz schön schwer machen, selbst wenn man gar nichts ausgefressen hatte.

»Ist er verhaftet?« fragte Hardy.

»Er wird zur Befragung festgehalten.«

Hardy bewahrte die Ruhe. »Lassen Sie mich mit meinem Mandanten reden. Daß Sie hier aufgetaucht sind, hat ihn völlig aus der Fassung gebracht. Ich sehe zu, daß er sich beruhigt. Dann hat er ja vielleicht etwas zu sagen, was Ihnen weiterhilft.« Hardy verzog das Gesicht zu einem Lächeln. »Bitte, Marcel. Wenn Sie was finden, wollen Sie Glitsky doch nicht sagen müssen, daß Sie eine Gelegenheit, mit dem Verdächtigen zu reden, ausgeschlagen haben?«

Lanier überlegte kurz, trat zurück und winkte Hardy hinein. »In Ordnung. Setzen Sie sich an den Tisch und fassen Sie nichts an.«

Grahams Wohnung war blitzsauber und ordentlich aufgeräumt und machte großen Eindruck auf Hardy. Eine Wand wurde von einem gewaltigen Panoramafenster eingenommen. Graham hatte die Jalousie ein wenig geöffnet, so daß man einen erstklassigen Blick auf die Innenstadt jenseits des Nebels hatte. Der Parkettboden war mit Perserteppichen bedeckt. Die Möbel waren teils dänisch, teils antik – dunkles Holz und Teak –, was eigenartigerweise zusammenpaßte.

Rechts von Hardy ragte ein Bücherregal bis fast zur Decke. Ein hohes Weinregal war mit teuren Sorten gefüllt. Die restliche rechte Seite des Raums, die an den hinteren Teil des Hauses angrenzte, wurde von einer Kochzeile eingenommen: Herd, Hängeschränke, Designerutensilien.

Die gesamte Wohnung zeugte von gutem Geschmack und wirkte nicht wie das Zuhause eines mäßig erfolgreichen Sportlers. Hardy konnte sich eines unschönen Gedankens nicht erwehren: Eine derartige Wohnung und der dazugehörige Lebensstil – beispielsweise der Wein – kosteten eine Stange Geld. Und dabei arbeitete Graham in einem ziemlich schlechtbezahlten Job. Hardy fragte sich, woher sein junger Mandant die Mittel hatte.

Aber das würde er noch früh genug erfahren. Im Augenblick war es seine Aufgabe, Händchen zu halten. Er bat um Erlaubnis, Kaffee aufzusetzen, und bot – als Geste der Friedfertigkeit sozusagen – jedem eine Tasse an.

Schließlich saß er mit Graham am Tisch und plauderte über Baseball. Lanier blätterte auf der niedrigen Ledercouch Zeitschriften durch und suchte nach darin versteckten Papieren.

Sarah Evans sah sich unterdessen im Bad, einem winzigen angebauten Verschlag mit einem Waschbecken, einer Dusche und einer Toilette, nach Spritzen und Morphiumampullen um.

Hardy fand, daß sie ein wunderschönes, aufrichtiges Lächeln hatte. Wie der stellvertretende Staatsanwalt, mit dem Glitsky ihn gestern bekanntgemacht hatte, wirkte sie auf ihn kaum alt genug, um Pfadfinderin zu sein – geschweige denn Inspector bei der Mordkommission.

Als Hardy den Kaffee einschenkte, kam sie aus dem Bad, setzte sich zu den Männern und stellte mit einem Lächeln den winzigen Kassettenrecorder zwischen sie auf den Tisch. Sie hatte schulterlanges, dunkles Haar, ein ovales, sommersprossiges Gesicht und auffällig weit auseinanderstehende grüne Augen. Unter der praktischen Dienstkleidung war eine kräftige, sportliche und sehr gute Figur zu erkennen. »Es stört Sie doch nicht«, sagte sie immer noch lächelnd. »So schlagen wir zwei Fliegen mit einer Klappe.«

Graham kannte das Gesetz. Er wußte, daß ein Gespräch mit einem Polizeibeamten im Rahmen einer offiziellen Untersuchung eine sehr ernste Angelegenheit war. Und weil er befürchtete, ausgetrickst zu werden, hatte er sofort seinen Anwalt angerufen.

Doch nachdem er die beiden Beamten in die Wohnung gelassen hatte, hatte er Sergeant Evans richtig *gesehen*. Und er bildete sich ein, daß er ihr auch aufgefallen war. Sie waren in etwa gleichaltrig. Natürlich hatte ihr Besuch rein dienstliche Gründe, aber sie war eine hübsche Frau, und mit Frauen hatte Graham Erfahrung. Er zweifelte nicht daran, sie um den Finger wickeln und auf seine Seite ziehen zu können, auch wenn sie sich noch so kühl und professionell gab.

Das hatte mit Juristerei nichts zu tun, sondern eher mit gesundem Menschenverstand. Man mußte sich die Schwächen anderer Leute zunutze machen. Es lag nur an ihm, wie sich die Situation entwickelte. Und es war ein kluger Schachzug, mit ihr zu sprechen, obwohl ihm die meisten Anwälte wohl davon abgeraten hätten.

Manchmal mußte man eben auf seinen Bauch hören.

»Ich bedaure, aber mein Mandant wird nicht ...«, fing Hardy an.

»Schon gut.« Graham unterbrach ihn mit einer Handbewegung. »Du hast doch selbst gesagt, Diz, daß ich mit der Polizei zusammenarbeiten soll. Ich habe nichts zu verbergen.« Er zuckte die Achseln und warf einen beiläufigen Blick auf Evans. »Schießen Sie los, Inspector.« Ein breites Grinsen. »Natürlich nicht im wörtlichen Sinn.«

Sarah erwiderte sein Lächeln und trank einen großen Schluck Kaffee. Nachdem sie ihn eine Weile gemustert hatte, blickte sie zu Boden, nahm sich zusammen und wurde ernst.

In Ordnung.

Zuerst spulte sie die üblichen Formalitäten für die Niederschrift herunter und fing dann an: »Bei der Vernehmung durch Inspector Lanier am Samstag sagten Sie, Sie hätten nicht gewußt, daß Ihr Vater Morphium in seiner Wohnung aufbewahrte ...«

»Augenblick mal«, sagte Hardy. »Ich muß mich dagegen verwahren. Du solltest nicht darauf antworten, Graham.«

Aber der junge Mann wirkte ganz ruhig. »Ich möchte das erklären, Diz.« Er sah Inspector Evans an. »So habe ich es nicht ausgedrückt. Ich sagte, ich wisse nicht, wie es in die Wohnung gekommen sei.«

Abrupt klappte Lanier die Zeitschrift zu, in der er gerade geblättert hatte. »Moment mal,« protestierte er. Seine Miene wurde finster. »Schon gut«, sagte er dann und nahm die nächste Zeitschrift vom Stapel.

»Aber Sie wußten vom Vorhandensein des Morphiums?« fragte Evans.

»Graham!« Auch auf die Gefahr hin, seinen Mandanten zu verärgern, mußte Hardy eingreifen. Er wollte verhindern, daß Graham sich um Kopf und Kragen redete. Als Anwalt hätte ihm klar sein müssen, daß er sich damit nur schadete. Was dachte er sich bloß dabei? Begriff er nicht, daß es sich hier nicht um einen Plausch unter Freunden handelte? Die Befragung wurde auf Band aufgenommen, abgetippt und könnte gegen ihn verwendet werden. Es wurmte Hardy, daß er sich vielleicht völlig umsonst hierherbemüht hatte. »Wir können später unter vier Augen darüber sprechen.«

Doch Graham beachtete ihn nicht und lächelte der hübschen Beamtin zu. »Das Morphium? Ich habe ihm gezeigt, wie er sich selbst Spritzen geben kann. Er hatte große Schmerzen.«

Wieder die Schmerzen. Ständig redete Graham von den Schmerzen.

»Weshalb hatte er Schmerzen?«

»Keine Ahnung.«

»Haben Sie ihn nicht danach gefragt?«

»Nein. Außerdem hätte mein Vater mir sowieso nicht geantwortet, sondern gesagt, ich solle mich um meinen eigenen Kram kümmern. Er wollte kein Mitleid.«

»Also haben Sie Ihren Vater besucht und ihm gezeigt, wie er sich selbst Morphium spritzen konnte?«

»Richtig.«

»Obwohl Sie einander nicht sehr nahestanden?«

Graham warf Hardy einen Blick zu. Suchte er Bestätigung? Hardy konnte das nicht feststellen. Der Stein war ins Rollen geraten. Hardy hatte versucht, Graham zu stoppen, solange das noch möglich war. Wenn sein Mandant jetzt einen Rückzieher machte, würde er die beiden Beamten nur in ihrem Verdacht bestärken. Hardy trank einen Schluck Kaffee und wartete ab.

»Auch wenn wir uns nicht nahestanden, wollte ich doch nicht, daß er leidet.« Graham zuckte die Achseln. »Er hat mich darum gebeten, es ihm zu zeigen, und ich habe es ihm gezeigt. Aber ich habe ihm nie eine Spritze gegeben. Ich wußte, was er vorhatte.«

»Und was war das?«

Graham zuckte nicht mit der Wimper. Er sah Evans eindringlich an. »Was er getan *hat*. Sich umbringen.«

Hardy hielt den Zeitpunkt für gekommen, eine wichtige Information loszuwerden, die sein Mandant vermutlich noch nicht kannte. »Gestern abend ist der Autopsiebericht fertiggeworden, Graham«, sagte er. »Mord ist nicht ausgeschlossen.«

Grahams Tasse blieb in der Luft stehen. Er stellte sie auf den Tisch und lehnte sich zurück. »Das ist doch Schwachsinn!«

Hardy nickte. »Vielleicht, aber deswegen ist die Polizei hier.«

Graham beugte sich vor, stützte die Ellenbogen auf den Tisch und starrte Evans in die Augen. Wieder erschien Hardy diese Geste ein wenig übertrieben. Seiner Meinung nach war der alte Trick mit dem Blickkontakt keine Garantie dafür, daß jemand tatsächlich die Wahrheit sagte. »Ich habe meinen Vater nicht umgebracht. Er hat Selbstmord begangen.«

Sarah Evans ließ sich nichts anmerken. Sie nickte, schob den Kassettenrecorder ein Stück zur Seite und trank einen Schluck Kaffee. »Wie oft haben Sie Ihren Vater im letzten halben Jahr schätzungsweise gesehen?«

»Weiß nicht genau. Sechs- oder achtmal.«

»Also mehr als einmal im Monat?«

»Er wurde allmählich senil. Er hatte Alzheimer. Manchmal rief er mich an und vergaß es gleich wieder. Er verlegte ständig Sachen. Ich kam dann und half ihm beim Suchen.«

»Auch das Morphium?«

Eine Pause. »Ja.«

»Weshalb hatte er Schmerzen?« hakte Evans nach. »Wer hat ihm das Morphium gegeben?«

Er lächelte breit. »Das haben Sie mich schon mal gefragt.«

»Und Sie haben geantwortet, Sie wüßten es nicht.«

»Richtig. Und daran hat sich nichts geändert.«

Sie versuchte es anders. »Sie arbeiten doch bei einem Rettungsdienst?«

»Ich bin Sanitäter und fahre im Krankenwagen mit.«

»Da haben Sie doch sicher Spritzen und ähnliches...«

Hardy konnte nicht länger an sich halten. »Entschuldigen Sie, aber Graham hat bereits gesagt, daß er nichts über die Herkunft des Morphiums weiß.«

»Schon«, sagte sie. »Aber ich frage jetzt nach den Spritzen.«

»Das ist dasselbe...«

Aber Graham legte Hardy die Hand auf den Arm und unterbrach ihn. »Kann sein, daß ich ihm ein paar Spritzen mitgebracht habe. Ich wollte, daß er saubere Nadeln benutzt.«

Darauf folgte Schweigen. Lanier blätterte in seiner Zeitschrift, Graham beugte sich über den Tisch und öffnete die Jalousien. Es wurde ein wenig heller im Zimmer. Hier in der Edgewood Avenue oberhalb des Nebels war es ein wunderschöner Tag.

Evans schlug eine neue Richtung ein. »Sie sind der Nachlaßverwalter Ihres Vaters. Was wissen Sie über den Safe?«

Grahams Tasse war leer. Kurz wandte er den Blick ab und sah Evans dann wieder an. »Nicht viel«, sagte er.

»Was hat Ihr Vater darin aufbewahrt?«

»Wahrscheinlich gar nichts«, erwiderte Graham. »Er besaß nichts, bei dem sich das Wegsperren lohnte.«

»Wo hatte er seine Baseballkarten?«

»Keine Ahnung.«

»Interessiert es Sie gar nicht, welche Baseballkarten ich meine?«

»Nein. Ich weiß, daß er früher mal eine Sammlung hatte, aber nicht, was damit passiert ist. Vielleicht war sie in dem Safe.«

Hardy ahnte, daß Evans etwas im Schilde führte, und wollte ihr zuvorkommen. Allmählich fühlte Graham sich durch die Fragen in die Enge getrieben. »Möchte noch jemand Kaffee?« erkundigte sich Hardy.

Niemand meldete sich.

Während Hardy zur Kaffeemaschine ging, bohrte Evans weiter. »Und Sie haben nie selbst in den Safe gesehen oder ihn geöffnet?«

»Nein. Ich glaube, der Safe war nichts weiter als ein Requisit. Sal tat gerne so, als ginge es ihm finanziell gut. Als brauchte er niemanden und hätte jede Menge Geld. Aber Sie haben ja gesehen, wo er wohnte.«

Lanier blätterte die Bademodenausgabe von *Sports Illustrated* durch. Plötzlich hielt er ein Blatt Papier hoch, Briefpapier aus einem Motel 6. »Was haben wir denn da?« sagte er.

Lieber Graham,

ganz gleich, was die anderen denken, ich bin stolz auf Dich. Ich weiß nicht, ob Dir das nach so langer Zeit noch etwas bedeutet, aber ich meine es ehrlich. Ich habe Deinen Lebensweg so gut ich konnte verfolgt, denn Du bist das einzige meiner Kinder, auf das ich noch Hoffnung setze. Deine Mutter hat es mir nicht leicht gemacht, den Kontakt zu halten, und ihr habt mir ja alle klipp und klar gesagt, daß ihr nichts mehr mit mir zu tun haben wollt. Wahrscheinlich liegt das daran, was eure Mutter euch erzählt hat.

Doch ich bin über Deinen Aufstieg in den Minor Leagues *und Dein Jurastudium auf dem laufenden. Ich weiß auch, wo Deb und ihr Mann wohnen, Georgie ebenfalls. Warum sind die beiden nur so vor die Hunde gegangen? Vermutlich deshalb, weil ich mich verdrückt habe.*

Hat deine Mutter Dir je verraten, daß ich alle drei oder vier Monate angerufen habe, um mich nach euch zu erkundigen? Bestimmt nicht. Ich möchte, daß Du das weißt. So habe ich auch erfahren, daß Du die Juristerei an den Nagel gehängt hast, um es noch ein letztesmal mit dem Baseball zu versuchen.

Ich habe Dich heute spielen sehen. Zweimal hast Du es bis zur dritten Base geschafft. Erinnerst Du Dich noch? Früher waren wir beide der Ansicht, daß ein Triple *in jedem Fall besser ist als ein* Home Run. *Der aufregendste Moment im ganzen Spiel, hab ich nicht recht? Außerdem hast Du dieses wunderschöne* Double Play *über 3-6-4 gestartet. Du warst der Star des Tages, mein Sohn, und ich bin so stolz auf Dich, weil Du wieder Baseball spielst.*

Wir alle haben unsere Grenzen, und nur wenige Menschen geben ihr Bestes. Ich wollte Dir nur sagen, daß es richtig von Dir war, das zu tun, wozu Du geboren bist. Jemand hat sich sehr darüber gefreut.

Während Hardy den Brief durchsah, lag ein drückendes Schweigen in der Luft. Dann nahm Lanier ihm die Seite aus der Hand. Nach einem kurzen Blick darauf reichte er sie Evans. »Die letzte Zeile ist in einer anderen Handschrift geschrieben: Sechzehn, acht, siebenundzwanzig.«

»Was bedeutet das?« fragte Hardy. Er wußte nicht, wie er dem Einhalt gebieten sollte. Das alles war nur sein Fehler. Er hatte es vermasselt. Man durfte einfach nicht zulassen, daß der eigene Mandant mit der Polizei redet. Und er hatte tatenlos zugesehen. Daß Graham den beiden Beamten nichts verraten hatte, was diese nicht auch allein herausfinden konnten, beruhigte sein schlechtes Gewissen nur unwesentlich.

Evans erkannte die Zahlen sofort. »Das ist die Kombination von Sals Safe. Über den Graham angeblich nichts weiß.«

Es war schon nach elf. Da Evans und Lanier Graham nicht erlaubten, ins Bad zu gehen und bei geschlossener Tür zu duschen, trug er noch immer die Sachen, in denen er geschlafen hatte.

Graham und Hardy saßen wortlos an dem großen Tisch vor dem Fenster. Inzwischen waren die Jalousien ganz hochgezogen, der Nebel hatte sich gelichtet, und die Stadt schimmerte in der Sonne. Graham hatte das Fenster einen Spalt geöffnet, so daß hin und wieder eine leichte Brise ins Zimmer wehte. Aber die Stimmung war gedrückt und nicht besonders angenehm.

Für Hardy sah es aus, als durchsuchten die beiden Beamten, beflügelt von der Entdeckung, daß Graham die Kombination des Safes doch kannte, die Wohnung noch gründlicher als zuvor. Systematisch arbeiteten sie sich von der Eingangstür aus vor, öffneten gemächlich jedes Buch und jede Schublade, hoben alles hoch, was nicht festgeschraubt war, und überprüften die

Taschen der Kleidungsstücke im Schrank und die Vorratsdosen in der Küche.

Hoffentlich sind sie bald fertig, dachte Hardy. Wenn sie außer dem Brief nichts entdeckten, konnte nicht viel passieren. Graham hatte eingewandt, es spiele keine Rolle, daß er die Kombination irgendwann mal gewußt habe. Er habe sich auch nicht mehr daran erinnert, daß er den Brief seines Vaters in diese Zeitschrift gelegt hatte. Glaubten die beiden allen Ernstes, daß ihn die Kombination des Safes interessierte? Er könne sich nicht einmal erinnern, warum er sie aufgeschrieben hatte. Vielleicht hatte ihm sein Vater die Zahlen bei einem zufälligen Telephongespräch diktiert. Keine Ahnung.

Hardy wünschte, sein Mandant würde nicht so viel reden. Inzwischen schien die Durchsuchung fast vorbei zu sein, ohne daß die Beamten auf etwas Verdächtiges gestoßen wären. Sie näheten sich dem Tisch, wo Graham und Hardy saßen. Während Lanier einen Stuhl wegschob und die Schublade eines kleinen Schreibtischs neben dem Bett aufzog, kramte Evans eine Kautabakdose aus einer anderen Schublade und öffnete sie nach kurzem Schütteln.

»Sechs Schlüssel«, stellte sie fest und sah ihren Partner an. Sie klimperte mit den Schlüsseln, die an einem schlichten Metallring hingen.

Plötzlich malte sich Entsetzen auf Grahams Gesicht. Der Ausdruck war zwar sofort wieder verflogen, aber Hardy bekam es dennoch mit der Angst zu tun. Offenbar hatte Graham fest damit gerechnet, daß den beiden Beamten die Schlüssel schon deshalb nicht auffallen würden, weil er sich gar nicht die Mühe gemacht hatte, sie zu verstecken. Ein folgenschwerer Irrtum, denn nun wirkte er erst recht verdächtig.

Sarah Evans drehte sich zu Graham um und ließ ihren Fund auf den Tisch fallen. »Jetzt spielen wir mal ein neues Spiel. Es heißt: Wozu passen diese Schlüssel? Einverstanden?«

Graham zog die Schultern hoch und trommelte mit den Fingern gegen die Tischkante. Dann bedachte er Sarah mit einem breiten Grinsen. »Ich habe wirklich nicht die geringste Ahnung. Es sind einfach nur Schlüssel. Die meisten Leute haben doch irgendwelche Schlüssel herumliegen.« Er griff nach dem Schlüsselring. »Die beiden da sind wahrscheinlich die Ersatzschlüssel für mein Auto. Der gehört zu dem Riegel an der Tür.«

Evans hielt einen Schlüssel hoch. »Besitzen Sie ein Bankschließfach. Der hier sieht ganz danach aus. Bei welcher Bank sind Sie denn?«

Grahams Lächeln war wie weggeblasen. Lanier, der am Schreibtisch saß, betrachtete ihn aufmerksam.

Bevor Hardy Gelegenheit hatte, Graham mit einer Handbewegung zum Schweigen zu bringen, platzte dieser heraus: »Ich weiß nicht.«

Lanier klopfte mit etwas, das er in der Schublade entdeckt hatte, auf den Schreibtisch. »Dieses Scheckbuch stammt von der Wells-Fargo-Bank. Die Filiale ist nur fünf Blocks entfernt. Wenn wir hier fertig sind, fahren wir hin und schauen uns die Sache mal an. Vielleicht besorgen wir uns einen neuen Durchsuchungsbefehl.«

Inspector Sergeant Sarah Evans zog sich einen Stuhl heran. »Graham«, sagte sie, »wollen Sie mir wirklich weismachen, Sie wüßten nicht, ob Sie ein Bankschließfach besitzen?«

Graham schien den Ernst der Lage nicht zu begreifen. Er kicherte vor sich hin, versuchte, die Situation locker zu nehmen und bloß keine Krisenstimmung aufkommen zu lassen. Offenbar konnte er sich nicht vorstellen, daß man ihn womöglich in Handschellen abführen würde.

Hardy hatte keine Ahnung, was sich in dem Bankschließfach befand. Nach Grahams Verhalten zu urteilen, war es bestimmt nichts Erfreuliches.

Er legte Graham die Hand auf die Schulter und stand auf. Die Vernehmung war beendet.

Hardy war niedergeschlagen. Den ganzen Vormittag war er nun schon auf den Beinen, ohne etwas bewirkt zu haben. Bis jetzt hatte er nicht viel für Graham Russo tun können. Erst wenn die Gegenseite den nächsten Schritt unternahm, konnte er eingreifen.

4

Mario Giotti saß an seinem Stammplatz bei Stagnola's am Fisherman's Wharf. Er trank seinen Eistee und betrachtete mit bewußt gelassener Miene die Fischerboote, die vor dem Fenster vor Anker lagen. Da er in der Stadt gut bekannt war, hielt er es für wichtig, sich in der Öffentlichkeit stets würdevoll zu geben. Außerdem war heute ein wunderschöner Dienstag morgen im Mai, und bei seiner Ankunft im Restaurant war er ausgezeichneter Dinge gewesen.

Warum auch nicht? Schließlich war er Bundesrichter, eine Lebensstellung, und wohnte in der faszinierendsten Stadt auf der ganzen Welt. Giotti war ein lebenslustiger Sechziger, der seinen durchtrainierten Körper mit täglichem Joggen oder einer Stunde Bodybuilding im Kraftraum des Gerichtsgebäudes in Form hielt. Er wußte, daß er mit seinen stahlgrauen Augen, dem faltenlosen Gesicht und der markanten Nase ein beeindruckendes Bild abgab.

Allerdings hatte er in diesem Moment Mühe, sein Mienenspiel zu beherrschen. Seine Frau hätte schon längst hier sein sollen. Aber er durfte sich seine Gereiztheit nicht anmerken lassen.

Er hatte es schon immer gehaßt zu warten. Zum Glück warteten inzwischen die meisten Leute auf ihn. Schlangestehen kam für ihn nicht in Frage. Wenn er den Gerichtssaal betrat, hatten seine Mitarbeiter bereits dafür gesorgt, daß das Tagesgeschäft direkt nach seinem Eintreffen beginnen konnte. Nur auf seine Frau mußte er immer noch warten. Daran würde sich wohl nichts mehr ändern.

Als er die Fischerboote betrachtete, seufzte er unwillkürlich auf. Das Stagnola's, wo er mindestens einmal in der Woche aß, sofern er nicht verreist war, bedeutete für ihn weniger eine nostalgische Erinnerung als eine Reise zu seinen Wurzeln.

Denn das Lokal war eigentlich das Zuhause seiner Kindheit, seine wahre Heimat, wo er wieder Kraft tanken konnte. Fünfundsechzig Jahre lang, also über drei Generationen, hatte das Restaurant den Namen Giotti's Grotto getragen.

Der Urgroßvater des Richters hatte es mitten in der Weltwirtschaftskrise eröffnet. Es war in Familienbesitz geblieben, immer wieder erweitert worden und hatte sich zu einer Attraktion am Fisherman's Wharf entwickelt. 1982 hatte Joey Stagnola es Marios Vater Bruno abgekauft.

Mario war der letzte männliche Sproß der Familie Giotti. Aber er war Rechtsanwalt gewesen und hatte davon geträumt, einmal Richter zu werden. Er hatte nicht vor, am Fisherman's Wharf ein Itaker-Restaurant zu betreiben. Sein Vater Bruno hatte Verständnis dafür. Wenn er noch jung und Akademiker gewesen wäre und dieselben Chancen gehabt hätte wie sein Sohn, hätte er sich genauso entschieden.

Doch Mario wußte, daß sein Entschluß seinem Vater insgeheim das Herz gebrochen hatte. Ein halbes Jahr nach dem Verkauf an Stagnola war er in einer der rotgepolsterten Nischen des Restaurants, hier hinten am Fenster gestorben. Er hatte nach dem Essen einen Sambuca getrunken. Der Leichenbeschauer fand drei Kaffeebohnen, die in guten italienischen Restaurants auf dem Getränk schwimmen und Glück bringen sollen, unzerkaut in seinem Mund.

»Möchten Sie noch Eistee, Euer Ehren?«

Mauritio, der Oberkellner, hatte den Jungen geschickt, um das Glas des Richters nachzufüllen. Mauritio war immer um sein Wohl besorgt.

Giotti bedachte den Kellner in der weißen Jacke mit einem gut einstudierten, freundlichen Lächeln und ließ sich nachgießen. Der Junge erinnerte ihn daran, wie er selbst vor fünfundvierzig Jahren gewesen war: ernst, tüchtig und stets darauf bedacht, daß es den Gästen an nichts fehlte. Als der Kellner zum nächsten Tisch ging, stieß der Richter wieder einen Seufzer aus.

»Du siehst unglücklich aus? Hast du ein Problem?«

Giotti hatte die Ankunft seiner Frau gar nicht bemerkt. Pat Giotti war noch immer attraktiv, und ihrem faltenlosen Gesicht war ihr wahres Alter kaum anzusehen. Sie hatte hohe Wangenknochen und eine ausgezeichnete Figur. Nachdem sie Giotti geküßt hatte, setzte sie sich ihm gegenüber und griff sofort nach seiner Hand. »Ich hab' mich ein wenig verspätet; tut mir leid. Fühlst du dich nicht wohl?«

Seine Miene hellte sich auf. »Ich bin mir nur gerade wie ein alter Mann vorgekommen.«

»Du bist doch nicht alt.«

»Ist schon wieder vorbei.« Er drückte ihre Hand. In der vergangenen Nacht hatten sie sich geliebt, und er wollte damit ausdrücken, daß er sich noch gut daran erinnerte. Sie hatte recht, er war nicht alt.

»Denkst du an Sal?«

Er schüttelte den Kopf. »Eigentlich nicht. Der Kellner hat mich nur daran erinnert, wie es war, als ich noch hier gearbeitet habe.« Er warf einen kurzen Blick auf die Boote. »Vielleicht ein bißchen.«

Sie musterte ihn aufmerksam, war anscheinend beruhigt, und nahm sich ein Brötchen. »Ich glaube, es war das beste so«, sagte sie. »Für Sal, meine ich.«

»Bestimmt hast du recht«, antwortete er. »Es ist nur ...« Seine Stimme verlor sich. »Wenn ich zum Hafen hinunterschaue, glaube ich fast, die *Signing Bonus* zu sehen, und Sal, wie er zu mir hinaufwinkt. Ich kann es kaum fassen, daß er nicht mehr da ist.«

»Er hatte ein erfülltes Leben hinter sich, Liebling.«

»Wir waren gleich alt. Ich nehme an, daß es daran liegt.«

»Vergiß nicht, daß er krank war. Er wäre ohnehin bald gestorben. Sein Zustand hätte sich nur verschlimmert. Und jetzt ist er von seinen Leiden erlöst.«

»Vermutlich stimmt das.«

»Sicher ist es am besten so.«

»Du hast recht.« Er blickte aus dem Fenster. »Wahrscheinlich habe ich mir heute einfach den falschen Tisch ausgesucht, weil man von hier aus den Hafen sehen kann. Da kommen so viele Erinnerungen hoch.«

»Aber das ist *unser* Tisch, Mario. Der Tisch des Richters, der immer für dich reserviert ist.«

Wieder drückte er ihre Hand. »Schließlich war er mein Freund. Ich vermisse ihn eben.«

»Du vermißt die Erinnerung an ihn, Liebling. Zum Schluß war er nicht mehr der Freund, als den du ihn gekannt hast, und das weißt du genau.«

»Natürlich.«

Sie sah ihn an und tätschelte seine Hand.

»Das kannst du nicht leugnen«, sagte sie.

»Schon gut, Pat. Es ist besser so. Es fällt mir nur schwer.«

Der Kellner nahm ihre Bestellung entgegen. Pat wollte ein Glas Pinot Grigio zu ihren Kammuscheln. Der Richter aß Krebse und blieb bei Eistee. Wein kam nicht in Frage. Er wurde am Nachmittag bei Gericht erwartet.

Schweigend saßen sie eine Weile da, bis der Wein gebracht wurde. Nachdem sie einen Schluck genommen hatte, stellte sie das Glas weg. »Hast du heute morgen die Zeitung gelesen. Es heißt, daß es möglicherweise gar kein Selbstmord war.«

»Möglicherweise? Es war ganz sicher keiner«, erwiderte der Richter knapp.

Fast wäre Pat an ihrem Wein erstickt. Sie trank noch einen Schluck. »Was sagst du da?«

Der Richter zuckte die Achseln. »Für mich weist alles auf Sterbehilfe hin. Die Morphiumampullen mit den entfernten Etiketten können nur von einem Arzt oder Krankenpfleger stammen, und der hat ihm gewiß auch die Spritze gegeben. Ich habe Annie« – seine Sekretärin – »heute morgen gebeten, bei Gericht eine Kopie des Autopsieberichts zu besorgen.«

»Und?«

Nachdenklich riß der Richter ein Stück von seinem Sauerteigbrötchen ab, steckte es aber nicht in den Mund. »Die Morphiumdosis war nicht sehr hoch. Acht Milligramm. Wenn Sal allein gewesen wäre, hätte er bestimmt das Doppelte genommen, um auf Nummer Sicher zu gehen. Es wären ja noch drei Ampullen dagewesen. Doch die Person, die ihm geholfen hat, hat ihm acht Milligramm direkt in die Vene injiziert.«

»Was intramuskulär nicht genügt hätte?«

Giotti nickte. »Also muß es eine medizinische Fachkraft gewesen sein. Oder wenigstens jemand, der sich in solchen Dingen auskennt.« Trotz des traurigen Themas mußte er bewundernd lächeln. »Du hast ein Gedächtnis wie ein Elefant. In welchen Fall war das? Ellison?«

Seine Frau schien sich über das Kompliment zu freuen. Giotti spielte auf einen Kunstfehlerprozeß an, den er vor einigen Jahren in zweiter Instanz geleitet hatte: Vereinigte Staaten gegen die Pharmafirma Ellison. Die Entscheidung eines Arztes, ein Medikament aus der Produktion von Ellison intravenös anstatt intramuskulär zu verabreichen, hatte sich für den Patienten als verhängnisvoll erwiesen. Der Arzt hatte versucht, dem Hersteller den schwarzen Peter zuzuschieben, aber sein Plan war nicht aufgegangen. Ein intravenös injiziertes Medikament wirkt nämlich um einiges stärker als ein intramuskulär gespritztes. Giotti hatte entschieden, daß jeder Arzt auf diesem Planeten das eigentlich hätte wissen müssen.

Pat Giotti, die nur für ihren Mann lebte, gab sich Mühe, über möglichst viele seiner Fälle gut informiert zu sein. Sie hatte keinen Beruf gelernt und seit den Anfangstagen ihrer Ehe nicht mehr gearbeitet. Ihre ständige Angst war, daß ihr und ihrem Mann eines Tages die Gesprächsthemen ausgehen würden. Deshalb versuchte sie, sowohl was das Gesetz anging als auch über die Hintergründe jedes Falles, auf dem laufenden zu bleiben.

Giotti lehnte sich zurück und ließ Pats Hand los, als der Kellner das Essen brachte. »Eines steht fest«, sagte er. »Die Sache ist noch längst nicht abgeschlossen. Zuerst muß festgestellt werden, ob es wirklich ein Selbstmord war.«

Pat Giotti legte die Gabel weg. »Sagen sie ausdrücklich, es könnte keiner gewesen sein?«

»Wenn es kein Selbstmord war, kann es nur Mord gewesen sein, in der einen oder andern Form. Und das bedeutet, daß eine Untersuchung stattfindet.«

»Auch wenn das Gesetz das verlangt, sollten sie das nicht tun. Warum lassen sie die Angelegenheit nicht einfach auf sich beruhen?«

Wieder griff er nach ihrer Hand. »Wer kann sagen, wie groß seine Schmerzen tatsächlich waren? Vielleicht war er aus irgendeinem Grund bereit, sie zu ertragen, und wollte in diesem Moment noch nicht sterben. Und das ist der strittige Punkt.«

Typisch Mario, dachte Pat. Immer dachte er wie ein Richter, wog sämtliche Gründe gegeneinander ab und hatte nur das Gesetz im Kopf. »Deshalb will man herausfinden, wer bei ihm war«, sagte er.

Hardy rechnete aus, wieviel Zeit er an diesem schönen Tag im Freien verbracht hatte. Kurz nach sieben heute morgen war er durch den Nebel zu seinem Auto gegangen: etwa vier Minuten. Dann hatte er ungefähr zwei Minuten vor Grahams Haus gestanden, den Sonnenschein, den Gesang der Vögel und den Blütenduft genossen und mit Lanier gesprochen. Um Viertel nach eins zurück zu seinem Auto: dreißig Sekunden. Und schließlich noch zwei Minuten von der Parkgarage in der Innenstadt ins Büro.

Inzwischen war es Viertel vor acht, und die Sonne war vor kurzem untergegangen. Die Gebäude rings um sein Büro lagen schon im Dämmerlicht. Hardy stand am Fenster und blickte auf die Sutter Street hinunter. Er hatte die Krawatte gelockert und das Sakko ausgezogen. Seine Augen brannten. Dank Graham Russo und Tryptech hatte er einen Dreizehnstundentag hinter sich, und abgesehen von achteinhalb Minuten hatte er sich nur in geschlossenen Räumen aufgehalten.

Die Besprechung mit Terry Lowitz von der Oakland-Hafenverwaltung war gerade zu Ende gegangen. Um halb sechs, als es aussah, als würde die Unterredung noch eine Weile dauern, hatten sie sich belegte Brote bringen lassen. Hardy hatte Frannie angerufen und ihr gesagt, daß es ein bißchen später werden würde. Natürlich war sie nicht sehr begeistert gewesen.

Lowitz war Leiter der Wartungsabteilung und nach Hardys Ansicht ausgesprochen unbegabt im Erzählen. Es hatte Hardy drei Anläufe gekostet, bis der Mann wenigstens seinen vollständigen Namen fürs Protokoll angegeben hatte. Mr. Lowitz vertrat die Auffassung, es sei in der gesamten Geschichte der Hafenverwaltung noch nie vorgekommen, daß ein technisches Gerät nicht ordnungsgemäß gewartet worden sei, was vor allem auf die Verladekräne zutraf.

Hardy war es gelungen, ihm im Laufe von fünf Stunden noch etwa dreißig weitere Beispiele für Unfälle auf dem Hafengelände zu entlocken. Und sämtliche kleineren oder größeren Probleme waren auf technisches Versagen zurückzuführen gewesen. Allerdings hatte Mr. Lowitz für jeden davon eine plausible Erklärung auf Lager. Er würde nicht seinen Job aufs Spiel setzen, indem er seinen Arbeitgeber kritisierte.

Noch ganz in Gedanken nahm Hardy einen der drei Dartpfeile auf seinem Schreibtisch und warf ihn nach der Scheibe an der gegenüberliegenden Wand. Eine Nanosekunde, nachdem der Pfeil seine Hand verlassen hatte, fiel ihm ein, daß er eigentlich dabei war, seinen eigenen Rekord zu brechen, und deshalb auf das Dreier-Segment zielen mußte.

Noch während sich der Pfeil schwungvoll mitten in die Zwanzig bohrte, öffnete sich die Tür, und David Freeman kam mit einer Weinflasche und zwei Gläsern herein. Im selben Augenblick läutete das Telephon.

Hardy hob schicksalsergeben die Hände. »So ist es eben im Leben. Immer passiert alles gleichzeitig.«

Da Freeman im Gegensatz zum Telephon warten konnte, griff Hardy nach dem Hörer. »Ja?«

»Hardy. Abe.«

»Oh, mein Gott, ich glaube, du bist es. Du klingst wenigstens so.«

»Alles nur Tarnung, falls mich einer verwechselt.«

»Was gibt's? Bestimmt möchtest du mir was über Graham Russo erzählen.«

Freeman stellte die Gläser auf den Schreibtisch und ließ sich dann selbst darauf nieder.

Inzwischen hatte sich Hardys Vermutung bestätigt. »Ich rufe wegen Graham Russo an«, sagte Glitsky.

»Ich höre.«

»Ich mache das nur, um dir einen Gefallen zu tun. Anscheinend hast du Lanier und Evans schwer beeindruckt mit deinen Manieren. Ich habe sie gefragt, ob sie was dagegen haben, wenn ich dich anrufe, und sie meinten nein.«

»Für Polizisten haben die beiden eine gute Menschenkenntnis«, sagte Hardy. »Was ist mit Graham?«

Glitsky erzählte es ihm.

Freeman traute seinen Ohren nicht und wiederholte es zur Sicherheit: »Fünfzigtausend Dollar in gebündelten Scheinen? Und vier vollständige Sätze Baseballkarten aus den frühen Fünfzigern?«

»Richtig.«

Der Anwalt trank einen großen Schluck Rotwein. Hardy bemerkte, daß es draußen mittlerweile stockdunkel war.

Er sah auf die Uhr. Vierzehn Minuten nach acht. Genug für heute. Falls Graham noch an diesem Abend festgenommen werden sollte, würde er einen Anruf kriegen und ins Gefängnis kommen müssen. Und wenn er dazwischen nicht eine kleine Pause einlegte, würde er diesen Moment wahrscheinlich nicht mehr erleben.

David Freeman hingegen hatte keine Familie und abgesehen von der Juristerei keine zeitraubenden Hobbys. Nach einem anstrengenden Tag bei Gericht gab es für ihn kein größeres Vergnügen, als bei einem Glas Wein die Einzelheiten eines neuen Falls zu erörtern. Freizeit war für ihn ein Fremdwort. »Also doch keine Sterbehilfe?«

»Was meinst du damit?«

»Fünfzig Riesen und die Baseballkarten, die aus dem Safe des alten Mannes stammen. Das weist nicht unbedingt auf Nächstenliebe hin. Er hat seinen Vater wegen des Geldes umgelegt.«

Hardy winkte ab. »Ich glaube nicht, daß es sich so abgespielt hat, David. Du kennst ihn nicht.«

»Ich brauche ihn nicht zu kennen, wenn ich die Beweise habe. Wenn die Beweise sagen, er hat's getan, dann hat er's getan.«

»Das behauptest du immer.«

»Weil es in den meisten Fällen zutrifft.« Freeman hatte es sich auf dem Sofa bequem gemacht und die Flasche vor sich auf den Couchtisch gestellt. Er schenkte sich Wein ein, ließ ihn im Glas herumwirbeln und dann über die Zunge gleiten. Ein echter Weinkenner. »Warum bleibst du nicht noch ein bißchen? Wir können diesen ausgezeichneten Bordeaux zusammen trinken. Mach doch eine Pause. Schließlich arbeitest du schon den ganzen Tag. Der neue Fall hört sich sehr interessant an.«

Hardy warf noch einen Dartpfeil. Zum Teufel mit seinem persönlichen Rekord, dachte er. Irgendwann würde er es schon schaffen. »Auch wenn du es nicht glaubst, aber mitten in der Nacht hier herumzusitzen und über einen Fall zu reden, den ich sowieso nicht übernehmen werde, entspricht nicht meiner Vorstellung von Erholung. Ich fahre lieber nach Hause und unterhalte mich ein paar Takte mit meiner Frau, bevor sie mich verläßt. Vielleicht ist auch noch ein Gutenachtkuß für die Kinder drin.«

Freeman kräuselte verächtlich die Lippen. »Bist du denn nicht neugierig wegen des Geldes?«

»Dafür gibt es eine Erklärung.«

»Genau darauf will ich hinaus. Möchtest du sie nicht hören?«

»Ich erfahre sie früh genug aus den Nachrichten.« Hardy nahm sein Sakko vom Schreibtischstuhl, schlüpfte auf den Weg zur Tür hinein, und griff nach seinem Aktenkoffer. »Mach das Licht aus und schließ ab, wenn du gehst. Der Vermieter hier ist ein richtiger Tyrann.«

Freeman nahm seine Flasche in die Hand und stand auf. »Nein, ich verzieh mich wieder in mein Büro.«

Sein brauner Anzug sah aus, als hätte er darin geduscht und dann darin geschlafen. Sein Hemdkragen wies einige rostrote Flecken auf, wo er sich beim Rasieren geschnitten hatte. Die Krawatte hätte aus einer Tischdecke in einem italienischen Restaurant geschnitten worden sein können. Freeman war einen halben Kopf kleiner als Hardy und wog etwa fünfzehn Kilo mehr, die vor allem am Bauch saßen. Und dennoch war David Freeman mit seinem eindringlichen Blick und seiner Begeisterungsfähigkeit ein beeindruckender, zuweilen sogar furchteinflößender Mann.

Kurz vor Hardy blieb er unvermittelt stehen, überlegte eine Weile und stieß ihm dann den Zeigefinger in die Brust. »Du weißt, dieses Leben ist keine Generalprobe. Wenn du zu wissen glaubst, wie Sal Russo zu Tode gekommen ist, hat sein Sohn ein Recht, es zu erfahren. Du hast ihn als Mandanten angenommen, also bist du ihm das schuldig, auch wenn du dich für noch so beschäftigt hältst. Und außerdem gebe ich dir noch einen kostenlosen Rat: Vielleicht solltest du versuchen, ein bißchen Spaß dabei zu haben.«

»So wie du?«

»Genau! So wie ich. Mir macht das alles einen Heidenspaß.«

»Du arbeitest Tag und Nacht.«

»Ich liebe meine Arbeit. Ich würde nie etwas tun, wozu ich keine Lust habe«, entrüstete sich Freeman.

»Ich sage es ja nur ungern, David, aber du hast keine Kinder.«

Der alte Mann musterte ihn prüfend. »Und du hast welche. Na und?«

»Deshalb kann ich nicht mehr das tun, wozu ich Lust habe. Für mich gibt es nur noch Pflichten. So sieht mein Leben aus. Das ist die Wirklichkeit. Ich denke nicht mal mehr darüber nach, wozu ich Lust habe.«

Freeman griff nach seinem Weinglas und nahm einen Schluck. »Kinder zu haben war doch deine eigene Entscheidung. Oder irre ich mich?«

»Stimmt.«

»Also ist es auch deine Entscheidung, wie du mit ihnen zusammenleben willst.«

Hardy stellte fest, daß er sich darüber ärgerte. »Das klingt ja theoretisch alles wunderbar, David, aber du hast keine Ahnung, wovon du redest.«

»Du brauchst diesen Fall, einen Mordfall, etwas, woran dir was liegt«, sprach Freeman weiter. »Du verschleißt dich.«

Das hatte Hardy gerade noch gefehlt – es kam der Wahrheit einfach zu nahe. Er knipste das Licht aus und schloß die Tür hinter ihnen. »Danke für die weisen Worte.«

Der kurze dunkle Korridor führte zu einer Treppe, die die beiden Männer schweigend hinuntergingen. Im ersten Stock befand sich der Empfangstisch, wo sonst Phyllis thronte. Jetzt war in der geräumigen, elegant möblierten Vorhalle niemand zu sehen. Die Hauptbeleuchtung war ausgeschaltet. Nur die in die Decke eingelassenen kleinen Strahler verbreiteten ein dämmriges Licht. Freeman brummelte gute Nacht und war schon fast in seinem Büro, als Hardy oben an der gewundenen Haupttreppe noch einmal stehenblieb. Seufzend stellte er den Aktenkoffer ab. »David.«

»Ja?«

»Ich finde, du solltest den Fall Russo übernehmen.«

»Ehrlich gesagt, würde ich einen Mord begehen, um ihn zu kriegen.«

Hardy schmunzelte. »Die Mühe kannst du dir sparen. Er gehört dir, das meine ich ernst. Von jetzt an ist Graham dein Mandant. Du kannst dich mit ihm bekanntmachen, wenn sie ihn festnehmen, was wahrscheinlich innerhalb der nächsten fünf Minuten passieren wird. Wenn du dich beeilst, schaffst du es noch vor ihm zum Gefängnis.«

Der alte Mann überlegte eine Weile. »Klingt verführerisch, aber es geht nicht. Ich bin zu teuer für ihn.«

»Dann mach es eben gratis. Er kann sich sowieso keinen Anwalt leisten, und für dich wäre es eine ausgezeichnete Werbung.«

»Es ist dein Fall, Diz. Graham ist dein Mandant.«

»Ich will ihn nicht, David. Das Geld ist nicht das Problem. Ich habe einfach nicht die Kraft für einen Mordprozeß.«

»Auch wenn du meine Meinung nicht hören willst: Du kannst es dir nicht leisten, ihn nicht zu nehmen«, hallte Freemans Stimme durch die Dunkelheit. »Seit Jahren erzählst du mir, daß meine Mandanten ohnehin schuldig und der Abschaum der Menschheit sind. Sie verdienen zwar die beste Verteidigung, die das Gesetz ihnen zugesteht, doch Dismas Hardy möchte sich nicht mit ihnen die Finger schmutzig machen. Du hast noch Ideale. Du mußt an deine Mandanten glauben, daran, daß sie im Grunde ihres Herzens gut sind. Und jetzt erzähle ich dir mal etwas über die menschliche Natur: Sie ist sehr wankelmütig. Deshalb kommt es häufiger vor, daß ein eigentlich guter Mensch etwas Böses tut. Aus diesem Grund haben wir unsere wunderbaren Gesetze.«

Verärgert kam der alte Anwalt einen Schritt näher. »Du denkst, deine Arbeit für Tryptech ist sauberer als das, was ich tue? Daß ich nicht lache! Dyson Brunel ist ein unverfrorener Lügner, vielleicht sogar ein Verbrecher, und trotzdem macht es dir nichts aus, gegen Honorar für ihn die Kartoffeln aus dem Feuer zu holen.« Freeman senkte die Stimme. Er wurde richtig sauer. »Graham Russo ist zu dir gekommen, weil er dich braucht, und du sagst mir, daß er seinen Vater nicht wegen des Geldes umgebracht hat. Du glaubst doch an ihn, oder? Aber du willst ihm nicht helfen. Du kannst es dir nicht leisten. Schön und gut, aber verschone mich bitte in Zukunft mit deinen Rechtfertigungen und deinem scheinheiligen Gesülze. Dafür habe ich nämlich keine Zeit.«

Freeman wirbelte herum, marschierte in sein Büro und knallte die Tür hinter sich zu.

In Hardys Wohnzimmer auf dem Kaminsims marschierte eine Kolonne winziger Elefanten Rüssel an Schwanz. Sie bestanden aus mundgeblasenem venezianischen Glas.

Frannie hatte die Figürchen bei Gump's gesehen und vom ersten Moment an geliebt, obwohl sie wußte, daß sie viel zu teuer waren. Ein überflüssiger Luxus, für den sie einfach kein Geld hatten. Aber Hardy hatte ihr trotzdem sechs davon gekauft und schenkte ihr seitdem jedes Jahr einen zum Hochzeitstag.

Nun, um neun Uhr, war er endlich zu Hause, stand vor den Elefanten und versuchte herauszubekommen, was sie ihm sagen wollten.

Sie gehörten zu ihrer gemeinsamen Geschichte. Als Frannie und er beschlossen hatten zu heiraten, hatten sie lange überlegt, wo sie gemeinsam wohnen wollten. Schließlich war Frannie einverstanden gewesen, von ihrer Doppelhaushälfte in dieses Haus zu ziehen – Hardys Haus. Er hatte gehofft, das Geschenk würde dazu beitragen, daß sie sich hier heimischer fühlte. In regelmäßigen Abständen baute sie die Elefanten neu auf, im Kreis, in einer Reihe, in einer anderen Richtung. Sie waren der Gradmesser ihrer Stimmung.

(Ihr Bruder Moses tat fast jedesmal, wenn er zu Besuch kam, dasselbe – die Elefanten neu arrangieren. Mußte genetisch bedingt sein, dachte Hardy.)

Es war eine Nacht der Schatten. Im Wohnzimmer war es dämmrig wie in der Eingangshalle seines Büros. Nur eine Lampe über dem Telephon in der winzigen Sitzecke zwischen Wohnzimmer und Eßzimmer brannte. Alle Zimmer des viktorianischen Hauses gingen von einem langen Flur ab – wie in einem Eisenbahnwaggon. Wohnzimmer und Eßzimmer lagen vorne. Der hintere Teil, wo sich die Küche befand, war breiter. Dahinter gab es noch drei Schlafzimmer. Im Augenblick herrschte Totenstille.

Die Kinder schliefen schon, und auch Frannie war offensichtlich müde gewesen und hatte sich hingelegt. Hardy schob die Überreste des Nudelgratins in die Mikrowelle, nachdem er noch eine Dose Thunfisch daruntergemischt hatte. So bekam er wenigstens etwas Eiweiß in den Magen, und außerdem schmeckte es besser. Dann breitete er ein paar Seiten aus der Akte Tryptech auf dem Eßtisch aus, aber er konnte sich nicht darauf konzentrieren.

Er goß ein wenig Bushmills in eines der Saftgläser, die die Kinder benutzten. Im Wohnzimmer zündete er das Kaminfeuer an und leerte seinen Drink. Dann duschte er und schlüpfte neben seiner Frau ins Bett. Anscheinend schlief sie wirklich.

Die Elefanten tanzten im gelblichen Licht.

Ein nackter Mann stand vor dem verglühenden Feuer und betrachtete die Tiere. Es waren vierzehn, in einer Reihe aufgestellt, vielleicht im Aufbruch zu einer Karawane. Draußen heulte der Wind.

Jenseits des Feuerscheins war die Nacht pechschwarz. Auf einmal trat eine Frau aus dem Schatten. Sie trug ein weißes, fließendes Gewand. Ihr langes, offenes Haar schimmerte feuerrot. Sie war barfuß.

Der Mann wandte sich um. Er befürchtete zu stolpern, wenn er auf sie zuging, denn er hatte sich schon zwei ordentliche Portionen irischen Whiskey aus dem unzerbrechlichen Tom-und-Jerry-Glas genehmigt.

»Kommst du nicht ins Bett?«

»Ich konnte nicht schlafen.«

»Hab' ich mir schon gedacht.« Sie legte ihm die Hand auf die Schulter. »Es tut dir nicht gut.« Damit meinte sie den Alkohol. Als er jünger gewesen war – vor ihrer Ehe und den Kindern –, hatte er sich selbst die Regel auferlegt, nie Alkohol im Haus zu haben. Inzwischen hätten die Flaschen gereicht, um eine Schnapshandlung zu eröffnen.

»Mir gefallen diese Elefanten«, sagte er. Er fand es faszinierend, eines der stärksten Tiere der Welt aus einem derart zerbrechlichen Material nachzubilden. »Sie sehen aus, als würden sie tanzen. Als wollten sie unbedingt irgendwo hin.«

»Komm wieder ins Bett«, sagte sie. »Ich massiere dir den Rücken.«

»Wieviel Uhr ist es?«

»Zwei. In fünf Stunden stehen die Kinder auf. Es wird dir vorkommen wie fünf Minuten.«

Seine Hand umschloß das Glas, das auf dem Kaminsims stand. Er merkte, daß er sich daran festhielt.

Frannie hatte recht. Der morgige Tag – wieder einer in einer schier endlosen Reihe von Tagen – würde bald anbrechen. Und Freeman hatte ebenfalls recht: Er verschliß sich.

Seufzend ließ er das halbleere Glas auf dem Kaminsims stehen und folgte Frannie den langen Flur entlang ins Schlafzimmer.

5

Hardy weigerte sich zuzugeben, wie erschöpft er war, und ignorierte die leichten Kopfschmerzen und das Druckgefühl hinter den Augen. Er hatte sich vorgenommen, um halb sieben aufzuwachen, und auch diesmal ließ ihn seine innere Uhr nicht im Stich.

Von David Freemans Standpauke am vergangenen Abend hatte ihn die Bemerkung über seine Kinder am tiefsten beeindruckt. Er hatte sich entschieden, eine Familie zu gründen, und es lag an ihm, ihr gemeinsames Leben zu gestalten.

Er verstand nicht, warum er als Vater so kläglich versagte und einfach keinen Weg fand, etwas daran zu ändern. Er hatte keine Freude mehr an ihnen, an Frannie, an seinem Leben, ja nicht einmal mehr an seiner Arbeit. Auch wenn das keine tiefgreifende Erkenntnis war, konnte er es sich endlich eingestehen.

Doch vielleicht war es ja noch nicht zu spät, um etwas zu retten.

Er wußte nicht einmal mehr, wo seine schwarze Bratpfanne abgeblieben war. Sie bestand aus Gußeisen, wog knapp fünf Kilo und war die einzige Hinterlassenschaft seiner Eltern, Joe und Iola, die bei einem Flugzeugabsturz gestorben waren, als Hardy neunzehn gewesen war. Jahrelang, während seiner ersten Ehe und dann wieder als Junggeselle, hatte er ausschließlich diese Pfanne benutzt.

Sie stand immer auf dem Herd, und er polierte sie, bis sie aussah wie Eisenglanz. Nie ließ er sie mit Wasser in Berührung kommen. Er kratzte sie mit einem Pfannenwender sauber, wischte sie mit Salz aus und rieb sie dann mit einem Lappen blank. Auch ohne Butter und Öl blieb nie etwas darin kleben. Die Pfanne hatte zu seinen wichtigsten Schätzen gehört. Am Anfang ihrer Beziehung hatte er Frannie erzählt, die Pfanne sei sozusagen das Symbol seines Lebens.

Wenn das immer noch stimmte, steckte er in ernsthaften Schwierigkeiten, denn er wußte nicht, wo die Pfanne war. Nachdem er die Küche durchsucht hatte, fand er sie schließlich unter seiner Werkbank auf dem Treppenabsatz der Stufen, die in den Garten führten. Irgendwann während der letzten Jahre hatte Frannie die Pfanne weggeräumt, ohne daß es ihm aufgefallen war. Er kochte nicht mehr zu Hause, denn er saß ständig im Büro. Und für sie war das verdammte Ding zu schwer. Im Grunde genommen hatte sie es weggeworfen.

An diesem Morgen stellte sich Hardy nicht wie gewöhnlich unter die Dusche, schlüpfte in Anzug und Krawatte und trank eine Tasse Kaffee. Statt dessen zog er Jeans, ein ausgeblichenes Sweatshirt und Bootsschuhe an und machte sich leise auf die Suche nach der schwarzen Pfanne.

Zwanzig Minuten später war der Teig für die Crêpes fertig, und der Küchentisch war zum Frühstück gedeckt. Er schenkte Frannie eine Tasse Kaffee mit Sahne und einem knappen Teelöffel braunem Zucker ein, wie sie es am liebsten mochte, brachte sie ihr ans Bett und weckte sie mit einem Kuß auf die Wange.

Rebecca, genannt Beck, war Frannies Tochter aus erster Ehe, die Hardy adoptiert hatte. Die Neunjährige lag ausgestreckt und mit offenem Mund im Bett und hatte die Decke zurückgeschlagen. Ihr siebenjähriger Bruder Vincent hatte sein Zimmer zwar im hinteren Teil des Hauses, schlief aber seit einiger Zeit auf einem Futon bei Beck auf dem Boden. Er hatte das Federbett bis über den Kopf gezogen. Hardy stieg über ihn hinweg, setzte sich auf Becks Bettkante und umarmte das Mädchen. »Ahornsirup«, flüsterte er. »Crêpes.«

»Crêpes!« Schlagartig war sie wach, schlang die Arme um ihn und ließ ihn dann wieder los. »Vincent!« rief sie. »Daddy macht Crêpes!«

Ehe Hardy sich versah, stürzte Vincent sich auf ihn und riß ihn um, daß er rücklings auf dem Futon landete, wo unter lautem Kichern eine Balgerei entbrannte.

Mit Gebrüll packte Hardy die beiden Kinder, drückte sie an sich und kitzelte sie, sobald er einen Finger freibekommen konnte. Als ihn – wie immer – ein Knie in den Unterleib traf, stöhnte er auf, doch die Kinder ließen sich dadurch nicht von ihrem Treiben abhalten.

Endlich war Schluß. Hardy lag mit dem Rücken an Becks Bett, die Kinder hatten sich an ihn gelehnt. Er hörte, wie die Dusche anging, und gleichzeitig fing sein Wecker an zu klingeln. Er klopfte den Kindern auf die Schulter. »Los, anziehen«, sagte er. »In fünf Minuten gibt's Frühstück.«

»Vier!« Beck lief in Richtung Bad.

»Drei!« Vincent folgte ihr, aber zu langsam. Die Tür wurde zugeknallt, und dann krachte es, als Vincent dagegenprallte. »Dad! Beck hat die Tür zugeknallt.« Das Getöse wurde lauter. »Dad!«

Hardy rappelte sich auf. Die erste Krise des Tages. Er atmete tief durch und stand auf, um zu vermitteln. Die Schmerzen in seinem Unterleib hatten aufgehört.

Und das Kopfweh war verschwunden.

Als er im Büro ankam, fand er eine Nachricht auf dem Anrufbeantworter vor. Graham saß im Gefängnis. Evans und Lanier waren wieder um sieben Uhr morgens zu ihm gekommen. Diesmal hatten sie ihn wegen Mordes verhaftet.

Da Lanier die Zeugen in einem anderen Mordfall befragte, der sich lang vor Sarahs Versetzung in die Mordkommission ereignet hatte, fuhr sie allein zu Sals Wohnung.

Die Tür war noch immer versiegelt. Auch wenn es sich um eine langweilige Routinearbeit handelte, störte es Sarah nicht, sie zu erledigen. Der alte Fischhändler, der von seiner ganzen Familie gehaßt worden war, machte sie neugierig.

Sie betrat die Wohnung und schloß die Tür hinter sich. Im Wohnzimmer waren die Jalousien hochgezogen. Die Fenster waren so schmutzig, daß man kaum noch hindurchsehen konnte. Draußen schien die Sonne, aber hier drinnen war nicht viel davon zu bemerken. Als Sarah den Lichtschalter neben der Tür betätigte, konnte sich der Kronleuchter mit den sechs Glühbirnen, der in der Mitte des Raums von der Decke hing, nicht gegen das Dämmerlicht durchsetzen – vier der Birnen waren durchgebrannt.

Sie ging zu dem abgewetzten Sofa hinüber und ließ sich auf der Kante nieder. Auf dem fleckigen Couchtisch war noch immer eine dünne Schicht des Fingerabdruck-Puders zu erkennen. Sarah beugte sich vor, stützte die Ellenbogen auf die Knie, hielt die zusammengelegten Fingerspitzen vor den Mund und pustete.

Die Totenstille zerrte an ihren Nerven. Erst nach einer Weile wurde sie sich des Verkehrslärms auf der Seventh Street bewußt, der durch die Fenster drang. Kein Lüftchen regte sich.

Sarah fragte sich, wie es wohl gewesen war, hier zu leben und zu sterben. Allmählich begriff sie, daß Mord sich von den Verbrechen unterschied, mit denen sie im Laufe der Jahre zu tun gehabt hatte. Raub, Überfall, Sachbeschädigung, Betrug. Der Akt des Ermordens an sich mochte ebenso brutal, grausam, berechnend oder im Affekt vor sich gehen wie sämtliche anderen Straftaten, es waren die Folgen, die ihr so viel stärker an die Nieren gingen.

Hier hatte die Geschichte eines Lebens geendet.

Der Mensch, der den Gegenständen, den Möbeln, den Wänden, den Küchenutensilien, ja, sogar der Luft eine Atmosphäre verliehen hatte, war fort. Und zurück blieb nur Leere.

Endlich stand sie auf und öffnete ein Fenster, das nach Westen zeigte. Draußen wehte ein leises Lüftchen, und die Sonne schien. Dennoch hatte Sarah den Eindruck, als wolle der Raum Sonne und Wind nicht hereinlassen.

Sarah drehte sich um und betrachtete die Wohnung, in der Sal Russo gelebt hatte und gestorben war. Plötzlich spürte sie so deutlich Sals Gegenwart, seinen Geist, daß sie ihn fast mit Händen greifen konnte.

Was für ein Mensch war Sal Russo gewesen?

Der Wind ergriff eine Staubflocke auf einem der Beistelltischchen und wehte sie zu Boden. Sarah öffnete noch ein Fenster; sie hatte das Bedürfnis, sich zu bewegen. Vielleicht würde sie die Anwort unter seinen Papieren finden.

Obwohl sie sich dabei albern vorkam, wurde sie das Gefühl nicht los, daß Sal Russo versuchte, mit ihr in Verbindung zu treten, ihr etwas mitzuteilen.

Wenn sie ihn nur hätte verstehen können!

Zuerst untersuchte sie jedes Stück Papier, das sich nicht in einer der Schachteln befand. Sie entdeckte welche unter der Matratze, in den Küchenschränken und in den Schubladen der Beistelltische. Da sie den Zettel mit der Kombination des Safes im Badezimmerpapierkorb gefunden hatte, sah sie auch im Mülleimer in der Küche nach. Auch dort und unter dem abgewetzten Teppich im Wohnzimmer lagen weitere Notizen. Einige waren auf Stücke von braunen Papiertüten geschrieben, manche auf linierte Seiten, andere auf weißes Kopierpapier. Sal hatte alles benutzt, was sich mit Bleistift oder Tinte beschriften ließ.

Auf fast jedem Zettel standen ein Vorname, ein Nachname – hin und wieder beides – und teilweise unvollständige Telephonnummern. Evans glaubte auch, Adressen zu erkennen. Eine Menge Nachforschungen und Recherchen waren nötig, von denen sich einige vielleicht als fruchtbar erweisen würden. Die Arbeit machte ihr nichts aus, schließlich wurde sie dafür bezahlt.

Allerdings verrieten ihr all diese Zettel nichts über Sal Russo. Sie setzte sich aufs Sofa, ging alles Stück für Stück durch und steckte die Papiere in einen der mitgebrachten großen gelben Umschläge. Dann legte sie den vollgestopften Umschlag auf den Tisch und stand wieder auf.

Die Umrißzeichnung von Sals zusammengesunkener Leiche war noch immer auf dem Boden zu sehen. Beim Betreten des Zimmers hatte Sarah unwillkürlich weggeschaut, doch nun kauerte sie sich daneben, versuchte, sich den Toten vorzustellen, und fuhr mit dem Finger die Kreidelinien entlang. »Bitte, alter Mann«, flüsterte sie. »Sprich mit mir.«

Die meisten Kartons befanden sich im Schlafzimmer, das rechts von der Küche abging. Aber einer davon stand im Wohnzimmer in einer Ecke neben dem Sofa. Anscheinend hatte sie ihn bisher nicht bemerkt.

Was hatte sie sonst noch übersehen?

Dann fiel ihr Blick auf das Holzbrett über der Couch. Es war ihr zwar schon zuvor aufgefallen, doch sie hatte es für eine billige Reproduktion gehalten, die zur Ausstattung der möblierten Wohnung gehörte. Da das Bild nie lackiert worden war, war die

Farbe bis zur Unkenntlichkeit ausgeblichen, so daß die Maserung des Holzes durchschimmerte.

Inzwischen stand die Nachmittagssonne so tief, daß sie ein helles Rechteck auf den Boden warf. Nun konnte Sarah die Umrisse des Gemäldes gut erkennen, das eindeutig – und frei von jedem Postkartenkitsch – Fisherman's Wharf darstellte. Wenn Sal es selbst gemalt hatte, worauf die rostbraunen Initialen S. R. in der unteren rechten Ecke hinwiesen, hatte er wirklich Talent gehabt.

Das Fischerboot im Vordergrund, die *Signing Bonus*, war offenbar aufgegeben worden. Auf dem Deck und dem Pier daneben lagen hingeworfene Krabbentöpfe herum. Das Glas in den Bullaugen war zersplittert, die Reling war eingesackt. Nirgendwo war ein Mensch zu sehen. Doch, da war einer. Offenbar handelte es sich bei der einsamen Gestalt um ein Kind, das mit hängenden Schultern auf der Brücke saß, eine zerbrochene Angelrute in der Hand. Hinter dem Boot ragte das verkohlte Skelett eines ausgebrannten Gebäudes in den Himmel.

Sarah trat einen Schritt zurück und verlor sich in der Betrachtung. Nun wußte sie, daß es nicht das Bild selbst war, das ihr zu schaffen machte, sondern die einfühlsame Darstellung. Wenn Sal Russo wirklich der Maler war, war er nicht der typische heruntergekommene Säufer gewesen, sondern ein tieftrauriger Mann. Wenigstens damals.

Sie riß sich aus ihren Gedanken, holte den schweren Karton aus der Ecke, stellte ihn auf den Tisch und klappte die ineinandergeschlagenen Ecken um. Vermutlich waren sie schon oft geöffnet worden.

Eigentlich hatte sie mit einer weiteren Zettelsammlung gerechnet, wieder einem Mischmasch aus Belegen und Notizen – nur älteren Datums – wie die Papiere, die sie bereits überprüft hatte. Statt dessen entdeckte sie zwei abgewetzte Pappordner und vier gebundene Bücher.

Zuerst holte sie die Bücher heraus und legte sie zur Seite – *The Natural* von Bernard Malamud, ein häufig benutzter Leitfaden für Segler, eine alte Buchclubausgabe von *Moby Dick* mit Ledereinband und Goldprägung, und *Der Fall* von Albert Camus.

Die Ordner waren ebenfalls eine Überraschung, denn sie entpuppten sich als ordentlich geführte Photoalben. Anscheinend hatte Sal sie im Wohnzimmer aufbewahrt, um sie sich immer wieder anzusehen. Darauf hätte Sarah jede Wette abgeschlossen.

Es war ihr fast unangenehm, das erste aufzuschlagen: Bilder von einem sehr attraktiven Mann und einer schönen, hochschwangeren Frau. Obwohl Sarah wußte, daß der Mann Sal war, hatte er für sie nur wenig Ähnlichkeit mit dem Toten.

Und dann das erste Babyphoto. Darunter stand in einer markanten Männerhandschrift der Name Graham Joseph Russo.

Die nächsten Seiten blätterte sie schneller durch. Da war das Fischerboot von dem Bild an der Wand – allerdings neu und aufgetakelt mit einem strahlenden Sal Russo am Steuer. Ohne genau zu wissen, warum, holte sie das Photo aus der Plastikhülle und schob es in einen ihrer Umschläge. Darauf folgten Schnappschüsse mit zwei weiteren Kindern. Und Bilder von einem kleinen Hauses, wie sie im Sunset District typisch waren.

Graham wuchs heran, spielte Baseball. Sal musizierte bei Festen auf dem Akkordeon. Photos vom Fischerboot, aufgenommen in der Bucht und am Fisherman's Wharf. Noch ein Kind, ein Mädchen namens Debra. George. Die Frau war immer seltener zu sehen. Und dann in der Mitte des Albums, eine Villa.

Danach kamen keine Photos mehr.

Das sonnenerleuchtete Rechteck auf dem Boden war größer geworden. Sarah stand auf und streckte sich. Sie ging in die Küche, umrundete den umgefallenen Stuhl, den das Spurensicherungsteam liegengelassen hatte, und schenkte sich ein Glas Wasser ein. In diesem Raum war es sehr sonnig. Die Fenster waren viel sauberer als im Wohnzimmer und weder mit Jalousien noch mit Vorhängen versehen. In der Spüle standen drei Tassen, eine noch mit einem Rest schwarzer Flüssigkeit. Auf dem Tisch befanden sich ein schmutziger Teller, ein Messer und eine Gabel. Die Gegenstände lösten in Sarah ein merkwürdiges Gefühl aus. Hätte bei einem Kampf nicht noch mehr Unordnung entstehen müssen?

Sie kehrte ins Wohnzimmer zurück. Nachdem sie sich vorgenommen hatte, mit Lanier darüber zu sprechen, griff sie zum zweiten Ordner: Baseball, Baseball und nochmals Baseball. Sarah machte es sich gemütlich. Diesen Ordner durchzublättern würde ihr Spaß machen. Sie liebte Baseball über alles und spielte immer noch einmal die Woche in ihrer Damenmannschaft.

Sarah war Einzelkind, und Baseball war das gemeinsame Hobby von ihr und ihrem Vater, zu dem sie immer noch ein enges Verhältnis hatte. Ihre Eltern waren inzwischen in Rente und nach Palm Springs gezogen, weshalb Sarah sie nicht mehr so häufig sah. Doch Baseball war und blieb ein wichtiges Thema. Ihr Vater war Dodgers-Fan, Sarah glühende Anhängerin der Giants.

Da ihre Eltern ursprünglich aus Brooklyn stammten, entsprang ihre Treue zu den Dodgers einer Art Lokalpatriotismus. Sarah beschloß, ihnen unbedingt von Graham Russo und seinem Gastspiel als Ersatzmann bei den Dodgers zu erzählen: ein Team, das sogar Mörder beschäftigte. Ihrem Vater würde das gut gefallen.

Die Photos in diesem Album waren viel älter. Schwarzweißbilder von Sal Russo in ganz jungen Jahren. Sarah vergewisserte sich, ob es sich nicht vielleicht doch um Graham handelte, aber nein, es war eindeutig sein Vater als Kind, immer im Sportdreß und immer mit Baseballschläger oder Handschuh. Dazu die ersten Zeitungsausschnitte: »Sal Russo wirft wie der Teufel und schafft zwei *Home Runs* beim Eröffnungsspiel der *Little League*.« »Junge aus der ersten Klasse im Team der Balboa High School.« Aufnahme in die Schülermannschaft von San Francisco. Kalifornische Studentenmannschaft.

Sarah betrachtete das Photo von der Studentenmannschaft. Da war Sal in der zweiten Reihe neben Mario Giotto, dem Richter, der ihn am Freitag tot aufgefunden hatte. Seltsam, wie sich die Kreise schließen, dachte sie.

Nach dem Bericht, in dem stand, daß Sal anläßlich der Vertragsunterzeichnung bei den Orioles einen Bonus erhalten hatte, folgten zwei leere Seiten. Dann kamen die Artikel über Graham, die denen über seinen Vater ziemlich ähnelten. *Little League, Pony League,* High School, College, das Trainingslager der Dodgers.

Plötzlich war Schluß mit den vergilbten Zeitungsausschnitten, das Papier war nun weiß, und die Artikel berichteten von Grahams gescheitertem Comeback. Selbst seine Leistungen während des Frühjahrstrainings in Vero Beach waren aufgeführt. Anscheinend hatte Sal alles gesammelt, was mit der Baseballkarriere des Sohnes zusammenhing, den sie heute morgen wegen Mordes an seinem Vater festgenommen hatte.

Sarah klappte den Ordner zu. In ihren Augen brannten Tränen. Gut, dachte sie. Vielleicht hatte Sal ihr wirklich etwas mitgeteilt, aber sie wußte nicht genau, wie sie es verstehen sollte. Doch vor allem wollte ihr nicht in den Kopf, wie ein junger Mann mit derart glänzenden Zukunftsaussichten so hatte enden können. Immerhin war Sal ein begabter Musiker, Maler und Sportler und außerdem ein charismatischer Mensch gewesen. Er hatte eine schöne Frau und drei gesunde Kinder gehabt. Warum war es so weit mit ihm gekommen? Hatte es vielleicht nur am Geld gelegen?

Sarah glaubte das nicht. Natürlich konnte ein Bankrott einen Menschen auch psychisch zerstören – sie hatte das oft genug erlebt. Aber hier handelte es sich nicht um eine gewöhnliche Pleite. Sal war nicht mittellos gestorben. Er hatte seine Miete bezahlt und mit seinem Fischhandel – wenn auch ohne Gewerbeschein – ein gutes Zubrot verdient. Er hatte sich nicht unterkriegen lassen. Und er hatte beträchtliche Ersparnisse besessen. Die Geldscheine waren von der Bank gebündelt und mit Banderolen versehen worden, die ein siebzehn Jahre altes Datum trugen. Was hatte das zu bedeuten?

Irgendeine Katastrophe mußte passiert sein. Was auch immer es war, es hatte ihn offenbar aus der Bahn geworfen, und nun fragte sich Sarah, ob es auch für seinen Tod verantwortlich war und was das für seinen Sohn bedeutete, der durch ihr Zutun im Gefängnis saß.

Vielleicht steckte die Antwort in einem der Kartons, die im Schlafzimmer standen. Sie legte den zweiten Ordner neben den anderen auf den Tisch und streckte sich wieder. Seit anderthalb Stunden war sie nun schon hier und hatte kaum etwas von ihren eigentlichen Aufgaben erledigt. Es war Zeit, daß sie sich an die Arbeit machte.

Doch dann stand sie wieder vor dem Gemälde, das sie magisch anzog. War der Farbklecks neben dem kleinen Angler – wenn es überhaupt einer war – möglicherweise ein Baseballhandschuh? Hatte sie sonst noch etwas übersehen? Oder gab es hier nicht mehr zu entdecken?

Sie wußte es nicht. Und da sich die anderen Kartons nicht von selbst sortieren würden, mußte sie endlich damit anfangen. Nach einem letzten Blick auf das Bild ging sie ins Schlafzimmer.

Um halb zwei Uhr nachmittags – Sarah war gerade in Sal Russos Wohnung angekommen – wartete Hardy darauf, daß der Wachmann ihm die Tür zu Besucherraum B im Gefängnis von San Francisco aufschloß. Das Gefängnis war verhältnismäßig neu, erst seit etwa einem Jahr in Betrieb, und befand sich direkt hinter dem Justizpalast. Die Besucherräume waren um einiges größer als in der alten Haftanstalt, doch das spielte eigentlich keine Rolle. Obwohl man den Neubau bei Polizei und Justiz allgemein als Luxusknast verspottete, war er kein sehr angenehmer Aufenthaltsort.

Graham war noch nicht heruntergebracht worden. Hardy bat den Wachmann, die Tür offenzulassen, und ging die sechs Schritte bis zum Fenster. Sechs ganze Schritte! Man hatte wirklich nicht am Platz gespart. Und auch das Fenster war nicht zu verachten, auch wenn es nur aus Glasbausteinen bestand.

Im alten Gefängnis waren die Besucherräume bessere Besenkammern gewesen – zweimal drei Meter, unbelüftet, mit einer nackten Glühbirne an der Decke und mit einem Tisch und drei Holzstühlen hoffnungslos vollgestellt. Durch ein Fenster aus Drahtglas in der Wand konnte man draußen auf dem Flur Gefangene und Aufsichtsbeamte vorbeigehen sehen. Während man mit seinem Mandanten sprach, klopften die Sträflinge immer wieder von außen gegen die Scheibe.

Hier brauchte Hardy nicht mit so etwas zu rechnen, denn auf diesem Flur – eher eine Art Laufsteg, von dem die Verwaltungsräume und die Arrestzellen abgingen – spazierten keine Gefangenen herum. Dank der Glasbausteine war es ziemlich hell, besonders an einem sonnigen Tag wie diesem, und obwohl nicht unbedingt eine fröhliche Atmosphäre herrschte, fühlte man sich wenigstens nicht wie in einem Kerker.

Hardy wandte sich vom Fenster ab und dachte an das bevorstehende Gespräch. Die erste Unterredung mit einem Menschen, den man nur in Freiheit kannte, hatte immer etwas Ernüchterndes an sich.

In ein paar Minuten würde ein veränderter Graham Russo hereinkommen – in einem orangefarbenen Overall und vielleicht sogar in Handschellen. In seiner Seele würde etwas zerbrochen sein, und Hardy hatte nur wenig Lust, ihm so zu begegnen.

Er steckte die Hände in die Taschen und wartete.

Zuerst hatten sie sich am Tisch gegenübergesessen, doch inzwischen lief Hardy im Raum auf und ab. Grahams Geschichte hatte eine neue und beunruhigende Wendung genommen. Anscheinend wollte er einfach nicht begreifen, daß Sergeant Evans ihn tatsächlich festgenommen hatte.

»Das hätte ich ihr nie zugetraut.«

»Warum nicht? Sie ist ein Cop. Es gehört zu ihrem Beruf.«

»Ja, aber...« Graham hielt inne und überlegte.

»Aber was?«

Endlich rückte er mit der Sprache heraus. »Ich habe ein kleines Psychospiel mit ihr veranstaltet. Ich dachte, sie kauft mir das ab. Nie hätte ich vermutet, daß sie weiter hinter mir herschnüffelt. Nicht, nachdem ich mich bereiterklärt habe, mit ihr zu reden.«

»Aber du hast ihr nicht die Wahrheit gesagt.«

Graham zuckte die Achseln. »Ich habe mich geirrt.«

»In welcher Hinsicht?«

»Ich habe nicht gelaubt, daß sie so hinter der Wahrheit her ist. Ich dachte, sie interessiert sich für mich als Mensch und achtet nicht so sehr auf die Worte.«

Hardy konnte sich eines unbehaglichen Gefühls nicht erwehren. Schließlich war er selbst auch nicht gerade der Inbegriff der Unparteilichkeit. »Und was machen wir jetzt?«

»Wie meinst du das?«

»Mit uns beiden, der Wahrheit, all diesem Kram.«

»Ich habe dich nicht angelogen.«

»Doch, das hast du. Du hast gesagt, du hättest deinem Vater nicht nahegestanden.«

»Aber das hatte ich der Polizei ja schon erzählt. Ich... es kam mir nicht so wichtig vor. Ich wollte, daß du mir hilfst, und wenn ich mir selbst widersprochen hätte, hättest du mir von Anfang an mißtraut. Tut mir leid.«

Hardy schloß kurz die Augen. »Schön, dann wollen wir mal eines klarstellen. Du hattest ein enges Verhältnis zu deinem Vater, obwohl du mir und der Polizei das Gegenteil vorgemacht hast.«

Graham nickte. »Ich hielt es für einfacher so.«

»Warum?«

»Das ist doch sonnenklar. Ich wollte nicht, daß die Leute auf falsche Gedanken kommen.«

Hardy blieb stehen. »Weißt du, was Mark Twain mal gesagt hat? Das Beste an der Wahrheit ist, daß man sich seine Lügen nicht merken muß.«

»Schon gut, Diz. Es kam eben alles so plötzlich. Ich hatte nicht genug Zeit zum Überlegen. Es tut mir echt leid.«

»Mir auch.« Hardy wollte Nägel mit Köpfen machen. »Du hattest also Angst, man könnte dich verdächtigen, deinem Vater Sterbehilfe geleistet zu haben, wenn du zugegeben hättest, daß ihr euch nahestandet?«

»Ja.«

»Aber du hast ihm nicht beim Selbstmord geholfen?«

Graham betrachtete seine großen Hände vor sich auf dem Tisch und sah dann Hardy an. »Nein, das habe ich dir schon gesagt.«

Hardy stützte eine Hand auf die Tischplatte. »Okay, das stimmt. Inzwischen weiß ich allerdings nicht mehr, ob das die Wahrheit ist.«

»Es ist die Wahrheit.«

»Du hast deinen Vater nicht umgebracht?«

»Nein.«

»Und du hast ihm auch nicht beim Selbstmord geholfen? Ihm zugeredet? Neben ihm gesessen? Denn das spielt eine große Rolle. In diesem Fall sähe die Situation nämlich ganz anders aus.«

»Nein.«

»Du warst am Freitag nicht bei ihm?«

Wieder das ärgerliche Zögern.

»Graham?« Hardy schlug so heftig mit der Faust auf den Tisch, daß sein Mandant zusammenzuckte. »Verdammt, was gibt es da zu überlegen? Entweder warst du da oder nicht.«

»Ich habe an etwas anderes gedacht.«

»Laß das. Konzentrier dich auf meine Fragen. Schaffst du das?«

Hardy setzte sich wieder. »Okay.« Er senkte die Stimme. Schließlich wollte er seinen Mandanten nicht einschüchtern, sondern der Wahrheit auf den Grund kommen. »So, Graham, jetzt reden wir mal über unser Verhältnis. Da du selbst Jurist bist, kennst du dich ja in diesen Dingen aus. Als du mich vorgestern beauftragt hast, bin ich dein Anwalt geworden. Also fallen alle unsere Gespräche unter das Anwaltsgeheimnis. Kapiert?«

»Ja.«

»Deshalb muß ich wissen, was zwischen dir und deinem Vater vorgefallen ist. Und zwar alles. Ich nehme das Geheimnis mit ins Grab, aber ich muß es wissen, damit ich dir helfen kann.«

Graham schob seinen Stuhl ein Stück zurück und verschränkte die Arme vor der Brust. Seiner Miene war nichts zu entnehmen. Er ließ den Blick durch den Raum schweifen und sah Hardy dann an. »Wie lange muß ich hierbleiben?« fragte er schließlich.

Dieser abrupte Themenwechsel war zwar ärgerlich, aber nicht überraschend. Hardy wußte aus Erfahrung, daß Menschen, die sich unerwartet im Gefängnis wiederfanden, häufig an Konzentrationsstörungen litten. »Keine Ahnung.«

Das war die Wahrheit. Trotz Glitskys Anruf vom Vorabend war Graham erst am folgenden Morgen festgenommen worden. Evans und Lanier hatten das Geld im Schließfach am späten Nachmittag entdeckt, laut Glitsky zu spät, um noch einen Haftbefehl bei der Staatsanwaltschaft zu besorgen.

Doch am Abend war Graham weder zu Hause gewesen noch an seiner Arbeitsstätte erschienen. Da Evans und Lanier mit seiner Flucht rechneten, hatten sie ihn ohne Haftbefehl festgenommen, als er ahnungslos die Tür geöffnet hatte. Deshalb war die Staatsanwaltschaft noch gar nicht informiert, was bedeutete, daß der genaue Wortlaut der Anklage – abgesehen davon, daß es sich um ein Tötungsdelikt handelte – nicht feststand.

»Morgen wirst du dem Haftrichter vorgeführt«, erklärte Hardy weiter. »Und weil wir bis dahin keine Kaution beantragen können, mußt du mindestens über Nacht hierbleiben. Falls es mir gelingt, die Kaution in einer vernünftigen Höhe ansetzen zu lassen, was ich vielleicht nicht schaffe, bist du morgen wieder draußen.« Er hielt inne. »Vorausgesetzt, sie führen keine strafverschärfenden Umstände an.«

Graham merkte auf. »Was meinst du damit?« Er fuhr sich mit den Fingern durchs Haar. »Mein Gott, wovon redest du?«

»Von Mord aus Habgier oder in Tateinheit mit Raub. Das sind strafverschärfende Umstände.«

»Ich habe nicht...« Er verstummte. »Was für ein Raub?«

»Fünfzigtausend Dollar in bar«, entgegnete Hardy sachlich. »Und weitere zwanzig- bis dreißigtausend in Form von sehr gut erhaltenen Baseballkarten. Das ist eine Menge Geld, Graham. Wenn man jemanden umbringt und ihm sein Geld oder seine Sachen wegnimmt, nennt man das Raub.«

Wieder verschränkte Graham die Arme und preßte die Lippen zusammen.

»Wollen wir die Sache mal von der Warte eines Außenstehenden aus betrachten – also mit den Augen der beiden Beamten, die dich festgenommen haben, und nicht zu vergessen meiner Wenigkeit. Wieviel verdienst du denn als Sanitäter? Fünfzehn Dollar die Stunde?«

»So ungefähr.«

»Und du wohnst in einem der teuersten Viertel der Stadt. Wie hoch ist die Miete?«

Graham seufzte tief auf. »Fünfzehn«, antwortete er zögernd.

»Okay, du bezahlst fünfzehnhundert Dollar Miete für eine Wohnung, um die dich wahrscheinlich ein Richter beneiden würde. Du hast schicke Möbel und mehr teuren Wein, als du in einem Monat trinken kannst. Was für ein Auto fährst du?«

»Beemer.«

Noch mal fünfzig Riesen, dachte Hardy. Er hätte es sich gleich denken müssen. »Der ist doch bestimmt noch nicht abbezahlt.«

»Machst du Witze?«

»Wie hoch ist die Rate?«

»Sechshundertachtzig.«

Die genauen Zahlen waren nicht so wichtig. Allerdings hatte Graham bestimmt noch weitere Kosten, die sich wahrscheinlich insgesamt auf vier- bis fünftausend Dollar monatlich beliefen. So viel verdiente man nicht als Sanitäter.

»Also sieht es folgendermaßen aus, Graham: Du hast einen Spitzenjob als Referendar am Bundesgericht sausen lassen, dann haben die Dodgers dich rausgeschmissen, und jetzt arbeitest du Teilzeit. Dämmert dir allmählich, welche Fragen sich die anderen stellen werden?«

Graham stützte die Ellenbogen auf den Tisch und zerrte am Halsausschnitt seines Overalls. »Ich verdiene mindestens fünfzig pro Spiel, wenn wir verlieren. Bei Sieg gibt es hundert. Außerdem noch einen Bonus bei Turnieren, zum Beispiel für einen *Home Run*. Letzten Sonntag habe ich vierhundert gemacht.« Offenbar hatte er Hardys verständnislosen Blick bemerkt. »Beim Softball«, erklärte er.

»Wer bezahlt dich dafür, daß du Softball spielst?«

»Craig Ising.«

»Und wer ist das?«

»Ein Millionär und Besitzer der Hornets. So heißt meine Mannschaft.« Hardy begriff immer noch nicht. »Als ich es während des Streiks bis zu den Dodgers geschafft habe«, erläuterte Graham geduldig, »sind ein paar Artikel über uns in der Zeitung erschienen. Und nachdem sie mich vor die Tür gesetzt hatten, hat er sich bei mir gemeldet.«

Hardy hatte zwar jedes Wort gehört, aber er verstand den Zusammenhang noch immer nicht. »Seit wann gibt es im Softball eine Profiliga?«

»Gibt es auch nicht. Es läuft alles unter der Hand. Glücksspiel. Wohlhabende Leute finanzieren die Teams und schließen dann Wetten ab.«

»Wie hoch sind diese Wetten?«

Graham zuckte die Achseln. »Ich bin nicht ganz sicher, obwohl ich manchmal ein paar Zahlen aufschnappe. Zehn Riesen, zwanzig. Pro Spiel.«

Hardy schüttelte den Kopf. »Willst du mich verarschen?«

»Ganz und gar nicht. Es ist ein profitables Geschäft. Der Haken ist nur, daß es Schwarzgeld ist. Ich kann es nicht bei der Steuererklärung angeben.«

»Und wieviel verdienst du tatsächlich?«

Anwaltsgeheimnis hin und her, Graham wollte sich da nicht festlegen. »Weiß ich nicht genau. Manchmal habe ich drei Spiele in der Woche und noch Turniere am Wochenende.«

»Und wie viele Spiele hat so ein Turnier?«

»Normalerweise fünf, wenn man es bis zum Finale schafft.«

Hardy kritzelte ein paar Zahlen auf seinen Notizblock. »Einen Tausender pro Woche?« fragte er.

Wieder ein Achselzucken. »Kann sein. Aber das darf auf keinen Fall rauskommen«, fuhr er aufgeregt fort. So nachdrücklich hatte Hardy ihn noch nicht reden hören. »Die kriegen mich wegen Steuerhinterziehung dran. Ich verliere meine Anwaltszulassung. Dann kann ich nie mehr in meinem Beruf arbeiten.«

»Da sie dich wahrscheinlich wegen Mordes anklagen werden, ist das im Augenblick dein geringstes Problem.« Dagegen war nichts einzuwenden, doch Graham lehnte sich zurück und dachte darüber nach. »Ich dachte, du wolltest sowieso kein Anwalt mehr sein.«

»Komm schon, Diz. Warum denkst du habe ich Jura studiert? Natürlich will ich Anwalt bleiben.«

»Aber du...«

»Ich wollte es nur noch ein letztesmal mit dem Sport versuchen. Ich dachte, ich spiele ein paar Jahre, mache meine Millionen, und dann fange ich in irgendeiner Kanzlei an. Kannst du dir meine Überraschung vorstellen, als ich feststellen mußte, daß mich niemand in dieser Stadt nimmt? Der gute alte Richter Draper hatte mich auf die schwarze Liste setzen lassen und all seine Bekannten angerufen. Natürlich streitet er das ab.«

»Hast du ihn gefragt?«

»War nicht nötig. Es hatte sich längst rumgesprochen. Ich bin ein Unberührbarer.« Wieder sah er sich im Raum um. »Und jetzt noch das hier.«

»Konnte Giotti dir nicht helfen? Schließlich war er ein Freund deines Vaters. Hätte er nicht...«

Graham schüttelte den Kopf, bevor Hardy den Satz beenden konnte. »Keine Chance. Diese Bundesrichter halten zusammen wie Pech und Schwefel. Du mußt begreifen, daß ich diese Typen und das Gericht im Stich gelassen und mich von ihrer Art zu leben losgesagt habe. Das werden sie mir nie verzeihen. Vielleicht könnte ich in Alaska noch eine Stelle kriegen, aber in dieser Stadt bin ich gestorben. Du kannst mir glauben, daß ich Arbeit gesucht habe. Es müssen an die fünfhundert Bewerbungen gewesen sein. Doch obwohl ich in Boalt einer der besten meines Jahrgangs war, hat man mich nicht mal zu einem einzigen Vorstellungsgespräch eingeladen.«

»Und warum bist du nicht nach Alaska gezogen?«

Wieder dieses ärgerliche Zögern. »Das wäre eine Möglichkeit«, antwortete er schließlich. Hardy wußte nicht, ob die Doppeldeutigkeit beabsichtigt war. Sollte es nun heißen, daß äußere Umstände ihn daran gehindert hatten oder daß er es noch tun würde? Allerdings brachte es Hardy auf einen neuen Gedanken. »Dein Vater hat dich gebraucht. Deshalb bist du zurückgekommen und geblieben.«

Schon im nächsten Moment bereute er seine Worte. Vielleicht hatte er seinem Mandanten eine Erklärung in den Mund gelegt.

Graham stand auf und ging ans Fenster. »Keine Ahnung«, sagte er, ohne sich umzudrehen. »Wirklich nicht. Ich habe es nicht geplant. Es ist einfach so passiert. Er hat mir einen Brief geschrieben, den, den du gestern gesehen hast. Ich habe mich mit ihm in Verbindung gesetzt, und wir sind einfach...« Eine Pause entstand. »Ich habe...«

Graham schwieg so lange, daß Hardy zu ihm hinüberging. Obwohl ihn die Tränen wider Willen betroffen machten, wußte er nicht, ob sie nicht auch nur gespielt waren. Graham hatte ihn zu oft belogen. Außerdem hatte er zugegeben, daß er Sarah hatte um den Finger wickeln wollen. Vielleicht versuchte er jetzt, das Mitleid seines Anwalts zu erregen. Als Hardy Graham die Hand auf die Schulter legte, spürte er, wie sie sich entkrampfte.

Graham ließ den Kopf hängen, der auf einmal bleischwer zu sein schien. »Ich habe ihn geliebt. Er war mein Vater. Er brauchte mich. Und ich habe ihn auch gebraucht«, fügte er ganz leise hinzu.

Aber die Frage nach der Herkunft des Geldes war noch nicht geklärt.

Zehn Minuten später saßen sie beide wieder am Tisch. Hardy war nun schon über eine Stunde hier und hatte kaum etwas Wissenswertes erfahren. Er mußte herauskriegen, woher das Geld stammte.

»Mein Vater hat es mir gegeben. Er wollte, daß jemand anderer es bekommt, niemand aus der Familie. Es sollte nicht in die Erbmasse einfließen.«

Hardy versuchte, diese Eröffnung zu verdauen. Wie alles, was Graham Russo sagte, warf die Anwort nur zusätzliche Fragen auf. »Wer sollte es denn bekommen?«

»Die Kinder einer Frau namens Joan Singleterry.«

»Okay«, sagte Hardy. »Ich glaube dir. Wer ist sie?«

»Das weiß ich nicht.«

»Hat dein Vater es dir nicht erzählt?«

»Er hat damit angefangen. Dann läutete das Telephon. Und als ich danach weiterreden wollte, sah er mich an, als käme ich vom Mars. Er hatte es vergessen – wie so häufig in letzter Zeit.«

»Und du hast nicht nachgebohrt?«

Graham breitete schicksalsergeben die Hände aus. »So war mein Vater eben. Selbst wenn ihm wieder eingefallen wäre, was er mir eigentlich sagen wollte, hätte er es nicht zugegeben.«

»Wie viel hat er dir denn verraten? Was war das für eine Geschichte?«

Graham zuckte die Achseln. »Er wußte nicht, wo sie wohnte. Aber er wollte, daß ich sie nach seinem Tod suche und ihr das Geld gebe.«

»Also war ihm klar, daß er bald sterben würde?«

»Er hatte vor, sich umzubringen.« Graham hob eine Hand. »Ich weiß, wie das klingt, aber es ist die Wahrheit.«

»Warum sollte ich dir nicht glauben?« fragte Hardy sarkastisch. »Schließlich passiert so was alle Tage. Ein Typ drückt seinem Sohn fünfzig Riesen in die Hand. Und der soll sie einer Frau geben, die er gar nicht kennt.« Hardy beugte sich über den Tisch. »Hör zu, Graham«, sagte er ziemlich laut. »Wenn du nicht bald mit etwas Glaubhafterem herausrückst, verschwinde ich.«

»Es ist die Wahrheit, Diz. Könnte ja sein, daß er mit dieser Frau vor langer Zeit Kinder gehabt hat und...«

»Woher hatte er das Geld?«

»Das weiß ich auch nicht.«

Hardy schlug mit der Faust auf den Tisch. »Himmelherrgott!« brüllte er. »Und was ist mit den Baseballkarten? Was solltest du mit denen machen? Sie vergraben?«

Es war Zeit zu gehen. Es brachte ihn nicht weiter, wenn er wütend wurde. Hardy beherrschte sich, nahm Stift und Notizblock und stand auf. »Jetzt sag ich dir mal, wie es für die Staatsanwaltschaft aussehen wird, Graham. Nämlich, daß du deinen Vater umgebracht und ihm fünfzigtausend Dollar gestohlen hast. Du hattest eben noch keine Zeit, das Geld zu waschen, oder was man sonst mit einer solchen Summe Barem macht. Und Bargeld scheint ja das zu sein, worauf es dir ankommt. Das ist nicht unbedingt meine Meinung«, fügte Hardy hinzu, obwohl ihm diese Version inzwischen nicht mehr so unwahrscheinlich erschien. »Aber die meisten Leute werden genau zu dieser Schlußfolgerung kommen. Und da alles so eindeutig in eine Richtung weist, kannst du dir den Rest ja vorstellen.«

Graham schwieg.

Hardy holte tief Luft. »Ich bin immer noch dein Anwalt und bereit, dich anzuhören. Und wenn du deine Geschichte ändern willst, werde ich dir keinen Strick draus drehen und noch einmal von vorne anfangen. Aber du hast verdammt schlechte Karten. Mit diesem Blatt sind deine Gewinnchancen gleich null.«

Graham hob den Kopf. »So ist es aber passiert.«

»Wenn das stimmt, Graham«, entgegnete Hardy, »hast du diese Woche offenbar eine Pechsträhne.«

6

Als Bezirksstaatsanwältin Sharron Pratt erfuhr, daß Graham Russo ohne einen von ihrem Büro ausgestellten Haftbefehl festgenommen worden war, zitierte sie Glitsky ärgerlich zu sich. Ihrer Ansicht nach hatte die Polizei eindeutig ihre Kompetenzen überschritten, insbesondere in diesem Fall, wo es um das heikle und umstrittene Thema Sterbehilfe ging. »Ich begreife beim besten Willen nicht, warum Sie sich nicht zuerst an mich gewandt haben, Lieutenant. Weshalb haben Sie ihn eigenmächtig verhaftet?«

»Wir glauben, daß er einen Mord begangen hat.« Glitsky verstand Pratts Erbitterung nicht. Es stimmte zwar, daß die Polizei sich in vielen Fällen vor der Festnahme eines Verdächtigen einen Haftbefehl bei der Staatsanwaltschaft besorgte. Doch mindestens ebenso häufig fand die Verhaftung zuerst statt, um einen möglichen Fluchtversuch zu vereiteln. »Nun, Ma'am, wenn Sie wollen, können Sie das Verfahren ja einstellen.«

»Das würde Ihnen wohl so passen, Lieutenant.«

»Nein, Ma'am. Aber es ist Ihr gutes Recht.«

»Verschonen Sie mich mit Ihren Mätzchen. Ich weiß genau, was Sie im Schilde führen. Ihnen war klar, daß ich es abgelehnt hätte, einen Haftbefehl für diesen Jungen auszufertigen. Deshalb haben Sie ihn einfach festgenommen und stellen mich jetzt vor vollendete Tatsachen.«

Pratt hatte die Hände auf dem Rücken verschränkt und blickte über den Rand ihrer Lesebrille hinweg, die mitten auf ihrer aristokratischen Nase saß.

Pratt war nicht Glitskys Vorgesetzte, und ihre Meinung über ihn interessierte ihn herzlich wenig. Doch er nahm seinen Beruf sehr ernst, weshalb er sich seine Antwort sorgfältig überlegte. »Es war eine Zeitfrage«, sagte er. »Die Beweise reichten für eine Festnahme aus, aber wenn Sie politische Spielchen treiben wollen ...«

Pratts Augen funkelten zornig, und sie blähte die Nüstern. »Es ist eine Frechheit, mir vorzuwerfen, ich würde aus politischen Gründen das Leben eines Menschen ruinieren. Ihre Leute haben einen Fehler gemacht, diesen Mann auf eigene Faust festzunehmen.«

Glitsky konnte sich die Bemerkung nicht verkneifen. »Wußten Sie übrigens, daß der Verdächtige von einer Beamtin verhaftet wurde?«

Das brachte sie kurz aus dem Konzept. »Darum geht es nicht«, zischte sie schließlich. »Es interessiert mich nicht, wer ihn verhaftet hat. Das Thema ist, daß die Staatsanwaltschaft kein Verfahren gegen diesen Mann eröffnet hatte. Und da Sie wußten, daß wir keinen Haftbefehl ausstellen würden, haben Sie die Angelegenheit selbst in die Hand genommen.«

»Das wußte ich nicht. Warum sollte ich es auch nur vermuten? Es ist die Aufgabe der Staatsanwaltschaft, Mörder strafrechtlich zu verfolgen. Ich verstehe nicht, wo das Problem liegt.«

Pratt nickte, als hätte Glitsky sie in etwas bestätigt. Dann ging sie zu ihrem Schreibtisch hinüber, wo Russos Akte in einer braunen Mappe lag. »Ich werde die Sache dem Bürgermeister und dem Stadtrat vortragen, Lieutenant. Diese Kampagne der Polizei gegen mich muß ein Ende haben.«

»Um welche Kampagne geht es doch gleich?« fragte Glitsky. »Klären Sie mich auf.«

»Weil ich die Auffassung vertrete – und ich bin überzeugt, daß ich recht habe –, daß vieles, was Sie als Verbrechen bezeichnen, keine strafbare Handlung darstellt und deshalb auch nicht verfolgt werden muß.«

»Nicht ich lege fest, was ein Verbrechen ist, sondern das Strafgesetzbuch.«

Pratt schüttelte den Kopf. »Mich interessiert es nicht, was in den Büchern steht. Bücher können sich auch irren. Die Polizei schikaniert die Bürger und verschwendet Steuergelder, indem sie Prostituierten nachstellt, harmlosen Kiffern...«

»Und Mördern?«

Sie zeigte mit dem Finger auf ihn. »Genau darauf will ich hinaus. Angesichts der hier vorliegenden Beweise« – sie senkte den

Finger in Richtung der Mappe – »glaube ich nicht, daß Graham Russo ein Mörder ist.«

»Sie glauben also nicht, daß er seinen Vater getötet hat?«

»Ganz im Gegenteil, ich glaube das sehr wohl.« Sie schlug mit der Handfläche auf die Schreibtischplatte. »Natürlich hat er seinen Vater getötet, technisch gesprochen«, fuhr sie fort. »Halten Sie mich für blöd?«

Glitsky fand es klüger, diese Frage nicht direkt zu beantworten. Statt dessen legte er eine Pause ein, neigte den Kopf zur Seite und sah Pratt treuherzig an. »Offenbar stehe ich auf der Leitung. Was haben Sie gegen eine Verhaftung einzuwenden, wenn Sie denken, daß er schuldig ist?«

Mit einem tiefen Seufzer ließ Pratt sich auf ihrem Schreibtischstuhl nieder. »Ich versuche, Ihnen zu erklären, Lieutenant, daß es, obwohl es sich rein juristisch um ein Tötungsdelikt handeln könnte –«

»Nach Strouts Ansicht ist es ein Tötungsdelikt, da beißt die Maus keinen Faden ab«, fiel er ihr ins Wort.

Doch sie schüttelte den Kopf. »Ungeachtet dessen ist es kein Mord.«

»Nein? Was denn dann?«

»Sterbehilfe.«

»Die ebenfalls verboten ist.«

»Aber nicht moralisch verwerflich. In diesem Fall war sie gerechtfertigt. Der junge Mann hat nur das menschlich Richtige getan, und wahrscheinlich war es die schwerste Entscheidung seines Lebens. Wollen Sie ihn wirklich wegen Mordes vor Gericht sehen?«

»Nein. Ich habe ihn festgenommen, weil er gegen das Gesetz verstoßen hat. Das ist mein Job.«

»Das stimmt nicht. Ihr Job ist es, Haftbefehle durchzusetzen, die zuvor von der Staatsanwaltschaft ausgestellt wurden. Wir entscheiden, ob jemand wegen eines Verbrechens angeklagt wird.« Sie lehnte sich zurück, zeigte wieder mit dem Finger auf ihn und sah ihn aus blitzenden Augen an. »Als Polizist wußten Sie, daß die Staatsanwaltschaft in diesem Fall differenzieren würde. Deshalb haben Sie mich übergangen, wie es bei Ihnen üblich ist, seit ich diesen Posten angetreten habe. Glauben Sie wirklich, daß mir das noch nicht aufgefallen ist?«

Glitsky drehte einen der Lehnsessel, die in einer Ecke des Raums standen, in Richtung Schreibtisch, setzte sich und deutete auf Graham Russos Akte. »Sie sagen, Sie hätten die Akte gelesen«, sagte er im Plauderton. »Nun interessiert mich, warum Sie einen Mord ausschließen?«

»Zuallererst befinde ich mich in Übereinstimmung mit der Verfassung, Lieutenant, wenn ich jeden Menschen für unschuldig halte, bis ihm eine Schuld nachgewiesen werden kann.« Als Glitsky nichts darauf erwiderte, fuhr sie fort, ihm ihre Theorie zu erläutern, die ziemlich plausibel klang: Graham hatte seinen Vater aus Mitleid getötet.

»Und was ist mit dem Geld?« fragte Glitsky.

»Sein Vater hat es ihm anvertraut. Sal Russo liebte seinen Sohn und hatte den Kontakt zu seinen übrigen Kindern verloren. Anscheinend konnten sie ihn nicht ausstehen. Warum also hätte er ihnen sein Geld vermachen sollen?«

»Weshalb hat Russo das dann nicht einfach zugegeben? Aus welchem Grund hat er uns bei der Befragung von hinten bis vorne belogen?«

»Er fühlte sich in die Enge getrieben. Und da er keinen Ausweg mehr sah, ist er durchgedreht. So etwas kommt öfter vor.«

»Gut. Und was ist mit dem Bluterguß am Kopf?«

»Das habe ich gelesen. Doch Sal könnte genausogut *irgendwann* vor seinem Tod gestürzt sein und sich dabei verletzt haben.«

Glitsky schwieg. Es gab zwar noch weitere Indizien, aber Pratt hatte sicher für jedes davon eine Erklärung auf Lager, die in ihre Theorie paßte. Vielleicht hatte sie sogar recht. Es konnte durchaus sein, daß es sich genauso abgespielt hatte.

Allerdings fand Glitsky, daß die Beurteilung dieser Fakten nicht ihre Aufgabe war, sondern die des Richters und der Geschworenen, wie es das Rechtssystem vorsah.

Die Staatsanwältin lehnte sich zurück und legte die Finger an den Mund. »Wissen Sie ... Abe ... Von Ihnen hätte ich eigentlich ein wenig mehr Verständnis erwartet. Hat Ihre Frau denn nicht auch schrecklich gelitten?«

Glitsky preßte die Lippen so fest zusammen, daß die Narbe weiß hervortrat. »Ich habe meine Frau nicht umgebracht und ihr auch keine Sterbehilfe geleistet.«

Sie beugte sich vor. »Das habe ich nicht gemeint. Aber sie hatte sicher große Schmerzen.«

Glitsky kauerte sprungbereit auf der Kante seines Sessels. »Sie nahm Medikamente und sagte, sie würden ihr helfen. Sie wollte so lange leben wie möglich. Sie wollte nicht sterben.«

»Was wäre gewesen, wenn sie hätte sterben wollen, Abe? Hätten Sie ihr geholfen? Oder hätten Sie ihr diesen Wunsch verweigert?«

»Natürlich nicht. Wahrscheinlich hätte ich es getan.«

»Und dennoch glauben Sie nicht, daß es sich zwischen Graham Russo und seinem Vater genauso abgespielt haben könnte? Sie denken, daß er falsch gehandelt hat?«

Glitsky senkte den Kopf. Mit Pratt zu diskutieren glich dem Versuch, eine Wolke von der Stelle zu bewegen, indem man mit den Händen dagegen drückte. »Nein«, entgegnete er bemüht geduldig. »Aber das, was er getan hat, war ungesetzlich.«

Offenbar glaubte sie, daß sie ihn überzeugt hatte. Sie stützte die Ellenbogen auf den Schreibtisch und öffnete ihre Hände, als ließe sie einen kleinen Vogel frei, den sie darin festgehalten hatte. »Dann muß man eben das Gesetz ändern.«

Bei David Freemans Mitarbeitern hieß der Konferenzraum nur das Solarium. Unter einer Kuppel aus Glas und Stahl gediehen Gummibäume, Ficus und Zitronenbäumchen ausgezeichnet, und durch die Blätter dieses Dschungels hatte man Aussicht auf den von einer Mauer umgebenen, makellos gepflegten Garten. Man fühlte sich wirklich wie in einem Gewächshaus.

Dismas Hardy saß mit Michelle Tinker inmitten des Dickichts an einem ovalen Mahagonitisch. Obwohl Michelle sehr zurückhaltend, ja, sogar schüchtern war, verfügte sie über einen beachtlichen juristischen Sachverstand, um den Hardy sie beneidete. Freeman beschäftigte sie, obwohl sie vor Verlegenheit im

Gerichtssaal meistens kein Wort herausbrachte, denn sie war nahezu unbegrenzt belastbar und besaß die richtige Liebe zum Detail. Und genau das hatte Hardy in diesem Augenblick bitter nötig.

Da der Fall Graham Russo einen großen Teil der Zeit in Anspruch nehmen würde, die eigentlich für Tryptech reserviert war, hatte er Freeman am Vormittag gebeten, ihm einen besonders unermüdlichen Mitarbeiter zu überlassen. Er brauchte dringend jemanden, der ihn ein wenig entlastete. Und Freeman, der seine Freude über Hardys Sinneswandel nur schlecht verbergen konnte, hatte ihm diesen Wunsch gern erfüllt.

Michelle hatte Betriebswirtschaft und Jura studiert, war Mitte Dreißig, ledig und kinderlos. Wenn man erst einmal ihr Vertrauen gewonnen hatte, war sie eine angenehme Zeitgenossin, wortgewandt und sehr professionell. Hardy wußte, daß Dyson Brunel sich gut mit ihr verstehen würde, und sie sprang begeistert auf den Vorschlag an, ihm in Sachen Tryptech beizustehen. Bei diesem Prozeß ging es nur um Zahlen und Akten, und sie würde nie Geschworene zu Gesicht bekommen, vielleicht nicht einmal einen Richter.

Es war kurz vor fünf Uhr, und Hardy hatte beinahe zwei Stunden damit verbracht, sie in den Fall einzuweisen, ihr die strittigen Punkte zu erklären und ihr ein Bild von den beteiligten Personen zu vermitteln. Nach Michelles Fragen zu urteilen, hatte sie das meiste verstanden.

Die Akten befanden sich in Kartons, die Hardy mit ins Solarium gebracht hatte. Es würde einige Tage dauern, bis Michelle sie alle durchgelesen hatte, doch sie würde die aufgewendete Zeit voll in Rechnung stellen können.

»Und was ist Ihre Rolle bei der Angelegenheit?«

Hardy lächelte. »Ich werde mich auf dem laufenden halten, aber ich habe andere Verpflichtungen, und dieser Fall hier verschlingt meine ganze Zeit. Für einen allein ist es einfach zu viel.«

»Sie sind noch dabei? Ich erstatte Ihnen Bericht, nicht David?«

Hardy nickte. »Die Verantwortung liegt nach wie vor bei mir.«

»Wo?«

Als sie sich umdrehten, stand Freeman auf der Schwelle. Er war eben vom Gericht zurückgekehrt und sah so schlampig aus wie immer. »Wo liegt die Verantwortung? Bei dir? Wirbst du mir jetzt die Mitarbeiter ab?«

Hardy nickte wieder. »Wie wir besprochen haben. Michelle wird mir bei Tryptech zur Hand gehen. Sie sagte, sie hätte Zeit.«

Aus reiner Gewohnheit funkelte Freeman die beiden böse an. Doch als sein Blick auf Michelle fiel, wurde er milder. »Bei diesem Mann müssen Sie aufpassen«, sagte er. »Er ist unberechenbar und gefährlich.«

Freeman holte eine Zigarre aus seiner Brusttasche, biß nachdenklich ein Ende ab, spuckte es auf seine Handfläche und versenkte es in einem Blumentopf. Dann wandte er sich an Hardy. »Wann hast du Graham Russo zuletzt gesehen?«

»Nach dem Mittagessen«, antwortete Hardy. »Vor ein paar Stunden im Gefängnis. Warum?«

Freeman war für seine dramatischen Auftritte bei Gericht berüchtigt, und auch jetzt machte er von seinem schauspielerischen Talent vollen Gebrauch. Gemächlich zündete er seine Zigarre an und stieß eine große Rauchwolke aus. »Hat man dich denn nicht angerufen?«

Das hörte sich gar nicht gut an. »Nein. Laß die Mätzchen, David, und erzähl mir, was passiert ist. Hat Graham Probleme?« Er sprang auf.

»Ich würde sagen, es geht ihm besser als bei eurer letzten Begegnung. Bei Gericht hieß es, daß sie ihn laufenlassen. Mich wundert, daß dich niemand benachrichtigt hat.«

»In einer überraschenden Entscheidung hat Bezirksstaatsanwältin Sharron Pratt heute in einer eigens dafür anberaumten Pressekonferenz bekanntgegeben, daß im Fall Russo keine Anklage erhoben wird. Graham Russo, Anwalt und ehemaliger Referendar beim Bundesgericht, war wegen des Verdachts festgenommen worden, seinem Vater Sal Sterbehilfe geleistet zu haben.«

Hardy saß am Ende des Tresens im Little Shamrock und starrte auf den Fernseher an der Wand. Draußen war es noch hell, aber der Verkehr auf dem Lincoln Boulevard hatte schon nachgelassen. Bald würde Frannie hier sein, denn heute war ihr kostbarer freier Abend – wie jeden Mittwoch seit ihrer Hochzeit. Meistens trafen sie sich im Shamrock, da es auf halben Wege zwischen Büro und Haus lag. Danach gingen sie irgendwo essen und später vielleicht ins Kino oder in eine Kneipe mit Livemusik.

Hardy nahm einen Schluck Bier und wandte sich wieder dem Fernseher zu.

Pratts Gesicht füllte den Bildschirm aus, der Sechssekundenbeitrag, für den alle Politiker lebten. »Ich habe die Akte dieses Falls gelesen. Bei der Autopsie wurde ein unheilbarer Hirntumor im fortgeschrittenen Stadium festgestellt. Mr. Russo litt große Schmerzen, und es bestand keine Hoffnung auf Besserung seines Zustandes. Wer auch immer ihm geholfen hat, diese schrecklichen Qualen zu beenden, sollte belobigt werden und nicht angeklagt.«

Plötzlich stand Frannie neben ihm. Sie drückte ihm einen raschen Kuß auf die Wange, zog sich einen Barhocker heran und starrte ebenfalls auf den Fernseher.

Die hübsche, junge Nachrichtensprecherin fuhr fort: »Initiativen im ganzen Land, die sich für das Recht auf Freitod einsetzen, haben Ms. Pratt bereits ihre Zustimmung ausgesprochen. Die Polizei von San Francisco weigert sich, Graham Russos Verhaftung und seine spätere Freilassung zu kommentieren. Russos Anwalt Dismas Hardy, der bestritt, daß sein Mandant irgend jemanden getötet habe, sagte, Mr. Russo beabsichtige nicht, die Stadt wegen unberechtigter Festnahme zu verklagen. Vielleicht ist die Angelegenheit damit beendet, doch zuverlässige Quellen in der Justizverwaltung haben Zweifel daran verlauten lassen.«

»Dismas Hardy, das bist ja du«, sagte Frannie.

»Richtig. Irgendwann komme ich ganz groß raus.«

Aber der Bericht war noch nicht vorbei. Die Kamera fuhr ein wenig zurück, so daß auch der Moderator im Studio zu sehen war. »Eines scheint sicher, Donna – die umstrittene Entscheidung der Bezirksstaatsanwältin wird der hitzigen Debatte zum Thema Sterbehilfe neue Nahrung geben.«

»Damit treffen Sie den Nagel auf den Kopf, Phil. Es handelt sich eindeutig um einen politischen Schachzug von Sharron Pratt. Die Angelegenheit wird mit Sicherheit noch Wellen schlagen.«

Phil nickte wissend und blickte direkt in die Kamera. »Und inzwischen hat unser Reporterteam in Erfahrung gebracht, daß die kalifornische Generalstaatsanwaltschaft weiter im Fall Russo ermitteln will. Heute nacht ist Graham Russo zwar ein freier Mann, aber wer weiß schon, wie lange noch.«

»Genau, Phil, wie lange, weiß niemand.«

Hardy stand auf, ging hinter den Tresen und schaltete den Fernseher ab. »Woher kommen nur diese ganzen Idioten? Da muß irgendwo ein Nest sein.«

»Wie hast du es geschafft, Graham so schnell freizukriegen?« fragte Frannie.

Es sah demnach nicht so aus, als ob sich seine Frau heute von einem Lamento über die Kultur zerstörende Wirkung des Fernsehens würde ablenken lassen. Hardy würde sich etwas anderes überlegen müssen. »Es lag nicht an mir«, antwortete er. »Pratt hat ihn laufenlassen. Was möchtest du trinken?«

Frannie wollte Weißwein. Hardy lehnte Alans Hilfe ab und schenkte ihr selbst ein Glas ein. Dann drückte er an der Musikbox ein Lied von Van Morrison. Obwohl »Moondance« schon dreißig Jahre alt war, klang es für Hardy, als wäre es erst gestern aufgenommen worden.

Er setzte sich neben Frannie. Diesmal fiel der Kuß leidenschaftlicher aus. »Okay«, sagte er und sah auf die Uhr. »Es ist vier Minuten nach sieben, und wir sind offiziell verabredet. Und noch etwas: Ich habe nichts mit dem Fall Graham Russo zu tun. Gut, das stimmt nicht ganz. Heute habe ich im Gefängnis mit ihm geredet. Was machen die Kinder?«

»Wie geschickt er wieder das Thema wechselt.« Frannie nahm einen Schluck Wein. Hardy mußte zugeben, daß ihre Beharrlichkeit ihm Respekt abnötigte. »Den Kindern geht es prima. Keine Knochenbrüche. Nach der Schule haben sie sich nur zweimal geprügelt, also weniger als sonst. Findest du nicht, daß wir beide über Graham Russo reden sollten? Ich dachte, wenn er im Gefängnis landet, gibst du den Fall ab.«

»Ich auch.« Hardy leerte sein Glas. »Dann landete er im Gefängnis.« Er zuckte die Achseln. »Ich konnte ihn einfach nicht im Stich lassen.«

»Nein, das bringst du nicht übers Herz.« Frannie seufzte. »Und wie ist er freigekommen? Hattest du wirklich nichts damit zu tun?«

»*Nada*. Pratt hat ihn laufenlassen. Du hast Donna und Phil ja gehört. Es war eine politische Entscheidung.«

»Ich habe auch gehört, daß die Sache noch nicht ausgestanden ist.«

»Das könnte ebenfalls stimmen. Eigentlich bin ich mir ziemlich sicher. Allerdings glaube ich nicht, daß er seinen Vater getötet hat.«

Frannie stellte ihr Glas weg. »Ich dachte schon. Bis jetzt dachte ich immer, das wäre völlig klar.«

»Damit bist du nicht allein.«

»Und was ist wirklich passiert?«

»Keine Ahnung. Ich habe das Gefühl, daß er einen Arzt schützen will. Oder sonst jemanden, den er kennt. Vielleicht ein Familienmitglied. Denn er beteuert, daß er seinen Vater weder umgebracht noch ihm Sterbehilfe geleistet hat.«

Sie nahm seine Hand. »Behaupten das nicht alle Mandanten, Dismas? Vor allem am Anfang?«

»Ja«, räumte er ein. »Trotzdem ...«

»Trotzdem willst du ihm glauben.«

Wieder zuckte er die Achseln. »Ich weiß nicht. Wahrscheinlich bin ich nur neugierig.« Auf einmal schnippte er mit den Fingern und sprang auf.

»Was ist?« fragte Frannie.

Hardy kramte hinter dem Tresen herum. »Mir ist gerade was eingefallen«, sagte er, legte das Telephonbuch auf die Theke und klappte es auf.

»Was suchst du?«

Er fuhr mit dem Finger die Seite entlang. »Singleterry«, sagte er. »Es gibt nur vier, aber es ist keine Joan dabei.« Er erzählte Frannie von dem Geld und von Grahams Erklärung, was sein Vater damit vorgehabt hatte. »Stört es dich, wenn ich ein paar

Anrufe erledige? Möchtest du noch ein Glas Wein? Das Telephon steht gleich hier vorne, also kannst du mir die ganze Zeit zuschauen.«

»Wie aufregend«, sagte sie. »Dismas, sind wir jetzt verabredet oder arbeitest du?« Aber sie tätschelte noch einmal seine Hand. »Schon gut. Mach nur.«

Fünf Minuten später stand er wieder neben ihr und runzelte die Stirn.

»Was ist?«

»Zwei waren zu Hause, und beide haben gesagt, ich sei schon der zweite, der sich in den letzten drei Tagen nach Joan erkundigt. Sie kennen aber keine Joan.«

»Und was heißt das?«

»Daß Graham nach ihr sucht. Und das bedeutet, daß er die Geschichte mit dem Geld vielleicht doch nicht erfunden hat.«

»Und weiter?«

»Ich weiß nicht, Fran. Möglicherweise sagt er ja wirklich die Wahrheit.«

Sarah Evans gestattete sich eine Stunde, um wegen Graham Russos Freilassung zu schmollen. Sie ärgerte sich, weil die Staatsanwältin keine Anklage gegen ihn erhoben hatte. Wozu hatte sie, Sarah, sich überhaupt die Mühe gemacht, gegen ihn zu ermitteln und ihn festzunehmen? Aber es hatte keinen Zweck, sich deswegen bis an ihr Lebensende zu ärgern. Sarah hielt sich vor Augen, daß ihr so etwas in ihrer langen beruflichen Laufbahn zum erstenmal passiert war. Außerdem hatte sie ganze Arbeit geleistet. Sie hatte sich nichts vorzuwerfen.

Und alles weitere – Pratts Entscheidung und die Reaktion des Generalstaatsanwalts – entzog sich ihrem Einfluß.

Der Zwischenfall würde für sie keine Folgen haben, und sie wollte sich davon auch nicht den Abend verderben lassen.

Eigentlich war sie fast erleichtert. Sie hielt Graham Russo für einen der attraktivsten Männer, die sie je kennengelernt hatte, und es machte ihr zu schaffen, daß ein derart gutaussehender Mensch etwas Böses getan haben sollte. Natürlich war das naiv gedacht, doch bevor sie und Marcel belastende Beweise in Grahams Wohnung gefunden hatten, war sie versucht gewesen, Gemeinsamkeiten zwischen sich selbst und dem Verdächtigen zu entdecken. Sie waren etwa gleichaltrig, begeisterte Sportler und hatten beide Jura studiert.

Sie hatte seinen Blick auf sich gespürt. Wie albern, aber sie konnte es nicht leugnen. Zum erstenmal seit mindestens fünf Jahren hatte sie sich so spontan von einem Mann angezogen gefühlt. Mindestens.

Aber als Polizistin mit Leib und Seele, hatte sie sich bei der Vernehmung in Grahams Wohnung nicht gescheut, diese Anziehungskraft einzusetzen, um sein Vertrauen zu gewinnen. Sie hatte gelächelt, so getan, als hinge sie an seinen Lippen, und es hatte vor allem deshalb geklappt, weil es nicht nur Schauspielerei gewesen war.

Vielleicht hatte Pratt ja wirklich recht, und Graham hatte seinen Vater nur von seinem Leid erlöst. Damit hatte Sarah eigentlich keine Schwierigkeiten. Einige Ärzte im Freundeskreis hatten ihr erzählt, auch sie hätten schon einige Male die lebenserhaltenden Maschinen abgestellt, als Angehörige die Qualen der Patienten nicht mehr mitansehen konnten. Selbstverständlich waren dem Mißbrauch Tür und Tor geöffnet, wenn man diese Praxis offiziell gestattete. Aber rein menschlich betrachtet, hatte Sarah Verständnis dafür.

Möglicherweise hatte Graham gar nichts damit zu tun. Sie mußte einräumen, daß selbst Strout sich in seinem Autopsiebericht nicht auf Mord oder Selbstmord hatte festlegen wollen. In anderen Worten hieß das, daß Sal sich durchaus umgebracht haben konnte, denn die gerichtsmedizinischen Erkenntnisse schlossen diese Möglichkeit nicht aus. Wie dem auch sei, für sie war die Sache ausgestanden. Heute abend wollte sie sich nicht mehr den Kopf darüber zerbrechen, denn ihre Softballmannschaft hatte ein Spiel.

Sarah lebte allein in einer Dreizimmerwohnung über einem Lebensmittelladen an der Ecke Balboa Street und 15. Avenue. Als sie vor die Tür trat, stellte sie fest, daß es eine laue Nacht war – ungewöhnlich für San Francisco. Sie freute sich, wieder einmal das gelbe Nylontrikot der Blazers, die dunkelgrünen Shorts und die gelben Kniestrümpfe zu tragen. Sie stülpte sich die goldfarbene Baseballkappe mit dem grünen »B« auf den Kopf und schob ihren Pferdeschwanz durch die Lücke über dem Feststellriemen.

Vergiß die Polizei! Sarah war zweiunddreißig Jahre alt und in Topform. Sie liebte zwar ihren Beruf und hatte hart für die Beförderung gearbeitet, aber sie weigerte sich, ihr Leben davon bestimmen zu lassen. Allerdings war sie sich sehr wohl bewußt, daß genau diese Gefahr bestand, wenn sie nicht für den nötigen Ausgleich sorgte.

Das war auch einer der Gründe, warum sie ernsthaft Mannschaftssport betrieb. So konnte sie nicht nur Streß abbauen, sondern sich von der Welt des Justizpalasts abgrenzen.

Auf dem Weg zum Auto betrachtete sie kurz ihr Spiegelbild in der Fensterscheibe des Lebensmittelladens. Sie sah aus wie achtzehn. Das Leben war schön. Und nichts konnte sie aufhalten.

7

»Oh, Graham, Gott sei Dank ist alles wieder gut!«
Helen, seine Mutter, eilte die Stufen der Villa in Seacliffe, einem Nobelviertel am nordwestlichen Stadtrand von San Francisco, hinunter. Er hatte erst die Hälfte des gepflasterten Weges zurückgelegt, der den gewaltigen, leicht abschüssigen Rasen in zwei Hälften teilte. Helen lief ihm entgegen. Sie reichte ihm kaum bis zu den Schultern, aber sie umfaßte ihn und drückte das Gesicht an seine Brust. Eine Umarmung.

Er erwiderte die Geste und wartete. Die Tür der Villa stand noch offen, doch sonst war niemand zu sehen.

Das Gesicht seiner Mutter war so glatt wie Marmor. Graham wußte, daß sie sich unzählige Male hatte liften lassen, was man ihr allerdings nicht anmerkte, so daß sie zehn Jahre jünger aussah. Ihr Glück, denn ansonsten wäre es ihr wohl kaum gelungen, die Rolle zu erfüllen, die ihr Ehemann von ihr erwartete.

Helen hatte mit ihren weit auseinanderstehenden blauen Augen, den hohen Wangenknochen und dem blonden, seidigen Haar schon immer anziehend auf Männer gewirkt. An diesem warmen Sommerabend trug sie eine maßgeschneiderte Hose und eine blaue Baumwollbluse mit Schalkragen. Man hätte sie für seine Freundin halten können anstatt für seine Mutter. Äußerlich betrachtet, war Helen eine schöne Frau, wie es sich für Leland Taylors Vorzeigegattin geziemte.

Graham fragte sich, wie seine Mutter wohl in ihrer Ehe mit Sal gewesen war, als er sie vergöttert hatte. Wie stark hatte sie sich seitdem verändert? Ihm kam es vor, als sei ihr Gesicht damals anders gewesen, weicher. Nicht das Gesicht, das er jetzt vor sich hatte.

Sie machte sich los, blickte zu ihm hoch und tätschelte seine Wange. »Du siehst müde aus, Graham. Sie haben dich doch nicht etwa mißhandelt?«

»Ich war ja nicht mal einen Tag drin, Mama. Nur eine Stippvisite.«

»Wir hätten dich ja besucht. Im Gefängnis, meine ich. Aber wir wußten nicht, wie du ... Wir dachten, dein Anwalt würde uns informieren, doch er hat nichts von sich hören lassen. Ich glaube nicht, daß wir ihn kennen, Dismas Hardy, oder? Was ist das für ein komischer Name, Dismas? Es war doch bestimmt ein Irrtum.«

Er beugte sich zu ihr hinunter und küßte sie. »Natürlich«, sagte er und sah ihr in die Augen. »Alles nur ein Irrtum. Ich habe Sal nicht getötet. Und ich habe auch keine Sterbehilfe geleistet.«

Kurz ließ sie ihr Zahnpastalächeln aufblitzen. Dann nahm sie seinen Arm und schob ihn in Richtung Haus. »Natürlich nicht. Und jetzt komm rein. Die Familie möchte darüber reden. Schön, daß du gleich Zeit hattest.«

Nachdem Graham von Hardy in seiner Wohnung abgesetzt worden war, hatte er auf dem Anrufbeantworter unter anderem eine Nachricht von seiner Mutter vorgefunden. Sie hatte angerufen, nachdem das Fernsehen über seine Freilassung berichtet hatte. Graham hatte rasch geduscht, um die Spuren der Haft wegzuspülen. Zwanzig Minuten später war er schon auf dem Weg zur Villa.

Er hatte gedacht, daß seine Mutter einfach nur besorgt um ihn war und wissen wollte, ob es ihm gut ging. Anscheinend hatte er sich geirrt. »Die ganze Familie ist hier?«

Also war seine Mutter ihm nur entgegengelaufen, um ihn vorzuwarnen und ihn zu beruhigen, falls er wütend werden sollte. Ganz so wie früher. Er war eben ein Hitzkopf und konnte sich manchmal schlecht beherrschen. Meistens griff seine Mutter beschwichtigend ein, bevor er die Stimme erhob oder eine peinliche Szene heraufbeschwor – die beiden Todsünden im Hause von Leland Taylor.

»Wir haben sofort nach deiner Verhaftung beschlossen, uns zusammenzusetzen, Graham.« Immer noch hielt sie seinen Arm – um ihn zu beschützen oder um ihn nötigenfalls zu bremsen? Dann blieb sie plötzlich stehen und sah ihn an. »Wir fanden, daß wir uns überlegen sollten, wie wir mit dieser Situation am besten umgehen.«

Graham war klar, daß der Vorschlag von seinem Stiefvater stammte. Leland Taylor beraumte vermutlich sogar eine Besprechung an, bevor er den wichtigen Schritt unternahm, sich die Hände zu waschen.

»Damit wir nach außen hin eine einheitliche Front bilden.«
»Wem gegenüber?«

Seine Mutter fuhr fort, ohne auf die Frage einzugehen. »Und als du dann entlassen wurdest...«

»Wart ihr natürlich alle unglaublich erleichtert...«
»Natürlich, Graham. Hör auf damit.«

»Hoffentlich hat Leland wegen dieses Skandals keine geschäftlichen Einbußen gehabt. Aber nein, dazu gibt es ja gar keinen Grund. Ich heiße ja anders als er. Niemand braucht davon zu erfahren. Und darum geht es doch bei diesem Familienrat: Wie halten wir die Angelegenheit unter Verschluß?«

»Nein.« Seine Mutter hatte ihren Marschbefehl erhalten und führte ihn nun ohne zu zögern aus wie ein guter Soldat. »Du irrst dich, Graham. Wir waren besorgt um dich.«

»Das ist bestimmt auch der Grund, warum ihr alle sofort zum Gefängnis gestürmt seid, um herauszufinden, wie ihr mir helfen könnt.«

Ungeduldig schüttelte seine Mutter den Kopf. »Das habe ich dir bereits erklärt.« Am Fuße der Treppe, die zu der gewaltigen, doppelflügligen Eingangstür führte, hielt sie noch einmal inne. »Bitte, mach keine Schwierigkeiten, Graham. Versuch, uns zu verstehen.«

Er betrachtete das Gesicht seiner Mutter. War ihre Schönheit wirklich so hinreißend, oder begann der Lack bereits abzublättern? Er wußte es nicht. Natürlich hatte sie keine Sorgenfalten – dafür hatte der Laser gesorgt. Er glaubte – hoffte? –, ein wenig Besorgnis in ihren Augen zu entdecken. Doch ob das seinetwegen war oder ob sie befürchtete, bei ihrer Mission zu versagen, konnte er nicht feststellen. Jedenfalls schien diese Mission zum Scheitern verurteilt.

Die Familie von Helen Taylors Mann war mit Bankgeschäften zu Geld gekommen. Roland Taylor hatte die Baywest Bank in den späten vierziger Jahren gegründet, sie über drei Jahrzehnte lang geleitet und das Unternehmen in den frühen achtziger Jahren seinem einzigen Sohn übergeben. Im Laufe der Zeit, hatte die Bank verschiedene Konkurrenten geschluckt und war immer größer geworden.

Für ein Geldinstitut in San Francisco hatte die Baywest Bank bemerkenswert konservative Grundsätze. Sie vergab keine Kredite an neugegründete oder kleine Firmen. Keine Frau und kein Farbiger war je weiter gekommen als bis ins mittlere Management. Sie warb nicht im Fernsehen mit menschelnden Spots um neue Kundschaft und hatte für Sparbuchbesitzer nur kaum verhohlene Verachtung übrig.

Nein, Baywest war in der Welt der Großkredite und der Hochfinanz zu Hause. Ihre Kunden trugen elegante Anzüge, gehörten exklusiven Country Clubs an und besprachen ihre Geheimnisse hinter gut verschlossenen Türen – und die Bank wußte bestens über alles Bescheid. Nun hatte Leland junior das Ruder übernommen. Sein Stiefsohn George Russo fungierte trotz seiner nur siebenundzwanzig Jahre als stellvertretender Direktor.

Vom Musikzimmer führten Glastüren und einige Stufen in das konventionell eingerichtete Speisezimmer. Obwohl weder Leland noch Helen Klavier spielten, hatten sie sich einen drei Meter langen Steinway-Flügel angeschafft und ihn mit einer Vorrichtung ausstatten lassen, die auf Knopfdruck Klassik ertönen ließ. Allerdings hatten sie bald darauf festgestellt, daß sich der kräftige Klang eines Steinways nicht als Hintergrundmusik eignete, und die Glastüren eingebaut, um die Lautstärke zu dämpfen.

Im Augenblick schwieg das Klavier, doch die Türen waren trotzdem geschlossen. Leland Taylor wollte nicht, daß das Hauspersonal die Gespräche der Familie belauschte. Wissen ist Macht, pflegte er zu sagen, aber Geheimnisse sind um einiges aufregender.

Das Speisezimmer war kreisrund, und an den ovalen Tisch aus Kirschholz paßten problemlos achtzehn Gäste. Wegen des ausgesprochen lauen Abends, hatte Leland angeordnet, die Vorhänge zu öffnen. Durch die Fenster, die rings um den Raum verliefen, hatte man eine famose Aussicht auf die Farallon Inseln, siebenundzwanzig Seemeilen hinter der Golden Gate Bridge. Außerdem konnte man fast die gesamte Stadt bis zur Bay Bridge und den dahinterliegenden Küstenstreifen überblicken. Nur ein kleines Stück im Norden war nicht zu sehen, so daß die roten Pfeiler der Golden Gate Bridge aus dem Nichts aufzuragen schienen.

Aber niemand interessierte sich für das Panorama.

Am Ende des Tisches, das zum Musikzimmer wies, thronten Leland Taylor und seine Frau, nebeneinander, da es sich schließlich nicht um eine offizielle Dinnerparty handelte. Es gab nur Kaffee und Kekse. Leland trug einen anthrazitfarbenen Anzug und eine rotblaue Krawatte. Dazu wie immer ein weißes Hemd. (»Ein weißes Hemd bedeutet, daß man der Boß ist.«) Auf Graham wirkte er sehr britisch und wie das Ergebnis von sechs Generationen Inzucht, und dieser Eindruck war gar nicht so abwegig. Leland war hochgewachsen und mager, mit blaßblauen Augen, einer wulstigen Oberlippe und einer Haut, die in Oberflächenstruktur und Farbe an rosafarbenes Kreppapier erinnerte.

Rechts von Leland, ein paar Stühle weiter – schließlich wollte der Abstand gewahrt bleiben! –, saßen Grahams Schwester Debra und ihr Mann Brendan McCoury, die beide vergeblich versuchten, sich inmitten von so viel Prunk nonchalant zu geben. Debra war zwar hier aufgewachsen, doch ihr Leben hatte sich seitdem ziemlich verändert. Ihre augenblicklichen Verhältnisse waren mit denen in ihrem Elternhaus nicht zu vergleichen.

Brendan besaß eine Elektrowerkstatt, was die meisten Leute – allerdings nicht Leland – als einen guten Job bezeichnet hätten. Debra arbeitete als Tierarzthelferin. Da sie eine Frau und darüber hinaus weder besonders attraktiv noch beeindruckend war, behandelte Leland sie wie Luft. Ihre Anwesenheit und auch die von Brendan wurde nur geduldet, weil es um eine Familienangelegenheit ging und Debra nun einmal dazugehörte.

George war wie sein älterer Bruder Graham ein kräftig gebauter, attraktiver Mann. Er trug einen Gabardineanzug mit Weste und trank Heineken aus einer gekühlten Pilstulpe. Zwei weitere Flaschen standen neben ihm auf Eis in einem kleinen Sektkübel.

Die gesamte linke Seite des Tisches war für Graham reserviert. »Offen gesagt«, antwortete er auf Lelands erste Frage, »habe ich leider nicht mit meiner Verhaftung gerechnet. Ansonsten hätte ich euch wohl zuvor zu einem solchen Treffen zusammengerufen, um über den Nachlaß zu sprechen.«

»Ja, der Nachlaß.« Leland schaffte es zwar, ein höhnisches Grinsen zu unterdrücken, doch Graham hörte es. »Wir waren überrascht, als wir von den fünfzigtausend Dollar erfuhren, Graham. Woher hatte Sal so viel Geld? Sicherlich nicht von dem Verkauf von Fischen. Das würde mich interessieren.«

»Da keiner von uns das Geld bekommt, spielt es doch keine Rolle.«

»Was soll das heißen, wir bekommen es nicht?« Das war George. Sein gelassener Ton konnte niemanden täuschen. »Wenn kein Testament vorhanden ist, wird die Summe durch drei geteilt. Das habe ich nachgelesen. Und es gab doch kein Testament, oder?«

Graham hatte sich fest vorgenommen, sich nicht aus der Ruhe bringen zu lasssen. Er nahm einen Keks und biß hinein, um Zeit zu gewinnen. »Nicht im eigentlichen Sinne, aber...«

»Entschuldige, George«, sagte Leland zu seinem jüngeren Stiefsohn. Dann wandte er sich mit nachsichtigem Blick an Graham. »Warum bist du Nachlaßverwalter, wenn es kein Testament gibt?«

Debra unterbrach ihn. »Ich habe gehört, das Geld war gebündelt.« Sie hielt die Hand ihres Mannes. Nach einer Jugend im Schatten einer Mutter, die blendend aussah und alles getan hatte, um nach oben zu kommen, hatte sie bald die Waffen gestreckt. Inzwischen war sie neunundzwanzig und eigentlich keine häßliche Frau, machte allerdings nichts aus sich. Sie schminkte sich nicht, und ihr Haar, das einmal geschimmert hatte wie Helens, war nun von einem stumpfen Rotblond und hätte eine Tönung dringend nötig gehabt. Außerdem war Debra im fünften Monat schwanger und hatte Aknepusteln im Gesicht. »Was hat das zu bedeuten? Woher hatte Sal gebündelte Geldscheine? Und was hattest du mit den Baseballkarten vor? Wolltest du dir die auch unter den Nagel reißen?«

Graham nickte seiner Schwester zu. »Aber natürlich, Deb. Ich habe versucht, euch alle über den Tisch ziehen.«

»Wie üblich«, warf George ein.

Ein grimmiges Lächeln auf den Lippen, drehte Graham sich zu ihm um. »Leck mich!«

Leland klopfte auf den Tisch, um die Familie zur Ordnung zu rufen. »Bitte, bleiben wir doch sachlich.«

»Klar«, entgegnete Graham. Seine Hand zitterte so sehr, daß seine Kaffeetasse überzuschwappen drohte. Vorsichtig stellte er sie ab. »Wißt ihr, Leute, ich habe wirklich einen tollen Tag hinter mir. Zuerst sperrt man mich in den Knast und beschuldigt mich, meinen Vater ermordet zu haben. Und zum krönenden Abschluß hackt ihr alle auf mir herum. Ich will euch mal was sagen: Ihr könnt mich kreuzweise. Ich brauche mich nicht von euch beleidigen zu lassen.«

Schon als kleiner Junge hatte Graham immer zu weinen angefangen, wenn er wütend wurde. Aber in Gegenwart seiner Geschwister wollte er sich keine Schwäche anmerken lassen. Doch es wäre ihm als Feigheit ausgelegt worden, wenn er jetzt einfach aufstand und ging. Also blickte er zur Decke, blinzelte ein paarmal kräftig und schob seinen Stuhl zurück. Der scharfe Ton seiner Mutter ließ ihn auffahren.

»Um Himmels willen, Kinder, hört auf damit! Und du, Graham, bleibst sitzen. Du hast recht. Wir sind im Moment alle ein bißchen nervös. In letzter Zeit war es ziemlich anstrengend.«

Beklommenes Schweigen entstand.

Nun ergriff Leland wieder das Wort, die Stimme der Vernunft: »Eure Mutter hat recht, wir haben wirklich eine anstrengende Woche hinter uns.« Mit finsteren Blicken warnte er Debra und George, ihn bloß nicht zu unterbrechen. »Niemand beschuldigt dich, Graham, aber wir haben einige Fragen an dich, die du uns sicher beantworten kannst. Wir möchten nicht, daß du dir wie bei einem Verhör vorkommst, doch du wirst uns sicher zustimmen, daß diese Punkte wichtig sind.«

Graham rutschte wieder an den Tisch und verschränkte die Hände ineinander. Er bemerkte nicht, daß seine Fingerknöchel sich weiß verfärbten. »Weißt du, Leland, ich finde sie offen gesagt nicht so wichtig. Außerdem verstehe ich nicht, warum Georgie ...«

»George«, fiel ihm sein jüngerer Bruder ins Wort.

»Gut«, entgegnete Graham. »George. Warum interessiert sich *George* so für die fünfzigtausend Dollar – oder ein Drittel davon –, wenn er sie sowieso nicht bekommen wird? Schließlich wollte Dad sie jemand anderem vermachen.«

»Und das ist eine der offenen Fragen«, erwiderte Leland. »Wem wollte dein Vater das Geld geben?«

Nun schlug George dreimal auf den Tisch, wie er es Leland abgeschaut hatte. »Ich würde lieber zuerst die Frage klären, weshalb ich mich nicht für achtzehntausend Dollar interessieren sollte. Das ist schließlich ein ordentliches Sümmchen.«

Graham sah ihn wütend an. »Wieviel verdienst du im Jahr, George? Hundertdreißig? Hundertfünfzig?«

»Was spielt das für eine Rolle?«

»Es spielt durchaus eine Rolle, wie nötig du die achtzehntausend Dollar brauchst.«

»Ja, das ist deine Meinung, gut und schön, aber es geht hier nicht darum, wie dringend ich das Geld brauche. Das ist völlig irrelevant. Es geht darum, daß es mir gehört, ob ich's brauche oder nicht.«

Wieder setzte Graham ein grimmiges Lächeln auf. »Weißt du was, Georgie? Du entwickelst dich allmählich zu einem typischen Banker. Es ist nicht dein Geld.«

»Ganz abgesehen von Georges Situation, haben wir das Geld dringend nötig. Für uns ist es eine sehr hohe Summe«, sagte Debra trotzig.

Brendan erstarrte. Graham wußte genau – und er war besser über seinen Schwager informiert, als ihm lieb war –, daß Brendan die Hilfe anderer Leute, finanziell oder sonstwie, stets strikt ablehnte. »Wir kommen gut zurecht«, beharrte er. »Wir brauchen es nicht.«

»Das ist nicht wahr, Bren!«

»Widersprich mir nicht!« Brendan sah aus, als hätte er seine Frau am liebsten geschlagen.

Aber Leland war nicht gewillt, in diesem Ehestreit zu vermitteln. Erneut klopfte er auf den Tisch. »Entschuldige bitte, Debra. Ich glaube, Graham hat uns noch nicht erklärt, was Sal mit seinem Geld vorhatte.«

»Entschuldige bitte, Leland«, George, wiederum der Imitator. »Sals Absichten sind überhaupt nicht von Belang. Wenn er kein Testament hinterlassen hat, kann Graham mit seinem Drittel anfangen, was er will. Debra und ich bekommen unseren Anteil. So lautet das Gesetz, und das weiß Graham ganz genau.«

Draußen war die Sonne untergegangen, und der perlmuttfarbene Himmel verdunkelte sich rasch. Grahams Geduld – ohnehin nicht eine seiner Tugenden – war am Ende. Er begriff nicht, warum George so scharf auf Sals Geld war. Bei Debra lag die Sache vielleicht ein wenig anders, denn sie würde sich damit eine Zeitlang über Wasser halten können.

Er ließ seinen Blick um den Tisch schweifen. Diese Menschen waren seine Familie und seit Sals Tod seine einzigen Verwandten. Und dennoch kamen sie ihm alle wie Fremde vor.

Wie hatte es so weit kommen können? fragte er sich. Was war falsch gelaufen?

Möglicherweise waren die Unvereinbarkeiten von Anfang an so groß gewesen, daß sie sich nicht überbrücken ließen.

Seit Graham sich erinnern konnte, hatte es zwischen Sal und Helen gekriselt. Als kleiner Junge hatte er die Gründe dafür nicht verstanden. Doch selbst damals war ihm klar gewesen, daß seine Mutter und sein Vater sich in ihrer Wesensart, ja, in ihrer gesamten Persönlichkeit grundlegend unterschieden, was sich nicht nur in Alltäglichkeiten zeigte.

Als Sohn portugiesischer Einwanderer war Sal zweisprachig aufgewachsen. Er arbeitete am liebsten mit den Händen, malte, reparierte Dinge im Haushalt, saß in Kneipen, angelte, traf sich mit seinen Freunden, erzählte schmutzige Witze und lachte gern. Bei Feiern spielte er auf seinem Akkordeon. Sal war ein dunkelhaariger, attraktiver, kraftstrotzender Mann mit einem verwegenen Grinsen auf den Lippen. Er hatte keine Hemmungen, andere Männer zu umarmen, seine Frau in der Öffentlichkeit zu küssen oder ihr manchmal in den Hintern zu kneifen.

Außerdem war er ein begabter Sportler. Wie später sein Sohn Graham war er nach dem College von einer Profi-Baseballmannschaft angeworben worden. Die Baltimore Orioles hatten ihm für die Vertragsunterzeichnung einen Bonus von fünfunddreißigtausend Dollar gezahlt. Allerdings hatte er es – ebenfalls wie sein Sohn und die meisten Spieler – nie in die *Major Leagues* geschafft. Auf Helens Drängen hin hatte er den Bonus gespart und sich davon das Boot gekauft.

Helen war in völlig anderen Verhältnissen großgeworden. Ihre Eltern Richard und Elizabeth Raessler (sie verbaten es sich, mit Dick und Betsy angesprochen zu werden) besaßen ein renommiertes Juweliergeschäft. Helen hatte die Town School, die angesehenste Privatschule der Stadt, besucht und fühlte sich in vornehmen Restaurants, im Theater, in der Oper, im Symphoniekonzert und in Museen wie zu Hause. Außerdem war sie eine gute Reiterin (im britischen Stil) und eine ausgezeichnete Köchin.

Als Achtzehnjährige hatte sie mit ihren Eltern schon fünfmal Europa und zweimal den Fernen Osten bereist. Leland Taylor kannte sie noch aus der High School, und ihre Eltern sahen in ihm den perfekten Schwiegersohn, obwohl sie der Meinung waren, daß die beiden noch ein wenig mit dem Heiraten warten sollten.

Richard und Elizabeth waren schockiert gewesen, als Helen am Lone Mountain College studieren wollte, eine unabhängige Hochschule, die inoffiziell als Abteilung der University of San Francisco angesehen wurde. Eines der Frauencolleges an der Ostküste wie Vassar oder Brown wäre ihnen lieber gewesen, da ihnen viel daran lag, ihre Tochter vor schädlichen Einflüssen zu schützen. Lone Mountain wurde nämlich von Nonnen geführt, und die Raesslers argwöhnten, daß auch diese verschlagenen Jesuiten ihre Hand im Spiel hatten.

Außerdem kamen die meisten Katholiken aus Kreisen, die nicht gesellschaftsfähig waren.

Andererseits war Lone Mountain nur einen Katzensprung entfernt, so daß sie ein wachsames Auge auf ihre Tochter haben konnten. Sie mußten nur dafür sorgen, daß sie nicht zu eng mit dem Pöbel – den Arbeitersöhnen von der University of San Francisco auf der anderen Straßenseite – in Berührung kam.

Und natürlich verliebte sich Helen ausgerechnet in einen von ihnen.

1965 war Helen im ersten Semester, während Sal nach einer kurzen Dienstzeit in Vietnam, gerade seinen Abschluß machte. Der fünfundzwanzigjährige Sal besaß für die sieben Jahre jüngere Helen die unerklärliche Anziehungskraft, wie sie für junge Mädchen oft von älteren Männern ausgeht.

Richard und Elizabeths Reaktion als Ablehnung zu bezeichnen, wäre noch untertrieben gewesen. Als Helen am Ende ihres ersten Sommers mit Sal noch vor der offiziellen Verlobung schwanger wurde, rieten sie ihr zu einer Abtreibung.

Doch Helen und Sal weigerten sich. Sie waren verliebt und wollten heiraten und eine Familie gründen. Also brannte Helen mit ihrem Fischer durch und wurde von ihren Eltern enterbt.

Nach der Geburt von Graham – ein Name, der wie George und Debra nichts mehr über Sals portugiesische Herkunft verriet – wurden die Familienbeziehungen allmählich weniger frostig. Da Richards Vater Graham geheißen hatte, schlug Helen Sal vor, ihren ersten Sohn als Friedensangebot nach ihm zu benennen. Widerstrebend erklärte Sal sich einverstanden, obwohl seine Schwiegereltern ihn auch weiterhin nicht mit offenen Armen aufnahmen.

Dann setzten schleichend die Bestechungsversuche ein. Elizabeth kaufte hübsche Kleider für die Kinder und lieferte sie tagsüber ab, um Sal nicht zu begegnen.

Kleider, Schuhe, Weihnachtsgeschenke, Fahrräder. Außerdem wollten Richard und Elizabeth, daß ihre Enkel in einem guten Stadtviertel mit den richtigen Nachbarskindern aufwuchsen.

Daß sie Helen gegen ihren Mann aufhetzten, hätten sie sich als Unterstellung verbeten. Sal würde sich schon in Seacliff einleben. Die Eltern übernahmen die Anzahlung für ein passendes Haus, Sal und Helen die monatlichen Raten, kein Darlehen oder Almosen also, sondern eine Geschäftspartnerschaft zu festgelegten Bedingungen.

Sal fühlte sich nicht wohl in dieser Situation, aber er sagte sich, daß er Helen keinen Vorwurf machten durfte, wenn ihre Eltern ihr so viel bedeuteten. Deshalb ließ er den Dingen ihren Lauf und hielt sich für kompromißbereit, vernünftig und verständnisvoll. Nichts sollte einen Keil zwischen ihn und Helen treiben.

Aber Sal irrte sich gewaltig.

Als Graham alt genug war, um es zu bemerken, hatten sich seine Eltern bereits auseinandergelebt. Sechs Tage in der Woche stand Sal noch vor Morgengrauen auf und fuhr mit der *Signing Bonus* zum Fischen. Sonntags trieb er mit Graham und Georgie Sport, wenn das Wetter es gestattete. Falls es regnete, zog er sich in die Garage zurück, um zu malen und zu trinken.

Währenddessen besuchte Helen ihre Eltern immer häufiger. Sie hatte sich an die Kleider und die übrigen Geschenke gewöhnt. Hin und wieder verabredete sie sich mit ihrer Mutter zum Mittagessen, und manchmal war auch eine ehemalige Schulfreundin von Helen mit von der Partie – stets modisch gekleidet und Gattin eines Arztes, Anwalts, Betriebswirts oder Bankiers. Zuweilen kam auch Leland Taylor auf einen Sprung vorbei, um hallo zu sagen und sich nach den Kindern zu erkundigen.

Sal hatte die Grenze gezogen, kein Bargeld von den Raesslers anzunehmen, doch er fühlte sich immer mehr unter Druck gesetzt. Er war überzeugt, daß er es auch allein schaffen würde, wenn er die Dinge nur auf seine Weise anging. Doch das Geld war immer knapp, so daß Sal kaum die Raten für das Haus bezahlen konnte, aber er war zu stolz, um Hilfe anzunehmen.

Als Graham dreizehn war, hatte die Ehe seiner Eltern bereits zu bröckeln angefangen. Dennoch traf ihn die Trennung zwei Jahre später wie ein Blitz aus heiterem Himmel. Für Graham sah es aus, als hätte Sal seinen Beruf und seine Familie einfach eines schönen Tages aufgegeben. Er war so plötzlich aus ihrem Leben verschwunden, daß er genausogut hätte tot sein können.

Nach knapp einem Jahr heiratete Helen wieder. Um den Kindern einen weiteren Umzug, Veränderungen und Störungen des Familienlebens zu ersparen, zog Leland Taylor in die Villa ein.

Vielleicht war es ein hoffnungsloses Unterfangen, die Gene der Russos mit denen der Raesslers verbinden zu wollen, dachte Graham. Die Kluft war zu tief. Er war eben von Kopf bis Fuß ein Russo, während Debra und George Helen nachgerieten.

Verzweifelt und wütend schob Graham die Kaffetasse weg und holte tief Luft. »Wer sich angesprochen fühlt, soll sich melden«, sagte er. »Interessiert es jemanden hier, daß Sal Russo letzten Freitag gestorben ist? Daß euer Vater nicht mehr lebt? Empfindet irgend jemand von euch auch nur einen Funken Trauer?«

Debras Unterlippe zitterte, während George sich vorbeugte. »Bitte, verschon uns damit. Siehst du nicht, wie es uns das Herz bricht? Er war ja so ein toller Vater und immer für uns da, wenn wir ihn brauchten.«

»Halt den Mund, George«, unterbrach Debra. »Du sollst nicht so über ihn reden.«

»Warum nicht?« rief George. »Warum denn nicht, zum Teufel?« Als er aufsprang, warf er dabei fast seinen Stuhl um. Seine Augen funkelten zornig. »Du verlangst, daß wir über seinen Tod trauern? Ich will dir mal was sagen: Ich bin froh darüber. Hast du überhaupt eine Ahnung, was Mom in den letzten Monaten seinetwegen durchgemacht hat?«

Helen versuchte vergeblich, George mit einer Handbewegung zum Schweigen zu bringen. »Davon hast du wohl nichts mitgekriegt,« fuhr George fort. »All dieses gefühlsduselige Geschwätz über unseren guten alten Vater. Du kannst dir ja nicht vorstellen, wie er deine Mutter gequält hat.«

»Nein, davon hatte ich keine Ahnung. Was ist denn –«

Leland konnte sich besser durchsetzen als Helen. Er klopfte heftig auf den Tisch. »Wir wollen nicht darüber sprechen, George. Es ist vorbei und hat keinen bleibenden Schaden angerichtet.«

»Was soll das heißen?«

Inzwischen kochte George vor Wut. »Das ist dir doch sowieso egal«, höhnte er.
»Vielleicht nicht, wenn du mir erzählst, was los war.«
»Dad ist hergekommen. Er hat Mama bedroht...«
»Das glaube ich nicht. Du lügst.«
»George!« Wieder Leland.
Doch der junge Mann war nicht zu bremsen. »Denkst du, irgend jemand kauft dir ab, daß du an seinem Totenbett plötzlich ein anderer Mensch geworden bist? Du glaubst wohl, wir durchschauen dich nicht.«
»Bitte!« Leland klopfte wieder auf den Tisch, aber er hätte sich die Mühe sparen können.
Drohend kam George auf Graham zu, der ebenfalls aufgestanden war. »Wir alle wissen, daß er als Vater, Ehemann und auch als Mensch ein Versager war. Oder hast du vergessen, daß er uns verlassen hat, Graham? Soll ich dir sagen, was passiert ist? Du hast rausgekriegt, daß er Geld gespart hatte. Und nachdem du deinen Beruf als Anwalt hingeschmissen hattest, wußtest du, daß bei Leland nichts mehr zu holen ist. Also hast du dir überlegt, dem alten Sal einen Teil seiner Kohle abzuknöpfen. War es nicht so?«
Inzwischen stand George einen halben Meter vor Graham. Sein Gesicht war puterrot. Plötzlich stürzte er sich auf seinen Bruder, schüttelte ihn und brüllte, daß die Speicheltropfen in alle Richtungen spritzten: »Sag, daß es so gewesen ist, du verlogenes Schwein! Sag, daß...«
Als Graham seinen Bruder heftig zurückstieß, blieb George mit dem Bein an einem Stuhl hängen. Graham nützte seinen Vorteil und versetzte George noch einen kräftigen Schubs, so daß dieser auf dem Boden landete.
Während alle anderen aufsprangen, wirbelte Graham herum und erhob warnend die Hand, um sie am Näherkommen zu hindern. George rappelte sich auf und funkelte seinen Bruder zornig an.
Grahams Atem ging stoßweise. Er warf noch einen letzten Blick auf seine Familie und stürmte dann mit tränenblinden Augen an seiner Mutter und seinem Stiefvater vorbei und durch die Glastüren hinaus.

Die Blazers hatten sich in einer Reihe im *Infield* aufgebaut. Sarah Evans, die nach dem letzten Schlag vom linken *Outfield* hinzugelaufen war, stand ganz außen. »Gutes Spiel«, wiederholte sie, als sie nacheinander mit allen Teammitgliedern der Wombats die Handflächen aneinanderklatschen ließ. Dieses Ritual diente dazu, den Sportsgeist zu festigen. Natürlich wurde mit harten Bandagen um den Sieg gekämpft, doch alle wußten, daß es sich nur um ein Spiel handelte. Man gratulierte der anderen Mannschaft zu einem guten Spiel und ging nach Hause.

Die Spieler der Blazers holten ihre Schläger und Sporttaschen, die auf einer Bank hinter einem niedrigen Zaun lagen, um Platz für die nächste Mannschaft zu machen. Sarah, die mit ihren Teamkolleginnen die Höhepunkte des Spiels noch einmal Revue passieren ließ, hielt beim Anblick von Graham Russo mitten im Satz inne. Er stand hinter dem Zaun, trug sein Big-Dog-T-Shirt und eine Giants-Kappe und starrte sie an.

Sie griff nach ihrer Tasche, in der sich auch ihre Pistole befand, und ging ihm entgegen.

Er grinste sie lässig an. »Ich habe mir gedacht, daß Sie das sind. Nun ja, eigentlich war ich mir ziemlich sicher.«

»Sind Sie mir hierher gefolgt?«

Die Frage schien ihn zu überraschen. »Nein.«

»Woher wußten Sie dann, daß ich hier bin?«

Sie wünschte, ihr Herz würde aufhören zu klopfen, denn sie spürte, wie sich der dünne Nylonstoff ihres Trikots im Takt bewegte.

»Ich wußte es nicht. Ich habe mir am Strand einen Hamburger gekauft und wollte mir dann ein paar Spiele anschauen, um mich abzulenken.«

»Und das soll ich Ihnen glauben?«

Wieder lächelte er. »Bestimmt haben Sie gehört, daß ich den Großteil des Tages eingesperrt war. Da der Abend so schön ist, wollte ich noch ein bißchen an die Luft. Ich habe auch ein Sechserpack Bier dabei. Möchten Sie eins? Sehen wir uns das letzte Spiel an?«

Sie schüttelte den Kopf. »Lieber nicht. Ich finde, wir sollten privat nichts miteinander zu tun haben. Und wenn Sie glauben, mir Angst einjagen zu können, indem Sie hier auftauchen, haben Sie sich geschnitten. Es ist nämlich keine gute Idee, eine Polizistin zu verfolgen. Ich stecke Sie so schnell wieder ins Gefängnis, daß Sie glauben, Sie wären gar nicht rausgekommen. Ich hoffe, Sie haben mich verstanden.«

Ein paar ihrer Teamkolleginnen, die auf dem Weg zum Parkplatz an Sarah vorbeikamen, hörten ihren scharfen Ton und blieben stehen. »Alles in Ordnung, Sarah?«

»Aber klar.« Sie drehte sich wieder zu Graham um. »Lassen Sie mich in Ruhe«, sagte sie leise und fügte dann, an die anderen Spielerinnen gewandt, hinzu: »Wartet auf mich. Ich komme schon.«

In jeder Ecke des gewaltigen Sportplatzes befand sich ein Softballfeld. Sarahs Spiel hatte auf Feld Nummer Zwei stattgefunden, das dem Parkplatz am nächsten lag. Deshalb hatte sie vom Auto aus freien Blick auf die zehnreihige Zuschauertribüne hinter der *Home Plate*, wo Graham saß.

Sie beobachtete ihn zwanzig Minuten lang durchs offene Autofenster. Anscheinend war er tief in das Spiel versunken und trank hin und wieder aus seiner Bierdose. Wenigstens hatte er keine Anstalten unternommen, ihr zum Parkplatz nachzugehen, dachte sie. Zuerst hatte sie vermutet, daß er ihr einen Vorsprung geben und sich dann an ihre Fersen heften würde. Aber er hatte ihr nicht einmal nachgeschaut, sondern sich wie angekündigt die nächsten Spiele angesehen. Vielleicht sagte er doch die Wahrheit.

Allerdings mußte das nicht bedeuten, daß er sie nicht verfolgt hatte. Möglicherweise hatte er bereits alles herausgefunden – wo sie wohnte, zum Beispiel, und wo sie Baseball spielte. Andererseits klang seine Erklärung logisch. Er hatte den ganzen Tag im Gefängnis verbracht, und San Francisco würde in diesem Jahrhundert wahrscheinlich keinen so milden Abend mehr erleben.

Sie beobachtete ihn noch eine Weile. Er saß vornübergebeugt da und hatte die Ellenbogen auf die Knie gestützt. Die Bierdose sah in seinen riesigen Händen winzig aus. Sein T-Shirt spannte sich über den Rückenmuskeln.

Die Staatsanwältin hatte ihn laufenlassen. Ihm wurde kein Verbrechen zur Last gelegt. Wenn sie sich jetzt zu ihm setzte, gab es keinerlei Anlaß für eine dienstliche Beschwerde. Außerdem – so rechtfertigte sie es für sich – würde er sich nach einigen Bieren vielleicht verplappern und sich selbst belasten. Schließlich war sie ja Polizistin und immer im Dienst. Sie war ja nur deshalb geblieben, und es gab eine Menge guter Gründe, ein bißchen mit ihm zu plaudern.

Auf dem Spielfeld schlug ein junger Mann den Ball mehr als hundert Meter weit, so daß er außerhalb des Flutlichts landete. Graham war aufgesprungen und beobachtete den Flug des Balls gebannt und mit vor Aufregung leuchtenden Augen. Es war der Blick eines Kindes, arglos, schlicht, unschuldig und rein. Kurz wurde Sarah von Zweifeln ergriffen. War das das Gesicht eines Mörders? Sie glaubte es nicht.

Da sie inzwischen die genoppten Baseballschuhe mit Turnschuhen vertauscht hatte, waren ihre Schritte auf der Zuschauertribüne nicht zu hören. Sie setzte sich neben Graham.

»Okay, jetzt nehme ich doch ein Bier.«

Als er sich zu ihr umdrehte, war seiner Miene nichts zu entnehmen. Beiläufig holte er eine Dose unter der Bank hervor, öffnete sie und reichte sie Sarah. »Haben Sie diesen Schlag gesehen?« fragte er.

Sie nahm einen Schluck. »Der Brief von Ihrem Vater«, sagte sie. »Haben Sie als Profi Baseball gespielt.«

Er schwieg. Auf dem Spielfeld hechtete der *Shortstop* nach einem *Ground Ball*, erwischte ihn, warf ihn zurück zur *Second Base*, von wo er in Richtung der *First Base* flog, um gleich zwei Spieler auszumachen. Damit war die Hälfte des *Innings* beendet.

Graham leerte sein Bier. »Ich dachte, ich könnte während des Streiks als Ersatzspieler einsteigen. Aber es ging nicht.« Schüchtern sah er sie an. »Ich habe Sie wirklich nicht verfolgt«, sagte er. »Ich komme eben manchmal hierher. Und dann habe ich Sie entdeckt und Ihnen ein bißchen beim Spielen zugeschaut. Und ich habe mir überlegt, wo wir beide nun einmal hier sind, kann ich Sie auch begrüßen. Ich dachte nicht, daß Sie glauben, ich wäre Ihnen gefolgt.«

»Aber ich habe Sie doch festgenommen.«

Graham nickte. Ein Lächeln spielte um seine Lippen. »Das habe ich nicht vergessen.«

»Die meisten Menschen finden einen nicht mehr sehr sympathisch, nachdem man sie verhaftet hat.«

»Ich bin freigelassen worden und werde nicht unter Anklage gestellt. Jetzt sind wir beide wieder normale Bürger.«

»Das stimmt nicht ganz. Ich bin noch immer Polizistin, und Sie sind ein Verdächtiger.«

Er überlegte eine Weile und zuckte dann wegwerfend die Achseln. »Soll ich Ihnen was verraten? Ich habe ebenfalls geschworen, Recht und Gesetz zu vertreten. Übrigens habe ich meinen Vater nicht umgebracht.« Er wies auf das Spielfeld. »Sie spielen ziemlich gut, Sergeant. Ich habe Ihren *Triple* gesehen.«

Sarah spürte, wie ihre Anspannung wich. »Der aufregendste Moment im ganzen Spiel.«

»Das sagte mein Vater auch.«

»Finden Sie das immer noch?«

»Klar.«

»Mir geht es genauso.«

»Schauen Sie, schon wieder eine Gemeinsamkeit.« Graham holte eine Bierdose unter Bank hervor und öffnete sie. »Möchten Sie noch eins?«

Sie hatte die erste Dose fast geleert. Da sie nur selten Alkohol trank, breitete sich allmählich ein warmes Gefühl in ihr aus. »Lieber nicht«, antwortete sie. »Ich muß los. Mein Dienst fängt früh an.«

»Das habe ich auch schon mitgekriegt. Okay, dann also bis bald.«

Sie zögerte einen Moment. Es wunderte sie, daß er überhaupt keine Einwände erhob. Außerdem stellte sie zu ihrer Überraschung fest, daß sie eigentlich lieber geblieben wäre. »Danke für das Bier«, sagte sie.

Er nickte. »Sergeant Evans!« rief er ihr nach, als sie ein paar Schritte gegangen war.

Sie drehte sich um.

»Wie heißen Sie eigentlich mit Vornamen?«

Ihre Miene verfinsterte sich. Doch dann mußte sie über sich selbst lachen und schüttelte den Kopf. »Sarah«, erwiderte sie und sah ihn an.

»Sarah«, wiederholte er. Sein Lächeln schien absolut echt und wirkte sehr anziehend. »Ein schöner Name.«

Im Auto betrachtete Sarah ihr Gesicht im Rückspiegel. Sie war seltsam zufrieden mit sich selbst und fragte sich, ob man ihr das anmerkte. Na und? Graham Russo mochte ihren Namen. Tolle Geschichte.

Das warme Gefühl hatte sich weiter ausgebreitet. Sarah redete sich ein, daß das nur am Alkohol lag. Auf dem Nachhauseweg mußte sie wirklich ganz vorsichtig fahren.

Zweiter Teil

8

Große Flüsse beginnen meist mit einem kleinen Bächlein. Die Entstehung einer Lawine hingegen geht ganz anders vor sich. Man darf es sich nicht etwa so vorstellen, daß sich die einzelnen Schneeflocken zu einer gewaltigen Masse zusammenballen, die dann irgendwann ins Rutschen gerät. Nein, eine Lawine entsteht einfach aus dem Nichts. Plötzlich gibt der Berghang nach, löst sich mit unbeschreiblicher Kraft und poltert unaufhaltsam zu Tal. Auf seinem Weg walzt er rücksichtslos alles nieder, und danach ist nichts mehr so, wie es einmal war.

Um zwei Uhr am Dienstag morgen, weniger als acht Stunden nach Graham Russos Haftentlassung, hatte die Wucht der Lawine alle anderen politischen Themen in San Francisco beiseitegefegt. Die Morgenausgabe des *San Francisco Chronicle* titelte: »STERBEHILFE SPALTET JUSTIZ UND STADTVERWALTUNG«. Aber der lange Artikel konnte die vielen Fronten, an denen die Schlacht gleichzeitig ausgebrochen war, nur oberflächlich behandeln.

Der Bürgermeister stand auf Seiten der Bezirksstaatsanwältin, denn schließlich hielt sich San Francisco viel auf seine Liberalität zugute. Sharron Pratt hatte richtig gehandelt. Niemand dürfe gezwungen werden, grausame Schmerzen zu erdulden. Wo sei denn bitte die Qualität eines solchen Lebens. Wenn sich jemand dazu durchrang, durch Freitod seinem Leiden ein Ende zu machen, hatte er (oder sie) ein Recht dazu, und wer ihm (oder ihr) half, war kein Mörder, sondern ein Held.

Dan Rigby, der Polizeipräsident, war außer sich. Seiner Ansicht nach demonstrierte die Staatsanwältin einmal mehr ihre deutliche Mißachtung der Polizei, der zu verdanken war, daß man sich in San Francisco überhaupt noch auf die Straße trauen konnte. Die Verhaftung des Verdächtigen sei völlig berechtigt gewesen, denn nichts weise darauf hin, daß es sich nicht um einen Mord aus Habgier handelte.

»Selbst wenn wir es hier mit Sterbehilfe zu tun haben«, so Rigby, »ist es Aufgabe der Bezirksstaatsanwältin, sich an die Gesetze zu halten, nicht etwa neue zu erfinden. Mir schaudert beim bloßen Gedanken, welche anderen Tötungsdelikte Ms. Pratt sonst noch als Heldentaten einstufen könnte.«

Dean Powell, der kalifornische Generalstaatsanwalt, wollte sich nicht auf eine Meinung festlegen, bevor er sich nicht aktenkundig gemacht hatte. Art Drysdale, ehemaliger Mitarbeiter des Vorgängers von Pratt (und von ihr gefeuert), der nun bei der Generalstaatsanwaltschaft tätig war, hatte nur folgenden Kommentar abzugeben: »Das Gesetz sagt eindeutig, daß wir für die Strafverfolgung zuständig sind. Und wir werden nicht zulassen, daß in San Francisco Mörder frei herumlaufen.«

Der Stadtrat berief am späten Abend eine Sondersitzung ein und beschloß mit einer Mehrheit von neun zu zwei Stimmen, San Francisco zu einer Zuflucht für Lebensmüde zu machen. Das Land brauche dringend eine liberale Stadt, in der Todkranke und Leidende ohne Aussicht auf Genesung Hilfe finden konnten.

Auch die katholische und die protestantische Kirche ließen sich nicht lumpen. Erzbischof James Flaherty verkündete, die katholische Kirche lehne jegliche Form von Euthanasie kategorisch ab. Gott rufe seine Kinder zu sich, wenn es an der Zeit sei. Auch Jesus habe entsetzlich gelitten, sagte Flaherty, und daß er dieses Kreuz auf sich genommen habe, solle der ganzen Menschheit als Beispiel dienen. Leiden gehöre zum Leben und habe einen Sinn. Es läutere und kräftige die Seele, besonders dann, wenn man es als gläubiger Christ ertrug.

Zum Schluß gestattete sich der Erzbischof noch eine nicht sonderlich subtile Anspielung auf die Bemerkung des Bürgermeisters zur Lebensqualität. »Das Leben an sich ist heilig«, sagte er. »Und die Lebensqualität ergibt sich aus dem Glauben an Gott, nicht aus einem Höchstmaß an Bequemlichkeit.«

In der Grace Cathedral auf dem Nob Hill, wo ein Mosaik und Fahnen vom Engagement der Gemeinde für die Aids-Opfer zeugten, stand Reverend Cecil Dunsmuir vor den Fernsehkameras und feuerte eine Breitseite gegen Flaherty ab.

»Wer Leiden als Tugend darstellt, sollte mehr Zeit mit Aids-Kranken verbringen. Bei ihnen wird er Hilfsbereitschaft, Liebe, Opfermut und Würde im Angesicht des Todes finden. Doch die göttliche Gnade zeigt sich darin, daß jedes Leiden auch einmal ein Ende hat. Und dazu beizutragen, ist die wahre Aufgabe des christlichen Glaubens.«

Die Polizei mußte eingreifen, als es während einer angemeldeten Veranstaltung von Abtreibungsgegnern in Potrero Heights wegen Meinungsverschiedenheiten zum Thema Sterbehilfe zu tumultartigen Ausschreitungen kam.

Barbara Brandt, eine attraktive Enddreißigerin, verdiente ihren Lebensunterhalt als Lobbyistin in Sacramento. Brandt war Vorsitzende der Hemlock Society, einer landesweiten Organisation, die für das Recht auf Freitod kämpfte. Als sie das Photo Graham Russos – jung und gutaussehend wie ein Filmstar – auf der Titelseite der *Sacramento Bee* sah und den Artikel las, wußte sie sofort, daß sich der junge Mann ausgezeichnet als Aushängeschild für die diesjährige Spendensammelaktion eignete.

Sie schlug Grahams Nummer im Telephonbuch nach und war überrascht, daß er sich nach dem zweiten Läuten meldete.

»Ich habe wirklich keine Lust, darüber zu reden«, sagte er. »Sie wissen ja, daß ich Rechtsanwalt bin. Wenn ich das Gesetz breche, werde ich aus der Anwaltskammer ausgeschlossen. Ich habe schon genug berufliche Probleme.«

»Aber Sie haben richtig gehandelt«, beharrte Barbara.

»Sie wissen gar nicht, was ich getan habe.«

»Doch, das weiß ich ganz genau. Und ich stehe auf Ihrer Seite.«

Doch er ließ sich nicht erweichen. Nachdem er aufgelegt hatte, dachte sie eine Weile über das Gespräch nach. Sie mußte einräumen, daß er die Angelegenheit realistisch sah. Wenn er zugab, seinem Vater Sterbehilfe geleistet zu haben, war es endgültig vorbei mit seiner Karriere als Anwalt.

Dennoch hatte er eine gute Tat begangen, ohne sich um das Gesetz zu kümmern. Nun brauchte er nur noch den Mut, sich dazu zu bekennen, und Barbara glaubte, ihn dabei unterstützen zu können.

Das öffentliche Fernsehen traf die nicht einstimmige Entscheidung, das Vormittagsprogramm am nächsten Donnerstag zu ändern. Die Sendung mit dem Titel »Laßt mich einfach sterben« sollte später den Humanitas-Fernsehpreis und einen Emmy für den besten lokalen Dokumentarfilm gewinnen. Der erschütternde, aufrüttelnde und hastig zusammengeschnittene Videofilm zeigte leidende Patienten in Krankenhäusern und Pflegeheimen. Die betroffenen Männer und Frauen aller Hautfarben kamen aus den verschiedenen Bevölkerungsschichten, litten an Aids, Krebs und anderen unheilbaren Krankheiten und äußerten den Wunsch, sterben zu dürfen.

»Ich bin Hank Travers von den *Bay Area Action News*. Ich stehe mit Gil Soma, Mitarbeiter des Generalstaatsanwalts, vor seinem Amtsgebäude in San Francisco. Mr. Soma, hat sich der Staat Kalifornien entschieden, Mr. Russo unter Anklage zu stellen?«

Soma redete gern und viel. »Natürlich müssen wir zuerst sämtliche Beweise sorgfältig sichten. Doch der Gesetzgeber und auch meine Dienststelle sind der Auffassung, daß die absichtliche Tötung eines Menschen für gewöhnlich ein Verbrechen darstellt.«

Das Funkeln in Somas Augen strafte seinen sachlichen Ton Lügen. Offensichtlich wollte er Graham Russos Kopf.

Und genauso offensichtlich war das Hank Travers nicht entgangen. »Stimmt es, daß Mr. Russo und Sie früher Kollegen waren?«

Der Kamerawinkel wurde weiter. Soma war der Inbegriff des ehrgeizigen jungen Anwalts. Sie standen draußen auf der Straße, und ein frischer Wind zerrte an seiner Krawatte und zerzauste sein Haar. Soma kümmerte sich nicht darum, denn seine ganze Aufmerksamkeit galt Hank. »Es ist allgemein bekannt, daß wir beide als Referendare für Richter Harold Draper arbeiteten. Darüber hinaus möchte ich keinen Kommentar abgeben.«

Nun war Soma in Nahaufnahme zu sehen. »Aber Sie kennen Graham Russo besser als die meisten und hatten Gelegenheit, hinter seine Fassade zu blicken. Glauben Sie wirklich, daß er wegen fünfzigtausend Dollar seinen Vater umgebracht hat?«

»Kein Kommentar.«

Travers versuchte es ein letztesmal. »Ist ihm Ihrer persönlichen Meinung nach eine solche Tat zuzutrauen?«

Soma zuckte nicht mit der Wimper. »Wir sichten die Beweise. Mehr kann ich im Moment nicht sagen.« Allerdings nickte er weiter in die Kamera, was deutlich genug war: Soma konnte Graham Russo nicht ausstehen. Er würde alles in seinen Kräften Stehende tun, um ihn zu vernichten.

9

Glitsky saß mit Evans und Lanier in einem Büro des Sittendezernats, das auf dem gleichen Flur lag wie die Mordkommission. Es war wichtig, daß das Büro über eine Tür verfügte, die geschlossen werden konnte – ein Luxus, den Glitskys Kabuff leider nicht bot. Die Begleitumstände des Todesfalls Sal Russo, in dem die Ermittlungen fortgesetzt wurden, waren höchst ungewöhnlich und bargen erheblichen Zündstoff.

Er besprach mit ihnen die weitere Vorgehensweise. Nachdem er den ersten Abschnitt des Plans erläutert hatte, hob Evans die Hand. Glitsky mußte schmunzeln, was bei ihm nur selten vorkam. »Wir sind hier nicht in der Schule, Sarah. Sagen Sie einfach, was Sie auf dem Herzen haben.«

Sarah verschränkte die Arme vor der Brust. »Ich habe nur eine Frage: Was sollen wir jetzt anders machen als beim letztenmal, als sie ihn wieder freigelassen haben?«

Glitsky nickte. Der Einwand war nicht von der Hand zu weisen. »Um die Wahrheit zu sagen, haben wir nicht viele Möglichkeiten. Wir verfahren in etwa genauso, nur ein wenig gründlicher.«

Marcel Lanier war schon so lange im Geschäft, daß er wußte, wie der Hase lief. Er saß in einem bequemen Sessel neben seiner Partnerin. Jetzt sah er sie an. »Die Leute wiegen sich nun in Sicherheit, Sarah. Wahrscheinlich glauben die Zeugen, daß das, was sie beobachtet haben, nicht weiter dramatisch ist, da die Anklage ja fallengelassen wurde. Vielleicht reden sie jetzt offener mit uns. Abe will eigentlich nur darauf hinaus, daß der Fall noch nicht abgeschlossen ist.«

»Genau«, stimmte Glitsky zu.

»Und Russo ist immer noch unser Verdächtiger?« Besonders nach dem vergangenen Abend gefiel Sarah diese Vorstellung gar nicht.

»Unser bester und einziger. Er war es.« Lanier brannte darauf, sich wieder an die Ermittlungen zu machen. Glitsky hatte sein Sprüchlein aufgesagt, und die Arbeit rief. Aber Sarah rührte sich nicht von der Stelle und hatte die Arme noch immer vor der Brust verschränkt.

»Was ist, Sarah?« fragte Glitsky.

Sie schüttelte den Kopf. »Ich weiß nicht so recht, aber irgend etwas stört mich.« Die beiden Männer warteten. »Ich glaube nicht, daß er der Täter ist«, sagte sie schließlich. »Ich denke, wir waren auf dem Holzweg.«

Als Lanier schon entrüstet widersprechen wollte, unterbrach Glitsky ihn mit einer Handbewegung. Er setzte sich auf die Schreibtischkante. »Ich höre.«

»Ich habe einfach Zweifel.«

»Was hat sich seit gestern geändert?« hakte Glitsky nach.

»Ein paar Dinge.« Sie zögerte und rückte dann mit der Sprache heraus. »Ich habe mit ihm geredet.«

»Wann?«

Sie erzähle ihnen von der Begegnung auf dem Baseballplatz, verschwieg aber ihre persönlichen Gefühle. »Er stand auf einmal vor mir.« Das stimmte zwar nicht ganz, kam der Wahrheit jedoch recht nahe. Ganz sicher hatte er gerade auf sie zugehen wollen, als sie seinen Blick bemerkt hatte. »Das hätte er bestimmt nicht getan, wenn er seinen Vater umgebracht hätte.«

»Doch.« Lanier war in seinem Element. Schließlich hatte er in seinem Beruf schon mit Hunderten von Mördern zu tun gehabt und war überzeugt, sie durchschauen zu können. Alles ein alter Hut. »Genau solche Scheißspielchen versuchen diese Arschlöcher immer mit uns abzuziehen. Wir haben ihn aus der Haft entlassen, und deshalb denkt er, daß ihm nichts passieren kann. Er will rauskriegen, was wir wissen. Und an dich hat er sich nur rangemacht, Sarah, um dich auszuhorchen.«

Sarah konnte sich das nicht vorstellen. »Es war ganz anders.«

»Wie war es denn?« fragte Glitsky.

»Er hat mich nicht ausgehorcht. Er hat das Thema kaum erwähnt.«

Lanier beugte sich vor. »Ich wette, es hat sich so ganz am Rande in das Gespräch eingeschlichen. Habe ich recht?«

Sie zuckte die Achseln. »Er hat nur gesagt, daß er es nicht getan hat. Ganz beiläufig.«

Lanier hatte auch das schon erlebt. »Aha, die diplomatische Methode. Der Mann wird festgenommen, verbringt den Tag im Gefängnis und redet kaum darüber?« Grahams Verhalten hatte Marcels psychologischen Lackmustest nicht bestanden, was er seiner Partnerin nicht vorenthalten wollte. »Wenn du zum erstenmal einen Knast von innen siehst und dem Menschen begegnest, der dir das eingebrockt hat, ist es nur allzu natürlich, daß dich dieses Thema ziemlich beschäftigt. Hättest du etwa nicht das Bedürfnis, mit demjenigen ein Hühnchen zu rupfen?«

»Marcel, ich denke, Sarah hat Sie verstanden.« Glitsky wandte sich wieder an Sarah. »Sie haben vorhin von ein paar Dingen gesprochen. Was waren denn die anderen?«

Sarah sah zuerst Glitsky und dann Lanier an. »Ich habe die ganze Nacht darüber nachgegrübelt und die Akte noch einmal gelesen. Wir haben wirklich keinen Beweis, daß er der Täter ist.«

Glitsky nickte. Wieder ein nicht von der Hand zu weisender Einwand. »Deshalb möchte Drysdale, daß die Ermittlungen weitergehen. Es genügt nicht für eine Verurteilung.«

»Heißt das, wir hätten ihn nicht festnehmen sollen?«

»Moment mal!« Lanier war mit dieser Auslegung nicht einverstanden. »Der Typ hatte sich bereits einen Anwalt besorgt –«

»Was an und für sich kein Verbrechen ist«, unterbrach Glitsky.

»Natürlich nicht, aber trotzdem…« Wie alle Polizisten wußte Lanier, daß ein Unschuldiger – falls es solche Leute überhaupt gab – keinen Anwalt zu Rate zog, bevor er tatsächlich unter Anklage stand. »Wir haben es mit einem arbeitslosen, egoistischen jungen Mann zu tun, der lebt wie ein Millionär, Geld braucht und einen einfachen Weg sah, es sich zu beschaffen.«

»Es ging also nur ums Geld?«

»Selbstverständlich. Er hatte die Kombination zum Safe in seiner Wohnung. Ein eindeutiger Beweis.«

»Warum hat er den Schlüssel zum Schließfach während der Hausdurchsuchung nicht in die Hosentasche gesteckt? Wir hätten ihn nie gefunden.«

Lanier zuckte die Achseln. »Da muß ich passen. Vielleicht hat er gedacht, wir würden ihn dabei erwischen. Oder er hat nicht geglaubt, daß wir uns so gründlich umsehen würden. Ich behaupte ja nicht, daß der Mann ein Profikiller ist. Kann sein, daß er bloß nervös war.«

»Wenn es ihm nur auf das Geld angekommen wäre, hätte er es irgendwie versteckt.« Sarah schüttelte den Kopf. »Das wäre kein Problem gewesen. Es gab keinen Grund, es nicht zu tun.«

Der alte Spruch, daß Mörder das Bedürfnis hatten, jemanden von ihrer Tat zu erzählen, traf Laniers Meinung nach meistens zu. »Er wollte, daß wir es finden. Es war so eine Art Geständnis.«

»Falls er seinem Vater Sterbehilfe geleistet hat, gab es keinen Anlaß für ein Geständnis. Er hätte geglaubt, richtig gehandelt zu haben.«

Lanier schüttelte den Kopf. »Nein, und wir haben es auch nicht mit Tötung auf Verlangen zu tun, sondern mit Mord. Dieser Bluterguß hinter dem Ohr ...«

»Von dem Strout sagt, daß er ihn sich möglicherweise schon vor Stunden zugezogen hatte.«

»Nein, nein, nein. Unser guter Graham hat ihm von hinten eins mit der Whiskeyflasche übergezogen, ihm eine Morphiumspritze verpaßt, den Safe ausgeräumt und sich dann still und heimlich verdrückt.«

»Graham verabreicht jeden Tag Spritzen. Weshalb die Verletzung um die Einstichstelle herum, wenn sein Vater schon reglos am Boden lag? Ein kleiner Piekser hätte genügt.«

»Keine Ahnung. Vielleicht hatte er Angst oder war in Eile. Es hat ein Erdbeben gegeben. Die Spritze war defekt. Er hat die Vene verfehlt. Meinem Arzt passiert das ständig.«

Glitsky hatte genug von der Streiterei. »Schön und gut, das alles bringt uns nicht weiter. Sie hatten gestern genug in der Hand, um Russo festzunehmen. Wenn Sie weitersuchen, finden Sie möglicherweise zusätzliche Anhaltspunkte. Ich verlange nur, daß die Beweise wasserdicht sind. Wenn der Generalstaatsanwalt Graham unter Anklage stellen will, nehmen wir ihn eben wieder fest. Und wenn wir aufgrund der Beweise vermuten müssen, daß ein anderer die Tat begangen hat, ermitteln wir eben gegen den. Haben Sie einen Verdacht, Sarah?«

Sarah verneinte das. »Aber Sal kann sich doch auch selbst umgebracht haben? Der Autopsiebericht schließt das nicht aus.«

Glitsky nickte. »Stimmt.« Er stand auf. Die Besprechung war vorbei. »Und genau deshalb hat Gott in seiner unermeßlichen Weisheit die Geschworenen erfunden.« Er breitete die Hände aus, als wollte er die beiden segnen. »Und die versagen zum Glück nie.«

»Wenigstens hatten wir einen schönen Sommer.«

Lanier hatte die Jacke bis zum Hals zugeknöpft und den Kragen hochgeschlagen. Sarah Evans steckte die Hände in die Taschen und blinzelte, weil der Wind ihr immer wieder Staub ins Gesicht blies. »So eine Kälte gibt es doch gar nicht!« Sie gingen sehr schnell.

Nach der Unterredung mit Glitsky waren sie vom Justizpalast einen knappen Kilometer die Seventh Street entlanggefahren und in die Stevenson Alley eingebogen. Die schmale, gewundene Gasse, in der sich der Müll türmte, lag etwa einen halben Block südlich des Busbahnhofs, der immer einen Besuch wert war.

Auf der nördlichen Seite der Stevenson Alley befanden sich die Hintertüren und Lieferanteneingänge der Läden, die in der Market Street ums Überleben kämpften. Zu den wenigen Gebäuden, die mit der Vorderseite zur Seitenstraße standen, gehörte das Lions-Arms-Apartmenthaus, wo Sal Russo in der Eckwohnung Nummer 304 gestorben war. »Vermietungen tage- und wochenweise« stand in verblaßter schwarzer Schablonenschrift an der Hausmauer.

Im vergangenen Jahrzehnt war die Südseite der Stevenson Alley meistens eine Baustelle gewesen, ein offener Krater, der in dem heruntergekommenen Viertel nicht weiter auffiel. Doch inzwischen waren die Renovierungsarbeiten am ehemaligen Postgebäude endlich abgeschlossen.

Das Postamt selbst hatte ein neues Quartier im Rincon Annex bezogen, so daß der andere Mieter – das 9. Bundes-Appellationsgericht – allein zurückgeblieben war. Das Bundesgerichtsgebäude, ein ehrfurchtgebietendes, prunkvolles Bauwerk, ragte nun, frisch instandgesetzt, zwischen der Stevenson Alley und der Mission Street in den Himmel.

Aber Lanier und Evans fiel das alles gar nicht auf. Während sie den Obdachlosen umrundeten, der in einem der Hauseingänge schlief, sahen ihre Augen auf der Südseite der Straße nur die graue Mauer des Gerichtsgebäudes, die bereits mit Graffiti bedeckt und von Stacheldraht gekrönt war. Aber selbst die Pracht des Tadsch Mahal hätte nicht auf das Lions Arms abgefärbt. Es war und blieb eine heruntergekommene Absteige.

Nachdem Sals Leiche gefunden worden war, hatten uniformierte Beamte jede Wohnung im Lions Arms abgeklappert. Doch da die meisten Mieter ihren Lebensunterhalt auf der Straße verdienten, und die Geschäfte nachts am besten liefen, war fast niemand zu Hause gewesen.

Deshalb waren Sarah und Lanier wiedergekommen, um diese Leute zu befragen. Normalerweise arbeiten Polizisten in diesem Milieu nicht allein, aber es war schon Mittag, und die beiden hofften, schneller fertig zu werden, wenn sie sich trennten. Sie hatten die Aufgabe ohnehin schon zu lange hinausgeschoben, weil andere Dinge vorgezogen werden mußten.

Im Erdgeschoß befanden sich nur vier Wohnungen. Die verhältnismäßig große Eingangshalle mit den Briefkästen wies darauf hin, daß das Haus offenbar einmal bessere Tage gesehen hatte. Sarah klopfte an die Türen. Die oberen drei Stockwerke hatten je acht Wohnungen.

Lanier stieg die Treppe in den ersten Stock hinauf. Er wollte bei Nummer 204 anfangen, direkt unter Sals Wohnung, die nach vorne ging. Er hatte die Tür noch nicht erreicht, als Sarah oben auf der Treppe erschien. »Niemand da. Ich fange im zweiten an.«

Auf dem Schild neben der Tür stand Blue. Blue war eine Schwarze, die Lanier vom Sehen her kannte. Wahrscheinlich war er ihr im Justizpalast begegnet, nachdem sie wegen Prostitution festgenommen worden war, denn ihr Beruf stand außer Frage.

Während Lanier ihr noch durch die geschlossene Tür erklärte, wer er war, hörte er drinnen Geraschel. Wahrscheinlich hatte sie einen Kunden erwartet und räumte jetzt schnell ein paar Sachen beiseite, vielleicht sogar eine Wasserpfeife. Schließlich öffnete sich die Tür. Obwohl sie das Fenster aufgerissen hatte, roch es im Zimmer kräftig nach Marihuana und ein wenig nach Moschus. Blue schob das rote Oberteil mit den aufgedruckten Teddybären in den Bund ihrer hautengen, schwarzen Jeans.

Sie blieb auf der Schwelle stehen, ohne ihn hereinzubitten. Lanier zeigte ihr seine Polizeimarke. »Sicher wegen Sal von oben«, sagte sie zu seiner Überraschung. Als Lanier das bejahte, nickte sie. »Ich hab Sie eigentlich früher erwartet. Fast hätt ich Sie angerufen, aber ich ruf die Cops nich an. Sal war in Ordnung.«

»Kannten Sie ihn?«

Sie schüttelte den Kopf. »Nich sehr gut. Wir haben uns 'n paarmal im Treppenhaus oder auf der Straße unterhalten. Manchmal hat er mir frischen Lachs mitgebracht. Ich liebe Lachs.« Ein wehmütiger Blick trat in ihre Augen. »Es ist so traurig, daß er tot ist. Wissen Sie schon, wer ihn umgebracht hat?«

Aus Gewohnheit und Vorsicht antwortete Lanier nicht auf Fragen von Zeugen. Statt dessen redete er kurze Zeit mit ihr, und als ihm nach einer Weile klar wurde, daß sie vielleicht etwas Verwertbares zu sagen hatte, holte er den Kassettenrekorder heraus, den er beinahe gar nicht eingesteckt hätte.

Nachdem er die vorgeschriebene Einleitung auf Band gesprochen hatte, wandte er sich wieder an Blue. »Haben Sie am letzten Freitag, dem 9. Mai, etwas gehört oder gesehen, woraus Sie den Schluß gezogen haben, daß Sal Russo umgebracht worden ist?«

»Umgebracht wußte ich damals nicht, aber jemand war bei ihm. Ich höre die Tür aufgehen.« Sie wies nach oben. »Die Decke hat geknackt. Da war noch jemand bei ihm.«

»Und wo waren Sie?«

»Hier, bei mir. Und dann waren da noch andere Geräusche.«

»Was für Geräusche?«

»Wie wenn er hingefallen wäre. Und wie wenn Möbel gerückt würden.« Sie blickte zur Decke. »Das Haus hier, wissen Sie, die Wände sind ziemlich dünn, nich grade schalldicht.«

»Also haben Sie gehört, wie Möbel über den Boden geschoben wurden?« hakte Lanier nach.

Das war nicht ganz richtig. »Hat sich nich wie Schieben angehört, sondern wie wenn was umgekippt und dagegen gestoßen wär, und deshalb hätt's gekratzt. Dann hat er so komisch gestöhnt und ein paarmal ›nein‹ gebrüllt.

»Nein?«

»Genau. Wie wenn er Schmerzen hätte oder so. Aber irgendwie bittend. Hat sich ganz traurig angehört.«

»Haben Sie sonst jemand gehört? Stimmen vielleicht?«

»Ja, zwei Stimmen. Sal und noch jemand.«

»Mann oder Frau?«

»Mann. Hat sich angehört, wie wenn sie sich in der Wolle haben.«

»War das, bevor Sal gestöhnt hat? Bevor die Möbel herumgerutscht wurden?

Blue schloß die Augen und überlegte angestrengt. »Vorher.« Aber in ihrem Tonfall schwang Zweifel mit.

»Sind Sie ganz sicher?«

»Ja, es war vorher.«

»Und was ist nach dem Stöhnen passiert? Haben Sie noch was gehört?«

Wieder schloß sie eine Weile die Augen und grübelte. »Nein, mehr nich. Dann ist die Tür aufgegangen und ein paar Minuten später wieder zu, und dann war alles ruhig.«

»Und was haben Sie getan?«

Diese Frage schien sie zu erschrecken. Sie blickte zu Boden und fixierte dann einen Punkt über Laniers Schulter. »Ich bin rauf, aber erst später. Niemand hat aufgemacht.«

Beinahe wäre Lanier eine sarkastische Bemerkung herausgerutscht – Tote gingen im allgemeinen nicht an die Tür –, aber er blieb sachlich. »Schön und gut, Blue, Sie waren also genau in der Wohnung darunter und haben Geräusche gehört, die so klangen, als ob Sal vielleicht in Schwierigkeiten steckte. Sie haben doch gesagt, Sie beide wären Freunde gewesen...«

»Ich hab nich gesagt, wir sind Freunde gewesen. Nich richtig befreundet. Ich hab ihn 'n bißchen gekannt, und er hat 'n netten Eindruck gemacht. Mehr nich.«

»Okay, warum sind Sie dann nicht zu ihm hinaufgegangen, als Sie ihm noch hätten helfen können?«

Wieder ein Blick über seine Schulter.

»Blue?«

»Ich konnte nich.« Sie seufzte. »Jemand war hier und hat hinterher geschlafen, Sie wissen schon. Ich konnte nich aufstehen.«

10

Bis Donnerstag abend neun Uhr, also einen ganzen Tag lang, wußte Dismas Hardy nicht, was sich zugetragen hatte.

Um sechs war er aufgestanden und hatte sich eine Stunde später in David's Deli mit Michelle zum Frühstück getroffen. Sie hatten eine Verabredung mit Dyson Brunel, dem Direktor von Tryptech in Palo Alto, etwa sechzig Kilometer südlich von San Francisco. Brunel hatte Michelle noch nicht kennengelernt, und außerdem mußten einige wichtige Einzelheiten des Prozesses besprochen werden.

Hardy hatte keine Gelegenheit gehabt, auch nur einen Blick in die Zeitung zu werfen. Für ihn sah es so aus, daß der Fall Graham Russo zwar noch ein wenig qualmte, das lichterloh brennende Feuer aber zunächst gelöscht war. Außerdem hatte er sowieso alle Hände voll zu tun. Er mußte Michelle weiter in die Sache Tryptech einweisen und liegengebliebene Arbeiten erledigen. Früher oder später würde er sich wieder mit Graham befassen müssen, doch im Augenblick sah er sich gezwungen, sich mit anderen Dingen zu beschäftigen – Mordanklage oder nicht.

Allerdings war das leichter gesagt als getan. Beim Mittagessen kamen Michelle, Brunel und Hardy auf das Überwachungssystem am Hafen von Oakland zu sprechen. Möglicherweise, sagte Michelle, war die Panne ja auf Video aufgezeichnet worden, und das belastende Band schlummerte immer noch in einer Kamera in einer der Wachstationen. Anscheinend war noch niemand auf den Gedanken gekommen, das zu überprüfen.

Grahams Bank! schoß es Hardy da durch den Kopf. Vielleicht konnte man mit den Aufnahmen der Überwachungskamera aus der Bank beweisen, daß Graham nach dem besagten Freitag nicht mit dem Geld seines Vaters dortgewesen war. Und das wiederum bedeutete, daß er – ganz gleich, was sonst noch geschehen sein mochte – Sal nicht umgebracht hatte, um sich

Zugriff zum Safe zu verschaffen. Dann konnte man die strafverschärfenden Umstände getrost vergessen.

Nach dem Einfall mit dem Videoband schleppte sich der Tag mit endlosen Formalitäten dahin. Hardy konnte sich des Gefühls nicht erwehren, daß er Grahams Freiheit aufs Spiel setzte, wenn er weiter hier im Büro von Tryptech herumsaß. Zwar waren die Umstände von Sals Tod noch nicht geklärt, doch Hardy glaubte inzwischen den Medienberichten, die von Sterbehilfe sprachen. Schließlich hatte Sharron Pratt sich aus diesem Grund ausdrücklich geweigert, Anklage zu erheben.

Allerdings – und die Erkenntnis traf ihn wie ein Blitz – würde der Generalstaatsanwalt Graham mit Sicherheit wegen vorsätzlichen Mordes belangen, wenn er tatsächlich vorhatte, Pratt auf politischer Ebene eins auszuwischen.

Andererseits konnte Hardy schlecht seinen finanzkräftigsten Mandanten und seine neue Mitarbeiterin sich selbst überlassen. Er mußte Brunel vermitteln, wie tüchtig und kompetent Michelle war, und ihr gleichzeitig die Gelegenheit geben, ihre Fähigkeiten unter Beweis zu stellen. Es war wirklich ein Wunder, wie rasch sie sich in so kurzer Zeit eingearbeitet hatte.

Zu allem Überfluß hatte er den Eindruck, daß es an der Zeit war, Nägel mit Köpfen zu machen, die in den letzen Wochen aufgenommenen Zeugenaussagen durchzugehen und Brunel zu zwingen, sich endlich auf eine Version seiner Geschichte festzulegen. Die Besprechung, bei der auch einige weitere Mitarbeiter von Tryptech anwesend waren, dauerte bis nach sieben Uhr abends.

Danach beschloß Hardy, noch kurz im Büro vorbeizuschauen, um festzustellen, wer angerufen hatte. Der Berg von Telephonnotizen und die Nachrichten auf dem Anrufbeantworter – alle von Reportern – zeigten ihm, daß sich die Ereignisse im Fall Russo überschlugen.

Es war also wirklich ein Fehler gewesen, die Angelegenheit auf die lange Bank zu schieben.

Als er versuchte, Graham zu Hause anzurufen – es war inzwischen halb zehn –, meldete sich niemand, nicht einmal der Anrufbeantworter. Hardy hielt sich vor Augen, daß Grahams

Telephon heute wahrscheinlich verrückt gespielt hatte. Man mußte sich nur die Flut von Telephonaten und Nachrichten ansehen, die ihm seine eigene indirekte Beteiligung an dem Fall beschert hatte. Sicher stellte Graham sich inzwischen tot.

Um halb zwölf kam Hardy nach Hause. Frannie war schon im Bett. Auf dem Tisch stand sein mittlerweile kaltes Abendessen.

Am nächsten Morgen war das Viertel, wo Hardy wohnte, in dichten Nebel gehüllt. Eigentlich war es gar kein richtiger Nebel, sondern eher eine Art Regen, obwohl aus irgendeinem Grund keine Tropfen fielen. Die Feuchtigkeit hing einfach in der Luft. Es war etwa fünf Grad, und ein eisiger Wind zerrte an seinem Mantel, als er zu seinem Auto ging.

Der Haussegen hing schief.

Er dachte, er hätte Frannie gestern gesagt, er werde wohl nicht pünktlich zum Essen zu Hause sein. Schließlich hatte er gar nicht damit gerechnet, daß er es rechtzeitig schaffen würde. Allerdings konnte sie sich nicht mehr genau erinnern. Vielleicht hatte er es ja wirklich vergessen.

Obwohl er darauf brannte loszufahren, um sich eine richterliche Genehmigung zu besorgen und Grahams Bank aufzusuchen, war ihm klar, daß er mit Frannie reden mußte, nachdem sie die Kinder in die Schule gebracht hatte.

Also war er zu Hause geblieben.

Als er nun durch die dichte Nebelsuppe fuhr, war er nicht sicher, ob er sich darüber freuen sollte, daß seine Frau keine Xanthippe war. Wenn sie ihn angeschrien hätte, hätte er entsprechend reagieren oder halbwegs ehrlich entrüstet erwidern können, sie würdige offenbar nicht recht, daß er all diese Stunden arbeite, um die Familie zu ernähren. Er müsse sie ja wohl nicht daran erinnern, daß er in dieser Hinsicht ganz allein stünde.

Manchmal empfände er die täglichen Anforderungen und die Verantwortung als belastend, aber da er diese Verpflichtung nun einmal eingegangen sei, täte es ihm leid, wenn er ganz, ganz selten mal ein gottverdammtes Abendessen verpaßte. Es gäbe sogar Ehefrauen, die dafür Verständnis hätten.

Das hätte er ihr entgegengehalten, wenn sie ihm Vorwürfe gemacht hätte.

Doch bei ihrem Gespräch am Morgen war sie wieder die Ruhe selbst gewesen – falls sie überhaupt je die Geduld verloren hatte. Sie war nicht sauer auf ihn, und daher hatte Hardy sich auf sich selbst zurückgeworfen gesehen. Und das wußte Frannie ganz genau.

Würde das immer so weitergehen? Sie wollte es nur genau wissen, damit sie sich darauf einstellen und den Kindern eine bessere Mutter sein könne. Den Nachsatz »Da sie ihren Vater sowieso nie zu Gesicht bekommen« sparte sie sich, aber er hörte ihn trotzdem heraus.

Er hatte versucht, sich mit ein paar Phrasen aus der Affäre zu ziehen: »Das Leben ist eben kompliziert.« »Es ist schwierig, unsere verschiedenen Rollen miteinander zu vereinbaren.« »Zur Zeit geht es ziemlich rund.« Doch schließlich hatte er sich entschuldigt. In Zukunft würde er sich Mühe geben, sich klarer auszudrücken. Sie habe recht. Etwas müsse sich ändern.

Nun, dachte er, etwas hat sich bereits verändert. Er hatte Michelle die Sache Tryptech übertragen, und er hatte sich mehr oder weniger verpflichtet, Graham Russos Verteidigung zu übernehmen. Der Fall interessierte ihn mehr, als es ein Rechtsstreit zwischen zwei Unternehmen jemals vermocht hätte. Firmenrecht langweilte ihn zu Tode und laugte ihn aus, bis er sich wie ein alter Mann fühlte. Deshalb hatte er auch für nichts anderes Kraft – nicht einmal für seine Familie.

Vielleicht – nein, ganz sicher – würde er in den Fall Russo ebensoviele Stunden investieren müssen. Aber wenigstens würde er sich für etwas einsetzen, an das er glaubte. Vielleicht lernte er sich mit fünfundvierzig endlich selbst kennen.

Als der Wagen hinter ihm hupte, gab er Gas, fuhr dann an den Straßenrand und ließ den Verkehr auf der Geary Street an sich vorbeiziehen.

So war es immer, wenn ihn eine Sache gefühlsmäßig zu sehr mitnahm: Er schaltete auf Autopilot und floh vor dem Problem. Es gab zu viel zu verlieren, und er hatte Angst.

Genauso hatte er mit siebenundzwanzig während seiner ersten Ehe beim Tod seines Sohnes reagiert. Irgend etwas hatte ihm gesagt, daß es lebensgefährlich war, in diesen Abgrund zu blicken. Deshalb hatte er die Schotten dicht gemacht und sich zurückgezogen.

Nach seiner Scheidung von Jane hatte er die Juristerei fast zehn Jahre lang an den Nagel gehängt und als Barkeeper im Shamrock gearbeitet. Er hatte viel getrunken, war aber nur selten wirklich betrunken gewesen. Den Alltag hatte er einigermaßen bewältigt, doch seine Gefühle hatte er an der kurzen Leine gehalten. Wie ein Schlafwandler war er herumgelaufen.

Dann, plötzlich, war Frannie in sein Leben getreten. Und da er ahnte, daß er im Begriff war, von innen heraus zu verdorren und endgültig aus der Bahn geworfen zu werden, wenn er sich noch länger hinter seinen Ängsten verschanzte, hatte er noch einmal von vorn angefangen. Wieder als Vater, wieder als Strafverteidiger, wieder als Mensch, der viel zu viel Gefühl investierte.

Was war, wenn er nun alles oder auch nur einen Teil davon verlor?

Nein, das durfte er nicht zulassen! Er hatte nicht mehr den Mut, es erneut aufs Spiel zu setzen – es war zu gefährlich. Wenn er überleben wollte, mußte er sich zurückziehen.

Und das hatte er auch getan. Wie ein Roboter hatte er seine Pflichten erledigt und sich in die Arbeit gestürzt. Er war auf der Flucht, drückte sich vor der einzigen Aufgabe, die er als befriedigend empfand, und beschränkte den Umgang mit seiner Familie auf ein Minimum.

Es entsetzte ihn, vor wie vielen Dingen er sich inzwischen fürchtete – vor Veränderungen, vor beruflichem Scheitern und vor einem zu engen Verhältnis zu seiner Familie.

Schluß damit, dachte er. Er mußte aufwachen. Warum klammerte man sich an die wichtigsten Bestandteile seines Lebens – seine Begabungen, seine Familie, seine Freunde –, wenn man sich nicht die Zeit nahm, sich daran zu freuen? Wenn man eigentlich schon tot war?

Leo Chomorro, Richter am obersten Gerichtshof, war dunkelhäutig und muskulös, ein Kleiderschrank von einem Mann und trug einen Bürstenhaarschnitt. Er saß in seinem Zimmer und spielte Schach mit dem Computer. Sechs Tage hatte er für einen Mordprozeß reserviert, doch heute morgen hatte eines von Pratts Wunderkindern vergessen, den Zeugen vorzuladen, den er gleich am Morgen hatte aufrufen wollen. Deshalb hatte Chomorro einen freien Vormittag, doch die Begeisterung darüber wollte sich nicht so recht einstellen. Hardy hatte bereits im Gerichtssaal mit Chomorro zu tun gehabt und dabei den Eindruck gewonnen, daß es sich bei seiner Übellaunigkeit um einen Dauerzustand handelte – aber an diesem Morgen war leider kein anderer Richter verfügbar.

Das Schachbrett mit den gemeißelten Marmorfiguren war beiseitegeschoben worden. Hardy faßte sich kurz. Er bat den Richter um die Genehmigung, die Bänder aus den Überwachungskameras von Graham Russos Bank einzusehen, und begründete sein Anliegen.

»Warum erledigen Sie das nicht in Form einer Vorladung?« fragte der Richter.

»Das geht nicht. Es läuft noch kein Prozeß.«

»Und weshalb sollte ich dann diese richterliche Anordnung ausstellen? Erwarten Sie von mir, daß ich einer Bank Vorschriften mache? Eine Anordnung ist in diesem Fall ebenso unmöglich wie eine Vorladung.«

»Euer Ehren«, widersprach Hardy respektvoll. »Der Bank ist das Videoband doch gleichgültig. Sie braucht nur ein Papier für ihre Unterlagen. Wenn Sie die Anordnung unterschreiben, wird niemand etwas dagegen haben. Andernfalls könnten wichtige Beweisstücke verlorengehen, weil die Polizei kein Interesse daran hat, sie sicherzustellen.«

Chomorro schnaubte verächtlich. »Dann sollte es ohnehin keine Rolle spielen.«

Hardy nickte. »Wobei das Schlüsselwort ›sollte‹ wäre, Euer Ehren.«

»Glauben Sie, daß die Sache brenzlig werden könnte?«

Wieder ein Nicken. »Da braut sich etwas zusammen. Deshalb

brauche ich die richterliche Anordnung jetzt. Ich weiß nicht, wie lange die Bank die Videoaufzeichnungen aufbewahrt. Wenn sie sie nur eine Woche lagern, bin ich sowieso schon zu spät dran. Ich muß die Bänder vom letzten Freitag sehen.«

Chomorro studierte das Dokument, das Hardy auf dem Computer in seinem Büro aufgesetzt hatte.

»An: ARCHIVVERWALTUNG, Wells Fargo Bank, Filiale Haight Street.

AUS GEGEBENEM ANLASS werden Sie hiermit AUFGEFORDERT, nach Erhalt einer angemessenen Zahlung Kopien sämtlicher Videobänder der Überwachungskameras aus der Zeit vom 9. bis zum 13. Mai an Dismas Hardy, den bevollmächtigen Rechtsbeistand von Graham Russo, auszuhändigen.«

Darunter befand sich eine Linie, auf der der Richter unterschreiben sollte. Er tat es, hob dann den Kopf und reichte Hardy das Papier. »Ich habe Sie hier eine Weile nicht gesehen, Mr. Hardy. Waren Sie im Urlaub?«

»Ich habe nur auf einen interessanten Fall gewartet.«

Chomorro nickte. Er schob zwar seinen Läufer ein paar Felder weiter, schien aber in Gedanken noch nicht beim Schach zu sein. Wieder hob er den Kopf. »Sieht aus, als hätten Sie jetzt einen.«

Graham hatte zwar das Telephon und den Anrufbeantworter ausgesteckt, doch Michael Cerrone, ein erfahrener Redakteur des *Time Magazine* konnte seinen Chef trotzdem davon überzeugen, daß dieser Fall eine ausgezeichnete Titelgeschichte abgeben würde. Nachdem er am Donnerstag nachmittag New Yorker Zeit das Okay erhalten hatte, stand er am Freitag um zwanzig nach eins zitternd im kalten Wind vor Grahams Tür in San Francisco. Als Graham öffnete, stellte Cerrone sich vor. Er hatte einen Photographen mitgebracht.

»*Time Magazine?*« wunderte sich Graham. »Sie wollen mich wohl auf den Arm nehmen.«

Cerrone hatte diese Reaktion schon häufig bei Leuten erlebt, die über Nacht berühmt geworden waren. Er zückte seinen Presseausweis.

»Ich komme mir vor wie in einem Traum«, sagte Graham. »Gerade bin ich gefeuert worden, und jetzt wollen Sie mein Photo im *Time Magazine* bringen.«

Cerrone war nicht viel älter als Graham und wirkte mit seinem dunklen, schulterlangen Haar und dem gewinnenden Lächeln sogar jünger. Er trug Jeans, Bergstiefel und einen leuchtendblauen Parka und sah überhaupt nicht nach einem mit allen Wassern gewaschenen Großstadtjournalisten aus. »Ich weiß, wir sind nicht das *Rolling Stone*, aber ich lade Sie trotzdem auf ein Bier ein.« Er grinste und fuhr dann im ernsteren Ton fort. »Wer hat Sie denn rausgeschmissen? Und warum?«

Graham erklärte alles. Sein Arbeitgeber war zwar mit seiner Leistung zufrieden, hatte jedoch wegen des Medienrummels einige Anrufe erhalten. Die Leute hatten Bedenken, sich von einem Sanitäter versorgen zu lassen, der sie möglicherweise von ihren Leiden erlösen würde. Vielleicht würde der Rettungsdienst Graham wieder einstellen, wenn erst einmal Gras über die Sache gewachsen war.

»So eine Gemeinheit«, sagte Cerrone verständnisvoll. »Möchten Sie nicht, daß die Öffentlichkeit auch Ihre Seite der Geschichte erfährt? Eine bessere Gelegenheit bekommen Sie nie wieder.«

Graham überlegte eine Weile. Dann bat er Cerrone herein, da es Unsinn sei, draußen in der Kälte herumzustehen. Den Photographen könne er auch mitbringen.

Die Filialleiterin der Wells Fargo Bank – eine hilfsbereite Dame namens Peggy Reygosa – war sofort damit einverstanden, der richterlichen Anordnung Folge zu leisten. Allerdings wollte sie sich nicht von den Originalen trennen und wies deshalb den Hausmeister an, Kopien für Hardy anzufertigen. Natürlich würde sie dafür sorgen, daß die Originale keinesfalls gelöscht wurden, bevor Hardy die Kopien überprüft hatte.

Ms. Reygosa, deren Büro in einer Ecke des Kassenraums lag, versicherte Hardy, daß Kunden und Mitarbeiter das Gebäude nur durch den Haupteingang betreten konnten, wo sich auch die Videokamera befand. Nachdem sie dem Hausmeister den Auftrag erteilt hatte, die Bänder zu kopieren, sagte sie: »Wenn Sie wissen wollen, wann Mr. Russo zuletzt in sein Schließfach gesehen hat, sollten Sie sich auch das Berechtigungsformular anschauen. Ohne Formular bekommt niemand Zutritt zu seinem Schließfach.«

»Selbst, wenn man seinen eigenen Schlüssel hat?«

Sie schüttelte den Kopf. »Auch dann nicht. Man braucht zwei Schlüssel, den eigenen und unseren. Und außerdem muß man unterschreiben. Die beiden Polizisten, die am Dienstag hier waren, haben das Formular schon kopiert. Möchten Sie einen Blick darauf werfen?«

Hardy fielen vor Müdigkeit fast die Augen zu. Er kam sich ziemlich dämlich vor und hatte das Gefühl, als sei ihm eben eine Lektion erteilt worden. Als er sagte, das wäre nett, stand die Filialleiterin auf und kehrte ein paar Minuten später zurück.

Das Formular sah nicht sehr offiziell aus. Es handelte sich nur um ein großes, in Kästchen eingeteiltes Blatt Papier mit dem Briefkopf der Bank. In jedem Kästchen gab es eine Zeile für den Stempel der Bank und die Initialen des jeweiligen Mitarbeiters, eine für das Datum, eine für die Unterschrift des Kunden und schließlich eine für die Uhrzeit.

Ms. Reygosa blickte Hardy über die Schulter. Die Reihe oberhalb von Grahams Kästchen war vollständig ausgefüllt. Ein gewisser Ben Soundso – Hardy konnte den Namen nicht entziffern – hatte am Donnerstag, dem 8. Mai, um 16:40 sein Schließfach eingesehen. Eine Bankangestellte mit den Anfangsbuchstaben A. L. – Alison Li, wie Ms. Reygosa erklärte – hatte Ben zu seinem Schließfach gebracht.

Alison Lis Anfangsbuchstaben standen auch in Grahams Kästchen, doch ansonsten befand sich dort nur eine Unterschrift, keine Uhrzeit und kein Datum. »Wie konnte das passieren?« fragte Hardy. »Was hat das zu bedeuten?«

Offenbar hatte Ms. Reygosa das Blatt Papier zuvor noch nicht in Augenschein genommen. Sie richtete sich auf, legte Hardy zu seiner Überraschung die Hand auf die Schulter und bat ihn einen Moment um Geduld.

Während sie fort war, betrachtete Hardy wieder die Liste. Das Kästchen unter Grahams war wieder ordnungsgemäß ausgefüllt. Am 10. Mai – am Samstag also – hatte sich um 9:15 eine Frau namens Pam Barr eingetragen. Bis Dienstag waren noch acht weitere Bankkunden dagewesen. Doch am Freitag waren überhaupt keine Namen verzeichnet.

Hardy rieb sich die Augen und fragte sich, warum alles bloß so kompliziert sein mußte. Als er aufblickte, stand Ms. Reygosa in Begleitung einer zierlichen, verschüchterten Asiatin vor ihm. »Alison« – ihre resolute Freundlichkeit war auf einmal wie weggeblasen –, »ich möchte Ihnen Mr. Hardy vorstellen. Und jetzt erklären Sie mir bitte, wie Mr. Russo Zugang zu seinem Schließfach erhalten hat, ohne daß Uhrzeit und Datum eingetragen wurden.«

Hardy lächelte Ms. Li beruhigend zu, was aber nichts zu nützen schien. Sie starrte eine Ewigkeit auf das Blatt Papier. »Ich erinnere mich genau, daß ich ihn gebeten habe, Datum und Uhrzeit einzutragen.«

»Aber Sie haben ihm nicht beim Schreiben zugesehen?« fragte Hardy ruhig.

»Natürlich nicht. Sonst stünde es ja da.« Sie warf Ms. Reygosa einen Blick zu. »Nachdem wir die Unterschrift geprüft haben, stempeln wir das Formular ab, nehmen unseren Schlüssel und begleiten den Kunden zu den Schließfächern.«

»Und der Kunde trägt Datum und Uhrzeit selbst ein?«

»Manchmal. Hin und wieder mache ich es auch.«

»Aber in diesem Fall hat es keiner von Ihnen getan?«

Sie wies auf das Formular. »Offenbar nicht«, sagte sie. »Mr. Russo hatte nur wenig Zeit. Er unterschrieb, und ich forderte ihn sogar auf, die Uhrzeit nicht zu vergessen. Er lächelte mich an wie immer und sagte, er würde es erledigen, ehe er ging. Er versprach, daran zu denken, aber anscheinend hat er es doch vergessen. Vermutlich war ich so beschäftigt, daß es mir nicht aufgefallen ist. Ich hatte den Eindruck, als hätte er es furchtbar eilig, zu seinem Schließfach zu kommen. Er schien richtiggehend nervös. Und er hatte einen Aktenkoffer dabei.«

Wenn ich fünfzigtausend Dollar in bar mit mir herumschleppen würde, wäre ich auch nervös, dachte Hardy. Doch er hatte keine Lust, die Frau ins Kreuzverhör zu nehmen. Falls Graham vor Gericht gestellt wurde – was ziemlich wahrscheinlich war –, würde er sie als Zeugin aufrufen müssen und durfte sie deshalb nicht gegen sich aufbringen. »Erinnern Sie sich noch, an welchem Tag das war, Ms. Li? Am Donnerstag oder am Freitag? Sie sagten, es wäre kurz vor Feierabend gewesen? Können Sie sich an die Uhrzeit erinnern?«

Sie biß sich auf die Unterlippe und überlegte. Schließlich fiel es ihr wieder ein. »Es war am Nachmittag. Ob Donnerstag oder Freitag weiß ich nicht mehr genau.«

Hardy zeigte auf das Formular. »Kam Mr. Russo vielleicht kurz nach diesem Ben Soundso? Ihn haben Sie um zwanzig vor fünf zu seinem Schließfach gebracht.«

Sie dachte wieder einige Zeit nach. In seiner Verzweiflung gab Hardy Hilfestellung. »Sonst war am Freitag niemand hier. Also wäre Mr. Russo an diesem Tag der einzige gewesen. Ist das richtig?«

Die arme Frau war den Tränen nahe. Auch ein erneuter Blick in Richtung ihrer Vorgesetzten half ihr nicht weiter. Alison tat wirklich ihr bestes, Hardy weiterzuhelfen, aber sie konnte sich beim besten Willen nicht mehr erinnern.

»Sie haben gesagt, es sei wohl am Nachmittag gewesen, Alison«, bohrte Hardy nach. »Hatten Sie den Eindruck, daß es später als drei war? Mr. Russo hat am Freitag bis drei gearbeitet.«

Auf einmal erhellte sich ihre Miene, und sie wagte zum erstenmal seit fünf Minuten, richtig Luft zu holen. »Ja, dann muß es am Donnerstag nachmittag gewesen sein. Donnerstag, da bin ich ganz sicher. Kurz vor Feierabend.« Sie deutete auf das Formular. »Am besten tragen wir es gleich ein.«

Da die Polizei das Blatt Papier bereits kopiert hatte, wies Hardy sie taktvoll darauf hin, daß es kein besonders guter Einfall war, etwas an dem Dokument zu verändern.

Hardy fand, daß seine Erkundigungen bei der Bank äußerst brauchbare Ergebnisse gebracht hatten.

Wie sich herausstellte, löschte die Filiale in der Haight Street ihre Videobänder nur alle zehn Tage. Also bekam Hardy seine

Kopien und verbrachte den Rest des Nachmittags in seinem Wohnzimmer vor dem Fernseher. Eine Weile sah er sich das Kommen und Gehen am Eingang der Bank an, doch dann spulte er nur noch vor, wenn jemand das Gebäude betrat, und vergewisserte sich, daß es sich nicht um Graham handelte. So schaffte er es, in nur knapp über fünf Stunden ein drei Tage langes Video anzusehen, das das langweiligste seines Lebens war.

Auch wenn es keinen eindeutigen Beweis darstellte, konnte er nun mit Gewißheit sagen, daß Graham Russo in der Zeit zwischen Freitag nachmittag – also nach Sals Tod – und Mittwoch morgen die Bank nicht betreten hatte. Und daraus ergab sich für die Geschworenen zwangsläufig der Schluß, daß Graham seinen Vater nicht aus Habgier getötet haben konnte. Das Geld und auch die Baseballkarten hatten sich schon vorher in seinem Besitz befunden.

Außerdem erkannte Hardy auf dem Video eindeutig Evans und Lanier, die in der Bank gewesen waren, um Grahams Schließfach zu überprüfen.

Glitsky, Art Drysdale von der Generalstaatsanwaltschaft und San Franciscos Leichenbeschauer John Strout saßen in Strouts Büro hinter der Leichenhalle. Strouts makabre Mordwaffensammlung hinter Glas, die von mittelalterlichen Folterinstrumenten bis zu Schußwaffen und Messern reichte, gab häufig zu Witzeleien Anlaß, doch heute waren die drei Männer nicht zum Scherzen aufgelegt. Auch wenn sie schon unzählige Mordfälle gemeinsam bearbeitet hatten, hieß das noch lange nicht, daß sie automatisch an einem Strang zogen.

Glitsky und Drysdale – der Polizist und der Anklagevertreter – betrachteten einander als Verbündete. Sie ermittelten und deuteten Beweise, um festzustellen, ob ein Verdächtiger ein Verbrechen wirklich begangen hatte. Ihre Tätigkeit unterschied sich zwar, verfolgte aber dasselbe Ziel.

Strout hingegen verteidigte seine Unabhängigkeit und seinen Anspruch auf Objektivität wie ein Löwe. Er war in erster Linie Wissenschaftler, und wenn seine Erkenntnisse Glitsky und Drysdale weiterhalfen – und das taten sie oft –, sah er das als angenehmen Nebeneffekt. Aber ihn interessierte herzlich wenig, was sich außerhalb des Autopsiesaals abspielte, und er betrachtete sich weder als Vertreter des Gesetzes noch als Beauftragten des Gerichts. Seine Aufgabe bestand darin, die Todesursache zu bestimmen, wobei weder Vermutungen noch politische Erwägungen eine Rolle spielen durften. Wenn er sich seiner Sache nicht sicher war, redete er nicht lange um den heißen Brei herum – und auch im umgekehrten Fall machte er keinen Hehl daraus.

Strout thronte hinter seinem Schreibtisch. Er stammte aus den Südstaaten und ließ sich für gewöhnlich nicht so schnell aus der Ruhe bringen, doch im Augenblick wurde seine Geduld auf eine harte Probe gestellt. Drysdale hatte beschlossen, sich Strouts Unterstützung zu sichern, bevor er im Fall Russo offiziell von Mord sprach. Glitsky hatte er zur Verstärkung mitgebracht.

»Nein, Art, das kommt nicht in Frage. Solange keine weiteren Beweise vorliegen, werde ich meine Meinung nicht ändern. Und offen gesagt, bin ich fast ein wenig verärgert, daß Sie mir überhaupt mit so etwas kommen.«

Aber Drysdale ließ sich nicht beirren. Dean Powell, der Generalstaatsanwalt, hatte ihm seine Idealvorstellungen unmißverständlich erläutert, und wenn es eine Möglichkeit gab, sie durchzusetzen, sollte es nicht an Drysdale scheitern. Die Sache mit Strouts gekränkter Eitelkeit würde sich schon wieder einrenken lassen. »Sie haben es bereits als Tötungsdelikt bezeichnet, John –«

Strout unterbrach ihn mit einer Handbewegung. »Das ist nicht ganz richtig, Art. Ich habe nicht von einem Tötungsdelikt geredet, sondern nur gesagt, daß ein solches ebenso in Frage kommt wie Selbstmord. Das ist ein gewaltiger Unterschied und bedeutet nur, daß ich nicht mit Sicherheit ausschließen kann, ob Russo sich nicht doch selbst umgebracht hat.«

»Mr. Powell hält das für Haarspalterei.«

Strout nahm seine Nickelbrille ab. »Dann soll Mr. Powell sich einen anderen Pathologen suchen und eine zweite Autopsie veranlassen. Mein Ergebnis hat er schon, und an dem wird nicht mehr herumgedoktert.«

Glitsky beschloß, Öl auf die Wogen zu gießen. »Art möchte Ihnen ja nicht zu nahe treten, John. Ihn interessiert bloß, ob man die Ergebnisse verschieden deuten kann. Gut, es könnte also Selbstmord gewesen sein – wir erkennen das an ...«

»Meinen verbindlichsten Dank, Lieutenant.«

Glitsky überhörte das. »Aber gibt es nicht auch Punkte, die dagegensprechen? Die es ein bißchen wahrscheinlicher aussehen lassen, daß jemand ihn umgebracht hat?«

»Der Bluterguß zum Beispiel.« Drysdale hatte den Autopsiebericht aufmerksam gelesen. Und für ihn als erfahrener Staatsanwalt wies alles auf einen Mord hin. Jemand hatte Sal bewußtlos geschlagen und ihm die tödliche Dosis Morphium verabreicht. Wo lag also das Problem?

Doch leider konnte es sich auch ganz anders abgespielt haben. Das war vielleicht nicht genauso wahrscheinlich, aber unter pathologischen Gesichtspunkten denkbar. Und diese Ungewißheit zerrte an seinen Nerven.

Strout lehnte sich zurück und stützte die Ellenbogen auf die Armlehnen seines Sessels, ohne die Brille wieder aufzusetzen. »Wie ich bereits erwähnte, wurde der Bluterguß durch einen Schlag auf den Kopf hervorgerufen, was durchaus bedeuten kann, daß der Verstorbene sich am Tisch gestoßen hat, als er zu Boden fiel.«

Damit war Drysdale ganz und gar nicht einverstanden. »Dann hätte er rückwärts umkippen müssen, John. Und das ist nur möglich, wenn jemand nachgeholfen hat. Auf dem Tisch wurde kein einziges Haar entdeckt. Er hat sich nicht den Kopf gestoßen, sondern wurde mit der Whiskeyflasche niedergeschlagen.«

Als Strout auf Glitsky wies, ergriff dieser widerwillig das Wort. »Die Wunde hat nicht mal geblutet, Art. Daß keine Haare gefunden wurden, kann durchaus bedeuten –«

»Kann durchaus bedeuten, kann durchaus bedeuten!« eiferte sich Drysdale, der sich von seinem Mitstreiter verraten fühlte. »Ihr beide hört euch an wie eine hängengebliebene Schallplatte.«

Als Strout weitersprach, war ihm die Ungeduld deutlich anzumerken. »Das Ödem – für Laien die Schwellung – war groß genug, um die mangelnde Blutung zu erklären.« Er breitete die Hände aus. »Er lebte noch, Art. Der Schlag hat ihn nicht umgebracht. Ich kann nicht einmal sagen, ob er dadurch das Bewußtsein verloren hat. Wenn ja, dann höchstens für ein paar Sekunden.«

»Lange genug, um ihm die Spritze zu geben.«

Strout zuckte die Achseln. »Ich bin nicht sicher. Vielleicht.«

Drysdales Gesicht war rot angelaufen. Er öffnete seinen Kragenknopf und zerrte an seiner Krawatte. In seinem Büro ließ er Dampf ab, indem er mit Basebällen jonglierte. Doch hier gab es außer Handgranaten keine ballähnlichen Gegenstände, und von denen ließ er lieber die Finger. Strout war durchaus zuzutrauen, daß sie noch funktionierten.

Das kurze Schweigen wurde von quietschenden Reifen und einem metallischen Scheppern auf der Straße vor Strouts Fenster unterbrochen. Die drei Männer standen auf und gafften aus dem Fenster. Der Gerichtsmediziner zog die Jalousien hoch. Obwohl die Straße nur etwa fünfzig Meter entfernt war, konnte man sie wegen des dichten Nebels nicht sehen.

Trotzdem blieben sie alle am Fenster stehen. Ihr Ärger war auf wundersame Weise verraucht.

»Sie werden beim besten Willen nicht beweisen können, daß es kein Selbstmord war«, fing Strout an. »Hundertmal habe ich von Ihnen gehört, Abe, daß sich die Nichtexistenz einer Sache eben nicht beweisen läßt. Vielleicht sollten Sie sich lieber darauf konzentrieren, warum es ein Tötungsdelikt sein *könnte*.«

»Ich höre«, sagte Drysdale.

Strout zählte an den Fingern ab. »Erstens hatte er sich noch nie eine Spritze an der Innenseite des Handgelenks gesetzt. Zweitens hatte er ein Promille Alkohol im Blut, und man muß recht zielsicher sein, um die Vene beim erstenmal zu treffen. Drittens steckte die Spritze nicht mehr in seinem Arm, sondern lag daneben auf dem Tisch. Richtig, Abe?«

Glitsky nickte, und Drysdale wollte wissen, was der letzte Punkt zu bedeuten hatte.

»Das heißt, daß Sal Russo nach der Spritze lange genug bei Bewußtsein gewesen sein muß, um die Nadel herauszuziehen.

Bei diesem Blutalkoholgehalt und nach acht Milligram Morphium, intravenös gespritzt, sind die meisten Leute im Koma, sobald sie den Kolben runtergedrückt haben. Vielleicht rutscht die Nadel raus, während sie das Bewußtsein verlieren, aber sie legt sich nicht von allein ordentlich auf den Tisch. Und eins ist sonnenklar: Die Sicherheitskappe springt nicht selbsttätig wieder auf die Nadel.«

Drysdale überlegte eine Weile. »Wenn ich als Geschworener diese drei Gründe hören würde, gäbe es für mich keine vernünftigen Zweifel mehr.«

»Ich weiß nicht«, entgegnete Strout, wie zu erwarten war. »Es könnte sein, muß aber nicht, und das war die ganze Zeit meiner Rede Sinn.«

11

Der Photograph war losgezogen, um seinen Film zu entwickeln. Da Graham und Michael Cerrone in Grahams Wohnung mit Störungen rechneten, hatten sie den Nachmittag und den Abend im Modena verbracht, einem eleganten italienischen Bistro in der Clement Street. Nachdem sie zwei Flaschen zehn Jahre alten Ruffino Chianti geleert hatten, fühlten sie sich nicht mehr als Fremde. Cerrone fand, daß er in seinem Interview viel über Graham erfahren hatte.

Cerrone war mit hohen Erwartungen nach Kalifornien geflogen. Schließlich war eine Titelgeschichte selbst für einen langjährigen Redakteur nichts Alltägliches. Das Interview hatte seine Hoffnungen noch übertroffen, denn es hatte viele interessante Fakten ans Licht gebracht und zeigte Graham als Menschen, der im Leben schon einiges durchgemacht hatte.

Die Geschichte würde einschlagen wie eine Bombe. Ein vielversprechender junger Sportler, dessen Karriere wegen einer Verletzung ein jähes Ende gefunden hatte; brillanter Jurastudent; Referendar bei einem Bundesrichter. Dann der Ausstieg, um der Verwirklichung seines Traums eine letzte Chance zu geben, ein gescheiterter Versuch, der ihm nichts weiter eingebracht hatte als die erbitterte Feindschaft seiner Berufskollegen. Und nun eine nur vorübergehend fallengelassene Mordanklage, die wiederum ihre Kreise zog: Graham hatte sogar seinen Teilzeitjob verloren.

Allerdings hielt Cerrone die privaten Verwicklungen in diesem Fall für noch interessanter. Es war zwar nicht offiziell, doch er hatte gehört, daß sich Gil Soma insgeheim Grahams Kopf auf einem silbernen Tablett wünschte. Der Staatsanwalt war Grahams Kollege im Bundesgericht gewesen. Graham hatte erzählt, daß er in Somas Augen schlimmer als ein Mörder sei – nämlich ein Verräter an seinem Berufsstand, der unter allen Umständen zur Strecke gebracht werden mußte.

Zusätzlich konnte man Graham als empfindsamen, begabten jungen Mann darstellen. Nach langer Zeit hatte er sich mit seinem Vater versöhnt, der kurz darauf unheilbar erkrankte. Graham hatte Cerrone anvertraut, sein Vater sei in den letzten beiden schwierigen Jahren der einzige Mensch gewesen, der ihn geliebt hatte, ohne Bedingungen zu stellen. Als einziger hatte er sich nicht von Graham abgewandt.

Natürlich hatte Graham sich um ihn gekümmert. Er verriet nicht, woher das Morphium stammte, gab jedoch zu, daß er ihm häufig die Spritzen verabreicht hatte.

Zwar gelang es Cerrone nicht, Graham das Wichtigste – das Geständnis nämlich – zu entlocken, aber das spielte eigentlich keine Rolle. Grahams Bericht paßte ausgezeichnet zum Titelthema dieser Woche: Es sollte um Sterbehilfe gehen, die schmerzlichen Entscheidungen also, denen sich kein Angehöriger eines Todkranken entziehen konnte. Cerrone hatte den Schluß seines Artikels schon deutlich vor Augen.

Graham hatte richtig gehandelt. Sal hatte seinem Leben ein Ende bereiten wollen, aber Unterstützung gebraucht, jemanden, der ihm in seinen letzten Minuten die Hand hielt und ihm beistand. Den Zeitpunkt hatte er selbst bestimmt, und Graham, der pflichtbewußte, vielleicht verlorene Sohn, war dabei nicht von seiner Seite gewichen.

Cerrone war überzeugt, daß es sich so abgespielt hatte. Und das Tragische daran war, daß sich Graham nicht zu seiner Tat bekennen konnte, wenn er jemals wieder als Anwalt arbeiten wollte.

Nach der morgendlichen Besprechung mit Glitsky steigerten sich Sarahs quälende Zweifel zunehmend. Als sie bei Sonnenuntergang gegenüber von Grahams Wohnung parkte, war sie mit den Nerven am Ende. Zweimal hatte Marcel heute schon in die Edgewood Avenue fahren wollen, um Graham in die Zange zu nehmen und vielleicht ein Geständnis aus ihm herauszuholen. Aber Sarah hatte vorgeschlagen, noch ein wenig zu warten, weiter zu ermitteln und sich Zeit zu lassen. In Wahrheit plante sie, Marcel loszuwerden und Graham allein einen Besuch abzustatten. Das war zwar eine heikle und mit Sicherheit unprofessionelle Entscheidung, doch Sarah konnte einfach nicht anders.

Zum erstenmal seit ihrem Eintritt in den Polizeidienst war sie nicht sicher, ob sie den Richtigen im Visier hatte. Nach der belanglosen Plauderei auf dem Sportplatz gestern abend befürchtete sie, daß sie es sich bis jetzt zu leicht gemacht hatte, denn inzwischen sah sie ihn als Mensch, nicht mehr als Verdächtigen.

Und zu allem Überfluß war Graham leider ein Mann, der sie interessierte und zu dem sie sich hingezogen fühlte. Sarah nahm sich fest vor, das nicht aus dem Auge zu verlieren.

Ihr war klar, daß sie sich in eine schwierige Situation gebracht hatte, und den Fall eigentlich hätte abgeben sollen. Sie war befangen.

Doch womöglich war die Objektivität, auf die Marcel und sie sich so viel einbildeten, ein Trugschluß, und sie hatten eine falsche Spur verfolgt. Was war, wenn sie zum zweitenmal einen Unschuldigen verhafteten? Das konnte einen negativen Vermerk in der Personalakte und möglicherweise sogar ein Verfahren wegen ungerechtfertiger Festnahme nach sich ziehen. Von der psychischen Belastung für Graham ganz zu schweigen. Und um das zu verhindern, wollte sie unbedingt mit ihm sprechen, ohne daß ihr Partner ihr dabei über die Schulter sah.

Sie würde einige Punkte mit Graham klären, um endlich die Zweifel aus der Welt zu schaffen. Entweder war er ein Mordverdächtiger oder nicht, und davon mußte sie sich selbst überzeugen. Erst dann konnte sie ihre Arbeit tun.

Und ihre Bemühungen, einen Fehler zu vermeiden, bewiesen doch nur, daß sie eine gute Polizistin war. Wenigstens redete Sarah sich das ein.

Allerdings gab es da noch ein Problem. Sarah stellte fest, daß sie wider Willen wütend auf Graham war, weil er sie in eine solche Lage brachte. Trieb er ein Spiel mit ihr? Wer war dieser Mann? Er hätte sie auf dem Sportplatz nicht begrüßen sollen. Schließlich waren sie Gegner und standen auf verschiedenen Seiten. Was führte er im Schilde? Fühlte er sich unbesiegbar, wie

Marcel vermutete? Oder war Graham wirklich so, wie er sich gab: ein netter Kerl, der keinen Groll gegen die Frau hegte, die ihn verhaftet hatte? Hatte er wirklich Verständnis dafür, daß sie nur ihren Job erledigte? Nahm er es ihr nicht krumm?

Sarah war ratlos. Sie ahnte, daß sie im Begriff war, sich immer tiefer in diese Angelegenheit zu verstricken, und ärgerte sich, weil sie es so weit hatte kommen lassen.

Sie mußte herausfinden, wer Graham wirklich war.

Graham stand mit einem anderen Mann auf der Straße vor seinem Haus und unterhielt sich. Inzwischen dämmerte es, und der Nebel hatte sich hier oben auf dem Hügel gelichtet. Ein böiger Wind schüttelte die Äste der Bäume, so daß die Blüten wie Schneeflocken durch die Luft schwebten.

In ihrem schlichten blauen Hosenanzug, den sie schon den ganzen Tag trug, ging Sarah auf die beiden zu. »Hallo, Graham.«

Er drehte sich zu ihr um, und für einen Augenblick glaubte sie, einen Anflug von Freude in seinem Gesicht zu erkennen.

Sie kam näher. »Ihr Vater hat Sie am Freitag vormittag zweimal angerufen. Worüber haben Sie mit ihm gesprochen?«

Es versetzte ihr einen Stich, als sie sah, wie Graham die Schultern hängenließ. Allerdings riß er sich sofort wieder zusammen und machte sie mit seinem Begleiter bekannt. »Das ist Sarah Evans, meine Lieblingspolizistin. Sarah, das ist Mike Cerrone, ein Reporter.«

Cerrone hielt ihr die Hand hin. »Beim *Chronicle* sind Sie aber nicht«, sagte Sarah. Sie kannte die meisten Reporter in San Francisco, doch diesem Mann war sie noch nie zuvor begegnet.

»*Time Magazine*«, antwortete er.

»Du meine Güte, die Sache hat sich aber rasch herumgesprochen.«

Eigentlich hatte sie damit gerechnet, denn im Justizpalast hieß es, daß sie es mittlerweile mit einer ganz großen Sache zu tun hatten. Und jetzt interessierte sich sogar schon das *Time Magazine* dafür.

»Haben Sie getrunken?« fragte sie und wandte sich dann an Cerrone: »Ich könnte Ihnen ein Taxi rufen. Hier im Wilden

Westen schätzen wir es nicht, wenn die Leute betrunken Auto fahren.«

Graham grinste über beide Backen. »Was hab' ich Ihnen gesagt? Die hat es faustdick hinter den Ohren. Lassen Sie sich bloß nicht von ihrem hübschen Aussehen täuschen.«

»Ich glaube, da besteht keine Gefahr«, sagte Cerrone, obwohl er kaum den Blick von ihr abwenden konnte. Graham hatte sie in einem Nebensatz erwähnt. Und nun hatte Cerrone den Eindruck, daß noch mehr dahintersteckte, was sich vielleicht in seinem Artikel verwerten ließ. Eine attraktive Polizeibeamtin kam allein spät abends vorbei, um Graham zu verhören? »Was halten Sie statt dessen von einer Tasse Kaffee. Wir könnten reingehen, eine Stunde totschlagen und ein bißchen ausnüchtern.«

»Kaffee steigert die Wirkung von Alkohol.«

»Ich finde nicht, daß ich betrunken bin.«

»Das denken alle. Genau das ist ja das Problem.«

»Hallo!« rief Graham, der bis jetzt unbeachtet danebengestanden hatte. »Was ist denn mit euch beiden los? Ich fühle mich absolut betrunken, und deshalb setze ich jetzt einen Kaffee auf.«

Evans sah ihn eindringlich an. »Wenn Sie mich ohne Durchsuchungsbefehl hereinbitten ...«

Aber Graham hatte sich schon zur Tür umgedreht. »Wie kann man nur so stur sein!« rief er aus. »Ich gehe jedenfalls rein. Ich erfriere. Ob Sie mitkommen oder nicht, ist Ihre Sache.«

Mit einer übertrieben höflichen Geste ließ Cerrone Evans den Vortritt. Sie folgte der Aufforderung.

Niemand hatte es eilig, aufs eigentliche Thema zu sprechen zu kommen. Graham setzte Kaffee auf und legte eine CD ein – Celine Dions »French Album«. Cerrone, der die Musik nicht ausstehen konnte, wollte lieber etwas von Alanis Morissette hören. Zu Sarah Evans Erleichterung hatte Graham das nicht auf Lager. Es hätte nicht in ihr Bild gepaßt, daß er auf so etwas Aggressives stand. Schließlich entschied er sich für die »Baja Sessions« von Chris Isaak und kehrte zum Tisch zurück. Sarah erkundigte sich noch einmal nach den Anrufen seines Vaters am Morgen des Todestags.

Graham seufzte auf. »Ja, wir haben am Freitag zweimal miteinander telephoniert.«

»Worum ging es?«

Graham trank einen Schluck Kaffee. Plötzlich fiel ihm etwas ein. »Nehmen Sie unser Gespräch auf Band auf? Nicht, daß mich das stören würde. Mike hatte ja auch den ganzen Tag den Kassettenrecorder laufen. Wie viele Bänder haben wir heute gebraucht, Mike?«

»Fünf.«

Sarah ließ das auf sich wirken und holte dann ihren eigenen Recorder heraus. »Ein Hoch auf das elektronische Zeitalter.« Beim Lächeln bekam sie hübsche Grübchen. »Danke, daß Sie mich daran erinnert haben.« Sie sprach die Einleitung auf und wiederholte ihre Frage.

»Wir haben hauptsächlich über seine Schmerzen geredet.« Graham starrte durchs Fenster hinaus in die Dunkelheit. »Eigentlich« – seine Stimme bekam einen heiseren Klang – »haben wir dasselbe Gespräch zweimal geführt. Das erste hatte er wahrscheinlich vergessen. Das zweite vielleicht auch, keine Ahnung.« Er zuckte die Achseln. »Es war einer seiner schlechten Tage.«

Sarah mußte blinzeln. Diese Antwort – »Es war einer seiner schlechten Tage« – war das erstemal, daß Graham näher auf den Gesundheitszustand seines Vaters einging. Ihre Gedanken waren so sehr um den Sohn gekreist, daß sie den Vater beinahe außer acht gelassen hätte.

Es fiel ihr schwer, den roten Faden wiederzufinden. »Ihr Vater hat Sie im letzten Monat siebzehnmal angerufen, Graham.«

Er nickte. »Könnte hinhauen.«

»Was wollte er von Ihnen?«

Seine Stimme klang noch immer heiser. Offenbar war er wegen des Alkohols weniger vorsichtig. Sarah hielt seine Gefühle für echt – das war eine offene Wunde. »Was er an diesem Tag wollte, weiß ich nicht. Er drückte sich nicht so eindeutig aus. Begreifen Sie doch, daß er todkrank war. Manchmal wachte er auf und wußte nicht, wo er war. Er hatte Angst. Er brauchte jemanden, der ihm die Hand hielt. Er hatte einfach nur das Bedürfnis, mit einem anderen Menschen zu sprechen. Eine genaue Erklärung habe ich auch nicht, Sergeant. Er hat sich auf mich verlassen.«

Sarah fühlte sich durch Cerrones Anwesenheit gestört. Der Himmel wußte, was er sich bei ihrem Verhör dachte. Aber da Graham beschwipst war und wie ein Wasserfall redete, mußte sie die Gelegenheit beim Schopf packen, wenn sie etwas erfahren wollte.

Sie achtete nicht auf Cerrones mißbilligenden Blick. »Gut, er hat sich also auf Sie verlassen. Und was haben Sie nach dem zweiten Anruf getan?«

Graham nahm wieder einen Schluck Kaffee, stellte die Tasse weg und rieb sich mit seiner riesigen Hand das Kinn, als ob es taub geworden wäre. Als er zu sprechen begann, klang seine Stimme tonlos. »Es war nicht nur ein schlechter Tag. Er hatte zwei entsetzliche Wochen hinter sich. Es ging immer schneller bergab mit ihm. Die Schmerzen und die Vergeßlichkeit hatten sich schlagartig verschlimmert. Ich weiß nicht, warum. Vielleicht wirkte sich der Tumor auf die Alzheimersche Krankheit aus, keine Ahnung. Jedenfalls veränderte er sich. Es mußte etwas geschehen.«

»Hatten Sie eine Lösung?«

Graham schüttelte den Kopf. »Als wir uns nach all den Jahren zum erstenmal wiedersahen, unterhielten wir uns darüber, ob er eines Tages in ein Altenheim gehen sollte. Damals verlief er sich hin und wieder, aber die Krankheit war noch im Anfangsstadium. Er kam im Alltag ziemlich gut zurecht. Ich glaube, er war bei irgendeinem Arzt, um sich gründlich untersuchen zu lassen, und dann hat er einen Rückzieher gemacht, bevor die Tests abgeschlossen waren. Er wollte es gar nicht so genau wissen und sich nicht der Tatsache stellen, daß er an Alzheimer litt. Doch insgeheim war es ihm klar.«

»Und was hielt er von der Aussicht, ins Altenheim zu gehen?«

»Das kam für ihn nicht in Frage. Er wollte sein Leben nicht als Pflegefall beenden. Ich mußte ihm versprechen, ihn vorher zu töten.«

»Und haben Sie das getan? Es ihm versprochen?«

Cerrone beugte sich vor. »Graham?«

Der Bann war für einen Augenblick gebrochen. »Was ist?«

»Sicher wollte Ms. Evans Sie darauf hinweisen, daß Sie diese Fragen nicht zu beantworten brauchen. Sie haben ein Recht auf einen Anwalt.«

Graham stand eindeutig unter leichten Alkoholeinfluß. Er tätschelte dem Reporter den Arm. »Alles in Ordnung, Mike. Kein Problem. Sarah ist nicht hier, um mich zu verhaften.« Er wandte sich zu ihr um. »Oder?«

Ihre Blicke trafen sich, bis Sarah die Augen senkte. »Ich versuche nur, die Wahrheit zu erfahren, Graham. Ich muß wissen, was passiert ist. Eben haben Sie gesagt, Ihr Vater hätte Ihnen das Versprechen abgenommen, ihn zu töten –«

»Falls«, unterbrach sie Graham. »Nur unter einer Bedingung.«

»Und die lautete?«

»Falls die Alzheimersche Krankheit die Oberhand gewinnt, und er nicht mehr klar denken kann. Nur dann sollte ich es tun.«

»Wie?«

»Keine Ahnung. Das hatte ich noch nicht geplant. Ich wußte nicht mal, ob ich es überhaupt schaffen würde. Schließlich war es noch nicht so weit. Er konnte den Alltag so einigermaßen bewältigen. Aber dann fingen die Kopfschmerzen an, und ein Tumor wurde festgestellt ...«

»Wer hat Ihnen von dem Tumor erzählt?«

Graham warf Cerrone einen kurzen Blick zu und sah danach Sarah an. »Wissen Sie, daß sich das allmählich wie eine Vernehmung anhört?«

Sarah ließ sich nicht aus der Ruhe bringen. »Wir unterhalten uns nur, Graham.«

Er zeigte auf den Kassettenrecorder. »Während dieses Ding läuft? Wollen Sie etwa behaupten, daß Sie das nicht gegen mich verwenden werden?«

Sie schüttelte den Kopf. »Nein, diese Zusage kann ich Ihnen nicht geben.«

»Also ist es doch dienstlich?«

Wieder der Blickkontakt. »Was sonst?«

»Keine Ahnung«, entgegnete er. »Man wird ja noch hoffen dürfen.« Er schwieg eine Weile. »Wahrscheinlich war Sal bei einem Arzt.«

»Kennen Sie seinen Namen?«

Die nächste Pause war noch länger. Dann seufzte Graham schwer und ließ den Kopf sinken, schüttelte ihn wie ein müder Hund. »Möchten Sie das Ding nicht ausschalten?«

Sarah überlegte einen Moment. »Das geht nicht. Ich untersuche den Tod Ihres Vaters, Graham. Wenn Sie etwas darüber wissen, können Sie es mir ruhig verraten. Kennen Sie den Arzt, bei dem Ihr Vater war?«

Graham betrachtete den Kassettenrecorder. »Gut, also ganz offiziell: nein. Er war allein dort. Wir haben ja nicht zusammen gewohnt. Jeder von uns führte sein eigenes Leben.«

»Hat er Ihnen erzählt, womit er das Arzthonorar bezahlt hat? Haben Sie nie über Geld geredet?«

Graham zuckte die Achseln. »Er hat nur gesagt, daß er inoperablen Krebs hat, an dem er irgendwann sterben würde. Dadurch war auch die Sache mit dem Altenheim hinfällig. Er würde nicht als geistig weggetretener Greis im Rollstuhl enden. Er würde überhaupt nicht alt werden.«

Die Erkenntnis traf sie alle wie ein Donnerschlag. Sogar die CD machte in diesem Moment eine Pause zwischen zwei Stücken. Nach einer Weile zuckte Graham wieder die Achseln. »Außerdem habe ich Ihnen doch schon erklärt, daß es in den letzten Wochen schlimmer mit ihm wurde.«

Aber Sarah hatte noch weitere Fragen, die sie einfach nicht losließen. »Bei der letzten Vernehmung sagten Sie, Sie wüßten nicht, warum Ihr Vater solche Schmerzen hatte. Und jetzt wissen Sie es doch. Habe ich das richtig verstanden?«

»Ja. Ich wußte es. Es war der Krebs, der Tumor.«

»Aber beim letztenmal haben Sie mir das nicht gesagt?«

Es klang zwar nicht besonders gut, aber in Grahams Augen war sein Motiv offensichtlich. »Ich habe Ihnen auch gesagt, daß wir kaum Kontakt miteinander hatten.« Er grinste. »Ich wollte mir eben nicht widersprechen, Sarah, und jetzt haben Sie mich trotzdem dabei erwischt.«

»Und Sie bestehen weiterhin darauf, daß Sie keine Ahnung haben, woher das Morphium stammt?«

»Richtig.« Er schob seinen Stuhl zurück. »Können wir jetzt endlich aufhören? Ich mache noch eine Flasche Wein auf? Möchten Sie ein Glas? Oder vielleicht lieber ein Bier? Was ist mit Ihnen, Mike?«

Sarah lehnte ab, und auch Mike meinte, er müsse sich jetzt verabschieden. An der Tür schüttelte Graham Mike die Hand und wünschte ihm alles Gute. Sarah wartete, während der Reporter die Straße überquerte und den Hügel hinunter zu seinem Auto schlenderte.

Als sie neben Graham auf der Schwelle stand, hatte sie das Gefühl, als reagiere jede Faser ihres Körpers auf seine Nähe. Außerdem kam es ihr vor, als versuche er, sie am Gehen zu hindern. Er stützte den Arm knapp oberhalb ihrer Schulter gegen den Türstock und lehnte sich ein wenig zu ihr hinüber, so daß er sie fast berührte. »Wollen Sie wirklich schon weg?« fragte er.

Sie hielt sich vor Augen, daß er angetrunken war. Seine Hemmschwelle war gesenkt. Außerdem fand er sie vermutlich attraktiv und hatte für einen Moment vergessen, daß sie Polizistin war. Mehr war nicht dabei. Und Sarah wäre lieber gestorben, als sich jetzt Schwäche anmerken zu lassen. Also hob sie den Kopf und sah ihm ins Gesicht.

Keine gute Idee. Auch wenn er vielleicht nichts von ihren wahren Gefühlen ahnte, war es besser, den Blick abzuwenden. Ansonsten bestand die Gefahr, daß es zwischen ihnen nicht auf der rein beruflichen Ebene blieb. Die Folgen wären nicht auszudenken gewesen.

Deshalb duckte sie sich unter seinem Arm durch. »Gut, Graham«, sagte sie. »Wenn Sie mir noch drei kurze Fragen beantworten, verspreche ich, Sie nicht mehr zu belästigen.« Sie grinste versöhnlich. »Wenigstens nicht heute abend.«

»Trinken Sie danach ein Glas Wein mit mir?«

Sie schüttelte den Kopf. »Das geht nicht. Ich bin im Dienst.«

»Dann nehmen Sie sich eben frei«, sagte er. »Nachdem Sie mir Ihre drei Fragen gestellt haben, können Sie ja Feierabend machen.« Er sah sie die ganze Zeit über an.

Diesmal hielt sie seinem Blick stand. »Zuerst möchte ich eines klarstellen: Haben Sie Ihrem Vater hin und wieder eine Morphiumspritze verabreicht?«

Er nickte. »Das sagte ich bereits.«

Sarah wußte genau, daß er das keineswegs gesagt hatte. Aber in seinem angeheiterten und redseligen Zustand erinnerte er sich wahrscheinlich nicht mehr daran. Jedenfalls hielt er sich jetzt an die Wahrheit. »Wie oft?«

»Ist das die zweite Frage?«

Sarah überlegte und beschloß, ihm den Gefallen zu tun. »Ja.«

»Ein paarmal die Woche, wenn ich da war. Er gab sich nicht gern selbst Spritzen. Okay, und wie lautet die dritte Frage?«

»Warum sind Sie nicht sofort hingefahren, als Ihr Vater Sie am Freitag morgen anrief, weil er große Schmerzen hatte?«

Auch diese letzte Hürde nahm Graham mit Bravour. Er ließ seinen Arm sinken und machte einen Schritt auf sie zu. »Um ehrlich zu sein, war ich dort.« Mit einem verlegenen Grinsen breitete er die Hände aus. »Und wissen Sie was? Der alte Knacker war weggegangen. Er war gar nicht zu Hause.«

Sarah war erschüttert. Graham war also am Freitag nicht nur bei Sal gewesen, sondern hatte seinem Vater auch öfter Morphium gespritzt. Sie war schon fast bei ihrem Auto, als sie plötzlich fluchend stehenblieb.

Der Kassettenrecorder stand immer noch auf Grahams Tisch!

Sie war mit den beiden Männern zur Tür gegangen, um sich zu vergewissern, daß Michael Cerrone auch wirklich verschwand, damit sie ihrem beschwipsten Verdächtigen die letzten drei Fragen stellen konnte. Dann war sie buchstäblich vor dem gefährlichen Knistern geflohen, das zwischen ihnen herrschte.

Sie war eine Vollidiotin!

Obwohl erst knapp fünf Minuten vergangen waren, waren die schmalen Fenster hoch oben an der Hausmauer bereits dunkel. Als Sarah klopfte, war von drinnen kein Geräusch zu hören. Vielleicht war er schon eingeschlafen, schließlich hatte er ziemlich viel getrunken. Allerdings war wahrscheinlicher, daß er von Reportern und Polizisten die Nase voll und deshalb keine Lust mehr hatte, die Tür zu öffnen. Wieder klopfte sie leise. »Graham«, flüsterte sie. »Ich bin es, Sarah.«

Sergeant! ermahnte sie sich. Sie war nicht als Sarah hier, sondern als Sergeant Evans.

Nach eine Weile regte sich drinnen etwas, und das Licht ging an. Als die Tür aufschwang, wirkte Graham, als sei er geschrumpft. Er gab sich zwar alle Mühe, sie freundlich anzulächeln, doch sie spürte, wie schwer es ihm fiel. Er konnte kaum die Augen offenhalten. »Ich dachte, Sie wollten noch ein Gläschen trinken«, sagte sie.

Grahams Schlagfertigkeit war wie weggeblasen, als ob er unsanft aus einem tiefen Schlaf gerissen worden wäre. »Ich glaube, für heute reicht es mir. Haben Sie jetzt Feierabend?« Die Frage war nicht als Einladung gemeint.

Sie wies in den Raum. »Ich habe meinen Rekorder auf dem Tisch stehenlassen.«

Er nickte, drückte auf den Lichtschalter neben der Tür und machte ihr Platz. Der Recorder stand an derselben Stelle; die Spulen drehten sich noch. Sarah schaltete das Gerät ab und wandte sich wieder zur Tür, wo Graham auf sie wartete.

Draußen zögerte sie. »Danke, daß Sie mir aufgemacht haben.«

»Für Sie tu' ich doch alles«, entgegnete er. Bevor sie sich umgedreht hatte, ging die Tür zu, und während sie die Straße überquerte, wurde es dunkel im Haus.

Für Sarah war die Sache sonnenklar. Dieser Mann hatte seinen Vater geliebt. Allerdings war noch nicht geklärt, wie die gebündelten Geldscheine und die Baseballkarten in seinen Besitz gekommen waren. Und genau genommen hatte Graham zugegeben, daß er mehr wußte, als er sagte, aber nur reden würde, wenn Sarah es für sich behielt. Doch das war nicht möglich. Sie war sicher, daß Graham seinen Vater nicht wegen des Geldes getötet hatte – ganz gleich, wie die Tat nun vor sich gegangen war.

Jedenfalls hatte es sie weitergebracht, ohne Lanier mit Graham zu sprechen, denn sie, Sarah, glaubte, daß er ihr nun sein wahres Gesicht gezeigt hatte. Doch *Sergeant* Evans von der Mordkommission stellte mit einer gewissen Beklommenheit fest, daß der Preis für diese Erkenntnis sehr hoch gewesen war. Sie hatte Graham geholfen, sein eigenes Grab zu schaufeln.

12

Hardy stand in seinem Garten, einem langen, verhältnismäßig schmalen Rasenstück, das von Frannies Rosenbeeten begrenzt wurde. Auf beiden Seiten ragten dreistöckige Mietshäuser in den Himmel, doch nach Osten hin war der Blick frei, so daß man bis in die Innenstadt sehen konnte. Außerdem war der Garten ab Mitte April, wenn die Sonne langsam wieder zu scheinen begann, durch die Gebäude warm und windgeschützt.

Hardy machte sich am Grill zu schaffen. Während er wartete, bis die Holzkohle rot glühte, kratzte er den Bratrost ab. Er fühlte sich fast wieder bereit, die nächste Woche in Angriff zu nehmen. Glitsky und sein jüngster Sohn waren zum Essen eingeladen, und auch Frannies Bruder Moses wollte mit seiner Frau Susan und dem kleinen Jason kommen.

Es war Sonntag am späten Nachmittag. Das Wetter erwärmte sich nach den eisigen Temperaturen der vergangenen Woche ein wenig, und auch die Stimmung im Haus hatte sich allmählich gebessert. Hier im Garten war man durch das Haus von der kühlen Meeresbrise abgeschirmt.

Die zweite Kaltfront – Frannie – näherte sich mit einer zugedeckten Plastikschüssel. Hardy sah zu, wie sie die Schüssel auf den Picknicktisch an der Hauswand stellte. Sie wartete einen Moment, straffte dann die Schultern, ging zielsicher zu ihrem Mann hinüber und legte den Arm um ihn.

»Ich überlasse dir die Entscheidung. Es ist nur wichtig, daß wir an einem Strang ziehen.«

Er zog sie an sich. »Eigentlich hatte ich einen anderen Eindruck. Du wolltest doch nicht, daß ich wieder einen Mordfall übernehme.«

»Weil ich dachte, daß du es so willst. Also habe ich mich an den Gedanken gewöhnt, aber in Wahrheit ist es mir ziemlich egal. Meinetwegen kannst du auch als Hundefänger arbeiten, solange du dabei glücklich bist.« Sie trat einen Schritt zurück und sah ihn an. »Du bist doch derjenige, der sich ständig mit Ängsten quält, Dismas. Ich weiß schon, was ich tue.«

»Aber es saugt dich aus, immer nur für die Kinder da zu sein.«

»Nein, das stimmt nicht. Wenigstens nicht ganz. Na und? Darüber brauchst du dir nicht den Kopf zu zerbrechen. Die Familie ist mein Job. Und wenn mein Mann ein zufriedenerer Mensch wäre, wäre das Leben wundervoll. Wenn du dich mit den Kindern wohler fühlen würdest...«

Hardy holte Luft. »Ich liebe die Kinder, Fran, aber...«

»Bei dir heißt es immer nur ›aber‹, Dismas. Es geht nicht um die Kinder. Und auch nicht um mich oder deinen Beruf. Deine Einstellung ist das Problem.« Sie drückte ihm einen flüchtigen Kuß auf den Mund. »Hör auf, dich zu zermürben, und genieße das Leben. Das solltest du mal probieren.«

Abe Glitsky saß rittlings auf der Bank am Picknicktisch. Er hatte sich vorgebeugt, die Ellenbogen auf die Knie gestützt und hielt ein Glas Eistee zwischen den Händen. Hardy hob den Deckel des Grills, um nach den Brathühnern zu sehen.

»Du sollst nicht ständig den Deckel hochheben. Dann brät es nicht richtig. Es gibt nichts Schlimmeres als halbgares Hähnchen.«

Hardy warf ihm einen finsteren Blick zu und trank einen Schluck Bier. »Ich finde den Treibhauseffekt viel schlimmer«, entgegnete er. »Oder sauren Regen. Oder Werbespots für Hämorrhoidensalbe. Mir fällt noch eine ganze Menge mehr ein.« Er wies mit der Fleischzange auf den Grill. »Wie soll ich die Hähnchen denn umdrehen, wenn der Deckel zu ist?«

»Einmal«, sagte Glitsky. »Du hebst den Deckel einmal hoch, drehst sie um, setzt den Deckel wieder drauf und kommst nach einer halben Stunde wieder, wenn sie fertig sind. Deshalb ist diese Art von Grill erfunden worden. Namhafte Wissenschaftler haben rund um die Uhr geschuftet, damit du nicht unentwegt deine Hähnchen bewachen mußt.«

»So bin ich nun einmal«, sagte Hardy. »Ich muß ständig alles im Auge behalten, daß mir ja nichts durch die Lappen geht. Das hat auch seine Vorteile.«

Glitsky stand auf und ging zum Grill hinüber. »Jetzt könntest du sie beispielsweise umdrehen. Unten sehen sie schon ziemlich durch aus. Und danach setzt du dich hin und trinkst in Ruhe dein Bier.«

Hardy stocherte eine Weile an den Hähnchen herum und wendete sie dann. »Ich tue das jetzt nicht, weil du es so willst. Mein unabhängiges Urteil sagt mir, daß sie gar sind.«

»Halbgar«, verbesserte Glitsky.

Hardy setzte sich mit seinem Bier auf die Bank. »Okay, jetzt trinke ich in Ruhe mein Bier. Was tut sich übrigens im Fall Russo?«

»Übrigens?«

Ein Nicken. »Jetzt folge ich deinem Vorschlag, mich zu setzen und mir einen Augenblick der Muße zu gönnen, und was fällt mir unweigerlich ein? Mein Mandant.«

Glitsky nahm – wieder rittlings – am anderen Ende der Bank Platz. »Und ich habe mich schon in dem Glauben gewiegt, deine Frau hätte mich eingeladen, weil sie mich das letztemal so sympathisch fand.«

»Kann sein«, sagte Hardy, »obwohl es für uns gewöhnliche Sterbliche immer ein Rätsel bleiben wird, wie du das geschafft hast. Aber da du schon mal hier bist...«

»Auch wenn ich hier bin, weigere ich mich, über dieses Thema zu reden.«

Hardy hatte das – so oder anders formuliert – schon oft gehört. Für gewöhnlich erledigte sich das Problem von selbst. Allerdings war es zwecklos, ihn zu drängen. Sein Freund würde sich entweder doch entschließen, es ihm zu sagen, inoffiziell, oder er würde es sowieso nicht tun.

Hardy setzte die Flasche an, wollte schon aufstehen, um wieder nach den Hähnchen zu schauen, hielt sich aber gerade noch rechtzeitig zurück. »Also, was hältst du vom letzten Spiel der Giants?«

Der Lieutenant schüttelte den Kopf. »Ich glaube, diesmal darf ich mit dir nicht darüber reden, Diz. Die Angelegenheit ist inzwischen Chefsache.«

»Powell?«

Glitsky zuckte die Achseln. Hardy brauchte gar nicht weiterzubohren. Er wußte, daß Powell beschlossen hatte, Anklage zu erheben. Die Frage war nur, wann.

Direkt nachzufragen würde ihn hier nicht weiterbringen. »Hast du von der Ehefrau gewußt?« erkundigte sich Hardy. »Oder hast du es in der Zeitung gelesen?«

In der Morgenausgabe hatte gestanden, daß Leland und Helen Taylor in den letzten sechs Wochen dreimal die Polizei in ihr Anwesen in Seacliffe gerufen hatten, das allgemein nur die Villa hieß. Offenbar hatte ein Reporter das den Polizeiberichten entnommen.

Die ersten beiden Male hatte Sal Russo an die Tür geklopft. Als Helen geöffnet hatte, war er einfach hereinspaziert und hatte es sich gemütlich gemacht. Schließlich war Helens Zuhause auch seines. Er hatte sich aus der Whiskeyflasche bedient, Helen beschimpft und sich geweigert zu gehen.

Beim drittenmal war Sal durch einen unverschlossenen Dienstboteneingang ins Haus gelangt. Wieder hatte er sich ein paar Drinks genehmigt und war dann nach oben geschlichen, wo Helen gerade ein Nickerchen machte. Er hatte sich neben sie aufs Bett gelegt, sie gestreichelt und seine ehelichen Rechte eingefordert.

Jedesmal hatte die Polizei Sal in eine Nervenklinik eingeliefert, weil er für sich und andere eine Gefahr darstellte. Beim drittenmal war er nach zwei Stunden entlassen worden, die ersten beiden Male hatte es nicht so lange gedauert.

Glitsky nickte. »Ja, wir haben es am Samstag erfahren.«

»Könnte das ein mögliches Motiv für einen Mord an Sal sein? Gibt es einen weiteren Verdächtigen?«

»Guter Versuch. Kein Kommentar.«

Sal Russo wartete geduldig auf einem der gelben Plastikstühle. Sonnenlicht strömte durch die Eingangstür in die Halle der geschlossenen Abteilung der Wohlfahrtsklinik. In ein paar Minuten würde Graham kommen, um ihn abzuholen. Sal hatte den Sozialarbeiter – Don hieß er – damit verblüfft, daß er nicht nur seinen Namen, sondern auch die Telephonnummer seines Sohnes kannte.

»Hallo, Sal!« rief Don.

Er öffnete die Augen. »Ja?«

»Wollen Sie mir nicht verraten, warum Sie immer wieder in Ihr früheres Haus einbrechen?« Don dachte wohl, er könnte Sal aufs Kreuz legen, damit er sich selbst belastete und ins Gefängnis kam. Doch Sal wußte, wie der Hase lief. Don konnte sich seine Tricks sparen.

»Manchmal vermisse ich eben meine Frau. Ist das ein Verbrechen?«

»Sie ist aber nicht mehr Ihre Frau.«

»Wir haben geschworen, uns zu lieben, bis der Tod uns scheidet. Daran erinnere ich mich noch sehr gut, junger Mann. Ich versuche, sie zurückzugewinnen.«

»Haben Sie sich noch nicht überlegt, daß Sie damit ihre Familie beunruhigen. Wenn Sie das wieder tun, sorgen sie vielleicht dafür, daß Sie in eine Anstalt kommen.«

»Helen würde mich nie wegsperren lassen. Zerbrechen Sie sich nicht den Kopf darüber. Das würde sie nie wagen. Ich weiß zu viel über sie.« Er schloß die Augen und drehte den Kopf zur Sonne. Ein friedlicher Ausdruck machte sich auf seinem Gesicht breit. »Sie war nämlich auch kein Unschuldsengel, und wir hatten ziemlich viel Spaß miteinander. Als ich heute davon angefangen habe, hat sie sich ziemlich aufgeregt. Sie will nicht, daß es jemand erfährt.«

Plötzlich preßte Sal die Hände gegen die Schläfen.

»Fehlt Ihnen was?« fragte Don.

»Verdammte Kopfschmerzen. Schon vorbei. Wir haben nämlich ab und zu ein bißchen Hasch geraucht und auch ein paarmal Kokain geschnupft. Glauben Sie, daß der liebe Leland das gerne hören wird? Denken Sie, er weiß, daß Helen damals wegen Ladendiebstahls verhaftet wurde? Wahrscheinlich wäre er darüber ziemlich schockiert. Ein Spießer wie der gute Leland würde so eine Nachricht bestimmt nur schwer verkraften.«

Don kicherte. »Und Ihre Frau hat mir weisgemacht, sie wolle keine Anzeige erstatten, weil sie einen armen alten Mann nicht *in Schwierigkeiten bringen möchte. Dabei haben Sie sie erpreßt. Sie sind gar nicht so harmlos, wie Sie tun.«*

Sal schmunzelte. *»Darauf können Sie Gift nehmen«,* sagte er.

Beim Abendessen gewann Hardy einen besseren Eindruck davon, woher der Wind wehte. Draußen war es noch hell. Die fünf Erwachsenen saßen an dem ovalen Kirschholztisch im Eßzimmer, während die Kinder ihre Hähnchenkeulen vor dem Fernseher verzehrten.

Susan Weiss war McGuires Frau. Sie war Cellistin beim Symphonieorchester, das nun schon seit einiger Zeit streikte. Außerdem war sie als Künstlerin ziemlich temperamentvoll und nahm kein Blatt vor den Mund. Da sie wußte, daß Glitskys Frau Flo vor einigen Jahren nach langem Leiden an Krebs gestorben war, verstand sie nicht, wie ein Mann – »nicht einmal ein Cop« – nach dieser Erfahrung dagegen sein konnte, einen Menschen in einer ähnlichen Situation von seinen Leiden zu erlösen.

»Das stimmt nicht.« Glitsky warf Hardy einen finsteren Blick zu, als hätte sein Freund Susan zu dieser Bemerkung angestiftet. »Selbst als Cop lehne ich Sterbehilfe nicht grundsätzlich ab«, antwortete er beherrscht. »Aber ich denke, sie sollte eine Privatangelegenheit sein, viel privater jedenfalls, als … als das, was wir manchmal so erleben.«

»Was meinst du mit ›privat‹?«

»Ich meine, nur zwischen den betroffenen Personen, ohne Beteiligung Dritter. Privat eben.«

»Was ist mit Tötung auf Verlangen, wie es Kevorkian und viele andere propagieren? Es heißt, die Ärzte hier in San Francisco machen so etwas ständig.«

»Worauf willst du hinaus?«

»Wenn du gegen Sal Russos Sohn ermittelst, müßtest du eigentlich auch besagten Ärzten an den Karren fahren. Ich sehe da keinen Unterschied.«

Glitsky schien das Essen im Hals steckenzubleiben. Er war der einzige am Tisch, der ein Wasserglas vor sich stehen hatte, aus dem er jetzt einen Schluck trank. »Es gibt aber einen.«

»Und der wäre?«

Glitsky fühlte sich in die Ecke gedrängt. Er holte tief Luft. »Der Unterschied ist, daß jemand Sal Russo umgebracht hat. Er hat ihn ermordet, und zwar nicht, um ihn von seinen Leiden zu erlösen ...«

»Da bin ich anderer Ansicht«, unterbrach Hardy.

Moses McGuire, der zwischen seiner Frau und seiner Schwester saß, hatte den Großteil der Mahlzeit geschwiegen. Er war ein irischer Hüne und hatte sich trotz seines Doktors in Philosophie entschlossen, die Gastronomie zu seinem Beruf zu machen. Bis jetzt hatte er nichts zu der Diskussion beigetragen, sondern nur stetig an seinem Scotch genippt.

McGuire wußte, daß Glitsky und Hardy befreundet waren. Moses bezeichnete sich zwar als Hardys besten Freund, doch das hieß nicht, daß er und Glitsky sich sehr nahestanden. Nun legte er seiner Frau beschwichtigend die Hand auf den Arm. »Hatte der Verstorbene nicht Krebs?«

Glitsky nickte. »Ja.«

»Soweit ich gehört habe, inoperabel.«

»Wie kannst du dann behaupten, daß ihm nicht jemand dabei geholfen hat, sich das Leben zu nehmen, und daß es nicht sein eigener Wille war?« wandte Susan ein.

»Wir behaupten es nicht einfach, Susan.« Glitsky bemühte sich immer noch, sich die Ungeduld nicht anmerken zu lassen. »Wir sammeln Beweise, untersuchen alles gründlich und ziehen unsere Schlüsse daraus.«

McGuire erwärmte sich für das Thema, was auch am Scotch liegen konnte. »Ihr werdet doch wohl kaum die Tatsache leugnen können, daß der Mann in ein paar Wochen sowieso gestorben wäre. Warum in aller Welt sollte ihn jemand vorher umbringen?«

Frannie sprang für Glitsky in die Bresche: »Abe sagt, daß es ums Geld ging. Bei Graham wurde eine hohe Summe aus dem Besitz seines Vaters gefunden – fünfzigtausend Dollar.«

»Na und?« sagte Susan. »Heißt das, daß er ihn ermordet hat?«

»Nein«, entgegnete Abe. »Nur, daß es durchaus möglich ist. Und das ermitteln wir im Augenblick.«

»Sein Vater hatte ihm das Geld gegeben, für den Fall, daß er in ein Altenheim mußte«, schaltete sich Hardy ein.

Er war sich nicht sicher, ob er Grahams Geschichte über die Kinder von Joan Singleterry für bare Münze nehmen sollte. Jedenfalls wollte er keine Zweifel säen und hatte inzwischen seine eigene Theorie, die um einiges glaubhafter klangen. »Sein Vater bewahrte es in einem Safe unter dem Bett auf, was Graham nicht für eine besonders kluge Idee hielt ...«

»Hat er dir das erzählt?« erkundigte sich Glitsky bei Hardy.

»Das liegt doch auf der Hand.«

»Dann frage ich mich, warum er bei uns nicht damit rausgerückt ist.«

»Abe.« Frannie legte ihre Gabel weg. »Wir wollen dir ja nicht zu nahe treten, aber wir finden, daß das alles keinen Sinn ergibt. Susan hat recht. Derartige Dinge geschehen jeden Tag. Warum hackst du auf diesem Jungen herum?«

»Weil er uns nichts als Lügen aufgetischt hat«, erwiderte Glitsky barsch. »Und bei Lügnern schöpfen Polizisten wie ich eben Verdacht.«

»Es paßt doch alles zusammen, Abe.« Hardy, die Stimme der Vernunft. »Graham steht in dieser Stadt bereits auf der schwarzen Liste. Er befürchtete, daß man ihn aus der Anwaltskammer ausschließt, wenn herauskommt, daß er seinem Vater Sterbehilfe geleistet hat, selbst wenn er damit keine bösen Absichten verfolgte.«

»Deshalb hat er euch auch vorgeflunkert, daß er kaum Kontakt zu seinem Vater hatte«, ergänzte Frannie. »Und nach der ersten Lüge, mußte er weiterschwindeln, um sich nicht zu widersprechen.«

Ein dünnes Lächeln spielte um Glitskys Lippen. Er lehnte sich zurück und verschränkte die Arme. »Pech, daß wir ihn gleich am Anfang erwischt haben.« Er beugte sich wieder vor und griff nach seiner Gabel. »Vielleicht liege ich ja falsch, aber findet ihr es nicht auch komisch, daß er nach dem Tod seines Vaters zufällig vergessen hat, seiner Familie von dem Geld zu erzählen?«

»Möglicherweise hatte er das ja vor«, sagte Susan. »Er hatte einfach noch nicht die Zeit dazu, weil ihr ihn sofort verhaftet habt.«

»Kann sein. Wieder Pech.« Glitskys Stimme triefte vor Sarkasmus. »Graham Russo ist eben ein richtiger Pechvogel.«

Da Mario Giotti bei ihrem gemischten Doppel vorn spielte und dabei zu dicht am Netz stand, sah er die harte Vorhand nicht, die sein Gegenüber ihm entgegendrosch.

Noch vor einer Sekunde hatte er bereit für einen Volley auf den Zehenspitzen gestanden und dem Ball nachgeblickt, den seine Frau gerade retourniert hatte. Und nun lag er rücklings auf dem Boden, und schnappte vor Schmerzen nach Luft.

Es war Sonntag abend. Sie spielten in der Halle des Mountain View Racquet Club, ganz oben in Pacific Heights, wo die Divisadero Street vom Broadway steil abwärts zur Lombard Street führt – etwa zweihundertfünfzig Meter Höhenunterschied innerhalb von sechs Häuserblocks.

Der Richter bemerkte, daß sich Leute über ihn beugten. Dann lag sein Kopf auf dem Schoß seiner Frau. Jemand brachte ein Handtuch und dann noch eines, das sich feucht und kühl anfühlte. Er sah rote Blutflecken auf dem weißen Frottee und hatte einen metallischen Geschmack im Mund.

Wie immer hatte Pat alles im Griff. Nachdem sie sich vergewissert hatte, daß alles in Ordnung war, teilte sie dem Umstehenden mit, es gäbe keinen Grund zur Sorge. »Keine Angst«, flüsterte sie ihm ins Ohr. »Dir fehlt nichts.« Sanft wischte sie ihm mit dem feuchten Handtuch das Gesicht ab.

Beim Aufstehen stützte sich Giotti auf Pat. Während er sich das fleckige, nasse Handtuch vors Gesicht hielt, spürte er, wie die anderen Spieler ihn anstarrten. Ihre Partner, ein etwa zehn Jahre jüngeres Paar, trotteten verloren einige Schritte hinter ihnen her. Giotti bemerkte, wie stark die Schultern seiner Frau waren. Sie hatten die Kraft, eine große Last zu tragen. »Halt dich einfach an mir fest«, sagte sie. Er erkannte rote Streifen auf ihrem kurzen Tennisrock.

Als sie die Saftbar erreichten, konnte er wieder richtig durchatmen. Er war überzeugt, daß seine Nase gebrochen war, doch wenigstens hatte das Draufdrücken mit dem Handtuch die Blutung gestoppt. Das andere Paar – Joe und Dana – bestand darauf, etwas zu trinken zu besorgen, und Pat bat sie, zwei große Flaschen Wasser zu holen. Betreten zogen die beiden los.

Giotti blickte ihnen nach. »Der glaubt wohl, wir sind hier bei den gottverdammten French Open. Eigentlich wollte ich nur in aller Ruhe ein bißchen Tennis spielen – und dann muß ich mich mit Agassi und Evert herumplagen. Was soll dieser Scheiß?«

»Psst.« Pat legte ihm die Hand aufs Knie, beugte sich vor, flüsterte ihm ins Ohr. »Jemand könnte dich hören, Mario.«

»Sollen sie doch«, schimpfte er, ließ seinen Blick aber trotzdem über die angrenzenden Tische schweifen. Niemand war in Hörweite. »Daß ich hier in der Öffentlichkeit Tennis spielen muß, ist sowieso Schwachsinn!« polterte er. »Man hätte eine Halle im Gerichtsgebäude einrichten sollen. Da kennst du deine Gegner. Sie kennen dich. Da gibt es keine Rüpel.«

Der Richter hatte sein Büro im frisch renovierten Bundesgerichtsgebäude, das Lanier und Evans vor zwei Tagen gar nicht aufgefallen war. Die Arbeiten hatten mehr als acht Jahre gedauert und über hundert Millionen Dollar gekostet. Nun erstrahlte das Gebäude wieder in seiner alten Pracht, und das wollte etwas heißen. Inzwischen hatte es den Spitznamen Bundespalast erhalten und galt nach der Kongreßbibliothek als schönster Regierungsbau der Vereinigten Staaten.

In seiner ursprünglichen Form war der Palast von italienischen Handwerkern errichtet und kurz vor dem großen Erdbeben 1906 fertiggestellt worden. Wie durch ein Wunder hatte es die Katastrophe überlebt, weil die Postbeamten, die damals das Gebäude nutzten, sich geweigert hatten zu fliehen und statt dessen die ausbrechenden Brände heldenhaft bekämpft hatten.

Nun war zu der eleganten Ausstattung des Gebäudes mit seinen Marmorwänden und den mit Fresken verzierten Decken auch noch moderne Infrastruktur hinzugekommen. Fast jeder Raum verfügte über die nötigen Computeranschlüsse. Trotz des Einspruchs vieler Richter, auch Giottis, die der Ansicht waren, daß die Bevölkerung uneingeschränkten Zutritt zum Gericht haben sollte, galten strenge Sicherheitsbestimmungen. Über jeder Tür hingen Videokameras, und an der Wachzentrale neben dem Haupteingang saßen uniformierte Beamte vor einer Unzahl von Bildschirmen. Im Keller gelangte man von einer für die Richter reservierten Parkgarage direkt zu einem Kraftraum, der den Mitarbeitern vorbehalten war.

Allerdings gab es keine Tennishalle, obwohl Giotti sich sehr dafür eingesetzt hatte. Die Architekten behaupteten, dafür habe es an Platz gefehlt.

Natürlich mußte der Richter bei dieser Gelegenheit wieder daran denken, und er schimpfte immer weiter, wobei er sich jedoch Mühe gab, seine Stimme zu dämpfen. »Wir sollten einem Privatclub beitreten.«

»Du weißt, daß das nicht geht, Mario. Das haben wir doch schon besprochen. Laß es gut sein.«

»Nein. Ich bin nicht deiner Meinung.«

Sie sah ihn entschlossen an und krallte warnend die Finger in seinen Oberschenkel. Pat war eine starke Frau, durchtrainiert und energisch. Auch in der Freizeit wachte sie über das Verhalten des Richters und schützte seinen kostbaren Ruf. Obwohl er sich in diesen Dingen meistens ihrem Urteil beugte, sah er sich heute gezwungen, ihr zu widersprechen. »Es gibt auch diskrete Menschen«, sagte er. »Wir müssen uns ja mit niemandem anfreunden oder irgendwelche Leute zum Essen einladen. Aber die Gesellschaftsschicht ...«

»Bitte benutz dieses Wort nicht.«

Ein schicksalsergebener Blick. »Du weißt genau, was ich meine.«

»Und ich weiß auch, daß wir besser nicht darüber reden sollten.«

Also kehrte Giotti zu seiner ursprünglichen Klage zurück. »Die geben hundert Millionen Dollar aus und schaffen es nicht, im Keller einen Tennisplatz einzubauen. Ich muß mich mindestens dreimal in der Woche mit viel komplizierteren Problemen herumschlagen. Scheiß-Bürokratie.«

Pat hatte sich zwar inzwischen vergewissert, daß sich niemand in Hörweite befand, doch das bedeutete noch lange nicht, daß sie bei ihrem Mann Schimpfwörter duldete. Wieder krallten sich ihre Finger in Giottis Oberschenkel. Es trieb sie zum Wahnsinn, daß er manchmal vergaß, was für eine bedeutetende Position er innehatte. Um die Wahrheit zu sagen, tat er nur allzugern so, als ob ein Bundesrichter ein ganz gewöhnlicher Bürger wäre, der nicht tagaus tagein im Rampenlicht der Öffentlichkeit stand.

Giotti, der Mitglied bei den Demokraten war und sich als Mann der Mitte begriff, mußte ganz besonders auf der Hut sein, denn es hieß, daß er bei nächster Gelegenheit an den Obersten Gerichtshof berufen werden würde. Er hatte sich den Posten redlich verdient. Schließlich hatte er stets weise Entscheidungen gefällt, Gesetzeskommentare veröffentlicht und unzählige Kilometer zurückgelegt, um seinen gesamten Gerichtsbezirk abzudecken. All seine alten Freunde und das reichhaltige Freizeitangebot der Stadt hatte er aufgegeben und auf dem Altar der richterlichen Unabhängigkeit geopfert.

Allerdings waren die Giottis nicht allein damit. Die meisten Bundesrichter brachen sämtliche privaten und geschäftlichen Verbindungen ab, um nur nicht in einen Interessenskonflikt zu geraten und ihrer schweren Verantwortung gerecht zu werden. So mancher bei seiner Ernennung ahnungslose Bundesrichter hatte das früher oder später zu seinem Bedauern herausgefunden.

Es war ein hoher Preis.

Alltägliche Freundschaften kamen einfach nicht mehr in Frage, was weniger daran lag, daß man seinen Mitmenschen nicht vertrauen konnte. Der Grund war vielmehr, daß fast alle Bundesrichter im Laufe ihrer lebenslangen Amtszeit irgendwann einen Fall auf den Tisch bekamen, von dem ein früherer Bekannter betroffen sein konnte.

Jede auch noch so lockere Verbindung, ein beiläufig geäußertes Vorurteil, eine persönliche Anmerkung, eine zweifelhafte Bekanntschaft, ja, sogar ein zu enges Verhältnis zur eigenen Familie konnte die ach so geheiligte richterliche Unvoreingenommenheit gefährden.

Pat Giotti wußte, daß Bundesrichter aus diesem Grund eine verschworene Gemeinschaft bildeten. Und in diesem sagenumwobenen Geheimbund, der sich streng gegen äußere Einflüsse abschottete und wo es nur wenige echte Freundschaften gab, ging der gute Ruf des einzelnen eben über alles.

Natürlich war Pat sich im klaren darüber, daß Mario nicht gleich seinen Posten verlieren würde, wenn er einmal fluche. Allerdings konnte es durchaus dazu führen, daß das Ansehen des Richters in den Augen eines zufälligen Ohrenzeugen sank. Und da Pat Giotti die Gepflogenheiten am Bundesgericht inzwischen in Fleisch und Blut übergegangen waren, würde sie so etwas auf keinen Fall dulden. Auch sie hatte viel geopfert, damit ihr Mann Karriere machen konnte. Sie hatte auf Freundschaften, Vergnügungen, die Nähe zu ihren vier Kindern und eigentlich auf ihre Jugend verzichtet. Wenn sie sich niedergeschlagen fühlte, kam ihr manchmal der Gedanke, daß sie nie ein eigenes Leben geführt hatte.

Doch diese Zweifel verschwanden meistens rasch. Sie waren nicht zulässig, denn das alles war die Mühe wert gewesen. Mario Giotti hatte es zum Bundesrichter gebracht. Eines Tages würde er mit ein wenig Glück in den Obersten Gerichtshof berufen werden, vielleicht sogar als Vorsitzender. Dann hatten sie endlich das Ziel ihrer Träume erreicht, auf das sie unermüdlich hingearbeitet hatten – und zwar gemeinsam.

Inzwischen waren ihre Tennispartner zurückgekehrt, und Joe redete wie ein Wasserfall. »Es tut mir so leid«, sprudelte er hervor. »Mit mir sind wieder mal die Pferde durchgegangen. Ich hätte nicht ...«

»Seien Sie doch nicht albern«, fiel Pat ihm ins Wort. »Das ist der rechte Geist. Wenn man erst mal auf dem Platz steht, will man auch gewinnen. Findest du nicht auch, Mario?«

Der Richter nahm das Handtuch von der Nase, bedachte Joe mit einem wohlwollenden Blick und lächelte nachsichtig. »Das ist eine der Wahrheiten des Lebens, Joe.« Er trank einen Schluck aus der Wasserflasche. »Machen Sie sich keine Sorgen, mit mir ist alles in Ordnung. Das hätte jedem passieren können.«

Helen Taylor räkelte sich in der riesigen marmornen Badewanne. Das Wasser war mit Badeöl parfümiert. Die unglückselige Unterredung mit Graham am Freitag abend hatte die ganze

Familie erschüttert. Nachdem die Kinder sich verabschiedet hatten, waren Helen und Leland zum Abendessen ins Ritz-Carlton gegangen. Um sich abzulenken, hatten sie danach im Top of the Mark getanzt. Das restliche Wochenende hatte gesellschaftlichen Verpflichtungen gehört, weshalb sich bis jetzt keine Gelegenheit ergeben hatte, unter vier Augen miteinander zu sprechen.

Als Leland an die Badezimmertür klopfte, forderte sie ihn auf hereinzukommen. Er setzte sich auf den mit Brokat bezogenen Ohrensessel gegenüber der Badewanne, schlug die Beine übereinander, machte es sich bequem und bewunderte seine Frau, die in der Wanne lag. Leland trug eine Anzughose, ein weißes Hemd, eine dunkelblaue Krawatte, schwarze Schuhe und schwarze Socken mit Sockenhaltern.

Er schnupperte, als sei ihm plötzlich ein seltsamer Geruch in die Nase gestiegen. Seine Stimme klang ein wenig schrill, schneidend und gepreßt. »Wie ich annehme, werden wir Grahams Verteidiger bezahlen müssen.«

»Ich hoffe immer noch, daß sie ihn kein zweitesmal verhaften«, antwortete Helen nach einer Weile.

»Ein frommer Wunsch.« Leland war sich seiner Sache sicher. »Aber es ist nur eine Frage der Zeit. Ich würde mir keine falschen Hoffnungen machen.«

Helen seufzte. Als sie sich bewegte, schwappte das Wasser sanft an den Badewannenrand. »Dann müssen wir wohl in den sauren Apfel beißen. Ich weiß, daß Graham kein Geld hat.«

Unbehaglich rutschte Leland auf dem Sessel herum. »Aber George darf nichts davon erfahren.« Er hielt inne. »Vielleicht sollten wir es in Form eines Darlehens abwickeln. Ich meine, eines richtigen Darlehens.«

»Über die Bank? In diesem Fall können wir es George unmöglich verheimlichen.«

Leland schüttelte den Kopf. »Ich dachte eher an ein privates Darlehen. Wir könnten...«

Helen war plötzlich etwas eingefallen. »Du glaubst doch nicht wirklich, daß er ins Gefängnis muß?« unterbrach sie ihn.

»Ich habe keine Ahnung, Helen. Wenn er seinen Vater wegen des Geldes umgebracht hat...«

»So etwas würde Graham nie tun, Leland. Niemals. Das paßt nicht zu ihm. Es kann sein, daß er ihm Sterbehilfe geleistet hat, aber es ging ihm bestimmt nicht ums Geld.«

Leland zog die Augenbrauen hoch, eine vielsagende Geste. In seiner Welt verstand man nur die Sprache des Geldes, weshalb für ihn alles mehr oder weniger finanzielle Gründe hatte. Doch da er das seiner Frau nicht zu erklären brauchte, fuhr er fort. »Um noch einmal auf das Darlehen zurückzukommen: Ich denke, daß wir den Jungen, wenn er nicht verurteilt wird, damit vielleicht zur Vernunft bringen können. Wenigstens solange, bis er seine Schulden abbezahlt hat.«

»Und falls er doch verurteilt wird?«

»Dann dürfte ihm die Rückzahlung vermutlich schwerfallen.« Der Gedanke schien Leland zu gefallen. »Aber das ist eigentlich nicht das Thema. Als wir ihm das Jurastudium finanziert haben – ein Fehler, wie sich herausstellte ...«

»Vielleicht bringt er es doch noch zu etwas.«

Er achtete nicht auf ihren Einwand. »Sicher erinnerst du dich, daß er sich auch nach dem Studium nicht fürs Geld interessiert hat.« Er hob die Hand, um eine Unterbrechung ihrerseits im Keim zu ersticken. »Möglicherweise hätte er es sich zweimal überlegt, seinen Job hinzuschmeißen, wenn es sich nicht um ein Geschenk, sondern um einen Kredit zu festen Bedingungen gehandelt hätte. Wenn er gemerkt hätte, wie schwer es ist, die monatlichen Raten ...«

»Nein. Er hoffte, im Baseball Karriere zu machen und viel mehr zu verdienen als bei Gericht. Das genau war ja das Problem. Wahrscheinlich würde er ein Darlehen sowieso nicht annehmen, weil er weiß, daß er es nicht zurückzahlen kann.«

»Arbeitet sein Anwalt etwa kostenlos?«

Helen setzte sich auf. Als sie das Haarnetz abnahm, fiel ihr das Haar bis auf die Schultern hinab. Daß es seinen Glanz einer Tönung verdankte, war kaum zu sehen. Ihre Brüste ruhten an der Wasseroberfläche. »Ich weiß nicht. Schließlich ist es eine gute Werbung für ihn. Bestimmt interessieren sich die Medien für den Fall.«

»Ganz sicher. Das tun sie immer.« Leland verzog angewidert das Gesicht. »Nun, wir müssen es ja nicht sofort entscheiden. Es kann ja immer noch sein, daß die Geschworenen auf Sterbehilfe erkennen und ihn freisprechen.«

»Aber sein Leben wäre trotzdem ruiniert«, wandte Helen ein. »Er könnte nie wieder als Anwalt arbeiten, und ich hatte immer den Eindruck, daß er wieder in seinen Beruf zurück will.«

»Mach dir nichts vor, Helen. Er ist draußen. Er wird den Einstieg nicht mehr schaffen.« Leland streckte die Beine aus und beugte sich vor. Er schien ein dringendes Anliegen zu haben. Nachdem er sich geräuspert hatte, klang seine Stimme dunkler. »Ich muß dir sagen, daß ich mir Sorgen um George mache.«

»Ja«, antwortete sie. Georges Verhalten gegenüber Graham war ganz und gar unangemessen gewesen und paßte überhaupt nicht zu ihm. Für gewöhnlich zeichnete sich George durch seine unterkühlte Art aus und neigte nicht zu Gefühlsausbrüchen. »Er war völlig anders als sonst.«

»Ich habe mich gefragt, ob er vorher mit dir gesprochen hat.«

Helen verzog nachdenklich das hübsche Gesicht. »Worüber?«

»Über das, was an jenem Freitag passiert ist.«

Sie schüttelte den Kopf. »Nein, kein Wort.«

»Denn er war nicht in der Bank.«

Sie sah ihn argwöhnisch an. Anscheinend war ihr das neu. Sie rutschte ein wenig tiefer ins wohlig warme Wasser. »Wann war er nicht in der Bank?«

Leland strich sich über die Oberlippe. »Die genaue Zeit kann ich nicht mehr feststellen, aber es muß zwischen elf und zwei gewesen sein.«

»Hast du ihn darauf angesprochen?«

»Ja. Aber du kennst George doch. Er hat gesagt, er sei vermutlich bei einem Kunden gewesen, wußte allerdings nicht mehr genau, bei welchem. Seitdem geht er mir aus dem Weg. Hat er dir gegenüber vielleicht etwas erwähnt?«

»Nein, Leland. Ehrenwort.« Seufzend sah sie zu, wie ihr Mann sich wieder zurücklehnte und die Beine übereinanderschlug. »Denkst du etwa, daß er bei seinem Vater war?«

»Ich halte es leider für durchaus möglich. Es gefällt mir zwar nicht, aber ich sehe es geradezu vor mir.«

Helen schüttelte den Kopf. »Wir hätten ihm nicht erzählen sollen, daß Sal hier war. Vor allem nicht von seinem letzten Besuch.«

Leland tat das ab. »Das läßt sich nicht mehr rückgängig machen. Jedenfalls wußte er Bescheid. Und wenn es darum geht, dich vor Sal zu schützen...«

»Schon gut. Ich glaube, er hat die Kränkung nie verwunden. Seiner Ansicht nach war ein Mensch, der anderen solches Leid zufügt, zu allem fähig.«

»Vielleicht war Sal nicht so harmlos, wie wir dachten.«

»Doch«, beharrte Helen. »Er konnte keiner Fliege etwas zuleide tun.« Sie griff nach der Hand ihres Mannes. »Sal war ganz anders als du, Leland, ein sehr einfacher Mensch. Er hätte mir nie Schaden zugefügt. Es lag nur daran, daß er krank und verwirrt war.«

Die beiden verharrten eine Weile reglos. Schließlich sah Leland seine Frau an. »Die Frage ist nur, ob George wußte, daß wir bereits etwas unternommen hatten. Wenn wir Sal angezeigt hätten, wäre möglicherweise...«

Aber Helen ließ sich nicht von ihrem Standpunkt abbringen. »Das war nicht nötig, Leland. Wir haben die sozialen Dienste informiert, und man hätte sich gewiß um ihn gekümmert. Immerhin hat er mich ja nicht ständig verfolgt. Es war nur ein einmaliges Ereignis...«

»Ein dreimaliges, um genau zu sein.«

»Gut, aber es bestand kein Grund zur Eile. Diese Dinge brauchen eben ihre Zeit. Es ging keine Gefahr mehr von ihm aus. Eigentlich habe ich mich nie wirklich bedroht gefühlt. Sal lebte manchmal eben in der Vergangenheit. Ich weiß, daß George sich darüber im klaren war.«

»Hoffentlich«, sagte Leland. »Allerdings bin ich mir da nicht so sicher.«

13

Früh am Montag morgen saßen Hardy und Michelle in seinem Büro auf dem Sofa. Vor ihnen auf dem Couchtisch stapelten sich Aktenordner und verschiedene Schriftsätze.

»Wissen Sie, wie viele Zähne ein Pferd hat?«

Michelle blickte von ihrer Lektüre auf und sah Hardy an, als hätte er den Verstand verloren.

Small talk war nicht gerade Michelles Stärke, doch sie hatte inzwischen gelernt, daß ihr neuer Chef sich so seine Verschnaufpausen verschaffte. Also lehnte sie sich zurück und fragte ihn, worauf er damit hinauswollte.

»Zusammen mit einer anderen Frage waren das die Probleme, die die mittelalterlichen Philosophen am meisten beschäftigten.«

»Und die andere Frage?«

»Wie viele Engel auf einer Nadelspitze tanzen können.«

»Wollen Sie mich auf den Arm nehmen?«

Hardy konnte es kaum fassen, daß Michelle – abgesehen von David Freeman vermutlich der klügste Kopf in der Kanzlei – noch nie etwas davon gehört hatte. Andererseits hatte er derartige geistige Eingleisigkeit schon so häufig erlebt, daß sie ihn eigentlich nicht mehr hätte verblüffen dürfen. Im Zeitalter der Spezialisierung erwartete niemand von einem Anwalt oder Betriebswirt, daß er sein Wissen in einen Zusammenhang setzte. Geschichtskenntnisse waren nichts weiter als Ballast.

Allerdings glaubte Hardy, daß es nichts schaden konnte, wenn Michelle sich auch mit Dingen auseinandersetzte, die nicht direkt mit ihrem augenblicklichen Fall zu tun hatten. »Nein, es ist mein Ernst. Es wurde ständig darüber debattiert.«

»Wer gibt sich denn mit so etwas ab?«

»Philosophen und Theologen. Aber die meisten wären heutzutage wahrscheinlich Juristen.«

»Sie hätten die Engel doch nur zu zählen brauchen.« Michelle argwöhnte noch immer, daß Hardy sich über sie lustig machte. »Sie erfinden das alles bloß.«

»Ich schwöre, es ist ist die Wahrheit. Okay, Sie kennen die Antwort und sind denen natürlich voraus. Aber diese Jungs waren überzeugt, daß es nach Platon eine ideale Anzahl von Zähnen im Maul eines Pferdes gab, und deshalb saßen sie Jahrhunderte in den alten Klöstern herum und diskutierten dieses heikle Problem.«

»Große Genies können das ja nicht gewesen sein.«

Hardy überlegte, ob Michelle auch nur daran dachte, daß modernes wissenschaftliches Denken damals noch nicht sehr verbreitet gewesen war. »Doch, es waren intelligente Männer.«

»Keine Frauen?«

»Das würde mich überraschen. Frauen waren damals nicht zugelassen.«

»Na dann wundert mich nichts mehr«, entgegnete Michelle.

»Na ja, auf jeden Fall«, erzählte Hardy weiter, »entschloß sich einer der Mönche, der seiner Zeit weit voraus war, eines Tages dazu, die Frage auf ganz neue Weise anzugehen: Er machte sich auf, ein Pferd zu suchen, und zählte seine Zähne.«

»Und damit war der Fall erledigt.«

»Na ja, nicht ganz. Ich schätze, es dauerte etwa hundert Jahre bis sich seine Methode allgemein durchsetzen konnte. Jedenfalls war es ein ziemlich langwieriger und schwieriger Weg bis dahin.«

»Toll«, sagte sie trocken. »Eine faszinierende Geschichte, wirklich.«

Der Richter im Fall Tryptech hatte sich gerade als eine moderne Version des Zähne zählenden Mönches entpuppt.

Am frühen Morgen hatte Michelle bei Hardy zu Hause angerufen, um ihm mitzuteilen, daß die Gegenpartei nun ihrerseits geklagt hatte. Offenbar hatte die Hafenverwaltung von Oakland beschlossen, Tryptech wegen Überladens des Containers zu belangen. Daraufhin hatte der Richter entschieden, daß Tryptech den Beweis anzutreten habe, wie viele Computer sich nun tatsächlich in dem Container befanden. Die eidestattliche

Erklärung eines Mitarbeiters der Versandabteilung genügte ihm anscheinend nicht.

Tryptech hatte – durch Hardy – darauf hingewiesen, daß der Container nicht überladen gewesen sei. Hardy hatte den Lieferschein vorgelegt, in dem die Anzahl der Geräte verzeichnet war – was theoretisch einen Beweis darstellte. Da die Computer darüber hinaus versichert waren, hätte sich die Firma durch die Nennung einer geringeren Anzahl ins eigene Fleisch geschnitten, weil jeder verlorene Computer ersetzt wurde.

Natürlich wußte Hardy, daß selbst der Dümmste den Unterschied zwischen zweihundert Computern zu je tausend Dollar und dem Millionenbetrag, den Tryptech im Fall eines Scheiterns vor Gericht verlieren würde, nicht übersehen konnte. Nun würde man den Container aus der Bucht bergen müssen, um die darin befindlichen Geräte zu zählen.

Allerdings würde diese Aktion ein hübsches Sümmchen kosten, und ihr Mandant hatte ihnen mitgeteilt, daß er diesen Betrag im Augenblick leider nicht flüssig habe.

Deshalb galt es nun, Zeit zu gewinnen. Hardy hatte es geschafft, die Angelegenheit fast fünf Monate lang hinauszuschieben. Nun aber war dem Richter der Geduldsfaden gerissen. Angesichts des zu erwartenden Schadensersatzes war die Bergungsgebühr von fünfundsechzigtausend Dollar eigentlich angemessen. Doch Brunel meinte, man könne einem nackten Mann nicht in die Tasche greifen.

»Ich sehe eine Möglichkeit, wie wir das zu unserem Vorteil nutzen können«, sagte Michelle. Da es nun wieder ums Geschäftliche ging, fühlte sie sich sichtlich wohler. »Wir könnten die Sache noch ein wenig verschleppen.«

»Okay, raus mit der Sprache.«

»Wir machen eine Ausschreibung. Selbstverständlich akzeptieren wir die richterliche Entscheidung, aber wenn die Hafenverwaltung nicht einen Teil der Kosten – nein, die gesamten – übernimmt, ist es nur recht und billig, wenn wir Angebote verschiedener Bergungsfirmen einholen und Preise vergleichen. Wer könnte da etwas dagegenhaben?«

Hardy konnte seine Bewunderung nicht verhehlen. Trotz

ihrer mangelnden klassischen Bildung war Michelle in der jetzigen Situation ein Geschenk des Himmels. Die Ausschreibung würde sicher einige Monate in Anspruch nehmen, und in dieser Zeit konnte eine ganze Menge geschehen.

Vielleicht konnte er Brunel ja überreden, ein paar Tiefseetaucher anzuheuern, die im Schutze der Dunkelheit nach dem Container suchten und ein paar zusätzliche Geräte hineinlegten, damit die Summe stimmte.

»Möchten Sie sich um die Einzelheiten kümmern?« fragte er Michelle.

Sie hatte die Papiere bereits zusammengesucht und oben auf die Schriftsätze gelegt, die sie noch besprechen mußten. »Deshalb bin ich hier.«

Vor Hardys Eintreffen im Büro war es zu Hause drunter und drüber gegangen. Die dramatischen Ereignisse hatten sich an dem geheimnisvollen Verschwinden der Zahnbürsten sämtlicher Familienmitglieder entzündet.

Nach einem eindringlichen Kreuzverhör hatten Rebecca und Vincent gestanden, daß Orel Glitsky die Idee gehabt hatte, die Zahnbürsten bei einem Spiel einzusetzen, das hauptsächlich im Garten stattgefunden hatte. Soweit sie sich erinnerten, hatte es etwas mit Zäunen und Festungen zu tun gehabt.

Außerdem hatte Jason, ihr kleiner Neffe, ebenfalls mit den Zahnbürsten gespielt. »Er ist doch noch ein Baby, Dad«, hatte Rebecca ihrem Vater vorgehalten. Allerdings waren beide Kinder sicher, daß sie die Zahnbürsten – und sie hatten bestimmt nicht alle genommen – danach wieder an ihren Platz gelegt hatten.

Nach seiner morgendlichen Strategiesitzung mit Michelle spazierte Hardy in der kühlen Vormittagsluft drei Blocks zu einem Laden und kaufte ein halbes Dutzend frische Baos – klebrige Brötchen, gefüllt mit Hoisin-, Pflaumen- und Grillsauce und verschiedenen Fleischsorten. Ein ofenwarmes Bao war allein schon Grund genug, in San Francisco zu leben.

Nun saß er allein im Solarium und hatte immer noch den köstlichen Duft der eben verzehrten Baos in der Nase. Vor ihm lag aufgeschlagen der *Chronicle*. Das gestrige Gespräch mit Abe Glitsky hatte er noch gut in Erinnerung. (Vielleicht hatte Glitsky ja die Zahnbürsten geklaut! Genau! Und selbst wenn es nicht stimmte, konnte er ihn trotzdem beschuldigen und ihn ein bißchen auf den Arm nehmen.)

Glitsky hatte unmißverständlich klargemacht, daß Sal seiner Ansicht nach ermordet worden war, und zwar von seinem Sohn Graham. Und wenn das stimmte, war Glitsky besser informiert als er, der Anwalt des Verdächtigen.

Ein rascher Blick in die Zeitung sagte Hardy, daß das Wochenende keine neuen aufregenden Entwicklungen gebracht hatte. Sogar Pratt und Powell hüllten sich in Schweigen, wie ein Journalist es nannte. Einunddreißig Ärzte hatten eine Gemeinschaftsanzeige veröffentlicht, in der sie verkündeten, daß sie Sterbehilfe geleistet hatten. Aber Hardy war sich im klaren darüber, daß das nichts mit Graham Russo zu tun hatte.

Was also wußte Glitsky?

Hardy griff zum Telephon und fing an, die Nummer der Mordkommission zu wählen, überlegte es sich aber anders. Wenn Glitsky ihm vor sechzehn Stunden nichts verraten hatte, gab es keinen Grund, warum er jetzt mit der Sprache herausrücken sollte.

Und dann sah Hardy plötzlich ein gähnendes Pferdemaul vor sich. »Du bist ein Idiot«, sagte er zu sich und schüttelte den Kopf.

Zu seiner Überraschung war Graham tatsächlich zu Hause und ging auch ans Telephon. Allerdings machten bereits Grahams erste Worte – er habe noch einmal mit Sarah Evans geplaudert – Hardys Freude darüber zunichte, daß er seinen Mandanten erreicht hatte. »Willst du mich veräppeln, Graham?« fragte er. »Bitte sag, daß das nicht stimmt.«

»Doch. Es war echt gut.«

»Es war echt gut«, wiederholte Hardy. »Das freut mich aber. Wie schön für dich.«

»Es war nicht so, wie du denkst«, protestierte Graham.

Hardy malte sich aus, wie Graham vor seinem Panoramafenster saß, die Aussicht auf die Stadt genoß, eine Tasse Edelkaffee trank und dazu vielleicht ein frisches Croissant verspeiste. Nur der Himmel wußte, woher er das Geld dazu hatte. Vielleicht prägte es die Weltsicht eines Menschen, dort oben in diesem Märchenland zu leben.

Jedenfalls mußte Graham dringend wieder zurück auf den Boden der Tatsachen geholt werden. »Wie war es denn? So red schon. Wenn es sich so abgespielt hat, wie ich denke, sitzt du ganz schön in der Tinte.«

»Wenn Sarah mich hätte festnehmen wollen, wäre ich schon längst wieder im Knast. Sie hatte nur noch ein paar Fragen.«

»Meinst du Sergeant Evans von der Mordkommission? Seit wann nennst du sie denn Sarah? Läuft etwa was zwischen euch? Es wäre nett, wenn du mich einweihen würdest.«

»Es ist nicht so, wie du glaubst, Diz.«

»Sie wollte einfach die Wahrheit wissen?«

»Genau.«

»Und was ist mit dem Typen vom *Time Magazine*?«

»Der war sehr nett.«

Hardy sah Grahams lässiges Achselzucken buchstäblich vor sich. Er bemerkte, wie ihm allmählich der Geduldsfaden riß, und fand, daß es nicht schaden konnte, seinen Mandanten das spüren zu lassen. »Graham, es gehört zum Job eines Reporters, nett zu dir zu sein, damit du ihn nett findest und alles ausplauderst, was er für seine Story braucht. Er wollte sich nicht mit dir anfreunden.«

»Doch«, beharrte Graham. »Es war ganz anders, wirklich. Und es hat gutgetan, endlich mal frei von der Leber weg zu reden.«

Hardy hatte beide Ellenbogen auf den Tisch gestützt und den Telephonhörer unters Kinn geklemmt. So durfte es nicht weitergehen. Inzwischen war Schadensbegrenzung angesagt, wenn das überhaupt noch möglich war. Er unterdrückte seine Gereiztheit. »Und was hast du deiner Freundin Sarah gestern erzählt? Hoffentlich hast du deiner letzten Version nicht zu sehr widersprochen.«

Graham kicherte. »Keine Angst, nur die Sachen, die sie sowieso rausgekriegt hätte.«

»Was für Sachen?«
»Du weißt schon.«
»Nein, weiß ich nicht. Warum klärst du mich nicht auf?«
»Die Wahrheit über mich und meinen Vater halt. Natürlich habe ich ihn nicht hängenlassen. Nachdem wir uns wieder ein bißchen angenähert hatten, hat sich der Rest eben so ergeben.«
»Welcher Rest? Genau darauf will ich ja hinaus.«
Eine Pause entstand. »Daß ich ihm ab und zu Morphium gegeben habe und so. Aber nicht an seinem Todestag«, fügte er hinzu.
»Und das hast du Sergeant Evans erzählt?«
»Ja.« Diesmal war die Pause ein wenig länger. »Und auch daß ich Sal am Freitag besuchen wollte. Aber er war nicht zu Hause.«

Fast genau zur gleichen Zeit traf Generalstaatsanwalt Dean Powell eine Entscheidung. Am frühen Morgen war er aus Sacramento in die Stadt gekommen und hatte den Vormittag mit Drysdale und Gil Soma verbracht. Im Augenblick beendeten die drei Männer gerade ihr Mittagessen bei Jack's, einem der besten und ältesten Restaurants in San Francisco. Ein Kellner im Frack schenkte ihnen Kaffee ein. Auf dem weißen Tischtuch war kein Krümel mehr zu sehen.

Powell stammte aus San Francisco und war vor seiner Wahl bei der Bezirksstaatsanwaltschaft tätig gewesen. Seine Angewohnheit, sich – wie in diesem Moment – mit den Fingern durchs lange weiße Haar zu fahren, war Gegenstand zahlreicher Karikaturen geworden. »Ich glaube, wir werden uns über grundsätzliche Dinge einigen können, Gil«, sagte er. »Aber wie ich gestehen muß, ist mir nicht ganz wohl bei dem Gedanken, daß Sie mit dem Fall befaßt sind. Haben Sie jemals eine Mordanklage vertreten?«

Natürlich kannte Powell die Anwort. Somas Verdienste und vor allem sein Engagement waren bewundernswert. Doch wenn der junge Mann in dieser informellen Atmosphäre nicht fähig war, seinem Vorgesetzten Paroli zu bieten, würde er im Gerichtssaal im entscheidenden Augenblick versagen. Also war es besser, ihn vorher auf die Probe zu stellen.

Soma tupfte sich mit seiner Serviette die Lippen ab – allerdings nicht, um Zeit zu gewinnen. »Nein, Sir, aber ich kann diesen Prozeß gewinnen.«

»Eine Verurteilung wegen vorsätzlichen Mordes?«

»Schließlich ist es ja einer. Der Polizeibericht von heute morgen ist in diesem Punkt eindeutig. Es handelt sich nicht um Sterbehilfe.«

Powell nickte. »Das glaube ich Ihnen gern, Gil. Aber es ist wichtig, daß wir nicht den falschen Mann vor Gericht stellen.« Er beugte sich vor, fuhr sich wieder mit den Fingern durchs Haar und zeigte dann auf Soma. »Sie können Graham Russo nicht ausstehen, richtig? Und zwar aus persönlichen Gründen.«

Soma warf einen Blick auf Art Drysdale, seinen Mentor, der seinen Kaffee umrührte. Von ihm hatte er keine Hilfe zu erwarten. »Es ist richtig, daß ich ihn nicht mag, Sir.«

»Sind Sie sicher, daß Sie die Beweislage nicht in Ihrem Sinne uminterpretieren? Haben Sie sich das alles gründlich überlegt?«

Nun griff Soma nach seiner Tasse, eine gut einstudierte Bewegung, wie Powell fand. Schließlich bedurfte diese Frage einer wohlüberlegte Anwort. Allerdings würde Soma auf seinem Standpunkt beharren, selbst wenn er sämtliche möglichen Verzweigungen erwogen hatte. Nachdem Soma die Tasse weggestellt hatte, sah er Drysdale kurz an und sagte dann: »Der ursprüngliche Fall – wie er sich der Bezirksstaatsanwältin hier in der Stadt darstellte – wies einige Lücken auf. Das Geld allein genügte tatsächlich nicht als Motiv, und deshalb haben wir mit der Anklage noch gewartet. In der Zwischenzeit haben wir festgestellt, daß ein Kampf stattgefunden hat und daß Graham Russo dort gewesen ist. Er selbst hat das zugegeben ...«

Endlich ergriff Drysdale das Wort. »Das ist ein wenig heikel.«

Soma war da anderer Ansicht. »Die Aussage befindet sich zwar nicht auf dem Tonband, aber Glitsky hat uns versichert, daß Evans in diesem Sinne aussagen wird. Sie ist bereit, einen Eid abzulegen.«

»Womit wir wieder beim Hörensagen wären.«

»Art, Sie können später den Advocatus Diaboli spielen«, unterbrach Powell. »Zuerst interessiert mich, was wir in der Hand haben.« Er gab Soma das Zeichen, fortzufahren.

»Okay. Wir wissen, daß es einen Kampf gab. Wir wissen, daß Graham am fraglichen Tag in Sals Wohnung war. Wir haben das Morphium sichergestellt und wissen, daß die Spritzen von dem Rettungsdienst stammen, bei dem Graham arbeitet. Außerdem sind wir über seine finanzielle Lage informiert, die ziemlich prekär ist. Also hatte Graham die Mittel, die Gelegenheit und ein Motiv. Ein klassischer Fall. Er ist schuldig, und wir können es beweisen.«

Drysdale räusperte sich. Er hatte etwas zu sagen.

»Art?« fragte Powell.

»Ich stimme mit Gils Darstellung überein, doch wenn wir von strafverschärfenden Umständen ausgehen...«

»Das tun wir.« Powell war sich seiner Sache sicher.

»Gut, dann haben wir zwei Möglichkeiten: lebenslänglich ohne Bewährung oder die Todesstrafe. Gil, wollen Sie mir sagen, daß es Ihnen nichts ausmacht, für einen ehemaligen Kollegen die Todesstrafe zu fordern?«

Diese Frage bereitete Somas aufgesetzter Selbstsicherheit ein jähes Ende. »Ich weiß nicht«, sagte er bedrückt und sah seine beiden Vorgesetzten an. »Um ehrlich zu sein, ich glaube nicht. Vielleicht sollten wir nicht die Todesstrafe beantragen.«

Powell nickte. Die Anwort gefiel ihm. Soma war zwar engagiert, allerdings nicht blind vor Haß – ein wichtiger Unterschied.

»Das finde ich auch«, sagte Drysdale. »Aber wir sollten im Vorfeld damit drohen. Möglicherweise verliert jemand die Nerven.«

Soma zuckte die Achseln. »Das schaffe ich.«

»Und es gibt keine weiteren Verdächtigen? Niemanden, der auch nur im entferntesten als Täter in Betracht kommt?« Powell wollte sich nach allen Richtungen absichern. Schließlich war er nicht deshalb auf seinen Posten gewählt worden, weil er leichtfertig Risiken einging.

Drysdale sah Soma fragend an. »Wir überprüfen noch einige Fischer aus seinem Bekanntenkreis. Russo fischte ohne Genehmigung, aber er hat damit kein Vermögen gemacht. Ich kann mir nicht vorstellen, daß ihn jemand wegen hundert oder zweihundert Dollar ermordet hat.«

»Die Familie«, gab Drysdale ihm das Stichwort.

»Ach ja. Sal – das Opfer – ist innerhalb der letzten Monate dreimal in das Haus seiner Ex-Frau eingebrochen. Allerdings scheint sich niemand besonders darüber aufgeregt zu haben. Es wurde keine Strafanzeige erstattet. Sie wollten nur, daß er psychiatrisch betreut wird.«

Sehr gut, dachte Powell. Die Lücken schlossen sich allmählich. »Und es war eindeutig kein Selbstmord?« hakte er nach. »Ich möchte nicht, daß das wieder auf den Tisch kommt und uns einen Strich durch die Rechnung macht.«

»Ich glaube nicht, daß die Verteidigung das überhaupt anführt«, entgegnete Drysdale. »Außerdem hat Strout einiges herausgefunden, was unseren Standpunkt belegt. Niemand geht davon aus, daß Sal sich umgebracht hat. Das ist völlig ausgeschlossen.«

Einen Moment herrschte Schweigen. Dann blickte Powell auf. »Dismas Hardy übernimmt die Verteidigung?«

»Ja, Sir.« Soma kannte die Geschichte nur zu gut. Bei Powells letztem Auftritt als Staatsanwalt vor drei Jahren hatte Dismas Hardy noch ein Kaninchen aus dem Hut gezogen, nachdem die Geschworenen die Verdächtige bereits für schuldig befunden *und* zum Tode verurteilt hatten. Es war kein Geheimnis, daß Powell sich nach einer Revanche sehnte.

»Gut«, sagte Powell schließlich. »Schnappen wir ihn uns.«

Drysdale klopfte mit der Fingerspitze auf den Tisch, um sich Gehör zu verschaffen. »Mit allem Respekt schlage ich vor, Dean, daß wir besser noch ein paar Tage warten. Bei Graham besteht keine Fluchtgefahr. Wir müssen dafür sorgen, daß die Sache wirklich wasserdicht ist.«

Powell überlegte kurz und nickte. »In Ordnung«, sagte er. »Das ist vermutlich ein kluger Schachzug. Aber am Donnerstag, spätestens am Freitag sitzt der Mistkerl hinter Schloß und Riegel.«

Als er Soma eindringlich ansah, nickte der junge Anwalt. »Wird gemacht«, entgegnete er.

Nach nunmehr fast zwei Jahren als Leiter der Mordkommission fühlte sich Glitsky sicher genug, um endlich kühne Maßnahmen zu notwendigen Verbesserungen zu ergreifen. An diesem Morgen zum Beispiel, nachdem er wieder einmal mit Lanier und Evans ins Sittendezernat marschiert war, um eine Besprechung hinter geschlossener Tür zu führen, holte Glitsky ein Maßband aus seiner Schreibtischschublade.

Sorgfältig maß er das Loch in der Wand ab, wo eigentlich die Tür hingehörte, die vor langer Zeit zum Lackieren abgeholt und nie zurückgebracht worden war. Als er danach in einem Baumarkt anrief, erfuhr er, daß Türen auf keinen Fall unter die Kategorie Mangelware fielen. Der Verkäufer schien fast ein wenig befremdet, weil der Lieutenant nicht wußte, daß sie zum regulären Sortiment gehörten und fast überall zu haben waren.

Als er darüber nachdachte, erkannte Glitsky, daß er das aufgrund seiner Lebenserfahrung hätte wissen müssen, doch die Bürokratie neigte eben dazu, einfache Aufgaben herkulisch und schwierige unmöglich zu machen. In den letzten zwei Jahren hatte er wegen einer neuen Tür vier Auftragsformulare für die Beschaffungsstelle ausgefüllt und noch keine Antwort erhalten.

Irgendwann hatte er sich damit abgefunden, daß ihm ein abschließbares Büro wohl für immer versagt bleiben würde. Und dann, heute morgen, war ihm plötzlich die Erleuchtung gekommen: Er konnte selbst eine Tür bestellen und bei seinen Mitarbeitern den Hut herumgehen lassen. Der Verkäufer versicherte ihm, daß die Tür – lackiert, zugeschnitten und mit Scharnieren versehen – am Freitag an Ort und Stelle sein würde.

Ein wahres Wunder!

Inzwischen – es war früher Nachmittag – waren Lanier und Evans zurück, und Glitsky hielt mit ihnen die zweite Besprechung des Tages ab. Die erste hinter der geschlossenen Tür des Sittendezernats hatte dazu gedient, Glitsky über die Wochenendaktivitäten der beiden zu informieren. Dabei hatte er erfahren, daß in Sals Wohnung offenbar ein Kampf stattgefunden hatte. Auch mit Sarah Evans Ergebnissen war Glitsky sehr zufrieden. Graham hatte seinem Vater also das Morphium verabreicht und war am Mordtag in dessen Wohnung gewesen. Der

Fehler mit dem Kassettenrecorder begeisterte ihn zwar weniger, aber was sollte man machen?

Danach, um neun Uhr, hatte Glitsky eine Unterredung mit Drysdale gehabt, der die Ermittlungsergebnisse an Dean Powell weitergeben sollte. Anscheinend war die Sitzung zufriedenstellend verlaufen, denn Drysdale rief nach dem Mittagessen wieder an.

Er berichtete, daß Powell Graham sofort hatte festnehmen lassen wollen. Doch er habe ihn überzeugen können, noch ein paar Tage zu warten, um wirklich auf Nummer Sicher zu gehen. Dann erteilte er Glitsky einige Anweisungen.

Die zweite Besprechung hatte Glitsky anberaumt, um diese an seine Mitarbeiter weiterzugeben. Auch Gil Soma war dabei. Wahrscheinlich wollte Drysdale ihn ins Team einbinden.

Sie drängten sich in Glitskys kleinem Büro. Der Lieutenant saß an seinem Schreibtisch, Soma lehnte am Türrahmen, Evans stand Glitsky gegenüber hinter einem der Stühle. Lanier hatte es sich auf der Schreibtischkante gemütlich gemacht. Er aß Erdnüsse und ließ die Schalen in den Papierkorb fallen. Zum größten Teil.

Glitsky kam nicht sofort auf sein eigentliches Thema zu sprechen, sondern versuchte die Atmosphäre aufzulockern, indem er schmunzelnd seinen Geistesblitz zur Lösung des Türproblems zum besten gab.

Seine Theorie, was die Bürokratie anging, stieß bei Lanier auf offene Ohren. »Das erinnert mich an die Zeit, als ich noch Streife ging. Damals war gerade eine Messe, ich glaube, im Holiday Inn oder in einem anderen großen Hotel. Jedenfalls waren die Typen an einem der Messestände fast am Durchdrehen, weil sich die Lichter und die Leuchtreklamen nicht einschalten ließen. Deshalb haben sie die Polizei gerufen. Ich habe mich ein bißchen umgeschaut und einen Stecker am Boden liegen sehen. ›Ist das der Stecker?‹ frage ich, und der Kerl sagt: ›Ja, aber es war ein Vertreter der Gewerkschaft da, und der hat uns verboten, das Ding anzufassen.‹ Ich sehe ihn nur an, stöpsele den Stecker ein, und alles leuchtet auf wie ein Weihnachtsbaum. Dann habe ich den Leuten die Nummer meiner Polizeimarke gegeben und gesagt, falls jemand fragt, sie haben das Ding nicht angefaßt, einen schönen Tag noch.«

»Genau das meine ich«, sagte Glitsky. »Glauben Sie, daß die Tür am Freitag wirklich geliefert wird? Bestimmt wird es zuerst ganz komisch. Es ist so lange her...«

Evans hüstelte höflich. »Gehen wir wieder ins Sittendezernat?« erkundigte sie sich.

Glitsky verstand den Wink. »Sie haben recht. Für Sie ist die Geschichte wahrscheinlich nicht so interessant.« Er setzte sich gerade hin. »Nein, ich denke, wir bleiben hier. Einverstanden, Gil?« wandte er sich an den jungen Anwalt. »Wir haben keine Geheimnisse.«

Lanier und Evans wechselten Blicke. »Was für Geheimnisse?« fragte Lanier.

»Ja, was für Geheimnisse, Gil?« wiederholte Glitsky.

Soma war von seiner vertraulichen Unterredung mit dem Generalstaatsanwalt beflügelt. Er war so mager, daß sein dunkler Anzug an ihm wie ein Zelt auf einem Gerüst hing. Glitsky hatte sich gesetzt, um ihn nicht zu überragen.

Allerdings wäre es ein Fehler gewesen, vom zarten Wuchs des jungen Mannes auf mangelndes Durchsetzungsvermögen zu schließen. Er nickte dem Lieutenant zu und begann: »Der Generalstaatsanwalt ist mit Ihrer Arbeit sehr zufrieden. Die Beweise genügen für eine Verurteilung. Doch er hält es für ratsam, in den nächsten Tagen in eine andere Richtung zu ermitteln.«

»Was soll das heißen?« fragte Lanier.

»Daß es außer Graham Russo auch noch weitere Verdächtige geben könnte.«

Schweigen entstand. Lanier knackte eine Erdnuß. »Aber Graham hat es getan.«

Soma nickte. »Das ist mir klar. Dean Powell möchte nur nichts unbeachtet lassen. Sicher ist Ihnen aufgefallen, daß dieser Fall politischen Sprengstoff birgt. Wir wollen jeden Vorwurf vermeiden, daß wir Graham aus politischen Motiven vor Gericht stellen. Wir dürfen nicht vorschnell urteilen.« Er schlug einen lässigeren Ton an. »Er will auf Nummer Sicher gehen.«

Als Glitsky sich zurücklehnte, quietschte sein Sessel. Lanier baumelte mit einem Bein, so daß die Ferse mit einem dumpfen Geräusch gegen den Schreibtisch schlug. »Haben Sie die Vernehmungen alle auf Band aufgezeichnet?« fuhr Soma fort.

Lanier warf Glitsky einen Blick zu. Doch dieser hatte die Arme vor der Brust verschränkt und hörte schweigend zu. »Vielleicht hätten wir uns doch besser ins Sittendezernat setzen sollen«, sagte Lanier.

Evans trat einen Schritt vor, denn Soma hatte die Stimme gesenkt, und sie wollte nichts verpassen. »Warum denn?« fragte sie.

Als erfahrener Cop ahnte Lanier, was nun kommen würde, und ergriff deshalb das Wort, bevor Soma etwas sagen konnte. »Soll das heißen, daß es nichts Schriftliches geben darf?«

Soma nickte. »Damit würden wir uns wahrscheinlich Komplikationen ersparen.«

»Wovon reden Sie?«

»Von der Beweisaufnahme«, entgegnete Soma mit einem Nicken zu Lanier.

»Gut«, fuhr Evans fort. »Ich gebe mich geschlagen. Was ist mit der Beweisaufnahme?«

»Die Anklage muß der Verteidigung sämtliche Beweise zugänglich machen, richtig? Alles, was sie haben. Dreimal dürfen Sie raten, was passiert, wenn wir weitere Verdächtige und die dazu passenden Indizien auftun. Dann hat die Verteidigung nämlich die Möglichkeit, diese Ergebnisse den Geschworenen vorzulegen, um ihnen bei der Entscheidungsfindung zu helfen.«

»Mr. Powell möchte nicht, daß die Verteidigung durch uns von weiteren Verdächtigen erfährt, die die Geschworenen nur verwirren würden«, fügte Soma hinzu. »Also reden Sie mit diesen Leuten ...«

»Welchen Leuten?«

Ein Achselzucken. »Der restlichen Familie. Den Leuten, von denen Sal seine Fische bekommen hat. Den Leuten, von denen er das Morphium hat, wenn es nicht Graham war. Und so weiter und so fort.«

Lanier: »Und dabei lassen wir den Kassettenrekorder nicht laufen und machen uns auch keine Notizen.«

Soma: »Richtig. Sie erzählen uns einfach, was Sie rausgekriegt haben, ohne dabei Beweismittel zu produzieren.«

»Und das Tollste dabei ist«, sagte Lanier zu Sarah, »daß dieses Gespräch nie stattgefunden hat.«

Sarah warf dem unbeteiligt dasitzenden Glitsky einen finsteren Blick zu, in der Hoffnung, er würde eingreifen. Das tat er nicht.

»Aber –«

Soma unterbrach sie. »Natürlich gilt das nicht für den Fall, daß Ihnen jemand wirklich verdächtig vorkommt.« Er fügte hastig hinzu: »Wenn Sie wirklich auf etwas stoßen sollten, reden Sie zuerst mit uns, bevor Sie einen Bericht schreiben.«

Schweigen.

»Wir möchten keinen falschen Eindruck erwecken...«, ergänzte er wenig überzeugend.

Sarah hörte, wie Laniers Ferse weiter an den Schreibtisch schlug. Er knackte wieder eine Erdnuß. Sie setzte sich. Diese Art von Gesprächen war ihr neu, und sie fühlte sich nicht sehr wohl in ihrer Haut. Offenbar hatten Soma und Lanier das bemerkt, denn sie sahen sich an, und Lanier ergriff das Wort.

»Ich glaube, Mr. Soma meint nur die vorläufigen Vernehmungen, Sarah. Wenn wir irgend etwas finden, das gegen eine Anklage spricht, fangen wir noch mal von vorne an. Einverstanden?«

»Aber dazu wird es nicht kommen«, sagte Soma. »Denn Graham ist der Täter. Richtig?«

»Richtig.« Lanier war in seinem Element. »Sie möchten nur verhindern, daß wir der Verteidigung in die Hände spielen. Ich habe verstanden.«

Sarah wollte jeden Zweifel ausräumen. »Aber wir suchen doch tatsächlich nach anderen Verdächtigen. Oder etwa nicht?«

»Natürlich«, erwiderte Soma. »Wenn Ihnen jemand auffällig erscheint, lassen wir Graham in Ruhe und befassen uns mit dem Neuen. Nur, daß es keinen geben wird. Sie haben Graham aus einer Unmenge von Personen herausgefischt, Sergeant.«

»Stimmt.«

»Also ist er auch unser Mann. Der Generalstaatsanwalt bittet Sie nur um diese kleine Fleißaufgabe. Wir sehen uns noch mal gründlich um, klären die letzten offenen Fragen und vergewissern uns, daß uns nichts durch die Lappen gegangen ist. Ich schwöre Ihnen, daß wir weiterermitteln, wenn berechtigte Zweifel auftauchen.« Sarah schien noch immer nicht überzeugt. »Wir haben nicht vor, etwas zu vertuschen«, sagte Soma, bevor sie Gelegenheit zu einem Einwand hatte. »Und wir verlangen es auch nicht von Ihnen.«

Glitskys Sessel quietschte. Als er sich vorbeugte, schimmerte die Narbe auf seinen Lippen weiß, und an seiner Schläfe war eine pochende Ader zu sehen. Alle Blicke wandten sich ihm zu. »Ich werde mal so tun, als hätte ich dieses Gespräch nicht gehört«, flüsterte er und funkelte Soma zornig an. »Ich weiß nicht, wie Sie es in Ihrem Zuständigkeitsbereich machen, aber hier bei uns werden Berichte geschrieben. Und es ist unser Job, alles herauszufinden, was es herauszufinden gibt.«

Soma war blaß geworden. »Ich wollte nicht ...«

Glitskys leise, gepreßte Stimme klang bedrohlicher, als er aussah, was Sarah eigentlich für physisch unmöglich gehalten hätte. »Ich weiß genau, was Sie wollen, und ich habe jedes Wort verstanden. Meine Mitarbeiter haben die Anweisung, streng nach Vorschrift zu verfahren. Und zwar in jedem Fall und bei jeder Vernehmung. Auf diese Weise sichern wir uns ab, Ihnen kann nichts passieren, und wir alle behalten unsere weiße Weste.«

Er schüttelte den Kopf. »Hören Sie mir gut zu«, sagte er, inzwischen ein wenig ruhiger, zu Soma. »Können Sie sich vorstellen, was geschieht, wenn ein Verteidiger feststellt, daß wir niemanden außer dem Verdächtigen vernommen haben? Glauben Sie nicht, daß das zu unangenehmen Fragen führen könnte? Und was ist, wenn man rauskriegt, daß wir zwar Verhöre geführt, aber ›vergessen‹ haben, der Verteidigung dies mitzuteilen? Halten Sie das nicht für ein wenig problematisch? Ich schon. Ich habe so etwas nämlich bereits erlebt. Nein. Unsere Aufgabe besteht darin, nach weiteren Verdächtigen zu fahnden. Wenn wir keinen finden, bedeutet das, daß wir den Täter wahrscheinlich geschnappt haben.« Er sah die drei nacheinander an, ganz langsam. »Verstehen wir uns da richtig?«

Einhelliges Nicken.

Als sie sich kurz darauf verabschiedeten, beschloß Glitsky, eine Tür, die er in Zukunft hinter ihnen zumachen konnte, zur Not aus eigener Tasche zu bezahlen.

14

Nachdem sie gegangen waren, trank Glitsky eine Tasse Tee und füllte wieder einmal ein Antragsformular für die Tür aus – Phase eins seiner neuen Offensive. Er stempelte mit roter Farbe »DRINGEND« auf das Papier, stellte den Tee weg und ging los, um das Formular in die Hauspost zu geben. Auf dem Flur kam ihm Dismas Hardy entgegen.

»Schön, daß ich dich treffe.« Hardy stand der Ärger ins Gesicht geschrieben. »Was hast du mit ihnen gemacht?«

»Womit?«

»Mit meinen Zahnbürsten? Bei uns gibt es keine einzige Zahnbürste mehr.«

»Was *ich* mit deinen Zahnbürsten gemacht habe?«

»Ganz recht. Als du gestern zu uns kamst, waren sie noch da. Und heute morgen war keine mehr aufzufinden. Mein ruhiger Morgen war dahin, unser Hausfrieden wurde gestört, obwohl der von der Verfassung geschützt wird. Das steht in der Präambel gleich hinter ›Wir, das Volk‹.«

Glitsky erstarrte einen Augenblick. Dann nickte er, sagte »Moment mal« und zog los, um sein Antragsformular abzugeben.

Als er in sein Büro zurückkehrte, saß sein Freund da, hatte die Füße auf den Schreibtisch gelegt und aß Erdnüsse.

»Was meinst du?« sagte Glitsky. »Glaubst du, mich kommt noch jemand im Büro besuchen, wenn ich die Erdnüsse abschaffe?«

Hardy ließ seinen Blick durch den Raum schweifen. »Das bezweifle ich. Für einen Ausflugsort fehlt ihm irgendwie das richtige Ambiente, findest du nicht? Warum sitzt eigentlich niemand draußen? Oder ist dir das noch nicht aufgefallen? Der Laden sieht aus wie eine Geisterstadt.«

Glitsky drehte sich kurz um. »Vor einer Stunde hätten wir hier drin noch Ordner gebraucht. Keine Ahnung, wo sie alle stecken.

Wahrscheinlich im Außendienst. Sie benutzen dieses Büro nur, um ihre Berichte zu schreiben. Und weshalb bist du hier?«

Hardy nahm die Füße vom Schreibtisch. »Ich habe aus geheimen Quellen erfahren, was du gestern schon wußtest, als du nicht mit mir über Graham Russo sprechen wolltest?«

»Und das wäre?«

»Daß er bei seinem Vater war und daß er ihm regelmäßig Morphium gespritzt hat.«

»Und das wußte ich gestern? Wenn ich überhaupt im Bilde bin, dann erst seit heute morgen.«

»Aber du hattest mehr Informationen als letzte Woche. Du warst überzeugt, daß Graham der Mörder ist.«

Glitsky durchquerte das Zimmer. »Kein Kommentar.«

»Wurde die Sache bereits an die Grand Jury weitergeleitet? Das kannst du mir doch wenigstens verraten.«

»Kein Kommentar. Sal hatte eine Prügelei«, fügte er hinzu.

Hardy überlegte eine Weile und schüttelte dann den Kopf. »Nicht mit Graham.«

»Wenn du es sagst. Wahrscheinlich wirst du es beim Prozeß behaupten.«

Glitsky hatte ihm soeben verraten, was er hatte wissen wollen: Es würde ein Prozeß stattfinden. Und daran gab es nichts zu rütteln. Grahams Besuch bei Sal, der Kampf, die Lügen und das Geld, all das genügte dem Generalstaatsanwalt, um Anklage zu erheben, selbst wenn die Bezirksstaatsanwältin dies ablehnte. Doch Glitsky war noch nicht fertig. »Ganz gleich, wer es getan hat, Diz, jedenfalls war es Mord. Macht es dir was aus, wenn ich mich an meinen Schreibtisch setze?

Als Hardy aufstand, mußten sich die beiden Männer aneinander vorbeidrücken. Dann sah Glitsky ihn an. »Warum werde ich das Gefühl bloß nicht los, daß du mich nicht nur wegen der Erdnüsse besucht hast?«

»Du meinst, ob ich wissen will, was du in der Hand hast, bevor ich die ersten Schritte unternehme?«

Glitsky dachte darüber nach. »Kein Kommentar.« Er grinste wölfisch. »Und was führt dich sonst noch hierher in unsere kleine Idylle?«

»Kein Kommentar.« Hardy erwiderte das Grinsen. »Ach, du meine Güte, wir werden auf unsere alten Tage noch richtige Plaudertaschen.« Er wollte etwas hinzufügen, überlegte es sich aber anders und sah auf die Uhr. »Mein Gott, die Zeit vergeht wie im Fluge. Danke für die Erdnüsse. Bis später.«

Sofort nach seinem Telephonat mit Graham hatte Hardy versucht, einen Termin mit Claude Clark, Sharron Pratts rechter Hand, zu vereinbaren. Auch wenn sein Mandant es vehement abstritt, wußte Hardy, daß Graham durch sein freimütiges Gespräch mit Sergeant Evans tief in der Tinte steckte. Und sein Instinkt sagte ihm, daß in diesem Fall Angriff die beste Verteidigung war.

Clark war als stromlinienförmiger, übereifriger Machtmensch verschrien. Er war Ende Dreißig, trug einen Stoppelhaarschnitt, Schnauzer und ein Ziegenbärtchen und benahm sich ziemlich tuntig – was er in Gegenwart von Leuten, die er der Schwulenfeindlichkeit verdächtigte, gerne noch übertrieb.

Er hatte die Macht, denn er bestimmte, wer die Bezirksstaatsanwältin sprechen durfte, und er vermittelte den Bittstellern sehr eindrucksvoll, daß er von ihnen angemessene Demutsbekundungen erwartete. Pratt sah sich gerne in der Rolle der Menschenfreundin, die sich wirklich für die Gefühle anderer interessierte. Deshalb hielt sie es für einen klugen Schachzug, Clark die Drecksarbeit zu überlassen.

Clark tat Hardys Wunsch nach einem Treffen mit Pratt als Zumutung ab. Die Bezirksstaatsanwältin empfange so kurzfristig keine Verteidiger. Vielleicht könne sie ihm in einigen Wochen ein paar Minuten widmen, sofern er sein Anliegen schriftlich vorbrachte.

Da ist er aber an den Falschen geraten, dachte Hardy und setzte die Daumenschrauben an. »Ich wäre Ihnen sehr dankbar, wenn Sie ihr ausrichten könnten, daß ich wirklich nur fünf Minuten brauche. Es geht um den Fall Russo. Die Sache ist noch nicht abgeschlossen, und ich habe möglicherweise ein paar nützliche Informationen für sie.«

»Erzählen Sie es einfach mir, und ich gebe es weiter.«

»Jetzt sage ich Ihnen mal was«, entgegnete Hardy. »Dann rufe ich eben meinen guten Kumpel Jeff Elliot beim *Chronicle* an. Sie kennen doch Jeff? Ein toller Reporter. Er schreibt die Kolumne ›Stadtgespräch‹. Wenn er eine gute Story wittert, läßt er nicht mehr locker. Sharron kann es dann ja morgen früh nachlesen. Alles Gute.«

Es dauerte keine zehn Minuten, bis der Rückruf kam. Pratt konnte ein wenig Zeit für ihn erübrigen, wenn er um Punkt vier Uhr nachmittags im Justzigebäude vorsprach.

Die Bezirksstaatsanwältin bestimmte die Regeln. Einen gewaltigen Schreibtisch aus poliertem Massivholz zwischen sich und den gewöhnlichen Sterblichen, thronte sie auf ihrem Sessel. Claude Clark stand am Fenster. Hardy hatte das Büro nicht mehr betreten, seit ihn der verstorbene Christopher Locke gefeuert hatte. Nun stand er an dem Fleck mitten im Raum, den man ihm angewiesen hatte.

»Nett, Sie kennenzulernen, Mr. Hardy«, meinte Sharon Pratt. »Natürlich habe ich schon viel von Ihnen gehört.« Hardy bezweifelte, daß das stimmte. »Wie man mir gesagt hat, haben Sie Informationen für mich.«

Er nickte und kam sofort auf den Punkt. »Ja, Ma'am. Graham Russo hat am Wochenende mit der Polizei gesprochen. Er hat zugegeben, in der Wohnung seines Vaters gewesen zu sein und ihm Morphium verabreicht zu haben.«

Sie beugte sich vor. »Er hat gestanden, daß er ihn getötet hat?«

»Nein. Ich habe mich mißverständlich ausgedrückt. Er hat zugegeben, ihm bei früherer Gelegenheit Spritzen gegeben zu haben. Allerdings widerspricht er damit wieder einmal seiner ursprünglichen Version. Außerdem hat offenbar ein Kampf stattgefunden.«

»Der Stuhl?« fragte sie kopfschüttelnd. »Das wissen wir. Aber es ist kein Beweis für einen Kampf.«

»Sie haben einen Zeugen.« Er sah, wie ihre Augen schmaler wurden. Sie hörte ihm aufmerksam zu. »Wie dem auch sei, ich bin überzeugt, daß sie jetzt genügend gegen ihn in der Hand haben. Der Generalstaatsanwalt wird seine Verhaftung veranlassen.«

Sie nickte. »Damit habe ich gerechnet. Powell will weiter nach oben. Doch er wird diesen Prozeß nicht gewinnen. Sterbehilfe sollte nicht als Tötungsdelikt verfolgt werden, und alle Geschworenen in *dieser* Stadt werden mir zustimmen. Und was hat das mit mir oder mit Ihnen zu tun?«

»Ich möchte, daß Sie Graham Russo wieder festnehmen.«

Ihr Blick wurde argwöhnisch. Dann musterte sie Hardy erstaunt, und ein bewunderndes Lächeln breitete sich auf ihrem Gesicht aus. »Habe ich Sie richtig verstanden?«

Sie wußte genau, worauf er hinauswollte. Jetzt hatte sie die Möglichkeit, dem Generalstaatsanwalt eins auszuwischen, indem sie Graham wegen Tötung seines Vaters anklagte und eine Vereinbarung mit seinem Verteidiger traf. Danach hätte Graham wegen desselben Verbrechens nie mehr vor Gericht gestellt werden dürfen.

Ihre Blicke trafen sich. »Sie befürchten, Powell könnte auf vorsätzlichen Mord mit strafverschärfenden Umständen plädieren.«

Hardy nickte. »Genau.«

»Und Sie sind sicher, daß er die Sache noch nicht der Grand Jury vorgelegt hat?«

Als Hardy an Glitsky dachte, bekam er ein schlechtes Gewissen. Sie hatten zwar beide das »Kein Kommentar«-Spiel gespielt, doch Hardy wußte, daß Glitsky nicht mal mit ihm gesprochen hätte, wenn sie nicht Freunde gewesen wären. Eigentlich hatte Glitsky ihm mehr oder weniger im Vertrauen gesagt, daß die Grand Jury noch nicht eingeschaltet worden war – und nun gab er diese Information an Pratt weiter. Es schmerzte ihn, Abe so etwas anzutun. Er hätte sich besser überlegen sollen, welche Folgen sein Besuch bei Pratt haben konnte. Aber er war berauscht von seinem Geistesblitz gewesen, und nun gab es kein Zurück mehr. »Soweit ich gehört habe, nicht.«

»Und wie lautet Ihr Angebot?«

»Sie stellen ihn morgen früh unter Anklage. Wenn ihn die Grand Jury zuerst erwischt, können wir einpacken. Ich bringe

Graham hierher, und am nächsten Tag plädieren wir auf Totschlag. Die Strafe wird zur Bewährung ausgesetzt. Keine Haft. Mit ein paar Stunden sozialem Dienst sind wir vielleicht einverstanden.«

»Und Ihr Mandant macht da mit?«

Hardy konnte sich nicht vorstellen, daß Graham sich weigern würde. Er hatte ihn noch einmal angerufen, um ihm diesen Vorschlag zu unterbreiten, doch zu seinem Ärger hatte sich wieder einmal niemand gemeldet, auch nicht der Anrufbeantworter. Hardy nahm sich fest vor, Graham vor dem nächsten Tag zu erreichen, und wenn er vor seiner Tür sein Lager aufschlagen mußte. Also nickte er. »Das wird er.«

Seine Antwort ließ Pratt aufmerken. »Sie haben keine Einverständniserklärung Ihres Mandanten?«

»Ich wollte zuerst mit Ihnen darüber sprechen. Wenn Sie abgelehnt hätten, hätte ich mir die Mühe sparen können.«

Offenbar fand Pratt, daß er das Pferd von hinten aufzäumte – was eigentlich auch stimmte. Allerdings paßte ihr diese Lösung auch aus wahltaktischen Gründen ausgezeichnet ins Konzept. »Ich werde trotzdem nichts unternehmen, bis ich von Ihnen höre.«

»Ich verstehe.«

Sie nickte. »Claude, geben Sie Mr. Hardy eine Visitenkarte mit meiner Privatnummer. Ich warte auf Ihren Anruf, Mr. Hardy.«

Da es sowieso kurz vor Feierabend war, fuhr Hardy vom Justizpalast direkt zu Graham. Er war zu Hause, holte zwei Flaschen Bier aus dem Kühlschrank und schlug vor, daß sie ihr Gespräch draußen im Park am Ende der Edgewood Avenue führten.

Sie saßen auf einer niedrigen Ziegelmauer und blickten in das mit üppigem Grün bewachsene Tal hinab. Es roch nach Eukalyptus. Wieder einmal wunderte sich Hardy, wie sehr sich das Klima innerhalb der Stadt unterschied. Kein Lüftchen wehte, und es hatte fast fünfundzwanzig Grad. Hardy hatte Sakko und Krawatte im Auto gelassen. Graham war barfuß und trug Khakishorts und ein Netz-Unterhemd.

»Ich habe dich noch gar nicht gefragt, ob du an diesem Wochenende Baseball gespielt hast.« Hardy hielt es für das beste, sich langsam an das eigentliche Thema heranzutasten und erst ein wenig zu plaudern, bevor er die Bombe platzen ließ.

»Zum Glück ja.« Graham trank einen Schluck Bier. »Ich habe dir doch erzählt, daß der Rettungsdienst mir gekündigt hat, oder?«

Das war zwar keine gute Nachricht, aber sie überraschte Hardy nicht weiter. Es würde noch viel schlimmer kommen, und alles, was dazu beitrug, daß Graham das endlich begriff, war nur von Nutzen. »Hast du was verdient?«

Ein Seitenblick. »Ist das eine subtile Eröffnung der Honorardiskussion?«

Hardy lächelte. »Keine Sorge. Ich schicke dir irgendwann eine Rechnung. Nein, ich habe mich nur gefragt, wie du finanziell klarkommst?«

»Entschuldige. Ich benehme mich in letzter Zeit reichlich dämlich. Ja, wir hatten gestern ein Turnier in Hayward. Fünf Spiele, bis zum Finale.« Er machte eine wegwerfende Handbewegung. »Zweitausend für mich.«

»An einem Tag?«

»Fünf Spiele. Beim zweiten haben wir nach der Gnadenregel einen Bonus von tausend bekommen. So funktioniert das.«

»Zweitausend am Tag?«

»Nur falls wir gewinnen. Wenn wir im ersten Spiel verloren hätten, hätte ich nur fünfzig Dollar bekommen. Das motiviert einen, und die Gnadenregel hilft natürlich auch.«

»Was ist die Gnadenregel?«

Graham sah Hardy an, als käme er vom Mars. »Wenn ein Team einen Vorsprung von zehn *Runs* hat, ist das Spiel sowieso gelaufen, und das Gemetzel wird abgeblasen. Das nennt man Gnadenregel. Bei einem Spiel, das nach der Gnadenregel entschieden wird, verdoppelt sich der Gewinn für die Sponsoren, die gewettet haben, und die Spieler kriegen einen Bonus.«

»Passiert so was öfter?«

»Bei verkappten Profis wie uns? Aber klar.«

»Und der Typ, der dein Team sponsert – wie hieß er noch mal?«

»Ising. Craig Ising.«

»Also hat Craig Ising an einem Tag zehn Riesen an dein Team ausgezahlt?«

Graham zuckte die Achseln. »Muß wohl so gewesen sein.«

Hardy stieß einen Pfiff aus. »Und wieviel hat er beim Wetten gewonnen?«

»Eine ganze Menge mehr«, antwortete Graham. »Typen wie der würden wegen zehn Riesen nicht mal aus dem Bett aufstehen.« Offenbar fühlte er sich bei diesem Thema nicht wohl. Er trank einen Schluck. »Was ist los? Ich habe so ein Gefühl, daß du nicht hier bist, um dich mit mir über Baseball zu unterhalten. Hast du Neuigkeiten?«

»Das kann man sagen.« Hardy gab den Versuch auf, die Sache zu beschönigen.

Graham hörte geduldig zu und schüttelte den Kopf. »Die werden mich nicht verhaften«, sagte er leichthin, als Hardy fertig war. »Sarah würde so etwas nie tun. Sie mag mich, und ich mag sie. Sie ist in Ordnung.«

»Sie ist Polizistin«, sagte Hardy. »Sie nutzt es aus, daß sie dir gefällt und daß es vielleicht zwischen euch knistert, um dich auszuhorchen. Sie will dich fertigmachen.«

»Das kann ich mir nicht vorstellen. Als sie mich am Samstag abend besucht hat, war es bestimmt nicht dienstlich.«

»Was dann? Hat sie versucht, dich zu verführen?«

Graham lachte auf. »Nicht ganz, aber beinahe. Es hätte noch mehr passieren können.«

Hardy schüttelte den Kopf. »Wie kommt es, Graham, daß du als einziger Mensch in der ganzen Stadt so überzeugt davon bist, daß du nicht verhaftet wirst? Hast du dir diese Frage schon mal gestellt?«

Achselzuckend trank Graham einen Schluck Bier. »Sie haben es doch schon einmal probiert, Diz. Was bringt es ihnen, es wieder zu versuchen?«

»Es sind leider nicht dieselben Leute.« Hardy stand auf und ging ein paar Schritte. Vielleicht hätte er völlig aufgelöst bei seinem Mandanten hereinschneien sollen, damit dieser endlich den Ernst seiner Lage begriff. Aber er hatte Graham keine Angst einjagen und außerdem verhindern wollen, daß dieser die Abmachung aus lauter Starrsinn ausschlug.

Und das war nun das Ergebnis. Hardy mußte endlich Nägel mit Köpfen machen. »Hör zu, Graham, die Sache sieht folgendermaßen aus. Man wird dich in einigen Tagen wieder verhaften, ganz sicher bis Ende der Woche. Dann wird man dich des vorsätzlichen Mordes anklagen, vielleicht sogar mit strafverschärfenden Umständen. Daran gibt es nichts zu rütteln. Wenn Sergeant Evans nicht dahintersteckt, woran ich allerdings zweifle, wird es eben einer ihrer Kollegen erledigen. Du hast ein Problem, Graham, das sich nicht von allein wieder in Luft auflösen wird.«

Graham schien nicht überzeugt, aber wenigstens verschwand sein selbstbewußtes Lächeln. »Gut, gehen wir mal davon aus. Rein hypothetisch betrachtet. Warum machen wir es dann nicht wieder wie letzte Woche und schmettern alles ab?«

»Das ist eine Möglichkeit. Aber ich weiß eine bessere.«

Er setzte sich wieder auf das Mäuerchen, gab Graham seine unberührte Flasche Bier und erklärte ihm seine Abmachung mit Pratt und die ganze Strategie. Als er fertig war, sah er seinen Mandanten abwartend an.

Graham wirkte schlagartig ernüchtert und überlegte fieberhaft. Stöhnend schüttelte er den Kopf und reckte den Hals. »In diesem Fall müßte ich sagen, daß ich es war«, sagte er schließlich.

»Aber du müßtest nicht ins Gefängnis. Niemand könnte dich wegen dieser Angelegenheit noch einmal anklagen. Es wäre vorbei. Die Abmachung steht, Graham. Pratt ist dabei.«

»Ein geschickter juristischer Schachzug, das muß ich zugeben.«

Hardy versuchte es mit einem kleinen Scherz. »Danach könntest du sogar Sergeant Evans anrufen und sie fragen, ob sie mit dir ausgeht.«

»Aber ich müßte sagen, daß ich es war.« Zu Hardys Ärger hatte Graham sich anscheinend in diesen Gedanken verbissen.

Es führte kein Weg daran vorbei. »Ja, das müßtest du.«

»Und wenn ich es nicht getan habe?«

»Das spielt keine Rolle.« Zu seiner eigenen Überraschung klang Hardy schon wie ein richtiger Strafverteidiger. *Es spielte keine Rolle, ob Graham das Verbrechen begangen hatte? Was sagte er da?* Doch Hardy kämpfte seine Zweifel nieder. »Das ist nur eine Formalität.«

»Ich wäre wirklich für immer aus dem Schneider?

Hardy spürte, daß er ihn fast so weit hatte. Jetzt war der richtige Augenblick. »Vielleicht kriegst du ein paar Jahre auf Bewährung, aber bitte hör mir zu, Graham. Du bist noch jung. Anwalt ist nicht der allein seligmachende Beruf. Das muß ich wohl am besten wissen. Neunundneunzig Prozent seiner Zeit befaßt man sich nur mit Papierkram, und ansonsten muß man seinen Mandanten in den Hintern...«

Graham mußte lächeln. »Wie du jetzt bei mir? Kriechst du mir in den Hintern? Irgendwie fühlt es sich nicht so an.«

»Bei dir mache ich eine Ausnahme. Ich meine nur, daß du auch anders deine Brötchen verdienen kannst. Du brauchst die Mitgliedschaft in der Anwaltskammer nicht. Anwalt sein ist genausowenig lebensnotwendig wie Baseball spielen. Es sind beides bloß Jobs.«

»Aber ich bin gut, Diz. Ich habe bei der Fakultätszeitung mitwirken dürfen. Ich habe die Stelle als Referendar bei Draper gekriegt. Und das schaffen nur die besten.« Endlich zeigte Graham seine wahren Gefühle.

Hardy schüttelte den Kopf. »Wenn du so intelligent bist, setz deinen Verstand anderswo ein. Sonst droht dir eine Haftstrafe, Graham. Hier geht es nicht darum, welchen Beruf du am liebsten ergreifen würdest, sondern um Jahre deines Lebens. Oder willst du im Gefängnis versauern?«

Hardy wartete fast eine ganze Minute lang, die ihm wie eine Stunde vorkam. Bis auf die Vögel, die in den umliegenden Bäumen zwitscherten, war es totenstill. Schließlich verzog Graham ablehnend das Gesicht. »Tut mir leid. Ich weiß, du hast dir das lange überlegt, aber ich habe meinen Vater nicht umgebracht. Ich kann nicht sagen, daß ich es war.«

Hardys Magen krampfte sich zusammen. Außerdem wünschte er sich, Graham würde es bei der Äußerung bewenden lassen, daß er nicht der Mörder seines Vaters war. Warum mußte er ständig hinzufügen, daß er es nicht *sagen* konnte? Er unternahm einen letzten Versuch. »Wir müssen es ja nicht Mord nennen, Graham, sondern –«

»Nein! Hör mir zu! Ich werde nicht behaupten, daß ich ihn umgebracht habe!«

Hardy lauschte noch eine Weile dem Vogelgezwitscher und stand dann langsam auf. »Die Pratt will morgen früh wissen, wie du dich entschieden hast.«

»Du kennst meine Antwort. Mein Vater hat sich umgebracht. Er hat für die Sanitäter das Formular hinterlegt. Es war Selbstmord und nichts anderes.«

15

Einen großen Teil seines Außendienstes verbrachte Marcel Lanier in den zahlreichen Slums und Sozialwohnungssiedlungen der Stadt. Da Armut die Wiege der meisten Verbrechen ist, handelte es sich bei diesen Besuchen um reine Routine, an die sich jeder Beamte von der Mordkommission rasch gewöhnte. Hin und wieder jedoch führte seine Arbeit Lanier auch in ganz andere Gegenden.

Während Sarah Evans im Justizpalast saß, sämtliche Nummern durchtelephonierte, die Sal Russo auf seine Notizzettel geschrieben hatte, und versuchte, die abgekürzten Namen zu entschlüsseln, entschied sich Lanier für einen direkteren Weg. Trotz Glitskys ausdrücklicher Anweisung hatte er seinen Kassettenrecorder vergessen.

Er wußte, daß Danny Tosca fast jeden Abend bei Gino & Carlo am Tresen saß. Das Lokal in North Beach, wo das Herz Italiens noch am kräftigsten schlug, bestand schon seit ewigen Zeiten. Tosca – Anfang Fünfzig, der Kopf kahl wie eine Billardkugel, in lässigem dunklen Sakko, weinrotem Hemd und Slippern mit Troddeln – war angeblich in der Immobilienbranche. Und tatsächlich bezahlten viele Ladeninhaber im Viertel ihre Miete an seine Firma, die die Anwesen im Auftrag der Besitzer verwaltete.

Danny Tosca war noch nie unter Anklage gestellt oder gar verhaftet worden. Soweit Lanier wußte, hatte er noch nicht einmal einen Strafzettel wegen Falschparkens bekommen – und falls doch, hatte sich bestimmt jemand darum gekümmert, bevor die Tinte getrocknet war.

In seinen Kreisen galt er als Unikum, denn er setzte seine Forderungen nicht mit körperlicher Gewalt durch. Seine Spezialität war es, andere zu überzeugen, Verhandlungen zu führen und die Schwachstellen seines Gegenübers zu erkennen. Und die Zuwendungen dankbarer Kunden waren ein angenehmes Zubrot.

Er sah sich als Stütze der Gemeinschaft und hielt sich – wie übrigens auch Lanier – für eines der vielen Regulative, die in der Stadt für Ruhe und Ordnung sorgten.

Als Lanier sich neben ihn auf einen Barhocker setzte und ihn begrüßte, trank er wie immer Espresso aus einer kleinen Tasse.

Tosca schien sich über das Wiedersehen zu freuen und gab dem Barkeeper ein Zeichen, dem Inspector einen Drink nach Wahl zu servieren. Marcel saß noch kaum, da hatte er schon ein Likörglas Frangelica vor sich stehen. Die beiden Männer plauderten über den wunderschönen Abend, die augenblickliche Wärmeperiode und das Spiel der Giants gegen die Dodgers, das gerade im Fernseher über dem Tresen lief. Die Dodgers lagen vorne.

Schließlich fand Marcel, daß der richtige Moment gekommen war. »Ein Jammer, das mit Sal Russo«, sagte er. »Aber er war wahrscheinlich schon länger krank.«

Tosca nippte an seinem Espresso, winkte einem Paar zu, das eben das Lokal betrat, und wandte sich dann wieder Lanier zu. »Vielleicht hat sein Sohn das einzig Richtige getan.«

»Denken Sie das wirklich, Dan?«

Ein Achselzucken. »So steht es wenigstens in der Zeitung.«

Lanier nickte. Er nahm sich Zeit. »Haben Sie Sal in letzter Zeit gesehen?«

»Ab und zu.«

»Und welchen Eindruck machte er auf Sie? Hatte er große Schmerzen?«

»Er ließ sich nichts anmerken, doch das muß nichts heißen.«

»Was wäre, wenn er nicht wegen seiner Schmerzen umgebracht wurde, sondern aus einem anderen Grund?«

An Toscas ratloser Miene erkannte Lanier, daß er nicht mit dieser Frage gerechnet hatte. Er spielte mit einem Zuckerwürfel herum. Lanier beugte sich vor. »Jemand hat ihn getötet, Dan. Wir wissen nicht, warum. Wenn es der Sohn nicht war, würden wir das gerne erfahren, bevor wir ihn noch einmal festnehmen.«

»Soll das heißen, es könnte was Geschäftliches gewesen sein?«

»Das soll heißen, ich weiß es nicht. Möglicherweise kriegen Sie etwas raus. Es hätte ja irgendwas im Fisch gewesen sein können.« Damit meinte er Drogen. Wenn der nicht genehmigte – allerdings geduldete – Fischhandel nur Tarnung gewesen war und Sal als Kurier für einen Großdealer gearbeitet hatte, gab es vielleicht ein Motiv.

Aber Tosca schüttelte den Kopf. »Auf keinen Fall«, sagte er tonlos. »Sal hat nur Fisch verkauft. Gute Ware.«

»Große Mengen?«

Tosca sah ihn aufmerksam an. »Einmal die Woche.«

»Das habe ich nicht gefragt.«

Inzwischen hatte Tosca vom Zuckerwürfel abgelassen und drehte an seiner Kaffeetasse herum. »Ich denke nicht, daß er mehr als zweihundert verdient hat. Was er eben zum Leben brauchte. Und um Schulden ging es sicherlich auch nicht. Alles wurde in bar abgewickelt. Er bezahlte die Ware bei Abholung.«

»Was ist mit den Lieferanten? Einige davon betreiben den Fischhandel doch im großen Stil.«

Tosca überlegte. »Wollen Sie wissen, ob Sal jemanden erpreßt und Schweigegeld kassiert hat? Glauben Sie etwa, er hat den Leuten gedroht, sie bei der Jagd- und Fischereibehörde zu verpfeifen? Warum sollte er so was tun? Um mehr Geld in die Finger zu kriegen? Wozu denn?«

Lanier zuckte die Achseln. »Weil er auf einmal Morphium brauchte.«

Das klang für Tosca zwar nicht sonderlich einleuchtend, war aber wenigstens eine Anwort. Er biß sich auf die Lippe und steckte dann den Zuckerwürfel in den Mund. »Ich kenne da einen Typen«, sagte er. »Ich schaue mal, was ich rausfinden kann.«

»Wenn Sie mir seinen Namen verraten, rede ich heute abend selbst mit ihm«, sagte Lanier. Als er Toscas finsteren Blick bemerkte, erklärte er: »Wir stehen unter Zeitdruck, Danny. Je früher, desto besser.«

Toscas Miene hellte sich auf. Er tätschelte Laniers Hand auf der Theke. »Ich habe Sie verstanden, Marcel. Ich höre mich um.«

Allmählich glaubte Sarah fast, daß Sal seine Zeit hauptsächlich damit verbracht hatte, stundenlang Namen und Telephonnummern zu erfinden. Keiner der Leute, die sie in der ersten Stunde erreichte, gab zu, ihn gekannt zu haben, oder hatte eine Ahnung, was ihr Anruf zu bedeuten hatte. Entweder existierte ein Lösungswort oder die Leute hatten inzwischen erfahren, daß in Sachen Sal Russo wegen Mordes ermittelt wurde. Jedenfalls war da nichts zu holen.

Bis sie auf den Namen Finer stieß. Sarah war so entmutigt, daß sie schon fast aufgelegt hätte, doch nach fünfmaligem Läuten meldete sich endlich eine schläfrige Stimme. »Wer spricht da? Wieviel Uhr ist es?«

»Mr. Finer?«

Ein tiefer, erschöpfter Seufzer. »Doktor Finer. Und ich habe dienstfrei. Allmählich reicht es mir. Seit zwei Tagen habe ich nicht geschlafen. Woher haben Sie überhaupt diese Nummer?«

»Von Sal Russo.«

»Ich kenne keinen Sal Russo.«

»Warten Sie einen Moment, Dr. Finer. Ich bin Sergeant Evans von der Mordkommission. Sal Russo ist ermordet worden.«

Schweigen in der Leitung. Sarah fragte sich, ob Dr. Finer eingehängt hatte. Dann ertönte wieder ein Seufzer.

»Mordkommission? Wer ist ermordet worden?

Sie erklärte ihm kurz, was geschehen war. Als sie am Ende ihres Berichts angelangt war, schien er ein wenig wacher zu sein. »Habe ich diesen Mann behandelt? Tut mir leid, aber ich bin nur Assistenzarzt im County Hospital. Ich habe keine private Praxis. Was hatte der Mann denn?«

»Krebs, genauer gesagt einen Hirntumor. Und Alzheimer.«

»Und Sie haben meine Nummer in seiner Wohnung gefunden?«

»Richtig.«

»Dann war er vielleicht doch mein Patient. Aber das muß schon ziemlich lange her sein. Seit einem halben Jahr arbeite ich in der Notaufnahme, und wenn er keine blutende Verletzung hatte, habe ich ihn nicht behandelt.«

»Er hatte keine. Vielleicht hat er Sie ja vor einiger Zeit aufgesucht. Wann, weiß ich nicht. Ihr Name und Ihre Nummer standen auf einem zerknitterten Zettel. Mehr kann ich Ihnen auch nicht sagen.«

Sie hörte: »Warum läßt man mich einfach nicht schlafen?« Und dann: »Wie war noch mal Ihr Name?«

»Evans.«

»Okay, Evans. Warten Sie eine Minute. Russo?«

»Sal Russo.«

Es dauerte zwar eher fünf Minuten, doch das machte Sarah nichts aus. Wenigstens hatte sie endlich jemanden aufgetrieben, der Sal Russo möglicherweise gekannt hatte – verglichen mit dem vergeblichen Abklappern von Telephonnummern ein echter Fortschritt.

Endlich kam Dr. Finer zurück. »Wenn er diese Nummer hatte, muß er hier gewesen sein.« Sarah hatte keine Ahnung, was das bedeutete, aber er fuhr fort. »Salvatore Russo? Der wäre jetzt wahrscheinlich um die Sechzig.«

»Richtig.«

»Also.« Offenbar las Finer aus seinen Notizen vor. »Er kam allein in die Klinik und wurde an mich verwiesen. Ich führte das Aufnahmegespräch. Er sagte, er habe sich in den letzten Monaten zweimal verlaufen und plötzlich nicht mehr gewußt, wo er sei. Er befürchtete, an der Alzheimerschen Krankheit zu leiden. Moment, es geht gleich weiter.« Sie hörte, wie er einige Seiten umblätterte. »Ich vereinbarte mit ihm einen Termin für die Blut- und Schilddrüsenuntersuchung, aber er erschien nicht. Dann, vier Monate später, hatte er einen erneuten Aussetzer, und ich versuchte wieder, ihn zu einem Bluttest zu bewegen.«

»Diagnostiziert man so Alzheimer?«

»Nein, aber man muß zuerst andere mögliche Ursachen für Verwirrtheit ausschließen – zum Beispiel Syphilis im dritten Stadium. Ein Verfahren zum Nachweis von Alzheimer gibt es nicht. Also testet man und testet man, bis der Patient zu phan-

219

tasieren anfängt. Und selbst dann ist die Diagnose, besonders im Anfangsstadium, nie ganz sicher.«

»Haben Sie bei Sal Alzheimer diagnostiziert?«

»Nein, er nahm seine Termine nicht mehr wahr. Er wollte es nicht wissen. Vielleicht hatte er Angst davor.«

»Vor der Wahrheit?«

»Das spielte sicher eine Rolle. Doch vielleicht habe ich damals selbst einen Fehler gemacht. Er fragte mich, was im Fall einer Diagnose geschehen würde.«

»Und was wäre geschehen?«

»Nun, ich bin zum Beispiel verpflichtet, es dem Chefarzt zu melden. Wenn jemand unter fortgeschrittener Demenz leidet, möchte man schließlich nicht ...«

»Ich verstehe.«

»Hier steht weiterhin, daß er sagte, er wollte niemandem zur Last fallen. Bevor es dazu käme, würde er sich umbringen.«

»Das hat er wirklich gesagt?«

»Ja. Andererseits ist eine solche Diagnose wirklich schwer zu verkraften. Wenn er es für seine Pflicht hielt, Selbstmord zu begehen, ist es nur natürlich, daß er sich nicht mit seiner Krankheit auseinandersetzen wollte. Die Ungewißheit war ihm wahrscheinlich lieber.«

»Klingt logisch. Sie haben ihm also keine Medikamente verschrieben?«

»Nein, wir hatten ja noch gar nicht mit der Behandlung angefangen.«

»Erinnern Sie sich an ihn als Mensch?«

Eine Pause entstand, dann seufzte Dr. Fine. »In den letzten Jahren kann ich mich kaum noch an meinen eigenen Namen erinnern. Ich funktioniere wie ein Roboter. Angeblich wird man dadurch ein besserer Arzt.«

Sarah hatte Mitleid mit ihm. »Ich möchte Sie nicht länger aufhalten, Doktor. Sie haben ihm nicht die Bescheinigung ausgestellt, daß er nicht wiederbelebt werden wollte?«

»Nein. Wenn er eine solche Bescheinigung hatte und an Krebs litt, heißt das doch, daß er sich selbst umgebracht hat. Haben Sie nicht eben gesagt, er wurde ermordet?«

»Das glauben wir. Wir wollen nur ganz sicher sein. Ich habe noch eine letzte Frage an Sie. Vor ein paar Jahren konnten Sie als Arzt bei Sal keine Alzheimersche Krankheit diagnostizieren. Kann sich sein Zustand in dieser Zeit so verschlechtert haben, daß er nicht mehr in der Lage war, allein zu leben?«

Finer überlegte. »Ich bin nicht sicher, aber es ist durchaus möglich. Jeder Fall verhält sich anders. Möglicherweise kam er mit ein wenig Hilfe trotz seiner immer häufigeren Anfälle von Demenz einigermaßen mit dem Alltag zurecht. Natürlich ist die Krankheit unheilbar und schreitet unaufhaltsam fort«, sagte Finer abschließend. »Und die Bescheinigung weist ziemlich eindeutig darauf hin, daß er sterben wollte.«

»Ich weiß«, entgegnete Sarah. »Wir arbeiten noch daran. Vielen Dank für Ihre Hilfe, Doktor. Ich lasse Sie jetzt weiterschlafen.«

Bei den Hardys kam es wieder zu einer Annäherung. Die Familie hatte gemeinsam zu Abend gegessen, was in den vergangenen Monaten nur selten geschehen war. Angeblich lag das an Hardys Arbeitszeiten, aber er hatte heute ebenso viele produktive Stunden im Büro verbracht wie sonst – nur daß er diesmal beschlossen hatte, sofort nach Hause zu fahren. Nach dem Essen hatten sie, bewaffnet mit einer Schüssel Popcorn, ein Marathon-Turnier Halma veranstaltet.

Als Hardy den beiden Kindern gute Nacht sagte, umarmten sie ihn und wollten ihn gar nicht mehr loslassen. Und als er wieder in die Küche kam, fiel seine Frau ihm um den Hals. »Sie vermissen dich ganz schrecklich. Sie brauchen dich. Und mir geht es hin und wieder genauso.«

Er drückte sie an sich. »Ich weiß. Ich werde mir Mühe geben, öfter zu Hause zu sein.«

»Eine gute Idee«, sagte sie. Sie schmiegte sich an ihn. »Schlafen die Kinder schon?«

»Fast. Wenn wir einfach die Tür zumachen, hören sie gar nichts.«

Eng aneinandergekuschelt waren sie vor dem Fernseher eingeschlafen. Die Nachrichten liefen. Zuerst dachte Hardy, er hätte nur geträumt, als er plötzlich den Namen Graham Russo hörte. Aber dann stieß Frannie ihn an. »Hast du das gewußt?«

»Was?«

Leider war es nur der vorläufige Hinweis gewesen, und sie mußten vier Werbespots erdulden, ehe die Nachrichten weitergingen. »Die Polizei verweigert, was die mutmaßliche Sterbehilfe im Fall Sal Russo betrifft, weiterhin jeglichen Kommentar. Heute hat sich in Sacramento die Vorsitzende der Hemlock Society, einer Organisation, die sich für das Recht auf Freitod einsetzt, zu den Geschehnissen geäußert. Sie sagte, Sal Russos Sohn Graham habe mit ihr gesprochen, und zwar nur wenige Minuten, bevor er zur Wohnung seines Vaters fuhr. Mehr dazu live aus Sacramento...«

Hardy setzte sich ruckartig auf. »Oh, Gott, das darf doch nicht wahr sein!«

Barbara Brandt, von Kopf bis Fuß der Inbegriff der Lobbyistin, blickte selbstbewußt in die Kamera. »Er war sehr verstört und aufgeregt, wie es wohl jeder Mensch in dieser Situation sein würde. Ich glaube, er brauchte emotionale Unterstützung. Das war doch nur natürlich.«

Die Stimme des Reporters fragte aus dem Off, warum Graham sich nicht zu seiner Tat bekannt habe.

Verständnisvoll und gleichzeitig ein wenig enttäuscht von der menschlichen Natur schüttelte Brandt den Kopf. »Wir haben letzte Woche am Telephon deswegen gestritten. Er hat sich heldenhaft verhalten, und die Öffentlichkeit hat ein Recht darauf, die Wahrheit zu erfahren. Sal und Graham Russo hatten den Mut zu handeln, aber nun zieht Graham es vor, sich nicht weiter mit dem Thema zu befassen. Ich wende mich an die Öffentlichkeit, um Graham zu sagen, daß er nicht allein ist. Die Gesetze, die Sterbehilfe und Euthanasie verbieten, müssen geändert werden.«

Hardy stellte den Ton ab. »Ich fasse es nicht!«

Auch Frannie war inzwischen hellwach. »Was faßt du nicht?

Daß sie es überall herausposaunt? Oder bist du mit ihrer Meinung nicht einverstanden?«

»Wer ist diese Frau überhaupt? Ich habe noch nie von ihr gehört. Graham hat sie nicht erwähnt.« Hardy schüttelte den Kopf. »Aber eines steht fest: Ganz gleich, was sie im Schilde führt, sie hat Graham gerade tief in die Scheiße geritten.«

16

Als Sarah um Viertel vor neun ihre Wohnungstür aufschloß, schoß ihr wieder einmal durch den Kopf, daß sie sich vielleicht eine Katze, einen Hamster oder einen Goldfisch anschaffen sollte, damit sich wenigstens jemand freute, wenn sie nach Hause kam.

Im Lebensmittelladen an der Ecke hatte sie sich einen Apfel und eine Fertigmahlzeit aus der Tiefkühltruhe gekauft, ein wahrhaft kulinarischer Genuß. Nachdem sie die Jacke ausgezogen, das Schulterhalfter abgenommen und es über einen Küchenstuhl gehängt hatte, steckte sie den gefrorenen Klotz in die Mikrowelle und ging ins Bad, um zu duschen.

Eine Viertelstunde später hatte sie Zivilkleidung – Jeans, Turnschuhe und einen weißen Seemannspullover – angezogen und ihr Abendessen verzehrt. Sie hatte zwar vor, zu Hause zu bleiben, aber für Pyjama und Bademantel war es noch zu früh.

Sarah faßte den Vorsatz, heute nicht mehr an den Fall Russo zu denken. Sie hatte Feierabend. Der Anruf bei Dr. Finer war ihr letzter gewesen. Allerdings hatte sie danach noch eine Weile an ihrem Schreibtisch gesessen, mit den Zetteln herumgespielt und versucht, sich vorzustellen, was für ein Mensch Sal Russo gewesen war.

Sie holte sich eine Wolldecke aus dem Schlafzimmer, machte es sich in einem Sessel bequem und verbrachte fast eine Stunde mit den letzten Seiten eines Kat-Colorado-Romans. Darin begleitete Kat eine Country-Sängerin nach Nashville, rettete der Frau das Leben und sorgte wieder einmal dafür, daß das Gute den Sieg davontrug.

Sarah mochte Kriminalromane mit weiblichen Privatdetektiven, vor allem wenn sie geistesgegenwärtig und nicht auf den Mund gefallen waren. Sie verglich sich zwar nicht mit ihnen, doch es machte Spaß, sich ein Buch lang in ihre Lage zu versetzen. Leider ließen sich die Heldinnen immer persönlich in ihre Fälle hineinziehen, was mit richtiger Polizeiarbeit nichts zu tun hatte.

Sie würde *nicht* darüber nachdenken.

Sarah schaltete den Fernseher ein und bekam noch den Schluß des Baseballspiels mit. Die Giants hatten am Ende des neunten *Innings* aufgeholt und die Dodgers doch noch geschlagen. Sarah beschloß, ihre Eltern anzurufen, um sie wegen der Niederlage ihrer Lieblingsmannschaft ein wenig aufzuziehen. Aber es war niemand da. Sie hinterließ eine Nachricht auf dem Anrufbeantworter und setzte sich wieder in ihren Fernsehsessel. In letzter Zeit waren ihre Eltern ständig unterwegs und amüsierten sich offenbar großartig.

Sarah versuchte es bei drei ihrer Freundinnen und bei ihrem jüngeren Bruder Jerry in Concord: drei Anrufbeantworter, und Jerry hatte schon geschlafen.

Also gut, sagte sie sich. Der Abend war wohl gelaufen.

Aber Sarah hatte das Gefühl, daß ihr die Decke auf den Kopf fiel. Da es ihr allein mit dem Fernseher zu einsam wurde, entschied sie sich, einen Spaziergang zu machen und irgendwo in der Clement Street einen koffeinfreien Kaffee zu trinken. Später würden ihre Eltern vielleicht zu Hause sein, so daß sie ein bißchen mit ihnen reden konnte, bevor sie sich schlafen legte.

Kurz spielte sie mit dem Gedanken, Lanier anzurufen. Andererseits sah sie ihn sowieso täglich, und er war kein besonders interessanter Gesprächspartner. Außerdem würden sie sich bestimmt nur über den Fall unterhalten.

Ständig dieser Fall!

Sarah hatte das Gefühl, als ob unsichtbare Hände sie in ihren Sessel drückten. Sie würde nicht so enden wie Sal Russo, sagte sie sich. Daß sie alleine in einer Wohnung lebte, die sich nur unwesentlich von seiner unterschied, hatte nichts zu bedeuten. Schließlich war die halbe Stadt alleinstehend, was eigentlich für die meisten ihrer Altersgenossen in Städten auf der ganzen Welt galt. Und im Gegensatz zu vielen von ihnen hatte sie, Sarah, es noch gut getroffen. Der Zustand mußte ja nicht von Dauer sein.

Sie und Sal hatten überhaupt nichts gemein. Nie würde sie so verwahrlosen wie er, denn sie war ein Erfolgstyp und hatte sich mit zweiunddreißig eine gute Position erkämpft.

Sie starrte die Wände an. Irgendwie war sie noch nicht dazu gekommen, Bilder aufzuhängen, sie arbeitete einfach zu viel. Und immerhin hatte sie es ja schon zu zwei Postern gebracht. Eines stellte das Aquarium in Monterey, das andere einen Kaktus inmitten einer Wüstenlandschaft dar, die sie an ihre Eltern erinnerte. Allerdings waren sie nicht gerahmt, sondern nur mit Reißzwecken am Putz befestigt.

Sarah stand auf und ging die fünf Schritte in die Küche, die im Gegensatz zu Sals verhältnismäßig aufgeräumt war. (»Siehst du?« sagte sie sich.) Nirgendwo türmte sich schmutziges Geschirr. Doch das Linoleum wölbte sich in den Ecken hoch. Tisch und Stühle stammten aus einem Gebrauchtwarenladen, wirkten aber ganz ordentlich. Sarah fragte sich, wie sie wohl in dreißig Jahren aussehen würden. Welchen Eindruck würden sie dann auf jemanden in ihrem derzeitigen Alter machen?

Aber das war ja albern. Natürlich würde sie irgendwann in eine bessere Wohnung umziehen. Im Augenblick war sie noch jung und alleinstehend und brauchte nicht mehr. Aber Graham – verdammt, warum mußte sie jetzt ausgerechnet an Graham denken? – wohnte ganz anders als sie: elegant und stilvoll. Und dabei war er ebenfalls jung und alleinstehend.

Sarah stand in der Tür zwischen Wohnzimmer und Küche und betrachtete ihre Wohnung so sachlich wie einen Tatort.

Die Decke war halb von dem alten Ohrensessel auf den Teppich gerutscht. Die ganze Einrichtung wirkte ziemlich abgenützt. Die aus Ziegelsteinen und Brettern selbstgebauten Bücherregale mit Taschenbüchern voller Eselsohren und Fachzeitschriften, der Kassettenrecorder, der Couchtisch, der Löwenpranken als Beine hatte, und eine Tischplatte voller Wasserflecken.

Das Sofa war fadenscheinig und durchgesessen. Der ehemals rot, golden und grün gemusterte Brokatbezug hatte seinen Glanz verloren und war zu einem matten Braun verschossen. Die Stehlampe mit den drei Birnen hinter dem Sofa spendete kaum noch Licht – zwei der Birnen mußten ausgetauscht werden.

Sie würde jetzt losgehen. Okay. Sie hatte nur ein Tief. Wenn ihr die Wohnung nicht gefiel, mußte sie eben etwas verändern. Bis jetzt hatte sie nichts daran gestört, und schließlich hinderte sie niemand daran, sich etwas Neues zu suchen. Sie würde nur noch den Fernseher ausmachen...

»... Graham Russo, der in der vergangenen Woche festgenommen und dann wieder auf freien Fuß gesetzt wurde, weil er seinem Vater Sterbehilfe geleistet haben soll...«

Er war nicht zu Hause. Die Fenster waren dunkel wie am letzten Abend.

Sarah parkte am unteren Ende der Straße, gegenüber einer Straßenlaterne, an der ein Basketballkorb befestigt war. Darüber wölbten sich die Kronen der Bäume. Nun stand sie da, lehnte sich an die Kühlerhaube ihres Autos und blickte nach Norden, wo sie wohnte. Sie versuchte, nicht zu denken.

Die Edgewood Avenue befand sich am Rand eines Abhangs, so daß Sarah die dreißig Meter tiefer gelegenen Gärten und die Dächer der dreistöckigen Häuser auf der Parnassus Avenue sehen konnte. In einer Wohnung in der oberen Etage – so nah, daß man es genau sehen konnte – lagen zwei Männer nackt zusammen im Bett.

Es war wieder kühl geworden, und vom Meer wehte eine frische Brise herüber, doch dank ihres Seemannspullovers fror Sarah nicht. Rechts von ihr führten die steilen Stufen der Farnsworth Lane nach unten. Während das Flügelschlagen einer Eule über ihr verhallte, hörte sie, wie Schritte die Stufen hinaufkamen.

Da sie in aller Eile aufgebrochen war, hatte sie ihre Pistole nicht dabei. Deshalb duckte sie sich in den Schatten der Bäume, während sich die Schritte näherten. Sie klangen rasch und rhythmisch – ein Jogger.

Auf einmal war Sarah sich ihrer Sache ganz sicher. Sie trat ins Licht der Straßenlaterne, als Graham gerade die oberste Stufe erreichte. Bei ihrem Anblick blieb er keuchend stehen. Er ließ die Schultern hängen und schüttelte den Kopf, als gebe er sich endlich geschlagen. Nachdem er ein paarmal tief Luft geholt hatte, streckte er ihr die Hände entgegen. »Bin ich verhaftet?«

Der Gedanke erschien Sarah so abwegig, daß sie laut auflachte. »Was machen Sie denn da?«

Es dauerte einen Moment, bis er verstand, was sie meinte. »Ich versuche, in Form zu bleiben. Außerdem hilft mir das Laufen, nicht den Verstand zu verlieren.« Wieder holte er tief Luft. Sein Atem ging immer noch stoßweise. »Diese Stufen haben es in sich. Ich wette, es sind mehr als hundert, aber wer will sie schon zählen.« Dann sah er sie wieder an. »Wenn ich nicht verhaftet bin...«

Sie kam einen Schritt näher. »Jetzt habe ich endlich dienstfrei. Ist noch ein Schluck von dem Wein übrig?«

Schweigend gingen sie mitten auf der Straße den Hügel hinauf.

Drinnen schaltete er indirekte Beleuchtung ein und öffnete die Vorhänge, damit sie die Aussicht bewundern konnte. Unter ihnen schimmerten die Lichter der Innenstadt und von East Bay. »Eigentlich wollte ich zuerst duschen«, sagte er und zeigte auf seine winzige Naßzelle. »Aber da drinnen ist kein Platz zum Umziehen.«

Sie drehte den Sessel herum und griff nach einer Zeitschrift. »Ich schaue nicht hin.«

Nach dem Duschen machte er eine Flasche Rotwein auf und schenkte zwei Gläser ein. Jeder setzte sich an ein Ende der niedrigen Ledercouch. Graham war genauso angezogen wie sonst – barfuß, ausbeulte Joggingshorts und ein T-Shirt. Sarah hatte ihre Turnschuhe und auch den Pullover anbehalten und ein Bein untergeschlagen.

Barbara Brandts Erklärung, sie habe Graham beraten, kurz bevor er seinen Vater getötet hatte, war der unmittelbare Anlaß gewesen, der sie aus ihrer Wohnung und hier hoch getrieben hatte. Doch nun hatte sie keine große Lust mehr, dieses Thema anzuschneiden. Sie hatte ihm versichert, daß sie dienstfrei hatte, und dem war auch so. Offenbar wußte Graham noch gar nichts von dem Interview mit Brandt, denn er war zum Strand und wieder zurück gejoggt und mehr als eine Stunde unterwegs gewesen. Sarah bemerkte, daß er das Telephon ausgesteckt hatte.

»Ihr Vater hat gemalt«, sagte sie aus heiterem Himmel. Sie hatte keine Ahnung, warum ihr das ausgerechnet jetzt einfiel.

Anscheinend war Graham in Gedanken anderswo gewesen und mußte sich erst umstellen. Er rutschte auf der Couch herum und wandte den Blick ab. »Er hatte viele Interessen. Sind Sie wirklich nicht im Dienst?«

Darüber mußte sie lächeln. »Ja.«

»Möchten Sie über meinen Vater reden?«

Sie nickte. »Ich glaube schon. Ich war in seiner Wohnung, und das ist mir ganz schön an die Nieren gegangen. Seitdem beschäftigt er mich.«

Graham stellte sein Weinglas auf den Boden und schlenderte zum Bücherregal hinüber. Er drehte sich um. »Als ich seinen Brief bekam, hatte ich seit etwa fünfzehn Jahren kein Wort mehr mit ihm gewechselt. Damals bei meiner High-School-Abschlußfeier hat er mich begrüßt, als meine Mutter einen Moment nicht da war, und mir gratuliert. Ich wußte nicht, was ich antworten sollte, und habe ihn einfach angestarrt. Ich erinnere mich nur noch, daß ich es zum Kotzen fand.«

»Und seitdem sind Sie ihm nicht mehr begegnet? Vor dem Brief, meine ich.«

Graham schüttelte den Kopf. »Das ist ja das Komische. Als ich noch für Draper arbeitete, sah ich ihn jeden Freitag mit seinem Laster draußen vor dem Gerichtsgebäude. Ich stand am Fenster und beobachtete ihn. Die Leute schienen ihn gern zu haben.«

»Aber Sie sind nicht runtergegangen?«

»Ich dachte, daß ich ihn haßte.« Er setzte sich rittlings auf einen Küchenstuhl. »Selbst nach dem Brief...« Er verstummte.

»Sind Sie sich nach dem Brief denn nicht nähergekommen?«

Er überlegte. »Einmal haben wir uns in Vero getroffen, doch es lief nicht sehr gut. Ich habe mich aufgeführt wie ein Idiot. Ich glaube, das ist mein größtes Talent, mich wie ein Idiot zu benehmen.«

»Ich glaube kaum.«

Er zuckte die Achseln. Seine Ungezwungenheit war verflogen. »Jedenfalls war es so. Als ich den Brief las, kam ich zu dem Schluß, daß ich das Problem lange genug in mich reingefressen hatte. Ich wollte ihm ins Gesicht sagen, was wirklich in mir vorging, und hoffte, mich danach besser zu fühlen. Mein Vater hatte uns allen so viel Leid zugefügt, und wir mußten seinetwegen eine Menge durchmachen. Noch nie hatte ich mit ihm darüber geredet. Und als er mir diesen wunderschönen Brief schrieb, in dem er mir seine Freundschaft anbot, habe ich rot gesehen. Ich rege mich nun mal leicht auf. Es war an der Zeit, ihm endlich mal eine ordentliche Abreibung zu verpassen.«

»Und haben Sie das getan, im wörtlichen Sinne?«

»Nein, aber das hätte auch nicht mehr viel ausgemacht. Ich habe gesagt, er sei ein Schwein und ein Schwachkopf obendrein, wenn er annähme, was er getan habe, ließe sich wieder einrenken.«

Sarah vermutete, Graham sei sich gar nicht bewußt, daß er inzwischen im Zimmer auf und ab lief.

»Als ob er das irgendwie wiedergutmachen könnte, daß er uns verlassen und sich einfach verdrückt hat. In seinen Träumen vielleicht. Was erwartete er von mir? Daß ich ihm verzeihe und ihn mit offenen Armen empfange? Führ dein eigenes Leben, Sal, ich will nichts mehr mit dir zu tun haben. Nie mehr wieder. Es ist mir ganz egal, wie du dich dabei fühlst. Und wir werden auch keine Freunde sein! Oder hast du das wirklich gedacht? Ich hasse dich, Mann. Kapierst du? Ich kann dich auf den Tod nicht ausstehen!«

Die letzten Worte hatte Graham geschrien. Nun war die Stille in dem kleinen Raum erdrückend. Keuchend und mit angsterfülltem Blick sah er Sarah an. »Ja«, sagte er. »Ich habe ihn fertiggemacht. Ich habe ihm eine ordentliche Abreibung verpaßt.«

Sie wartete ab, während er zum Spülbecken ging und sich das Gesicht wusch. »Tut mir leid«, flüsterte er.

»Und was hat er getan? Wie hat er reagiert?«

Graham lehnte mit verschränkten Armen und hängenden Schultern am Küchentresen. »Er gab mir recht. Dann hat er geweint. Und wissen Sie was? Ich habe mich gefreut, daß er weinte.

Danach hat er gesagt, es täte ihm so leid.« Graham schnaubte verächtlich durch die Nase. »Und ich mußte noch eins obendrauf setzen und habe ihm gesagt, daß es ihm leid täte, reichte nicht. Das spielte jetzt auch keine Rolle mehr.«

In die Stille hinein fragte sie: »Und was ist dann passiert?«
»Dann bin ich abgehauen.«
»Und wie sind Sie ...«
»Das war erst später«, antwortete er.

In der Seitenstraße gegenüber von seinem Haus, wo er immer seinen Laster parkte, gab es einen alten Gartenschlauch, der von den Renovierungsarbeiten am Bundesgerichtsgebäude übriggeblieben war. Sal Russo hatte ihn sich unter den Nagel gerissen. Er hatte ihn an einen Wasserhahn angeschlossen und spritzte die Ladefläche seines Lasters aus, die am Freitagabend immer ziemlich nach Fisch stank. Der Schlauch hatte zwar keine Düse, aber Sal konnte den Wasserstrahl mit dem Daumen lenken. Es kümmerte ihn nicht, daß er dabei klatschnaß wurde. Meeresgischt und Fischgeruch waren sein Leben, und das bißchen Wasser gehörte eben dazu.

Er hatte die letzten Reste Wein aus den Vierliterflaschen ausgetrunken, die seine Kunden übriggelassen hatten. Mit dem Zigarrenstummel zwischen den Zähnen brummte er »Sweet Betsy From Pike« vor sich hin. Es war Hochsommer, und es würde erst in zwei Stunden dunkel werden. Der Wind wehte den Wasserstrahl in seine Richtung, so daß er sofort durchnäßt war. Sal biß kräftig auf seine Zigarre, fletschte grinsend die Zähne und drehte den Schlauch, um die Fischschuppen von der Ladefläche zu spülen.

Zuerst hielt er die Gestalt, die er im grellen Sonnenlicht nur als geisterhafte Silhouette wahrnahm, für das Vorzeichen eines neuen Anfalls. Er trat zur Seite und blinzelte. »Graham?«

»Hallo, Dad.«

Sal knickte den Schlauch ein, um den Wasserstrahl zu unterbrechen. Er war seinem Sohn seit dem Treffen in Vero nicht begegnet, und das war ein ziemlicher Fehler gewesen. Aber er hatte ihn spielen sehen und einfach nicht anders gekonnt. Viel-

leicht war inzwischen ja genug Zeit verstrichen. Vielleicht würde Graham ihn verstehen. Doch Sal hatte sich geirrt.

Und jetzt war Graham hier. »Was ist los? Ist deiner Mutter was passiert?« *Sal konnte sich keinen anderen Grund vorstellen, warum sein Sohn sich bei ihm blicken ließ – nicht nach ihrem letzten Treffen. Sicher war Helen gestorben, und Graham war geschickt worden, um es ihm zu sagen.*

»Mama geht es prima.« *Graham scharrte mit den Füßen.* »Ich ... äh ... ich wollte mich entschuldigen. Es tut mir leid.«

Einen Moment schien alles um Sal zu verschwimmen. Er blinzelte nur und nickte. »Nun ja, wie ich gesagt habe, du hattest recht.« *Er lockerte den Griff um den Schlauch und richtete den Wasserstrahl auf den Laster.* »Und wie läuft es so bei dir?«

Da Graham nicht sofort antwortete, war Sal gezwungen, ihn anzusehen. »Um ehrlich zu sein, nicht so toll.«

Sal spritzte weiter den Wagen ab. »Ich habe gehört, sie haben dich vor die Tür gesetzt.«

»Da kann ich ihnen keinen Vorwurf machen. Ich hab's einfach nicht gebracht.« *Grahams Miene wirkte angespannt, als müßte er sich mühsam beherrschen.* »Ich bin eben zu alt. Das ist ein Spiel für Jungs. Ich bin ein Idiot, die ganze Idee war idiotisch.«

Sal nickte. »Kann sein. Aber das liegt uns nun mal im Blut, falls dich das tröstet. Ich hätte wahrscheinlich dasselbe getan und wäre genauso rausgeschmissen worden. Ich wette, jetzt fühlst du dich besser.«

Kurz huschte ein Lächeln über Grahams Gesicht. »Viel besser. Danke.«

»Keine Ursache. Hast du Hunger?« *Sal unterbrach wieder den Wasserstrahl und zog ein Bündel Geldscheine aus der Hemdtasche.*

Sal hatte seinen Stammplatz im U.S. Restaurant. Der Tisch stand an der schmalsten Stelle des dreieckigen Gebäudes und zeigte auf den Bürgersteig. Das Lokal lag mitten in North Beach, einen halben Block entfernt von Gino & Carlo, und hatte sich nicht verändert, seit Sal denken konnte. Man konnte hier noch immer keine zehn Dollar fürs Essen loswerden, selbst wenn man sich ernsthaft bemühte.

Sie waren bei ihrer dritten Karaffe Rotwein, und Sal umklammerte das Weinglas, weil er nicht wußte, wo er mit seinen Händen hinsollte. Jenseits der Glasscheibe, nur wenige Zentimeter entfernt, machten die Touristen ihren Abendbummel. Die Straßenbeleuchtung ging an.

»Ich kann dir den Grund nicht erklären«, sagte Sal. »Vielleicht gab es ja nie einen. Keine Ahnung.«

»Das nehme ich dir nicht ab, Sal. Du haust doch nicht einfach —«

»Vielleicht schon. Du wachst eines Morgens auf und bist ein anderer Mensch. Und je länger du darüber nachdenkst, desto mehr verändert sich das Bild, das du von dir selbst hast. Plötzlich klappt nichts mehr so wie vorher, und alles woran du geglaubt hast, stürzt in sich zusammen wie ein Kartenhaus.«

»Was war denn los? Hatte Mama einen anderen?«

Sal schüttelte den Kopf. »Es lag nicht an deiner Mutter, sondern an mir. Daran, wer ich war.« Mechanisch führte er das Weinglas zum Mund, um Zeit zu gewinnen. »Mit einem anderen Mann wäre ich fertiggeworden.«

»Was war denn dann der Grund?« fragte Sarah ihn.

Keinem von beiden war aufgefallen, daß es inzwischen fast Mitternacht war. Im Schneidersitz saßen sie einander gegenüber auf dem Boden.

»Das weiß ich bis heute nicht. Er sagte, mir sei nicht klar, wie verunsichert meine Mutter damals gewesen sei. Wenn Sie mich fragen, ist sie das immer noch, obwohl es einem unbeteiligten Beobachter nie auffallen würde. Als wir Kinder älter wurden, bemerkten wir es natürlich. Heute läßt sie sich liften und klammert sich an Statussymbole, an Dinge, die man nicht braucht, wenn man in sich selbst ruht.«

Anscheinend war Graham von dieser billigen psychologischen Erklärung selbst peinlich berührt. »Egal, jedenfalls hat sie ihn geliebt. Aber ihre Herkunft war so verschieden, und sie hatten einfach nicht dieselben Interessen.«

»Was zum Beispiel?«

»Mama weigerte sich, das Boot zu betreten. Sal hatte keine Lust, sich zu besonderen Anlässen feinzumachen. Auch mit dem Geld gab es Probleme. Mama freute sich über Sachen, die man kaufen konnte. Sal hatte mehr Spaß daran, selbst etwas zu tun. Die Unterschiede waren ziemlich groß.«

»Und sie kamen trotzdem miteinander klar?«

Graham nickte. »Sie hätten nie Freunde sein können wie manche anderen Paare. Doch er hat sie geliebt und wußte, wie er sie dazu bringen konnte, seine Liebe zu erwidern.«

»Sie dazu bringen konnte?«

»So hat er es ausgedrückt.«

»Und was hat er getan?«

»Er war ihr überlegen und hatte einen stärkeren Willen.«

»Deshalb hat sie ihn geliebt?«

»Ja, ich glaube schon.«

Sarah und Graham hatten den Wein nicht angerührt. Die Gläser standen immer noch auf dem Boden neben der Couch, während Graham zu ergründen versuchte, was sich zwischen seinem Vater und seiner Mutter abgespielt hatte.

Also lag es weder am Alkohol noch an der vorgerückten Stunde, daß Graham unwillkürlich anfing, Sarahs Gesicht und ihre sanft geschwungenen Lippen zu betrachten. Und ihr Haar, das ihr in einer weichen Welle über die Wange fiel.

Mit funkelnden Augen schwelgte Sal in Erinnerungen. »Weißt du, ich war ein zufriedener Mensch. Ich kannte mich selbst. Gut, ich war zwar ein ziemliches Schlitzohr, und das bin ich auch heute noch, aber mir war klar, wo ich hingehörte. Ganz im Gegensatz zu deiner Mutter. Ständig suchte sie nach etwas, auf das sie sich verlassen konnte, und hatte Angst, den Boden unter den Füßen zu verlieren.

Ich glaube – nein, zum Teufel, ich weiß es genau –, daß nichts, was mit dem Leben ihrer Eltern zusammenhing, ihr etwas bedeutete. Sie war auf den richtigen Schulen und hatte tolle Kleider und tolle Freunde, aber weißt du was? Das alles brachte es nicht für sie. Als wir geheiratet haben, war sie endlich glück-

lich – nicht immer begeistert darüber, wie wir lebten, ohne Geld, ohne diesen Mist mit der besseren Gesellschaft. Aber sie hat euch Kinder wirklich geliebt.«

»Und was war mit dir? Hat sie dich auch noch geliebt?«

Als sein Vater sich über den Tisch beugte, stieg Graham der Geruch von Fisch und billigem Wein in die Nase. Doch trotz seiner Ausdünstungen, den Bartstoppeln und den vereinzelten Fischschuppen im Gesicht war Sal immer noch ein beeindruckender Mann. »Ich wußte, wie ich sie nehmen mußte.«

Graham verdrehte die Augen, und sein Vater lachte.

»Das natürlich auch, aber das habe ich nicht gemeint.« Das Spumone-Eis in der kleinen, angelaufenen Metallschale, das Graham nicht angerührt hatte, war zu einer dickflüssigen, bräunlich-rosigen Masse zerschmolzen. Sal nahm den Becher und steckte den Löffel hinein. »Manchmal bekam sie Zweifel. ›Gehören wir wirklich hierher?‹ ›Was wird aus unserer Zukunft?‹ ›Liebst du mich noch so wie am Anfang?‹ So ging es die ganze Zeit.« Traurig schüttelte er den Kopf. »Die ganze gottverdammte Zeit.«

»Und weißt du, was ich getan habe?« Er verspeiste noch einen Löffel zerschmolzenes Eis. »Ich habe ihr gesagt, daß ich mir ganz sicher wäre. Daß sie genau das Leben führte, das sie sich tief in ihrem Innersten gewünscht hätte. Daß die Kinder, das Haus, die Sorgen das wirkliche Leben seien. Es sei die einzige Sache, die sie je glücklich gemacht hätte. Das wüßte sie auch. Und daß ich sie liebte, und zwar ausschließlich um ihrer selbst willen.«

Er lehnte sich zurück, kratzte sich im Gesicht und zog die Mundwinkel herunter. Offenbar nahm es ihn sehr mit, nach all den Jahren mit seinem ältesten Sohn über die Vergangenheit zu sprechen. »Es war ein ständiger Kampf, Graham. Du kannst dir das nicht vorstellen. Der Gegensatz zwischen der Art und Weise, wie sie aufgewachsen war und wie sie nun lebte. Mir kam es vor, als stünde sie schon mit einem Fuß in der Tür, um in ihre frühere Welt zurückzukehren. Deshalb durfte ich nie Unsicherheit zugeben oder meine eigenen Zweifel zeigen. Wenn ich nicht mehr so tat, als sei ich fest überzeugt, würde sie es nicht *schaffen. Sie hatte sich ein solches Leben nie erträumt. Es hing davon ab, wer ich war.«*

»*Und wer warst du?*«

Sal seufzte auf. Sein gedämpfter Tonfall wollte nicht zu seinen Worten passen, denn sie verrieten, daß er sich seiner Sache sicher war. Er wußte, wer er gewesen war. »*Ich war Sal Russo. Ich habe zwar nie viel Geld verdient oder die Welt verändert, aber ich war ein anständiger Mensch. Ich war stark. Ich habe schwer gearbeitet. Ich habe nie krumme Geschäfte gemacht. Und ich liebte deine Mutter von ganzem Herzen. Das war zwar nichts Besonderes, aber es war das, was sie hören mußte, wie ich für sie sein mußte. Und es war die Wahrheit.*«

»*Was ist also passiert?*«

Eine Weile ließ Sal den Blick durch das belebte Restaurant schweifen, als suche er nach einer Antwort. Vielleicht wollte er auch der Frage ausweichen. Schließlich holte er tief Luft und zuckte die Achseln. »*Wahrscheinlich habe ich mein Selbstvertrauen verloren. Ich konnte nicht länger so tun, als wäre ich etwas Besonderes.*«

»*Aber warum?*«

»*Weil ich es nicht war.*«

Graham war zwar nicht viel schlauer als zuvor, aber eine andere, dringendere Frage hielt ihn davon ab, nachzubohren. »*Aber was war mit uns? Wie konntest du mich, Deb und Georgie einfach verlassen?*« *Er legte seinem Vater die Hand auf den Arm.* »*Ich möchte dir keine Vorwürfe machen. Ich will es bloß verstehen, mehr nicht.*«

»*Ich weiß es nicht, Graham. Wenn ich die Zeit zurückdrehen könnte, würde ich am liebsten noch einmal von vorne anfangen. Heute begreife ich nicht, wie ich so etwas tun konnte. Am liebsten würde ich deiner Mutter die Schuld geben, aber es lag nur an mir. Ich hätte mich durchsetzen müssen.*«

Graham war verwirrt. Ihm hatte man immer erzählt, daß sein Vater nichts mehr mit den Kindern zu tun haben wollte. Und für ihn hatte es wirklich so ausgesehen. Jedenfalls hatte sich Sal, soweit Graham wußte, kein einziges Mal gemeldet. »*Was meinst du damit?« fragte er. »Du hättest dich gegen sie durchsetzen müssen?«*

Inzwischen waren sämtliche Requisiten – Weingläser, Eisschale und Kaffeetassen – abgeräumt worden. Allerdings konnten Stammgäste im U.S. Restaurant den ganzen Tag bei einem kleinen Kaffee sitzen, ohne daß sie jemand zu einer Bestellung nötigte.

Sal hatte die Hände auf dem Tisch so fest verschränkt, daß sich die Knöchel weiß verfärbten. »Wie soll ich das am besten ausdrücken? Als wir uns trennten, weil es in unserer Ehe nicht mehr klappte, hielt deine Mutter sich für eine Versagerin. Sie hatte alles, womit sie aufgewachsen war, über Bord geworfen, weil ich sie davon überzeugt hatte, daß meine Art zu leben wahrer, aufrichtiger und besser war. Deshalb hatte sie nach der Scheidung gar keine andere Wahl, als mich zu hassen. Ich hatte sie verraten. Ich war ein Ungeheuer.«

»Hat sie verhindert, daß du uns besuchst?«

Mit dieser Deutung war Sal nicht einverstanden. Schließlich war es ja seine Schuld, nicht Helens. »Sie wollte euch schützen. Immerhin hatte ich ihr Leben ruiniert, und sie wollte nicht, daß ich diesen Fehler bei euch wiederhole.«

»Und du hast dich damit abgefunden?«

Er schüttelte den Kopf. »Ich war am Ende, Graham. Ich kam mir vor wie ein Stück Dreck und dachte, daß sie recht hatte. Es war einfach zu schwierig. Jedesmal, wenn ich es versuchte, hat sie sich dagegen gesperrt, bis ich es irgendwann aufgegeben habe.«

Grahams Hand lag noch auf dem Arm seines Vaters. Sein Griff wurde fester. »Wie konntest du das tun?«

Sal sah ihn eindringlich an. »Ich habe im Leben ein paar ziemliche Tiefschläge abbekommen, Graham. Wahrscheinlich habe ich irgendwann einfach die Flinte ins Korn geworfen. Verstehst du, was ich meine?«

»Ich glaube schon. Mir geht es ganz ähnlich. Deshalb habe ich auch beschlossen, dich zu besuchen.«

Sie waren draußen bei derselben Mauer, wo Graham am Nachmittag mit Hardy gesprochen hatte. Obwohl es inzwischen nur knapp fünfzehn Grad war, hatte Graham immer noch keine Schuhe an und trug Shorts, hatte sich allerdings eine Trainingsjacke übergezogen. Sarah hatte die Hände in den Taschen und lehnte an einem Laternenpfahl.

Graham war am Ende seiner Geschichte angelangt. »Damals sind wir Freunde geworden. Es ging mir ziemlich dreckig, und ich wußte nicht, an wen ich ...« Seine Stimme erstarb, doch Sarah war klar, worauf er hinauswollte. Graham hatte – offenbar zu Recht – den Eindruck, daß er die ganze Welt gegen sich aufgebracht hatte, und fragte sich, wie er wieder Kontakt zu seinen Mitmenschen finden sollte. Warum also nicht bei seinem Vater anfangen, der das am eigenen Leib erfahren hatte?

»Schade, daß ich ihn nie kennengelernt habe«, sagte sie.

»Und ich bin froh, daß es noch geklappt hat.« Auf einmal schien ihm dieses persönliche Thema peinlich zu sein. »Er war großartig.«

»Litt er an diesem Abend in North Beach schon an Alzheimer?«

Graham nickte. »Ich weiß, daß diese Frage wichtig ist. Zuerst habe ich nichts bemerkt. Er war so wie immer. Doch die Symptome hatten schon vor einiger Zeit angefangen. Das habe ich später rausgekriegt, als ich ... als ich mehr mit ihm zu tun hatte. Es wurde immer schlimmer, das ist bei dieser Krankheit eben so, aber er versuchte, damit zu leben.«

Obwohl es eine gute Gelegenheit gewesen wäre, das Verhör fortzusetzen, brachte Sarah es nicht über sich. »Wie krank war er kurz vor seinem Tod?«

»Alzheimer war nicht das Problem«, erwiderte Graham. »Daran stirbt man nämlich erst nach Jahren, und so viel Zeit hatte er nicht mehr.« Er wechselte das Thema. »Das Komische ist, daß wir uns so ähnlich waren. Die ältesten Söhne, Sportler, über die Maßen selbstbewußt. Sogar jetzt ...« Wieder hielt er inne.

»Was ist jetzt?«

»Sogar jetzt, wo ich das Referendariat hingeschmissen und es im Baseball zu nichts gebracht habe, weiß ich, wer ich bin. Und daran können auch die Verhaftung und die Kündigung nichts ändern. Ich bin mit mir zufrieden. Nur die Reaktionen meiner Umwelt machen mir ein wenig zu schaffen.«

Er jammerte nicht, sondern redete so sachlich, daß die meisten Leute es vermutlich überhört hätten. Und auch das hätte Graham nichts ausgemacht. Aber Sarah wußte genau, was er meinte – er hatte keine Freunde mehr, niemanden, mit dem er über seine innersten Gefühle sprechen konnte. Und nun hatte er auch seinen Vater verloren.

Sein Lächeln war nicht herausfordernd, eher fragend. »Man wird mit der Zeit mißtrauisch.«

Sarah lächelte zurück. »Ich bin auch die Erstgeborene, stehe auf Baseball und halte mich für die Größte«, sagte sie. »Kennen Sie den heimlichen Handschlag?«

»Ich bin mir nicht sicher.«

Sie stieß sich von der Laterne ab, nahm seine Hand, führte sie an die Lippen und sah ihm in die Augen, während sie mit der Zunge über seine Handfläche fuhr.

Dritter Teil

17

Es war Freitag, die dritte Woche im Mai. Hardy saß an einem Tisch draußen vor dem Plouf, einem Bistro in der Belden Alley, und verzehrte eine Portion Muscheln. Die Belden Alley lag mitten im Bankenviertel und war typisch für eine Seitenstraße in der Innenstadt. Da sie nur etwa vier Meter breit war und auf beiden Seiten von hohen Gebäuden gesäumt wurde, verirrte sich nur um die Mittagszeit hin und wieder ein Sonnenstrahl hierher. Inzwischen war die Sonne jedoch weitergewandert. Der schmale Streifen Himmel über Hardys Kopf schimmerte leuchtend blau.

Im vergangenen Jahr war Hardy mit Frannie für fünf viel zu kurze Tage nach Paris gefahren. Die Kinder hatten sie bei Moses und Susan gelassen. Seit einer Reise kurz nach seinem Einsatz in Vietnam war Hardy nicht mehr in Paris gewesen, und nun, bei seinem zweiten Besuch, kamen wehmütige Erinnerungen in ihm hoch. Damals war er ein freier Mann gewesen wie in dem Lied von Joni Mitchell – ungebunden und lebendig.

Trotz der köstlichen Essensdüfte hier in der Belden Alley war ein leichter Geruch nach Fisch, Tabak und Urin unverkennbar, und da es allein in diesem Häuserblock sechs französische Restaurants gab, konnte man sich einbilden, in Paris zu sein.

Als Hardy vor seiner Schüssel mit Muschelschalen saß, fühlte er sich fast wieder wie damals – zwar nicht gerade ungebunden, aber lebendig. Beflügelt von den Gerüchen und dem geschäftigen Treiben um ihn herum, war er sicher, daß er sich bald wieder seiner eigentlichen Berufung zuwenden würde – und die hieß ganz sicher nicht Tryptech! Vorhin hatte er kurz bei Michelle im Büro vorbeigeschaut. Doch obwohl sie bis über beide Ohren in Papieren versank, hatte er sich fast ohne schlechtes Gewissen zum Mittagessen verabschiedet.

Allerdings gab es ein Problem: Er konnte Graham einfach nicht erreichen. Graham rief nicht zurück und reagierte auch nicht auf die Zettel, die Hardy an seine Tür in der Edgewood Avenue gepinnt hatte. Kein Lebenszeichen. Sein Mandant war abgetaucht. Nach ihrer Meinungsverschiedenheit wegen der Abmachung mit Pratt befürchtete Hardy außerdem, daß er gar keinen Mandanten mehr hatte. Aber angesichts der Seelenqualen und Selbstzweifel, die er wegen Graham durchgemacht hatte, wollte er lieber nicht darüber nachdenken.

»Ist hier noch frei?«

Ein vertrautes Gesicht: Art Drysdale, der vor langer Zeit Hardys Mentor gewesen war. Art hatte ihn nach seinem selbstauferlegten Exil sogar wieder bei der Staatsanwaltschaft eingestellt und ihm so ein berufliches Comeback ermöglicht.

Seitdem hatten sich ihre Wege zwar getrennt, aber Hardy mochte Art und freute sich, ihn zu sehen. Seinen Begleiter kannte er nicht. »Darf ich Ihnen Gil Soma vorstellen?«

Die beiden Männer schüttelten sich die Hand. Die eingeschworene Gemeinschaft der Anwälte. Man mußte es nicht persönlich nehmen, wenn man auf verschiedenen Seiten stand – wenigstens noch nicht.

Hardy sah zuerst Art und dann Soma an. »Die Muscheln sind ausgezeichnet«, sagte er lächelnd. »Sie sind doch sicher rein zufällig hier?«

Drysdale griff nach einem übriggebliebenen Stück Brot und tunkte es in Hardys Muschelsauce – Wein, Petersilie und Knoblauch. »Wie man's nimmt. Ich habe Ihr Büro angerufen, kurz nachdem Sie weg waren. Phyllis sagte, Sie seien hier.«

»Eine tüchtige Sekretärin.« Hardy machte sein bestes Pokerface. Ein gutes Training. Schließlich war er ein wenig eingerostet.

»Und da es so ein schöner Tag und außerdem Mittagszeit ist, dachte ich mir, wir machen einen Spaziergang und bummeln ein bißchen durch die Stadt.«

»Gute Idee.« Hardy wartete. Sollte Drysdale mit der Sprache herausrücken. Deswegen waren sie doch hier.

Die beiden Männer zogen sich Stühle heran und ließen sich nieder. »Haben Sie heute schon mit Ihrem Mandanten gesprochen?« fragte Drysdale dann.

»Mit welchem, Art? Ich habe so viele Mandanten, daß ich mir kaum ihre Namen merken kann.«

Offenbar fand Soma keinen Gefallen an diesem Versteckspiel. »Ihrem berühmtesten, Graham Russo«, platzte er heraus.

»Ach, Sie meinen Ihren Kumpel. Waren Sie nicht früher mal Kollegen?«

»Bis er uns verarscht hat.« Soma lächelte zwar, doch auf Hardy wirkte es reichlich gekünstelt.

Selbst vor Barbara Brandts Behauptung, sie habe mit Graham ein Beratungsgespräch geführt, war der Fall in aller Munde gewesen. Natürlich hatte der Umstand, daß Cerrones Artikel tatsächlich Titelgeschichte des *Time Magazine* geworden war, auch etwas dazu beigetragen.

Auf dem Weg zum Mittagessen hatte Grahams hübsches, argloses Gesicht Hardy von jedem Zeitungskiosk entgegengeblickt. Der Photograph hatte ihn in einem Moment erwischt, in dem er besonders verletzlich gewirkt hatte, und seine Geschichte war wirklich herzzerreißend. Hardy hielt sie größtenteils für wahr – oder wenigstens entsprach sie in mancherlei Hinsicht den Tatsachen. Pech für seinen Mandanten war nur, daß zwei der drei möglichen Deutungen des Sachverhalts katastrophale Folgen für ihn haben konnten.

Hardy hatte nicht vor, um den heißen Brei herumzureden. »Nein, Art. Ich habe nichts von ihm gehört. Wahrscheinlich ist er in Deckung gegangen oder hat vielleicht sogar die Stadt verlassen. Das hätte ich an seiner Stelle zumindest getan.«

Soma biß sofort an. »Haben Sie ihm das empfohlen? Wo ist er?«

Hardy warf Soma einen Blick zu und wandte sich dann an Drysdale. »Die Reporter sind ihm auf die Nerven gegangen. Und um ehrlich zu sein, mir auch.«

»Dann haben Sie also doch mit ihm geredet?«

Hardy war entschlossen, sich nicht aus der Reserve locken zu lassen. Um Soma ein bißchen zu ärgern, sah er weiterhin Drysdale an. »Haben Sie den kurzen Artikel über mich und Sharron gelesen, Art?«

Jeff Elliots heutige »Stadtgespräch«-Kolumne hatte Hardys

gescheiterte Abmachung mit der Staatsanwaltschaft und Pratts Enttäuschung darüber zum Thema gehabt. Frannie hatte am Frühstückstisch angemerkt, daß ihr Mann offenbar ein Talent hatte, Staatsanwälte zu verärgern. Wie Hardy einräumte, lag darin ein Körnchen Wahrheit. Aber bei einem Verteidiger mußte das nicht unbedingt ein Nachteil sein.

Frannie hatte erstaunt die Augenbrauen hochgezogen. Hardy hatte die Angewohnheit, sich präzise auszudrücken, und wenn er sich laut und deutlich als Verteidiger bezeichnete, meinte er das auch.

Drysdale nickte lächelnd. Immerhin war es noch nicht so lange her, daß Pratt ihn gefeuert hatte, weshalb er nicht eben freundschaftliche Gefühle für sie hegte. »Sie hätte nichts durchsickern lassen sollen, bevor der Handel perfekt war«, sagte er. »Ich fürchte, damit hat sie keinen sehr scharfsinnigen Eindruck gemacht. Eher den einer Klatschtante.« Sein Lächeln wurde breiter. »Ich bedaure die Arme von ganzem Herzen. Aber ich glaube, daß Sie jetzt auf ihrer schwarzen Liste stehen, Diz.«

»Ich werde das schon wieder hinbiegen.« Hardy amüsierte sich königlich. Er wandte sich wieder an Soma. »Um Ihre Frage zu beantworten, Gil: Graham war in letzter Zeit nicht ganz leicht zu erreichen. Schließlich steht er nicht unter Anklage. Ms. Pratt hat das Verfahren in ihrer unendlichen Weisheit eingestellt. Er ist ein freier Mann.« Er lächelte die beiden Männer an. »Und wir leben in einem freien Land.«

»Inzwischen steht er unter Anklage«, sagte Drysdale. »Und ich erwarte, daß Sie ihn an uns übergeben.«

Das war Hardy zwar neu, aber er hatte damit gerechnet. Er ließ sich nicht aus der Ruhe bringen. »Wie lautet die Beschuldigung?«

»Vorsätzlicher Mord mit strafverschärfenden Umständen.«

Auch das war keine Überraschung und bestätigte nur Hardys Befürchtungen. »Sie wollen doch nicht etwa die Todesstrafe beantragen?«

»Lebenslänglich ohne Bewährung.« Soma gab sich redliche Mühe, wie ein alter Hase zu klingen. Hardy fragte sich, ob der Junge sich je Gedanken darüber gemacht hatte, was eine lebenslängliche Haftstrafe ohne Bewährung für jemanden bedeutete, der ihm so ähnlich war wie Graham. Wenn er sich überhaupt Gedanken machte, dann nur darüber, wie er wichtige Prozesse an sich reißen und sie gewinnen konnte. Soma wies alle Anzeichen einer Testosteronvergiftung auf, und das hieß, daß er sich nicht unbedingt an die Regeln halten würde.

Außerdem schien er den Fall persönlich zu nehmen, was auch nichts Gutes verhieß. Wenn Soma so klug war, wie es den Anschein hatte, würde er im Gerichtssaal mit einigen Tricks aufwarten.

Aber nun saßen die Anwälte der beiden Parteien in diesem medienwirksamen Prozeß hier in der Belden Alley am selben Tisch und führten ein vertrauliches Gespräch, für das keine festen Regeln galten. Aus Somas und Drysdales Äußerungen mußte Hardy schließen, daß die Staatsanwaltschaft Graham noch nicht ausfindig gemacht und verhaftet hatte. Und da Hardy Art Drysdale ziemlich gut kannte, war er überzeugt, daß er diese »zufällige« Begegnung aus einem ganz bestimmten Grund herbeigeführt hatte. Vielleicht wollte er ja eine neue Abmachung treffen.

Andererseits – so hielt sich Hardy argwöhnisch vor Augen – glaubte Art möglicherweise, ihm in einem unbedachten Moment Informationen entlocken zu können. »Haben Sie den Artikel im *Time Magazine* gelesen?« erkundigte er sich deshalb.

Cerrone hatte es vorzüglich geschafft, das Problem zu umreißen und gleichzeitig auf Schuldzuweisungen zu verzichten. Der Fall Graham Russo, schrieb er, sei ein eindrucksvolles Beispiel für die strittigen Fragen, mit denen sich das ganze Land im Zusammenhang mit Altenpflege, Sterbehilfe und dem Recht auf Freitod auseinandersetzen müsse.

Neben der juristischen Hintergründe von Grahams Verhaftung und Freilassung behandelte der Artikel auch die Beziehung zwischen Vater und Sohn, Sals hoffnungslosen Gesundheitszustand und die Tatsache, daß Graham Zugriff auf Morphium und Spritzen hatte. Nach der Lektüre kam Hardy zu dem Schluß, kein vernünftiger Mensch könne mehr daran zweifeln, daß Graham seinem Vater geholfen hatte, in Würde zu sterben.

Da Hardy Augen und Ohren offenhielt, war ihm klar, daß der Artikel und Barbara Brandts Beichte die Frage für die meisten Leute beantwortet hatten. Selbst für Anwälte wie Freeman und Michelle war die Sache sonnenklar.

Die beiden Juristen, die ihm jetzt am Tisch gegenübersaßen, waren allerdings ein völlig anderes Kaliber. Als ein Kellner erschien, bestellte Hardy eine Tasse extrastarken Espresso und rührte gedankenverloren einen Löffel Zucker in die Tasse. »Ich muß sagen, Art, daß ich ziemlich erschüttert bin. Wenn Sie den Artikel gelesen haben –« Natürlich mußte Soma ihm wieder ins Wort fallen. »Der Artikel hat aber einiges weggelassen.«

»Richtig«, stimmte Hardy sofort zu. »Und ich weiß auch, was, nämlich die Sache mit dem Geld und dem sogenannten Kampf. Trotzdem hat Graham Sal nicht wegen des Geldes umgebracht. Das werden Sie nie beweisen können.« Er stellte fest, daß er sich ausschließlich an Art wandte. »Powell muß das wissen, Art. Diese Anklage ist an den Haaren herbeigezogen.«

»Die Grand Jury war anderer Ansicht.« Drysdale zuckte die Achseln.

Belustigt lehnte Hardy sich zurück. »Haben Sie mir nicht selbst vor ein paar Jahren versichert, die Grand Jury würde auch ein Schinkenbrötchen unter Anklage stellen, wenn man nur nett genug darum bittet?«

Drysdale nickte. »Kann sein, daß ich in meinem jugendlichen Leichtsinn einmal so etwas gesagt habe. Aber das war ein Irrtum.« Er grinste. »Und vielleicht ist das Schinkenbrötchen ja schuldig.«

»Dann erklären Sie mir bitte, wozu wir dieses Gespräch überhaupt führen? Schließlich sind Sie ja zu mir gekommen. Warum haben Sie mich nicht einfach angerufen und mich aufgefordert, meinen Mandanten bei Ihnen vorbeizubringen?«

Soma sah aus, als würde er Hardy gleich wieder unterbrechen. Außerdem schien er dringend zur Toilette zu müssen. Drysdale legte ihm die Hand auf den Arm. »Dean war viel daran gelegen, daß Graham Russo unter Anklage gestellt wird. Im Gegensatz zu Pratt hält er sich an die Gesetze. Ich für meinen Teil glaube nicht, daß der Junge den Rest seines Lebens im Gefängnis verbringen muß.« Er brachte Soma mit einem warnenden Blick zum Schweigen.

»Was wollen Sie?«

»Das möchte ich von Ihnen hören. Es heißt, Sie wären bei dem Gespräch mit Pratt sofort mit einer Anklage wegen Totschlags einverstanden gewesen. Ich denke nicht, daß Dean das mitmachen wird, aber vielleicht läßt er die strafverschärfenden Umstände fallen.«

Hardy schüttelte den Kopf. »Mein Mandant akzeptiert nicht einmal eine Strafe auf Bewährung. Er sagt, er war es nicht.«

»Obwohl die gesamte Öffentlichkeit inzwischen anderer Ansicht ist.«

Hardy breitete die Hände aus. »Wie dem auch sei. Selbst wenn es stimmt und die Geschworenen diese Auffassung teilen, werden sie nicht auf Mord mit strafverschärfenden Umständen erkennen. Sie werden es als Sterbehilfe betrachten.«

Soma konnte nicht länger an sich halten. »Und das *ist* Mord.«

Drysdale stimmte zu. »Vergessen Sie die juristischen Haarspaltereien, Diz. Hier handelt es sich um Mord, und das können wir auch beweisen.«

»Und das bedeutet, daß Graham schuldig ist«, platzte Soma heraus.

Hardy überlegte eine Weile. »Eine interessante Theorie«, sagte er schließlich.

»Es geht um folgendes, Diz«, fuhr Drysdale fort. »Sie kennen Powell und wissen, daß ihm die öffentliche Meinung nicht gleichgültig ist...« Hardy hielt das zwar für eine der größten Untertreibungen, die Drysdale je von sich gegeben hatte, doch er verkniff sich die Bemerkung. »Er möchte sicher keinen Fall vor Gericht bringen, wenn sechzig Prozent seiner Wählerschaft den Angeklagten für einen netten Jungen halten, der richtig gehandelt hat.«

»Aber –«

Wieder legte Drysdale Soma die Hand auf den Arm. »Aber Dean ist ebenso wie ich davon überzeugt, daß wir es mit einem Mord zu tun haben. Wenn Sie erst einmal die Beweise kennen, werden Sie sich uns anschließen, Diz. Falls Sie mit uns eine Abmachung treffen, können Sie nur gewinnen. Dean kriegt die Goldmedaille für Gesetzestreue, Sie kriegen eine für Kompromißbereitschaft und Pratt wird disqualifiziert.«

»Dieser Vergleich mit dem Sport gefällt mir«, meinte Hardy. »Und Graham wandert in den Knast. Vermutlich wird er glauben, daß er bei der Sache am schlechtesten weggekommen ist. Was denken Sie?«

»Lebenslänglich würde ihm bestimmt noch weniger schmecken«, wandte Soma ein. »Und so droht ihm eine geringere Strafe.«

»Keine Chance«, entgegnete Hardy und stand auf. »Aber ich werde Ihr Angebot meinem Mandanten unterbreiten.«

Wenn ich ihn finde.

Er schüttelte Art die Hand und sagte ihm, wie sehr er sich über das Wiedersehen gefreut habe. Sie müßten sich unbedingt bald zum Mittagessen *verabreden*, um einmal in aller Ruhe über ihre Familien, ihren Beruf und alte Zeiten zu plaudern.

Mit einem gut einstudierten Lächeln wandte er sich dann an Soma. »War nett, Sie kennenzulernen, Mr. Soma. Ich wünsche Ihnen alles Gute für die Zukunft.«

Da der junge Mann weder blind noch auf den Kopf gefallen war, entging ihm Hardys herablassender Ton nicht, und er zahlte es ihm mit gleicher Münze heim. »Wir brauchen Russo morgen und keinen Tag später.«

Hardy nickte. »Jawohl, Sir. Ich habe verstanden. Vielen Dank.«

Eine Stunde nach Somas und Hardys freundlichem Abschied saß Marcel Lanier im Auto vor dem Büro der Generalstaatsanwaltschaft in der Fremont Street. Er hatte in zweiter Reihe geparkt und klopfte ungeduldig mit der Hand aufs Lenkrad.

Eigentlich hätte es nur fünf Minuten dauern sollen, sich bestätigen zu lassen, daß Graham Russo zur Fahndung ausgeschrieben war. Lanier hatte Sarah losgeschickt, und nun war sie schon seit zwanzig Minuten weg. Er kurbelte das Fenster herunter und schloß die Augen. Das Wetter war schön, und der

Geruch von Kaffeebohnen und Dieselabgasen stieg ihm in die Nase – eigentlich gar nicht so unangenehm.

Er war eingenickt, als ein Kollege hinter ihm hielt. Marcel zückte seine Polizeimarke, erklärte die Situation und döste wieder ein. Doch schon zwei Minuten später wurde er kräftig am Arm gerüttelt – diesmal war es ein Parkuhrenkontrolleur. »Los, fahren Sie weiter.«

Wieder holte Lanier seiner Polizeimarke hervor, aber vergebens. »Es ist mir egal, ob Sie Polizist sind, Inspector. Sie blockieren die Straße. Fahren Sie weiter.«

Also fuhr Marcel einmal um den Block, um diesem Trottel den Gefallen zu tun, und hoffte, Sarah würde bis dahin wieder zurück sein. Kein Gedanke. Deshalb parkte er wieder an derselben Stelle wie zuvor und schloß die Augen. Lange konnte es nicht mehr dauern.

Zwei Obdachlose – einer mit einem Footballhelm auf dem Kopf, der andere mit einem gestohlenen Einkaufswagen voller Leergut – nutzten die Gelegenheit, um Lanier anzuschnorren, weshalb er den Motor aufheulen ließ und noch einmal um den Block kurvte.

Als er wieder zurückkam, konnte er gerade noch ein paarmal mit dem Finger aufs Lenkrad klopfen, bevor Evans in Begleitung des mageren jungen Anwalts erschien.

Lanier beobachtete den Mann. Warum hatte Soma Sarah bis hinunter auf die Straße begleitet? Es genügte doch völlig, wenn seine Sekretärin im Computer nachsah. *Daran* also lag's – der Bursche wollte sie anbaggern.

Er drückte auf die Hupe. Sarah winkte ihm zu und redete dann auf Soma ein. Anscheinend entschuldigte sie sich, als müsse sie diesem Trottel erklären, daß sie zu arbeiten hatte. Er kurbelte das Beifahrerfenster herunter. »He, Sarah!«

Lanier wußte nicht, woran es lag. Vielleicht war ihr Soma auf die Nerven gefallen, vielleicht hatte er einmal zuviel gehupt – oder vielleicht bekam sie ja bald ihre Tage. Jedenfalls schmollte sie, obwohl er doch derjenige gewesen war, der zwanzig Minuten draußen im Auto geschmort hatte. Während er nach Westen fuhr, lehnte sie den Ellenbogen aus dem Fenster und starrte angestrengt in die andere Richtung.

»Hast du was?« fragte er.

»Mir geht es prima.« *Abgesehen davon, daß der Mann, den ich liebe, vor der Polizei auf der Flucht ist und daß ich ihn bei unserer nächsten Begegnung verhaften muß.*

»Ist Soma dir auf den Wecker gegangen?«

Sie zuckte die Achseln, drehte sich jedoch nicht zu ihm um.

Das Schweigen dauerte noch ein paar Querstraßen an. Schließlich ergriff Lanier wieder das Wort. »Was ist passiert?«

»Nichts.«

»Dieses Nichts scheint dir aber ganz schön zu schaffen zu machen.«

Nun sah sie ihn an. »Es macht mir überhaupt nicht zu schaffen.«

»Schon gut. Du bist immer so. Schweigsam und ein bißchen launisch.«

Wieder eine Querstraße. »Ich habe ihm gesagt, daß er einen Fehler macht.«

»Wer?« fragte Lanier. »Und womit?«

Sie zeigte auf den Ordner mit Grahams Akte. »Gil Soma. Damit.«

Marcel warf ihr einen besorgten Blick zu. »Der Haftbefehl? Was stimmt damit nicht?«

»Alles.«

»Fängst du schon wieder an? Laß es gut sein. Er war es.«

»Okay, okay. Ich hab ja nichts gesagt.«

»Sarah.« Er versuchte sie zur Vernunft zu bringen.

»Nein, alles in Ordnung. Du denkst doch, daß er es war, also war er es.«

»Wen interessiert das? Es ist Somas Problem, nicht unseres. Wir liefern ihm nur seinen Verdächtigen.«

»Du hast recht. Wir brauchen nicht mehr weiterzureden.«

»Außerdem ist er schuldig. Ein anderer kommt nicht in Frage. Wir haben alles überprüft. Niemand sonst kann es gewesen sein. Hast du den Artikel im *Time Magazine* gelesen und das Interview mit der Frau aus Sacramento gehört? Er ist der Täter.«

Sie schwieg.

»Was ist?«

»Er hat seinem Vater Sterbehilfe geleistet und ihn von seinen Leiden erlöst, richtig?«

»Richtig.«

»Was ist dann mit dem Kampf und mit dem, was die Nutte, die unter ihm wohnt, gehört hat? Und mit der Beule am Kopf?«

Marcel nickte. »Genau das meine ich. Er war es.«

»Wegen des Geldes?«

»Klar.«

»Aber du hast doch gerade selbst von Sterbehilfe gesprochen.«

»Vielleicht war es anfangs so geplant. Und irgendwann ist ihm eingefallen, daß das ganze Geld ihm gehört, wenn er es tut. Als der alte Mann es sich dann anders überlegte, hat er die Panik gekriegt. Wir wissen nicht, wie genau es passiert ist, Sarah, aber er war jedenfalls am Tatort. Er ist der Täter. So was kommt eben vor. Ich hatte einmal mit einem Typen zu tun, der unter den gleichen Umständen seine Frau getötet hat.«

»War sie auch krank?«

»Ja. Und er hat es genauso abgestritten.«

»Warum?«

»Das wird dir gefallen: Der Mann war so um die Sechzig, und er wollte nicht, daß seine achtzigjährige Mutter böse auf ihn wird.«

»Wie bitte?«

»Ich schwöre bei Gott, du bist die erste, die es hört. Die Mutter lehnte Sterbehilfe ab. Deshalb hat der Sohn versucht, einen Selbstmord vorzutäuschen, aber er hat es vermasselt.«

»Hat er auch versucht, es wie einen Mord aussehen zu lassen, indem er zum Beispiel den Schmuck seiner Frau geklaut hat?«

»Nein, dabei hätte er nämlich auf zu viele Details achten müssen. Er war einfach nicht so schlau wie dieser Russo. Doch die Grundidee war dieselbe.«

»Danke für die Erklärung.«

»Keine Ursache. Glaubst du, er ist zu Hause?«

»Russo? Das bezweifle ich.«

Sarah bezweifelte nicht nur, daß Graham zu Hause war. Sie wußte genau, daß er nicht da war. Seit sie seine Handfläche abgeleckt und die Nacht mit ihm verbracht hatte, wohnte er nämlich bei ihr. Sarah rechtfertigte das mit der (wie sie wußte) fadenscheinigen Begründung, daß er zu diesem Zeitpunkt ja noch nicht unter Anklage gestanden hatte. Rein theoretisch betrachtet, war er ein ganz normaler Bürger, der als unschuldig gelten mußte, bis ihm eine Schuld nachgewiesen werden konnte. Doch da er inzwischen wie erwartet angeklagt worden war, lag die Sache anders, auch wenn sie sich innerlich so sehr dagegen sträubte.

Er bemerkte es, sobald sie zur Tür hereinkam und sie vorsichtig hinter sich schloß, denn sie hielt Abstand zu ihm. In den vergangenen Tagen war sie ihm immer sofort um den Hals gefallen. Graham blieb mitten im Wohnzimmer stehen. »Was ist los?« fragte er. »Ist etwas passiert?«

»Ja, die Grand Jury hat dich heute morgen unter Anklage gestellt. Eigentlich darf ich dir das nicht erzählen. Und ich darf dich auch nicht lieben. Ich müßte dich auf der Stelle festnehmen.«

Er lächelte verlegen. »Und machst du es?«

»Das ist kein Witz.«

»Ich finde es auch nicht komisch.«

»Dann tu mir den Gefallen und lächle nicht.«

»Das dürfte kein Problem sein.« Er schaffte es nicht näherzukommen, denn er spürte die abweisende Haltung, die von ihr ausging. Sie brauchte den Abstand, und er wollte sie nicht drängen. »Was soll ich tun, Sarah? Wenn du möchtest, verschwinde ich. Dann ist es nicht so schwer für dich. Du kannst mich auch verhaften. Was immer du willst.«

»Kapierst du denn nicht? Scheiße. Ich will dich nicht verhaften!« Sie ließ die Schultern hängen und biß sich auf die Lippe. »Die Situation ist völlig verfahren.«

Als er doch einen Schritt auf sie zu machte, streckte sie abwehrend die Hand aus. »Nicht!«

Graham blieb stehen, wartete, sprach ganz leise. »Mein Vater und ich, ich habe –«

Sie unterbrach ihn. »Darum geht es nicht, Graham.«
»Worum dann?«

»Es geht darum«, sagte sie gepreßt, »daß ich ein Cop bin und du unter Anklage stehst. Meine Pflicht wäre es gewesen, Marcel mitzubringen und dich festzunehmen.«

»Ich habe es vorhin ernst gemeint. Ich komme freiwillig mit. Und wenn ich das alles hinter mir habe...«

»Nein! Gottverdammt noch mal, nein! Das tun wir nicht.«
»Was dann?«

Sie ließ sich auf einen Küchenstuhl sinken. »Ich weiß nicht. Ich habe keine Ahnung.« Tränen traten ihr in die Augen.

»Einen Dollar, wenn ich dich umarmen darf.« Er kniete sich neben sie und legte ihr den Arm um die Schultern. »Keine Angst«, sagte er. »Es kommt schon wieder in Ordnung.«

»Wie?« Sie zitterte am ganzen Leibe. »Was sollen wir tun? Ich darf dich nicht wiedersehen. Du darfst nicht mal hier sein. Wenn ich dich nicht verhafte, mache ich mich selbst einer Straftat schuldig. Genaugenommen tue ich das jetzt schon. Wie kann es sein, daß ich eine Straftat begehe?«

»Du hast recht, das kannst du nicht. Hör zu, ich werde mich einfach stellen. Ich rufe Hardy an, frage ihn nach seiner Adresse, fahre hin und überlasse ihm die Arbeit.«

»Aber ich will dich nicht ausliefern, nicht einmal ihm. Ich will, daß du hierbleibst. Es darf nicht schon wieder vorbei sein! Es hat doch eben erst angefangen, und ich finde es schön mit dir, Graham. Ist es für dich nicht auch so?« Zärtlich wischte er ihr die Tränen von den Wangen.

»Wir hatten ein paar Tage«, sagte er. »Und wir werden uns immer an sie erinnern. Die kann uns keiner wegnehmen.«

»Woher willst du das wissen? Kein Mensch weiß, wie lange du ins Gefängnis mußt. Selbst wenn du den Prozeß gewinnst...«

»Ich werde gewinnen.«

Sie zog die Nase hoch und schüttelte den Kopf. »Aber was ist, wenn du verurteilt wirst?«

»Dazu wird es nicht kommen. Niemand kann mir nachweisen, daß ich etwas verbrochen habe. Keine Chance. Und wir werden es schaffen, auch wenn es noch so lange dauert.«

Wieder schüttelte sie den Kopf. »Ich weiß nicht. Ich weiß nicht, ob wir das durchhalten.«

»Ich verspreche es dir. Ich habe mich zu lange nach so etwas gesehnt, und ich gebe dich nicht mehr auf.«

Hardy war zwar mit Grahams Verschwinden ganz und gar nicht einverstanden, aber er konnte im Augenblick nicht viel dagegen tun. Gewiß würde die Polizei ihn zuerst finden, und Hardy würde einen Anruf aus dem Gefängnis bekommen.

Außerdem hatte er schließlich noch andere Mandanten, die ständige, wenn auch nicht so intensive Betreuung brauchten. Den Freitagnachmittag hielt er sich meistens frei, um die Anträge und die Korrespondenz zu erledigen, mit denen er die Fixkosten für seine kleine Kanzlei erwirtschaftete. Gerade legte er letzte Hand an eine Aktennotiz für einen dieser Mandanten, als er plötzlich Abe Glitsky in der offenen Tür stehen sah.

Überrascht richtete Hardy sich auf. »Jetzt weiß ich, wie es dir immer geht, wenn Leute unangemeldet bei dir im Büro hereinschneien. War heute nicht der große Tag? Ist die Tür geliefert worden?«

»Ja.« Glitsky nickte, aber es lag ein merkwürdiger Ausdruck auf seinem Gesicht. Er war nicht hier, um sich über seine Tür zu unterhalten.

»Was ist los?«

Der Lieutenant kam ins Zimmer. »Ich habe dir etwas unter vier Augen anvertraut; als Freund. Und du rennst damit zur Bezirksstaatsanwältin und kochst dein eigenes Süppchen. Du kommst mir wie ein beschissener Rechtsverdreher vor, nicht mehr wie mein alter Kumpel.«

Daß Glitsky zu Kraftausdrücken griff, war ungewöhnlich, aber eine direkte Beleidigung war geradezu unerhört. Die Sache war also ernst. »Möchtest du nicht reinkommen? Tut mir leid. Ich habe einen Fehler gemacht.«

Glitsky rührte sich nicht von der Stelle. »Ich glaube nicht. Ich bin nur hier, damit du Bescheid weißt, daß ich Bescheid weiß.«

Dan Tosca ließ sich zu einem gemütlichen Abendessen im Firenze by Night einladen. Eigentlich hätte Lanier die Information schon früher gebraucht, denn jetzt war es genau genommen zu spät. Der Generalstaatsanwalt hatte Graham Russo unter Anklage stellen lassen. Allerdings war es ihm und Evans noch nicht gelungen, den Beschuldigten festzunehmen.

Lanier glaubte nicht, daß sich aus einer Untersuchung von Sal Russos Geschäftsbeziehungen neue Anhaltspunkte ergeben würden. Aber er hatte sich geirrt.

Tosca aß *coniglio con pancetta* – Karnickel mit Speck, wie Lanier es nannte. Er selbst hatte Spaghetti mit Fleischklößchen bestellt. »... deshab war ich ja so überrascht. Es war mir absolut neu.«

»Aber sind Sie sicher, daß es ein Herzinfarkt war?«

Tosca zuckte die Achseln und tunkte die Sauce auf seinem Teller mit einem Stück Brot auf. »Wer kann sich bei so was sicher sein? Jedenfalls hatte Pio Schmerzen in der Brust. Er ist ins Krankenhaus gegangen und dort gestorben.«

»Pio?«

»Ja, Pio. Ermenigeldo Pio. Er organisierte den Fischhandel.«

»In wessen Auftrag?«

Tosca senkte die Stimme. »Es war sein Laden. Er hat ihn selbst aufgebaut.«

»Und wie groß war er? Ich meine nicht nur bei Russo, sondern insgesamt.«

»In Dollar? Dreißig, fünfunddreißig.«

»Im Monat?«

Tosca zuckte die Achseln, was wohl Zustimmung bedeuten sollte. »Fisch verkauft sich gut. Die meisten Leute haben Angst um ihren Cholesterinspiegel.« Er zeigte auf seinen Teller. »Ich esse lieber so was. Mir ist das Cholesterin egal.«

Marcel legte die Gabel weg. »Es gefällt mir nicht, daß Pio ausgerechnet jetzt gestorben ist.«

Ein Lächeln. »Ich wette, ihm geht es genauso. Außerdem war es nicht jetzt, sondern letzte Woche.«

Lanier merkte auf. Wie jeder erfahrene Cop glaubte er nicht an Zufälle. »Hat man eine Autopsie durchgeführt?«

»Warum? Es war ein Herzinfarkt. Der Mann war zweiundsechzig. Wahrscheinlich hat er nicht genug Fisch gegessen.« Tosca spießte ein Stück Fleisch auf. »Meiner Meinung nach liegt das sowieso in den Genen. Wenn die Uhr abgelaufen ist, muß man eben abtreten.«

»Sie sind ja ein richtiger Philosoph, Dan.«

Wieder ein Achselzucken. »Nur hin und wieder. Aber um Sie zu beruhigen, kann ich Ihnen versichern, daß es nichts mit Sal Russo und seinem kleinen Fischlaster zu tun hatte. Pio verkaufte das Zeug containerweise und hatte einen Fuhrpark. Er deckt das ganze Gebiet von Half Moon Bay bis Tomales ab, und zwar sieben Tage die Woche.«

»Und wer hat sein Geschäft übernommen?«

Toscas Augen funkelten. »Ich glaube, das ist noch nicht geklärt.« Er legte Lanier die Hand auf den Arm. »Wenn eine solche Lücke entsteht, gibt es zuerst immer einen kleinen Machtkampf. Man wird sehen. Doch mit Sal Russo hat es garantiert nichts zu tun.«

Falls es wirklich nur um Fisch – selbst bei diesen gewaltigen Mengen – ging, klang das für Lanier durchaus plausibel. Allerdings konnte noch mehr dahinterstecken. »Sie würden mir sagen, wenn Sie auf Rauschgift gestoßen wären, oder?«

Tosca legte die Gabel weg. »Marcel, Sie wissen genau, daß Rauschgiftschmuggel ganz anders funktioniert. Das erledigen die Koreaner, die Vietnamesen, die Banden aus Chinatown und die Langhaarigen. Denken Sie, ein paar kleine Itaker-*pescadores* legen sich mit denen an? Ich glaube kaum. Übrigens, haben Sie mir nicht erzählt, daß Sie Sals Sohn verhaften wollten?«

»Wir sind gerade dabei.«

»Und stand in dem Zeitschriftenartikel nicht, daß er es zugegeben hat?«

»Stimmt.«

Tosca breitete die Hände aus. »Wo liegt also das Problem?«

18

Sarah wußte nicht mehr genau, ob es Grahams oder ihre Idee gewesen war, aber sie hatten jedenfalls beschlossen, noch ein letztes Wochenende zusammen zu verbringen, bevor er sich stellte.

Allerdings durften sie nicht in San Francisco bleiben, wo das Risiko zu groß war. Inzwischen fühlte sich Sarah schon ganz als Grahams Komplizin, sie dachte kaum noch daran, ob ein Tag mehr oder weniger eine Rolle spielen könnte, vor allem am Wochenende.

Am Samstag hatte Graham ein Turnier auf der anderen Seite der Bucht. Wenn seine Mannschaft siegte, würde er mehr Geld haben, um den dringend benötigten Verteidiger zu bezahlen. Um Viertel nach neun am Samstag morgen parkten sie an der Sportanlage, einem in verschiedene Baseballfelder eingeteilten Platz, der inmitten eines Tals lag. Rings herum erhoben sich mit Eichen bewachsene grüne Hügel. Graham holte gerade seine Sporttasche aus dem Kofferraum, als sich im Laufschritt ein durchtrainierter Mann näherte. Er trug einen Designer-Jogginganzug und eine Goldkette und hatte eine Sonnenbrille auf der Nase. »Ich kann nicht glauben, daß du wirklich hier bist.«

Graham drehte sich um. »Hallo, Craig, wie geht's?« Er straffte die Schultern. »Wir haben heute ein Spiel, also bin ich hier.« Graham fing wieder an, sich wie ein Macho zu aufzuführen. Sarah erkannte den Mann kaum wieder, mit dem sie die letzte Woche ständig zusammengewesen war und für den sie alles geopfert hatte. Nun benahm er sich wie ein erfolgreicher Sportler, der niemanden brauchte. Es war ein bißchen beunruhigend.

Inzwischen redete Craig weiter: »Du hast ja eine aufregende Woche hinter dir. Ich kenne zwar viele wichtige Leute, aber ich bin noch nie jemandem begegnet, der es auf die Titelseite des *Time Magazine* geschafft hat.«

»Das tut doch nichts zur Sache«, sagte Graham. »Ich bin hier, um Baseball zu spielen.« Er legte Sarah die Hand auf die Schulter und stellte sie vor. »Das ist Sarah Evans, eine Freundin von mir. Sarah, darf ich dich mit Craig Ising, unserem Sponsor, bekanntmachen?«

Als Sarah ihm die Hand schüttelte, stellte sie überrascht fest, wie jung er noch war. Er wirkte nicht viel älter als sie und Graham. Nach Grahams Beschreibung, vor allem aber weil sie wußte, wie reich er war, hatte sie mindestens einen Mann Mitte Fünfzig erwartet.

Eine halbe Stunde später verspeiste Sarah eine Portion geraspeltes Eis mit Sirup und sah der Mannschaft beim Aufwärmen zu. Auf einmal tauchte Ising auf und setzte sich neben sie. »Wie lange gehen Sie denn schon mit meinem Star?«

»Ein paar Wochen.«

»Sie wohnen in San Francisco?«

»Ja.« Sie blickte über den Rand ihrer Sonnenbrille hinweg. »Wie sind Sie auf Graham gekommen?«

»Ich kannte seinen Vater.«

»Sal?«

»Sind Sie ihm mal begegnet?«

»Graham redet viel über ihn.«

»Sal war ein verdammt lustiger Kerl. Es ist ein Jammer. Er hatte immer einen Witz auf Lager. Nachdem Graham bei den Dodgers rausgeflogen ist, hat Sal mir den Tip gegeben, es mal mit ihm zu versuchen. Eine gute Idee. Er hat mir ganz schön was eingebracht.«

»Das freut mich.«

»Er weiß, was er will. Eine richtige Führernatur.«

Sarah lächelte. »Mir brauchen Sie nicht von ihm vorzuschwärmen, Craig. Woher kannten Sie Sal? Haben Sie Fisch bei ihm gekauft?«

»Nein.« Ising senkte die Stimme. »Er hatte Beziehungen. Sie wissen schon. Er hat mir Glück gebracht.«

Sarah spürte, wie sich ihr die Nackenhaare sträubten. »Was meinen Sie mit Beziehungen?«

Das Spiel hatte angefangen. Der *Shortstop* der Hornets hechtete nach einem Schlag des ersten *Batters*. Als Ising sich wieder hinsetzte, stellte Sarah ihre Frage noch einmal.

»Ich bin nur neugierig. Was für Beziehungen? Diese Geschichten faszinieren mich.«

Da Ising das hübsche Mädchen beeindrucken wollte, erklärte er ihr alles. »Er kannte die richtigen Leute. Irgendwo ganz oben. Obwohl er rumlief wie ein Penner, traute sich keiner an ihn ran.«

»Und wo sind Sie ihm begegnet?«

»Durch einen gemeinsamen Freund. Vielleicht hat Graham Ihnen erzählt, daß ich gerne wette. Beim Baseball und auch bei anderen Sachen. Also muß man manchmal Bargeld durch die Stadt transportieren.«

»Soll das heißen, daß Sal für Sie den Kurier gespielt hat?«

Er tätschelte ihr scherzhaft das Knie. »Ich muß sagen, Sie sind nicht auf den Kopf gefallen, Sarah. Genau so funktionierte es. Ich habe Sal eine Papiertüte und ein Scheinchen in die Hand gedrückt, und er ist losmarschiert. In letzter Zeit kam es seltener vor. Wahrscheinlich wußte er, daß er immer vergeßlicher wurde, und hatte Angst, das Geld zu verschlampen.«

Die ganzen Namen, dachte Sarah, *und die Telephonnummern*. Sie gehörten nicht seinen Fischlieferanten. Handelte es sich vielleicht um Spieler, die um hohe Einsätze zockten? »Wußte Graham davon?«

»Keine Ahnung. Das müssen Sie ihn selbst fragen. Übrigens«, er kramte in seinen Taschen und zog eine Visitenkarte heraus, auf der sein Name und seine Telephonnummer standen, »verstehen Sie mich nicht falsch, aber es ist vorhin nicht ganz rausgekommen. Ist das mit Ihnen und Graham was Festes?«

Sie zuckte die Achseln. »Wird sich noch zeigen.«

»Gut.« Er gab ihr die Karte. »Wenn es nicht klappt, rufen Sie mich an. Bei mir ist immer was geboten.«

»Das sehe ich«, sagte sie mit einem Lächeln. »Ich werd's mir überlegen.«

Am Samstag gleich nach dem Aufstehen rief Hardy Glitsky an, um sich noch einmal zu entschuldigen. Das Kindermädchen teilte ihm mit, der Lieutenant sei beschäftigt. Sie wisse nicht, wann er wieder zu erreichen sei. Hardy bat sie, Glitsky auszurichten, sein Freund Dismas wäre ein Arschloch, aber er war nicht sicher, ob sie die Nachricht wörtlich wiederholen würde.

Da er nun schon einmal am Telephon saß, versuchte er es nur so zum Spaß bei Graham Russo – mit dem erwarteten Ergebnis, denn es meldete sich niemand.

Dann erinnerte ihn Frannie daran, daß die Kinder ein paar Schulfreunde zum Spielen eingeladen hatten. Da Frannie samstags immer zur Jazzgymnastik ging, war Hardy heute mit der Kinderbetreuung dran.

Sie hatte ihn vorgewarnt. Oder hatte er das etwa vergessen? Natürlich nicht, hatte Hardy erwidert, was allerdings nicht der Wahrheit entsprach. Er habe sie nur auf den Arm nehmen wollen.

Also spielte Hardy drei Stunden lang den Babysitter. Obwohl er, wie seine Frau nicht müde wurde, ihm vorzuhalten, sich nicht als Babysitter verstehen solle. Schließlich seien es seine Kinder, und seine Aufgabe beschränke sich nicht darauf, auf sie aufzupassen. Er sei ihr Vater und damit für ihre Erziehung und Entwicklung verantwortlich.

Immer wenn dieses Thema zur Sprache kam, gab Hardy zu, daß sie recht hatte. Er glaubte es sogar selbst. Dennoch gab es Momente – wie diesen, wenn fünf Kinder unter zehn Jahren mit allen im Haus verfügbaren Kissen, Decken und Stofftieren auf dem Wohnzimmerteppich Umzug spielten –, in denen sich seine Vaterrolle mehr oder weniger aufs Babysitten zu beschränken schien. Offenbar hatten weder seine eigenen Kinder noch ihre Freunde ein dringendes Bedürfnis, sich in diesem Moment vom guten, alten Diz erziehen oder in ihrer Entwicklung fördern zu lassen.

Allerdings bedeutete das nicht, daß sein Eingreifen nicht erforderlich gewesen wäre. Die Kleinen liefen kreischend und kichernd herum oder fingen an zu raufen, und Hardy zweifelte keinen Augenblick daran, daß sie ohne ihn als Babysitter das Haus genauso sicher und wirkungsvoll dem Erdboden gleichgemacht hätten, wie es dem Vesuv mit Pompeji gelungen war.

Endlich kam Frannie nach Hause. Hardy, der nach drei Stunden mit den Kindern dem Wahnsinn nahe war, fragte sie, ob es ihr was ausmache, wenn er sich eine kleine Pause gönnte. Er wolle Joggen gehen und sei bald wieder zurück.

Noch vor drei Jahren hätte Hardy sich durch nichts von seiner täglichen Runde abbringen lassen, die sich über sechs Kilometer von der 34. Avenue zum Strand, dann bis zum Lincoln Boulevard im Süden, dann nach Osten über den Lincoln zum Park Presidio, durch den Golden Gate Park und schließlich wieder nach Hause erstreckte.

Frannie gab ihm den Rat, zuerst eine Woche Konditionstraining zu betreiben, um wieder in Form zu kommen, bevor er die sechs Kilometer in Angriff nahm. Worauf Hardy sich wie Tarzan auf die Brust geschlagen – großes Gelächter der Kinder: War ihr Papa nicht komisch? – und seiner Frau erwidert hatte, er werde in einer Dreiviertelstunde zurücksein. Er war noch in Form.

Früher war Hardy losgejoggt, ohne groß darüber nachzudenken – es gehörte eben zu seinem Tagesablauf. Heute jedoch ging ihm schon nach fünfzehn Blocks bergab bis zum Strand die Puste aus. Hardy nahm sich vor, sich von dem bißchen Seitenstechen nicht unterkriegen zu lassen – nur eine Frage der Einstellung –, bog nach Süden ab und lief weiter.

Verärgert über das Brennen in seiner Lunge und die schmerzenden Beinmuskeln, beschloß Hardy, seinem störrischen Körper zu zeigen, wer hier der Herr im Haus war: Er würde im weichen Sand laufen, nicht auf dem harten Ebbestrand.

Als ihm klar wurde, daß es sich bei dem Krampf, der ihn anderthalb Kilometer später zum Anhalten zwang, nicht um einen Herzinfarkt handelte, begriff er endlich den Ernst seiner Lage. Er hatte weder seine Brieftasche noch die Hausschlüssel mitgenommen.

Da stand er nun, kilometerweit von seinem Haus entfernt, und hatte weder Geld für ein Taxi noch einen Ausweis dabei. Er würde wohl zu Fuß gehen – oder besser hinken – müssen.

Er beschloß, sich besser gleich auf den Weg zu machen. Es würde sicher eine Weile dauern, bis er zu Hause ankam. Es war nach zwölf Uhr mittags, und am Strand war eine leichte Brise aufgekommen. Weil seine Schweißdrüsen ganze Arbeit leisteten und sein Jogginganzug von oben bis unten durchweicht war, fing er allmählich an zu frieren.

Er würde es nicht bis nach Hause schaffen. Er würde hier sterben, über den Strand humpelnd. Der feine Sand würde seinen Jogginganzug und seine Poren verkleben, sich in Zement verwandeln und ihn zur Statue erstarren lassen.

Hardy sah es deutlich vor sich. Viele Generationen später würden die Touristen nach San Francisco strömen und die Ferngläser am Cliff House belagern. Für einen Vierteldollar würden sie zum Strand hinunterblicken und sich staunend fragen, wie die menschenähnliche Gestalt irgendwann Ende der neunziger Jahre dort erschienen war. Ein Mahnmal zur Warnung an alle verfetteten Männer über vierzig, die zur Selbstüberschätzung neigten.

Der Heimweg dauerte fast anderthalb Stunden. Nach einem Bad versuchte Hardy noch einmal vergeblich, Glitsky und Graham anzurufen. Dann machte er ein zwanzigminütiges Nickerchen. Er hatte überlebt, obwohl die nächsten Tage sicher nicht sehr angenehm sein würden.

Der Abend gehörte Rebecca, denn weil die gemeinsamen Mittwochabende für Hardy und Frannie so viel bedeuteten, hatten sie für die Kinder ein ähnliches Ritual eingeführt. Hardy unternahm etwas mit Rebecca, Frannie zog mit Vincent los.

Hardy und seine Tochter kamen zu früh in North Beach an, und weil der reservierte Tisch noch nicht frei war, bummelten sie ein wenig durchs Viertel. Rebecca trug ein Rüschenkleid mit rosafarbenen und grünen Blümchen, schwarze Lackschuhe und eine weiße Strumpfhose. Sie hielt die Hand ihres Vaters und war wegen des Ausflugs in die Welt der Erwachsenen ziemlich aufgeregt. Auf dem Weg durch Chinatown, wo ganze Enten in den Ladenfenstern hingen, seltsame grüne Gemüsesorten und noch seltsamere braune Wurzeln in den Auslagen prangten und Fischbecken und Käfige mit lebenden Hühnern auf dem Gehweg standen, redete sie wie ein Wasserfall.

»Können wir mal in so einen Laden gehen?« fragte sie.

»Klar.«

Auf die Anweisung einer zierlichen asiatischen Kundin hin holte der Mann hinter der Theke eine Schildkröte aus einem Becken, zerhackte sie mit einem Beil und nahm sie aus, als ob das nichts Besonderes wäre.

»Ich wußte gar nicht, daß man Schildkröten essen kann«, flüsterte Rebecca beim Hinausgehen.

Hardy erstand bei einem Straßenhändler eine Orchidee und bückte sich, um die Blume am Haarband seiner Tochter zu befestigen.

Mit schnellen Schritten durchquerten sie die am Samstagabend von Touristen wimmelnde Rotlichtmeile mit ihren Stripteaselokalen, Pornokinos, Straßenhändlern, Gaffern und Besuchern aus der Provinz. Rebecca klammerte sich schweigend an die Hand ihres Vaters. Am Ende des Broadway hinter dem Tunnel lag Alfred's, ein ruhiges Restaurant.

Rebecca saß ihrem Vater am Tisch gegenüber und himmelte ihn an. Sie hatte das rotblonde Haar, das sie sonst in Ponyfransen trug, aus der glatten Stirn gekämmt und wirkte mit dieser Frisur drei bis vier Jahre älter. Ihre Manieren ließen nichts zu wünschen übrig.

»Was für ein reizendes kleines Mädchen!« »Wirklich hinreißend!« »Da haben Sie aber Glück gehabt.« »Bestimmt sind Sie sehr stolz auf sie.«

Vater und Tochter nahmen die Komplimente gelassen hin und nickten bescheiden. »Vielen Dank.« »Sie ist ein richtiger Schatz.« »Ich weiß – ihr Vater ist so stolz auf sie.«

Zwischen der wohlerzogenen Tochter, die ihm gegenübersaß und sämtliche Kellner um den Finger wickelte, und dem marmeladenbeschmierten Ungeheuer vom Vormittag war tatsächlich nicht die geringste Ähnlichkeit festzustellen. Allerdings hielt Hary sich vor Augen, daß der gepflegte Mann im dunklen Anzug auch nicht viel mit dem hinkenden, zähneklappernden Glöckner von Ocean Beach zu tun hatte, der er noch vor ein paar Stunden gewesen war.

»Und für die junge Dame?« fragte der Kellner.

Um mit dem trockenen Martini ihres Vaters mitzuhalten bestellte sie einen Shirley Temple in einem Cocktailglas. Sie stießen miteinander an. »Auf dich«, sagte Hardy. »Ich finde es schön, mit dir auszugehen.«

Rebecca senkte schüchtern den Blick. »Ich auch.« Sie trank einen Schluck, stellte vorsichtig ihr Glas ab und sah Hardy an. »Warum hat der Mann, dem du hilfst, seinen Vater getötet?«

Kindermund, dachte Hardy.

»Nun, ich weiß nicht, ob er es getan hat.«

»In der Schule behaupten es aber alle.«

»Tatsächlich?«

Sie nickte feierlich. »Weil er krank war, der Vater, meine ich. Wir haben darüber geredet, ob so was in Ordnung ist. Sie haben gesagt, er hat ihn getötet, weil er so krank war. Aber ich weiß, ich würde dich nicht töten wollen, auch wenn du krank wärst. Dann hätte ich dich ja nicht mehr.«

»Nein, das stimmt. Das würdest du nicht.« Hardy überlegte, was er sagen sollte. »Hast du viel darüber nachgedacht?«

Sie zuckte die Achseln. »Ein bißchen schon. Immerhin hilfst du ihm. Also findest du es richtig.«

»Ich finde, daß es nicht falsch ist, mein Schatz, nicht unbedingt. Es hängt davon ab, ob der Kranke wirklich sterben will.«

»Aber das bedeutet doch auch, daß er seinen Sohn verlassen wollte.«

»Nun.« Hardy kratzte mit der Fingerspitze am Tischtuch. »Das wollte er wahrscheinlich nicht. Doch was ist, wenn er ganz furchtbar leiden mußte? Oder wenn es mir so ginge? Hättest du dann nicht Mitleid mit mir?«

»Aber ich würde nicht wollen, daß du *stirbst*!«

Er nahm ihre Hand. »Das ist nur etwas, worüber wir reden, Beck. Ich werde nicht sterben, okay? Wir reden bloß über den Vater meines Mandanten, und der war alt und wirklich richtig krank. Ich glaube, er wollte sterben und brauchte dazu die Hilfe seines Sohnes. Er hatte sonst niemand, dem er vertrauen konnte.«

»Und warum muß er dann vor Gericht, wenn es richtig war, was er getan hat?«

»Weil das Gesetz sagt, daß es falsch ist. Aber manchmal müssen Dinge, die gegen das Gesetz sind, nicht unbedingt falsch sein. Sie sind nur gegen das Gesetz.« Noch während Hardy diese Worte aussprach, fragte er sich, ob er sie selbst glaubte. In seiner Zeit als Staatsanwalt hätte er nichts auf diese Unterscheidung gegeben. Begann er schon zu *denken* wie ein Verteidiger? Wieder einmal war er nicht sicher, was er davon halten sollte.

Der innere Konflikt stand Rebecca ins Gesicht geschrieben. Sie ließ nicht locker. »Was zum Beispiel? Was ist nicht falsch und trotzdem gegen das Gesetz?«

Hardy überlegte. »Erinnerst du dich an die Lokale, an denen wir vorhin vorbeigekommen sind. Die, wo die Plakate mit den nackten Frauen hingen?«

»Ja. Das war echt ätzend.«

»Auch wenn du es ätzend findest, verstößt es deshalb noch lange nicht gegen das Gesetz. Du würdest nicht so leben oder so etwas tun wollen. Vielleicht hältst du es sogar für falsch, aber es ist trotzdem nicht gegen das Gesetz.« Er drückte ihre Hand. »Möchtest du wirklich darüber reden? Es ist ein sehr ernstes Thema.«

Sie runzelte die Stirn. »Daddy, ich bin schon neun. Ich denke über viele Sachen nach.«

»Ich weiß.« Er lächelte ihr zu. Seine Tochter mit ihrem Gerechtigkeitsempfinden, die sich ständig den Kopf darüber zerbrach, was richtig und was falsch war. Außerdem war das Beispiel von eben umgekehrt gewesen: etwas das vielleicht moralisch verwerflich, aber dennoch legal war. Er brauchte das Gegenteil davon, um es zu verdeutlichen. »Gut, fangen wir noch mal von vorne an. Kann sein, daß falsch nicht das richtige Wort ist. Also, zuerst mal ist da das Gesetz, richtig?«

»Richtig.«

»Und das Gesetz ist nur ein Haufen von Regeln. Das ist alles. Einige sind gute Regeln, und einige ergeben nicht besonders viel Sinn. Die Sache ist die, daß es gar nicht darauf ankommt, ob sie gut oder schlecht sind. Wenn man gegen die Regeln verstößt, wird man bestraft. Das ist auch eine Regel.«

»Gut.«

»Manchmal jedoch verstößt man gegen eine Regel – ein Gesetz –, weil man sie einfach nicht einsieht oder weil sie einfach falsch ist. Aber man wird trotzdem bestraft, weil man nicht zulassen kann, daß Menschen einfach gegen die Regeln verstoßen. Aber wenn man vor Gericht kommt und verurteilt wird, begreifen die Leute möglicherweise, daß das Gesetz dumm ist, und ändern es.«

»Zum Beispiel?«

Hardy dachte einen Moment nach. »Zum Beispiel gab es einmal ein Gesetz, daß Schwarzen verbot, sich im Bus neben Weiße zu setzen.«

»Ich weiß. So was Idiotisches.«

»Natürlich ist es idiotisch, aber es war trotzdem ein Gesetz, bis eine Frau namens Rosa Parks –«

»Das haben wir in der Schule gelernt. Sie setzte sich in den Bus, und alle sind in Streik getreten...«

»Genau. Und danach wurde das Gesetz geändert, und seitdem können sich Schwarze im Bus hinsetzen, wo sie wollen. Der Sachverhalt war immer noch derselbe, nur daß es vorher verboten war und nachher eben nicht mehr. Es liegt nicht an der Sache selbst, sondern am Gesetz. Verstehst du, was ich meine?«

»Klar. Das hab' ich kapiert.«

»Kann ich mir denken. Und mit Graham, meinem Mandanten, ist es ein bißchen wie in diesem Beispiel. Ich bin nicht sicher, ob man das Gesetz ändern soll, das es verbietet, seinen Vater oder seine Mutter zu töten...«

»Warum nicht?«

»Weil man kaum feststellen kann, ob es aus den richtigen Gründen passiert ist. Woher weiß man, ob es der Kranke wirklich gewollt hat? Oder ob er überhaupt alles mitbekommt?« Hardy beschloß, seinen Martini zu versuchen, um Zeit zu gewinnen. »Manchmal ist es ziemlich anstrengend, einen Kranken zu pflegen, so daß es die Leute, die ihn versorgen, nicht mehr aushalten und sich seinen Tod wünschen.«

»Das wäre furchtbar!«

»Genau. Und wenn wir kein Gesetz dagegen hätten, würde so etwas vielleicht vorkommen. Es gibt noch jede Menge weiterer Probleme. Die Sache ist wirklich kompliziert. Doch in diesem Fall hat Graham möglicherweise richtig gehandelt. Das glaube ich wenigstens. Ich hoffe es.«

Sie sah ihn an. »Wenn du ihm hilfst, Daddy, hat er bestimmt nichts Böses getan.«

Hardy mußte lachen. »Bist du sicher?«

»Ehrenwort.«

Zwischen Graham und seinem Vater war nicht alles eitel Sonnenschein gewesen.

»Für wen hältst du dich eigentlich, deinem alten Vater Vorschriften zu machen?« Obwohl es noch nicht einmal zehn Uhr vormittags war, hatte Sal schon getrunken. Er holte mit unsicherer Hand zu einer Ohrfeige aus. »Ich bin dein Vater, und du bist nichts weiter als eine Rotznase und tust, was ich dir sage, nicht umgekehrt.«

Mühelos wich Graham dem Schlag aus, aber der Rest würde nicht so einfach werden.

»Wir haben einen Termin, Sal. Beim Arzt, schon vergessen?«

»Wie oft soll ich noch wiederholen, daß ich zu keinem Arzt gehe? Wovon soll ich leben, wenn sie mir den Führerschein wegnehmen?«

Graham gab sich Mühe, nicht die Geduld zu verlieren. »Wir gehen zu Dr. Cutler, Sal, einem Freund von mir. Nicht zu dem anderen. Wie hieß er noch mal? Finer.«

»Die sind doch alle gleich. Finer, Cutler, ist mir egal. Ich gehe nicht hin.« Sal saß mit verschränkten Armen in Trotzhaltung auf dem Sofa. Dann nahm er den Flachmann, der vor ihm auf dem Tisch lag, und trank einen Schluck. »Ich habe es satt, daß ständig jemand an mir rumfummelt.«

»Ich weiß, Dad.« Du kannst dir gar nicht vorstellen, wie satt ich das alles habe, dachte er. Und Russ Cutler hatte ihm erklärt, die Alzheimersche Krankheit würde sich weiter verschlechtern – vorausgesetzt der Hirntumor setzte dem Trauerspiel nicht schon vorher ein Ende. Und zum Glück sah es aus, als ob er inoperabel war.

Graham war zwar nicht zum Scherzen aufgelegt, sah aber, daß die Situation nicht einer gewissen Ironie entbehrte. Er war mit Sal wegen der Alzheimerschen Krankheit bei Russ Cutler gewesen. Sal wurde plötzlich immer verschrobener, so daß man kaum noch mit ihm zurechtkam. Deshalb hatte sich Graham bei einem Fachmann erkundigen wollen, ob sein Vater weiterhin allein leben konnte. Sollte Sal besser in ein Altenheim gehen, obwohl er sich so davor fürchtete? Würde er überhaupt noch mitbekommen, wo er war?

Cutler war zwar nicht auf Alzheimer spezialisiert, aber er kannte sich aus. Die Krankheit begann schleichend mit zuerst kaum wahrnehmbaren Lücken im Kurzzeitgedächtnis, die immer größer wurden, bis die Denkfähigkeit völlig verlorenging. Die Gegenwart trat hinter die Vergangenheit zurück.

Am quälendsten empfand Graham, daß die Anfälle keinem bestimmten Muster zu folgen schienen. Phasen der Vergeßlichkeit wechselten sich mit einem nahezu normalen Verhalten ab. Man war versucht, die Augen davor zu verschließen, daß keine Besserung möglich war, und hoffte immer weiter.

Bis vor ein paar Monaten hatte Graham viel Zeit mit seinem Vater verbracht. Er hatte ihn im Fischlaster begleitet, mit ihm Karten gespielt und Spaziergänge unternommen. Gleichzeitig mußte Graham jedoch sein eigenes Leben ordnen. Was wollte er mit seiner Zukunft anfangen? Wo gehörte er hin? Sal war ihm eine große Hilfe gewesen. Sein bester Freund. Ein weiser – wenn auch ein wenig unverblümter – Ratgeber, Spielkamerad und Trinkkumpan.

Doch immer wieder bekam Sal aus heiterem Himmel Aussetzer. Manchmal erkannte er Graham nicht mehr. »Sohn? Du willst mich wohl verarschen? Ich habe meine Söhne seit fünfzehn Jahren nicht gesehen. Du glaubst wohl, du kannst mich reinlegen. Was willst du von mir? Wenn du denkst, du kommst an mein Geld ran, wirst du dein blaues Wunder erleben.«

Stundenlang hatte Graham im stinkenden Flur des Lions Arms ausgeharrt, um sicherzugehen, daß sein Vater in diesem Zustand nicht das Haus verließ. Die Situation belastete ihn, ganz zu schweigen davon, daß es mit Sal bergab ging.

Deshalb hatte er sich an Russ gewandt und erfahren, daß diese Gedächtnislücken zum Krankheitsbild gehörten, das sich so lange verschlechtern würde, bis das Gehirn endgültig den

Dienst versagte. Was sich nach diesem Punkt dort abspielte, war für Außenstehende nicht mehr festzustellen.

»Und selbst dann kann es passieren«, hatte Russ erklärt, »daß du deinen Vater eines Tages im Pflegeheim besuchst. Und obwohl er seit einem halben Jahr keinen zusammenhängenden Satz mehr gesprochen hat, sieht er dich auf einmal an und sagt hallo, als hättet ihr euch erst gestern das letzte Mal gesehen, was für ihn durchaus so sein kann.«

Dann aber wurde der Tumor festgestellt, und es sollten einige Untersuchungen stattfinden. Heute war die erste davon an der Reihe. Auch wenn der Tumor selbst noch nicht lebensbedrohlich war, konnte er den Verlauf der Alzheimerschen Krankheit beschleunigen. Russ Cutler konnte zwar nur Vermutungen anstellen, doch vielleicht war es möglich, das Wachstum des Tumors aufzuhalten und damit Sals Gedächtnisverlust hinauszuzögern.

»Komm schon, Dad. Dr. Cutler wartet auf uns. Er ist wirklich sehr nett.«

Aber Sal hatte die Augen geschlossen. Er war gegen die Armlehne des Sofas gesunken, und seine Hose wies im Schritt einen nassen Fleck auf – Alkohol oder Urin.

Mein Gott! Graham hielt es nicht länger aus. Er wünschte, der alte Mann würde ihm den Gefallen tun, möglichst bald zu sterben.

19

Meistens fiel das Ritual, bei einer Tasse Kaffee gemütlich die Zeitung zu lesen, wegen des morgendlichen Tohuwabohus ins Wasser. Man mußte dafür sorgen, daß die Kinder sich wuschen, sich anzogen, sich die Zähne putzten und sich kämmten, frühstückten und pünktlich in die Schule kamen. Nur die Sonntage hatten noch etwas von diesem alten Zauber.

Hardy und Frannie lagen noch im Bett und hatten die Sonntagszeitung um sich herum ausgebreitet. Die Kaffeetassen waren schon leer. Auf dem Weg nach North Beach hatte Hardy Cannoli und Biscotti besorgt, und nun war das ganze Bett voller Krümel. Doch darum würde er sich später kümmern.

Vincent und Rebecca hatten zwar nicht lange geschlafen – an einem Wochenende? Das sollte wohl ein Scherz sein! –, aber im Augenblick waren sie friedlich damit beschäftigt, die größte Lego-Burg der Welt zu bauen.

Hardy hatte das Fenster einen Spalt geöffnet, um frische Luft hereinzulassen. Sonnenlicht flutete ins Zimmer.

Das Telephon klingelte, und da das drahtlose Gerät neben ihrem Bett verschwunden war, würde jemand aufstehen und abheben müssen. Frannie lächelte Hardy an. »Nach dem Joggen gestern tut es dir bestimmt gut, wenn du dich ein bißchen bewegst.« Aber sie war schon aufgestanden, um dranzugehen. Kurz darauf stand sie wieder in der Tür. Sie fuhr sich mit den Fingern durchs lange rote Haar und hatte einen Fuß auf den anderen gestützt. »Es ist Graham Russo«, sagte sie.

Es war auch der Sonntag im Jahr an dem der *Bay-To-Breakers*-Lauf stattfand.

Jedes Jahr versammelten sich mehr als hunderttausend Menschen in San Francisco, um die etwa zehn Kilometer vom Perry Building bis nach Ocean Beach zu joggen. Nur ein winziger Prozentsatz der Läufer sah darin einen ernsthaften Wettkampf, das Ereignis hatte sich im Laufe der Jahre zu einem regelrechten Volksfest entwickelt.

Einige Mannschaften erschienen als Raupen verkleidet, andere liefen barfuß oder nackt, manche legten die ersten drei Blocks in Windeseile zurück, um sich dann in eine Bar zu verdrücken und sich selbst im Fernsehen zu sehen. Großmütter, Kinder, Hunde, Schlangen und Blaskapellen im Dauerlauf – eine einzige Riesenparty.

Graham Russo hatte Hardy vom Jack-London-Square in Oakland angerufen und ihm mitgeteilt, er sei für ein paar Tage untergetaucht, um einige Entscheidungen zu treffen und seine Möglichkeiten gegeneinander abzuwägen.

Jetzt war der Zeitpunkt gekommen. Wenn Hardy die Alameda-Fähre nach Oakland nahm und ihn abholte, würde Graham sich der Polizei stellen. Auf der Fahrt über die Bucht würden sie Gelegenheit haben, ihre Strategie zu planen. Außerdem war Graham bereit, Hardys Fragen zu beantworten.

Normalerweise wäre das ein guter Einfall gewesen, doch Graham hatte die Rechnung ohne den Volkslauf gemacht. Während Hardy zu seinem Auto ging, sagten ihm die Menschenmassen und der dichte Verkehr, daß heute anscheinend etwas Besonderes los war.

Es dauerte eine Weile, bis ihm der Grund klarwurde, denn Hardy hatte selbst vor dem schmerzhaften Erlebnis seiner miserablen Kondition nie Lust gehabt, sich an diesem Lauf zu beteiligen. Er wußte, daß es in den nächsten Stunden schwierig werden würde, mit der Fähre irgendwo hinzufahren. Die Fährstation überhaupt zu erreichen, war schon eine Herausforderung.

Hardy versuchte sein bestes. Er hatte Graham versprochen, in etwa einer Stunde bei ihm zu sein, und sogar gehofft, daß er es schneller schaffen würde. Es war nämlich nicht ungewöhnlich, daß wegen Mordes angeklagte Mandanten, die im Begriff waren, sich zu stellen, ihre Meinung wieder änderten.

Da die Rennstrecke am Golden Gate Park entlang, also einige Blocks südlich der wichtigsten Ost-West-Verbindung, der Geary Street, verlief, glaubte Hardy, daß er vielleicht noch eine Chance hatte. Soweit er wußte, hatte das Rennen um acht Uhr begonnen, und nun war es kurz vor zehn. Einige Teilnehmer hatten wahrscheinlich noch nicht einmal die Startlinie überquert, denn vor dem Startschuß erstreckte sich die Schlange der Läufer meistens kilometerweit am Embarcadero. Möglicherweise waren die Ausfallstraßen noch nicht von den Leuten verstopft, die das Rennen bereits hinter sich hatten und die Stadt wieder verließen, um ihren Erfolg zu feiern.

Wirklich war er fast bis zur Van Ness Avenue am westlichen Rand der Innenstadt gekommen, als plötzlich nichts mehr ging. Stau.

Nachdem er zehn Minuten an einer Ecke festgestanden hatte, stieg er aus und sah sich um. Alles hupte wie wild. Wohin das Auge blickte, Autoschlangen, die im Sonnenlicht funkelten. Menschenmassen winkten, sangen, beglückwünschten einander und amüsierten sich offenbar großartig, obwohl sich nur die wenigsten am Rennen beteiligten. Es gab nicht einmal einen Platz, wo er das Auto abstellen konnte, um sich zu Fuß durchzuschlagen. Die nächsten Stunden würde er wohl hier verbringen müssen.

Vincent war am frühen Nachmittag zu einer Geburtstagsfeier eingeladen, und Frannie und Rebecca veranstalteten mit Erin, der Mutter von Frannies erstem Mann, ein Picknick an den Klippen vor der Ehrenlegion. Deshalb war niemand da, um die nächsten Anrufe Grahams entgegenzunehmen. Als Hardy endlich kurz nach vier nach Hause kam und den Anrufbeantworter abhörte, stellte er fest, daß Graham zunehmend ärgerlicher und entnervter klang.

Eine Stimmung, für die er im Augenblick das größte Verständnis hatte.

Die letzte Fähre lag am Pier von Alameda. Graham trug eine Windjacke und saß neben seiner Reisetasche auf einem Poller neben der Gangway.

Sarah hatte schon vier Fähren abgewartet, sich aber stets im Hintergrund gehalten. Sie hatten vereinbart, daß sie nach Hause gehen würde, wenn Grahams Anwalt erschien. Allerdings waren sie sich einig gewesen, daß Graham nicht den ganzen Nachmittag allein hier herumzusitzen brauchte.

Und nun sah es aus, als würde Hardy nicht mehr auftauchen. Sarah war enttäuscht, daß er Graham einfach versetzte. Was war das überhaupt für ein komischer Anwalt?

»Er ist in Ordnung«, sagte Graham. »Bestimmt ist etwas dazwischengekommen.«

»Was denn?«

Er zuckte die Achseln. »Vielleicht hatte er ja eine frühere Fähre genommen, und wir haben uns verpaßt.«

»Während du an einer Stelle auf ihn wartest, an der jeder vorbeigehen muß. Du bist doch nicht unsichtbar!«

Die letzten Passagiere stiegen aus und kamen die Gangway hinunter. Es waren vier Paare Mitte Zwanzig mit bemalten Gesichtern und nicht mehr ganz nüchtern. Sie lachten laut. Über ihre Laufanzüge hatten sie T-Shirts mit dem Logo des Volkslaufs gestreift.

Graham und Sarah hatten zwar den ganzen Tag hier verbracht, waren aber damit beschäftigt gewesen, sich voneinander zu verabschieden und sich auf das vorzubereiten, was ihnen bevorstand. Jedesmal, wenn eine Fähre eintraf, wuchs ihre Anspannung. Wo steckte Hardy? Was würde mit Graham und mit ihrer Beziehung geschehen? Von ihrer Umgebung hatten sie kaum Notiz genommen.

Doch jetzt wurde ihnen schlagartig klar, was die T-Shirts zu bedeuten hatten. »*Bay-to-Breakers*«, sagte Sarah. »Tolle Idee.«

Graham griff nach seiner Tasche. »Anscheinend war unser Timing nicht das beste.«

»Muß wohl so sein.«

Sie standen mitten auf der Bay Bridge im Stau, als Sarah das Thema zur Sprache brachte. Seit der für sie wenig erfreulichen Begegnung mit Craig Ising am gestrigen Tag ließ es sie nicht mehr los. Sie mußte sich Klarheit verschaffen.

»Dein Freund Craig Ising –«

»Er ist nicht mein Freund«, fiel er ihr ins Wort. »Unsere Beziehung beschränkt sich darauf, daß er mich bezahlt.«

Das erleichterte sie zwar sehr, war aber nicht das, worauf sie hinauswollte. »Jedenfalls hat er mir erzählt, daß dein Vater für ihn und ein paar andere Spieler als Geldkurier gearbeitet hat.«

»Stimmt. Na und?«

»Jetzt werd nicht gleich sauer. Ich versuche nur rauszukriegen, was dein Vater gemacht hat und wer er war.«

Allerdings schien Graham gekränkt. »Er war nicht ganz koscher, Sarah. Zufrieden? Er hat ohne Genehmigung Fisch verkauft, und vielleicht war er auch Geldkurier. Wenn du willst, kannst du ihn ja anzeigen.«

»Ich meinte damit nicht –«

»Doch. Kann sein, daß er kein rechtschaffener Bürger war, aber er hat niemanden Schaden zugefügt. Muß wohl in der Familie liegen.«

»Was soll das heißen?«

»Daß man sich an die Regeln hält und mit offenen Karten spielt, und trotzdem reingelegt wird. Und irgendwann beginnt man schließlich, an diesen geheiligten Regeln zu zweifeln.« Er senkte die Stimme. »Du bist auch gerade dabei, ein paar Regeln zu brechen, Sarah. Manchmal lassen sie sich eben einfach nicht anwenden. Und was dann?«

»Man kann trotzdem nicht einfach tun, was man will. Falls doch, darf man sich nicht beklagen, wenn man erwischt und bestraft wird«, fügte sie, mehr an sich selbst gewandt, hinzu.

Graham betrachtete ihr ernstes Gesicht und ihren trotzig vorgeschobenen Kiefer und legte ihr die Hand aufs Bein. »Ich hätte dich nicht in diese Lage bringen sollen«, sagte er leise. »Tut mir leid.«

Sie seufzte. »Ich hab' mich selbst in diese Lage gebracht, Graham. Schließlich bin ich freiwillig hier. Außerdem weiß ich, daß ständig gegen die Regeln verstoßen wird, und manchmal ist es auch gerechtfertigt. Mich interessiert nur, ob Sals Job als Geldkurier vielleicht etwas mit seiner Ermordung zu tun hat.«

Nun stieß Graham seinerseits einen Seufzer aus. »Er hat schon vor langer Zeit damit aufgehört.«

»Wann?«

»Keine Ahnung. Mindestens zwei Jahre.«

»Bist du sicher?«

»Glaub schon. Als er immer vergeßlicher wurde, fand er es zu gefährlich.«

»Genau das meine ich.«

Graham überlegte eine Weile und legte die Füße aufs Armaturenbrett. Es dämmerte. Er hatte sein Fenster heruntergekurbelt. Die Silhouette der Stadt jenseits des dunklen Wassers funkelte wie ein Edelstein. »Er hätte gewiß nicht wieder damit angefangen. Dazu bestand kein Grund. Er hatte keine finanziellen Probleme, und so viel Geld steckte für ihn auch nicht drin. Ab und zu mal ein Hunderter. Dafür hätte er nie riskiert, daß er eine größere Summe verschlampt und der Empfänger sauer auf ihn wird.«

»Kann es nicht sein, daß er in letzter Zeit, vielleicht vergangene Woche, zufällig einen alten Bekannten getroffen hat, der ihn um einen Gefallen bat? Nur ein einziges Mal. Und dann hat er es vergessen. Oder er hat nicht daran gedacht, daß er es vergessen könnte, und ja gesagt.«

»Und weiter?«

»Ich habe nur laut überlegt. Es könnte ein Motiv sein.«

Graham legte ihr die Hand aufs Bein. »Sarah, wir brauchen kein Motiv. Er hat Selbstmord begangen.«

Sie sah ihn an. »Hör endlich auf damit, Graham! Bitte! Das glaubt kein Mensch.«

»Ich glaube es.«

Sie schob seine Hand weg. »Es stimmt nicht. Deshalb glaube ich es nicht. Inzwischen weiß ich ziemlich gut, was passiert ist. Ich versuche nur, mir etwas einfallen zu lassen, das deinem Verteidiger helfen könnte. Und möglicherweise bringt uns diese Theorie auf die richtige Spur.«

Wieder herrschte Schweigen. Graham musterte sie. »Und was ist also passiert, dessen du so sicher bist?«

»Graham, bitte.«

»Nein, ich will es wirklich wissen.«

Sarah wandte den Blick von der Straße ab, weil sie ohnehin nur im Schrittempo fuhr. »Was willst du damit sagen?« fragte sie schließlich.

»Was willst *du* damit sagen?« fauchte er. »Denkst du nach all dieser Zeit immer noch, ich hätte Sal getötet?«

»Ich denke nur, daß jemand in seiner Wohnung war. Es würde mir nichts ausmachen, wenn du es warst, wenn du ihm geholfen hast, Graham. Das will ich damit sagen.«

»Mir würde es aber was ausmachen! Mein Gott, Sarah, glaubst du denn nichts von dem, was ich dir gesagt habe?«

»Schrei mich nicht an. Bitte, schrei mich nicht an.« Sie wagte nicht, ihn anzusehen, blickte starr geradeaus und umklammerte mit beiden Händen das Lenkrad. »Ich will dir etwas sagen«, fuhr sie fort. »Jemand war bei ihm. Jemand hat ihm geholfen zu sterben. Oder ihn umgebracht.«

20

Abe Glitsky stand wie angewurzelt an der Schwelle zum Großraumbüro der Mordkommission. Er klappte ein paarmal den Mund auf und zu, brachte aber kein Wort heraus.

Es war der Anfang einer neuen Woche. Die meisten Detectives saßen bereits an ihren Schreibtischen, tranken Kaffee, erledigten ihren Papierkram, planten den Tag, schrieben Berichte über Zeugenvernehmungen oder studierten Tonbandmitschriften. Alle waren so beschäftigt, daß niemand aufblickte.

Abe hatte nicht vor, ihnen die Genugtuung zu gönnen. Endlich schaffte er es, sich in Bewegung zu setzen, ging in sein Büro und schloß leise die Tür hinter sich. Sie bestand aus hellem Holz und war am Freitag angebracht und frisch lackiert worden. Sie war zwar noch nicht völlig mit Aufklebern, Steckbriefen und Zielscheiben aus dem Schießstand tapeziert, doch anscheinend hatte sich ein Team von Fachleuten bereits an die Arbeit gemacht. Nicht einmal ein Einschußloch fehlte. In der Mitte prangte ein riesiges, durchgestrichenes Bild von Bozo, dem Clown.

Glitsky holte tief Luft und ließ sich an seinem Schreibtisch nieder. Mit der geschlossenen Tür wirkte das Zimmer auf einmal ziemlich eng. Außerdem konnte er nicht sehen, was draußen vor sich ging. Das war zwar auch zuvor nicht der Fall gewesen, doch Glitsky hatte es noch nie bemerkt.

Nun fühlte er sich auf einmal von der Außenwelt abgeschnitten. Vorsichtig riskierte er einen Blick nach rechts. Von innen sah die Tür genauso neu und frisch gestrichen aus wie am Freitag – bis auf den splittrigen Rand des Ausschußlochs natürlich.

Glitsky erinnerte sich an einen der endlosen Arbeitskämpfe vor einigen Jahren, wie sie bei städtischen Bediensteten häufig vorkamen. Einige unbekannte und nie gefaßte Beamte hatten eines Freitagnachts Hühner im Büro von Polizeichef Dan Rigby laufenlassen. Anscheinend fanden sie, daß ihr Vorgesetzter sich verhielt wie ein ängstliches Huhn, anstatt für die Belange seiner Untergebenen einzutreten. Dieser Wink mit dem Zaunpfahl hatte sich als sehr wirksam erwiesen.

Allerdings glaubte Glitsky nicht, daß seine Mitarbeiter ähnliche Gefühle für ihn hegten. In seiner Abteilung gab es, soweit er wußte, keine Spannungen. Er verstand sich mit allen.

Vielleicht war es ja jemand aus Pratts Büro gewesen. Aber nein, von denen hätte sich keiner in die Mordkommission getraut.

Es war doch nur ein Dummerjungenstreich. Glitsky fand ihn zwar nicht sehr witzig, mußte aber daran denken, daß Rigby über die Sache mit den Hühnern auch nicht hatte lachen können. Er war derart in die Luft gegangen, daß ihn danach niemand mehr ernstgenommen hatte. Glitsky beschloß, diesen Fehler nicht zu wiederholen. Er würde ganz ruhig bleiben und kein Wort darüber verlieren.

Innerlich jedoch kochte er vor Wut.

Er stand auf und kratzte an dem Loch in der Tür. Die Kugel hatte das Holz glatt durchschlagen. Automatisch suchte er die gegenüberliegende Wand ab. Ganz oben, dicht unter der Decke, sah er die Einschußstelle. Glitsky glaubte nicht, daß ein Detective so dämlich sein konnte, eine Schußwaffe hier im Gebäude abzufeuern. Nicht einmal am Wochenende, wenn die Wahrscheinlichkeit, jemanden zu verletzen, ein wenig geringer war.

Kurz spielte er mit dem Gedanken, das Geschoß sicherzustellen und die Kugel und die Waffen aller seiner Mitarbeiter ballistisch untersuchen zu lassen. Wenn er auf diese Weise den Übeltäter fand, würde er ihn in aller Öffentlichkeit demütigen, ihn grausamen Foltern unterwerfen und ihn dann an die Luft setzen, wobei die Reihenfolge beliebig war. Glitsky überprüfte das Einschußloch. Natürlich hatte jemand die Kugel bereits herausgeholt.

Immerhin hatte er es hier mit Profis zu tun – Idioten zwar, aber professionelle Idioten.

Wahrscheinlich hatte der Täter selbst eine Patrone mit leichter Pulverladung angefertigt – wahrscheinlich nicht ganz so leicht wie beabsichtigt. Aber er hatte ein wenig nachgedacht –

und dann das Geschoß aus der Wand geholt und damit das Beweisstück beseitigt. Ganze Arbeit.

Das Klingeln des Telephons riß ihn aus seinen Grübeleien. »Glitsky.«

»Hardy.«

Daß Hardy sich bei ihm wieder lieb Kind machen wollte, hatte Glitsky in seiner augenblicklichen Laune gerade noch gefehlt. »Was willst du?«

»Hast du am Wochenende meine Nachricht bekommen?«

»Klar. Wie schön, daß es dir leid tut. Das hast du mir bereits am Freitag in deinem Büro gesagt. Schon vergessen? Für deine Entschuldigungen kann ich mir nichts kaufen. Und jetzt laß mich in Ruhe. Ich habe zu tun.«

Eine Pause entstand. »Deshalb rufe ich nicht an. Ich bringe heute vormittag Graham Russo vorbei und wollte dir Bescheid sagen.«

»Echt nett von dir. Danke. Ich gebe es weiter.«

Glitsky legte auf, betrachtete noch einmal das Einschußloch und ging dann hinaus ins Großraumbüro.

Graham hatte allein in seiner Wohnung übernachtet und rief Hardy kurz vor Sonnenaufgang an. Daß ausgerechnet gestern der Volkslauf stattfinden mußte, fanden beide sehr komisch. Hardy holte Graham auf dem Weg zur Arbeit ab.

Nun saßen sie in seinem Büro auf dem Sofa. Die Türen waren geschlossen. Nach Hardys Anruf bei Glitsky hatte Phyllis die Anweisung erhalten, keine Telephonate mehr durchzustellen. Die Morgenzeitung hatte wieder einen Artikel über Graham gebracht, und Hardy hatte dazu ein paar Fragen an seinen Mandanten. Barbara Brandt, die Lobbyistin in Sacramento, hatte sich auf Anweisung von Sharron Pratt einem Lügendetektortest unterzogen und gesagt, sie habe an Sals Todestag mit Graham gesprochen. Da sie den Test bestanden hatte, entsprach das offenbar der Wahrheit.

»Was hat das zu bedeuten?« fragte Hardy. »Sie behauptet, dich beraten zu haben, bevor du zu deinem Vater gefahren bist. Und du willst mir erzählen, du kennst sie nicht.«

»Ganz recht.« Graham, der heute Hose und Sakko trug, schüttelte den Kopf. Er schien aufrichtig erstaunt. »Ich habe keine Ahnung, warum sie sich einmischt, Diz. Ich bin ihr noch nie zuvor begegnet. Nein, stimmt nicht ganz, sie hat mich einmal angerufen.«

Hardy saß bemüht gelassen da, hatte die Beine übereinandergeschlagen und die Hände auf dem Schoß gefaltet. »Graham, sie hat den Lügendetektortest bestanden.«

»Das ist mir doch egal. Ich kann ja auch einen Test machen. Ich kenne diese Frau nicht. Sie muß einen Dachschaden haben.«

»Sie ist Lobbyistin in Sacramento.«

Graham lächelte. »Na also.«

Hardy runzelte angestrengt die Stirn. »Und du kennst sie nicht?« fragte er zum letzten Mal. »Was soll dann –«

»Keine Ahnung. Vielleicht geht es ihr um die Publicity.«

»Aber sie hat mit dir telephoniert.«

Graham verhehlte seine Ungeduld nicht. »Ich weiß bis heute nicht, was sie von mir wollte.« Er stützte die Ellenbogen auf die Knie. »Ich schwöre. Was bringt ihr das eigentlich?«

Hardy stellte sich dieselbe Frage. »Du warst auf der Titelseite des *Time Magazine*, und der Artikel war sehr wohlwollend. Vielleicht will sie dich vor ihren Karren spannen.«

Graham lehnte sich zurück. »Aber die Geschichte im *Time Magazine* stimmt doch von vorne bis hinten nicht. Sie vermittelt ein völlig falsches Bild.« Darüber hatte er auch mit Sarah gestritten, aber das konnte er Hardy im Augenblick schlecht erzählen. »Ich habe die Wohnung an diesem Tag betreten, Diz. Als ich ankam, war Sal nicht da. Außerdem habe ich weder mit Barbara Brandt noch mit sonst jemandem gesprochen. Ich belüge dich nicht.«

Hardy war fast froh, daß Graham regelrecht verzweifelt klang. Vielleicht begriff er allmählich den Ernst seiner Lage. Allerdings war noch eine letzte Hürde zu überwinden, bevor Hardy die Verteidigung offiziell übernehmen konnte. »Okay, Graham, du lügst nicht. Das ist eine gute Nachricht. Doch die schlechte Nachricht ist, daß ich den Fall vielleicht abgeben muß.«

»Das ist nicht lustig.«

»Aber wahr.«

Graham sah ihn flehend an und ließ den Kopf sinken. »Warum?«

Obwohl Hardy keine große Lust dazu hatte, würde er nicht darum herumkommen, die Karten auf den Tisch zu legen. »Bis zu diesem Zeitpunkt schuldest du mir etwa vierhundert Dollar für rund zwei Stunden.«

»Du hast schon viel mehr Zeit reingesteckt.«

Hardy tat diesen Einwand ab. »Nur mal so grob geschätzt. Vierhundert also bis heute, aber wenn ich weitermache und wir vor Gericht gehen, wird mich das den Großteil des nächsten Jahres beanspruchen.«

»Oder ich nehme einen Pflichtverteidiger.«

»Richtig. Es sind einige sehr gute Leute dabei. Ich kann dir ein paar empfehlen –«

»Ich dir auch«, unterbrach ihn Graham. »Ich kenne diese Typen. Sie müssen fünfzig Fälle gleichzeitig bearbeiten, und ich wäre dann einer davon.«

Hardy hielt es für Zeitverschwendung, darüber zu streiten. Viele Pflichtverteidiger verstanden etwas von ihrem Beruf, doch Graham hatte recht. Die Anzahl der Fälle wirkte sich eben auf die Qualität der Verteidigung aus. Allerdings konnten sie nicht den ganzen Tag hier herumsitzen. Hardy hatte Glitsky bereits informiert, daß er Graham in den Justizpalast bringen würde. Und wenn man Glitskys Laune in Betracht zog, war ihm durchaus zuzutrauen, daß er einen Streifenwagen zu Hardys Büro schickte, um Graham festzunehmen. Als kleine Lektion zum Thema Benimmregeln unter Freunden sozusagen.

»Ich hätte einen Vorschlag«, sagte Graham. »Ich zahle dir einen kleinen Vorschuß, so etwa zweitausend, und du übernimmst den Fall. Nach sechs Wochen erzählst du dem Richter, daß ich pleite bin, das Gericht ernennt dich zu meinem Pflichtverteidiger und zahlt dein Honorar.«

Hardy schüttelte den Kopf. »Nein, das mache ich nicht.«

»Klar, und ich kann dir nicht mal einen Vorwurf daraus machen. Ist ja auch nicht ganz astrein.«

»Und wie soll es weitergehen? Wenn du einen Strafverteidiger deiner Wahl willst, mußt du ihn bezahlen. So funktioniert es nun mal.«

»Ich weiß. Du hast recht.« Graham zog einen Umschlag aus der Innentasche seines Sakkos. »Wenn du die vierhundert abziehst, die ich dir bereits schulde, bleiben noch elftausendsechshundert übrig.«

Hardy drehte den Umschlag in den Händen, legte ihn dann auf die Couch und ging zum Fenster. Er fühlte sich in dieser Situation überhaupt nicht wohl. Es hatte einmal eine Zeit gegeben, in der er diesen Fall buchstäblich umsonst übernommen hätte. Er hätte von Bohnen und Hamburgern gelebt und wäre schon irgendwie klargekommen. Aber inzwischen durfte er nicht nur an sich selbst denken. Er hatte eine Familie, die finanziell völlig von ihm abhängig war. Ein Ausspruch von Talleyrand fiel ihm ein – ein verheirateter Mann mit Kindern tut für Geld praktisch alles.

Hardy sparte sich die heikle Frage, woher das Geld stammte, und drehte sich um. »Tut mir leid, Graham, das ist immer noch viel zu wenig.«

»Reicht es nicht einmal für die Anzahlung? Für den Rest könnte ich dir eine Verpflichtung unterschreiben.«

»Und was ist, wenn du verurteilt wirst? Bekanntermaßen ist es im Gefängnis ziemlich schwierig, Geld zu verdienen.« Eigentlich wollte Hardy nicht so zynisch sein, doch verglichen mit dem, was Graham in den nächsten Monaten bevorstand, war es noch recht sanft.

»Für meinen Beemer würde ich wahrscheinlich fünfundzwanzigtausend kriegen. Sals Baseballkarten bringen sicher noch mal dreißig ein.«

»Nur daß Sals Karten dir nicht gehören. Sie sind beschlagnahmt.«

Da Graham verdächtigt wurde, seinen Vater wegen des Geldes und der Baseballkarten ermordet zu haben, würde der Staat im Fall einer Verurteilung alles konfiszieren. Im Augenblick waren die Sachen unter Verschluß.

Allerdings brannte Hardy darauf, den Fall zu übernehmen,

der ihn nun schon seit einigen Wochen beschäftigte. Er konnte sich nicht vorstellen, die Angelegenheit jetzt abzugeben. Siebenunddreißigtausend Dollar – zwölf im Umschlag und fünfundzwanzig für den BMW – reichten nicht als Honorar für ein Jahr Arbeit an einem Mordprozeß. Doch unter gewöhnlichen Umständen wäre es eine vernünftige Anzahlung gewesen.

Sie würden einen Weg finden müssen. Hardy war überzeugt, daß Graham sich bemühte, seinen guten Willen zu zeigen. Aber er wollte sich lieber nicht vorstellen, woher das Geld in dem Umschlag stammte. Vermutlich handelte es sich um Softball-Prämien oder um Ersparnisse aus seiner Zeit als gutverdienender Anwalt.

Also brach Hardy die erste Regel eines Strafverteidigers, die da lautete, das Honorar stets im voraus zu kassieren, aber das war ihm egal. Es war – wie immer in Glaubensdingen – eine irrationale Entscheidung, die man nicht leicht erklären konnte. Er hatte einfach das Gefühl, er müsse es tun. »Gut, Graham«, sagte er. »Ich verlange zweihundert pro Stunde und doppelt so viel für die Zeit im Gerichtssaal. Unterschreibst du mir eine Bestätigung, daß du alles bezahlst, wenn die Sache vorbei ist, auch wenn dir das Ergebnis nicht gefällt?«

Wahrscheinlich waren Graham und er im Begriff, einen schweren Fehler zu machen, dachte Hardy. Und Graham nahm sich auch nicht mehr Bedenkzeit, als eine solche Dummheit verdiente – etwa eine Sekunde. »Okay, einverstanden.«

Hardy hielt ihm die Hand hin. »Dann hast du jetzt einen Anwalt.«

Als Hardy am späten Nachmittag wieder ins Büro kam, rief Helen Taylor an. Grahams Mutter bat ihn – mit einer sehr kultivierten Stimme – um einen Termin. Sie wolle den Fall mit ihm erörtern, sobald es ihm möglich sei.

»Natürlich möchten wir Graham helfen, so gut wir können. Dürfen wir ihn im Gefängnis besuchen? Wissen Sie, wo er letzte Woche war? Wann wird er ... Wie nennt man das noch mal? Dem Haftrichter vorgeführt?«

»Genau so nennt man das. Morgen früh um neun, aber normalerweise fangen sie nicht so pünktlich an«, erklärte er, was eine starke Untertreibung war. »Wenn Sie um halb zehn zum Superior Court, Abteilung 22, kommen, haben Sie noch nichts verpaßt. Danach können wir uns unterhalten.«

»Ich werde da sein. Mein Mann auch.«

»Schön«, entgegnete Hardy. »Ich bin der Herr im Anzug, der neben Ihrem Sohn steht.«

Lanier und Evans klapperten sämtliche Wohnungen in Hunter's Point ab und befragten die Anwohner einer der belebtesten Kreuzungen des Viertels. Die Frage war, wer eine Salve von achtzig Schüssen aus mindestens drei verschiedenen Waffen gehört hatte. Bei dem Feuergefecht letzten Donnerstag abend waren zwei Jugendliche getötet und vier verwundet worden. Außerdem waren sechzehn Fensterscheiben zu Bruch gegangen, und die Alarmanlagen von fünf Ladengeschäften in dieser Straße hatten verrückt gespielt.

Kein Mensch hatte etwas mitbekommen. Donnerstag? Am Donnerstag sei es doch ziemlich ruhig gewesen.

Als erfahrene Polizistin hatte Sarah zwar nichts anderes erwartet, aber es machte sie trotzdem wütend. Marcel und sie hatten die gewaltige Menge von drei Zeugen ausfindig gemacht, die das Auto hatten heranfahren sehen. Die Insassen hatten willkürlich in eine Menschenmenge an der Ecke gefeuert. Allerdings war es dunkel gewesen, weshalb keiner die Automarke und das Modell erkannte hatte. Auch auf die Hautfarbe und das Geschlecht des Fahrers und möglicher weiterer Personen im Wagen wollte sich niemand festlegen.

»Was mir am meisten zu schaffen macht« – Sarah tröstete sich mit einem Milchshake im nächsten McDonald's – »ist, daß alle so tun, als handle es sich um eine Art Naturkatastrophe. Niemand hat Schuld, es ist einfach so passiert.«

Anscheinend hatte sich Marcel an dieses Phänomen gewöhnt, mit dem man sich als Cop ständig herumschlagen mußte. »Ich weiß nicht, warum sie das Zeug immer so dickflüssig machen. Ich kriege es kaum durch den Strohhalm. Denkst du, sie tun noch etwas Milch rein, wenn ich mich als Polizist zu erkennen gebe?«

»Ich habe eine verrückte Idee, Marcel: Du könntest es mal mit einem Löffel probieren. Schau, bei mir klappt es prima. Aber macht dich diese Einstellung der Leute nicht auch verrückt?«

Lanier stellte den Milchshake weg und zuckte die Achseln. »So ist es eben, Sarah. Niemand ist für irgend etwas verantwortlich. Der Vergleich mit der Naturkatastrophe, die alles überrollt, war ganz richtig.«

»Aber es gibt einen Täter, Marcel. Jemand kam mit dem Auto angefahren und hat die Jugendlichen erschossen...«

»Mach dir wegen der armen Kleinen keine schlaflosen Nächte. Ich wette, daß einige von denen ebenfalls bewaffnet waren.«

»Und deshalb schießt man auf die ganze Menschenmenge?«

»Und zwar daneben«, sagte Marcel. »Vergiß das nicht. Bei einer richtigen Bandenschießerei trifft man nie die Leute, auf die man es eigentlich abgesehen hat, sondern nur Unbeteiligte. Das ist so eine Art ungeschriebenes Gesetz oder ein Teil des Spiels. Genau weiß ich das nicht. Jetzt hole ich mir einen Löffel.«

Als Lanier zurückkam, starrte Sarah mit schimmernden Augen ins Leere. »Was ist jetzt?« fragte er, nachdem er sich gesetzt hatte.

»Nichts.«

Lanier löffelte seinen Milchshake. »Soll ich dir einen Rat geben, Sarah? Wahrscheinlich willst du es nicht hören, aber ich sage es trotzdem. Du darfst nicht so viel grübeln. Du nimmst das alles viel zu ernst.«

»Danke. Ich habe gerade an etwas anderes gedacht, nämlich an Graham Russo.«

»Genau das meine ich. Graham Russo sitzt im Gefängnis. Das heißt, daß wir uns bis zum Prozeß nicht mehr für ihn zu interessieren brauchen. Warum zerbrichst du dir also den Kopf über ihn?«

Sarah fragte sich, wieviel sie ihm verraten konnte, und rührte in ihrem Milchshake. »Da läuft irgendwas ab, wovon wir nichts wissen. Es muß einfach so sein.«

»Das trifft eigentlich immer zu. Aber eine Menge davon, was draußen so abgeht, hat nicht das Geringste mit unserem Job zu tun.«

»Das hier schon. Wir haben doch den Auftrag bekommen, uns nach Hinweisen umzusehen, ob Graham Russo nicht der Falsche ist. Sie haben uns dafür drei Tage gegeben. Bedeutet es, daß keine solchen Hinweise existieren, nur weil wir in dieser Zeit nichts gefunden haben?«

Lanier hatte keine große Lust, sich mit diesem Thema zu beschäftigen. Er tunkte den Löffel in seinen Milchshake und nickte. »Im Grunde schon.«

»Inzwischen sind sechs Tage vergangen. Tosca hat dir was von einem Machtkampf erzählt, in den Sal verwickelt war. Und ich habe erfahren, daß er am Tag seiner Ermordung möglicherweise eine große Geldsumme in seiner Wohnung aufbewahrte. Willst du mir tatsächlich erzählen, daß da kein Zusammenhang besteht?«

Lanier zuckte die Achseln. »Und wenn schon.«

Sie starrte ihn entgeistert an.

»Glaubst du wirklich, daß der Generalstaatsanwalt des Staates Kalifornien jetzt noch klein beigibt, nachdem er sich so aus dem Fenster gehängt hat? Keine Chance. Ich kenne Dean Powell. Schließlich hat er auch mal in unserem Laden gearbeitet. Und Soma? Du meine Güte! Selbst wenn wir den beiden eine von zwei Dutzend Zeugen unterschriebene eidesstattliche Erklärung vorlegen, daß Graham Russo am Todestag seines Vaters in New York gewesen ist, würden sie eben sagen, er muß ihn per Telephon getötet haben.«

Sarah lehnte sich zurück und trommelte mit den Fingern auf die Tischplatte. »Ich finde, wir müssen mit Abe darüber reden. Damit uns später niemand einen Vorwurf machen kann, auch wenn es sonst nichts bringt.«

»Und was soll der groß tun?« Lanier hatte das Interesse an seinem Milchshake verloren und schob ihn weg. »Die Grand Jury hat Russo bereits unter Anklage gestellt. Er sitzt im Knast. Nur wenn wir einen anderen mit rauchender Waffe in der Hand fänden, würde das noch was daran ändern – und vielleicht nicht mal das. Von jetzt an zählen nur noch Beweise.«

»Und das, was wir seit Freitag herausgefunden ...«

Lanier schüttelte den Kopf. »Das sind keine Beweise. Nur Mutmaßungen.«

»Stimmt, aber sie werfen eine Menge Zweifel auf. In jedem anderen Fall würden wir immer noch ermitteln.«

»Richtig.«

»Und?«

»Und in diesem Fall tun wir es eben nicht«, entgegnete Lanier nach einer Weile und zuckte wieder die Achseln. »So ist es nun mal.«

Sarah wußte, daß Lanier im Grunde genommen recht hatte. So war es nun mal. Die Polizeiarbeit hatte auch ihre häßlichen Seiten. Nötigenfalls verteidigte man seinen Standpunkt mit Zähnen und Klauen. Und vor allem kritisierte man nie einen Kollegen.

Wenn man ein Sensibelchen war, hinderte einen niemand daran, sich nach einem anderen Job umzusehen. Aber nur weil Sarah zum erstenmal in ihrer Laufbahn Zweifel an der Schuld eines Verdächtigen hatte, war sie noch lange keine schlechte Polizistin, keine Schwachstelle. Und sie war jederzeit bereit zu beweisen, daß sie sich kein X für ein U vormachen ließ. Sie stand abrupt auf. »Trink aus, Marcel«, sagte sie. »Wir fahren zurück nach Hunter's Point.«

Sarah war in ihrer Zeit als Cop schon oft in Hunter's Point gewesen. Die meisten erwachsenen Bewohner dieses heruntergekommenen Viertels hatten entweder selbst ein Gewaltverbrechen auf dem Kerbholz oder waren zumindest Zeuge eines solchen geworden. Bei McDonald's war Sarah plötzlich eingefallen, daß sie nur eine Zeitlang durch die Straßen zu fahren brauchten, um jemanden zu finden, den sie zum Reden bringen konnte. Und tatsächlich begegneten sie Yolanda, die gerade aus einem der mit Brettern verrammelten Läden kam.

Nachdem Marcel am Straßenrand gehalten hatte, sprang Sarah aus dem Wagen und zückte die Polizeimarke.

»Hey, ich hab' nichts getan. Was wollen Sie von mir?«

»Steig einfach ein, Yolanda. Wir müssen miteinander reden.«

Nun saß die Zweiundzwanzigjährige auf dem Rücksitz des Zivilfahrzeugs. Marcel stand in Sichtweite, etwa fünf Meter entfernt, an der Ecke. Allerdings hatten Sarah und Lanier nicht vor, die Zeugin auf die Methode »guter-Cop-fieser-Cop« einzuschüchtern. Sarah hatte ihre eigenen Mittel und Wege, Antworten zu bekommen.

»Ich habe dich vorgestern im Gefängnis gesehen, Yolanda. Hast du wieder mal Damon besucht? Wie geht's ihm denn?«

Damon Frazee war Gewichtheber, trug ein Ziegenbärtchen und konnte zuweilen der Versuchung nicht widerstehen, seine Mitbürger ein wenig aufzumischen. Das war auch am vorletzten Wochenende wieder passiert – eine freundliche kleine Kneipenschlägerei, bei der ein oder zwei Messer gezückt worden waren. Unglücklicherweise drohte Damon nach dem kalifornischen Gesetz nun lebenslänglich, denn es handelte sich um sein drittes Gewaltverbrechen. Falls er verurteilt wurde, würde Yolanda ihn nie wiedersehen. Sarah glaubte, diesen Umstand für ihre Zwecke ausnützen zu können.

»Damon is reingelegt worden«, murmelte Yolanda.

»Einer seiner Kumpel hat ihm das Messer untergeschoben, meinst du?«

Ein verstocktes Nicken. »Aber ich hab nichts getan. Sie haben kein Recht, mich mitzunehmen.«

»Ich nehme dich doch gar nicht mit. Ich will nur mit dir reden. Vielleicht kannst du Damon ja helfen.«

»Dem is nich zu helfen. Alles andere is gelogen.« Das arme Mädchen war völlig verschüchtert, zitterte am ganzen Leibe und kaute an den Fingernägeln. Tränen glitzerten in ihren Augen.

Unvermittelt beugte sich Sarah vor. »Nimm die Finger aus dem Mund!« donnerte sie wie ein Feldwebel. »Und wehe, wenn du mich noch einmal eine Lügnerin nennst. Hast du mich verstanden?«

Wieder ein Nicken. Sarah schlug mit der Hand gegen das Fenster, dicht neben Yolandas Kopf. »Ich sagte, HAST DU MICH VERSTANDEN?«

»Ich hab' Sie verstanden.«

Obwohl Sarah diese Art von Verhören haßte, war sie schon öfter so vorgegangen und wußte, sie würde es wieder tun. Zu blöd – schließlich tat sie Yolanda einen Gefallen. Aber sie würde das kriegen, weshalb sie gekommen war.

»Und jetzt hör mir gut zu. Letzten Donnerstag hat hier eine Schießerei stattgefunden. Weißt du vielleicht was darüber?« Sie wartete. »Das war eine Frage, Yolanda. *Weißt du vielleicht was darüber?*«

Schweigen.

»Mich interessiert, ob du dich an etwas erinnerst, das mich weiterbringt. Wer in dem Auto gesessen hat, zum Beispiel, oder wer die Sache geplant hat. Wenn du mir hilfst, kann ich mich vielleicht für Damon einsetzen.«

Yolanda hob den Kopf. Offenbar hatte sie mehr Angst davor zu hoffen als vor irgend etwas anderem. »Was meinen Sie?«

»Daß er nicht wegen einer dritten Straftat verurteilt wird. Er sitzt ein paar Wochen ab und ist zum Erntedankfest wieder zu Hause.«

»Wenn was passiert?«

»Was ich gesagt habe.«

Yolanda kauerte sich zusammen. »Wenn ich die Kerls verpfeife, bringen die mich um.«

»Was sind das für Jungs, Yolanda? Du nennst mir einen Namen, *einen* Namen. Dann sehen wir uns um und finden vielleicht die nötigen Beweise gegen sie. Waffen im Kofferraum oder so was. In dem Fall müßtest du nicht mal beim Prozeß aussagen.«

Sarah wußte zwar, daß der letzte Satz nicht der Wahrheit entsprach, aber ihre Zusage, Damon zu helfen, war ernst gemeint. Die Cops würden sich die Finger danach lecken, einen Amokschützen zu schnappen, auch wenn es bedeutete, einen Kleinkriminellen mit drei Straftaten auf dem Kerbholz laufenzulassen. Andererseits hatte Yolanda recht. Wenn sie wirklich eines Tages aussagen mußte, war ihr Leben keinen Pfifferling mehr wert. Doch Sarah war bereit, dieses Risiko für sie einzugehen.

Es war ein harter Beruf.

Yolanda blickte sie hilfesuchend an – vergebens. Hier in den Sozialwohnungsblocks wußte man, daß man ohne zu zögern nach jedem Strohhalm greifen mußte, wenn man nicht untergehen wollte. Und jetzt saß Sarah vor ihr und nickte ihr aufmunternd zu. »Nenn mir einen Namen, Yolanda. Einen Namen.«

»Lionel Borden. Er hängt meistens im World Gym rum. Er ist gefahren.«

Freeman saß auf der Couch und blätterte in einem Aktenordner zum Fall Russo. Hardy thronte hinter seinem Schreibtisch. Er hatte zwar nur noch eine halbe Stunde zu arbeiten, aber er freute sich über die stumme Gesellschaft. Um halb sechs wollte er nach Hause fahren, um ein wenig Zeit mit seiner Familie zu verbringen.

Nachdem er Graham im Gefängnis abgeliefert hatte, hatte er zwei Stunden lang dem Fall Tryptech gewidmet und ziemlich viel erledigt. Das war zwar ausgesprochen langweilig, aber der Teufel steckte nun einmal im Detail. Die Lektüre der heute eingetroffenen Auflistung von defekten Verladekränen und Förderbändern im Hafen von Oakland war sehr aufschlußreich gewesen. Nur sieben Monate vor dem Unfall mit dem Tryptech-Container hatte die Hafenverwaltung den Hersteller der Verbindungsstücke für die Kräne verklagt, weil die Angaben hinsichtlich der Höchstnutzlast ungenau gewesen seien.

Das war zwar noch kein Grund, um Luftsprünge zu machen, aber Hardy rief sofort Dyson Brunel an, um ihm die freudige Nachricht zu übermitteln. Danach hatte er vierzig Minuten lang mit Michelle die weitere Vorgehensweise geplant.

Nun bereitete er den ersten der Ordner vor, die ihn während Grahams Prozeß überall hin begleiten würden. Die Tätigkeit verlangte keine besonderen Geistesgaben, war jedoch sehr beruhigend. Er beschriftete die Trennblätter mit »Polizeibericht«, »Ermittlungsergebnisse«, »Zeitablauf«, »Autopsie«, »Gerichtsmediziner« und »Zeugen«. Dann heftete er die Unterlagen ein, die ihm die Staatsanwaltschaft geschickt hatte.

Bei Prozeßbeginn würde sich bei ihm ein Dutzend überquellender Ordner stapeln, die alles enthielten, was auch nur im entferntesten mit seinem Mandanten, dem Opfer und dem Gerichtsverfahren zu tun hatte. Erschreckend fand er, daß er das meiste bis dahin sowieso auswendig wissen würde. Er blickte auf. »Ich bin jetzt bei der Rubrik ›Medien‹, David. Ich brauche diese Mappe.«

Wie immer am Feierabend hatte Freeman ein Glas Wein neben sich stehen. »Spielst du etwa mit dem Gedanken, eine Verlegung des Gerichtsstands zu beantragen?« fragte er ruhig.

Hardy mußte seinem Vermieter zugestehen, daß er immer die richtigen Fragen stellte. Allerdings fand er, daß die Staatsanwaltschaft eher an einer Verlegung interessiert sein mußte. Schließlich war Sharron Pratt – die einzige Staatsanwältin der Welt, die Verständnis für Gesetzesbrecher hatte, anstatt sie zu bestrafen – hier in San Francisco gewählt worden.

Immerhin war San Francisco die Stadt, in der die Verteidigung in dem berühmten Twinkie-Fall mit der Begründung verminderte Schuldfähigkeit durchgekommen war. Damals hatte sich ein Abteilungsleiter durch ein Kellerfenster ins Rathaus geschlichen, den Bürgermeister erschossen, *nachgeladen*, war dann den Korridor hinunter marschiert und hatte noch einen Kollegen abgeknallt.

Die Entscheidung der Geschworenen in diesem Fall? Mann! Der Todesschütze mußte ziemlich von der Rolle gewesen sein. Außerdem hatte er sich wohl in einer Art Zuckerrausch befunden, nach all den Twinkies, und deshalb konnte man ihn wirklich für seine Tat nicht verantwortlich machen.

Also genossen Verteidiger, wie Freeman gerne sagte, in San Francisco gewissermaßen Narrenfreiheit, und seit Pratts Diensteintritt war das eher noch besser geworden. Der Grundsatz, daß keine vernünftigen Zweifel an der Schuld des Angeklagten bestehen durften, war hier dem gewichen, daß es überhaupt keinen Zweifel mehr geben durfte. Solange es auch nur die geringste Möglichkeit gab, daß der Verdächtige die Tat doch nicht begangen hatte, lief es normalerweise auf einen Freispruch hinaus.

Für Graham Russo, der von der übertriebenen Liberalität in dieser Stadt nur profitieren konnte, war das eine gute Nachricht. Deshalb wollte Hardy, daß der Prozeß hier stattfand. Schließlich hatte Graham das Recht auf eine Verhandlung in dem Gerichtsbezirk, wo sich das mutmaßliche Verbrechen ereignet hatte. Und dabei würde es bleiben.

Allerdings wagte Hardy noch nicht, sich siegessicher zu fühlen. In einem Mordprozeß stand so viel auf dem Spiel, daß man nicht leichtsinnig werden durfte. »Nein«, sagte er zu Freeman. »Aber ich würde den Kram gerne abheften und nach Hause gehen, wenn du fertiggelesen hast.«

Die ziehharmonikaförmige Mappe quoll von Zeitungen, Zeitschriften und Agenturmeldungen über und enthielt alles, was Hardy bis jetzt an bedrucktem Papier zu diesem Fall hatte auftreiben können. »Ich muß die wichtigen Artikel ausschneiden«, sagte er. »Wenn ich jeden Tag ganze Zeitungen abhefte, wächst mir der Berg bald über den Kopf.«

Freeman hörte nur mit halbem Ohr hin, denn er war in einen der Berichte vertieft. »An deiner Stelle würde ich alles aufheben. Man kann nie wissen.«

»Was soll das heißen?« Hardy teilte die Ansichten seines älteren Kollegen zwar nicht immer, fand seine Vorschläge jedoch häufig sehr nützlich. Freeman hatte mehr vergessen, als die meisten Anwälte je im Leben lernen würden, und wenn er eine Theorie hatte, würde Hardy ihm zuhören.

»Kontext.«

Hardy wiederholte das Wort. »Und was heißt das?«

»Hier ist das *Time Magazine* mit deinem Jungen auf dem Titel.« Er blätterte die Seiten um. »Ich sehe hier mindestens acht Artikel, die du gebrauchen könntest: Sterbehilfe, Kevorkian, Oberster Gerichtshof, Appellationsgericht, welche Bundesstaaten dafür oder dagegen sind. Hier steht etwas über einen Typen mit Lou-Gehrig-Krankheit, der ewig leben will. Ob und wann man den Stecker rausziehen darf.« Er schlug die Zeitschrift zu. »Und so weiter und so fort. Da sparst du dir die Recherche fürs Schlußplädoyer, falls du in diese Richtung argumentieren möchtest.«

Freeman nahm eine Zeitung vom Couchtisch. »Aber es geht gar nicht um so offensichtliche Zusammenhänge. Das hier ist die Zeitung, in der zum erstenmal über Sals Tod berichtet wurde. Mir ist darin etwas aufgefallen, das auf den ersten Blick nichts mit deinem Mandanten zu tun hat, mich an deiner Stelle aber trotzdem interessieren würde. Wenn du nur die Artikel über Graham ausschneidest, würdest du ihn gar nicht bemerken.«

Neugierig kam Hardy zur Couch hinüber. Mit einem herausfordernden Blick reichte ihm Freeman die Zeitung. Konnte Hardy den Bericht selbst finden?

Es dauerte nur ein paar Minuten, den ersten Teil der Zeitung zu überfliegen. Der Artikel über Sals Tod stand ganz hinten, doch auch davor konnte Hardy nichts Bedeutsames entdecken. Eine Hintergrundstory über den Kometen Hale-Bopp und den Massenselbstmord der Heavens-Gate-Sekte. Außerdem eine Meldung über einen Anstreicher, der von der Bay Bridge in den Tod gestürzt war. Hardy faltete die Zeitung zusammen. »Ich geb's auf.«

Freeman trank genießerisch seinen Wein. Anscheinend machte es ihm Spaß, Hardy ein Rätsel aufzugeben. »Erste Seite.«

Nach einer weiteren Minute schüttelte Hardy den Kopf. »Mir fällt nichts auf.«

»Was ist mit der Bombendrohung?«

Hardy las den Artikel noch einmal durch. Kurz vor der Mittagspause war das neue Bundesgerichtsgebäude wegen einer telephonischen Warnung vor einem Bombenanschlag evakuiert worden. »Ich glaube nicht, daß Sal etwas damit zu tun hatte, David.«

»Da bin ich ganz deiner Ansicht. Aber wo steht das Gerichtsgebäude?«

Freeman brauchte nicht mehr zu erklären. »Das meine ich mit Kontext, mein Sohn«, sagte er. »Ein paar Stunden vor Sals Tod sind mehr als hundert Leute in der Seitenstraße unter seinem Fenster herumgelaufen.« Er zuckte die Achseln. »Ich weiß nicht, ob es etwas zu bedeuten hat. Vielleicht ist es ja nebensächlich. Es ist mir nur aufgefallen.«

21

Die Zustände im dritten Stock des Justizpalastes konnte man bestenfalls als kontrolliertes Chaos bezeichnen. Anwälte, Polizisten, Gerichtsdiener, Verwaltungsangestellte, zukünftige Geschworene, Verwandte und Freunde der Angeklagten und Opfer, Schaulustige, Jurastudenten, Rentner, Reporter, ja, überhaupt alle mit einem Interesse an Gesetz und Politik drängten sich auf den breiten, kahlen Fluren, wobei Auseinandersetzungen nicht immer zu vermeiden waren.

Im Gegensatz zum Bundesgerichtsgebäude, das mit seiner prunkvoll renovierten Marmorausstattung Vertrauen in das Gesetz und sogar Ehrfurcht einflößte, vermittelten der grüne Anstrich und die Linoleumböden des Justizpalastes nichts von all dem. Der gewaltige, von Menschen wimmelnde Bau fungierte als Wirkungsstätte von Bürokraten und als Schauplatz von Kungeleien.

Heute sollte Graham dem Haftrichter vorgeführt werden. Als Hardy eintraf, wurde er sofort von allen Seiten belagert. »Da ist er!« rief jemand. »Da ist er!«

Die Reporter stürzten sich auf ihn wie Fliegen auf den Honig, hielten ihm Mikrophone ins Gesicht und brüllten ihm – zurückhaltend und dezent wie immer – alle möglichen Fragen zu, so daß er auf dem Flur kaum noch vorankam. Außerdem liefen zwei Handkameras, und die grellen Scheinwerfer blendeten ihn fast.

Aus dem Augenwinkel erkannte er, daß hinter dem Reporterhaufen Transparente geschwenkt wurden. Es hatten sich noch mehr Neugierige versammelt als gewöhnlich, denn schließlich sollte die Show heute beginnen.

»Kein Kommentar. Tut mir leid, dazu kann ich im Moment noch nichts sagen. Bitte lassen Sie mich vorbei.«

Hardy durchschritt den Metalldetektor, der eigens vor Saal 22 aufgebaut worden war. Eine Vorsichtsmaßnahme, falls jemand versuchen sollte, seinen Mandanten zu erschießen, um ein Zeichen gegen die Sterbehilfe zu setzen.

Im Gerichtssaal selbst war es etwas ruhiger, obwohl sich die Zuschauer in den Bänken drängten. Timothy Manion, der Vorsitzende, war ein jugendlich wirkender, dunkelhaariger Mann mit einem koboldhaften Grinsen. In ihrer gemeinsamen Zeit bei der Staatsanwaltschaft hatten Hardy und er so manches Glas miteinander geleert. Der Richter saß zwar schon an seinem Tisch, hatte aber offenbar noch nicht damit begonnen, die für heute anstehenden Fälle aufzurufen.

Als Hardy den Mittelgang entlang und durch die Absperrung ging, atmete er erleichtert auf. Graham war noch nicht in den Gerichtssaal geführt worden. Da kein Platz mehr frei war, ließ sich Hardy neben den anderen Verteidigern in der Geschworenenbank nieder, bis sein Fall aufgerufen wurde. »Sind diese Menschenmassen Ihretwegen hier?« fragte ihn ein älterer Kollege.

Als Hardy sagte, er glaube schon, reichte der Mann ihm seine Visitenkarte. »Wenn Sie jemanden für die Anträge oder die Recherche brauchen, melden Sie sich bei mir.«

Hardy nickte, obwohl ihm diese Bemerkung zu schaffen machte. Die Jagd nach Mandanten und Aufträgen hörte wohl niemals auf. Nach einem Blick auf die Karte steckte er sie ein. »Ich komme auf Sie zurück. Danke.«

Endlich hatte er Gelegenheit, sich ein wenig umzusehen. Er war schon seit Jahren nicht mehr am Superior Court gewesen, und es hatte sich dort nichts verändert. Der riesige schmucklose Saal hatte hohe Decken und keine Fenster. Hinter der Absperrung saßen etwa hundertzwanzig Zuschauer auf unbequemen Theatersitzen aus hartem hellem Holz. Außerdem gab es noch etwa vierzig Stehplätze.

Er erkannte einige der Anwesenden. In der zweiten Reihe thronte Sharron Pratt höchstpersönlich. Am anderen Ende der Geschworenenbank tuschelte Gil Soma mit Art Drysdale. Hardy hielt Ausschau nach Dean Powell, doch der Generalstaatsanwalt überließ die Sache offenbar seinen Mitarbeitern.

Dann schlug der Richter mit dem Hammer auf den Tisch, und alle Augen wandten sich ihm zu.

Zur Rechten des Richters führte eine Tür vom hinteren Ende des Gerichtssaals in die Zelle, wo die Angeklagten warten mußten. Als der vierte Fall des Vormittags aufgerufen wurde, öffnete sich diese Tür, und man führte Graham Russo herein.

Manion brachte das Stimmengemurmel der Zuschauer mit einem warnenden Blick zum Verstummen. Hardy erhob sich und ging seinem Mandanten entgegen. Sie trafen sich auf dem Podium inmitten der Absperrung.

Nach einer Nacht im Gefängnis wirkte Graham müde und erschöpft. Der orangefarbene Overall ließ ihn noch blasser aussehen, doch als Hardy sich nach seinem Befinden erkundigte, sagte er, mit ihm sei alles in Ordnung. Dann beugte er sich zu Soma hinüber, der am Tisch der Staatsanwaltschaft saß. »Hallo, Gil«, flüsterte er.

Als Soma den Kopf hob, lächelte Graham ihm zu. Er hielt die Hand hinter den Rücken außer Sichtweite des Richters und zeigte Soma den Finger. Natürlich hatte Hardy es bemerkt und bedeckte Grahams Hand mit seiner eigenen. Allerdings zu spät.

»Euer Ehren.« Soma sprang auf. »Der Angeklagte hat soeben eine obszöne Geste gemacht.«

»Nicht obszön genug«, flüsterte Graham.

»Halt den Mund«, befahl Hardy. Er wußte nicht, was Soma damit bezweckte, daß er den Richter auf diesen kleinen Verstoß aufmerksam machte. Aber soweit Hardy Manion kannte, hatte der nur wenig Verständnis für öffentlichkeitswirksame Auftritte – insbesondere nicht, wenn es sich um kleinliches Gejammer handelte.

Manion, der einige Papiere auf seinem Tisch sortiert hatte, hob den Kopf. »Mr. Hardy«, sagte er, »sorgen Sie dafür, daß Ihr Mandant sich in Zurückhaltung übt. Ich dulde in diesem Gerichtssaal keine Mätzchen. Habe ich mich klar genug ausgedrückt?«

»Ja, Euer Ehren.« Hardy beschloß, sich auf das Spiel einzulassen. »Aber fürs Protokoll gebe ich zu bedenken, daß Mr. Soma sich wohl geirrt hat.«

Der Richter ahnte, daß es sich um einen Hahnenkampf zwischen den beiden Männern handelte, und angesichts seines vollen Terminkalenders wollte er keine Verzögerung hinnehmen. »Ihr Einwand wird notiert«, sagte er mit einem Nicken.

Mit unbewegter Miene blickte Hardy zu Soma. Anscheinend hatte dieser die Botschaft verstanden, Hardy würde von nun an jedes Wort auf die Goldwaage legen. Für jeden Trick, den Soma sich einfallen ließ, wie unbedeutend er auch sein mochte, würde Hardy eine Antwort parat haben. Er sollte ruhig wissen, daß ihm ein harter Kampf bevorstand – Hardy würde sich keine Gelegenheit entgehen lassen, ihm eins auszuwischen. Diese Kampfansage konnte den jungen Mann dazu verleiten, unvorsichtig zu werden. Oder sie konnte ihn einschüchtern. Aber zumindest hatte Hardy ihn ein bißchen aus dem Konzept gebracht.

Allerdings dauerte dieser kleine Triumph nur einen Moment. Wie die meisten im Gerichtssaal wußte Hardy, was nun kommen würde. Schweigen senkte sich über die Anwesenden, als der Richter Graham direkt ansah und ihn beim Namen nannte. »Graham Russo«, begann er, »Ihnen wird ein Schwerverbrechen zur Last gelegt.«

Die Worte waren immer dieselben, aber auf die Zuschauer verfehlten sie ihre Wirkung nie. Hinter Hardy brach Getuschel los, gegen das auch Manions warnender Blick diesmal nichts ausrichten konnte. Schließlich waren einige Leute eigens deshalb hier, um ihre Meinung kundzutun.

»Das war kein Schwerverbrechen!«

»Er hat ganz richtig gehandelt!«

»Sal Russo hatte das Recht zu sterben!«

Der Hammer knallte auf den Tisch. Als es wieder einigermaßen ruhig war, erhob der Richter die Stimme, so daß man sie bis in den hintersten Winkel des Gerichtssaals hören konnte. »Ich weiß, daß viele von Ihnen Mühe hatten, heute einen Platz in diesem Gerichtssaal zu bekommen«, sagte er nachsichtig. »Aber ich werde derartige Unterbrechungen nicht dulden. Deshalb bitte ich Sie in Ihrem eigenen Interesse, die Verhandlung nicht weiter zu stören. Anderenfalls werde ich jeden einzelnen von Ihnen abführen lassen. Ist das klar?«

Offenbar war es das.

»Mr. Russo.« Manion wiederholte die Einleitung und fuhr fort. »In Verstoß gegen Absatz 187 des Strafgesetzbuchs haben Sie am 9. Mai 1997 hier in der Stadt und im County San Francisco wissentlich, gesetzeswidrig und mit böswilligem Vorsatz...« – und wieder hielt der Richter inne, als zweifle er an seinen eigenen Worten. Dann aber holte er tief Luft und sprach weiter – »Salvatore Russo ermordet.«

Danach ließ Manion die von der Staatsanwaltschaft geltend gemachten strafverschärfenden Umstände durch einen Gerichtsdiener verlesen – Mord in Tateinheit mit Raub. Als dieser fertig war, nickte der Richter. »Bekennen Sie sich schuldig oder nicht schuldig, Mr. Russo?«

»Nicht schuldig, Euer Ehren«, erwiderte Graham ohne Umschweife.

»Gut.« Manion war nicht überrascht und blickte auf seine Computerausdruck. »Da wir es hier mit strafverschärfenden Umständen zu tun haben, wird ein Antrag auf Kaution abgelehnt. Mr. Hardy, haben Sie noch etwas zu sagen?«

»Ja, Euer Ehren. Die Staatsanwaltschaft hat nichts in der Hand, was auf strafverschärfende Umstände hinweisen könnte. Mein Mandant sollte die Möglichkeit erhalten, eine Kaution zu hinterlegen. Immerhin hat Mr. Russo sich gestern freiwillig den Behörden gestellt...«

Soma sprang auf. »Nachdem er vier Tage lang untergetaucht war.«

Hardy drehte sich zu ihm um. »Er hatte die Stadt verlassen, bevor er wußte, daß er unter Anklage stand.«

»Das behauptet er.«

Wieder schlug der Hammer auf den Richtertisch. Doch eigentlich war Manion gar nicht verärgert. Haftprüfungsverhandlungen waren mitunter so langweilig, daß ein Richter, der sie täglich acht Stunden lang durchstehen mußte, derartige kleine Störungen als willkommene Abwechslung betrachtete. Allerdings durfte er nicht zulassen, daß die Anwälte ihm auf der Nase herumtanzten. »Meine Herren, wenn Sie etwas zu sagen haben, dann sagen Sie es mir, wie es vor Gericht üblich ist.«

Hardy entschuldigte sich. Soma nahm Platz, und Drysdale legte ihm beruhigend die Hand auf den Arm. »Warten Sie erst mal ab«, hörte Hardy ihn flüstern.

»Gut, Mr. Hardy, fahren Sie fort.«

Hardy begründete seinen Antrag. »Mr. Russo wird seinen Paß abgeben, Euer Ehren. Es besteht keine Fluchtgefahr. Wie ich bereits erläutert habe, hat er sich erst gestern freiwillig gestellt, und zwar sobald er nach einer mehrtägigen Abwesenheit in die Stadt zurückgekehrt war.«

Manion schien über Hardys Begründung nachzudenken. »Strafverschärfende Umstände schließen jedoch die Möglichkeit einer Kautionshinterlegung aus. So lautet das Gesetz.«

»Das ist mir klar, Euer Ehren.« Hardy holte tief Luft und nickte Graham zu. Er hatte nicht damit gerechnet, daß Manion sich so gründlich mit diesem Problem befassen würde. Vielleicht hatte er ja das *Time Magazine* abonniert.

Während der Richter überlegte, fingen die Zuschauer zu hüsteln an.

Schließlich bat Manion die Staatsanwaltschaft und Verteidigung nach vorne an den Richtertisch. Zu Hardys Überraschung blieb Soma sitzen, während Drysdale vortrat. »Der Junge ist ein bißchen aufgeregt, Herr Richter«, sagte er leise, womit er Soma meinte.

»Kein Problem, Art. Aber was ist jetzt mit der Kaution?«

Drysdale nickte. »Laut Gesetz kommt eine Kaution nicht in Frage, Euer Ehren.« Drysdale klang, als bedauere er, daß er dagegen machtlos war.

»Ich kenne das Gesetz. Allerdings scheint Mr. Hardy recht zu haben. Es besteht – wenn überhaupt – nur eine geringe Fluchtgefahr.«

Drysdale wurde allmählich mulmig. »Bei strafverschärfenden Umständen ist eine Kaution nicht vorgesehen, Euer Ehren«, wiederholte er wenig überzeugend.

»Doch Sie müssen zugeben, daß dieser Angeklagte keine Gefahr für die Allgemeinheit darstellt.«

»Dessen können wir nicht sicher sein, Euer Ehren.«

Manion riß langsam der Geduldsfaden. »Also gibt es für die

Allgemeinheit keinen Grund, Mr. Russo die Kaution zu verweigern. Es besteht keine Fluchtgefahr, und er bedeutet für niemanden eine Bedrohung.«

Diesmal verkniff sich Drysdale die Anwort.

»Wie ich annehme, beabsichtigt die Staatsanwaltschaft nicht, die strafverschärfenden Umstände fallenzulassen.« Manion wollte Drysdale noch eine Möglichkeit geben, sein Gesicht zu wahren. Bei Mord ohne strafverschärfende Umstände war eine Kaution zulässig. Drysdale mußte nichts weiter tun, als die Anklage herabzustufen. Es bliebe trotzdem ein Mordprozeß. Aber er schüttelte den Kopf. »Das kann ich nicht tun, Euer Ehren.«

»Mit anderen Worten, die Staatsanwaltschaft zwingt mich dazu, Mr. Russos Kautionsantrag abzulehnen, und zwar einzig und allein aus dem Grund, weil sie die Möglichkeit dazu hat. Habe ich Sie richtig verstanden?« Angewidert schüttelte der Richter den Kopf. »Wenn Sie das nächstemal Mr. Powell treffen, Art, richten Sie ihm von mir aus, er macht mich wirklich stolz, Amerikaner zu sein. Tun Sie mir den Gefallen?«

Dann lächelte er Hardy verständnisvoll zu. »Sieht aus, als müßte ich den Kautionsantrag ablehnen, Diz.«

Eigentlich hatte Hardy nicht vorgehabt, mit den Taylors zu Mittag zu essen, sondern eher einen kleinen Imbiß bei Lou, dem Griechen, eingeplant. Aber die Verhandlung hatte länger gedauert als erwartet und sich endlos hingeschleppt. Grahams Fall hatte eine ganze Stunde in Anspruch genommen, und dann hatten sie noch einmal zwanzig Minuten gebraucht, um einen Termin für den Prozeßbeginn in drei Monaten festzusetzen. Danach hatte Hardy Graham im Gefängnis besucht und noch einmal zwanzig Minuten mit ihm gesprochen.

Der Gerichtsdiener hatte ihm mitgeteilt, der Sheriff habe – zweifellos auf Manions Drängen hin – beschlossen, Graham während der Untersuchungshaft in eine Einzelzelle zu verlegen. Diese Maßnahme wurde meistens dann getroffen, wenn einem Gefangenen Gefahr von seinen Mithäftlingen drohte. Diesmal war Hardy sicher, daß der Richter Graham einen Gefallen hatte tun wollen.

Als Hardy kurz nach zwölf wieder auf dem Flur vor Saal 22 stand, saßen Helen und Leland wie erstarrt auf einer Bank neben einer jungen Latina, die gerade ihr Baby stillte. Sie begrüßten Hardy, und Leland schlug vor, doch gemeinsam zu essen, was eher wie ein Befehl klang. Er hatte sein Büro im obersten Stockwerk seiner Bank in der Market Street und verfügte über sein eigenes Speisezimmer und seinen eigenen Koch. Sie würden rasch mit der Limousine dorthin fahren.

Das Zimmer war zwar nicht besonders groß, aber mit dem Parkettboden und dem antiken Sideboard mit dem prachtvollen Blumengesteck aus Iris und Gladiolen darauf machte es einen großartigen Eindruck. Die Seidentapeten hatten einen beruhigenden Grünton. Gefüllte Wassergläser standen schon bereit.

Hardy saß auf einem erstaunlich bequemen Postersessel und blickte aus dem Fenster nach Nordosten, wo Alcatraz und Angel Island lagen. Die Wellen in der Bucht hatten kleine Schaumkronen, und am Himmel schwebten Zirruswolken. Der Tisch war für drei Personen gedeckt – weißes Tischtuch, Kristall, feines Porzellan und Silberbesteck.

Anscheinend sollte all das dazu dienen, ihn auf dezente Weise einzuschüchtern und zu verdeutlichen, wer hier das Sagen hatte.

Leland Taylor ruhte in sich selbst. Er wußte, wer er war, was er wollte und wie er es bekommen konnte. Von Zweifeln oder der Frage, welchen Eindruck sein Verhalten auf seine Mitmenschen machte, ließ er sich nicht weiter anfechten. Wahrscheinlich wurde man so, wenn man sein Leben im Wohlstand verbracht hatte, dachte Hardy. Für Leland war es offenbar eine Art Naturgesetz, daß er das Kommando hatte. Seine Zeit war wertvoller als Hardys, und seine Meinung hatte mehr Tragweite. Der Anwalt seines Stiefsohns war so etwas wie ein Hausangestellter – ein Diener, der seinen Anweisungen zu folgen hatte.

Eine belanglose Plauderei vor der eigentlichen Besprechung schien bei den Taylors zum guten Ton zu gehören. Mrs. Taylor – Helen – hielt das Gespräch nun schon seit zwanzig Minuten in Gang. Sie machte ihre Sache zwar ganz gut, aber Hardy war erleichtert, als sie endlich auf den Punkt kamen. »Meine Frau war froh, als sie erfuhr, daß Sie noch nie einen Prozeß verloren haben«, begann Leland mit schnarrender Stimme.

Hardy lehnte sich zurück. »Ich habe erst zwei Mordprozesse geführt. Ich hatte Glück«, erwiderte er bescheiden.

Ein trockenes Kichern. »Hoffentlich war es mehr als das. Im Gerichtssaal schienen Sie sich Ihrer Sache sehr sicher zu sein. Zum Beispiel, was die Kaution anging. Ist der Richter ein Freund von Ihnen? Ich nehme an, das dürfte für uns von Vorteil sein.«

Hardy erklärte ihm den Ablauf eines solchen Verfahrens. Normalerweise war bis zu Prozeßbeginn Abteilung 22 für die Fälle zuständig. Dann wurden sie nach dem Zufallsprinzip an die verschiedenen Richter verteilt. Da es sich hier um einen wichtigen Fall handelte, war bereits jetzt bestimmt worden, daß Richter Jordan Salter von Abteilung 27 die Verhandlung leiten sollte, obwohl diese erst in drei Monaten stattfand. So waren Richer und Anwälte vorbereitet und konnten sich auf die möglichen Besonderheiten des Falls vorbereiten.

In Hardys Augen war Salter, ein Kandidat der Republikaner und ein alter Freund von Dean Powell, keine sehr glückliche Wahl.

Taylor nahm die Hand seiner Frau. »Kennen wir ihn?«

Helen schüttelte den hübschen Kopf. Bei ihr wirkte überhaupt alles hübsch. Hardy hatte sich Sal Russos Exfrau ganz anders vorgestellt – obwohl Graham ganz sicher keine häßliche Mutter hatte. Die Frage war weniger ihr Aussehen, als ihre Art, sich zu geben. Sie paßte ausgezeichnet zu Leland: beherrscht, selbstbewußt und unaufrichtig.

»Wie dem auch sei« fuhr Hardy fort. »Natürlich kann der Richter den Ausgang des Prozesses beeinflussen, aber hauptsächlich hängt es davon ab, welche Beweise gegen Graham sprechen, und die sind zum Glück ziemlich dürftig.«

Die beiden antworteten nicht darauf, wechselten jedoch vielsagende Blicke. »Glauben Sie, Graham hat es getan, Mr. Hardy?« fragte Helen schließlich.

»Ob er Sal des Geldes wegen umgebracht hat? Nein.«

»Das wäre auch absurd«, sagte Leland. »Wenn er Geld brauchte, hätte er doch nur zu fragen brauchen.«

»Was er natürlich nie getan hätte«, fügte Helen hinzu. »Ich fürchte, er hat Angst, dadurch in unserer Schuld zu stehen. Zugegeben, eine ehrenwerte Einstellung, doch immerhin bin ich seine Mutter. Wir würden es nicht als Darlehen berachten. Leland und ich haben das besprochen.«

»Aber an der Tatsache, daß es ihm peinlich gewesen wäre, um Geld zu bitten, ist nichts zu rütteln«, wandte Hardy ein. Ihm war klar, woher der Wind wehte. Auch wenn Graham das Geld nicht hätte zurückzahlen müssen, hätte er sich in eine Abhängigkeitssituation begeben und eine Menge Bedingungen erfüllen müssen – zum Beispiel ein entsprechendes Verhalten. Und soweit Hardy Graham kannte, hatte er einen starken Freiheitsdrang.

»Wir haben sein Jurastudium finanziert.« Auch wenn solche Kleinigkeiten Leland eigentlich banal erschienen, mußten sie auf den Tisch. »Allerdings war es offenbar eine Fehlinvestition.« Ein lauwarmes Lächeln. »Doch das ist im Augenblick nicht unser Thema.« Er verschränkte die Hände ineinander. »Wir haben uns nur gefragt, womit Graham Sie bezahlen will. Wie ich annehme, verteidigen Sie ihn nicht aus reiner Wohltätigkeit.«

Hardy lächelte. »Nein, Graham zahlt mir ein Honorar. Ohne sein Einverständnis darf ich jedoch nicht mit Ihnen über Einzelheiten sprechen.«

»Ich verstehe«, sagte Leland. »Damit wollte ich nicht andeuten...«

Es klopfte diskret, und ein Kellner mit einer Terrine kam herein. Er schöpfte eine dunkle, klare Fleischbrühe auf ihre Teller.

Nachdem der Kellner sich zurückgezogen hatte, kostete Leland wortlos die Suppe. Sie war kräftig, wohlschmeckend und gut gewürzt – einfach perfekt und wahrscheinlich die beste, die Hardy je gegessen hatte, was er seinen Gastgebern auch mitteilte.

»Danke«, erwiderte Leland auf dieses Kompliment. »Sie ist wirklich ganz gut.« Sein Tonfall wies darauf hin, daß er das für selbstverständlich hielt. Dann kam er wieder auf ihr ursprüngliches Thema zu sprechen: Graham und das Geld. »Helen würde Graham gerne« – er warf seiner Frau wieder einen Blick zu – »besser gesagt, *wir* würden ihm gern finanziell ein wenig unter die Arme greifen.«

»Ich weiß nicht so recht«, begann Hardy, aber Leland fiel ihm sofort ins Wort.

»Ich habe das mit der Rechtsabteilung unserer Bank erörtert, und man sagte mir, daß es keine standesrechtlichen Probleme gibt. Soweit ich es verstanden habe, ist es Ihre Sache, von wem Sie Ihr Geld bekommen, solange sich alle einig sind, daß Graham Ihr Mandant ist. Das heißt, daß Sie ausschließlich seine Interessen, nicht unsere, vertreten. Ist das richtig?«

Hardy konnte sich ein Lächeln nicht verkneifen. »Ihr Vorschlag ist zwar nicht alltäglich, aber ich glaube, Sie haben recht. Allerdings möchte ich das trotzdem zuvor mit Graham besprechen.«

Diesmal griff Helen nach der Hand ihres Mannes, anscheinend ein geheimes Signal. »Das haben wir erwartet, nicht wahr, Leland?«

»Natürlich.« Eine Pause. »Klar.«

Offenbar war »klar« ein Wort, das Leland Taylor nicht alle Tage in den Mund nahm, weshalb es für Hardy ein wenig gekünstelt klang. Aber vielleicht war dieser Eindruck auch falsch. Vielleicht klang in diesem Ambiente alles ein wenig schief.

»Gut«, sagte Helen. »Dürfen wir jetzt erfahren, wie Sie weiter vorgehen wollen, Mr. Hardy?«

Hardy nickte. »Das dürfen Sie, obwohl es für eine solche Frage noch ein wenig früh ist. Ich hatte noch kaum Zeit, mir die Beweise anzusehen. Deshalb sollten Sie meine Worte nicht auf die Goldwaage legen.«

»Das wissen wir«, sagte Leland. Die beiden hatten ihre Rollen anscheinend gut einstudiert. »Wie ich vermute, werden Sie sich darauf berufen, daß Sal ein schwerkranker Mann war und daß Graham ihm besonders gegen Ende sehr nahestand. Sie schütteln den Kopf? Sind Sie anderer Ansicht?«

»Ich nicht, um ehrlich zu sein. Graham ist anderer Ansicht.«

»Was soll das heißen?« fragte Helen.

»Er streitet ab, am Tatort gewesen zu sein, und sagt, er habe nichts damit zu tun.«

Darauf folgte Schweigen. Der Kellner kehrte zurück, entfernte die Terrine und die Suppenschalen und stellte vor jeden einen Teller hin. Das Kunstwerk darauf bestand aus gebackenen Kammuscheln, hauchdünnen Spaghetti und Zucchiniblüten mit einer hellorangefarbenen Sauce. Dazu wurde ein Kistler Reserve Chardonnay gereicht.

Hardy war begeistert, nachdem er den ersten Bissen gekostet hatte; für Leland hingegen schien es sich nur um ein ganz normales Mittagessen zu handeln. Sobald die Tür sich hinter dem Kellner geschlossen hatte, fuhr er fort, als hätte die Unterbrechung nie stattgefunden. »Wäre Sterbehilfe denn nicht die beste Verteidigungsstrategie?«

»Kann sein, Sir, doch er hat sich letzte Woche sogar geweigert, auf dieser Basis eine Abmachung mit der Staatsanwaltschaft zu treffen. Rein gesetzlich betrachtet, wäre es nämlich immer noch Mord.«

»Er befürchtet sicher, seine Zulassung als Anwalt zu verlieren«, sagte Helen.

Hardy nickte. »Stimmt. Das ist auch sein Argument.«

»Bis jetzt hat er auf diesem Gebiet nicht sonderlich viel geleistet, findest du nicht, Helen?«

Anscheinend erwartete Leland eine Anwort von seiner Frau, und Hardy wartete ab, bis er sicher war, daß keine erfolgen würde. »Das Problem ist«, fuhr er fort, »daß es noch einige Ungereimtheiten gibt. Vielleicht war eine dritte Person in Sals Wohnung. Vielleicht gibt es ein anderes Motiv. Vielleicht ist Sal wirklich ermordet worden.«

»Nicht von Graham.« Helen war sich ihrer Sache sicher.

»Richtig, aber Graham steht deswegen unter Anklage.«

»Einen Augenblick«, sagte Leland. »Mir sind alle möglichen widersprüchlichen Berichte zu Ohren gekommen, Mr. Hardy. Glauben Sie nun, daß Graham seinen Vater getötet hat?«

Hardy überlegte eine Weile. »Ich glaube nicht, daß er es getan hat.«

»Auch nicht, daß er ihm geholfen hat, sich zu töten?«
»Nein.«
»Und all die Artikel, all die –«, platzte Helen heraus und brach mitten im Satz ab.

Leland griff den Faden auf. »Das bedeutet, daß Sie von einem anderen Täter ausgehen.«

Kopfschüttelnd steckte Hardy die Hand nach seinem Weinglas aus. Es war zwar noch früh, doch ein Schluck würde ihn schon nicht umbringen. Er wollte Zeit gewinnen. »Meiner Ansicht nach ist es durchaus möglich, daß Sal Selbstmord begangen hat. Auch der Gerichtsmediziner hat es nicht ausgeschlossen. Vielleicht lassen sich die Geschworenen davon überzeugen.«

»Ich verstehe.« Leland nahm noch einen Bissen zu sich und dachte nach. »Was würde geschehen, wenn Sie auf Sterbehilfe plädieren und die Geschworenen Ihnen glauben?«

»Das würde Graham nicht zulassen.«

»Und wenn er es doch täte...«

»Niemand kann vorhersagen, wie die Geschworenen entscheiden.«

»Das versuche ich auch gar nicht. Ich habe Ihnen nur eine einfache Frage gestellt. Was wären die Folgen, wenn die Geschworenen zu dem Schluß kämen, daß Graham Sal Sterbehilfe geleistet oder ihn aus Mitleid auf eigenes Verlangen getötet hat?«

Hardy ließ sich diese interessante Alternative durch den Kopf gehen. »Streng genommen könnte man das nicht zu Grahams Verteidigung anführen«, antwortete er. Ihm lag viel daran, sich präzise auszudrücken. »Das Gesetz verlangt, daß die Geschworenen in diesem Fall auf Mord erkennen sollten.«

»Sollten?« Helen hatte die feine Unterscheidung sofort bemerkt.

Hardy nickte. »Nur daß wir hier in San Francisco sind. In dieser Stadt kann man nie wissen. Selbst ein Richter wie Salter wird die Geschworenen möglicherweise nicht im Sinne der Staatsanwaltschaft instruieren. Und wenn die Verteidigung es richtig anpackt, sind die Geschworenen zu allem fähig.«

»Wenn sie es für Sterbehilfe halten?«

»Richtig.«

»Soll daß heißen, daß sie ihn freisprechen?« Helen wollte ganz sichergehen.«

»Genau.«

»Nun, dann wissen Sie ja, wie Sie argumentieren müssen«, sagte Leland abschließend.

»So einfach ist das nicht«, widersprach Hardy. »Die Staatsanwaltschaft wird nicht versäumen, den Geschworenen zu erklären, daß Sterbehilfe ebenfalls Mord ist. Und der Richter sollte die Jury entsprechend instruieren.«

»Was er aber vielleicht nicht tut.« Helen ließ nicht locker.

Hardy wollte keine falschen Hoffnungen wecken. »Das ist eher unwahrscheinlich. Und außerdem ist die Frage rein akademisch, weil Graham eine solche Strategie nicht zulassen wird.«

»Wie lautet denn Ihr Auftrag?« fragte Leland. »Die Wünsche Ihres Mandanten zu erfüllen oder ihn freizukriegen?«

Und das, dachte Hardy, war eine verdammt gute Frage.

Inzwischen war der Nachtisch gebracht worden – Windbeutel mit Creme brulee und frischen Blaubeeren und dazu Kaffee.

»Gut«, Hardy stellte seine Tasse ab. »Wenn es Ihnen nichts ausmacht, hätte ich jetzt ein paar Fragen an Sie.« Helen und Leland lauschten aufmerksam. »Sal ist doch in den letzten Monaten dreimal in Ihr Haus eingedrungen. Warum haben Sie ihn nicht angezeigt?«

Die beiden verständigten sich wieder wortlos, und Helen übernahm die Anwort. »Wir fanden, daß er Hilfe brauchte, und haben uns mit dem zuständigen Sozialdienst in Verbindung gesetzt. Ich glaube, sie waren gerade dabei, die nötigen Maßnahmen in die Wege zu leiten, als Sal ... starb.«

»Es hat Sie doch sicher belastet?«

Nun war Leland an der Reihe. »Helen hat sehr darunter gelitten. Wir hielten es für das beste, alles weitere den Behörden zu überlassen. Sicher haben Sie Verständnis dafür, daß wir nichts mehr mit Sal zu tun haben wollten. Helen hat damals seinetwegen viel durchgemacht. Es ging ihr einfach zu nahe.«

Hardy ließ Helen nicht aus den Augen. »Und Sie befürchteten nicht, daß sich derartige Zwischenfälle wiederholen könnten?«

»Sal hätte mir nie etwas angetan. Es war eher traurig, wirklich. Mitleiderregend. Er war völlig durcheinander.« Helen hatte seine Frage eigentlich nicht beantwortet. Einem Zeugen hätte Hardy das nie durchgehen lassen, aber hier konnte er nicht viel dagegen tun. »Er schien tatsächlich zu glauben, er lebte noch mit mir zusammen«, fuhr Helen fort. »In der Villa.«

»Der Villa?«

Ein hübsches, verlegenes Lächeln. »Unserem Haus.«

»War die Alzheimersche Krankheit denn schon so weit fortgeschritten?« fragte Hardy.

»Ich kenne mich damit nicht so gut aus«, sagte sie. »Aber er war nicht bösartig, sondern wußte einfach nicht mehr, wer er war und wo er hingehörte. Er tat mir leid.«

»Mir nicht«, widersprach Leland. »Ich wollte ihn verhaften lassen. Keine Sorge, Helen, das ist ganz offiziell. Ich fand, daß er eine ernsthafte Gefahr für meine Frau darstellte.«

»Und was ist mit George, Ihrem zweiten Sohn?« wandte Hardy sich an Leland. »Vermutlich teilte er Ihre Meinung.«

Diese Frage schien beide zu überraschen, denn offenbar versagte ihr Geheimcode. Schließlich trank Leland einen Schluck Kaffee und tupfte sich mit der Serviette die Lippen ab. »George hat nichts damit zu tun«, sagte er nachdrücklich. »Aber Sie haben recht. Welcher liebende Sohn hätte wohl nichts dagegen einzuwenden, wenn der Vater, der ihn im Stich gelassen hat, zurückkommt und seine Mutter belästigt? Aber hier geht es nicht um die Familie Taylor. Nicht George ist das Problem, sondern Graham.«

Wie auf ein Stichwort – vielleicht war ja unter dem Tisch ein Knopf gedrückt worden – erschien der Kellner wieder auf der Bildfläche. »Es ist zwei Uhr, Sir.«

Leland sah auf die Uhr und verzog das Gesicht. »Ölgeschäfte«, sagte er bedauernd. »Ich muß los. Mr. Hardy, bitte erklären Sie Graham, worüber wir gesprochen haben, und rufen Sie uns an. Also dann. Helen?« Er half seiner Frau beim Aufstehen. Das Mittagessen war vorbei.

22

Nachdem Leland Taylors Limousine Hardy wieder im Büro abgeliefert hatte, fand er eine Nachricht von David Freeman vor, der ihn um eine Unterredung bat. Im Fall Tryptech hatte sich eine neue Entwicklung ergeben, über die sie sprechen mußten.

Was ist denn jetzt los? dachte Hardy.

Allerdings war Freeman den ganzen Nachmittag bei Gericht, was Hardy nicht weiter überaschte. Dann brachte ein Bote eine neue Kiste Prozeßakten, die Graham betrafen. Hardy war so damit beschäftigt, daß ihm erst um fünf einfiel, es noch einmal bei Freeman zu versuchen.

Der alte Anwalt brütete in der Bibliothek neben dem Solarium über einem Fachbuch und kaute dabei zufrieden auf einem dicken Zigarrenstummel herum. An den drei halbvollen Kaffeetassen erkannte Hardy, daß Freeman schon seit mindestens einer Stunde vom Gericht zurückwar. Allerdings zeigte er keinerlei Anzeichen von Ungeduld. Zeit interessierte Freeman nicht – nur die Freuden der Juristerei.

Hardy zog sich einen Stuhl heran. »Was ist los mit Dyson Brunel?« fragte er.

Freeman las den Absatz zu Ende, machte sich mit roter Tinte eine Notiz an den Seitenrand und klappte das Buch zu, wobei er seine Zigarre als Lesezeichen benutzte. »Die Bergungsgebühr.«

»Was ist damit?«

»Anscheinend kann Dyson das nötige Geld nicht auftreiben. Tryptech steckt in finanziellen Schwierigkeiten. Deshalb möchte er dich und Michelle in der nächsten Zeit mit Optionsscheinen bezahlen.«

Entgeistert lehnte Hardy sich zurück. »Optionsscheine? Von Tryptech?«

Freeman nickte. »So etwas kommt öfter vor.«

»Kann sein, aber ich frage mich, wovon ich leben soll, bis ich die Dinger einlösen kann.«

»Um ehrlich zu sein, habe ich mit diesem Einwand gerechnet.«

Der Moment hätte nicht unpassender sein können. Schließlich bezog Hardy seine Honorare zur Zeit fast ausschließlich von Tryptech. »Du würdest es mir doch sagen, wenn du glaubst, daß sie bald pleite gehen, David?«

»Ich denke nicht, daß es darum geht, Diz. Brunel sagt, der Firma ginge es noch ziemlich gut, und ich nehme ihm das ab. Sie haben ein Liquiditätsproblem.«

»Und sie wollen uns kein Geld mehr überweisen? Auf die Weise würde zumindest ich kein Liquiditätsproblem bekommen.«

»Brunel möchte einige Umstrukturierungen durchführen, um die Summe der Ausgaben zu drücken.« Freeman senkte die Stimme. »Die Jahresbilanz ist bald fällig, Diz. Und sie müssen den Verlust eines Containers von achtzehn Millionen ausweisen. Dazu noch unsere Honorare ...«

»Das ist nun auch gerade nicht die Welt, David.«

»Schon, aber sie müssen sie erst mal bezahlen, und das beeinflußt direkt das Ergebnis.« Freeman unterbrach Hardy mit einer Handbewegung. »Ich bin nur der Überbringer der Nachricht. Die Sache war nicht meine Idee. Dyson sagt, er mache sich Sorgen um die Aktionäre, denn denen fallen solche Dinge normalerweise auf. Er befürchtet, die Firma könnte auf dem Papier schlechter aussehen als nötig. Und da hat er gar nicht so unrecht.«

Hardy witterte nichts Gutes. »Und sie bieten uns Optionsscheine an?«

»Nein, richtige Aktien. Ich bin geneigt anzunehmen. Meiner Ansicht nach wird das Unternehmen bald wieder auf die Beine kommen, und dann machen wir unseren Schnitt. Das Problem ist nur, daß ich dich nicht mehr für deine Stunden bezahlen kann, wenigstens nicht für alle. Brunel schafft es vielleicht, den halben Stundensatz für einen Mitarbeiter zu finanzieren ...«

»Ich finde, das hört sich ziemlich ernst an, David. Wenn ich kein Geld bekomme, kann ich mich nicht weiter um den Fall kümmern. Wovon soll ich leben?«

»Das ist mir klar. Geht es nicht mal für ein paar Monate?«

»Mein Gott, David, was soll ich dazu sagen? Was ist, wenn die Aktien sich als wertloses Papier erweisen?«

»Schon gut, aber Brunel behauptet, wir könnten damit reich werden.«

»Was soll er sonst sagen? Daß es wahrscheinlich nicht klappt? Daß er uns alle über den Tisch zieht?« Hardy merkte selbst, daß er nur jammerte. Genausogut konnte er sich den Vorschlag zu Ende anhören. »Wie lautet das Angebot?«

»Sie lassen dir die Aktie zu einem Kurs von zwei Dollar und bieten dir zwanzigtausend für deine Zeit bis September an.«

»Sehr großzügig.« Die Ironie war nicht zu überhören. »Wie stehen die Aktien jetzt? Auf drei?«

»Komma eins zwo fünf.« Freeman breitete schicksalsergeben die Hände aus. »Ich weiß, es ist nicht viel. Aber Dyson sagt, für uns wäre das nur von Vorteil. Auf diese Weise bekommen wir mehr. Sie waren schon einmal auf neun, und vielleicht steigen sie wieder so hoch, vielleicht noch höher. Sie könnten ein Vermögen wert sein. Viel mehr als die Stunden, die du in Rechnung stellen kannst. Die Kanzlei bleibt weiter beteiligt, falls dich das tröstet.«

»Hier geht es nicht um Trost.«

In Wahrheit wußte Hardy, daß er es mit einem potentiell sehr lukrativen Geschäft zu tun hatte – vorausgesetzt, daß Tryptech nicht ebenso eine Bauchlandung machte wie sein Container. Zum heutigen Kurs bot Dyson ihm mehr als sechzigtausend Dollar in Aktien an, viel mehr, als er in den nächsten vier Monaten verdienen konnte. Allerdings war ihm klar, daß es keine Sicherheiten gab. Leider war die Börse – vergleichbar mit Geschworenen – bekanntermaßen launisch. »Es steckt sicher viel Geld für uns drin«, sagte er. »Aber ich bin nun mal ein Lohnsklave, der jeden Monat seinen Scheck braucht.«

Freeman schwieg eine Weile. »Ich würde dir zuraten, Diz«, sagte er schließlich. »Langfristig könnte es etwas einbringen.«

Hardy runzelte die Stirn. Ihm war klar, daß David Tryptechs finanzielle Lage selbstverständlich hatte überprüfen lassen, bevor er den Fall übernahm. Und wenn er immer noch der Ansicht war, daß das Unternehmen die Krise überstehen würde, entsprach das vermutlich auch den Tatsachen. Tryptech war nicht der größte Hersteller von Computern, aber auch nicht der kleinste.

Doch selbst David Freeman hatte sich schon täuschen lassen. Und nach fast einjähriger Zusammenarbeit mit Dyson Brunel kam er Hardy nicht gerade wie der Inbegriff von Rechtschaffenheit vor. Das Angebot bereitete ihm Magenschmerzen. Hatte Tryptech vielleicht schon den Punkt erreicht, an dem es nicht nur seine Anwälte, sondern auch seine Lieferanten nicht mehr bezahlen konnte? Wenn das stimmte, waren sie bald erledigt.

Außerdem gefiel Hardy das Wort Umstrukturierung überhaupt nicht, denn das bedeutete den Abbau von Arbeitsplätzen. Soweit Hardy im Bilde war, griff Tryptech immer häufiger zu dieser Maßnahme. Natürlich brauchte die Firma juristischen Beistand, solange sie noch im Geschäft war. Doch dieses Feilschen mit dem Ziel, seine Dienste quasi kostenlos in Anspruch zu nehmen, erschien Hardy wie eine Verzweiflungstat. Schließlich waren die Tryptech-Aktien in den letzten Monaten drastisch gefallen.

»Wenn ihnen das Geld ausgeht, könnten wir mit der Hafenverwaltung vielleicht zu einer außergerichtlichen Einigung kommen«, schlug er vor. Hardy glaubte, im Laufe eines langen Wochenendes etwa zehn Millionen heraushandeln zu können. Natürlich hoffte Tryptech fast auf die dreifache Summe, aber der Spatz in der Hand war besser als die Taube auf dem Dach.

»Ich glaube nicht«, sagte David. »Diesen Vorschlag habe ich Dyson natürlich auch schon gemacht, doch er ist noch nicht bereit dazu.« Wieder eine Pause. »Er sagte, er müsse an seine Leute denken, an die Kunden, Aktionäre und Lieferanten, an jeden.«

Hardy kicherte. Das behauptete ausgerechnet ein Mann, der seinen Angestellten kündigte und sich über die Anzahl der Computer im Container in Widersprüche verwickelte. »Danke für deine Bemühungen, David, doch du kannst Brunel von mir ausrichten, daß ich nicht einverstanden bin.«

Ein enttäuschter Seufzer. »In Ordnung. Ich hoffe es stört dich nicht, daß ich Michelle dasselbe Angebot unterbreite.«

Erschüttert verließ Hardy den Raum. Auf einmal sah es so aus, als sei seine wichtigste Einkommensquelle versiegt.

»Am meisten wurmt es mich deshalb, weil ich mich eigentlich nur aus Sicherheitsgründen auf diesen Prozeß eingelassen habe...«

»Genau da liegt dein Problem«, entgegnete Frannie. »Es gibt keine Sicherheit. Das ist nichts weiter als ein Illusion.«

Seine Frau wußte, wovon sie sprach. Sie hatte als kleines Mädchen beide Eltern verloren und war von ihrem Bruder Moses großgezogen worden. Dann war ihr erster Mann getötet worden, knapp eine Woche, nachdem sie festgestellt hatte, daß sie mit Rebecca schwanger war. »Und genau aus diesem Grund, mein armer, geplagter Gatte, sollten wir die schönen Seiten des Lebens erkennen, und wir sollten sie genießen, solange es möglich ist. Wie zum Beispiel jetzt. In dieser Minute.«

Sie lagen in Decken gewickelt auf dem Wohnzimmerteppich. Die Jalousien waren geschlossen, die Kinder schliefen, die Elefanten auf dem Kaminsims standen friedlich im Kreis. Tony Bennett sang leise ein Lied von Billie Holliday. Das Kaminfeuer flackerte.

»Diese Minute ist gar nicht schlecht«, räumte er ein. »Was machen wir eigentlich im Wohnzimmer?«

»Wir gehorchen unserem Sexualtrieb.«

»Ach, das war es. Jetzt erinnere ich mich wieder.« Er beugte sich über sie, um sie zu küssen. »Ich liebe dich.«

»Also gut, wenn es sein muß.«

»Es muß sein.« Ihr Kopf lag an seiner Schulter, ein Bein über seinen. Ein langer Augenblick verstrich. »Und bist du einverstanden mit all dem?«

»Womit?«

»Mit all den Veränderungen der letzten Zeit.«

»Solange du zu mir hältst.«

»Das muß ich mir noch überlegen.«

»Also ist alles noch wie vorher. Du denkst vielleicht, daß es sich verändert, aber in Wirklichkeit wolltest du Tryptech doch sowieso loswerden ...«

»Ich mache mir eben Sorgen«, sagte er.

Frannie stützte sich auf den Ellenbogen. Ihr rotes Haar leuchtete im Schein des Feuers. »Du? Du scherzt.« Sie kuschelte sich an ihn. »Dismas, alles ändert sich unentwegt. Denkst du nicht, daß das Leben sonst ziemlich langweilig wäre?«

»Langeweile wäre schön. Damit könnte ich leben.«

»Du würdest es nicht aushalten. Deine Toleranz für Langeweile ist gleich null. Du willst einfach für alles eine Garantie haben.«

»Und was ist daran falsch?«

»Nichts, außer daß man nichts garantieren kann.«

»Und das stört mich furchtbar.«

»Sieh dir doch mal die guten Seiten an. Du hast einen Mandanten, an dessen Unschuld du glaubst und der Eltern hat, die dir das Geld förmlich aufdrängen.«

»Ich weiß aber nicht, ob ich es annehmen kann.«

Sie schwieg einen Moment. »Was hältst du von einem Spiel?« fragte sie schließlich. »Ich sage etwas, und du überlegst dir eine positive Anwort, anstatt immer nur zu jammern, daß es sowieso ein böses Ende nehmen wird.«

»Klingt prima.«

»Ist es auch.« Sie küßte ihn. »Du solltest es mal ausprobieren.«

Inzwischen lagen sie im Bett. Hardy war im Tiefschlaf, als das Telephon läutete.

»Hallo?« meldete er sich und warf einen Blick auf die Digitalanzeige seines Weckers: 23:15.

»Mr. Hardy, tut mir leid, Sie zu wecken. Hier ist Sergeant Evans. Ich muß mit Ihnen reden.«

Mit einemmal war Hardy wach, schob die Decke weg und griff nach seinem Morgenmantel. »Einen Moment«, flüsterte er. Nachdem er die Schlafzimmertür leise hinter sich geschlossen hatte, ging er mit dem drahtlosen Telephon in die Küche, machte Licht und setzte sich an den Tisch. »Stimmt etwas nicht mit Graham?«

»Alles in Ordnung. Ich habe eben mit ihm gesprochen.«

Hardy verstand nicht ganz; offenbar war er noch nicht richtig wach. »Wann haben Sie mit ihm gesprochen?«

»Vor ein paar Minuten. Er hat mich angerufen.«

»Aus dem Gefängnis?« Das war eine dämliche Frage. Von wo denn sonst? Schließlich saß Graham hinter Gittern.

»Wir haben beschlossen, daß wir es Ihnen sagen müssen.«

Hardys erster Gedanke war, daß Graham der hübschen, jungen Polizistin alles gestanden hatte. Sie wußte, daß er nicht in guter Verfassung war und sich einsam, deprimiert und verängstigt fühlte. Also hatte sie ihn in seiner ersten Nacht im Knast besucht, um ihn dranzukriegen. Und offenbar hatte sie es geschafft.

»Wir sind zusammen.«

Wieder hatte Hardy den Eindruck, als ob sein Gehirn blockierte. »Was soll das heißen – zusammen?« fragte er.

»Wie man halt so zusammen ist.«

Hardys Erfahrungen mit Mordverdächtigen und Beamten der Mordkommission, die in einer zwischenmenschlichen Beziehung im weitesten Sinne »zusammenkamen«, waren begrenzt, sofern man von Schußwechseln absah.

»Ich liebe ihn.«

»Sie lieben Graham?«

»Ja.«

»Okay.«

Frannies Worte fielen ihm ein. Es gab für nichts Garantien. Nichts war vorhersagbar, und das galt nicht nur für die Börse oder für Geschworene. Das galt für alles. »Okay«, wiederholte er.

»Ich weiß, es klingt ziemlich komisch.«

»Ich werde mich schon dran gewöhnen. Soll das heißen, daß Sie ihn für unschuldig halten?«

»Er hat seinen Vater nicht getötet.«

»Das glaube ich auch nicht.«

»Aber jemand hat es getan.«

»Sind Sie davon überzeugt?«

»Ich würde jede Wette eingehen.«

»Kennen Sie den Täter?«

»Nein. Sonst würde ich ihn verhaften und meinen Freund aus dem Gefängnis holen. Aber man hat uns den Fall entzogen. Eine rein politische Entscheidung. Wenn sie uns weiterermitteln ließen, würden wir den Schuldigen finden. Bestimmt steckt mehr dahinter, als Sie wissen.«

»Vielleicht nicht«, sagte Hardy. »Ich habe heute wieder einen Stapel Material vom Staatsanwalt erhalten.«

»Was ich meine, steht da nicht drin«, sagte Evans nach einer kurzen Pause.

Sie erklärte ihm die Ergebnisse ihrer und Laniers Nachforschungen: Der Fischlieferant Pio war in derselben Woche gestorben wie Sal, und Sal hatte als Geldkurier für hochkarätige Zocker gearbeitet. »Dieser Soma kann Graham auf den Tod nicht ausstehen und will ihn deshalb fertigmachen. Und als er genug in der Hand hatte, hat er uns zurückgepfiffen.«

Hardy schwieg so lange, daß sie seinen Namen sagte.

»Ich bin noch dran. Ich frage mich nur, was Sie jetzt vorhaben.«

»Ich möchte Graham helfen. Wenn es sein muß, in meiner Freizeit. Mich interessiert, wohin diese anderen Spuren führen. Das Problem ist nur, daß ich mich damit nicht an meinen Vorgesetzten wenden kann. Deshalb komme ich zu Ihnen.«

»Sie meinen Glitsky?«

»Ja. Kennen Sie ihn?«

»Ach du lieber Gott!«

»Was ist?«

»Oh, nichts. Nur ein kleiner Scherz am Rande. Ja, ich kenne Glitsky. Könnte man sagen.«

»Er würde mich bestimmt rausschmeißen. Oder erschießen.«

»Da haben Sie wahrscheinlich recht.«

»Könnten wir das nicht tun, Sie und ich? Ganz unter uns. Und Graham natürlich.«

»Ob ich damit einverstanden bin, daß jemand kostenlos Beweise für die Unschuld meines Mandanten sammelt? Vielleicht halten Sie mich für verrückt, aber ich glaube ja.«

Sarah hängte auf und setzte sich an den Küchentisch. Ihre Hände zitterten. Jetzt war sie wirklich zum Feind übergelaufen.

Als sie Hardy gesagt hatte, sie würde jede Wette eingehen, daß Graham nicht der Täter sei, war das noch untertrieben gewesen. Tatsächlich stellte sie alles aufs Spiel. Ihre Glaubwürdigkeit, ihre berufliche Zukunft.

In den letzten Tagen hatte sie versucht, das, was sich zwischen ihr und Graham entwickelte, mit ein wenig Abstand zu betrachten. Wenn sie ein Mann gewesen wäre ...

An diesem Punkt endeten ihre Überlegungen immer, weil sie natürlich keiner war.

Als Mann hätte man ihr eine Beziehung mit einer Verdächtigen vermutlich durchgehen lassen. Die Kollegen hätten sich schützend vor sie gestellt. Obwohl sie sich wahrscheinlich einigen Ärger eingehandelt hätte, wäre die Sache nie an die Öffentlichkeit gekommen. Sarah hatte im Laufe der Jahre drei männliche Kollegen kennengelernt, die intime Beziehungen zu Verdächtigen unterhielten. Eine der Frauen war sogar des Mordes angeklagt gewesen. Und in einem dieser Fälle – nicht der Mord – hatte es mit einer Ehe geendet.

Aber falls das mit Graham und ihr rauskam, würde das Konsequenzen haben. Ihre Karriere wäre am Ende. Selbst wenn sich die Polizeigewerkschaft für sie einsetzte, würde Glitsky dafür sorgen, daß sie in hohem Bogen aus der Mordkommission flog.

Sie hoffte, daß es die richtige Entscheidung gewesen war, Hardy anzurufen. Obwohl sie nicht mehr so recht wußte, was das Richtige war.

Mittlerweile saß Hardy hellwach am Küchentisch.

Der Tag hatte einige erstaunliche Erkenntnisse gebracht, denn Graham schien mehr Fürsprecher zu haben als vermutet. Zuerst hatten sich seine Eltern erboten, die Kosten der Verteidigung zu übernehmen, und dann erklärte Sarah Evans sich bereit, ihm bei den Ermittlungen zu helfen.

Sarahs Andeutung, eine dritte Person könne die Tat begangen haben, eröffnete eine Vielzahl von Möglichkeiten. Außerdem hatte er nun etwas in der Hand, um die Geschworenen zu beeindrucken. Er konnte einen weiteren Verdächtigen ins Spiel bringen. Sarah würde den Betreffenden nicht einmal finden müssen. Falls es Hardy gelang, glaubhaft darzustellen, daß es einen solchen Menschen gab, würden der Jury vielleicht vernünftige Zweifel kommen.

Und da gab es noch etwas, das ihn einfach nicht losließ: David Freemans Zaubertrick mit der Zeitung – Kontext, Kontext, Kontext.

Die heutige Aktenlieferung enthielt eine Liste aller bis jetzt entdeckten gekennzeichneten Beweise. In den kommenden Monaten würde Hardy viel Zeit damit verbringen, in der Asservatenkammer jeden Gegenstand mit der Liste zu vergleichen. Auch die Aufstellung selbst hatte ihn auf einen Anhaltspunkt aufmerksam gemacht, der vielleicht noch wichtig werden konnte.

Hardy wußte, daß die fünfzigtausend Dollar aus Sals Safe, die man in Grahams Bankschließfach sichergestellt hatte, siebzehn Jahre alte Bankbanderolen trugen. Was er bis jetzt nicht bedacht hatte, war die Tatsache, daß sie ein genaues Datum trugen: 2. April 1980.

Auch heute noch waren fünfzigtausend Dollar eine hohe Summe – vor siebzehn Jahren war es ein Vermögen gewesen. Woher stammte das Geld? Von einem Bankraub vielleicht? Einer Entführung? Etwas, das vielleicht in der Zeitung gestanden hatte.

Er wußte es nicht, aber das Archiv des *Chronicle* würde morgen geöffnet sein, und er würde es herausfinden.

23

Hardy fing mit den sechs Monate vor dem Datum auf der Banderole erschienen Zeitungen an und überflog die Schlagzeilen. Er brauchte nicht lange zu suchen, denn er entdeckte in der Ausgabe aus der ersten Novemberwoche 1979 eine Meldung, die ihn aufmerken ließ. Er hörte auf zu lesen, stürmte buchstäblich aus dem Archiv und eilte zum nächsten Telephon. »Richter Giotti, bitte. Hier spricht Dismas Hardy. Sagen Sie ihm, es hat etwas mit dem Fall Russo zu tun.«

»Hier ist Mario Giotti.« Hardy hätte nie damit gerechnet, daß der Richter sofort am Apparat sein würde. Man rief einen Bundesrichter nicht einfach an und ließ ihn ans Telephon kommen. Aber genau das hatte Giotti getan – vielleicht hatte er ja ein persönliches Interesse an der Sache.

Hardy stellte sich vor. »Ich vertrete Graham Russo und hätte ein paar Fragen an Sie, wenn Sie die Zeit erübrigen können.«

»Aber natürlich. Sal war einer meiner ältesten Freunde. Vermutlich möchten Sie wissen, wie es am Tatort aussah, als ich ihn fand. Ich versichere Ihnen, daß ich nichts angefaßt habe.«

Hardy wußte, daß es wenig Sinn hatte, um den heißen Brei herumzureden. »Nun, Euer Ehren, ich interessiere mich eher für den Brand im Restaurant Ihres Vaters, im Grotto.«

Eine Pause entstand. »Sie sagten doch, es hätte etwas mit Graham Russo zu tun«, sagte der Richter schließlich.

»Ich bin mir nicht ganz sicher.«

»Ich sehe da keinen Zusammenhang. Seitdem sind viele Jahre vergangen.«

»Ja, Sir.«

Hardy wartete ab, und der Richter enttäuschte ihn nicht. »Wenn Sie sich freimachen können, kommen Sie doch hier vorbei. Ich muß erst um halb zwei wieder zu Gericht.«

Auch der lange Weg durch die sieben Vorzimmer hatte Hardy nicht auf die Pracht vorbereitet, die ihn im Privatbüro des Richters erwartete. Im Justizpalast hatten die Räume menschliche Maße.

Hier im Bundesgerichtsgebäude regierten Götter. Giottis Büro hatte etwa hundertachtzig Quadratmeter. Die Decken begannen auf halbem Weg zum Himmel. Es gab einen riesigen offenen Kamin, der unpassenderweise mit einer elektrischen Heizvorrichtung ausgestattet war. Alles hier, von den Holzschnitzereien, den freiliegenden Deckenbalken, den Marmorintarsien, dem Bücherregal, das eine komplette Wand einnahm, und den drei Sitzecken, war darauf angelegt, die Macht der Position zu unterstreichen – das Amt eines Bundesrichters war der Job, den Gott haben wollte. Sein himmlischer Thronsaal hätte gewiß nicht ehrfurchtgebietender wirken können.

Als Hardy eintrat, erhob sich Giotti hinter seinem strengen und schmucklosen Schreibtisch und kam ihm mit ausgestreckter Hand entgegen. »Mr. Hardy? Nett, Sie kennenzulernen. Hat meine Sekretärin Ihren Namen richtig verstanden? Der geläuterte Verbrecher?«

»Stimmt, ich heiße Dismas.«

»Soweit ich informiert bin, ist er auch der Schutzheilige der Mörder.«

Hardy nickte. »Richtig. Allerdings ist Graham Russo noch nicht verurteilt worden.«

»Natürlich nicht. Das wollte ich damit nicht andeuten.«

»Und was noch wichtiger ist: Ich bin kein Heiliger.«

Der Richter lächelte breiter. »Dann sollten wir uns gut verstehen, denn ich bin auch keiner. Eine Tasse Kaffee? Möchten Sie sich setzen?«

Hardy sagte, er nähme gern eine Tasse, und entschied sich für die Sitzgruppe neben dem Kamin, in dem der Heizstrahler auf Hochtouren lief. »Ich weiß«, sagte Giotti. »Diese riesigen Zimmer sind einfach nicht warmzukriegen. Wir Richter haben zwar alle einen Kamin, aber im ganzen Gebäude funktioniert nur ein einziger.«

»Wie ist entschieden worden, wer ihn bekommt?«

»Genau wie bei allen anderen Entscheidungen. Nach Dienstalter.«

Hardy schnalzte mit der Zunge. »Und uns erzählt man immer, daß Bundesrichter alles bekommen, was sie wollen.«

»Wir bekommen achtzehn Prozent mehr als gewöhnliche Sterbliche, aber das ist das Limit.«

»Wieder eine Illusion dahin.«

»Möge sie in Frieden ruhen«, sagte Giotti. Dann ging die Tür auf, und die Sekretärin brachte den Kaffee. Als sie fort war, trank der Richter einen Schluck, lehnte sich zurück und balancierte Tasse und Untertasse auf dem Knie. Nachdem er sich vergewissert hatte, daß es dem Besucher an nichts fehlte, kam er auf das eigentliche Thema zu sprechen. »Sie interessieren sich für den Brand im Grotto? Ich bin neugierig, wie Sie darauf gestoßen sind.«

Hardy erläuterte ihm die zugegebenermaßen ziemlich dünne Verbindung. Laut ausgesprochen klang sie ein wenig fadenscheinig.

»Sie sagen, Sal hatte eine große Menge Bargeld –«

»Fünfzigtausend Dollar«, sagte Hardy.

Giotti tat das ab, die genaue Summe kümmerte ihn nicht. »Alles mit datierten Banderolen versehen. Deshalb haben Sie das Archiv des *Chronicle* durchforstet und sind darauf gestoßen, daß es fünf Monate zuvor im Grotto gebrannt hat?«

»Ja, Euer Ehren.«

»Und Sie vermuten einen Zusammenhang zwischen diesen beiden Tatsachen?«

»Ich weiß nicht so recht. Ihr Name taucht nun schon zum drittenmal in Verbindung mit diesem Fall auf...«

»Zum drittenmal?«

Hardy nickte. »Sie haben Sals Leiche gefunden. Dann die Bombendrohung am selben Tag...«

»Wie kommt mein Name da ins Spiel?«

»Genau genommen nicht direkt, Euer Ehren. Aber es hat mit dem Gerichtsgebäude zu tun.«

»Und außerdem erscheint mein Name – oder vielmehr der meines Vaters – in dem Artikel über das Feuer im Grotto.«

Hardy hatte Verständnis dafür, daß dem Richter allmählich die Geduld ausging. Allerdings ließ dieser sich nichts anmerken. Einen wohlwollenden Ausdruck auf dem Gesicht, trank er seinen Kaffee und wartete darauf, daß Hardy ihm die Angelegenheit etwas genauer erklärte.

Doch der sah sich dazu nicht in der Lage. Er breitete die Hände aus und lächelte verlegen. »Ich bin mir nicht einmal sicher, was ich Sie eigentlich fragen wollte. Ich hatte nur den Eindruck, daß... daß...«

»Daß es einen Zusammenhang gibt?«

»Ja. Ich denke schon.«

»Womit?«

»Ich weiß nicht.« Vorsichtig stellte Hardy seine Tasse ab. Er kam sich ziemlich dämlich vor. »Tut mir leid, Euer Ehren. Ich verschwende Ihre Zeit. Manchmal überlege ich erst, bevor ich etwas tue. Aber offenbar war es heute umgekehrt.«

Anscheinend störte das Giotti nicht weiter. Er machte eine auffordernde Geste. »Sie brauchen sich nicht zu entschuldigen, Mr. Hardy. Ich finde dieses Gespräch hochinteressant, denn ich bin neugierig, wie Sie angesichts der Gesetzeslage an diesen Fall herangehen wollen.«

»Sterbehilfe?«

Der Richter nickte. »Sie wissen, daß wir hier am Bundesgericht eine Meinungsverschiedenheit mit dem Supreme Court in dieser Frage erwarten? Sie müssen es sich in etwa so vorstellen wie die Auseinandersetzung zwischen Sharron Pratt und Dean Powell.« Er beugte sich vor und stellte die Kaffeetasse weg. »In der Sache Glucksberg haben wir schon einiges erreicht, doch unsere Entscheidung wird vermutlich aufgehoben werden. Wenigstens rechne ich damit. Ich hoffe nur, daß der Supreme Court kein ausdrückliches Verbot für alle Bundesstaaten durchsetzt, aber es könnte durchaus geschehen.«

»Was Sterbehilfe angeht, meinen Sie?«

»Ja.«

Hardy war äußerst überrascht – sogar verblüfft –, daß ein Bundesrichter diesen heiklen Punkt mit einem Anwalt erörterte, der vielleicht eines Tages in seinem Gerichtssaal stehen würde. Er brauchte eine Weile, bis ihm die passende Antwort einfiel. »Gehören Sie zu den Richtern, die dafür sind?«

Giotti lächelte müde. »Sagen wir, ich bin dagegen, todkranke Patienten am Freitod zu hindern. Juristisch gesehen handelt es sich um die Frage, wieviel Entscheidungsfreiheit man dem Bürger zugestehen kann; in etwa vergleichbar mit dem Schwangerschaftsabbruch. Natürlich müssen gewisse Voraussetzungen erfüllt sein. Das heißt, der Patient muß geistig zurechnungsfähig, vernünftig und über sämtliche Möglichkeiten informiert sein und seine Entscheidung wohlüberlegt und ohne Zwang treffen. Wenn er dazu auch noch unheilbar krank ist, hat er das Recht, sein Leben zu beenden.«

»Paßte diese Beschreibung auf Sal Russo?« wollte Hardy wissen.

»Als er seinen Vorsatz faßte, schon. In letzter Zeit eher nicht.«

»Also kannten Sie ihn ziemlich gut?«

»Viele Jahre lang und auch ziemlich gut, was ganz und gar nicht dasselbe ist.« Giotti lehnte sich zurück und schlug die Beine übereinander. »Wir haben uns mindestens zweimal im Monat getroffen, manchmal auch öfter.« Er zeigte aus dem Fenster. »Da draußen auf der Straße. Ab und zu auch in seiner Wohnung.«

»Während er Fisch verkaufte?«

Giotti nickte. »Damit verdiente er sein Geld. Sal war in Ordnung. Sind Sie ihm je begegnet?«

»Ein paarmal.«

Hardy wußte nicht, wie er weitermachen sollte. Anscheinend wollte Giotti in Erinnerungen schwelgen. Vielleicht machte er auch nur Mittagspause und hatte das Bedürfnis, mit jemandem zu reden. Hardy vermutete, daß der Richter ein ziemlich einsames Leben führte. »Graham kenne ich besser«, sagte er.

Ein zweifelnder Ausdruck huschte über das Gesicht des Richters. »Das ist anzunehmen. In diesem Gebäude hier ist er nicht sehr beliebt.«

Hardy lächelte. »So was in der Art habe ich läuten hören.«

»Man wirft nicht einfach sein Referendariat hin. So etwas ist hier noch nie vorgekommen, und es hat ein wenig böses Blut gegeben.«

»Bei Ihnen auch?«

Giotti überlegte. »Um ehrlich zu sein, ja. Ich habe große Hoffnungen auf ihn gesetzt. Schließlich war er ja Sals Junge, der Sohn meines Freundes. Und ich konnte den Gedanken nicht ertragen, daß sich die Geschichte wiederholt. Daß Graham so endet wie sein Vater.«

»Obwohl er Ihr Freund war, Sal meine ich?«

»Nun, nicht mehr in dem Maß wie in unserer Jugend.« Giotti seufzte tief. »Sal hat im Leben versagt. Und ich wollte nicht, daß Graham dasselbe passiert, aber es macht den Eindruck, als wäre genau das der Fall.«

»Was ist denn mit Sal geschehen? Er war doch nicht von Anfang an ein Versager.«

»Nein. Als er Helen heiratete ... Sie kennen Helen?«

Hardy nickte.

»Eine attraktive Frau, finden Sie nicht auch? Doch das ist hier nicht das Thema. Als Sal sie heiratete, beneidete ihn die ganze Stadt. Er war ein begabter Sportler, ein wunderbarer Mensch, hatte sein eigenes Geschäft und drei hübsche Kinder ...«

»Und was geschah dann?«

»Ich weiß nicht. Vielleicht hat er sich etwas vorgemacht und über seine Verhältnisse gelebt, bis ihn etwas aus der Bahn geworfen hat. Andererseits ist Helen ziemlich kurz darauf Lelands Frau geworden. Wahrscheinlich hat das ihm das Herz gebrochen. Ein paar Jahre lang war er verschwunden. Als er zurückkam, war er völlig verändert. Er war ein gebrochener Mann.«

Hardy wußte nicht, welcher Teufel ihn ritt, als er die nächste Frage stellte. »Und Sie haben ihm geholfen, seinen Fischhandel zu eröffnen?«

Giotti rutschte auf seinem Sessel herum und sah Hardy scharf an. »Man kann über Anwälte sagen, was man will, aber ich liebe diese Art zu denken. Ja, Sal war mein Freund. Er tat mir leid, weil er so viel durchgemacht hatte. ›Geholfen‹ ist allerdings ein wenig übertrieben. Kann sein, daß die Freundschaft mit mir Sal ein paar Türen geöffnet hat.«

»Und er hat nie mit Ihnen über das Geld gesprochen?«

»Welches Geld?«

»Er besaß doch fünfzigtausend Dollar und hätte gar nicht zu arbeiten brauchen. Alles in bar.«

»Woraus schließen Sie, daß er das Geld damals schon hatte? Die Banderolen tragen zwar dieses Datum, aber das muß nicht heißen, daß er das Geld damals auch erhalten hat.«

»Ein guter Einwand.«

Das Geld war gebündelt und datiert, aber das sagte nichts über den Verbleib der Banknoten in den letzten siebzehn Jahren aus. Möglicherweise handelte es sich wirklich um Geld, das Sal nach Sarahs Vermutung im Auftrag eines Spielers hatte übergeben sollen. Wußte Graham etwas darüber? Hatte er denselben Verdacht? Hardy würde ihn fragen müssen.

Und dann kam ihm ein schrecklicher Gedanke: Woher stammte das Geld, das Graham ihm als Anzahlung gegeben hatte?

Er spürte den Blick des Richters auf sich, und die nächste Bemerkung riß ihn aus seinen Gedanken. »Er war zum Schluß sehr krank und litt große Schmerzen.«

»Und er war nicht mehr zurechnungsfähig?«

»Richtig. Die Alzheimersche Krankheit war ziemlich weit fortgeschritten und nicht mehr zu übersehen. Er konnte keine selbständigen Entscheidungen mehr fällen.«

»Sie sagten aber auch, er könnte Graham zu einem früheren Zeitpunkt mitgeteilt haben, daß er sterben wollte, falls sein Gesundheitszustand sich noch mehr verschlechterte.«

Der Richter zwang sich zu einem Lächeln. »Habe ich das gesagt?«

»Ich bin sein Anwalt. Es wäre gut zu wissen, falls er das getan hat.«

»Also werden Sie auf Sterbehilfe plädieren?«

»Wir haben bereits plädiert: nicht schuldig des vorsätzlichen Mordes.«

Giotti holte Luft. »Vorsätzlicher Mord ist lächerlich.«

Ein grimmiges Lächeln. »Ich bin derselben Ansicht. Hoffentlich machen die Geschworenen mit.«

»Wenn Sie es als Sterbehilfe darstellen, kann überhaupt nichts schiefgehen. Nicht in dieser Stadt. Obwohl ich dazu eigentlich keine Stellung nehmen darf.«

»Ich habe keine Stellungnahme gehört«, sagte Hardy, um dem Richter zu zeigen, daß er ihn verstanden hatte. »Aber ich habe ein Problem mit Graham. Er leugnet hartnäckig, am Tatort gewesen zu sein.« Daß Graham seiner Ansicht nach die Wahrheit sagte und Sal gar keine Sterbehilfe geleistet hatte, wollte er lieber nicht erwähnen.

»Er war dort«, sagte Giotti.

»An diesem Tag? Sind Sie sicher?«

Giotti machte einen Rückzieher. »Nicht absolut. Doch er besuchte seinen Vater sehr häufig. Laut Sal ein paarmal in der Woche.«

»Graham behauptet, daß er an Sals Todestag nicht bei ihm war.«

»Überzeugen Sie ihn, seine Aussage zu ändern. Dann kommt er frei.«

Hardy beugte sich vor und stützte die Ellenbogen auf die Knie. »Er streitet alles ab, Euer Ehren. Und er ist ziemlich stur. Er befürchtet, die Zulassung als Anwalt zu verlieren.«

Giotti dachte darüber nach. »Gut, dann geben Sie es eben an seiner Stelle zu.« Er senkte die Stimme. »In diesem Fall wäre Graham aus dem Schneider, und das Standesgericht der Awaltskammer würde kein Problem darin sehen. Die Geschworenen sprechen ihn frei und erkennen auf Sterbehilfe. Und wenn Sie als sein Verteidiger diese Begründung vorbringen, kann die Anwaltskammer ihm auch nicht die Zulassung entziehen, da er ja nicht selbst ausgesagt hat. Sie müssen dann nur verhindern, daß er in den Zeugenstand tritt, Mr. Hardy.«

Das Gespräch hatte eine seltsame Wendung genommen. Noch nie war Hardy passiert, daß ein Bundesrichter ihn zu seiner Vorgehensweise beriet. Außerdem war diese Strategie sehr erfolgversprechend. Leland Taylor hatte ihm gestern etwas ganz

Ähnliches vorgeschlagen. Nun mußte er nur noch seinen Mandanten überzeugen.

»Das könnte klappen, Euer Ehren.«

»Wenn nicht, und ich bitte Sie wieder, mich nicht zu zitieren« – Giotti wartete, bis Hardy zustimmend nickte – »hätten Sie mit Ihrer Argumentation eine verfassungsrechtliche Frage angesprochen. Ich kann Ihnen versichern, daß dieses Gericht Ihre Berufung wohlwollend entgegennehmen würde.«

Die Zeit schien stehenzubleiben. Hardy hatte das Gefühl, als ob die Nebensächlichkeiten um ihn herum plötzlich mit übertriebener Deutlichkeit hervortraten. Das weiße Licht draußen vor dem Fenster. Der Heizstrahler, der sich mit einem Klicken abschaltete. Das zuvor unbemerkte Portrait eines Indianerhäuptlings an der gegenüberliegenden Wand. Wenn seine Ohren ihn nicht trogen, hatte Mario Giotti ihm soeben mitgeteilt, daß er das Urteil in einem Berufungsverfahren aufheben würde, falls Hardy den Prozeß verlor.

Er wagte nicht zu fragen, ob er richtig gehört hatte. Das hatte er. Der Richter machte sich strafbar, wenn er sein Angebot wiederholte. Hardy nickte mechanisch und versuchte seine Gedanken zu ordnen. Er stand auf. »Euer Ehren, ich möchte Ihnen danken. Ich habe mich gefreut, Ihre Bekanntschaft zu machen.«

»Das Vergnügen ist ganz auf meiner Seite«, sagte der Richter. »Ich habe nicht jeden Tag die Gelegenheit zu einem vertraulichen Gespräch, und ich habe es sehr genossen.«

Auf dem Weg zur Tür blieb Hardy plötzlich stehen. »Darf ich Sie noch etwas fragen? Es dauert nicht lange.«

Wieder bedachte Giotti ihn mit einem Lächeln. »Sie können sich ruhig Zeit lassen. Worum geht es denn?«

»Sie sagten, Sal sei zum Schluß nicht mehr in der Lage gewesen, Entscheidungen zu treffen.«

»Vernünftige Entscheidungen«, verbesserte der Richter.

»War das für jemanden, der geschäftlich mit ihm zu tun hatte, offensichtlich?«

»Vielleicht nicht. Aber für Menschen, die ihn besser kannten.«

Als Hardy die Stirn runzelte, erkundigte sich der Richter, worauf er hinauswollte.

»Ich versuche nur, mir seine letzten Momente vorzustellen. Wenn er hin und wieder klar im Kopf war, die Entscheidung traf und es sich dann mittendrin anders überlegte, könnte das eine Erklärung für die Verletzung an der Einstichstelle sein.«

Der Richter ließ seinen Blick in eine Ecke des Raums schweifen, wo die Wand mit einer geschnitzten Holzvertäfelung verkleidet war. Er preßte die Lippen zusammen. Seiner Miene war nichts zu entnehmen. »Er wußte, daß es Zeit wurde. Früher hat er immer schlechte Alzheimer-Witze gerissen, aber irgendwann hörte er damit auf. Für mich war das ein Zeichen dessen, daß er ahnte, wie ernst sein Zustand war.«

»Dann erfuhr er von dem Tumor, der ihn umbringen würde, bevor die Krankheit sich verschlimmerte.«

»Und?«

»Also hatte sich seine Situation geändert. Anstatt mit einem langsamen Abgleiten in den Wahn und dem Verlust seiner Würde mußte er sich nun mit starken Schmerzen auseinandersetzen.«

»Ja?«

»Und soweit ich gehört habe, war er ein ziemlicher Macho. Ich versuche nur, mich in ihn hineinzudenken. Er hätte sich bestimmt auch von großen Schmerzen nicht unterkriegen lassen.«

Giotti überlegte. »Sie könnten recht haben«, sagte er. »Ich weiß noch, wie wir einmal mit der *Bonus* rausfuhren. Wir hatten gerade einen Lachs an Bord gezogen, er rutschte auf dem Deck aus, und der Fischhaken bohrte sich mitten durch seine Handfläche.«

»Du meine Güte!«

»Sal stieß einen lauten Schrei aus, und dann zog er den Haken einfach raus und wickelte sich ein altes T-Shirt um die Hand. Er wollte nicht mal an Land zurück. Wir haben den ganzen Tag weitergeangelt, und er hat den Zwischenfall mit keinem Wort mehr erwähnt.«

»Genau das meine ich«, sagte Hardy. »Ich kann mir nicht vorstellen, daß er sich umgebracht hat, weil er unter Schmerzen litt.«

»Vielleicht war es eine Mischung aus beidem«, entgegnete der Richter. »Die Schmerzen und die Alzheimersche Krankheit. Jedenfalls hat er eindeutig einen Grund gesehen. Glauben Sie nicht auch?«

»Muß wohl so gewesen sein«, sagte Hardy.

24

„Er sagt, es ist ein Notfall." Phyllis' barsche Stimme hallte durch die Gegensprechanlage.

Hardy hatte sich mit Michelle in seinem Büro verbunkert und tauchte mit ihr in die faszinierende Welt der Belastbarkeit verschiedener Metalle ein. Es war Mittwoch nachmittag, eigentlich eher Abend, mit Sicherheit nach fünf – auf jeden Fall zu spät für das, was er noch zu tun hatte.

Er hatte nicht einmal Graham besucht, der zweifellos den ganzen Tag in seiner Einzelzelle schmachtete und sich fragte, was sein Anwalt so trieb. Nach seinem Treffen mit Giotti hatte Hardy den ganzen Tag am Fall Russo gearbeitet. Er hatte weitere Unterlagen im Justizpalast abgeholt und die Beweisstücke unter die Lupe genommen: das Geld, die Baseballkarten und den alten Gürtel aus dem Safe und die Spritzen und Ampullen, bei denen das Etikett fehlte.

Außerdem hatte er ein nicht sehr erfreuliches Gespräch mit Claude Clark geführt, dem er auf dem Flur begegnet war. Aufrichtig bemüht, seine Scharte bei Pratt wieder auszuwetzen, hatte Hardy Clark erklärt, daß Barbara Brandt log. Clark hatte das abgestritten und Hardy überdies mitgeteilt, daß er in Zukunft keine Abmachungen vorschlagen solle, die er ohnehin nicht einhalten könne. Lügner seien ihm allemal lieber – bei denen wisse man wenigstens, woran man sei.

Eigentlich hätte Hardy danach noch bei Graham vorbeischauen sollen, aber es war bereits halb vier, als er es aufgab, auf Glitsky zu warten, um sich noch einmal bei ihm zu entschuldigen. Also stürzte er sich in den dichten Verkehr und fuhr in die Sutter Street. Er hatte seine Zwei-Uhr-Verabredung mit Michelle erst auf drei und dann auf vier verschoben. Und jetzt würde er trotzdem zu spät kommen.

Selbst wenn niemand auf seinem Abstellplatz in der Tiefgarage unter dem Büro geparkt hätte.

Während er das fremde Auto auf dem Platz anstarrte, für den er jeden Monat ein Vermögen bezahlte, fragte er sich wieder einmal, wie man bloß gegen die Todesstrafe sein konnte. Anderen Leuten den Parkplatz wegzunehmen war eindeutig ein Verstoß gegen die Regeln der Zivilisation, der nach dem Henker schrie.

Und um das Maß vollzumachen, war er in knapp zwei Stunden mit Frannie verabredet und würde noch mindestens eine Stunde mit Michelle verbringen müssen. Deshalb hatte er Phyllis angewiesen, keine Anrufer mehr durchzustellen. Der letzte war ein Reporter gewesen. Außer mit Dyson oder mit Frannie wollte er mit niemandem sprechen. Doch Phyllis hatte ihn trotzdem wieder unterbrochen.

Verärgert schüttelte er den Kopf. »Entschuldigen Sie, Michelle. Wer ist es denn, Phyllis?«

»Ein Dr. Cutler.«

»Ich kenne keinen Dr. Cutler.«

»Es betrifft den Fall Russo.«

»Was tut das nicht?« Die Frage war rhetorisch gemeint. Er stand auf und wollte zu seinem Schreibtisch gehen, als eine Stimme ihn innehalten ließ.

»Das hier.«

Die knappe Feststellung kam von Michelle und war von einer Endgültigkeit, die ihn fast zusammenzucken ließ. Ihm wurde auf einmal klar, daß sie bei ihm wirklich nichts zu lachen hatte. Sie leistete ganze Arbeit und gab sich alle Mühe, eine Strategie zu entwickeln. Aber da Graham Russo ständig für Störungen sorgte, wurde sie verständlicherweise langsam ungeduldig. Er machte eine vieldeutige Geste und griff zum Telephon.

Weil er in diesem Moment Papier rascheln hörte, sich umdrehte und Michelle nachblickte, wie sie aus dem Büro stürmte, bekam er nicht richtig mit, wie der Anrufer sich vorstellte. »Entschuldigen Sie, könnten Sie das wiederholen.« Ein entnervter Seufzer sagte ihm, daß er offenbar einen neuen Freund gewonnen hatte.

»Mein Name ist Russell Cutler. Ich spiele Baseball mit Graham.«

»Meine Sekretärin sprach von einem Dr. Cutler.«

»Ganz recht.« Eine kleine Pause entstand, als Dr. Cutler Luft holte. »Ich habe Sal Russo das Morphium verschrieben. Ich habe versucht, damit zu leben, aber es gelingt mir nicht. Also dachte ich, ich fühle mich vielleicht besser, wenn ich es jemandem erzähle.«

»Kann sein«, entgegnete Hardy nach einer Weile. Doch dann fiel ihm noch etwas ein, und ihm krampfte sich der Magen zusammen. Sein Mandant hatte wieder gelogen. Er hatte ihm, vielleicht seiner Freundin und ganz sicher der Polizei und dem *Time Magazine* etwas vorgemacht. Wenn dieser Arzt ein Sportskamerad von Graham war, hatte nicht Sal das Morphium besorgt – wie Hardy inzwischen halbwegs glaubte –, sondern Graham selbst.

Mein Gott! dachte er. Hörte es denn niemals auf?

Hardy bemühte sich, ruhig zu bleiben und professionell zu klingen. Wie ein Anwalt eben. »Habe Sie sonst mit jemandem darüber gesprochen? Mit der Polizei zum Beispiel?«

»Nein, ich hielt es für besser, mich an jemanden zu wenden, der auf Grahams Seite steht.«

»Eine gute Idee«, stimmte Hardy zu. »Wo wohnen Sie?«

Cutler erklärte, er sei Assistenzarzt am Seton Medical Center in Daly City. Er lebe in San Bruno und habe seinen Abschluß an der University of California in San Francisco gemacht. Im College habe er Baseball für Arizona gespielt. Als er nach San Francisco kam, sei er von Craig Ising angeworben worden. Nun spiele er hin und wieder, wenn es seine Zeit erlaube, und verdiene sich dabei ein gutes Zubrot. »Dabei haben Graham und ich uns angefreundet, und er hat mir von Sal erzählt. Er sagte, sein Vater habe Angst, sich an die Gesundheitsfürsorge zu wenden. Sal befürchtete nämlich, es könnte den Behörden gemeldet werden, daß er Alzheimer hat. Dann hätte er seinen Führerschein verloren und wäre in ein Heim eingewiesen worden. Sie wissen ja, wie man bei uns mit mittellosen, kranken Menschen umspringt. Es ist eine Schande.«

»Ich habe davon gehört«, erwiderte Hardy, obwohl sich sein Wissen über die bedauerlichen Zustände täglich mehrte. »Und was war mit Ihnen und Sal?«

Eine Weile herrschte Schweigen, doch die Verbindung war nicht unterbrochen worden. Dann sprach Cutler mit gedämpfter Stimme weiter. »Ich bin hier im Aufenthaltsraum ...«
»Und sie können nicht offen reden?«
»Gut. In Ordnung. Ja«, sagte Cutler, jetzt wieder in normaler Lautstärke, aber gekünstelt fröhlich.
»Wann können wir uns treffen?«

»Das hab' ich schon immer geliebt.«
»Deswegen passen wir auch so gut zusammen«, sagte Hardy. »Du brennst eben regelrecht darauf, dir nichts entgehen zu lassen.«
Frannie nickte. »Das muß es wohl sein.«
Hardy fand, daß er keine andere Wahl gehabt hatte, was für Frannie allerdings nicht mal ein schwacher Trost war. Auch nicht für Michelle, nach dem Zettel mit der Aufschrift »Bin nach Hause« zu urteilen, der an ihrer Bürotür klebte, als Hardy schließlich das Gespräch über die Belastbarkeit von Metallen fortsetzen wollte. Sein juristisch geschulter Verstand sagte ihm, daß er sich ihr Mißfallen zugezogen hatte.
Wie auch das seiner Frau wegen der Entscheidung, sich an ihrem gemeinsamen Abend im Little Shamrock mit einem Zeugen zu treffen. Ihr Bruder Moses, der gerade einer Gruppe am Fenster Drinks serviert hatte, war wieder in Hörweite, ehe Hardy es sich versah.
Er versuchte, es zu erklären. »Mir blieb nichts anderes übrig, Frannie. Der Typ hat heute nacht acht Stunden frei und muß die ganze restliche Woche Dienst schieben. Was hätte ich tun sollen?«
Frannie hatte ein Glas Chardonnay vor sich und tat so, als dächte sie nach. »Ich habe einen revolutionären Vorschlag zu machen: Du hättest bis nächste Woche warten können. Was meinst du, Moses?«
»Was du heute kannst besorgen, das verschiebe nicht auf morgen?« schlug dieser bedächtig vor.
Hardy freute sich über diese Unterstützung. »Siehst du? Das ist wahre Weisheit. Dein Bruder hat einen Doktortitel, also kann er sich nicht irren.«

Frannie blickte zwischen den beiden hin und her. »Weißt du, wie man den nennt, der an der medizinischen Fakultät als letzter den Seminarraum betritt?«

»Keine Ahnung«, sagte Hardy.

»Doktor.« Frannie lächelte.

McGuire verzog gekränkt das Gesicht. »So ein Doktor bin ich nicht.«

»Außerdem kann in einer Woche eine Menge passieren«, kehrte Hardy zu seinem Thema zurück. »Was ist, wenn mein Zeuge inzwischen stirbt?«

Frannie schlug sich theatralisch auf die Stirn. »Wie konnte ich das vergessen? Aber natürlich! Wie alt ist denn der Typ? Fünfundzwanzig? Dreißig? Wahrscheinlich lauert der Sensenmann schon hinter der nächsten Ecke.«

»Ich behaupte ja nicht, daß er mit einem Bein im Grab steht. Ich versuche nur, vorsichtig zu sein.«

Hardy hatte beschlossen, sich an Mineralwasser zu halten, bis er das Gespräch mit Russell Cutler hinter sich gebracht hatte. Der Mann würde hoffentlich bald auftauchen – wenn er es sich nicht anders überlegt hatte. Er war schon eine Viertelstunde zu spät.

Plötzlich nahm Frannie seine Hand. »Ich will dich nur aufziehen. Hauptsächlich. Aber danach gehen wir dann in ein richtiges Restaurant und essen etwas, das ich zu Hause nicht hinkriege. Abgemacht?«

»Abgemacht.«

»Wir sind uns also einig?«

»Absolut.«

»Gut, dann mache ich mit.« Sie blickte zur Tür. »Dein Zeuge ist doch Arzt.«

»Ja.«

»Ich glaube, er ist da.«

Dr. Cutler trug noch seinen hellgrünen OP-Anzug, vielleicht als eine Art Erkennungszeichen. Falls ja, hatte es geklappt. Hardy ließ seine Frau und seinen Schwager an der Theke sitzen und ging ihm entgegen. Die beiden Männer schüttelten sich die Hand.

Das Little Shamrock war San Franciscos älteste Kneipe. Eröffnet 1893. Der Raum hatte nur knapp sieben Meter Breite, war aber etwa dreimal so lang. Antike Fahrräder, Angelruten, Rucksäcke und andere Dekorationsstücke aus der Jahrhundertwende baumelten von der Decke. Außerdem hing da eine Uhr, die während des großen Erdbebens im Jahre 1906 stehengeblieben war. An diesem Mittwoch abend um zwanzig nach sieben waren nur zwei Dutzend Gäste anwesend. Die Hälfte saß an der Theke, die anderen spielten Darts oder hatten sich an den kleinen Tischen im vorderen Teil des Lokals niedergelassen. Aus der Jukebox dudelte »Don't Worry, Baby« von den Beach Boys.

Hardy setzte sich mit Cutler nach hinten, wo wie in einem Wohnzimmer drei Sofas standen. Tiffanylampen verbreiteten ein dämmriges Licht. Da jenseits einer Buntglasscheibe die Toiletten lagen, mieden Leute mit hochentwickeltem Geruchssinn normalerweise diesen Teil der Kneipe, solange es nicht brechend voll war und der Biergeruch alles überdeckte.

Allerdings schien Cutler sich nicht daran zu stören. »Ich kann kaum glauben, daß ich so lange nichts unternommen habe«, begann er, noch ehe er richtig saß. »Trotz der Artikel und der Fernsehberichte ...«

»Schon gut. Jedenfalls sind Sie jetzt hier. Nur das zählt.«

»Wissen Sie, warum ich Ihrer Sekretärin erzählt habe, daß es sich um einen Notfall handelt? Ich dachte, wenn ich heute nicht mit Ihnen spreche, schaffe ich es nie.«

Frannie hatte richtig geschätzt: Cutler war zwischen fünfundzwanzig und dreißig. Er hatte dunkle Ringe unter den Augen und Bartstoppeln im Gesicht. Doch Hardy vermutete, daß er ausgeruht und rasiert frisch und jungenhaft wirken würde. Obwohl er weder so groß noch so breitschultrig wie Graham war, waren seine Bewegungen von derselben athletischen Anmut. Mit seinem schwarzen Kurzhaarschnitt sah er allerdings mehr nach einem Soldaten als nach einem Sportler aus. »Die Sache zermürbt mich. Ich glaube, ich habe seit Grahams Verhaftung nicht mehr richtig geschlafen.«

Also würde Hardy ihn zuerst ein wenig aufbauen müssen. »Erzählen Sie mir erst mal, was genau zwischen Ihnen und Sal passiert ist. Da ich nicht von der Polizei bin, kann alles unter uns bleiben.«

Cutler nickte und seufzte dann. Er verschränkte die Finger ineinander und beugte sich vor. »Graham hat Sal zum Schluß gewissermaßen gepflegt und auf das Ende gewartet. Wegen der Alzheimerschen Krankheit hatten sie eine Abmachung getroffen, mit der sie beide leben konnten. Graham wollte Sal beim Selbstmord helfen, bevor er ... bevor es so schlimm wurde, daß er in ein Heim mußte, glaube ich. Doch dann fingen bei Sal die Kopfschmerzen an.«

»Der Tumor?«

Cutler nickte. »Zuerst wußten wir das allerdings nicht. Ich habe eine Computertomographie gemacht und noch zwei Kollegen zu Rate gezogen. Aber es gab keine Hoffnung. Der Tumor war inoperabel.«

Während Cutler weitersprach, wurde Hardy klar, daß seine Vermutung richtig gewesen war. Sal hatte sich gegen die Schmerzen gewehrt und versucht, sich von der fortschreitenden Alzheimerschen Krankheit nicht unterkriegen zu lassen. »Deshalb habe ich ihm Morphium verschrieben.«

»Damit er sich umbringen konnte?«

Cutler nickte. »Irgendwann später, wenn er es nicht mehr aushielt.«

»Und Sie haben das Rezept ausgestellt? Das ist sicher irgendwo vermerkt.«

Cutler verkrampfte die Hände ineinander, aber seiner Stimme war nichts anzumerken. »Ja ... aber es lautete auf Grahams Namen. Er hat das Morphium in einer Apotheke in Seton geholt, also außerhalb, weil er dachte, daß es dann nicht so leicht nachzuprüfen ist.«

»Aber warum die Geheimnistuerei? Ihr Patient war krank, und als sein Arzt sind Sie dazu berechtigt, ihm Medikamente zu verschreiben. Was war das Problem?«

»Eigentlich gab es keins.« Cutler schüttelte den Kopf. »Es ist absolut dämlich. Ich hätte es eben nicht so tun sollen, wie ich's getan habe.«

»Das müssen Sie mir genauer erklären.«

Cutler sah Hardy flehend an, als erhoffte er sich von ihm die Absolution. »Ich bin in meinem letzten Jahr als Assistenzarzt und darf eigentlich keine Privatpatienten behandeln. Es ist zwar nicht illegal, aber es wird nicht gern gesehen. Meine Vorgesetzten würden mir die Hölle heißmachen. Ich wäre erledigt. Und da ich so viele Jahre in meine Ausbildung gesteckt habe, ist es mir wichtig, sie auch zu Ende zu machen.

Außerdem wollte Graham auch verhindern, daß sein Vater irgendwo aktenkundig wird. Sal hatte eine Todesangst davor, in ein Heim eingewiesen zu werden. Deshalb habe ich alles auf meine Kappe genommen.«

»Und wie haben Sie die Meinung Ihrer Kollegen eingeholt?«

Ein Achselzucken. »Ich habe Ihnen einfach verschwiegen, daß es sich um einen Privatpatienten handelt. Ein Kumpel von mir ist medizinisch-technischer Assistent und hat mir mit der Computertomographie geholfen. Und dann hat mir ein Facharzt bestätigt, daß der Krebs im Endstadium und inoperabel ist. Und da wir sowieso machtlos waren, brauchten wir die Angelegenheit nicht weiterzuverfolgen. Verstehen Sie?«

Hardy verstand. »Also wußten oder glaubten Sie, daß Sal sich umbringen würde?«

»Sagen wir mal, wir wollten die Möglichkeit offenhalten.«

»Und Graham hat Ihren Namen von den Aufklebern auf den Ampullen entfernt? Sie haben ihm einen Gefallen getan, und er hat Ihnen als Gegenleistung versprochen, Sie aus allem herauszuhalten, damit Sie in Ihrem Job keine Probleme kriegen?«

»Genau. Es ist schon schlimm genug, daß ich einen Privatpatienten behandelt habe. Wenn ich zusätzlich noch Beihilfe zum Selbstmord leiste, kann ich mich bestenfalls nach einer anderen Stelle als Assistenzarzt umsehen. Schlimmstenfalls entzieht man mir die Approbation.«

Hardy mußte zugeben, daß Graham und Cutler mit ganz ähnlichen Schwierigkeiten zu kämpfen hatten. Kein Wunder, daß sie Freunde geworden waren – ihre Karrieren hingen beide an einem seidenen Faden.

»Aber Sie haben Sal keine Sterbehilfe geleistet?«

»Nein. Allerdings habe ich das Medikament verschrieben.« Wieder zuckte er die Achseln. »Wahrscheinlich hätten wir von Anfang an die Karten auf den Tisch legen sollen. Nun steht Graham unter Mordverdacht und ist im Knast, nur weil er mich schützen will. Ich konnte nicht länger schweigen. Vielleicht helfe ich ihm ja damit.«

Nachdem Cutler sein Gewissen erleichtert hatte, wurde er mit einemmal ganz ruhig. Er lehnte sich zurück und atmete tief durch. »Hier gibt es bestimmt Bier. Ich könnte jetzt nämlich eins vertragen.«

»Ich hole es.« Hardy ging hinter den Tresen und zapfte ein Bass. Als er damit an den Tisch zurückkam, bedankte sich der junge Arzt. »Wie machen wir jetzt weiter?«

Hardy setzte sich ihm gegenüber. »Wann ist Ihre Zeit als Assistenzarzt vorbei?«

»Mitte Juli. Warum?«

»Weil der Prozeß erst im September anfängt. Sobald ich Sie auf die Zeugenliste setze, werden sich einige Leute mit Ihnen unterhalten wollen. Aber bis dahin sollte es möglich sein, die Sache geheimzuhalten. Oder haben Sie gegen ein Gesetz verstoßen?«

»Nicht daß ich wüßte.«

»Gut. Und die Polizei hat den unbekannten Arzt – also Sie – noch nicht aufgefordert, sich zu melden. Nur bereitet es mir, um ehrlich zu sein, Magenschmerzen, daß Graham schon wieder gelogen hat.«

»Er wollte mich bloß schützen.«

»Das ist mir klar.« Hardy ließ es dabei bewenden. Sein Faible für kleine Notlügen würde Graham möglicherweise das Genick brechen. »Zurück zu Ihnen: Ich werde Sie erst kurz vor Prozeßbeginn als Zeugen benennen, damit Sie als Assistenzarzt keine Probleme bekommen.«

»Ich hätte es nicht tun sollen«, sagte Cutler.

»Da bin ich mir nicht so sicher. Ich finde, Sie haben richtig gehandelt. Schließlich hat das Morphium Sals Schmerzen gelindert, als er noch am Leben war.«

Hardy sah, daß Cutler ihm das trotz seiner Zweifel gerne geglaubt hätte. Er tätschelte dem jungen Mann das Knie. »Vergessen Sie die gesetzlichen Komplikationen. Sie haben nur versucht, einem Kranken das Leiden erträglicher zu machen. Und dafür sind Ärzte doch da. Finden Sie nicht?«

Cutler trank einen Schluck Bier und lächelte gezwungen. »Ich weiß nicht mehr. Früher habe ich auch mal so gedacht.«

Hardy tätschelte ihm noch einmal das Knie. »Lassen Sie sich nicht beirren«, sagte er. »Und jetzt trinken Sie Ihr Bier und schlafen sich erst mal richtig aus. Ich bin Ihnen sehr dankbar.«

Hardy und Frannie verbrachten den restlichen Abend im Purple Yet Wah, einem chinesischen Restaurant etwa fünfzehn Blocks von ihrem Haus entfernt, wo sie das reichhaltige Vorspeisenangebot genossen: Klößchen, Tintenfisch, Frühlingsrollen, in Papier gegartes Huhn, gegrillte Schweinerippchen, frittierte Shrimps und ein halbes Dutzend andere Gerichte. Um Viertel nach zehn waren sie wieder zu Hause.

Auf dem Anrufbeantworter befanden sich fünf Nachrichten für Hardy. Glitsky hatte sich gemeldet, und Michelle entschuldigte sich, weil sie wütend geworden und einfach gegangen war. Da morgen eine Menge Arbeit auf sie beide wartete, wollte sie wissen, ob er ein wenig Zeit für Tryptech erübringen konnte.

Graham hatte eigentlich erwartet, daß Hardy ihn jeden Tag besuchen würde. Was war los? Warum war er heute nicht erschienen? Stimmte etwas nicht? Heute war nur seine Mutter gekommen. Außerdem hatte Graham nachgedacht. Vielleicht war Hardys Entscheidung, Joan Singleterry, die geheimnisvolle Unbekannte aus Sals Vergangenheit, nicht zu erwähnen, ein Fehler gewesen. Graham hatte diese Frau nicht erfunden. Sal hatte wirklich gewollt, daß sie das Geld bekam. Graham flehte Hardy an, ihn zurückzurufen. Das Gefängnis sei die reinste Hölle.

Dann noch einmal Graham. Die Nachricht ähnelte der vorherigen. Allmählich drehte er durch.

Der letzte Anruf war von Sarah Evans und erst vor zehn Minuten eingegangen. Sie hatte noch einmal mit Graham gesprochen und etwas erfahren, das sie vielleicht weiterbringen würde.

25

In der Schalterhalle der Baywest Bank wurde nur mit gedämpfter Stimme gesprochen. Auch ohne den Kontrast zu der stark befahrenen und von gewöhnlichen Sterblichen bevölkerten Straße, an der das Gebäude lag, hätte die vornehme Eleganz ihre Wirkung auf den Betrachter nicht verfehlt. Daß sich die Bank in der Market Street mit ihren Obdachlosen, Müllhaufen, Gerüchen und Pornoshops befand, machte den Gegensatz noch krasser.

Als Hardy vorgestern mit den Taylors hier gegessen hatte, war er geradewegs zu den Aufzügen gegangen und hatte seine Umgebung gar nicht richtig wahrgenommen. Heute jedoch hatte er unten in der Halle zu tun, was ihm Gelegenheit gab, sich die gebohnerten Fußböden, das polierte dunkle Holz und die getönten Fensterscheiben genau anzusehen.

Doch am meisten unterschied sich die Baywest Bank in ihrem Umgang mit den Kunden von gewöhnlichen Geldinstituten. Schon an der Drehtür wurde man von einem jungen Mann im Anzug in Empfang genommen und nach seinem Anliegen gefragt. Wenn man die Hilfe eines Angestellten am Schalter brauchte – es gab übrigens nur drei –, erhielt man eine Wartemarke und wurde aufgefordert, in einem der gepolsterten Sessel Platz zu nehmen, die geschmackvoll arrangiert herumstanden.

Hardy wies sich als Graham Russos Anwalt aus und bat um ein kurzes Gespräch mit George, obwohl er keinen Termin hatte. Es war Viertel nach neun. Mr. Russo war in einer Sitzung. Hardy sagte, er werde warten, und bekam einen Sessel im hinteren Teil der Halle angewiesen.

Wie in fast allen Banken ähnelten die Büros der leitenden Angestellten Käfigen und waren durch halbhohe Vertäfelungen aus poliertem Holz voneinander abgetrennt. Der obere Teil der Trennwände bestand aus Glas, so daß Hardy einen kurzen Blick in Georges Büro werfen konnte.

Auch ohne das Namensschild an der Tür hätte er ihn auf Anhieb erkannt. Obwohl George sich anders kleidete als Graham und sich auch in seiner Körperhaltung völlig von ihm unterschied, wies er eine bemerkenswerte Ähnlichkeit mit seinem älteren Bruder auf.

Während Hardy wartete, machte er ein paar Notizen auf den gelben Block, der ihn in letzter Zeit überall hin begleitete. Da es bis zum Prozeß nur noch drei Monate waren, mußte er eine Unmenge von Dingen organisieren, die er auf keinen Fall vergessen durfte. Als Graham dem Haftrichter vorgeführt worden war, hatte Hardy energisch gegen diese lächerlich kurze Frist protestiert. Doch Richter Tim Manion, sein früherer Kollege, hatte sich trotz seiner verständnisvollen Haltung beim Thema Kaution in diesem Punkt nicht erweichen lassen.

Nachdem Hardy seinen Einspruch ausführlich begründet hatte, bat Manion ihn zum Richtertisch und hielt ihm einen kleinen Vortrag. »Soweit ich informiert bin, haben Sie eine sehr vernünftige Abmachung mit der Staatsanwaltschaft ausgeschlagen, Mr. Hardy.« Auf einmal war Hardy nicht mehr Diz. »Deshalb nehme ich an, daß Ihr Mandant darauf brennt, seine Version zu erzählen und sich zu entlasten.«

»Aber Euer Ehren, drei Monate...«

Der Hammer knallte auf den Tisch. Manion lächelte verkniffen. »Sie könnten natürlich auch bereits in sechzig Tagen beginnen, wie es das Gesetz vorsieht.«

Also hatte Hardy bis September Zeit. Ihm war klar, daß er Michelle bald reinen Wein einschenken mußte. Er setzte sie ganz oben auf seine Liste, denn das war er ihr schuldig. Er hatte auch schon für viele Chefs gearbeitet, die ihn weder über ihre Erwartungen noch über die Unterstützung, mit der er rechnen konnte, aufgeklärt hatten. Und da Hardy sich in solchen Situationen immer ziemlich alleingelassen fühlte, wollte er Michelle nicht dasselbe antun.

Rasch schob Hardy den Gedanken an Tryptech beiseite. Trotz der Anklageerhebung durch die Grand Jury wollte er nach Artikel 995 die Einstellung des Verfahrens beantragen. Obwohl dieser natürlich abgeschmettert werden würde, fand er es wichtig zu betonen, daß die Beweise nicht für einen Prozeß gegen Graham ausreichen. Auch wenn einiges darauf hinwies, daß Sal ermordet worden war, genügten die Indizien keineswegs, um Graham der Tat zu beschuldigen.

Also würde er den Versuch unternehmen und sich dafür auslachen lassen.

Er machte sich noch eine Notiz. Er durfte nicht vergessen, in San Franciscos Zeitungen, der *Los Angeles Times,* dem *San Jose Mercury,* in den verschiedenen Regionalausgaben des *Wall Street Journals* und vielleicht – er wollte gründlich sein – im *New York Times Book Review* mindestens einen Monat lang Anzeigen schalten zu lassen, in denen er um Informationen über Joan Singleterry bat. Allerdings fand Hardy es zu riskant, sie in den Zeugenstand zu rufen. Grahams Geschichte klang, selbst wenn sie wahr war, nämlich nicht sehr glaubwürdig. Dennoch wäre es unklug gewesen, die Suche nach ihr aufzugeben. Vielleicht wußte sie etwas über Sal oder das Geld. Und wenn zumindest ein Teil von Grahams Darstellung stimmte und Hardy die nötigen Beweise dafür auftrieb, würden der Staatsanwaltschaft rasch die Argumente ausgehen – wenigstens was die strafverschärfenden Umstände betraf.

Und dann war da noch Sarah, die im Milieu der Spieler und Fischhändler ermittelte. Er mußte sich unbedingt mit ihr kurzschließen. Dabei ging es ihm nicht darum, unbedingt nach einem weiteren Verdächtigen zu fahnden. Hardy brauchte Sarahs Ergebnisse weniger für die Gerichtsverhandlung, sondern eher um der Wahrheit näherzukommen.

Und deshalb war er jetzt hier ...

Hardy hob den Kopf. Die Tür hatte sich geöffnet, und George sprach ihn an. Er wirkte besorgt. Hardy warf den Notizblock in seinen offenen Aktenkoffer, stand auf und zwang sich zu einem Lächeln. »Wie geht es Ihnen, Mr. Russo. Ich vertrete Ihren Bruder –«

»Ich weiß, wer Sie sind«, unterbrach ihn George. »Und ich bin sehr beschäftigt. Was habe ich mit meinem Bruder zu schaffen?«

Sein barscher Tonfall ließ seine Worte noch unhöflicher klingen. Hardy musterte George und versuchte, seiner Miene etwas zu entnehmen. Anscheinend hatte der kleine Bruder keine große Lust, mit Grahams Anwalt zu plaudern. »Ich habe meinen Vater seit zehn Jahren nicht mehr gesehen. Mit meinem Bruder rede ich nicht. Kein Interesse.« Doch sein rotes Gesicht zeigte, daß ihm die Angelegenheit näherging, als er zugeben wollte.

Hardy bemühte sich um einen gelassenen Tonfall. »Soweit ich weiß, haben Sie Sal vor einem Monat im Haus Ihrer Mutter gesehen.«

»Na und?«

»Nur weil Sie eben sagten, Sie hätten ihn seit zehn Jahren nicht gesehen.«

Georges Blick verengte sich. Ob er sich fürchtete oder wütend war, konnte man nicht recht feststellen. Dann zeigte er mit dem Finger auf Hardy. »Typischer Anwaltstrick, einem das Wort im Mund herumzudrehen.«

Hardy kam zu dem Schluß, daß er mit Samthandschuhen keine Punkte sammeln würde. »Hier ist noch einer«, sagte er. »Wo waren Sie an dem Nachmittag, an dem Ihr Vater ermordet wurde?«

George erstarrte. Er machte den Mund auf, überlegte es sich jedoch anders und schwieg. Dann drehte er sich in Richtung Schalterhalle um. Einige Kunden hatten die Auseinandersetzung bemerkt, und Hardy glaubte, das zu seinem Vorteil nutzen zu können. »Vielleicht sollten wir uns besser in Ihrem Büro unterhalten.«

Nachdem sie eingetreten waren, schloß Hardy die Tür. George verschanzte sich hinter seinem Schreibtisch. Offenbar hatte der Ortswechsel ihm Zeit zum Nachdenken gegeben. »Ich brauche Ihre Fragen nicht zu beantworten. Schließlich sind Sie kein Polizist.«

»Richtig. Aber ich könnte zur Polizei gehen und sagen, Sie verhielten sich unkooperativ und verdächtig. Außerdem hätten Sie kein Alibi für die Tatzeit und ein ausreichendes Motiv. Und darüber hinaus sehen Sie Graham so ähnlich, daß ein Zeuge Sie beide leicht miteinander verwechseln könnte.« Hardy lehnte sich zurück und schlug die Beine übereinander. »Dann würden Sie um eine Anwort nicht herumkommen.«

»Ich habe mit dem Tod meines Vaters nichts zu tun.«

»Das habe ich auch gar nicht behauptet.«

»Sie haben gerade gesagt, ich hätte ein Motiv und kein Alibi.«

Hardy zuckte die Achseln. »Vielleicht irre ich mich auch.« Er wartete ab.

Georges Tonfall hatte sich verändert. Auf einmal wirkte der herablassende Banker eher wie ein verängstigtes Kind. »Warum sind Sie hier? Ich habe keine Ahnung, warum Sie mit mir sprechen wollen.«

Hardy fand, daß er George nun genug zugesetzt hatte. »Wegen Ihrer Mutter«, sagte er nun ein wenig freundlicher.

George verzog verwirrt das Gesicht. »Was ist mit meiner Mutter? Hat sie Sie gebeten, mit mir zu reden?«

Hardy erklärte ihm alles, wobei er Sarah, seine Spionin, die ihn auf Georges Spur gebracht hatte, ausließ. »Ihre Mutter hat Graham gestern im Gefängnis besucht und ihm unter anderem mitgeteilt, sie mache sich Sorgen um Sie. Vor ein paar Wochen hätten Sie bei einer Familienbesprechung die Beherrschung verloren. Sie haßten Ihren Vater.«

»Er haßte uns. Er hat uns einfach im Stich gelassen.«

»Richtig. Und das haben Sie ihm nie verziehen.«

»Warum sollte ich?«

Hardy ging nicht weiter darauf ein. »Ihre Mutter hält es für möglich, daß Sie Sal umgebracht haben.«

»Mein Gott, Sie sind ja wahnsinnig!« George zog ein Taschentuch hervor und wischte sich die Stirn ab.

»Ihrem Stiefvater haben Sie gesagt, Sie hätten einen Kunden aufgesucht. Aber Sie waren gar nicht dort.«

»Wie kommen... wie können Sie das behaupten?«

»Ihre Mutter hat das behauptet. Sie hat es Graham erzählt. Graham hat es mir erzählt.«

»Er ist ein Lügner.«

»Vielleicht liegt das ja in der Familie. Wo waren Sie?«

George zerrte an seinem Kragen. Es dauerte eine Weile, bis er sich wieder gefaßt hatte. »Ich hatte mit einem Kunden eine vertrauliche Unterredung.« Er sah auf die Uhr. »Und ich bin wirklich sehr beschäftigt. Unser Gespräch ist beendet.«

Hardy rührte sich nicht vom Fleck. »Möchten Sie, daß ich mich an die Polizei wende? Wenn Sie mit meinen Fragen schon Schwierigkeiten haben, sollten Sie sich erst mal mit denen unterhalten.«

Doch George hatte seine Entscheidung gefällt. »Ich finde Ihre Fragen nicht schwierig. Und ob Sie sich mit der Polizei in Verbindung setzen, ist Ihre Sache. Ich war nicht bei meinem Vater. Ich kannte nicht einmal seine Adresse.« Er griff zum Telephon. »Wenn Sie jetzt nicht gehen, rufe ich den Sicherheitsdienst.«

Hardy saß im Besucherraum des Gefängnisses. Graham, der seinen orangefarbenen Overall trug, stand am Fenster. Gerade hatte Hardy ihm erzählt, daß Helen und Leland die Kosten der Verteidigung übernehmen wollten.

»Graham?«

Endlich drehte Graham sich um. »Damit bezwecken sie irgendwas. Andererseits kann ich es dir nicht antun, das Angebot abzulehnen.«

»Vielleicht wollen sie dir nur helfen.«

»Nein, die wollen mich kaufen.«

»Sie würden nicht mal mich kaufen, nur ein paar meiner Stunden. Daß ich nur deine Interessen und nicht die deiner Eltern vertrete, habe ich klargestellt.«

Graham ließ sich auf der Tischkante nieder. Er lächelte wehmütig und schüttelte den Kopf. »Am Anfang vielleicht. Doch wenn du dein Geld von Leland bekommst, wirst du dich irgendwann auf die Seite der Sieger schlagen. So was habe ich schon tausendmal erlebt.«

Hardy verschränkte die Hände vor sich und sah seinem Mandanten in die Augen. »Ich werde der Versuchung widerstehen.« Dann wurde er ernst. »Ich habe lange darüber nachgedacht, Graham, das darfst du mir glauben. Nur so kann ich dich verteidigen, ohne dabei bankrott zu gehen. Natürlich würde ich dir zuliebe dieses Opfer gern bringen, obwohl ich es besser fände, wenn es sich vermeiden ließe. Aber die Entscheidung liegt bei dir.«

Hardy wartete ab, während der junge Mann ins Grübeln geriet. Schließlich seufzte Graham. »Bei meiner Mutter gewinnt das Wort Rabenmutter eine ganz neue Bedeutung.«

»Ich halte sie nicht für eine Rabenmutter. Sie ist nur ein wenig durcheinander. Willst du wissen, wie ich die Sache einschätze?«

»Klar.«

»Sie findet, daß du deinem Vater sehr ähnlich bist – anscheinend geht es einer ganzen Menge von Leuten so. Und jetzt sieht sie eine Gelegenheit, ihre Fehler wieder gutzumachen, und zwar indem sie dir eine Chance gibt, dein Leben wieder ins Lot zu bringen. Sie will nicht, daß du verurteilt wirst. Und Geld ist nun mal ihre einzige Möglichkeit, das auszudrücken. Sie verlangt nicht, daß du in Zukunft nach ihrer und Lelands Pfeife tanzt. Tief in ihrem Innersten wünscht sie sich, daß du deinen Weg findest. Sie will dir helfen.«

»Und was ist mit Leland?«

»Solange du dich nicht von ihm unterbuttern läßt, spielt er keine Rolle.«

»Gut«, meinte Graham. »Dann nimm das verdammte Geld.«

Hardy fühlte sich wie von einer Zentnerlast befreit, doch er gab sich Mühe, sich nichts anmerken zu lassen. Nun war die Entscheidung gefallen, die es ihm ermöglichte, Graham zu verteidigen und gleichzeitig seinen Lebensunterhalt zu bestreiten. Er wandte sich seinem Notizblock zu. »Übrigens hatte ich gestern abend ein interessantes Gespräch mit deinem Freund Russ Cutler. Komisch, daß du ihn nie erwähnt hast.«

Graham zuckte nicht mit der Wimper. Wieder bei einer Lüge ertappt – na und? »Ich hatte so viel um die Ohren. Ich hatte vor, Sarah inoffiziell davon zu erzählen, aber sie wollte nichts davon hören.«

»Auf die Geschworenen wird es den Eindruck machen, als wärst du ein notorischer Lügner.«

Graham zuckte die Achseln. »Ich habe ihm versprochen, ihn nicht in die Sache reinzuziehen. Was hätte ich tun sollen? Ihn verraten?«

»Ich weiß nicht, ob ich es als Verrat bezeichnen würde, wenn du es deinem Anwalt erzählt hättest, im Vertrauen darauf, daß er es nicht ausplaudert.«

Graham schluckte die Zurechtweisung. »Du hast recht. Tut mir leid.«

Hardy lächelte. »Eigentlich ist deine Prinzipientreue ein schöner Zug an dir, aber gestern abend habe ich einige Augenblicke intensiv darüber nachgedacht, wie ich dich umbringe, wenn du wieder frei bist. Ich habe es mir zwar anders überlegt, aber ich würde mich wirklich freuen, wenn du jetzt endlich offen zu mir wärst. Falls du noch ein paar kleine Geheimnisse auf Lager hast, wäre jetzt der richtige Zeitpunkt, um auszupacken.«

Graham baumelte mit den Beinen wie ein kleiner Junge. »Craig Ising bewahrt zehn Riesen für mich auf. Mein Geld.«

Hardy lachte auf. »Du bist mir ein Früchtchen.«

»Ich habe mir eben gedacht, daß diese Sache, egal, wie sie ausgeht, in einem halben Jahr vorbei ist«, sagte Graham verlegen. »Ich wollte meine Wohnung nicht verlieren, und Craig überweist die Miete. Wenn ich in den Knast muß, brauche ich sie nicht mehr, doch was soll ich machen, wenn ich freigesprochen werde?«

Wider Willen mußte Hardy Graham recht geben. Auch er hatte sich schon gefragt, wie sein Mandant die schöne Wohnung halten wollte. Es war nur natürlich, daß Graham zuerst an sein eigenes Heim und dann erst an die Familie seines Anwalts gedacht hatte, auch wenn es Hardy ein wenig wurmte.

»War es das?« fragte er. »Oder ist das hier die wunderbare Lügenvermehrung? Irgendwann muß doch mal Schluß sein. Du hast dich nicht etwa an deinem letzten freien Wochenende verdrückt, um Sarah Evans zu heiraten?«

»Nein.«

»Und außer dem, was du mir von Joan Singleterry erzählt hast – wer auch immer das sein mag –, weißt du nichts über das Geld deines Vaters?«

»Richtig.«

»Und du kennst diese Frau nicht?«

»Nein.«

»Und ich darf dir einen Eispickel in die Kniescheibe rammen, wenn ich dich noch einmal beim Schwindeln erwische?«

»Meinetwegen in alle beide.«

»Schwörst du beim Grabe deines Vaters?«

Das ernüchterte Graham, wie Hardy beabsichtigt hatte. »Ich schwöre«, entgegnete er ernst.

Damit würde sich Hardy zufriedengeben müssen. »Gut. Dann unterhalten wir uns mal über ein paar juristische Details.«

Ohne Grahams Stiefvater als Urheber des Einfalls zu nennen, erklärte Hardy seinem Mandanten Lelands und Giottis Vorschlag. Da Graham selbst Anwalt war, verstand er sofort, daß es einen feinen Unterschied bedeutete, ob er selbst eine Tat gestand oder ob die Geschworenen eine entsprechende Schlußfolgerung zogen. Solange er nichts zugab, hatte er, rein juristisch betrachtet, eine weiße Weste und mußte keine weiteren Konsequenzen befürchten.

Sie erörterten diese Strategie, bis es zum Mittagessen läutete. Hardy war angenehm überrascht, daß Grahm offenbar einverstanden war – vor allem deshalb, weil er zuvor abgelehnt hatte, so zu plädieren. Allerdings handelte es sich ja – wie Graham auf Anhieb erkannte – nicht um dieselbe Sache.

Jedenfalls nicht nach Auffassung des Gesetzgebers.

Natürlich gab es große Risiken. Graham war wegen vorsätzlichen Mordes angeklagt, was zusammen mit den strafverschärfenden Umständen auf lebenslängliche Haft hinauslaufen konnte. Doch Giottis Angebot verringerte dieses Risiko beträchtlich.

Sie trafen zwar keine endgültige Entscheidung, behielten sich diese Möglichkeit jedoch vor.

Auf der Fahrt in die Stadt ließ sich Hardy den Gedanken noch einmal durch den Kopf gehen. Allmählich sah es aus, als würde er vor Gericht einen Mord zugeben müssen, den Graham selbst nicht gestehen konnte – und zwar, obwohl sein Mandant die Tat gar nicht begangen hatte und das angebliche Motiv nicht existierte. Und wenn sein Plan Erfolg hatte, würde sein Mandant vielleicht freigesprochen werden.

Die Wege des Gesetzes waren eben unerklärlich.

Sarah Evans hatte vor, eine nette, kleine Lücke im System zu nützen.

Da das Gebiet der Stadt und der County San Francisco identisch waren, ergaben sich daraus interessante Möglichkeiten für jemanden, der sich in der komplizierten Welt der Zuständigkeiten auskannte.

Beispielsweise war das Gefängnis dem Sheriff und nicht der städtischen Polizei unterstellt. Es lag zwar direkt hinter dem Justizpalast auf dem ehemaligen Parkplatz, hätte sich aber, was die Zusammenarbeit der verschiedenen Behörden betraf, genausogut auf dem Mond befinden können. Zwischen der Southern Station – den im Justizgebäude einquartierten Abteilungen der Polizei – und dem Büro des Sheriffs gab es praktisch keinen Informationsaustausch.

Sarah erzählte Marcel Lanier, sie müsse nach Dienstschluß noch einige Berichte schreiben und würde später schon eine Mitfahrgelegenheit finden. Als Marcel ging, saß sie an ihrem Schreibtisch in der Mordkommission.

Nachdem sich die meisten Kollegen zwischen sechs und sieben Uhr in den Feierabend verabschiedet hatten, räumte Sarah ihren Schreibtisch auf, verließ das Justizgebäude über die Hintertreppe und machte sich auf den Weg zum Gefängnis. Dort zeigte sie ihre Polizeimarke vor und sagte dem diensthabenden Deputy, sie müsse zu Russo. Da sie wußte, daß die Polizei das Besucherbuch sicher nicht überprüfen würde, trug sie sich ein und ließ sich in Besucherraum B bringen. Ihre Waffe gab sie an der Pforte ab.

»Ich kann das nicht oft machen.«

Polizistin und Häftling saßen sich am Tisch gegenüber. Graham hätte gern ihre Hand genommen, wußte aber, daß das nicht ging.

Schweigen entstand. Die beiden sahen einander an. Als Graham ihr sagte, daß er sie liebte, biß sie sich auf die Lippe. Sie wußte nicht, was sie darauf antworten sollte. »Was tut sich draußen?« fragte er schließlich.

»Es ist windig. Heute abend habe ich ein Spiel. Wie immer am Donnerstag.« Sie seufzte. »Wie kommst du zurecht?«

»Inzwischen besser«, antwortete er, klang jedoch nicht sehr überzeugend. »Ich glaube, ich habe den richtigen Anwalt.«

Sarah nickte. »Hat er dir erzählt, daß er mit deinem Bruder gesprochen hat? George wollte ihm nicht sagen, wo er zur Tatzeit war.«

Graham schüttelte den Kopf. »Georgie hat Sal nicht getötet.«

»Okay.« Sie hatte keine Lust, darüber zu streiten. Allerdings hielt sie es für durchaus möglich, daß George Sal getötet hatte, und auch nach Hardys Gespräch mit ihm war ihr Verdacht nicht zerstreut. In ihrem Beruf hatte sie gelernt, so lange weiterzusuchen, bis man auf ein Ergebnis stieß. »Am liebsten würde ich selbst mit ihm reden. Ich würde ihn in die Mangel nehmen, bis ihm Hören und Sehen vergeht.«

»Warum tust du es nicht?«

»Unmöglich. Ich habe nichts gegen ihn in der Hand. Und wenn ich ihn mir außerhalb meiner Dienstzeit vorknöpfe, würde er sich über mich beschweren. Eine Anzeige wegen Schikanierung könnte mich den Job kosten. Hardy versucht, ihm meinen Chef auf den Hals zu hetzen.«

»Deinen Chef?«

»Lieutenant Glitsky. Er und Hardy sind befreundet. Aber Hardy wird sich an ihm die Zähne ausbeißen. Glitsky wird nichts unternehmen. Schließlich hat er ja einen Verdächtigen im Gefängnis sitzen.«

»Erinnere mich bloß nicht daran.«

»Inzwischen habe ich mich ein bißchen umgesehen, Graham. Craig Isings Freunde. Der Fischhandel.«

»Ich weiß, daß du mir helfen willst«, sagte er leise.

Ihr war klar, daß er versuchte, tapfer zu sein, und es brach ihr fast das Herz. Auch wenn er vor Gericht vielleicht gute Chancen hatte, saß er hinter Gittern. Er würde heute abend nicht Baseball spielen. Er war allein und hatte Angst. Am liebsten hätte Sarah ihn umarmt. Er brauchte sie. Aber das konnte sie nicht machen. Obwohl – wenn sie noch länger blieb, tat sie es vielleicht doch. »Ich muß los«, sagte sie.

Heute wären die Kopfschmerzen besonders schlimm gewesen, und Graham hatte kurz vor Morgengrauen einen Anruf bekommen. Also war er sofort losgefahren, um seinem Vater eine Spritze zu geben. Sal brachte es nicht über sich, das selbst zu tun. Er schaffte es einfach nicht.

Danach war Sal eingeschlafen. Graham hatte ein bißchen in einer Zeitschrift geblättert, um die Zeit totzuschlagen, und war dann ebenfalls eingedöst. Er mußte erst am frühen Nachmittag wieder zur Arbeit. Inzwischen genoß er diese Momente mit seinem Vater. Sie bedeuteten ihm viel, obwohl es manchmal recht schwierig werden konnte. Bei seinem Vater fühlte er sich geborgen. Sal liebte ihn, ohne Bedingungen zu stellen, und Graham wußte, daß er gebraucht wurde. So einfach war das. Niemand sonst konnte ihm dieses Gefühl vermitteln.

Graham hörte Geräusche aus dem Schlafzimmer seines Vaters hinter der Küche, und kurz darauf kam Sal ins Zimmer. »Guter Junge«, sagte er. »Du bist ja immer noch da. Was hältst du von einem Mittagessen im Grotto. Das Cioppino dort ist ein Gedicht. Niemand macht so gutes Cioppino wie Bruno Giotti.«

Graham, der hochgeschreckt war, ließ sich wieder in seinen Sessel fallen. Es krampfte ihm den Magen zusammen, allerdings nicht vor Hunger. Seit die Kopfschmerzen angefangen hatten, kam es häufiger zu diesen Aussetzern, doch heute war es schlimmer als sonst. Graham hatte seinen Vater noch nie so erlebt.

»Dad, das Grotto gibt es nicht mehr. Das Lokal heißt jetzt Stagnola's, schon vergessen?«

Sal lachte auf. »Und so was will mein Sohn sein. Was redest du da für einen Unsinn? Kennst du deine eigene Stadt nicht mehr? Komm schon, der frühe Vogel fängt den Wurm.«

Von außen war ihm nichts anzusehen. Er hatte sich für seine Verhältnisse sogar einigermaßen gepflegt gekleidet und trug Tennisschuhe, Khakihosen und ein blaues Arbeitshemd, das zwar gebügelt, aber vom Schlafen zerknittert war. »Was ist, gehen wir jetzt?«

Graham nahm sich vor, mit Russ Cutler zu reden. Er wußte nicht, was er in dieser Situation tun sollte – das Spiel mitmachen oder dagegen halten? Er war ratlos.

»*Okay, wir gehen*«*, sagte er.*

Er würde seinen Vater nicht aus den Augen lassen, bis das hier vorüber war, wenn es denn vorüberging.

Als sie draußen auf der Straße in den Laster stiegen, hatte Sal eine neue Idee. »*Warum fahren wir nicht bei der Villa vorbei und überraschen Georgie und Deb? Vielleicht wollen sie ja mitkommen. Sie lieben das Grotto.*«

»*Sie sind doch mit Mama beim Einkaufen. Weißt du das nicht mehr?*«

Sal schien nicht ganz überzeugt. »*Ach, richtig*«*, sagte er trotzdem.* »*Gehen wir eben allein essen.*«

»*Klar, aber ich fahre. Einverstanden?*«

Wieder zögerte Sal, bevor er schließlich auf dem Beifahrersitz Platz nahm. »*Mario ist ein Volltrottel*«*, fuhr er fort.*

»*Wer?*«

»*Giotti.*«

»*Der Richter?*«

Sal warf seinem Sohn einen zweifelnden Blick zu. »*Was meinst du damit, der Richter? Nein, ich meine Mario Giotti, Brunos Jungen.*« *Er versetzte Graham einen kräftigen Klaps auf den Arm.* »*Hast du etwa gekifft, bambino?*«

»*Nein, entschuldige. Was ist denn mit Mario?*« *Graham fuhr auf der Mission Street nach Süden zum Herb Caen Way, der früher Embarcadero geheißen hatte. Vielleicht würde Sal ja wissen, wo er sich befand, wenn sie angekommen waren.* »*Was ist mit Mario?*« *wiederholte er.*

Sal grinste. »*Dieser Idiot ist gestern mit Anzug und Krawatte ins Lokal gekommen. Stand da und schnitt Knoblauch und Tomaten. Er kann sich einfach nicht entscheiden, ob er seinem Vater im Restaurant helfen oder lieber Anwalt werden will. Ich habe ihm gesagt, er darf seinen Vater nicht im Stich lassen. Die Familie ist das einzige, was wirklich zählt.*«

Graham nickte und atmete aus. »*Stimmt. Warst du gestern im Grotto?*«

»*Ja, verdammt. Nach der Arbeit. Ich mußte mir Mut antrinken, bevor ich zu deiner Mutter nach Hause ging. Nun, ich will nicht schlecht über deine Mutter reden. Die Familie – ich und ihre Kinder – ist das einzige, was sie hat. Ihre Eltern haben ihr Flausen in den Kopf gesetzt. Ohne mich wäre sie eine mit Klunkern behängte alte Jungfer geworden. Nur, daß sie das manchmal vergißt und ich sie dran erinnern muß.«*

Sal hatte recht, dachte Graham. Helen hätte nie aufhören sollen, ihn zu lieben, ganz gleich, was er angestellt hatte. Die Familie zählte. Sie hätte hier mit ihnen in diesem Laster sitzen, alles mitbekommen und ihnen beiden helfen sollen. Doch das war nicht so und würde auch nie passieren. Dazu war es zu spät. Graham wußte, daß es auch für sie eine Tragödie war.

Er legte seinem Vater eine Hand auf das Knie. »*Sie liebt dich, Sal.*«

»*Ich weiß*«*, antwortete er leichthin, obwohl er seine Frau seit fünfzehn Jahren nicht gesehen hatte.* »*Aber ich muß mit ihr reden und ihr den Kopf zurechtrücken. Sie ist total durcheinander. Vielleicht sollten wir besser nach Hause fahren.*«

Sie waren schon fast am Fisherman's Wharf. »*Nach dem Essen.*«

Da es mitten in der Woche und noch nicht Essenszeit war, gab es jede Menge freier Parkplätze. Die Fähre hatte gerade eine Horde Pendler ausgespuckt. Sal sprang aus dem Führerhaus des Lasters. »*Wir müssen uns beeilen.*« *Graham hatte Mühe, ihn einzuholen.* »*Sonst schnappen die uns die Plätze weg. Riechst du das Cioppino. Ich liebe diesen Duft.*«

Vor der Tür des Stagnola's blieben sie stehen. Sals Miene verdüsterte sich, und er griff hilfesuchend nach Grahams Hand. »*Was ist da los?*« *fragte er.* »*Das ist gar nicht das Grotto.*«

»*Ich weiß, Dad. Das Grotto ist schon lange geschlossen.*«

»*So ein Schwachsinn! Ich war erst gestern abend hier. Mario stand im Anzug in der Küche und schnitt Tomaten.*«

Graham schwieg. Als er den Arm um Sal legte, machte der alte Mann sich los, trat auf die Straße und betrachtete das Gebäude aus der Entfernung. So blieb er eine Weile stehen und blinzelte ins Sonnenlicht.

Graham ging zu ihm hinüber und legte wieder den Arm um ihn. Diesmal ließ sein Vater es sich gefallen. »*Das ist nicht das Grotto*«, *flüsterte er heiser. Panik schwang in seiner Stimme mit.* »*Was zum Teufel ist hier los?*«

Keuchend fuhr Graham von seiner Pritsche hoch. Er hatte schon fast geschlafen und war nicht sicher, ob er geträumt hatte.

Im Gefängnis herrschte Halbdunkel, doch selbst hier in seiner Einzelzelle hörte Graham ständig Geräusche und sah Schatten.

Im Auto war Sal wieder eingenickt, und als er wieder aufwachte, schien er völlig klar im Kopf. Graham wußte, daß er etwas hätte unternehmen sollen. Schließlich hatte Sal angekündigt, er werde zur Villa fahren und Helen besuchen. Graham hätte ihm glauben sollen. Er hätte alles anders machen sollen.

Aber er hatte es nicht glauben wollen. Es ging ihm einfach zu sehr an die Nieren. Es war viel leichter, die Augen vor dem Fortschreiten der Krankheit zu verschließen und sich vorzumachen, daß Sal halbwegs zurechnungsfähig war. Er hatte noch viel Zeit. Graham hatte noch viel Zeit mit ihm.

Den Arm über die Augen gedeckt, lag Graham auf dem Rücken. Er vermißte Sal sehr. Und nun blieb ihm nur noch die Erinnerung.

VIERTER TEIL

26

Dismas Hardy sah auf die Uhr. Wo steckte der Richter? Er war schon zehn Minuten über der Zeit. Der Gerichtsdiener hatte Graham bereits aus seiner Zelle geführt. Jetzt saß er – ohne Handschellen und in Zivilkleidung anstatt im Gefängnisoverall – neben Hardy.

David Freeman hatte sich bei Hardy und Graham am Tisch der Verteidigung niedergelassen. Er hatte Hardy überredet, ihn ins Verteidigerteam aufzunehmen – ohne Honorar. Hardy war ihm dankbar, nicht nur für seinen juristischen Rat, sondern auch für die moralische Unterstützung.

Es war Montag, die dritte Woche im September. Die Verhandlung fand im Justizpalast, Abteilung 27, statt, und da es hier – wie in allen Gerichtssälen dieses Gebäudes – keine Fenster gab, konnte man nicht feststellen, welches Wetter draußen herrschte. Heute war es warm und windstill, an sich sehr ungewöhnlich für San Francisco. Nur in den Wochen nach dem Labor Day kam das ziemlich häufig vor.

Graham trug Hosen und ein Sakko, denn Freeman und Hardy befürchteten, daß ein Anzug auf die Geschworenen zu steif wirken könnte. Schließlich wollten sie Graham als den netten Jungen von nebenan darstellen. Also war der Angeklagte in der letzten Woche zwar ordentlich mit Sakko und Krawatte, aber nicht als Anwalt verkleidet, zur Geschworenenauswahl erschienen.

Hardy war aufgeregt. Zu seiner Linken tuschelten Freeman und Graham miteinander. Aus dem Augenwinkel sah er, daß Drysdale und Soma gegenüber am Tisch der Staatsanwaltschaft Platz genommen hatten.

Hardy wandte sich um und warf einen Blick auf die zum Bersten gefüllten Zuschauerbänke. Anscheinend wollte sich niemand das Spektakel entgehen lassen. Die Auswahl der Geschworenen hatte fast zehn Tage in Anspruch genommen und war erst am letzten Freitag abgeschlossen worden. Jeden Moment würde die eigentliche Verhandlung mit den Eröffnungsplädoyers und der Vorlage der ersten Beweise beginnen.

Für Hardy kam es nicht in Frage, diese letzten Sekunden mit dem Studium seiner Aufzeichnungen zu verbringen. Wenn er nach Somas Eröffnungsplädoyer an der Reihe war, würden ihm schon die richtigen Worte einfallen. Er hatte sich einige wichtige Sätze, Stichworte und Formulierungen notiert. Er wollte sich das Zeug nicht noch einmal ansehen.

Kurz blieb sein Blick an Frannie hängen, die unter den Zuschauern saß. Er war überrascht und erfreut gewesen, als sie verkündet hatte, sie wolle wenigstens zum Eröffnungsplädoyer kommen, um ihm die Daumen zu drücken und ihm Glück zu bringen. Die Schulferien waren zu Ende, so daß sie die Kinder nicht mehr den ganzen Tag beaufsichtigen mußte. Er nickte ihr fast unmerklich zu und legte seine Hand aufs Herz, als wolle er seine Krawatte zurechtrücken. Sie erwiderte sein Nicken.

Vor Frannie thronte – wie zur Statue erstarrt – Helen, die täglich der Geschworenenauswahl beigewohnt hatte. Während Hardy sie beobachtete, blinzelte sie nicht ein einzigesmal. Sie hatte das aschblonde Haar aus dem Gesicht gekämmt und die Hände im Schoß verkrampft. Im Gerichtssaal herrschte Stimmengewirr, die Leute redeten wild durcheinander, stritten und ergingen sich in Mutmaßungen. Nur Grahams Mutter saß ganz alleine da und schien in sich selbst versunken. Weder ihr Mann noch George waren hier. Auch in der letzten Woche hatten sie sich nicht blicken lassen.

Hardy erkannte weitere »Anhänger« von Graham: Mitarbeiter aus Freemans Kanzlei, die ihrem Chef treu ergeben waren und das große Ereignis nicht verpassen wollten – insbesondere die Eröffnungsplädoyers. Freeman hatte Hardy den jungen Anwälten gegenüber nämlich schamlos als Meister seiner Zunft angepriesen, und nun brannten sie darauf, den großen Magier in Aktion zu erleben.

»Er hat noch nie verloren!« hatte Freeman verkündet. Hardy hatte sich beeilt zu erklären, daß er erst zweimal gekämpft habe. Erst nach sechs oder acht Fällen sei diesem Lob irgendeine Bedeutung beizumessen. Aber sie waren dennoch erschienen.

Auffällig war, daß Michelle fehlte, die den Großteil der alltäglichen Aufgaben im Zusammenhang mit Tryptech übernommen hatte. Offenbar war sie sauer über den Prozeß und darüber, daß Graham Russo in den letzten Monaten so übermäßig wichtig für ihren Chef geworden war. Allerdings fand Hardy, daß sich die Dinge zum Vorteil aller Beteiligten entwickelt hatten. Trotz ihrer geringen Erfahrung vor Gericht schlug sich Michelle als Tryptechs Anwältin großartig. Hardy stellte Brunel inzwischen nur noch fünf Stunden pro Woche in Rechnung, weil dieser nicht mehr Geld lockermachen konnte, und Michelle ließ sich in Aktien mit einem Preisnachlaß bezahlen. Hardy hoffte, daß es für sie kein böses Erwachen geben würde. Aber sie hatte die Entscheidung selbst getroffen.

Andererseits überraschte es ihn, daß Sharron Pratt persönlich gekommen war. In den Zeitungen stand, daß sie vorhatte, den Prozeß so häufig zu besuchen, wie es ihr Terminkalender gestattete. Hinten an der Tür tuschelte Barbara Brandt, deren Gesicht Hardy inzwischen ein Begriff war, unentwegt mit ihren Begleitern. Hardy fragte sich immer noch, ob die Lobbyistin gelogen hatte. Aber ein aufrichtiger Lobbyist war eigentlich ein Widerspruch in sich.

In der Reihe seitlich neben dem Tisch der Anklage saß Dean Powell, Generalstaatsanwalt des Staates Kalifornien, der sich ebenso wie Pratt nichts entgehen lassen und mit seiner Anwesenheit ein Zeichen setzen wollte.

Hardy warf einen Blick auf Freeman und seinen Mandanten, die immer noch die Köpfe zusammensteckten. Aber er war so nervös, daß er nicht einmal den Anschein erwecken konnte, als hörte er dem Gespräch zu. Fast hätte er laut aufgestöhnt, beherrschte sich jedoch noch rechtzeitig, damit bei den Geschworenen kein falscher Eindruck entstand. Er mußte selbstbewußt wirken, durfte es aber auch nicht übertreiben. Ernst und freundlich.

Thomas Kenner, der Geschworene Nummer vier, sah ihn an. Hardy nickte ihm zu, als wären sie schon jahrelang gute Bekannte. Dann betrachtete er nach und nach die Leute auf der Geschworenenbank.

Die Auswahl der Geschworenen war nicht sehr erfreulich verlaufen, denn die Jury stellte keinen repräsentativen Querschnitt durch die Bevölkerung von San Francisco dar, was Hardys wichtigstes Anliegen gewesen war. Obwohl er und Freeman einige Ermittler damit beauftragt hatte, jeden einzelnen der Kandidaten zu durchleuchten, hatten sie der Strategie der Staatsanwaltschaft kaum etwas entgegensetzen können. Das Pech hatte es gewollt, daß in der Mehrzahl Männer ausgelost worden waren. Hardy und Freeman hatten zwar sämtliche Einspruchsmöglichkeiten genutzt, um möglichst viele von ihnen abzulehnen, doch es saßen trotzdem acht Männer – sechs davon weiß – in der zwölfköpfigen Jury.

Hardy neigte eigentlich nicht zu Pauschalurteilen, machte sich aber keine Illusionen. Diese Männer, zum Großteil einfache Arbeiter, würden gewiß weniger Verständnis für Graham aufbringen als Frauen. Soma und Drysdale hatten keinen Hehl daraus gemacht, daß ihnen eine ausschließlich männliche Jury am liebsten gewesen wäre. Selbst sexistische Vorurteile waren erlaubt, solange man den Prozeß nur gewann. Alles war erlaubt, falls man gewann.

Bei den vier Frauen handelte es sich um eine junge asiatische Mutter, eine schwarze Lehrerin Mitte Dreißig, eine geschiedene weiße Sekretärin um die Fünfzig und ein kaugummikauendes junges Mädchen mit kreischend rot gefärbtem Stoppelhaarschnitt, das für die Stadtwerke Gaszähler ablas.

Am Freitag nach der Zeugenauswahl hatten sich Hardy und Freeman mit einem Drink bei Lou, dem Griechen, getröstet. Gerade hatten sie sich in eine Nische hinten im Lokal gesetzt, als Soma und Drysdale hereinkamen und sich vorne an der Theke niederließen. Allerdings waren sie nicht zu überhören: »Trinken wir auf die beste Jury in Amerika!«

Freeman hatte sein mit Leberflecken bedecktes Gesicht bedrückt über sein Bourbonglas gesenkt. Nun hob er den Kopf

und nickte wissend. »Gut, daß du Herausforderungen liebst«, sagte er. »Ich glaube, du wirst es nicht leicht haben.«
Untertreibung war Freemans besondere Stärke.

Eigentlich war Hardy überzeugt gewesen, daß Gil Soma sich durch sein Verhalten im Gerichtssaal selbst schaden würde. Sein aggressives Vorgehen vor dem Haftrichter, sein spöttischer Unterton bei dem Gespräch mit Drysdale und Hardy in dem französischen Restaurant und sein tiefsitzender Haß auf Graham Russo würden die Geschworenen nicht unbedingt für ihn einnehmen.

Doch anscheinend hatte Hardy sich in die eigene Tasche gelogen, denn Soma war weder arrogant noch dumm. Sein ungezwungener Umgang mit den Geschworenen zeigte, daß er sich seiner Schwächen bewußt war und gelernt hatte, sich zu beherrschen.

Heute trug er einen anthrazitfarbenen Anzug, eine dezente blaue Krawatte und nach allen Regeln der Kunst abgeschabte Schuhe – ein alter Trick Freemans: Die Geschworenen sollten glauben, daß man auch nur einer der ihren war. Nun stand er ganz dicht vor der fast nur aus Männern bestehenden Jury und sprach ruhig und ohne jede Theatralik. Anscheinend war er wirklich davon überzeugt, daß er eine gerechte Sache vertrat.

»Meine Damen und Herren Geschworene, der Angeklagte, Graham Russo, hat seinen Vater aus Gewinnsucht ermordet.«
Im Gerichtssaal brach angesichts dieser dramatischen Worte leises Getuschel aus, das jedoch erstarb, bevor Richter Jordan Salter einschreiten mußte. Soma behielt die Geschworenen die ganze Zeit über im Auge und beobachtete sie gelassen. »Während dieser Verhandlung werden wir in den kommenden Tagen und vielleicht Wochen eine Vielzahl von Beweisen vorlegen. Eine überwältigende Menge von Zeugenaussagen und Indizien, die über alle vernünftigen Zweifel erhaben sind, werden belegen, daß der Angeklagte, der hier links von mir am Tisch sitzt, am Freitag, dem 9. Mai, in die Wohnung seines Vaters ging. Dort hat er ihn mit einer Morphiumspritze getötet,

sein Geld und seine Habe an sich genommen und ist geflohen.«
Bei diesen Worten deutete Soma auf Graham, als wolle er auf einen malerischen Sonnenuntergang aufmerksam machen, und blickte Graham, der ihn finster anfunkelte, gelassen ins Auge.

»Einiges deutet darauf hin, daß Salvatore Russo – Sal, der Vater des Angeklagten – an der Alzheimerschen Krankheit und einem Gehirntumor litt. Niemand streitet das ab. Darüber hinaus gibt es Hinweise, daß der Angeklagte seinen Vater hin und wieder in dessen Wohnung aufsuchte und ihm Morphiumspritzen verabreichte, um die Schmerzen zu lindern. Auch das ist eine unleugbare Tatsache.

Am 9. Mai jedoch kam der Angeklagte nicht mit der Absicht, Sal zu helfen, sondern um ihn zu bestehlen und ihn zu ermorden.

Vielleicht wird die Verteidigung dagegenhalten, daß Sal Russo von Schmerzen gepeinigt wurde und ohnehin nicht mehr lange zu leben gehabt hätte. Daß der Angeklagte, Graham Russo, aus irgendwelchen Gründen berechtigt zu der Entscheidung über Leben und Tod seines Vaters war. Doch ganz gleich, ob wir es hier mit Habgier oder fehlgeleiteter Sohnesliebe zu tun haben – Graham Russo hat seinen Vater um Leben und Besitz gebracht. Und so etwas bezeichnet das Gesetz ungeachtet der Motive als Raub und Mord.

Es werden Zeugen auftreten, die aussagen, daß der Angeklagte ausgebildeter Sanitäter ist und weiß, wie man Injektionen verabreicht. Außerdem hatte er ständig Zugriff zu Spritzen und hat auch das Spritzbesteck besorgt, das bei dieser tödlichen Injektion benutzt wurde. Darüber hinaus hat er sich mittels eines auf seinen Namen ausgestellten Rezepts das Morphium beschafft, das er brauchte, um seinen Vater zu töten.

Wir werden die Zeugin Ms. Li aufrufen, die am Schalter der Wells Fargo Bank arbeitet, wo der Angeklagte Kunde ist. Sie wird aussagen, daß Graham Russo an Sals Todestag« – hier hielt Soma kurz inne und senkte die Stimme – »fünfzigtausend Dollar und eine Sammlung Baseballkarten aus den fünfziger

Jahren im Wert von mehreren tausenden Dollar in seinem Bankschließfach hinterlegt hat.«

Alison Lis Zeugenaussage bereitete Hardy schon seit einiger Zeit Kopfzerbrechen. Allerdings hatte Freeman festgestellt, daß der Gegenseite bei der Deutung des Vernehmungsprotokolls ein wichtiger logischer Fehler unterlaufen war. Und außerdem hatte Hardy ja noch die Videobänder in petto.

Doch es würde einige Tage dauern, bis die Geschworenen Freemans Einwand zu hören und die Videos zu sehen bekamen. Im Augenblick hingen sie gebannt an Somas Lippen.

Graham rutschte auf seinem Stuhl herum. Verstohlen ließ Hardy die Hand über Grahams Manschette gleiten und drückte sanft zu – eine beruhigende Geste, sie hatten gewußt, daß es sich zunächst schlimm anhören würde. Graham durfte sich nicht aus der Ruhe bringen lassen.

Inzwischen sprach Soma seelenruhig weiter. »Sal Russo hatte einen Safe unter dem Bett in seiner Wohnung. Wir werden Ihnen einen Brief von Sal an den Angeklagten vorlegen, auf dessen unterem Rand in der Handschrift des Angeklagten die Kombination zu diesem Safe vermerkt ist.«

Einige der Geschworenen sahen einander an. Hardy mußte einräumen, daß Somas Darstellung bestechend schlüssig klang. »Weiterhin werden wir belegen, daß der Angeklagte in einer prekären finanziellen Lage steckte. Innerhalb weniger Monate hatte er eine Arbeitsstelle gekündigt und die nächste sofort wieder verloren. Sein Gehalt als Sanitäter deckte nicht annähernd seine laufenden Kosten. Er fuhr einen BMW-Sportwagen...«

Wenn man dem jungen Anwalt glauben konnte, handelte es sich um das Lehrbuchbeispiel eines Mordes aus Habgier. Und anscheinend nahmen die Geschworenen ihm jedes Wort ab.

Soma machte eine Pause. »Abschließend möchte ich Sie auffordern, meine Damen und Herren, sich die Zeugenaussagen der zuständigen Polizeibeamten anzuhören. Sie werden Ihnen schildern, wie sie dem Angeklagten wieder und wieder die Möglichkeit gaben, seine Handlungen, seine Motive und sein Verhalten zu erklären. Wie ich werden Sie immer wieder über den gleichgültigen Umgang des Angeklagten mit der Wahrheit entsetzt sein. Bitte, haben Sie Geduld, wenn ich mit den Beamten die Vernehmungen des Angeklagten Schritt für Schritt durchgehe. Sie fanden statt, bevor er überhaupt eines Verbrechens beschuldigt wurde, und dennoch werden Sie bemerken, daß er von Anfang an das Blaue vom Himmel heruntergelogen hat.

Wir werden beweisen, daß er gelogen hat. Wir werden beweisen, was er getan hat. Wir werden beweisen, warum er es getan hat. Und wir werden jenseits aller vernünftiger Zweifel beweisen, daß der Angeklagte, Graham Russo, seinen eigenen Vater aus simpler Habgier getötet hat – wegen des Geldes und der Baseballkarten in seinem Safe.« Ein letztesmal zeigte Soma auf Graham und verkündete ungerührt und nüchtern, als ob er eine unumstößliche Tatsache feststellte: »Hier sitzt ein Mörder.«

Während in Gerichtssaal beklommenes Schweigen herrschte, machte sich Richter Salter einige Notizen. Dann blickte er auf. »Mr. Hardy?«

Freeman beugte sich über Graham hinweg und flüsterte Hardy zu, er solle um eine kurze Unterbrechung bitten. Und Hardy hatte nicht übel Lust dazu. Seiner Ansicht nach hätte diese Unterbrechung gar nicht lange genug dauern können – am besten zwei bis drei Wochen, um alles noch einmal zu durchdenken, was er eigentlich geklärt zu haben glaubte.

Natürlich hatten er und Freeman sämtliche möglichen Situationen durchgespielt, die aus Somas Eröffnungsplädoyer entstehen konnten. Das, was sie soeben zu hören bekommen hatten, entsprach in etwa ihren Erwartungen, denn schließlich kannten sie die Beweise, und nur über diese durfte die Anklage sprechen.

Allerdings hatten sie nicht mit Somas emotionsloser Darbietung gerechnet, die die Sache in einem anderen Licht erscheinen ließ. Hardy wurde von heftigem Lampenfieber gepackt, und sein Magen krampfte sich zusammen. Doch er wußte, daß er keinen größeren Fehler machen konnte, als jetzt eine Unterbrechung zu beantragen. Wenn er zögerte, würden die Geschworenen und auch die Gegenseite seine Nervosität bemerken. Vor lauter Zweifel an seinem Mandanten und an seiner Strategie würde er ins Stocken geraten. Und wenn er Pech hatte, würde sich Somas anschauliche Schilderung in dieser Zeit erst richtig in den Köpfen der Geschworenen festsetzen.

In Kalifornien hat die Verteidigung das Recht, ihr Eröffnungsplädoyer als Gegenrede gleich im Anschluß an das des Staatsanwalts zu halten. Die zweite Möglichkeit besteht darin, bis zum Beginn der eigenen Beweisführung zu warten. Hardy hatte ohnehin geplant, sofort nach Soma das Wort zu ergreifen, und nun erschien ihm das noch wichtiger. Er mußte anfangen, und zwar jetzt!

Brüsk schob er Freemans Hand weg – er nahm ihn eigentlich kaum zur Kenntnis. Als er aufstand, spürte er, daß ihm die Knie weich wurden, und er hatte ein dumpfes Rauschen in den Ohren.

Und gleichzeitig durfte er nicht vergessen, daß es darum ging, so gut wie möglich Theater zu spielen. Vor allem in Gegenwart all dieser Männer mußte er locker wirken. Und wenn wenigstens ein paar von ihnen ähnlich dachten wie er, würden sie ihn verstehen und ihn ernst nehmen.

Der Zwang, einem Klischee von Männlichkeit zu entsprechen und unter keinen Umständen Schwäche zu zeigen, lastete schwer auf ihm.

Zorn hingegen war erlaubt, und dieses Gefühl konnte Hardy gerade noch mobilisieren. Mit zusammengepreßten Lippen trat er zur Geschworenenbank und drehte sich dann zu Soma um. Sein Blick sollte beherrschte Wut und Verachtung zum Ausdruck bringen. Dazu ein Kopfschütteln. Hardy war angewidert von der Unwahrhaftigkeit des Schauspiels, dem er gerade beigewohnt hatte.

Dann wandte er sich wieder den Geschworenen zu und machte mit einer Handbewegung die Wirkung der einzigen theatralischen Geste zunichte, die sich sein Gegenspieler geleistet hatte: Hardy zeigte selbst auf seinen Mandanten. »Graham Russo«, begann er, »sorgte für seinen Vater, er beschützte seinen Vater, und er liebte seinen Vater. Das sind die wichtigsten Tatsachen in diesem Fall. Es ist ein Skandal, daß er überhaupt unter Mordanklage steht. Ich möchte Ihnen erzählen, was sich am 8. und 9. Mai dieses Jahres wirklich zugetragen hat.«

Hardy beabsichtigte, seinen Mandanten, den Soma fast nur als »der Angeklagte« bezeichnet hatte, während der Verhandlung beim Vornamen zu nennen. »Es ist richtig, daß Graham seinen Vater regelmäßig besuchte. Er kam, um Sal schmerzlindernde Injektionen zu verabreichen, aber auch, um mit ihm essen zu gehen, die Wohnung aufzuräumen und sauberzumachen und sich um seine Wäsche zu kümmern. Und zwar regelmäßig über fast zwei Jahre hinweg. In den vergangenen sechs Monaten wurden die Besuche sogar häufiger, denn die Alzheimersche Krankheit verschlechterte sich. Außerdem wurde Sal aufgrund des Hirntumors immer hilfloser.

In den letzten Wochen hatte Sal einige ernstere Aussetzer gehabt. Die Vorstellung, in ein Pflegeheim eingewiesen zu werden, war ihm zutiefst zuwider. Er hatte kein großes Vertrauen in unser System, und diesen Charakterzug hat er zufälligerweise seinem Sohn vererbt.«

Hier riskierte Hardy ein verschwörerisches Lächeln. Bestimmt teilten einige der Geschworenen die Auffassung, daß Bürokraten nicht unbedingt die Krone der Schöpfung verkörperten.

»Womit haben wir es also zu tun? Ein einfacher portugiesischer Fischer wollte nicht einsam und verlassen sterben. Als er am 8. Mai einen klaren Moment hatte, sprach er mit seinem Sohn. In dem Safe unter seinem Bett bewahrte er schon seit langer Zeit eine größere Geldsumme auf. Er bat seinen Sohn, das Geld an sich zu nehmen und es an einem sicheren Ort unterzubringen, um damit die Schmerzmittel, Sals Miete und – falls es vor seinem Tod noch nötig werden sollte – einen privaten Pflegedienst zu bezahlen. Sal flehte seinen Sohn an, ihn nicht allein in einem Heim sterben zu lassen.«

Freeman, Graham und Hardy hatten lange darüber debattiert, ob sie Joan Singleterry ins Spiel bringen sollten, und schließlich entschieden, daß Hardy mit seinem Gefühl richtig lag. Die Anzeigen im Wert von zweitausendzweihundert Dollar, die in Zeitungen im ganzen Land erscheinen waren, hatten zwar zu vielen Reaktionen geführt, aber nicht zu Joan Singleterry. Sals Bitte mochte ernst gemeint gewesen sein – wenigstens schien Graham das zu glauben –, aber auf die Geschworenen würde das seine Wirkung verfehlen. Deshalb hatte sich das Verteidigerteam darauf geeinigt, daß Joan Singleterry vermutlich eine Frau aus Sals Vergangenheit war, an die er sich auf Grund seiner geistigen Vewirrung wieder erinnert hatte. Vielleicht war sie ja nicht mehr am Leben. Sie würde beim Prozeß nicht erwähnt werden.

Hardy machte eine kurze Pause und merkte zu seiner Erleichterung, daß er wieder fest auf den Beinen stand. Dann ließ er den Blick über die Geschworenenbank schweifen.

»Deshalb befand sich Sals Geld natürlich in Grahams Besitz. Wir werden beweisen, daß Graham das Geld und die Baseballkarten an diesem Tag, dem 8. Mai also, in seinem Bankschließfach hinterlegt hat.

Am 9. Mai erhielt Graham wieder zwei Anrufe von seinem Vater. Die Schmerzen waren unerträglich. Er bat Graham, sofort zu ihm zu kommen. Und so stattete der pflichtbewußte, treusorgende Sohn seinem Vater einen letzten Besuch ab.«

Jetzt kommt der schwierige Teil, dachte Hardy.

Er holte tief Luft. »Sie werden hören, daß Sal Russo an einer intravenösen Morphiuminjektion gestorben ist. Dr. Strout, der für die Stadt und die County San Francisco zuständige Leichenbeschauer, wird aussagen, daß der Tod rasch eintrat und verhältnismäßig, wenn nicht völlig schmerzlos war. Sals Arzt hatte vor einiger Zeit für ihn eine Bestätigung ausgestellt, daß er im Notfall nicht wiederbelebt werden wollte. Es handelt sich dabei um eine Anweisung an die Sanitäter, die betreffende Person sterben zu lassen, wenn es sich um einen natürlichen Tod handelt. Als Sal gefunden wurde, lag der Hinweisaufkleber neben ihm. Er war ein schwerkranker Mann, der Angst hatte, auch noch den letzten Rest seiner Denkfähigkeit zu verlieren und in ein Pflegeheim eingewiesen zu werden. So stand es um den Verstorbenen, das angebliche Mordopfer. Und sein Sohn Graham liebte ihn.

Hier wurde kein Mord begangen. Der Staatsanwalt wird Ihnen nicht beweisen können, daß Graham Russo seinen Vater umgebracht hat. Auch die Indizien werden Graham Russos

Schuld nicht belegen, selbst wenn die Anklage im verzweifelten Versuch, Schlagzeilen zu machen, noch so abwegige Theorien aufstellt. Denn mein Mandant ist unschuldig.«

Hardy nickte den Geschworenen zu. Er hatte nichts mehr zu sagen.

»Der kleine Mistkerl ist nicht schlecht.« Genüßlich zückte Freeman die Eßstäbchen, um sein chinesisches Nudelgericht zu vertilgen. Sie saßen in der Zelle hinter dem Gerichtssaal, denn nur dort konnten sie bei Unterbrechungen und während der Mittagspause ungestört mit Graham sprechen. Die sogenannte Einrichtung der Zelle bestand aus zwei Betonsimsen, die als Sitzbänke dienten, und einer Toilette ohne Sichtschutz. Es gab nichts, was ein Häftling hätte stehlen oder beschädigen können.

Überall standen die Pappbehälter von dem Lieferservice, die Frecman vorhin zur allgemeinen Stärkung in Chinatown bestellt hatte. Außerdem lagen Tütchen mit Essig, Sambal und Sojasauce, zusätzliche Eßstäbchen, Pappteller und Servietten herum.

»Gil ist kein Idiot. Er war Drapers Liebling.« Graham tunkte eine Entenkeule in Pflaumensauce.

Hardy hatte es den Appetit verschlagen, was seinen Grund nicht nur im durchdringenden, süßlichen Gestank in der Zelle hatte. Seit seinem Eröffnungsplädoyer hatte er Schmetterlinge im Bauch, und es schüttelte ihn beim bloßen Gedanken an Essen. Freeman fiel das auf. »Fehlt dir was, Diz?« fragte er und hob den Kopf.

Hardy stand, die Arme vor der Brust verschränkt, am Zellengitter und blickte in den Gerichtssaal hinaus. Nun zuckte er die Achseln. »Sind nur die Nerven.«

»Du hast deine Sache gut gemacht, den Fall klar und deutlich umrissen.« Freeman steckte ein Klößchen in den Mund und kaute heftig. »Alles, was sie haben, ist Alison Li. Es gibt keinen Beweis dafür, daß Graham das Geld nicht Monate vor Sals Tod in der Bank deponiert hat, und mehr brauchen wir nicht zu beweisen. Sie hingegen müssen etwas beweisen, wofür sie keine Beweise haben. Und das werden sie nicht schaffen.«

»Richtig.« Hingebungsvoll widmete sich Graham einem Pappbehälter, dessen Inhalt er beim ersten Durchgang noch nicht probiert hatte. »Das ist unmöglich.«

Hardy bedachte die beiden mit einem schiefen Lächeln. »Das wäre also geklärt. Ich glaube, ich geh mal meine Frau begrüßen.«

»Bring sie doch mit«, schlug Freeman vor.

Hardy ließ den Blick durch die deprimierend wirkende Zelle schweifen und wandte sich kopfschüttelnd zur Tür. »Lieber nicht.«

Frannie erwartete ihn in den nun während der Mittagspause fast menschenleeren Zuschauerreihen. Nachdem sie ihn auf die Wange geküßt hatte, musterte sie ihn eindringlich. »Dismas, es war doch gar nicht so schlecht.«

Er klappte den Sitz neben ihr herunter und nahm Platz. »Ich sehe die Schlagzeilen des *Chronicle* von morgen schon vor mir: ›Verteidiger von Russo gar nicht so schlecht.‹«

»Jetzt übertreib nicht.« Sie legte ihm die Hand aufs Knie. »Du schlägst dich wirklich wacker, und du wirst es schaffen. Übrigens ist mir aufgefallen, daß unser Freund Abe gar nicht hier war.«

Natürlich wußte Frannie über die ursprüngliche Meinungsverschiedenheit zwischen den beiden Bescheid. Doch nach einem hektischen Sommer – die Kinder hatten schulfrei und mußten täglich zu Kursen, Zeltlagern, zum Fußball und zum Baseball chauffiert werden – hatte sie gedacht, daß sich der Ärger inzwischen gelegt hatte. »Seid ihr immer noch zerstritten?«

Hardy zuckte die Achseln. »Ich glaube schon.«

»Du solltest dich mit ihm aussprechen.«

»Das habe ich ja versucht. Jetzt bin ich mit meinem Latein am Ende. Er glaubt, ich hätte mich verkauft und sei ein anderer Mensch geworden.«

»Da liegt er falsch.«

»Von seinem Standpunkt aus nicht. Ich verteidige einen Mann, den er nicht nur einmal, sondern zweimal festgenommen hat. Er hält Graham wirklich für einen Mörder, nicht etwa für jemanden, der Sterbehilfe geleistet hat. Für einen kaltblütigen Killer. Natürlich ist das bei Cops nicht weiter verwunderlich.«

»Aber er ist Cop, solange du ihn kennst.«

»Ich weiß. Und bei mir hat er immer ein Auge zugedrückt. Inzwischen ist er allerdings überzeugt, daß ich mich in eine aussichtslose Sache verrannt habe. Abe meint, Graham hätte mich über den Tisch gezogen und ich sei ein Idiot, weil ich ihm glaube.«

Frannie wandte den Blick ab und verschränkte die Arme vor der Brust.

»Was hast du?«

»Nichts. Ich hoffe nur, daß Abe sich irrt.«

Hardy schüttelte den Kopf. »Das tut er hundertprozentig.« Er sah sich im Gerichtssaal um und vergewisserte sich, daß niemand in Hörweite war. »Schau dir Sarah an. Die ist schließlich auch ein Cop.«

»Aber sie ist in Graham verliebt.«

»Sie hätte es nie so weit kommen lassen, wenn sie ihn nicht für unschuldig hielte.« Er musterte den Gesichtsausdruck seiner Frau. »Ich finde es toll, was du mit deinen Augen anstellst, wenn du denkst, daß ich Schwachsinn rede.«

Frannie lächelte ihn an. »Ich sage nur, daß sie sich möglicherweise etwas vormacht, weil sie auf ihn steht. So was ist nämlich schon öfter passiert. Nimm nur mich. Ich habe mich in dich verliebt, bevor ich alles über dich wußte.«

Er grinste zurück. »Und jetzt, wo du es weißt? Was wäre passiert, wenn du es damals schon gewußt hättest?«

»Es hätte vermutlich nichts geändert.«

»Genau darauf will ich hinaus.«

»Du drehst mir das Wort im Mund herum. Sarah Evans ist Polizistin und in Graham verliebt. Es interessiert sie nicht, ob er jemanden umgebracht hat.«

»Er ist kein Mörder.«

»Hoffentlich nicht, Dismas. Ich hoffe, daß ihr beide recht habt. Aber nach Mr. Somas Eröffnungsplädoyer bin ich mir nicht mehr so sicher.«

Das war, so dachte Hardy, ein offenes Urteil, was die Eröffnungsplädoyers anging. Und noch dazu von seiner eigenen Frau, von der er eigentlich ein wenig Unterstützung erwartet hätte. Wenn die Geschworenen ebenso dachten wie Frannie – und das war zu vermuten –, steckte er ziemlich in der Klemme.

Und dabei hatte er gedacht, daß es nicht mehr schlimmer kommen konnte.

27

Aus seiner Zeit bei der Staatsanwaltschaft wußte Hardy, daß am Anfang jedes Mordprozesses zuerst einmal die einfache Tatsache festgestellt werden mußte, ob überhaupt ein Mord stattgefunden hatte. Deshalb hatte er eigentlich erwartet, daß Soma zuerst Dr. Strout, den Leichenbeschauer, aufrufen würde.

Doch er hatte sich geirrt.

Es war Montag nach der Mittagspause. Drysdales und Somas erster Zeuge war Mario Giotti. Anscheinend war Salter im voraus informiert gewesen, denn er kam gemeinsam mit Giotti aus dem Richterzimmer in den Gerichtssaal. Vielleicht hatten sie sogar zusammen gegessen.

Hardy vermutete, daß dieser Zeitablauf für Giotti am bequemsten war. So konnte er während seiner Mittagspause ins Justizgebäude kommen, sofort aussagen, ein hoffentlich kurzes Kreuzverhör über sich ergehen lassen und um zwei Uhr wieder im Bundesgericht sein.

Allerdings wurmte es Hardy, daß er und Freeman im Gegensatz zu den anderen Beteiligten in dieser Verhandlung nichts davon erfahren hatten. Aber es hatte keinen Sinn, sich darüber zu ärgern, denn Giotti wurde bereits im Zeugenstand vereidigt.

Richter Salter hatte bestimmt, daß Hardy und Soma nicht zu dicht an den Zeugenstand treten durften, damit die Zeugen sich nicht eingeschüchtert fühlten. Also mußten sie ihre Befragung – wie Soma in diesem Moment – von der Mitte des Gerichtssaals aus durchführen.

»Mr. Giotti«, begann Soma. »Bitte teilen Sie uns Ihren vollen Namen und Ihren Beruf mit.«

Bei dem Wort »Bundesrichter« brach im Gerichtssaal Getuschel aus. Einige Geschworene sahen einander an. Die Sache versprach interessant zu werden. Übertrieben ehrerbietig bat Soma Salter um Erlaubnis, den Zeugen entweder »Herr Richter« oder »Euer Ehren« zu nennen. Salter versuchte einen freundlichen Scherz zu machen, und sagte, er würde es zulassen, sofern die Gerichtsstenographin keine Einwände erhob. Dann beugte er sich vor und erkundigte sich bei ihr, ob das nicht zu Verwirrungen führen würde. Der ganze Gerichtssaal kicherte. Einen Bundesrichter mußte man eben mit Samthandschuhen anfassen.

Hardy wagte keinen Einspruch. Weshalb auch? Damit hätte er nur Salter und vielleicht auch Giotti gegen sich aufgebracht. Und der Zorn eines Richters konnte verhängnisvoller sein als ein Zusammenstoß mit einem Lastwagen.

»Richter Giotti«, begann Soma. »Können Sie uns sagen, wie Sie den Abend des 9. Mai dieses Jahres – das war ein Freitag – verbracht haben?«

Giotti kannte sich ein bißchen aus, was Zeugenaussagen anging. Er blickte zuerst Soma und dann die Geschworenen an, lehnte sich zurück und erzählte seine Geschichte. Obwohl Zeugen eigentlich keine langen Erklärungen abgeben, sondern nur auf die Fragen von Staatsanwaltschaft und Verteidigung antworten sollten, hatte Giotti anscheinend nicht vor, sich an diese Regel zu halten. Und Soma beabsichtigte nicht, ihn daran zu hindern.

»Ich war mit meiner Frau Pat zum Essen im Lulu's. Sie hatte ihr Auto dabei, weil sie tagsüber in der Stadt zu tun gehabt hatte, und fuhr allein nach Hause. Ich beschloß, noch einige Unterlagen aus meinem Büro zu holen, um sie übers Wochenende durchzuarbeiten. Mein Büro befindet sich im Bundesgerichtsgebäude in der 7. Straße, dessen Rückseite zufällig an der Seitengasse liegt, in der Sal Russo wohnte.

Mr. Russo und ich waren schon seit vielen Jahren befreundet, und ich hatte mir angewöhnt, freitags bei ihm Fisch zu kaufen, den ich bis Büroschluß in einer Kühlbox im Kofferraum meines Autos aufbewahrte. Da Sal an diesem Freitag nicht erschienen war, wollte ich mich vergewissern, daß ihm nichts fehlte. Schließlich wußte ich, daß er gesundheitliche Probleme hatte, und ich war ohnehin in der Gegend.«

»Und was taten Sie dann?« hakte Soma nach.

Giotti runzelte ärgerlich die Stirn. Er ließ sich nicht gerne antreiben und würde auf den Punkt kommen, wenn es ihm paßte. Als er fortfuhr, wurde seine Miene wieder freundlicher. »Ich ging die Treppe hinauf und klopfte an seine Wohnungstür. Drinnen brannte zwar Licht, aber niemand öffnete. Deshalb drehte ich am Türknauf, es war nicht abgeschlossen. Und da sah ich Sal im Wohnzimmer auf dem Fußboden liegen.«

»Er lag auf dem Boden?« wiederholte Soma.

Giotti musterte ihn finster. Offenbar war Soma auf dem besten Wege, sich bei ihm unbeliebt zu machen. »Das habe ich doch gerade gesagt.«

»Ja, richtig. Entschuldigen Sie, Euer Ehren«, stammelte Soma verlegen. »Sal Russo lag also auf dem Boden. Was taten Sie?«

Giotti hatte Soma einen Dämpfer aufgesetzt, und Hardy hütete sich, dagegen Einspruch zu erheben. Ohne Unterbrechung sprach der Richter weiter. Er hatte die Notrufnummer gewählt und auf den Krankenwagen und die Polizei gewartet. Zuerst seien zwei uniformierte Polizisten erschienen, später zwei Beamte in Zivil. Außerdem habe er den Aufkleber, daß Sal nicht wiederbelebt werden wollte, auf dem Boden entdeckt. Auf dem Tisch hätten sich eine Spritze, eine Ampulle und eine Flasche Whiskey befunden. Er, Giotti, habe nichts angefaßt, schließlich kenne er sich aus. Nachdem er die Fragen der Polizei beantwortet habe, sei er nach Hause gefahren.

Hardy hatte zwar nicht damit gerechnet, daß Soma Giotti gleich zu Anfang aufrufen würde, aber es war ihm klar gewesen, daß der Richter aussagen würde. Das hatte weniger strategische Gründe, denn es war nur natürlich, daß die Person, die die Leiche aufgefunden hatte, ein wenig Licht in die Sache bringen konnte. Giottis Aufgabe war es, ein anschauliches Bild vom Tatort zu vermitteln.

Doch sicher war das nicht Somas einzige Überlegung gewesen. Nachdem er sich harmlos bei Giotti nach dem umgestürzten Küchenstuhl und der Spritze und der leeren Ampulle auf dem Couchtisch erkundigt hatte, kam er auf den Punkt.

»Sie haben eben ausgesagt, Euer Ehren, daß Sal Russo auf dem Boden lag.«

»Richtig.«

»Stand in der Nähe ein Stuhl oder eine andere Sitzgelegenheit?«

Giotti schloß die Augen und versuchte, sich zu erinnern. »Ja, sein alter Lieblingssessel. Er lag davor auf dem Boden.«

»Also zwischen dem Sessel und dem Couchtisch?«

»Ja.«

Soma ging zum Tisch der Staatsanwaltschaft, wo Drysdale ihm ein Photo gab, das er als Beweisstück Nummer eins kennzeichnen ließ. Dann erkundigte er sich, ob die Wohnung auf diesem Photo so aussah, wie Giotti sie am Mordtag vorgefunden hatte.

»Ja«, stimmte dieser zu. »Sal lag seitlich auf dem Boden. Genau wie hier.«

Es war sonnenklar, worauf Soma hinauswollte: Wenn keine Straftat verübt worden wäre, hätte Sal doch in seinem Lieblingssessel gesessen. Sein Helfer hätte sicher alles getan, um ihm die letzten Augenblicke so angenehm wie möglich zu gestalten. Aber das Opfer lag zusammengesunken auf dem Boden, als hätte es jemand niedergeschlagen.

Soma überließ es den Geschworenen, ihre Schlüsse daraus zu ziehen. Er hatte sein Ziel erreicht, dankte dem Zeugen und nahm wieder Platz.

Hardy hatte den Eindruck daß Giotti und er auf derselben Seite standen, obwohl Giotti eigentlich Zeuge der Anklage war. In einer Welt, in der es fair zuging – ha! –, hätte seine Zeugenaussage allerdings erst zu einem späteren Zeitpunkt kommen sollen. Fast hatte Hardy sich auf diesen Moment gefreut, denn er hatte geglaubt, ein paar Punkte machen zu können. Nun aber blieb ihm nichts anderes übrig, als den Schaden zu begrenzen, den Soma angerichtet hatte.

»Richter Giotti«, begann er. »Sie waren doch gut mit Sal Russo befreundet.«

Ein freundliches Nicken. »Wir kannten uns seit Jahren, obwohl wir uns nur noch selten trafen. Man könnte uns als gute Bekannte bezeichnen.«

»Wie häufig sahen Sie einander?«

Giotti überlegte. »Wie ich bereits sagte, kaufte ich fast jeden Freitag Fisch bei ihm, sofern ich nicht verreist war. Hin und wieder besuchte ich ihn auf einen Drink in seiner Wohnung. Meistens am Ende der Woche nach Feierabend.«

»Und saß Sal bei diesen Besuchen in seinem Sessel?«

»Ja, sicher.« Dann warf Giotti ihm den Ball zu. »Manchmal.«

»Aber nicht immer?«

»Nein.«

»Wo saß er sonst?«

»Euer Ehren!« Soma sprach leise; offenbar zögerte er, Giottis Zeugenaussage zu unterbrechen. »Das ist irrelevant.«

Salter war anderer Meinung. »Einspruch abgelehnt.«

Hardy wiederholte seine Frage. »Er hatte keinen Stammplatz«, erklärte Giotti. »Sal war kein Mensch mit festgefahrenen Gewohnheiten. Es konnte genausogut der Couchtisch sein wie der Sessel, das Sofa oder der Boden. Er ging im Zimmer herum.«

»Also hätte er auch auf dem Boden sitzen können, als er die Spritze bekam und –«

»Einspruch!« Diesmal war es Drysdale, der Hardy vorwarf, den Zeugen zu Mutmaßungen zu verleiten. Salter gab dem Einspruch statt.

Da Freeman ihn verstohlen heranwinkte, trat Hardy an den Tisch der Verteidigung und tat, als wolle er einen Schluck Wasser trinken. »Was ist?«

Nachdem sie sich kurz beraten hatten, wandte sich Hardy, das Photo in der Hand, wieder an den Zeugen. »Richter Giotti«, sagte er. »Ist die Rückenlehne des Sessels auf diesem Photo nach hinten geklappt?«

Natürlich hatte Freeman sofort bemerkt, daß dies nicht der Fall war. Das Bild zeigte die Lehne in aufrechter Position, und Giotti bestätigte das. »Wie sah der Sessel Ihrer Erinnerung nach aus, als sie das Zimmer betraten?«

Wieder schloß Giotti kurz die Augen. »Ich würde sagen, genau so. Ich glaube nicht, daß die Lehne heruntergeklappt war.

Ansonsten hätte ich sie hochklappen müssen, um an dem Sessel vorbeizugehen, und das habe ich nicht getan.«

Hardy gab sich damit zufrieden. Er konnte auch noch später anführen, daß Sals Leiche möglicherweise aus dem Sessel gefallen war. Vielleicht hatte Sal die Spritze auch auf dem Boden bekommen. Hardy faßte wieder neuen Mut. Giotti hatte ihm geholfen. Nun war es an der Zeit, das eigentlich wichtige Thema anzusprechen.

»Richter Giotti, Sie haben ausgesagt, daß Sie Sals schlechten Gesundheitszustand bemerkt hatten. Wußten Sie, daß er an der Alzheimerschen Krankheit litt?«

»Ich war nicht sicher.«

»Wußten Sie, daß er Krebs hatte?«

»Euer Ehren!« Soma war aufgesprungen und erhob mit verräterisch schriller Stimme Einspruch. »Ich sehe nicht, inwieweit das hier zur Sache gehört.«

In den Augen des Gesetzgebers hatte er streng genommen recht. Aber Hardy wollte erreichen, daß alle im Gerichtssaal Mitleid mit Sal bekamen, und er spürte, daß Giotti ihn nicht im Stich lassen würde.

Allerdings mußte zuerst Salter überzeugt werden. Anscheinend teilte der Richter Somas Auffassung, daß Hardys Fragen irrelevant und unnötig waren. Doch auch er mußte sich Giottis Autorität beugen. Als dieser Salter ansah und ihm – obgleich das keine Rolle spielte – mitteilte, er habe nichts dagegen, die Frage zu beantworten, gab der Richter nach und ließ sie zu.

»Offenbar hatte er starke Kopfschmerzen. Einmal sagte er mir« – bei diesen Worten wandte sich Giotti an die Geschworenen – »halb ihm Scherz, daß ich in seiner Wohnung nachsehen sollte, wenn er ein paar Tage nicht aufgetaucht sei. Vielleicht sei er ja schon tot. Wenn die Schmerzen ihn nicht umbrächten, würde er das vielleicht selbst erledigen.«

»Und deshalb sind sie am 9. Mai in seine Wohnung gegangen?«

»Im Grunde ja. Seine Worte wollten mir nicht mehr aus dem Kopf.«

Hardy nickte befriedigt. Er hatte sein Ziel erreicht. »Meinen Sie damit, daß er mit seinem baldigen Tod rechnete?«

»Einspruch, das sind Mutmaßungen«, ließ sich Drysdale vernehmen.

»Stattgegeben.«

»Ich formuliere die Frage neu, Euer Ehren. Richter Giotti, hat Sal Russo je mit Ihnen darüber gesprochen, daß er bald sterben würde?«

»Einspruch«, wiederholte Drysdale.

Diesmal wies Salter ihn ab, und Giotti nickte. »Ja. Er sagte, er habe nur noch ein paar Monate zu leben.«

»Er wußte das?«

»Er war davon überzeugt.«

»Danke, Euer Ehren. Ich bin fertig.« Hardy wandte sich an Soma. »Haben Sie noch Fragen an den Zeugen.«

Da die beiden Staatsanwälte ahnten, daß sie von Giotti trotz ihrer Demutsbezeugungen nur wenig Hilfe zu erwarten hatten, lehnten sie ab.

Sobald Giotti den Zeugenstand verlassen hatte und in Richtung der Zuschauerbänke ging, zeigte Salter mit dem Hammer auf Soma. »Ihr nächster Zeuge?«

»Die Staatsanwaltschaft ruft John Strout auf.«

Der hochgewachsene Mann mit dem starken Südstaatenakzent trat in den Zeugenstand und wurde vereidigt. Strout sagte etwa einmal wöchentlich in einer Verhandlung aus und war ein landesweit anerkannter Sachverständiger für Gerichtsmedizin. Häufig war er auch in anderen Gerichtsbezirken als Gutachter tätig, wenn es sich um eine schwer zu klärende Todesursache handelte. Da er sich in Gerichtssälen inzwischen wie zu Hause fühlte, lehnte er sich unbefangen zurück und schlug die Beine übereinander, während Soma sich nach seinem Namen, seinem Beruf und seinem Status als Sachverständiger erkundigte und die ersten vorhersehbaren Fragen stellte.

»In anderen Worten heißt das also, Dr. Strout, daß acht Milligramm Morphium zum Tode führen, wenn man sie intravenös injiziert?« fragte Soma dann.

Dr. Strout wirkte, als langweile er sich fast zu Tode. Doch der Schein trog, denn er verbesserte den jungen Staatsanwalt sofort. »Acht Milligramm intravenös könnten zum Tode führen, besonders wenn andere Faktoren wie beispielsweise Alkohol mitspielen.«

»Und wurde bei Salvatore Russo Alkohol festgestellt?«

»Ja.«

»Wieviel?«

»Nun, er hatte einen Blutalkoholgehalt von einem Promille.«

»Ist das viel, Dr. Strout? War Sal Russo betrunken?«

»Nach kalifornischem Gesetz, ja.«

Hardy wußte nicht, worauf Soma mit seinen Fragen nach dem Alkohol in Sals Blut hinauswollte, und das machte ihm zu schaffen. Sal war also betrunken gewesen. Na und? Was hatte das mit Graham zu tun? Konnte es ihm schaden?

»Hätte der Blutalkoholgehalt des Opfers Einfluß auf die Wirkung des Morphiums haben können, Herr Doktor?«

Strout ließ sich Zeit, denn er wollte, daß seine Antwort möglichst präzise ausfiel. Nach einer Weile beugte er sich vor. »Ja, das könnte sein.«

»Inwiefern?«

»Das Opfer hätte in einen Schockzustand geraten und auf der Stelle das Bewußtsein verlieren können.«

Das war die Antwort, mit der Soma gerechnet hatte, und er nickte zufrieden. »Wenn Sal Russo jedoch das Bewußtsein verloren hätte, wäre ihm nicht die Zeit geblieben, sich die Injektionsnadel aus dem Arm zu ziehen. Richtig?«

»Richtig.«

»Sehen Sie sich dieses Photo an.« Soma ließ die Polaroidaufnahme als Beweisstück kennzeichnen. »Auf dem Tisch neben der Leiche liegt eine Spritze mit aufgesetzter Schutzkappe.«

»Ja.«

»Wenn wir also annehmen, daß die Nadel so aufgefunden wurde, wie dieses Photo es zeigt, und wenn wir weiterhin annehmen, daß Mr. Russo aufgrund der Mischung von Alkohol und Morphium das Bewußtsein verlor – dann ist es doch nicht möglich, daß Sal Russo sich die Spritze selbst verabreicht hat.«

»Stimmt«, erwiderte Strout. »Wenn wir annehmen, daß diese Voraussetzungen zutreffen, wäre das nicht möglich.«

Hardy machte sich eine Notiz. Beim Kreuzverhör würde er Strout auch danach fragen, was er für möglich und nicht möglich befand. Aber Somas Absicht war ihm klar, und die Geschworenen hatten es sicher auch verstanden: Soma stellte es so hin, als ob Strout einen Selbstmord für ausgeschlossen hielt.

Doch Soma hatte noch mehr auf Lager. »Dr. Strout, haben Sie an der Leiche Anzeichen von Gewalteinwirkung festgestellt?«

Strout nickte und berichtete von dem Bluterguß hinter dem Ohr.

»Könnte das Opfer dadurch das Bewußtsein verloren haben?«

»Wahrscheinlich. Allerdings nur für kurze Zeit.«

»Wissen Sie, wie dieser Bluterguß entstanden sein könnte?«

Hardy erhob Einspruch, da es sich um Mutmaßungen handelte, wurde aber abgewiesen. Als Sachverständiger durfte der Arzt sich darüber ein Urteil bilden.

»Nun, offenbar handelte es sich um einen stumpfen Gegenstand, der keine Abdrücke auf dem Schädel hinterließ. Der Schlag führte auch nicht zu einer Gehirnerschütterung.«

»Könnte es eine Whiskeyflasche gewesen sein?«

»Einspruch. Hier handelt es sich eindeutig um eine Mutmaßung, Euer Ehren.«

»Abgewiesen.«

»Ja«, erwiderte Strout. »Die am Tatort sichergestellte Whiskeyflasche kommt in Frage.«

Soma ließ nicht locker und feuerte eine Salve Fragen auf Dr. Strout ab. »Was ist mit der Einstichstelle, Dr. Strout? Welchen Eindruck machte die auf Sie?«

»Auch dort war eine Verletzung.«

»Was meinen Sie damit?«

»Für einen Laien würde es wie ein kleiner Riß in Haut und Muskelgewebe aussehen, der vermutlich beim Herausziehen der Nadel entstand. Ein tiefer Kratzer.«

»Und das kann nicht beim Einstechen der Nadel passiert sein?«

»Eindeutig nein.« Eine scheinbare Nebensächlichkeit, die sich noch als wichtig erweisen konnte, denn einem erfahrenen Sanitäter wie Graham wäre beim Verabreichen einer Spritze nie ein solcher Fehler unterlaufen. Doch wenn die Nadel sich erst einmal unter der Haut befand, hätte eine ruckartige Bewegung oder Widerstand jederzeit diese Folgen haben können.

Soma dankte Strout, ging zu seinem Tisch und betrachtete kurz einige Papiere. Hardy stand in den Startlöchern, um sofort Einspruch zu erheben, falls Soma – wie er erwartete – den Zeugen zu Schlußfolgerungen verleiten sollte.

Für Soma war die Sache sonnenklar: Jemand hatte Sal unter Alkohol gesetzt, ihm eins über den Schädel geschlagen und ihm die Spritze gegeben, während er bewußtlos war. Dabei hatte Sal entweder unwillkürlich gezuckt oder war aufgewacht.

Doch wenn Strout sich dieser Auffassung anschloß, würde es sich um reine Mutmaßungen handeln, die nicht zulässig waren.

Allerdings erhielt Hardy keine Gelegenheit zum Einspruch. Soma drehte sich freundlich zu ihm um – schließlich wollte er einen guten Eindruck bei den Geschworenen erwecken – und sagte: »Ihr Zeuge.«

Hardy kam direkt zur Sache. »Dr. Strout, hat Sal Russo Selbstmord begangen, oder ist er umgebracht worden?«

Strout schlug die Beine übereinander und machte es sich auf dem Zeugenstuhl bequem. »Nun, angesichts der Ergebnisse der gerichtsmedizinischen Untersuchung kommt beides in Frage.«

»Soll das heißen, daß vom medizinischen Standpunkt nicht festzustellen ist, ob Sal Russo sich das Leben genommen hat oder ermordet wurde?«

»Genau das soll es heißen.« Strout wartete ab. Als erfahrener Sachverständiger hütete er sich, einem Anwalt das richtige Stichwort zu geben, damit dieser ihn unterbrechen oder seine Fachkompetenz anzweifeln konnte.

Hardy nickte, als fände er diese Erkenntnis unglaublich faszinierend. »Hat die gerichtsmedizinische Untersuchung Ergebnisse gebracht, die Ihnen eine der beiden Möglichkeiten wahrscheinlicher vorkommen läßt?«

Strout überlegte kurz. »Nein.«

»Was ist mit dem Bluterguß am Schädel? Kann er im medizinischen Sinne zu Sal Russos Tod beigetragen haben?«

»Nein.«

»Auf keinen Fall?«

»Ja, auf keinen Fall. Es ist möglich, daß Mr. Russo dadurch das Bewußtsein verloren hat, aber gestorben ist er daran nicht.«

Mit gespielter Überraschung wandte Hardy sich den Geschworenen zu. »Dr. Strout, sagten Sie gerade, es sei *möglich*, daß Mr. Russo dadurch das Bewußtsein verlor?«

»Ja, das kann sein.«

»Es muß aber nicht so gewesen sein?«

»Genau.« Allmählich wurde Strout ungeduldig. »Wie ich bereits sagte, war die Verletzung nicht sehr ernst.«

»Richtig, Herr Doktor. Also handelt es sich eigentlich nur um eine Beule am Kopf?«

»Ja.«

»Entstand sie vor oder nach der Injektion?«

»Das kann ich nicht sagen.«

»Demzufolge könnte Sal Russo sich selbst die Spritze verabreicht und sich danach bei einem Sturz verletzt haben?«

»Ja.«

»Wie lange vor der Spritze kann er sich die Beule höchstenfalls zugezogen haben?«

Strout überlegte kurz. »Nach der Schwellung zu urteilen, vor ein oder zwei Tagen.«

Hardy machte ein entsetztes Gesicht. »Wollen Sie damit sagen, Herr Doktor, daß Sie nicht einmal wissen, ob die Beule an Sal Russos Todestag entstanden ist?«

»Richtig.«

»Sie sind sich nicht sicher. Dann könnte man also mit Fug und Recht behaupten, daß Sie nicht wissen, ob die Beule überhaupt in einem Zusammenhang mit Sal Russos Tod steht?«

»Ja, das könnte man.«

»Gut.« Wenn Soma vorhatte, mit Strouts Aussage einen Mord zu beweisen, stand er nach Hardys Ansicht damit auf verlorenem Posten. Hardy spielte seinen nächsten Trumpf aus. »Sie

haben uns außerdem von einer Verletzung an der Einstichstelle berichtet und ausgesagt, sie könnte möglicherweise ein Zeichen dafür sein, daß jemand Sal Russo die Morphiumspritze verabreicht hat.«
»Richtig.«
»Sie ist aber möglicherweise auch ein Zeichen dafür, daß Sal Russo sich das Morphium selbst gespritzt hat?«
»Richtig.«
»Sal Russo könnte zurückgezuckt sein, während er sich selbst die Spritze gab?«
»Einspruch!« Soma sprang auf – in Hardys Augen ein gutes Zeichen. Obwohl der Prozeß noch kaum angefangen hatte, schienen dem jungen Staatsanwalt bereits die Nerven durchzugehen. »Mutmaßung, Euer Ehren.«
Der Einspruch wurde abgelehnt. Hardy verzog keine Miene. Strout stimmte ihm zu – es war möglich, daß Sal eine ruckartige Bewegung gemacht hatte.
Hardy nickte freundlich und fuhr fort. »Dr. Strout, ich möchte gern noch einen letzten Punkt klarstellen. Haben Sie vorhin Mr. Soma geantwortet, Sal Russo sei vielleicht aufgrund eines Blutalkoholgehalts von einem Promille in einen Schockzustand geraten, während sich die Injektionsnadel noch in seiner Vene befand, weshalb er sie nicht selbst hätte herausziehen können?«
»Ja, das habe ich gesagt.«
»Sie sagten, Sie hielten diesen Tathergang aufgrund Ihrer Untersuchungsergebnisse für möglich?«
»Ja.«
»Möglich bedeutet jedoch nur, daß es sich so abgespielt haben könnte, nicht daß es so gewesen sein muß. Sie können einen anderen Tathergang nicht ausschließen?«
»Nein.«
»Also könnte Sal Russo trotz seines Alkoholkonsums bei Bewußtsein geblieben sein?«
»Ja.«
»In anderen Worten weist nichts in Ihren Ergebnissen oder in Ihrer Zeugenaussage darauf hin, daß Sal Russo nicht Selbstmord begangen hat. Habe ich das richtig verstanden?«

»Ja.«

»Es könnte also auch schlicht und einfach Selbstmord gewesen sein?«

»Ja.«

Zu seiner Freude stellte Hardy fest, daß Salter ärgerlich die Stirn runzelte. Wenn ein Leichenbeschauer die Ansicht vertritt, daß es sich nicht notwendigerweise um ein Verbrechen handelt, fragt sich so mancher überarbeitete Richter, warum er seine Zeit mit einem Mordprozeß vergeudet.

Hardy dankte dem Zeugen, doch noch ehe er seinen Platz erreicht hatte, nahm Soma das Kreuzverhör wieder auf. »Dr. Strout«, sagte er. »Sie können nicht bestätigen, daß wir es hier eindeutig mit einem Selbstmord zu tun haben?«

»Nein.«

»Und aus welchem Grund?«

Strout zuckte die Achseln. Allmählich riß ihm der Geduldsfaden. »Weil es sich einfach nicht mit Sicherheit feststellen ließ.«

Hardy fuhr zum Abendessen nach Hause, verbrachte fast zwei Stunden mit seiner Familie, gab seinen Kindern einen Gutenachtkuß und kehrte wieder in die Innenstadt zurück. Zuerst besuchte er Graham im Gefängnis, um ihm Gesellschaft zu leisten und die Ereignisse des Tages und die weitere Vorgehensweise zu besprechen. Danach war er mit David Freeman im Büro verabredet, um eine eingehende Analyse vorzunehmen.

Als er um Viertel nach elf wieder zu Hause war, konnte er sich vor Erschöpfung kaum noch auf den Beinen halten. Deshalb war er nur wenig erfreut, als er Sarah Evans mit Frannie am Eßtisch sitzen sah. Die beiden Frauen unterhielten sich bei einer Tasse Kaffee. »Wenn das koffeinfreier ist, trinke ich auch einen«, sagte er, »obwohl mir die Vorstellung von Kaffee ohne Wirkstoffe eigentlich widerstrebt.«

Seine Frau hielt ihm die Wange hin.

In den letzten Monaten hatten sich Sarah und Frannie miteinander angefreundet und nannten sich nun beim Vornamen. Sie waren etwa gleichaltrig und hatten gemeinsame Interessen. Inzwischen sprach Sarah vom Heiraten und Kinderkriegen, während Frannie sich überlegte, ob sie bei der Polizei anfangen sollte. Jedenfalls wollten beide, daß sich in naher Zukunft etwas in ihrem Leben änderte, und sie redeten stundenlang darüber. »Sarah, ich finde, ich sollte Polizistin werden, wenn die Kinder aus dem Gröbsten raus sind«, sagte Frannie. »Das mit der Familientherapie lasse ich lieber.«

Hardy setzte sich zu ihnen. »Tolle Idee, ehrlich. Ein aufregender Job, gute Sozialleistungen und eine echt sympathische Klientel. Das würde dir bestimmt Spaß machen. Aber willst du wissen, was mir vorschwebt, wenn die Kinder aus dem Haus sind?«

»Was?«

»Daß du mit deinem Mann, der dann im Ruhestand ist, um die Welt reist, ferne Länder besuchst und seine Sexsklavin wirst.«

Frannie legte ihre Hand über seine. »Am meisten an ihm liebe ich seine schrägen Witze«, sagte sie. »Er hat einen schweren Tag hinter sich.«

Dieser Satz holte alle drei in die Wirklichkeit zurück, und Sarah fiel ein, warum sie eigentlich hier war. Da sie als Zeugin aussagen mußte, durfte sie der Verhandlung nicht beiwohnen. Sie war den ganzen Tag unterwegs gewesen, und nun saß sie wie auf heißen Kohlen und wollte wissen, wie alles gelaufen war. Hardy verheimlichte ihr nichts. »Im Moment ist Soma an der Reihe. Er darf seine Version des Falls zuerst darstellen. Danach komme ich und mache ihn fertig.«

Auch dieser Scherz konnte Sarah nicht aufheitern. Sie seufzte. »Ich werde einfach das Gefühl nicht los, daß ich nicht genug unternommen habe.«

»Du hast gründlicher in diesem Fall ermittelt, als ich es je bei einem Polizisten erlebt habe, Sarah.«

»Es kommt mir immer noch zu wenig vor. Wenn sie außer Graham keinen Verdächtigen haben, braucht Soma nur zu beweisen, daß ein Mord vorliegt. Und dann können wir einpacken.«

Hardy wußte, daß sie damit gar nicht so unrecht hatte. Allerdings wollte er sie mit seinem unbehaglichen Gefühl, was die

Geschworenen anging, verschonen. Deshalb machte er gute Miene zum bösen Spiel und schlug einen Plauderton an. »Er wird es nicht schaffen, einen Mord nachzuweisen.«

»Aber es war Mord, Dismas. Das glauben wir doch beide.«

»Ach, wirklich?« fragte Frannie plötzlich.

Da haben wir den Salat, dachte Hardy. Er hatte seiner Frau zwar nicht bewußt Informationen vorenthalten, sie aber mit den Einzelheiten des Falles nicht belasten wollen. Schließlich war sie mit den Kindern und dem Haushalt voll beschäftigt, wobei sie ihre Aufgaben meistens besser bewältigte als er seine.

Deshalb hatte er ihr seine Strategie nur kurz umrissen und beteuert, daß er Graham für unschuldig hielt. Daß es möglicherweise einen anderen Täter gab, hatte er ihr verschwiegen.

Frannie hatte einen schwerwiegenden Einwand dagegen, daß ihr Mann wieder Mordfälle übernahm: Er würde mit Menschen zu tun haben, die jemanden umgebracht hatten und durch einen fähigen Verteidiger die Gelegenheit erhielten, wieder eine solche Tat zu begehen. Und vielleicht suchten sie sich dann ihren Anwalt und/oder dessen Familie als nächste Opfer aus.

Hardy zuckte die Achseln. »Wir wußten von Anfang an, daß das nicht ausgeschlossen ist.«

Frannie überlegte eine Weile und schlug dann mit der Faust auf den Tisch. »Das ist doch alles Scheiße!«

»Was?« fragte Sarah. »Wußten wir es etwa nicht?«

»Wir schon«, versicherte ihr Hardy. »Aber Frannie nicht.«

Sarah griff nach Frannies Hand. »Daran habe ich die ganze Zeit gearbeitet, Fran. Ich wollte Sals wirklichen Mörder finden.«

Verblüfft blickte Frannie zwischen den beiden hin und her. Sie holte tief Luft. »Ich gehe ins Bett.« Sie war draußen, bevor jemand sie aufhalten konnte.

Sarah wollte ihr folgen. »Laß nur«, sagte Hardy. »Das biege ich schon wieder hin. Ich rede mit ihr.«

Sarah lehnte sich zurück und verschränkte die Arme. »Tut mir leid, ich dachte ... Ich sollte besser gehen.«

»Nein«, sagte er scharf. »Du mußt mir glauben, daß wir eine ausgezeichnete Verteidigungsstrategie ausgeheckt haben. Selbst David Freeman findet sie gut, und ich vertraue seinem Urteil. Es wird klappen. Davon bin ich überzeugt.«

»Und wenn nicht?«

Er wußte nicht, was er antworten sollte.

Sarah hatte die Ellenbogen auf den Tisch gestützt und blies gegen ihre Hände. »Ich könnte kündigen. Dann hätte ich den ganzen Tag Zeit, um weiterzumachen.«

Hardy schüttelte den Kopf. »Als Polizistin nützt du uns mehr.«

»Ich bin eine Niete. Ich habe noch nichts rausgekriegt. Soweit ich feststellen konnte, hat Sal schon seit Jahren nicht mehr als Geldkurier gearbeitet. Und dieser andere Typ ist auch nicht wegen seines Fischhandels umgebracht worden.«

»Pio«, sagte Hardy und verfluchte gleichzeitig sein gutes Gedächtnis.

»Ich sollte mir George, Grahams Bruder, vorknöpfen und ihn richtig in die Mangel nehmen. Vielleicht erfahre ich, wo er zur Tatzeit war.«

»Damit riskierst du deinen Job.«

»Das macht nichts. Wenn er den Mord begangen hat...«

Hardy berührte sie am Ellenbogen. »Nur immer mit der Ruhe. Du darfst nichts überstürzen.« Er wartete. »Es ist nicht leicht, wenn man persönlich betroffen ist und nicht weiß, wie die Sache ausgehen wird. Du mußt fest daran glauben, daß du die richtige Entscheidung getroffen hast und daß alles wieder gut wird.«

»Ich kann doch nicht tatenlos herumsitzen!«

»Graham bleibt schließlich auch nichts anderes übrig.«

Endlich schien sie überzeugt. Sie atmete tief durch. »Was sollen wir tun? Ich fasse es nicht, daß wir einen Verdächtigen ohne Alibi haben, und niemand –«

»Was für einen Verdächtigen?«

»George.«

Wieder schüttelte Hardy den Kopf. »George ist nicht verdächtig und braucht deshalb auch kein Alibi. Niemand hat ihn in der Nähe von Sals Wohnung gesehen. Es wurden keine Fingerabdrücke gefunden. Er hat keine medizinischen Kenntnisse und wußte nichts über Sals Situation. Wenn er seinen Vater im Zorn getötet hätte, wäre er anders vorgegangen. Und außerdem hätte er keinen Grund gehabt, ihn umzubringen, wenn er gewußt hätte, daß er ohnehin nicht mehr lange zu leben hatte. Sicher würde er nie zulassen, daß sein Bruder lebenslänglich ins Gefängnis wandert.«

»Ich wette, das würde er, wenn er damit seinen Arsch rettet.«

Hardy überlegte eine Weile. »Gut, Sarah. Graham war es also nicht.«

»Natürlich nicht.«

»Du bist also wirklich überzeugt, daß er nicht der Täter ist?«

Sie starrte ihn ungläubig an. »Du etwa nicht?«

»Doch. Ich halte ihn nicht für schuldig. Und deshalb wird die Staatsanwaltschaft das auch nicht beweisen können. So funktioniert das System. Ich muß darauf vertrauen.« In Wahrheit hatte Hardy so seine Zweifel am System, und Sarah ging es vermutlich ganz ähnlich. Allerdings war jetzt nicht der richtige Augenblick, sich näher damit zu befassen. »Hör zu«, fuhr er fort, »wenn es dir hilft, könntest du ja in die Trickkiste greifen und feststellen, wo George sich am fraglichen Tag herumgetrieben hat. Wir brauchen Fakten. Vielleicht hat er seine Kreditkarte benutzt oder telephoniert. Ich wünschte, Abe...«

Hardy schüttelte den Kopf. »Abe hat bereits einen Verdächtigen festgenommen. Wie soll er seinen Vorgesetzten erklären, daß er gern weiter ermitteln würde?«

Sarah dachte darüber nach und sah ein, daß Hardy recht hatte. »Ich weiß«, sagte sie. »Ich finde es nur so furchtbar frustrierend.«

»Du mußt morgen aussagen. Also schlaf dich vorher richtig aus. Dann sieht die Welt ein bißchen freundlicher aus.«

Mit einem tiefen Seufzer stand Sarah auf. »Soll ich nicht vorher mit Frannie reden?«

»Das brauchst du nicht«, antwortete Hardy. »Ich werde ihr alles erklären.«

Frannie schlief schon, zumindest lag sie auf der Seite und hatte Hardys Hälfte des Bettes den Rücken zugewandt. Sie atmete weder tief noch regelmäßig, aber sie schlief.

Zumindest würde sie das später felsenfest behaupten.

28

Der nächste Tag begann schon morgens mit häuslichen Spannungen. Hardy war erst um ein Uhr eingeschlafen und bereits um halb sechs wieder aufgestanden. Er mußte seine Notizen durchgehen und sich überlegen, was heute im Gerichtssaal wohl auf ihn zukommen würde.

Frannie blieb im Bett und kochte ihm keinen Kaffee.

Um halb acht, als seine Familie sich gerade an den Frühstückstisch setzte, mußte Hardy aus dem Haus. Er küßte die Kinder zum Abschied – mehr Kontakt fand zur Zeit zwischen ihnen nicht statt. Blicke von Frannie, keine Worte vor den Kindern. Heute abend vielleicht.

Im Justizpalast angekommen, wartete Hardy erst einmal vergeblich auf seinen Mitstreiter David Freeman. Als Graham um neun mit ordentlich gekämmtem Haar, Sakko und Krawatte in die Zelle hinter dem Gerichtssaal geführt wurde, war David immer noch nicht erschienen.

»Wo steckt denn Yoda?« Graham hatte Freeman nach dem Zwerg in »*Krieg der Sterne*« getauft, was Hardy ziemlich treffend fand.

»Keine Ahnung. Vielleicht arrangiert er gerade eine Firmenfusion.« Hardy bemühte sich, lässig zu wirken. In Wahrheit fühlte er sich wegen Freemans Abwesenheit ziemlich unbehaglich – so, als ob er einen Talisman verloren hätte. Ein weiteres Mißgeschick hatte ihm gerade noch gefehlt. Aber es hatte keinen Zweck, darüber zu jammern, es gab Wichtigeres zu tun.

Hardy sah sich um und senkte die Stimme. »Hast du heute schon mit Sarah gesprochen? Sie war gestern abend bei mir und sagte, sie will sich deinen Bruder vorknöpfen.«

»Ich weiß. Wir haben darüber geredet.« Graham zerrupfte die Kante eines Notizblock zu Konfetti. »Ich halte das für keine schlechte Idee.«

»Wirklich. Als ich es vorgeschlagen habe, warst du noch strikt dagegen.« Am Anfang hatte Hardy geplant, einen zweiten Verdächtigen ins Spiel zu bringen, und Graham gefragt, ob George ein Motiv und die Gelegenheit gehabt habe, die Tat zu begehen. Aber Graham hatte ihn ausgelacht. Sein Bruder sei auf keinen Fall der Täter. Nun hatte er es sich offenbar anders überlegt.

Graham verzog angewidert das Gesicht. »Vielleicht liegt es daran, daß ich es langsam satt habe, hier rumzusitzen. Ich habe über meine Situation nachgedacht.« Er wies auf die Tür zum Gerichtssaal. »Aber weißt du, was?«

Grahams Augen spiegelten seine ganze Seelenqual wider. Das war kein Theater. Und wenn doch, hatte er Hardy diese Nummer in den vergangenen fünf Monaten vorenthalten.

»Was?« fragte Hardy. »Aber sprich leise.« Als er Stimmen hörte, hob er den Kopf. Die Geschworenen tröpfelten herein.

Graham beugte sich vor. »Jemand hat Sal umgebracht, Diz. So sieht's aus. Wir waren nur so damit beschäftigt, mich freizukriegen, daß wir diesen Punkt vernachlässigt haben. Und jetzt will ich diesen Hurensohn erwischen, auch wenn es Georgie ist.«

»Denkst du, er war es?«

»Ich würde nur gern sichergehen, daß er es nicht war, um es einmal so auszudrücken. Weißt du, was ich glaube? Ich habe dir doch gesagt, daß Leland dafür, daß er dich bezahlt, eine Gegenleistung erwartet.«

»Ja.«

»Und er hat wirklich erreicht, daß du seinen Lieblingssohn in Ruhe läßt.«

Möglicherweise hätte Hardy gelassener reagiert, wenn er ausgeschlafen gewesen wäre. Auch Freemans Anwesenheit und ein weniger verpfuschter Morgen zuhause hätten dazu beigetragen. Nun aber spürte er, wie ihm das Blut in den Kopf stieg, und er hatte ein Rauschen in den Ohren. »Ich hoffe, du willst damit nicht sagen, daß ich Lelands Laufbursche bin.« zischte er.

»Beruhige dich, Diz. Ich glaube nicht, daß es deine Absicht ist.«

»Ich bin nur zu blöd, es zu sehen, meinst du das?«

Schlagartig wurde Hardy klar, daß Graham durchaus recht haben konnte. War er zu leichtgläubig gewesen? Indem Leland sein Honorar übernahm, hatte er tatsächlich sämtliche Ermittlungen von der Familie Taylor abgelenkt.

Graham zuckte die Achseln. »Jedenfalls hat noch niemand in dieser Richtung Nachforschungen angestellt, obwohl es ziemlich offensichtlich ist.«

»Und das wird auch nicht passieren.« Hardys Stimme hallte in der kahlen Zelle wider. »Glitsky weigert sich. Und Sarah gefährdet ihren Job, wenn sie...« Er schüttelte den Kopf. »Wir haben doch schon tausendmal darüber geredet. Es geht nicht.«

Graham blieb ungerührt. Zum erstenmal erkannte Hardy den juristischen Sachverstand, der seinem Mandanten die Stelle als Referandar am Bundesgericht eingetragen hatte. »Nicht, wenn man verhindern will, bei Leland in Ungnade zu fallen, das ist wahr. Und er hat alles so arrangiert, daß wir hübsch die Finger davon lassen werden. Wirklich sehr trickreich, aber so ist mein Stiefvater nun mal.«

»Glaubst du, daß er George schützt?«

Wieder ein Achselzucken. »Mama hat mir erzählt, daß er nicht weiß, wo George in der fraglichen Zeit war. Und mir ist klar, daß ihm das höllisches Kopfzerbrechen bereitet. Außerdem hat Leland noch zwei Dinge im Auge.«

»Und die wären?«

»Zum einen bestehen gute Chancen, daß du mich rauspaukst. Und das bedeutet, daß ohnehin nicht viel auf dem Spiel steht. Nur ein paar weitere Monate meines sowieso schon verpfuschten Lebens. Ich bin der Bauer, den er opfern würde, um seinen Läufer zu retten.«

»Und was ist das andere?«

»Sals Tod war kein großer Verlust für Leland. Mein Vater war alt und krank und außerdem ziemlich lästig. Wenn George ihn also umgebracht hat, war es eigentlich gar kein richtiger Mord, sondern eher, als ob man einen Hund einschläfert. In Lelands Augen war Sal eine Null. Er zählte nicht, nicht für Leland.

Außerdem wäre er in paar Monaten ohnehin gestorben. Was spielt es also für eine Rolle?«

Das Rauschen in Hardys Ohren hatte sich gelegt. Er lehnte sich zurück und fuhr sich mit der Hand durchs Haar. Jetzt fing er schon an wie Dean Powell!

»Sag ihm das«, fuhr Graham fort. »Schau dir an, wie er darauf reagiert.«

»Wer?«

»Leland. Sag ihm, du wolltest Georges Alibi überprüfen, und warte ab, ob er den Geldhahn zudreht. Noch besser wäre natürlich, wenn er dir eine größe Summe dafür anbietet, daß du die Angelegenheit vergißt. Dann wissen wir wenigstens Bescheid.«

»Aber was George angeht, wären wir immer noch nicht schlauer.«

»Doch wir hätten eine Erklärung, warum Leland sich überhaupt eingemischt hat. Schließlich geht es hier um Geld, und das bedeutet ihm mehr als Blutsbande. George ist Lelands Kronprinz. Falls er Sal umgebracht hat und es zu einem Skandal kommt, ist es aus und vorbei mit der Erbfolge in der Bank.«

»Ich werde mit ihm reden«, sagte Hardy. Erschöpft rieb er sich die Augen. Kurz schoß ihm der Gedanke durch den Kopf, irgendeine Erkrankung wie Zahnschmerzen, Migräne oder Herzflattern vorzuschützen, damit Salter die Verhandlung für einen Tag unterbrach.

Allerdings wußte er, daß heute erst der zweite Tag des Prozeßmarathons war. Obwohl er es sich nur schwer vorstellen konnte, würde er sich nach der Urteilsverkündung vermutlich noch ausgelaugter fühlen als in diesem Moment. Wenn er sich wirklich für einen Tag entschuldigen wollte – was nicht gern gesehen wurde –, war es besser zu warten, bis die Wahrscheinlichkeit stieg, daß er wirklich vor Müdigkeit umfiel.

Er durfte der Versuchung nicht nachgeben. »Ich könnte ihm sagen, daß wir Debra ebenfalls überprüfen.«

»Meine Schwester?«

»Debra ist zu einem Großteil verantwortlich dafür, daß du hier sitzt.«

Graham schüttelte den Kopf. »Das kann nicht sein.«

»Glaub mir«, sagte Hardy. »Ich habe heute morgen Sarahs Bericht gelesen, um mich auf ihre Aussage vorzubereiten. Im Rahmen ihrer Ermittlungen hat sie zuerst Debra angerufen.«

»Und was hat Debra ihr erzählt?«

»Daß du wahrscheinlich lügst. Daß man dir nicht trauen kann. Sie hat auch die Baseballkarten erwähnt, bevor die Sache mit dem Geld überhaupt herausgekommen war. Debra hat dafür gesorgt, daß Sarah anfing, dich zu verdächtigen. So kam der Stein ins Rollen.«

»Sie ist so dumm«, murmelte Graham.

»Sie arbeitet doch bei einem Tierarzt und verabreicht Tieren Spritzen. Und mein Bauch sagt mir, daß eine tödliche Spritze als Mordwaffe eher zu einer Frau als zu einem Mann paßt. Debra braucht das Geld mehr als alle anderen Beteiligten.«

Graham stützte den Kopf in die Hände. »Nein, nein, nein. Das stimmt nicht. Das hat nichts damit zu tun.«

»Woran liegt es denn? Erzähl's mir.«

Graham lehnte sich zurück, verschränkte die Arme und sah Hardy an. »Bis ich mein Jurastudium abschloß, hatten Deb und ich ein ziemlich gutes Verhältnis. Sie ließ sich nicht von Taylor einwickeln wie Mama und Georgie, und deshalb hielten wir zusammen. Dann hat sie Brendan geheiratet.

Zwei Jahre später bin ich in einer Disco, und als ich mich umsehe, entdecke ich Brendan, der wie wild mit einem fremden Mädchen knutscht. Also gehe ich ein bißchen näher ran, um mich zu überzeugen. Es ist wirklich Brendan. Er betrügt meine Schwester.

Was tu ich also, der treue Bruder? Zuerst verpasse ich Brendan ein paar, und dann gehe ich zu ihr und erzähle ihr alles.« Er seufzte tief auf. »Debra hatte zwei Möglichkeiten. Entweder mir zu glauben und Brendan zur Rede zu stellen. Oder klein beizugeben und sich einzureden, daß ihr Bruder lügt und daß ihr Mann die Wahrheit sagt.«

»Warum solltest du sie anlügen?«

»Ich hätte Brendan noch nie leiden können. Ich würde glauben, er sei nicht gut genug für sie, was er übrigens auch nicht ist. Ich versuche, ihre Ehe zu ruinieren.« Er breitete die Hände aus.

Brendan kam nach Hause, bevor ich Gelegenheit hatte, ihr die Sache zu erklären. Er hatte sich seine eigene Geschichte zurechtgelegt: Ich war betrunken und bin völlig grundlos auf ihn losgegangen. Sie hat einen Tobsuchtsanfall gekriegt, weil ich diesen Mistkerl verprügelt habe. Und dann hat sie mich als Lügner beschimpft und mich rausgeschmissen. Ich wäre nicht glücklich und könnte es nicht ertragen, daß sie es ist.«

»Das ist also der Grund?«

»Das ist der Grund. Ich bin ein Lügner, und Brendan ist ein guter Ehemann, der sie liebt. Ende der Fahnenstange.«

Pünktlich um halb zehn zeigte Salter auf Soma, der sich prompt erhob. »Die Staatsanwaltschaft ruft Sergeant Philip Parini in den Zeugenstand.«

David Freeman war noch immer nicht aufgetaucht.

Den Spurensicherungsexperten, der den Fall Russo untersucht hatte, sah Hardy zum erstenmal. Doch er hatte seine Berichte gelesen. Parini war schlank und bewegte sich gemessen. Er trug einen dunkelblauen Anzug, der offenbar von einem guten Schneider stammte, und scheitelte sein feines schwarzes Haar in der Mitte. Kerzengerade saß er im Zeugenstand und faltete die Hände vor sich auf dem hölzernen Geländer.

Soma stand in der Mitte des Gerichtssaals und unternahm einen erneuten Versuch zu beweisen, daß ein Mord stattgefunden hatte. »Sergeant Parini, waren Sie und Ihre Leute die ersten, die am Tatort – Sal Russos Wohnung im Lions Arms – eintrafen?«

»Keineswegs. Richter Giotti war da. Außerdem Sanitäter, einige uniformierte Polizisten, die den Tatort absicherten, Inspector Lanier und Inspector Evans.«

»Können Sie den Geschworenen schildern, was Sie vorgefunden haben?«

Parini räusperte sich – allerdings nicht aus Nervosität. Er wollte nur sichergehen, daß er klar und deutlich zu verstehen war. »Zuerst erkundigte ich mich bei den Polizisten, ob auch wirklich nichts berührt worden war. Die Sanitäter waren ein paar Minuten nach der Polizei eingetroffen und davon in

Kenntnis gesetzt worden, daß Mr. Russo nicht wiederbelebt werden wollte. Ihr Einsatzleiter teilte mir mit, die Leiche sei bei ihrer Ankunft schon ziemlich ausgekühlt gewesen.« Das war zwar nur Hörensagen, aber Hardy ließ es dabei bewenden. Es war nicht von Bedeutung.

»Wie würden Sie die Leiche beschreiben?«

Parini schilderte seine Eindrücke und bestätigte, daß alles so ausgesehen hatte wie auf dem Photo, das als Beweisstück Nummer eins gekennzeichnet war.

Während seines Berichts schob Freeman die Schwingtür des Geländers auf, klopfte Hardy auf die Schulter und setzte sich neben Graham an den Tisch der Verteidigung. Als Hardy ihm einen fragenden Blick zuwarf, flüsterte er: »Später.«

Soma hatte die kleine Störung nicht einmal bemerkt und richtete die nächste Frage an den Zeugen. »Würden Sie als erfahrener Experte sagen, daß die Stellung der Leiche auf Selbstmord hinwies?«

»Einspruch.« Hardy blieb dabei sitzen. »Mutmaßung.«

Salter thronte hinter dem Richtertisch, als hätte er einen Stock verschluckt. »Nein, es handelt sich um die Einschätzung eines Sachverständigen, Mr. Hardy. Ihr Einspruch wird abgewiesen. Sergeant Parini, Sie können die Frage beantworten.«

Parini nickte. Er war schon häufig als Zeuge aufgetreten und wußte, wie der Hase lief. Also wartete er, bis die Gerichtsstenographin Somas Frage noch einmal vorgelesen hatte, und fuhr dann fort. »Mein erster Eindruck von der Leiche war, daß mir ihre Stellung unnatürlich vorkam – nicht nur, weil sie auf dem Boden lag.«

»Inwieweit unnatürlich?«

»Sie sah aus, als hätte sie jemand dort hingeworfen.«

Soma wandte sich mit einer vielsagenden Geste zu den Geschworenen um. »Fanden Sie noch weitere Anhaltspunkte für einen Mord, Sergeant?«

»Ja. Eine Whiskeyflasche – Old Crow Bourbon – befand sich umgekippt auf dem Boden unter dem Tisch. Sie war nicht richtig zugeschraubt, weshalb ein wenig Whiskey auf den Teppich ausgelaufen war.«

»Und was hatte das Ihrer Meinung nach zu bedeuten?«

Hardy spielte mit dem Gedanken, wieder Einspruch zu erheben, aber er wußte, daß der Richter ihm nicht stattgeben würde. Bei einem Strafprozeß hatte ein Spurensicherungsexperte fast die Autorität eines Sachverständigen, solange seine Qualifikationen und seine Berufserfahrung gleichsam rituell aufgezählt wurden. Er durfte Einschätzungen äußern, die bei gewöhnlichen Sterblichen als Mutmaßungen abgetan worden wären.

Deshalb schwieg er und hörte aufmerksam zu. Parinis Aussage war allein deshalb verhängnisvoll, weil Hardy annahm, daß der Tathergang sich in etwa so abgespielt hatte.

Nur daß nicht Graham der Täter gewesen war.

Selbstbewußt sprach Parini weiter. Offenbar hatte er sich seine Antwort schon gründlich überlegt. »Für mich wäre die einleuchtendste Erklärung, daß die Flasche entweder bei einem Kampf oder bei der Flucht des Täters umgeworfen wurde. Bei meinem Eintreffen lief immer noch Whiskey aus.«

»Haben Sie die Spritze gefunden, Sergeant?«

»Ja. Sie befand sich mit aufgesetzter Schutzkappe neben einer leeren Ampulle auf dem Couchtisch.

»Das heißt, sie steckte nicht im Arm des Opfers?«

»Nein.«

»Und was haben Sie mit der Spritze und der Ampulle gemacht?«

»Ich habe Sie eingetütet und Sie ins Labor geschickt, um sie zu analysieren und Fingerabdrücke abnehmen zu lassen.«

»Können Sie uns schildern, was im Labor festgestellt wurde?«

»Die Ampulle hatte Morphium enthalten. Sie wies ebenso wie die Spritze Fingerabdrücke auf.«

»Konnten Sie diese Fingerabdrücke einer bestimmten Person zuordnen?«

»Ja. Sie stammen von dem Angeklagten, Graham Russo.«

Parini wurde fast zwei Stunden lang befragt. Er beschrieb den umgekippten Stuhl in der Küche, die Kratzer an den Küchenschränken, den Safe und auch, daß selbst auf dem Röhrchen mit der Bescheinigung, daß Sal nicht wiederbelebt werden wollte, Grahams Fingerabdrücke gefunden worden waren. Soma ließ die Ampulle, die Spritze, die Whiskeyflasche, das Röhrchen und den Aufkleber als Beweisstücke aufnehmen. Da das alles seine Zeit dauerte, unterbrach Salter die Verhandlung zur Mittagspause, bevor Hardy mit seinem Kreuzverhör an der Reihe war.

Hardy suchte seine Papiere zusammen und erkundigte sich bei Graham, was er zum Mittagessen bestellen sollte. Freeman war seltsam still und nachdenklich und ging voran in die Zelle hinter dem Gerichtssaal. Als sie dort ankamen, ließ er beiden den Vortritt und schlug Hardy vor, sich besser zu setzen.

Graham hatte das Sakko ausgezogen und machte Lockerungsübungen. Auch Hardy dehnte seine Rückenmuskulatur. »Ich sitze schon den ganzen Vormittag, David. Was ist los?«

Freeman zuckte die Achseln. Er konnte Hardy die Wahrheit nicht ersparen, und wenn er sie lieber im Stehen hören wollte, sollte das seine Sorge nicht sein. »Ich habe heute morgen im Büro einen Anruf von unserer Mitstreiterin Michelle bekommen.«

Hardy verzog das Gesicht. Er hatte geahnt, daß es mit Tryptech früher oder später Probleme geben würde. Da sie die Angelegenheit so lange hinausgezögert hatten, war einem Richter wohl inzwischen die Hutschnur geplatzt. Wahrscheinlich war kurzfristig ein Termin für die Anhörung festgesetzt worden. Doch dann fiel ihm etwas anderes ein. »Warum hat sie nicht mich angerufen?«

Freeman holte tief Luft. »Nun, es ist ihr ein wenig peinlich.« Graham hörte mit seiner Gymnastik auf und lauschte. Freemans Tonfall verhieß nichts Gutes.

»Kennst du Ovangevale Networks?«

Genausogut hätte er Hardy fragen können, ob er Disneyland kannte. Die Firma Ovangevale war quasi über Nacht aus dem Boden geschossen. Sie vertrieb Internet-Anwendungen und hatte sich im Laufe der letzten fünf Jahre unglaublich vergrößert. Das Unternehmen war jung und dynamisch und inzwischen in der Branche ein Begriff.

Hardy stieß einen Fluch aus. »Die haben sie abgeworben.«

»Nicht ganz.«

Graham warf Hardy einen Blick zu. »Einfach toll, wie Yoda es in die Länge zieht, findest du nicht. Möchten Sie nicht die Sandwiches holen, David? In der Zwischenzeit können wir hier ja ein Ratespielchen veranstalten.«

»Was ist los?« fragte Hardy.

Freeman verdrehte die Augen zur Decke. »Sie kaufen Tryptech auf«, sagte er.

»Das darf doch nicht wahr sein. Unmöglich.« Hardy traute seinen Ohren nicht. »Solange dieser Prozeß läuft...«

»Die Anwälte von Ovangevale haben einen Deal mit der Hafenverwaltung gemacht. Wenn Tryptech sich mit zwölf Komma fünf Millionen zufrieden gibt...«

»Zwölf Komma fünf!« Hardys Stimme hallte in dem kleinen Raum wider. »Wir hätten fast dreißig kriegen können, und die –«

Freeman unterbrach ihn mit einer Handbewegung. »Sie haben keine Lust, diese Altlast weiter mit sich herumzuschleppen, Diz. Es macht ihnen nichts aus, kurzfristig einen Verlust hinzunehmen, solange sie es nur aus dem Weg haben. Sie wollen neue Projekte in Angriff nehmen.«

»Und wie lange weiß Tryptech das schon?« Hardy drehte sich um die eigene Achse. »Ich muß Michelle anrufen. Warum hat sie sich nicht bei mir gemeldet?«

Allerdings kannte Hardy mindestens einen Grund dafür – er hatte sich in den letzten Monaten nicht um sie gekümmert.

»Das ist das andere Problem. Die Aktie ist auf fünfzehn Dollar gestiegen. Und wie du weißt, hat sich Michelle ja in den letzten Monaten in Aktien bezahlen lassen.«

»Ja, ich bin im Bilde.« Hardy wurde schwindlig. Er hatte dasselbe Angebot abgelehnt. Doch Michelle mußte keine Familie ernähren und konnte sich deshalb auf ein solches Risiko einlassen. Ein wenig unfreiwillig setzte er sich auf die Betonbank.

»Anderthalb«, fuhr Freeman fort.

»Anderthalb was?«

»Der verbilligte Aktienpreis. Ursprünglich hieß es ja zwei, doch sie haben sich bei anderthalb geeinigt. Michelle besitzt mehr als vierzigtausend Aktien.«

Hardy versuchte noch immer, diese Nachricht zu verdauen. Doch sein Gehirn wollte die Zahlen einfach nicht verarbeiten und blieb immer bei den Nullen hängen. Graham war schneller. »Das sind sechshunderttausend Dollar«, sagte er.

Freeman sah Hardy an. Nun ähnelte er wirklich dem freundlichen, weisen und traurigen Yoda. »Es tut Michelle wirklich leid, Diz. Sie wollte, daß ich es dir schonend beibringe.«

Den restlichen Nachmittag fühlte sich Hardy wie in einem Traum. Ein Teil von ihm stand mitten im Gerichtssaal 27 und befragte Parini. Doch der andere Teil schwebte körperlos irgendwo in der Atmosphäre. Die Verbindung zwischen irdischer Existenz und Astralkörper schien für immer gekappt.

Sechshunderttausend Dollar für vier Monate Arbeit!

»Sergeant, bedeutet die Tatsache, daß sie überall in der Wohnung Grahams Fingerabdrücke gefunden haben, daß er am fraglichen Tag dort war?«

»Nein.« Parini wirkte auf Hardy wie ein redebegabter Roboter. Obwohl Polizisten normalerweise als Zeugen der Anklage auftraten, beantwortete er bereitwillig und prompt Hardys Fragen. »Da Fingerabdrücke fettig sind, bleiben sie fast unbegrenzt erhalten. Ein Fingerabdruck bedeutet nur, daß die Finger einer Person irgendwann in Berührung mit dem betreffenden Gegenstand gekommen sind.«

»Heißt das, daß Graham am fraglichen Tag vielleicht gar nicht in der Wohnung seines Vaters war?«

»Ja. Das wäre unmöglich festzustellen.«

»Gut.«

Gar nichts ist gut! Er hätte dieses Geld verdienen und endlich frei sein können!

»Ich würde von Ihnen gern noch etwas über die Whiskeyflasche wissen. Dr. Strout hat ausgesagt, Sal Russo sei zum Zeitpunkt der Injektion im Sinne des Gesetzes betrunken gewesen. Befand sich die Flasche innerhalb seiner Reichweite?«

»Ja, das ist richtig.«

»Sal hätte also, während er am Boden lag, nach der Flasche greifen und sie umwerfen können? Wäre das möglich?«

»Ja.«

»Und erklärten Sie nicht Mr. Soma, die Flasche sei wahrscheinlich bei einem Kampf umgeworfen worden?«

»Das war eine Vermutung.«

»Es könnte demzufolge gar kein Kampf stattgefunden haben?«

»Ja, die Position der Whiskeyflasche schließt das nicht aus.«

Hardy zwang sich zu einem Lächeln. *Wer konnte an einem solchen Tag lächeln?* Dann wandte er sich zu den Geschworenen um. »Gut. Ich habe noch eine letzte Frage zur Flasche. Haben Sie daran Spuren festgestellt, die darauf hinwiesen, daß Sie als Waffe eingesetzt worden war. Zum Beispiel, um Sal den Bluterguß hinter dem Ohr zuzufügen?«

»Nein.«

»Keine Haare? Kein Blut?«

»Nein, keins von beidem.«

»Keine Fingerabdrücke, die nicht Sal gehörten?«

»Nein.«

»Aber Sie haben Grahams Fingerabdrücke an der Morphiumampulle und der Spritze sichergestellt.«

»Ja.«

Hardy glaubte, sämtliche Zweifel ausgeräumt zu haben. Die Annahme, daß Graham zunächst Handschuhe getragen, seinen Vater mit der Whiskeyflasche bewußtlos geschlagen und sie danach zum Verabreichen der Spritze wieder ausgezogen hatte, war absurd.

Es war Zeit für den nächsten Punkt. »Ich möchte, daß Sie mir die Küche beschreiben. Wie breit ist der Raum?«

»Ziemlich schmal, keine drei Meter.«

»Wo stehen Herd und Kühlschrank?«

»Rechts an der Wand.«

»Und was ist mit der Spüle und der Arbeitsplatte?«

»Die Spüle befindet sich an der Stirnwand, die in die Ecke integrierte Arbeitsplatte gegenüber von Herd und Kühlschrank.«

»Das heißt, daß zwischen diesen Einrichtungsgegenständen ein Platz für einen Durchgang ist?«

»Ja, so ist die Küche eingerichtet. Über der Spüle ist ein Fenster.«

»Es war doch sicher ziemlich eng.«

Parini wußte, daß man das Wort »eng« auf verschiedene Weise auslegen konnte. »Knapp anderthalb Meter, vielleicht auch weniger.«

»Gab es in diesem Durchgang nicht auch einen Tisch?«

»Ja.«

»Schien der an seinem gewöhnlichen Platz zu stehen?«

Parini dachte über diese Frage nach. Anscheinend war ihm dieser Gedanke noch nicht gekommen. »Ja, in der Mitte, wo man ihn auch erwartet hätte.«

»Er war Ihrer Einschätzung nach während des angeblichen Kampfes in der Küche, bei dem sogar ein Stuhl umgestoßen wurde und die Schränke Kratzer abbekamen, also nicht verrutscht?«

»Nein, er befand sich in der Mitte des Durchgangs.«

»Haben Sie außer dem Stuhl und den Kratzern an den Schränken weitere Spuren eines Kampfes entdeckt?«

»Nein.«

»Nur einen umgekippten Stuhl?«

»Mehr nicht.«

»War in der Spüle Geschirr? Tassen, Gläser, Teller?«

»Ja.«

»War etwas davon umgeworfen worden? Schließlich geht es um eine tätliche Auseinandersetzung zwischen zwei kräftig gebauten Männern in einem verhältnismäßig kleinen Raum.«

Soma stand auf und erhob Einspruch. »Der Herr Verteidiger legt dem Zeugen Worte in den Mund, Euer Ehren.«

Allerdings darf ein Anwalt beim Kreuzverhör genau das tun. Da Salter das wußte, lehnte er Somas Einspruch ab.

»Sergeant Parini, sprach Ihrer Ansicht nach irgend etwas in

der Küche dagegen, daß Sal Russo im betrunkenen Zustand den Stuhl umgestoßen und einfach liegengelassen hatte?«

Das war die Schlüsselfrage, was Soma genau wußte. Wieder erhob er Einspruch, da es sich um Mutmaßungen handle. Gespannt wartete Hardy auf Salters Entscheidung.

Allmählich kehrte er in die Gegenwart zurück, obwohl er die Nachricht noch immer nicht verdaut hatte. Er fand, daß er die Frage gut formuliert und den Drahtseilakt gemeistert hatte, ein und dieselben Anhaltspunkte verschieden auszulegen. Er mußte Zweifel säen, daß überhaupt ein Kampf stattgefunden hatte. Vielleicht hatte eine dritte Person Sal getötet, doch bei den Geschworenen durfte auf keinen Fall der Eindruck entstehen, daß dem eine Auseinandersetzung vorgangegangen war.

Endlich ergriff der Richter das Wort. »Nein, der Zeuge soll die Frage beantworten. Der Einspruch ist abgelehnt. Bitte, Sergeant.«

Die Gerichtsstenographin las die Frage noch einmal vor, und Parini überlegte eine Weile. »Nein«, sagte er schließlich. »Er kann genausogut gestolpert sein. Es gibt keine Beweise für das Gegenteil.«

Auf einmal war seine Enttäuschung darüber, daß er sich das Tryptech-Vermögen hatte durch die Lappen gehen lassen, wie weggeblasen. Parinis Aussage war die Rettung gewesen, und in seiner Begeisterung machte Hardy einen schweren Fehler. Er vergaß nämlich, daß man im Kreuzverhör niemals eine Frage stellen durfte, deren Anwort man nicht schon kannte. »Könnte man also sagen, Sergeant, daß *nichts* in der Wohnung auf einen Kampf zwischen Sal Russo und einem angeblichen Angreifer hinwies?«

»Nein, nicht ganz. Zuerst einmal war da die Stellung der Leiche.«

Um seinen Schrecken zu verbergen, schlenderte Hardy zum Tisch der Verteidigung und trank einen Schluck Wasser. »Richtig, die Stellung der Leiche, Sergeant. Vorhin erklärten Sie, es sah aus, als sei Sal Russo von jemandem dort hingeworfen worden.«

»Richtig.«

Hardy ging zum Tisch mit den Beweisstücken. Er hatte sich sein eigenes Grab geschaufelt, aber er tröstete sich damit, daß die Chinesen für Katastrophe und Gelegenheit dasselbe Wort benutzen. Er nahm das Beweisstück Nummer eins zur Hand. »Lag das Opfer also nicht in derselben Haltung da wie auf diesem Photo?«

Parini warf einen Blick darauf. »Doch. Genau so.«

»Und auf Sie wirkt das, als sei die Leiche dort hingeworfen worden?«

»Ja.«

»Oder als sei das Opfer nach einem Schlag gestürzt?«

»Ja. Er lag zusammengesunken da.«

Hardy hatte schon einen Plan. »Sie sagen also, daß die Leiche auf diesem Photo zusammengesunken daliegt. Soll daß heißen, daß die Beine angezogen sind? Nicht ausgestreckt?«

»Ja.«

»In etwa derselben Stellung, sagen wir, als hätte er auf dem Boden gesessen und wäre dann bewußtlos zusammengebrochen?«

Parini antwortete nicht, sondern sah kurz hinüber zum Tisch der Staatsanwaltschaft. Aber Hardy schob sofort die nächste Frage nach. »Stimmt es nicht, Sergeant Parini, daß Sal Russo genauso dalag, als sei er aus einer sitzenden Position umgekippt?«

»Nun, es wäre –«

»Ja oder nein, Sergeant. Könnte es so gewesen sein?«

»Ja, vermutlich schon.«

»Und nachdem er mit untergeschlagenen Beinen umgefallen war, hätte sein Arm da nicht zur Seite sinken und die Whiskeyflasche umstoßen können?«

»Das ist möglich, aber –«

»Heißt das ›ja‹, Sergeant? Ja, das ist möglich?«

Widerwillig nickte Parini. »Ja.«

Hardy atmete auf. »Gut. Ein letzter Punkt. Sie haben ausgesagt, die Spritze und die Ampulle hätten sich auf dem Couchtisch befunden. Könnten Sie den Geschworenen erklären, ob irgend etwas an diesen Gegenständen auf einen Kampf, große Eile oder Gewaltanwendung hinweist?«

Parini senkte kurz den Kopf und sah Hardy dann an. »Es gab keine solchen Anhaltspunkte.«

»War die Lampe im Wohnzimmer umgestoßen worden, Sergeant?«

»Nein.«

»War das Glas vom Tisch geworfen worden?«

»Nein.«

»War der Tisch selbst umgestürzt?«

»Nein.«

Mit einem Nicken nahm Hardy ein paar Polaroidaufnahmen vom Tisch mit den Beweisstücken. »Wie wir gesehen haben, Sergeant Parini, zeigen diese Photos einige Gegenstände aus dem Wohnzimmer. War irgend etwas davon zerbrochen oder stand, soweit Sie es feststellen konnten, nicht an seinem Platz?«

Parini runzelte ärgerlich die Stirn. »Nein.«

»Also kann man mit Fug und Recht behaupten, daß Ihre Einschätzung, es habe in diesem Zimmer ein Kampf stattgefunden, ausschließlich auf der Position der Leiche und der Whiskeyflasche unter dem Tisch beruht?«

Parini zögerte, aber anscheinend fiel ihm nichts ein, um seine vorherige Aussage zu untermauern. »Das ist richtig, nehme ich an.«

»Nehmen Sie an. Ich verstehe. Aber Sie haben auch ausgesagt, daß die Position der Leiche und die der Whiskeyflasche nicht zwangsläufig auf einen Kampf hinweisen, nicht wahr?«

Parinis Reaktion war wie aus dem Bilderbuch. Er verschränkte die Arme vor der Brust und lehnte sich zurück. Der Inbegriff der Unnachgiebigkeit. Oder starrköpfiger Dummheit, dachte Hardy.

»Nun, Herr Verteidiger, meiner Meinung nach hat ein Kampf stattgefunden.«

»Genau«, entgegnete Hardy. »Das ist Ihre *Meinung*.«

Die Fingerabdrücke, den Safe und die Hinweise darauf, daß Graham in der Wohnung gewesen war, hatte Hardy nicht erwähnt. Er hätte noch Dutzende weiterer Themen ansprechen können, doch nur eines davon nutzte seinem Mandanten. Ihm war es gelungen zu widerlegen, daß die Wohnung Anzeichen eines Kampfes zwischen zwei erwachsenen Männern aufwies.

Allerdings bedeutete das nicht, daß Sal Russo nicht mit der Whiskeyflasche bewußtlos geschlagen worden und wie ein nasser Sack umgefallen war. Hardy glaubte, daß es sich genauso so abgespielt hatte, aber dafür gab es keine Beweise. Er beschloß, es dabei bewenden zu lassen.

»Keine weiteren Fragen, Euer Ehren.«

29

Sarah war als nächste an der Reihe.
Auch wenn die Zeugin insgeheim nicht unbedingt freundschaftliche Gefühle für die Staatsanwaltschaft hegte, konnte sie nichts an den Ermittlungsergebnissen ändern – und die kamen Grahams Gegnern wie gerufen. Außerdem würden die männlichen Geschworenen nach einer ausgiebigen Zigaretten- und Kaffeepause, in der sie sich die Beine vertraten, einer so hübschen Frau im Zeugenstand sicherlich aufmerksam zuhören.

Heute trug Sarah keinen der formlosen, unmodernen Hosenanzüge, die sie normalerweise zum Dienst anzog. Sie wollte vor Gericht einen möglichst guten Eindruck machen. Ihre rote Seidenbluse war zwar nicht durchsichtig, spannte sich aber bei jedem Atemzug verlockend über der Brust. Der kurze Rock aus Wollstoff und die flachen Pumps brachten ihre schlanken Beine vorteilhaft zur Geltung. Das schulterlange Haar hatte sie aus dem Gesicht gekämmt.

Während sie in den Zeugenstand trat, krallte Hardy seinem Mandanten die Finger in den Arm. »Kopf runter«, flüsterte er. »Wenn ihr einander ansteht, könnt ihr beide einpacken.«

Zu Hardys Überraschung erhob sich Art Drysdale. Ob das ein schlechtes Omen war? Hardy fing einen ängstlichen Blick von Sarah auf. Aber wie Graham hatte er keine Möglichkeit, sich mit ihr zu verständigen. Als er sich zu Freeman umdrehte, zuckte dieser nur die Achseln. Allerdings bemerkte Hardy, daß er trotz dieser lässigen Geste besorgt war. Wußte die Staatsanwaltschaft von Sarah und Graham? Würde Drysdale Sarah in seiner bedächtigen Art Schritt für Schritt auseinandernehmen?

Wenn ja, wies jedenfalls noch nichts darauf hin. Drysdale stellte sich den Geschworenen und Sarah vor und begann sein Kreuzverhör. Allmählich verstand Hardy, weshalb Drysdale es übernommen hatte, diese Zeugin zu befragen. Freundlich und unendlich geduldig würde er den Inquisitor spielen und jede von Grahams Lügen gnadenlos entlarven.

Soma hingegen hätte spätestens bei der fünften Lüge die Geduld verloren, sich nicht mehr beherrschen können und sein Tempo beschleunigt. Und das bei einer Zeugenaussage, die es wert war, daß man sie sich auf der Zunge zergehen ließ.

Hier stand eine schöne junge Frau, und trieb mit jeder ihrer Antworten einen attraktiven Mann tiefer ins Verderben. Selbst wenn sie nichts für Graham empfunden hätte, wäre das Kreuzverhör nicht leicht gewesen. Doch niemand schöpfte Verdacht. Und je stärker sie sich zu ihrer Aussage zwingen mußte, desto mehr würde sie Graham damit schaden.

»Inspector Evans, Sie hatten sicher einige Gelegenheiten, den Angeklagten persönlich zu vernehmen.«

Sarah nickte. Ihre Stimme war ruhig und dunkel. »Ja, Sir.«

»Wann fand das erste Verhör statt?«

»In seiner Wohnung, einen Tag nach« – sie hielt inne und suchte nach einem unverfänglichen Ausdruck – »dem Tod des Opfers.«

»Also am Samstag?«

»Ja.«

»Haben Sie den Angeklagten gefragt, ob er seinen Vater am Vortag gesehen oder mit ihm gesprochen habe?«

»Ja.«

»Und was hat er gesagt?«

Sarah warf einen kurzen Blick auf Graham, und Hardy hatte den Eindruck, daß sie leicht errötete. Aber dann wandte sie sich wieder Drysdale zu. »Er antwortete, er habe mit seinem Vater am Tag zuvor weder gesprochen noch ihn gesehen.«

Und so ging es weiter. Meistens formulierte Drysdale seine Fragen ähnlich wie die erste. »Haben Sie ihn gefragt ...?« »Was hat er gesagt?«

Sarah gelang es, die Fassung zu bewahren. Hardy hatte ihr erklärt, daß ihre Aussage die Urteilsfindung nicht maßgeblich beeinflussen würde. Sie sollte sich einfach an die Wahrheit halten, und es ihm überlassen, die Widersprüche in seinem Schlußplädoyer aufzuzeigen.

Allerdings mußte Hardy einräumen, daß diese ellenlange Liste von Lügen wirklich entmutigend klang. Er betete, daß die Geschworenen ihm glauben würden, wenn er Grahams Motive schilderte. Aber vielleicht hatte er die menschliche Wahrheitsliebe unterschätzt, denn er bemerkte die zweifelnden Blicke.

Auch wenn Beweise noch so wichtig waren, war der Eindruck, den ein Angeklagter auf die Jury machte, in den meisten Fällen wichtig für die Entscheidung. Und nach Sarahs Aussage stand Graham gar nicht mehr gut da.

Durch Drysdales geduldige und gründliche Befragung erfuhren die Geschworenen, daß Graham der Polizei die enge Beziehung zu seinem Vater verheimlicht hatte. Außerdem hatte er abgestritten, den Grund für Sals Schmerzen zu kennen, und verschwiegen, daß dieser ihn angerufen hatte. Er hatte behauptet, nichts über die Herkunft des Morphiums und den Arzt, der das Rezept ausgestellt hatte, zu wissen. Und zu guter Letzt hatte er geleugnet, seinem Vater regelmäßig Spritzen verabreicht zu haben.

Seinem eigenen Bruder und seiner Schwester hatte er über das Geld und die Baseballkarten nicht die Wahrheit gesagt. Er hatte der Polizei vorgeflunkert, er sei nicht Kunde bei einer Bank – ganz zu schweigen davon, daß er auch ein Schließfach besaß. Darüber hinaus hatte er nichts von seinem und Sals Gespräch über das Geld erzählt, das dazu dienen sollte, die Arztrechnungen zu bezahlen.

Inzwischen war es zwanzig nach vier. Sicher würde Drysdale bald fertig sein. Hardy hatte den Überblick verloren, wie viele Lügen Graham eigentlich ihm, seinem Anwalt, aufgetischt hatte. Ihm wären bestimmt noch einige eingefallen, wenn man ihm nur genug Zeit zum Überlegen ließ. Endlich hörte er die magischen Worte: »Ihr Zeuge.«

Freeman zupfte Hardy am Ärmel. »Ich übernehme sie«, flüsterte er.

Graham versetzte ihm einen scherzhaften Rippenstoß. »Sie gehört mir«, sagte er. Hardy warnte ihn, bloß den Mund zu halten.

Freeman war fest entschlossen. »Vielleicht kann ich den Schaden begrenzen. Soma hat schließlich auch Drysdale vorgeschickt. Du vergibst dir nichts.«

Hardy wußte zwar nicht, was Freeman vorhatte, aber der alte Mann genoß im Gerichtssaal einen gewissen Ruf und hatte schon oft Zeugen wichtige Informationen entlockt. Aus diesen Grund war Hardy auch einverstanden gewesen, daß Freeman sich an Grahams Verteidigung beteiligte. Und jetzt wollte Freeman die Sache selbst in die Hand nehmen.

Hardy nickte. »Also gut.«

Das ließ sich Freeman nicht zweimal sagen. Wie Drysdale vorhin stand er auf. »Inspector Evans«, begann er. »Macht Graham Russo, der Angeklagte, auf sie als erfahrene Polizistin einen vertrauenswürdigen Eindruck?«

Erschrockenes Schweigen senkte sich über den Gerichtssaal. Offenbar hatte sich Freeman während des neunzigminütigen Kreuzverhörs diese Frage gründlich überlegt. Hardy war begeistert. Das war typisch Freeman; ihm selbst wäre das nie eingefallen.

Natürlich war diese Frage nicht zugelassen, da sie die Zeugin zu Mutmaßungen aufforderte und sich nicht auf beweisbare Fakten bezog. Juristisch betrachtet, wirkte sie auf den ersten Blick sogar ziemlich dumm.

Allerdings ahnte Hardy – und Freeman war sich wahrscheinlich sogar sicher –, daß Drysdale und Soma keinen Einspruch erheben würden. Immerhin hatte Sarah gerade von den unzähligen Lügen berichtet, die der Angeklagte ihr aufgetischt hatte. Was sollte sie also antworten? Etwa, daß sie ihm trotzdem vertraute?

Sarah biß sich auf die Lippe und sah nacheinander Drysdale, Graham und schließlich Freeman an. Hardy warf Salter einen Blick zu. Anscheinend rechnete der Richter mit dem Einspruch, der nicht kam.

»Ja«, erwiderte Sarah.

Nachdem endlich wieder Ruhe eingekehrt war, unterbrach Salter die Verhandlung bis zum nächsten Tag.

Anstatt in geordneten Reihen den Saal zu verlassen, fingen die Zuschauer an, sich durch die Doppeltüren zu drängeln und einander zu beschimpfen. Auch draußen auf dem Flur wurde heftig weitergestritten. Und an der Hintertür, durch die Anwälte und Richter normalerweise das Gebäude verließen, setzte sich die Debatte fort.

Hardy begleitete Graham in den Umkleideraum, wo der Angeklagte wie jeden Tag seinen Overall anzog. Hardy war zwar zufrieden, daß Freeman Sarahs verhängnisvoller Aussage so geschickt die Wirkung genommen hatte, aber er mußte trotzdem ständig an Michelle und Frannie denken, und was um alles in der Welt er mit dem Rest seines Lebens anfangen sollte.

Daher war er ziemlich überrascht, als sich ihm, Graham und dem Gerichtsdiener auf dem Weg zum Gefängnis eine etwa achtzigköpfige Menschenmenge entgegenstellte.

Die Gemüter waren erhitzt.

Pratt stand mitten zwischen den Leuten. Die Bezirksstaatsanwältin war im Gerichtssaal gewesen. Nach Sarahs »Ja« hatte sie die Faust gehoben und deutlich vernehmbar dasselbe Wort von sich gegeben.

Nun war im Hof hinter dem Justizgebäude die Hölle los. Hardy sah Freeman neben Drysdale stehen. Auch Barbara Brandt war da. Außerdem Soma, einige uniformierte Polizisten und viele Reporter.

In fast zwanzig Jahren hatte Hardy noch nie erlebt, daß Art Drysdale wirklich die Beherrschung verlor – und das trotz seines anstrengenden Berufes, der hohe Anforderungen an ihn stellte. Doch nun war es offensichtlich passiert, und zwar Sharron Pratts wegen, die ihn vor ein paar Monaten an die frische Luft gesetzt hatte.

»Soll ich Ihnen sagen, was Sie sind, Sharron?« Seine Stimme war bis zur Tür zu hören, wo Hardy, Graham und der Gerichtsdiener standen. »Sie sind eine absolute Schande für die Zunft der Gesetzeshüter. Sie sind überhaupt keine Staatsanwältin. Sie sind eine Sozialarbeiterin.«

Pratt verstand das eher als Kompliment. »Da haben Sie verdammt recht! Die Menschen haben mich gewählt, Art. Und wollen Sie wissen, warum? Sie hatten die Nase voll von Leuten, die an den Buchstaben des Gesetzes kleben und sich einen Dreck um seinen Sinn scheren! Und sie hatten die Nase voll von Deals, die in Hinterzimmern ausgeheckt werden.«

Als der Gerichtsdiener Graham ins Gefängnis führen wollte, wo seine Zelle auf ihn wartete, hielt Hardy ihn zurück. »Sie wollen sich das doch nicht entgehen lassen, Carl.« Also blieben sie, heimliche Zaungäste an der Hintertür.

Kameras liefen. Mikrophone wurden auf die Beteiligten gerichtet. Hardy erkannte mitten in der aufgebrachten Menge Sarah neben Marcel Lanier. Sie war zwar nicht die Granate gewesen, aber sie war der Sicherungsstift, der – einmal herausgezogen – zu der Explosion geführt hatte.

»Wir haben keine Deals in Hinterzimmern ausgeheckt!« tobte Drysdale. Er war auf einen Blumenkübel aus Beton geklettert und wandte sich erbost an die Anwesenden. »Diese Frau hat ja keine Ahnung! Begreifen Sie das denn nicht?«

»Sie haben Graham Russo wegen Mordes an seinem Vater vor Gericht gestellt, obwohl Sie wissen, daß er unschuldig ist«, entgegnete Pratt zornig. »Das allein spricht Bände.« Um dem Publikum einen Gefallen zu tun, erhob auch sie die Stimme. »Glaubt jemand hier allen Ernstes, daß wir es hier nicht mit Sterbehilfe, sondern mit Mord zu tun haben? Na los, melden Sie sich.«

Der Witz an der Sache war, daß anscheinend nur Sarah und er, Grahams Verteidiger, von einem Mord ausgingen, dachte Hardy. Allerdings wäre es nicht sehr klug gewesen, das jetzt zu erwähnen.

Drysdale griff das Stichwort auf. »Fragen Sie doch Ihre Freundin Barbara Brandt, Sharron. Fragen Sie sie, ob sie Graham je begegnet ist. Soll ich Ihnen was verraten? Sie hat ihn noch nie gesehen. Wir haben sie überprüft, Sharron. Sie hat uns was vorgeflunkert.«

Brandt schrie auf. »Das ist eine verdammte Lüge! Das ist -.«

Drysdale brüllte sie nieder. »Aber lassen Sie sich von der Wahrheit nicht stören. Das hat sie ja noch nie getan.«

Dann wandte er sich Sarah zu und zeigte mit dem Finger auf sie. »Und wenn wir schon mal dabei sind: Was haben Sie Sergeant Evans für ihre Aussage versprochen? Kann Sie bei Ihnen als Fahrerin anfangen?«

Freeman versuchte sich in der ungewohnten Rolle des Friedenstifters und zupfte Drysdale am Ärmel. »Das war unter der Gürtellinie, Art. Kommen Sie da runter.«

»Das ist eine Farce! Eine gottverdammte Farce.«

Der Sturm war vorbei. Hardy hörte Pratt noch die Worte »schlechter Verlierer« murmeln – so laut, daß alle sie hören konnten. Doch es war der Beliebtheit bei den Wählern sicherlich nicht zuträglich, wenn man sich in aller Öffentlichkeit gegenseitig beschimpfte, und anscheinend war das auch Pratt klargeworden. Drysdale drängte sich, Soma im Schlepptau, durch die Zuschauer in Richtung Parkplatz.

Auf einmal tauchte Abe Glitsky neben Hardy auf. »Was war da los? Was wollte Art?«

Hardy drehte sich zu ihm um. »Art fühlt sich von Evans betrogen. Und nun denkt er, daß Sharron das eingefädelt hat. Er ist ein bißchen aufgebracht.«

»Betrogen?«

»Es war nichts weiter«, log Hardy.

Graham, der im Overall und mit Handschellen neben ihnen stand, war mutiger. »Sie hat gesagt, daß sie mir glaubt.«

Auf einmal war Glitsky wieder ganz Polizist. »Wie schön für Sie«, sagte er und wandte sich dann an den Gerichtsdiener. »Carl, warum ist er noch nicht wieder in seiner Zelle?«

Carl verstand diesen Wink mit dem Zaunpfahl und setzte sich in Bewegung, bevor Glitsky seinen Satz beendet hatte. »Wir sind auf dem Weg.«

Inzwischen hatte sich die Menschenmenge zerstreut. Einige Reporter, David Freeman und ein paar Anhänger von Soma und Drysdale waren den beiden Staatsanwälten gefolgt, während Pratt die Gelegenheit zu einem Phototermin nutzte und mit den restlichen Reportern eine andere Richtung einschlug.

Evans und Lanier standen mit verschränkten Armen ein wenig abseits und sahen zu, wie der Gefangene an ihnen vorbeigeführt wurde.

»Jetzt lassen wir die politischen Erwägungen mal beiseite, Abe. Langfristig gesehen wirst du dich wohler fühlen, wenn du George Russos Alibi überprüfst. Das ist Grahams Bruder.«

»Ich weiß, wer er ist.«

»Und weißt du auch, wo er war, als Sal das Zeitliche gesegnet hat?«

»Das ist überflüssig.«

»Nun, es war einen Versuch wert.«

Wortlos blieben sie nebeneinander stehen. Hardy steckte die Hände in die Taschen. Er fragte sich, ob Sarah ihn ansprechen würde. Glitskys Unterkiefer bewegte sich. Seine Narbe trat weiß hervor. Er verschränkte die Arme vor der Brust und baute sich breitbeinig auf. »Inspector Evans hat im Zeugenstand ausgesagt, daß sie deinem Mandanten glaubt?«

»Sie hat gesagt, er sei vertrauenswürdig.«

»Wie ist das passiert? Warum hat der Richter diese Frage zugelassen?«

»Das war Freemans Werk. Der Mann ist ein Genie. Es war nur ein einziges Wort. Drysdale hat zwar Einspruch erhoben, dem stattgegeben wurde. Aber was spielt das für eine Rolle? Die Geschworenen haben es trotzdem gehört.«

»Woher wußte Freeman, daß Evans so antworten würde?«

Hardy zuckte die Achseln. Er konnte einfach nicht sagen, was er wußte. »Wahrscheinlich Instinkt. Und er hatte recht.«

»Ich muß mit ihr reden. Sie hält Graham nicht für schuldig?«

»Ich hatte diesen Eindruck.«

»Warum?«

»Keine Ahnung.« Schon wieder eine Lüge! Aber er wagte nicht, Abe die Wahrheit zu sagen. Im Augenblick war es wichtiger, Sarah zu schützen – und Graham. Hardy fühlte sich nicht sehr wohl in seiner Haut, doch er hatte keine andere Wahl. »Das mußt du sie selbst fragen.«

Einer von Frannies größten Vorzügen bestand darin, daß sie nicht nachtragend war – ganz im Gegenteil zu ihrem Mann, der eine Kränkung gegebenenfalls jahrzehntelang nicht verzieh.

Doch obwohl Hardy sich völlig erschöpft und vom Schicksal gebeutelt fühlte, war es nicht seine Art, sich zu drücken. Also schloß er die Eingangstür auf, stellte den Aktenkoffer ab und marschierte schnurstracks ins Wohnzimmer. Nach einer

Weile holte er tief Luft, ging zum Kamin und stellte die Elefanten um.

Es roch nach frischgebackenem Brot. Die Kinder tobten mit ein paar Spielkameraden im Garten. Da Hardy keine Lust gehabt hatte, sich im Büro die neuesten Entwicklungen im Fall Tryptech anzusehen, mit Freeman zu sprechen oder Akten zu studieren, war er auf schnellstem Wege nach Hause gefahren. Er wollte bei seiner Familie sein, ansonsten konnte er heute ohnehin nichts mehr erreichen.

Es herrschte weiterhin warmes Wetter. Eine Brise Meeresluft wehte durchs offene Fenster.

Plötzlich umarmte Frannie ihn von hinten. »Warum hast du bloß eine so herrschsüchtige Frau geheiratet?« fragte sie.

Er drehte sich zu ihr um und legte seine Arme um sie. »Ich wollte dir nichts verheimlichen. Ich hatte nur so viel um die Ohren, daß ich es einfach vergessen habe.«

Frannie kuschelte sich an ihn. Sie war barfuß, trug Shorts, ein blaues ärmelloses Oberteil und keinen BH. »Ich war müde und vielleicht ein bißchen eifersüchtig, weil du so viel Zeit mit Sarah verbringst. Ihr beide hattet ein Geheimnis vor mir.« Sie zuckte die Achseln. »Tut mir wirklich leid, Dismas. Ich habe es in den falschen Hals gekriegt.«

Er küßte sie und versprach, ihr später den Hintern zu versohlen. »Jetzt muß ich dir was Komisches über Tryptech erzählen. Möchstest du dich nicht lieber setzen?«

Sie saßen wieder im Wohnzimmer. Vier Stunden waren damit vergangen, die Bedürfnisse der Kinder zu befriedigen. Und dank der halben Stunde, die es gekostet hatte, Frannie alles über Michelle und Tryptech zu berichten, hatten sie keine Zeit gehabt, ein wenig auszuspannen. Hardy konnte es noch immer nicht fassen, daß ihm ein derart großes Vermögen durch die Lappen gegangen war.

Und da sie die Kinder nicht aus dem Garten hereingerufen hatten, hatten sie bis lange nach sechs weitergetobt. Spätes Abendessen. Zähneputzen. Schlafanzüge.

Und um das Maß vollzumachen, war Vincent eingefallen, daß er vergessen hatte, seine Hausaufgaben zu machen. Er mußte ein Gedicht von sechzehn Zeilen verfassen, das sich außerdem noch reimen sollte. Es war verboten, sich von den Eltern helfen zu lassen, aber natürlich mußte Hardy jedes Wort gutheißen, durfte jedoch selbst keine Vorschläge machen.

»Daddy, ich muß es alleine schreiben.« Mit tränenfeuchten Augen funkelte Vincent seinen Vater zornig an. »Ohne Hilfe. Du traust mir wohl gar nichts zu?«

Frannie hatte schon vorher verkündet, daß heute Badetag war. Rebecca beschloß, nur zu duschen, da sie sich zu alt fühlte, um mit ihrem kleinen Bruder in der Badewanne zu sitzen, was zu weiterem Heulen und Zähneknirschen führte.

Vincent fühlte sich ungerecht behandelt und von der ganzen Welt verraten. Warum kriegte Rebecca immer ihren Willen?

Erbost verkündete Vincent, er werde weglaufen und bei den Wölfen leben – oder jedenfalls an einem Ort, wo man seine Forderungen ernst nahm.

Um halb zehn schloß Hardy endlich die Fenster und zog die Jalousien zu. Draußen wehte ein herbstlich kühler Wind. »Ach, war das wieder schön!«

Mit einem erschöpften Seufzer ließ sich Frannie aufs Sofa fallen. »Das kannst du laut sagen. Ich trinke jetzt ein Glas Wein, oder sogar zwei. Willst du auch eins?«

»Lieber Gin. Drei Fingerbreit. Ein Eiswürfel. Keine Olive.«

Im Fernsehen wurde ausführlich darüber berichtet. Zwischen den Staatsanwälten herrschte Krieg. Innerhalb der Polizei war man zerstritten. Sharron Pratt und Barbara Brandt ließen sich über soziale Verantwortung aus. Art Drysdale und David Freeman gaben Kommentare zu Sarahs Aussage ab.

Drysdale: »Sharron Pratts irregeleitete Entscheidungen haben unser Rechtssystem derart unterminiert, daß gute Polizisten nicht mehr wissen, was gesetzlich ist und was nicht.«

Freeman: »Inspector Evans spürt im Grunde ihres Herzes, was wahr ist: Graham Russo hat seinen Vater geliebt.«

Hardy schaltete den Apparat mit der Fernbedienung aus. »Gott segne David.« Sein Glas war fast leer. »Wenn man ihm das richtige Stichwort gibt, ist er nicht mehr aufzuhalten.«

»Aber Sarah steckt jetzt in großen Schwierigkeiten, nicht wahr?«

»Kann sein. Aber im derzeitigen Klima, und wenn Pratt irgendwas damit zu tun hat, kriegt sie vielleicht eine Medaille.« Hardy seufzte.

»Die Sache ist wohl ernst.«

»So schlimm habe ich es noch nie erlebt. Es herrscht Bürgerkrieg. Brüder gegen Brüder, Schwestern gegen Schwestern. Jeder versucht, dem anderen die Augen auszukratzen. Und ich habe auch noch ein ziemlich ernstes Problem vor mir.«

Mitleidig sah sie ihn an. »Schon wieder ein neues?«

Er lächelte schief. »Nein, es ist schon sieben oder acht Stunden alt, hat also schon einen Bart. Leland Taylor.«

»Hat er etwa die Zahlungen eingestellt?«

»Nein, aber vielleicht tut er es bald.«

Er erzählte ihr von dem Gespräch, das er am Vormittag mit Graham geführt hatte. Wenn er Leland von seinem Plan informierte, die Familie zu überprüfen, würde dieser den Geldhahn zudrehen. »Und bei genauem Nachrechnen, Liebling, wirst du feststellen, daß er meine letzte regelmäßige Einkommensquelle ist.« Er kippte sich den Rest Gin in den Mund, die letzten Tropfen. »Ich kann es ihm nicht sagen, nicht nach dem, was heute passiert ist.«

»Brauchst du George denn unbedingt?«

Er schüttelte den Kopf. »Nein. Wenigstens versuche ich mir das einzureden. Wenn wir rausfinden, daß er Sal umgebracht hat, kommt Graham frei, und wir haben gewonnen. Also brauchen wir ihn natürlich. Doch wenn ich Erkundigungen über ihn einziehe, kann es mich den Kopf kosten.«

Auf einmal klopfte es an der Tür. Hardy sah auf die Uhr: Viertel nach zehn. Bestimmt war es Sarah, die sich noch nicht von ihrer Zeugenaussage erholt hatte und Trost und Beistand brauchte.

Hardy war nach der Auseinandersetzung mit Frannie gestern erst spät ins Bett gekommen und um halb sechs wieder aufgestanden. Vor lauter Erschöpfung hatte er am Vormittag ernsthaft mit dem Gedanken gespielt, Salter um eine Unterbrechung der Verhandlung zu bitten. Und das war gewesen, bevor er herausgefunden hatte, daß er jetzt um mehr als eine halbe Million Dollar reicher hätte sein können. Danach hatte er einen langen Tag im Gerichtssaal durchgestanden und einen anstrengenden Abend mit den Kindern verbracht.

Jetzt mußte endlich Schluß sein, dachte er. So konnte es nicht weitergehen.

Aber wenn Sarah ihn brauchte, durfte er sie nicht im Stich lassen. Schließlich unterstützte sie ihn und leistete dabei ganze Arbeit. Und deshalb kam es nicht in Frage, daß er sich jetzt drückte. Also kämpfte er sich aus seinem Sessel hoch und ging zur Tür.

»Wir müssen miteinander reden«, sagte Glitsky.

30

Auf der Fahrt in die Stadt fühlte sich Sarah etwa so wohl wie im Wartezimmer eines Zahnarztes.

Marcel saß am Steuer und sagte kein Wort. Er hatte sogar den Funk eingeschaltet, was er sonst nie tat: Die Zentrale schickte Streifenwagen wegen eines Familienstreits nach Potrero Hill. In einem Imbißladen unweit der Universität fand gerade ein Raubüberfall statt, und wegen eines Brandes in Chinatown wurde Verstärkung angefordert. Schließlich schaltete Sarah das Gerät ab. »Jetzt stell dich nicht so an«, sagte sie. »Ich habe dir doch schon immer erklärt, daß er es nicht war.«

»Darum geht es nicht«, sagte ihr Partner. »Wenn wir als Zeugen aussagen, sind wir Zeugen der Staatsanwaltschaft. Auch wenn sie es nicht schaffen, die Leute, die wir festnehmen, hinter Gitter zu bringen, auch wenn sie manchmal ziemliche Arschlöcher sind, sind sie auf unserer Seite.«

»Auf deiner vielleicht, nicht auf meiner. Wenigstens ist Glitsky endlich aufgewacht.«

Lanier warf ihr einen angewiderten Blick zu und betrachtete dann wieder die Straße. »Was soll er sonst machen, wenn du es ihm unter die Nase reibst? Jetzt steht er da wie ein Idiot, weil er der Spur nicht schon früher gefolgt ist, obwohl er dazu gar keine Möglichkeit hatte. Eins sage ich dir...« Er schluckte den Rest des Satzes herunter.

»Was?«

»Nichts. Ist egal.«

»Nichts, ist egal«, äffte sie ihn nach.

Lanier knirschte mit den Zähnen. »Gut, wenn du's nicht anders willst. Jetzt hör mir mal gut zu, Sarah. Du bist die erste Frau bei uns in der Mordkommission, und als Mann wärst du hochkant rausgeflogen. Also tu nicht so, als wäre Glitsky jetzt dein bester Freund. Du hast ihn bloßgestellt, und jetzt muß er seinen Arsch retten.«

»Ich habe den Job nicht wegen irgendeiner Quotenregelung gekriegt, Marcel, falls du das damit sagen willst.« Er antwortete nicht. »Willst du das damit sagen?« fragte sie ein wenig lauter.

»Ich sage nur, daß ein Mann, der im Zeugenstand eine solche Nummer abgezogen hätte, inzwischen draußen in Taraval den Verkehr regeln würde.«

»Ich hatte recht.«

»Da bist du ja in guter Gesellschaft. Pratt findet nämlich auch, daß sie recht hat. Und zwar immer.«

Sarah lehnte einen Arm aus dem Fenster und starrte hinaus auf die schmutzigen Straßen des Tenderloin. »Aber, Marcel, was wäre, wenn wir mit Glitskys Genehmigung weiterermitteln und den wirklichen Mörder finden? Vielleicht sitzt ja der Falsche im Knast, und wir haben ihn dorthin gebracht. Stört dich das überhaupt nicht?«

»Ich will dir sagen, was mich stört, Sarah: Ich habe mich auf dich verlassen, und plötzlich sehe ich, daß du gar nicht hinter mir stehst. Das ist es, was mich stört.«

»Wieso stehe ich nicht hinter dir? Wegen einem Wort gestern?«

Da sie an einer roten Ampel stehenbleiben mußten, hatte er Gelegenheit, sich umzudrehen und sie anzusehen. »Hier zählt der Teamgeist. Und ja, ein falsches Wort, und du stehst auf der anderen Seite.«

Ihre Lippen bebten, aber sie wäre lieber gestorben, als in Tränen auszubrechen. »Ich stehe immer noch auf deiner Seite. Ich hab dir schon vor langer Zeit gesagt, daß Graham Russo seinen Vater nicht ermordet hat.«

»Das bin ich, hier, unter vier Augen. Das bleibt in der Familie. Im Zeugenstand ist das eine andere Sache.«

»Du hast doch Tosca überprüft. Ist das nicht dasselbe?«

»Das war in meiner Freizeit. Außerdem wollte ich dem Generalstaatsanwalt einen Gefallen tun. Das ist nicht das gleiche.«

»Also ist es uns egal, ob wir den Richtigen verhaften?«

»Nein.«

»Aber?«

»Wir haben ihn ja.«

»Ich heiße Blue und bin Modell.«

»Tut mir leid«, sagte Soma. »Wir brauchen Ihren vollen Namen.«

»Blue ist mein voller Name.«

Sal Russos ehemalige Nachbarin starrte den jungen Staatsanwalt herausfordernd an. Sie trug schwarze Leggings und einen schwarzen Pullover. Die Hände auf das Geländer gestützt, klopfte sie mit ihren zweieinhalb Zentimeter langen, blaumetallic lackierten Fingernägeln gegen das Holz.

Am Vormittag hatte Art Drysdale Lanier ins Kreuzverhör genommen. Dieser hatte den Geschworenen noch einmal Grahams Lügen aufgezählt und bei ihnen den Eindruck hinterlassen, daß wenigstens einer der ermittelnden Beamten Graham für suspekt hielt. Er, der Mann, der für die Geschworenen den hart arbeitenden Cop verkörperte, fand den gutaussehenden jungen Angeklagten überhaupt nicht vertrauenswürdig. Hardy und Freeman hatten auf das Kreuzverhör verzichtet.

Aber mit Blue war es eine andere Sache. Sie sagte über den Kampf aus, der zweifellos stattgefunden hatte. Hardy mußte verhindern, daß man seinen Mandanten damit in Verbindung brachte.

»Nun, Ms. ...?«

Obwohl Soma im Vorfeld mindestens sechsmal mit Blue gesprochen hatte, um sie auf ihre Aussage vorzubereiten, fiel es ihm offenbar schwer, eine Zeugin, die keinen Familiennamen führte, richtig anzureden. Für Hardy war das nur von Vorteil, denn Blue war zwar Zeugin der Anklage, verlor aber zusehends die Geduld mit Soma.

»Nur Blue«, zischte sie. »Das ist mein richtiger Name. Ich hab ihn vor fünf Jahren ändern lassen.«

»Gut, Blue, es tut mir leid.« Soma zwang sich zur Ruhe. Er zupfte sich am Ohrläppchen und räusperte sich. »Wie lautet Ihre Adresse?« Blue beantwortete die Frage. »Und wo befindet sich Ihre Wohnung im Verhältnis zur Wohnung des Verstorbenen, Sal Russo?«

Somas Sätze wurden immer steifer. Wahrscheinlich hatte er sich in den gespielten Gerichtsverhandlungen während des Jurastudiums besser geschlagen, dachte Hardy. Sonst hätte er die Stelle als Referendar nie gekriegt. Heute war er nicht besonders gut in Form, was Hardy sehr gelegen kam.

»Direkt darunter.«

»Eine Etage tiefer?«

Entnervt verzog Blue das Gesicht. Was konnte »direkt darunter« anderes heißen als eine Etage tiefer? »Ja, meine Decke war sein Fußboden«, erwiderte sie dennoch.

»Waren Sie am 9. Mai, Sal Russos Todestag, nachmittags zu Hause?«

»Ja. Ich hatte 'nen Termin. Als Modell.«

»Und der Termin hat den ganzen Nachmittag gedauert?«

Wieder war Soma ihr in seinem Versuch, bei den Geschworenen keine Mißverständnisse entstehen zu lassen, zu nahe getreten. Blue richtete sich kerzengerade auf. »Jawohl, Sir.«

»Haben Sie aus Sal Russos Wohnung seltsame Geräusche gehört?«

»Jawohl, Sir.«

»Können Sie das den Geschworenen näher beschreiben?«

Offensichtlich erleichtert drehte sich Blue zu den Geschworenen um. »Zuerst war da Getrampel. Dann hat Sal ›Nein, nein, nein‹ oder so was Ähnliches geschrien.« Sie spielte die Szene so anschaulich nach, daß auch noch der letzte aus seinem Nickerchen gerissen wurde. »Dann hat es gepoltert, etwa so, als ob ein Stuhl umfällt...«

Hardy stand auf. »Einspruch, Euer Ehren. Mutmaßung.«

Salter lehnte den Einspruch ab. Nach einem kurzen Nicken fuhr Soma fort. »Sie haben also ein lautes Poltern gehört?«

»Ja.«

»Und Stimmen?«

»Ja.«

»Nur Sals Stimme oder auch andere?«

Wieder erhob sich Hardy. »Einspruch. Mutmaßung.« Er wußte, daß dieser Einspruch ebenfalls abgewiesen werden würde. Allerdings mußten die Geschworenen erfahren, daß er der Ansicht war, Blue hätte keinesfalls mit Sicherheit sagen können, ob die Stimmen tatsächlich aus Sals Wohnung kamen.

Salter ahnte, was Hardy beabsichtigte. Er erhob immer wieder grundlos Einspruch, um den Geschworenen seinen Standpunkt klarzumachen, und da ihm das nicht gefiel, wies er den Einspruch wie erwartet ab.

Die Frage wurde wiederholt, und Blue nickte. »Ja, es war noch jemand da.«

»War es eine Männer- oder eine Frauenstimme?«

»Einspruch!« Hardy mußte das Risiko eingehen, die Zeugin und den Richter gegen sich aufzubringen. »Euer Ehren, die Zeugin konnte nicht wisssen, ob die Stimmen tatsächlich aus Sal Russos Wohnung kamen. Noch weniger konnte sie feststellen, ob es sich um Mr. Russos Stimme handelte und ob es eine Männer- oder eine Frauenstimme war.«

Salters Ton war brüsk. »Mr. Hardy, deshalb haben wir Kreuzverhöre – Sie wissen schon, der Teil, wo *Sie* Fragen stellen. Tut mir leid, Mr. Soma, fahren Sie bitte fort.«

Wieder erkundigte sich Soma nach dem Geschlecht der Person, deren Stimme Blue gehört hatte.

»Das war 'n Mann.«

Wieder sprang Hardy auf. »Einspruch. Die Zeugin konnte nicht wissen, ob es sich um einen Mann handelt, Euer Ehren.«

»Ich weiß, wie Männerstimmen klingen, Schätzchen«, fauchte Blue Hardy an. Mit ihrer Karriere als Modell war es anscheinend nicht weit her.

Die Zuschauer begannen zu kichern, was ihnen einen drohenden Blick von Salter einbrachte. Der Richter nahm die Brille ab und klopfte damit auf den Tisch. »Blue«, sagte er. »Ich bitte Sie, nicht unaufgefordert das Wort an die Herren Anwälte zu richten.« Mit einer Handbewegung winkte er Staatsanwaltschaft und Verteidigung zu sich.

Hardy und Freeman standen auf. Drysdale trat mit ihnen vor und traf sich mit Soma vor dem Richtertisch.

Salter beugte sich zu ihnen hinunter. »Mr. Hardy, ich habe bereits über Ihre wiederholten Einsprüche entschieden. Machen wir weiter.«

»Ich muß Sie bitten, das noch einmal zu überdenken, Euer Ehren. Vielleicht hat Blue wirklich Stimmen gehört, und möglicherweise kamen sie auch aus Sals Wohnung. Aber sie darf das nicht als Tatsache behaupten.«

Natürlich mußte Freeman auch seinen Senf dazugeben. »So lautet das Gesetz, Herr Richter. Fragen Sie Art, der wird es Ihnen bestätigen.«

Der Richter bedachte ihn mit einem finsteren Blick. »Ich brauche seinen Rat nicht, David. Und auf Ihren kann ich ebenfalls verzichten.«

Bei einem Mordprozeß schwebt die Möglichkeit, daß das Urteil wegen eines Verfahrensfehlers aufgehoben werden könnte, wie ein Damoklesschwert über jedem Richter. Salter kaute auf dem Bügel seiner Brille herum und überlegte.

Durch seine wiederholten Einsprüche hatte Hardy Zweifel in Salter geweckt. »Wenn ich länger darüber nachdenke, finde ich, daß Mr. Hardy gar nicht so unrecht hat. Ich werde seinem Einspruch stattgeben und meine vorherige Entscheidung widerrufen.«

Soma streckte die Arme aus. »Aber Euer Ehren...«

Der Richter unterbrach die theatralische Szene, indem er mit dem Finger auf Soma zeigte. Auch Drysdale legte seinem Mitarbeiter beschwichtigend die Hand auf den Arm. Eigentlich hatte Salter beim erstenmal richtig entschieden, doch da er seine Meinung nun einmal geändert hatte, würde er das sicher kein zweitesmal tun. Hardy hatte einen Etappensieg errungen. Salter setzte seine Brille auf. »Gut, meine Herren, ich danke Ihnen.«

Nachdem die Anwälte wieder ihre Plätze eingenommen hatten, wandte sich der Richter an die Geschworenen. »Sie werden Blues Aussage nicht beachten, sie hätte Stimmen aus Sal Russos Wohnung gehört. Dasselbe gilt für das Geschlecht der Sprecher. Fahren Sie fort, Mr. Soma.«

Der Staatsanwalt ging zu seinem Tisch und trank einen Schluck Wasser. Offenbar brauchte er Zeit, um sich eine neue Strategie zurechtzulegen. Er holte tief Luft, blickte zur Decke und stellte der Zeugin dann die nächste Frage.

»Blue, haben Sie den Angeklagten schon einmal gesehen?«
»Ja, Sir.«

»Würden Sie uns bitte erklären, bei welcher Gelegenheit?«
»Ach, immer wieder. Manchmal hat er seinen Vater in der Wohnung besucht, oder die beiden waren zusammen draußen auf der Straße. In letzter Zeit war er ganz oft da.«
»Haben Sie je mit ihm gesprochen?«
»Manchmal. Hallo oder so. Richtig geredet haben wir nie.«
Soma wollte schon weitermachen, aber Drysdale hatte einen kleinen Hustenanfall, hob die Hand und bat den Richter um eine kurze Pause. Dem Antrag wurde stattgegeben.
Als das Gericht nach fünf Minuten wieder zusammentrat, verkündete Soma, er habe keine weiteren Fragen an die Zeugin.
Er hatte nichts Wissenswertes von ihr erfahren.

Hardy hingegen rechnete mit erhellenden Ergebnissen. Er wußte, warum Drysdale gehustet hatte. Soma, immer noch verärgert über die Entscheidung des Richters und um einen neuen Ansatz verlegen, hatte eine Frage gestellt, deren Anwort er nicht kannte, und somit der Verteidigung eine Tür geöffnet. Der Hustenanfall hatte zwar versucht, diese Tür zuzuschlagen, aber er war zu spät gekommen.
»Blue.« Hardy sparte sich die Formalitäten. Wenn er auf der richtigen Anrede herumhackte, würde er sie nur verärgern. Er lächelte ihr zu. »Sie haben Graham und Sal doch öfter zusammen gesehen. Haben Sie je einen Streit zwischen den beiden erlebt?«
»Nein, gestritten haben sie nie.«
»Was haben sie denn so getan?«
»Sie haben eigentlich meistens gelacht. Manchmal saßen sie hinten auf seinem Laster und haben sich unterhalten. So war es fast immer. Sie haben geredet und gelacht. Auch im Treppenhaus.«
»Sie würden also sagen, sie haben sich so benommen, als ob sie sich gut verständen, richtig?«
»Einspruch. Schlußfolgerung.« Soma war klar, daß er sich das selbst eingebrockt hatte. Seine Stimme wurde schriller. Dem Einspruch wurde zwar stattgegeben, doch das kümmerte Hardy nicht.

Wieder lächelte er der Zeugin zu. »Haben Sie während der Zeit, die Sie in der Wohnung unter Sal lebten, schon einmal Gepolter oder das Geräusch von umfallenden Möbeln gehört?«

»Klar, ab und zu. Wenn er zum Beispiel gegen eine Lampe gestoßen war.«

»Waren Sie je in seiner Wohnung?«

Sie grinste breit. »Nie geschäftlich.« Wieder kicherten die Zuschauer. »Ein paarmal. Er hat gesagt, er hätte guten Lachs da und ich könnte mir welchen holen. Ich liebe Lachs.«

»Ich auch«, sagte Hardy. »Konnten Sie dabei feststellen, ob Sal im Haushalt ordentlich war? War seine Wohnung sauber und aufgeräumt?«

»Du meine Güte, nein! Überall lagen Zeitschriften, Kartons und anderes Zeug rum.«

»Und darüber hätte er stolpern können, wenn er hin und her ging?«

Soma erhob erneut Einspruch, dem erneut stattgegeben wurde. Aber Hardy hatte das Gefühl, den Geschworenen seinen Standpunkt vermittelt zu haben. Er fuhr fort. »Gut, Blue. Jetzt möchte ich, daß Sie sich an Sals Todestag erinnern. Wissen Sie noch, ob Sie von oben Geräusche gehört haben, so als ob etwas umgekippt wäre?«

»Das hab ich doch eben gesagt.«

»Richtig, das haben Sie. Und Inspector Lanier haben Sie erzählt, ein wenig später sei oben die Tür zugefallen.«

»Richtig.«

»Wenn Sie sich jetzt mal genau zu erinnern versuchen, wieviel Zeit verging denn zwischen dem Gepolter und dem Zufallen der Tür?« Hardy wollte den zeitlichen Abstand zwischen diesen beiden Vorfällen betonen. Je größer dieser war, desto geringer war die Wahrscheinlichkeit eines kausalen Zusammenhangs, was wiederum gegen einen Kampf sprach.

Blue lehnte sich zurück, nahm die Hände vom Geländer und knackte mit den Fingerknöcheln. »Zuerst war da das Poltern. Dann hat er ›Nein, nein, nein‹ gestöhnt. Also bestimmt eine ganze Weile.«

»Und während Sie diese Geräusche hörten, haben Sie Modell gestanden?« hakte Hardy nach.

»Richtig. Deshalb bin ich auch nich raufgegangen, um nachzuschauen, was los ist.«

»Gut, Blue. Was genau meinen Sie mit einer ganzen Weile. Könnte es mehr als eine halbe Stunde gewesen sein?«

»Schon.« Sie hielt inne. Offenbar befürchtete sie, bei einer Lüge ertappt zu werden, und beschloß, die Karten auf den Tisch zu legen. »Ich bin ein bißchen eingenickt.« Sie beugte sich vor, sah den Richter an und senkte dann den Kopf.

Hardy beschloß, eine Information auszuspielen, die er von Sarah bekommen hatte. Es stand zwar nicht in den Protokollen, aber Lanier hatte Sarah gegenüber erwähnt, in Blues Wohnung habe es nach Marihuana gerochen. »Blue, haben Sie an diesem Tag einen Joint geraucht? Sind Sie deshalb eingeschlafen?«

Blue blickte sich im Raum um wie ein gehetztes Tier. »So lange war es nich«, antwortete sie vage.

»Meinen Sie damit die Zeit, die Sie geschlafen haben?«

»Und danach, als er weg war, bin ich raufgegangen, aber niemand hat aufgemacht.«

»Haben Sie geprüft, ob abgeschlossen war?«

»Nein.«

»Und Sie erinnern sich noch deutlich, daß Sie das Geräusch der zufallenden Tür erst gehört haben, als Sie wieder wach waren?«

»Ja.«

»Und das Scharren und Poltern war, bevor Sie eingenickt sind?«

»Ja, Sir. Das war's.«

»Also könnte zwischen dem Scharren und Poltern und dem Zufallen der Tür auch eine Stunde vergangen sein?«

Wieder ein Einspruch. Diesmal wurde er abgelehnt. Salters Auffassung nach handelte es sich nicht um eine Mutmaßung, da Blue einschätzen konnte, wie lange sie geschlafen hatte. Sie antwortete, Hardy habe recht. Die beiden Geräusche waren wirklich nicht nah beieinander gewesen.

»Danke, Blue. Keine weiteren Fragen.«

Soma nahm die Zeugin noch einmal ins Kreuzverhör, um den Schaden zu begrenzen. »Blue, ich habe hier ein Protokoll Ihrer Vernehmung durch Inspector Lanier vorliegen. Darin heißt es, ich zitiere: ›Ich höre die Tür aufgehen. Die Decke hat geknackt. Da war noch jemand bei ihm.‹«

»Richtig.«

»Gut. Wenn ich weiterlese, steht da ... nun, warum lesen Sie nicht selbst vor, was Sie Inspector Lanier gesagt haben?«

Blue nahm die Seite entgegen und las den markierten Text. »›Und dann waren da noch andere Geräusche.‹«

Geduldig nickend fuhr Soma fort. »In anderen Worten haben Sie damals ausgesagt, Blue, daß die Geräusche erfolgten, nachdem eine zweite Person in die Wohnung kam.«

Sie verzog das Gesicht schmerzlich. »So hab ich es aber nich gemeint.«

»Haben Sie nicht gesagt: ›Dann waren da noch andere Geräusche‹?«

Blue schüttelte den Kopf. »›Dann‹ heißt nich ›danach‹, sondern daß es das nächste war, was mir eingefallen ist.«

Mit dieser Anwort hatte der junge Staatsanwalt nicht gerechnet, denn er hatte sich nicht mit den Sprachgewohnheiten der Zeugin beschäftigt. Für ihn wies das Wort »dann« auf eine zeitliche Abfolge hin und hatte keine andere Bedeutung. Einem weniger gebildeten Menschen hingegen eröffnete es unendlich viele Einsatzmöglichkeiten.

Das hatte Hardy festgestellt, als er mit Blue gesprochen hatte, um sich auf sein Kreuzverhör vorzubereiten.

Aber Soma konnte es nicht dabei belassen. Es kam ihm ungerecht vor. Er kannte die richtige Bedeutung, und trotzdem hatte er unrecht. Er drehte sich zu den Geschworenen um, bezog sie in sein Dilemma ein. »›Dann‹ bedeutet aber ›danach‹, Blue. Ist das nicht die Bedeutung des Wortes?« Sein Tonfall war schneidend.

Hardy hätte Einspruch erheben können, weil Soma die Zeugin bedrängte. Doch da der junge Staatsanwalt sich gerade selbst sein Grab schaufelte, brauchte er nichts zu unternehmen. Blue richtete sich auf. »Manchmal vielleicht. Aber das hab' ich nich gemeint.«

Während der Pause am Nachmittag übergab ein uniformierter Polizist Hardy einen Zettel. Glitsky wollte wissen, ob Hardy nach Feierabend Zeit zu einem halbwegs privaten Gespräch hatte. Hardy überlegte, kritzelte eine Antwort auf den Zettel und schickte den Beamten damit los.

Glitsky hatte für Hardy die Kohlen aus dem Feuer geholt.

Indem er Sarah gestattet hatte, Georges und Debras Alibi zu überprüfen, hatte er Hardy davor bewahrt, Leland mitteilen zu müssen, daß mit seinem Geld Ermittlungen gegen die eigene Familie finanziert wurden. Jetzt war die Polizei für die Sache zuständig.

Am vergangenen Abend hatten Hardy und Glitsky kaum über ihren Streit gesprochen, der zwar schon lange zurücklag, aber dennoch einen bitteren Nachgeschmack hinterließ. Statt dessen hatten sie hauptsächlich über Glitzkys langes Gespräch mit Sarah Evans gesprochen, das ihn überzeugt hatte, die Untersuchung noch einmal aufzunehmen.

Den restlichen Nachmittag verbrachte Hardy mit der Befragung von vier weiteren Zeugen, Nachbarn und Bewohner desselben Viertels, die Sal hin und wieder auf der Straße begegnet waren. Keiner von ihnen hatte Graham und Sal je streiten sehen. Und niemand hatte am 9. Mai einen Kampf in Sals Wohnung bemerkt.

Ein heftiger Westwind peitschte die Bäume im Park, als der Lieutenant auf dem Lincoln Boulevard nach Westen fuhr. Ab und zu kam zwischen den Wolken die tiefstehende Sonne zum Vorschein. Glitsky kämpfte sich bis zur Masonic Avenue durch den dichten Verkehr und bog dann in die Edgewood Avenue ein.

Er parkte am Straßenrand und stieg aus. Hier oben war es völlig windstill, und die Zirruswolken ballten sich am Himmel in ordentlichen Haufen aufeinander, als hätten Engel sie zusammengeharkt. Glitsky ging hinüber zu dem Haus, dessen Adresse Hardy ihm gegeben hatte.

Die Arme vor der Brust verschränkt, lehnte Hardy an seinem Wagen. »Du wolltest dich doch unter vier Augen mit mir treffen. Ich dachte, hier oben gefällt es dir.«

Der Lieutenant sah sich in alle Richtungen um. »Warum sind wir hier?«

»Hier wohnt Graham Russo.«

Glitsky nickte. »Ich hätte auch nichts dagegen, hier zu wohnen.« Dann sagte er: »Evans und ich hatten heute noch ein Gespräch. Wir haben die Sache nicht richtig angepackt.«

»Ich weiß.«

»Hast du schon mal von Tosca und Ising gehört?«

»Graham hat die beiden erwähnt.«

»Und du hast dir keinen Privatdetektiv genommen, um die beiden zu überprüfen?«

Hardy griff zu einer Notlüge. »Das Geld ist knapp, Abe. Da bleibt fast nichts übrig.« Er zuckte die Achseln. »Ich kann mir nicht dauernd den Kopf darüber zerbrechen, wer der wirkliche Täter ist. Mein Job ist es, meinen Mandanten rauszupauken.«

»Soweit ich informiert bin, schaffst du es vielleicht.«

Wieder ein Achselzucken. »Vielleicht, obwohl die Geschworenen keinen guten Eindruck auf mich machen. Und was tun wir beide jetzt hier oben?«

»Um diese Tageszeit haben die Wände im Justizpalast Ohren.« Glitsky blickte die ruhige Straße entlang, als rechnete er mit Lauschern, und überlegte. »Ich wollte dir mitteilen, daß wir weitersuchen. Evans wäre am liebsten gleich losgezogen, um den Bruder und die Schwester zu befragen. Aber das kann heikel werden. Sie würden eine Erklärung verlangen, und was sagen wir dann?«

»Ich hatte dasselbe Problem.«

»Und dann noch die Sache mit dem Geld.« Glitsky schüttelte den Kopf. »Entgegen der öffentlichen Meinung habe ich kein Interesse daran, den Falschen hinter Gitter zu bringen.«

»Die Zeit wird knapp, Abe. Vielleicht ist es schon zu spät.«

»Ich weiß«, sagte Glitsky. »Nur fürs Protokoll.«

Die Chancen waren gering, daß sich in dieser kurzen Zeit noch etwas ausrichten ließ. Doch Glitsky war, als Cop und Leiter der Mordkommission, über seinen eigenen Schatten gesprungen. »Fürs Protokoll«, sagte Hardy. »Ich weiß es zu schätzen.«

Um neun war Frannie eingeschlafen.

Hardy wälzte sich bis elf herum, stand dann auf und schaltete die Nachrichten ein. Da Sarahs gestrige Aussage die Gemüter erhitzt und große Wellen geschlagen hatte, stürzten sich die Medien wieder auf den Fall. Hardy erfuhr, daß er sich bei Blues Befragung anscheinend wacker geschlagen hatte. Der Nachrichtensprecher verkündete, die Hauptbelastungszeugin habe nicht bestätigen können, daß ein Kampf zwischen Sal Russo und seinem Sohn stattgefunden hatte.

»Aber morgen ist Alison Li an der Reihe, die Bankangestellte, die...«

Hardy stellte den Fernseher ab und legte sich wieder ins Bett.

31

Das durfte nicht wahr sein! dachte Hardy. Würde er den Prozeß nun aus lauter Dummheit verlieren?

Denn genau danach sah es im Augenblick aus. Die vier Anwälte saßen mit Salter im Richterzimmer und debattierten darüber, ob die Videobänder aus der Bank zugelassen werden sollten. Auch wenn Freeman die Ansicht vertrat, daß die Verteidigung sie nicht brauchte, da die Schließfachfrage ohnehin nebensächlich war, fand Hardy, daß sie seine Theorie eindrucksvoll untermauerten. Die Videos würden Somas Argumente mit einem Schlag entkräften, ganz gleich, welche Mühe er sich gab zu beweisen, daß Graham am Freitag in der Bank gewesen war.

Aber anscheinend hatte Hardy sich zu früh gefreut. In den Anhörungen vor Prozeßbeginn hatten Drysdale und Soma nicht an der Zulässigkeit der Videoaufzeichnungen gezweifelt. Doch heute – kurz vor Alison Lis Aussage – hatten sie plötzlich um dieses Gespräch im Richterzimmer gebeten und behauptet, Hardy könne die Verwendung der Bänder nicht ausreichend begründen. Worum ging es? Woher stammten sie? Inwieweit waren sie sachdienlich? Da all diese Fragen nicht zu klären seien, sei es das beste, sie auszuschließen.

»Herr Richter.« Hardy stand vor Salters Schreibtisch. »Ich habe diese Bänder bereits vor Monaten erhalten. Sie waren in der Auflistung meiner Beweise verzeichnet, die ich der Staatsanwaltschaft vorgelegt habe. Mr. Soma und Mr. Drysdale hatten ausreichend Gelegenheit, sie zu überprüfen. Die Videoaufzeichnungen belegen eindeutig, daß mein Mandant die Bank am Freitag nicht betreten hat, eine Behauptung, auf die die Staatsanwaltschaft ihre Anklage stützt.«

Wäre Hardy nicht so erbost gewesen, hätte er David Freemans Körperhaltung sicherlich bemerkt. Der alte Anwalt saß mit verschränkten Armen in einer Ecke des Raums und beteiligte sich nicht am Gespräch, was an sich schon ein schlechtes Zeichen war.

Drysdale hatte sich von seinem Wutanfall erholt. Er war ganz gelassen, und er führte weitgehend das Wort. Soma, der neben ihm stand, hatte Mühe, sein selbstzufriedenes Grinsen zu verbergen. »Gegen das Original hätten wir nichts einzuwenden, Herr Richter. Nur mit Mr. Hardys Kopie haben wir ein Problem.«

»Gut, dann nehmen wir eben das Original«, erwiderte Hardy. Doch er hatte zu schnell eingelenkt. Der schlimmste Feind jedes Anwalts war die Überraschung, und Hardy mußte sich jetzt auf eine gefaßt machen.

»Man hat uns gesagt, daß das Original gelöscht wurde.« Soma konnte seinen triumphierenden Tonfall nicht unterdrücken.

Hardy hatte keine Ahnung, wie lange Soma das schon wußte oder wann er diesen Hinterhalt geplant hatte. Jedenfalls schien es ihm einen Heidenspaß zu machen.

Hardy sah ihn an. »Es wurde nicht gelöscht.« Aber noch während er das sagte, wurde ihm klar, daß es wahr sein mußte. Soma hatte keinen Grund zu bluffen. »Ich habe die Bank gebeten, es aufzuheben.«

Er war davon ausgegangen, daß die Kopie genügte, und hatte sogar noch eine zweite für Soma und Drysdale angefertigt. Außerdem hatte die nette, tüchtige Filialleiterin Ms. Reygosa ihm versichert, daß die Bank das Original aufbewahren würde.

Mit einer Gelassenheit, die Hardy fast wahnsinnig machte, wandte sich Drysdale wieder an Salter. »Natürlich wollten wir uns zur Sicherheit das Original ansehen, nachdem wir Mr. Hardys Kopie gesehen hatten, Euer Ehren. Offenbar hat die Bank Mr. Hardy mißverstanden. Man dachte, man könne das Band nach dem Kopieren weiterverwenden.«

Hardy preßte die Finger gegen die Schläfen. Das durfte nicht wahr sein. Es war ganz allein sein Fehler. Er glaubte es einfach nicht, und er konnte niemandem außer sich die Schuld daran geben. »Euer Ehren, die Kopie befindet sich in meinem Besitz. Sie wurde nicht geschnitten –«

Soma unterbrach ihn mit einem Kopfschütteln. »Die Kopie könnte genausogut aus einem Videoverleih stammen, Euer Ehren. Es sind weder Uhrzeit noch Datum darauf vermerkt. Es könnte alles mögliche sein.«

»Ich werde Ms. Reygosa als Zeugin aufrufen. Sie wird bestätigen, daß es sich um die vollständige und fehlerfreie Kopie des gelöschten Bandes handelt. Ich glaube, das genügt als Nachweis.«

»Nun denn, Mr. Hardy.« Somas theatralisches Gehabe löste in Hardy den Wunsch aus, ihn zu ohrfeigen. »Ms. Reygosa hat das Band nicht selbst kopiert. Die Kopie wurde von einem gewissen Juan Xavier Gonzales gemacht, der wieder nach Honduras zurückgekehrt ist, nachdem sich jemand seine Aufenthaltsgenehmigung genauer angesehen hat.«

»Sie elender –«

»Hören Sie, Diz.« Drysdale war jetzt ernst; seine Unterbrechung bewahrte Hardy vor einem Bußgeld wegen Mißachtung des Gerichts. »Vergessen wir mal die Formalia. Sie sagen, auf Ihren Bändern seien drei Arbeitstage aufgezeichnet, richtig? Vierundzwanzig Stunden.«

»Das wissen wir«, sagte Hardy.

»Aber sie sind zusammen nur knapp über zweiundzwanzigeinhalb Stunden lang. Anderthalb Stunden fehlen.«

Hardy erinnerte sich noch gut an den Tag, an dem er die Videos hatte vorlaufen lassen, bis er zu den interessanten Stellen kam. Anscheinend hatte Soma sich nicht durch Langeweile zur Schlamperei verleiten lassen.

Drysdale fuhr fort. »Dieser Gonzales hat die Originale nicht nur gelöscht. Er hat Ihnen außerdem keine vollständigen Kopien gegeben.« Er wandte sich an Salter. »Es besteht also kein Grund, die Bänder zuzulassen, Euer Ehren. Abgesehen davon, daß sie nichts beweisen.« Drysdale sparte sich den hämischen Unterton, aber seine Worte genügten.

Hardy bemerkte erst, daß Freeman aufgestanden war, als er seine Hand beruhigend auf der Schulter spürte.

Für Salter war der Fall klar. Die Bänder wurden nicht zugelassen.

Nach der Niederlage, die Hardy gerade im Richterzimmer hatte einstecken müssen, empfand er die Begeisterung, mit der Gil Soma sich jeden Zeugen vornahm, als um so provozierender. Keine Videobänder! Obwohl er sich solche Mühe gegeben hatte, sie aufzutreiben. Was für ein Idiot er doch war.

Heute, am Donnerstag nachmittag, war Soma mit der Präsentation des Falls der Anklage fast fertig. Aus seinem selbstbewußten Auftreten schloß Hardy, daß seine Seitenhiebe an dem jungen Staatsanwalt abgeprallt waren.

Alison Li wirkte so verschüchtert wie bei ihrem Gespräch mit Hardy in der Bank. Soma faßte sie mit Samthandschuhen an und hakte zuerst die vorgeschriebenen Punkte wie Namen und Beruf ab. Dann kam er auf sein eigentliches Thema zu sprechen. »Ms. Li, erkennen Sie den Angeklagten Graham Russo wieder?« Soma zeigte auf ihn.

»Ja. Er ist Kunde der Bank, bei der ich angestellt bin.«

Über alle Maßen zufriedengestellt schlenderte Soma zu seinem Tisch, nahm ein Stück Papier und ließ es als Beweisstück Nummer Vierzehn kennzeichnen. »Ms. Li, bitte schauen Sie sich dieses Blatt Papier an und sagen Sie uns, worum es sich handelt.«

Sie überflog rasch die Seite. »Es ist das Formular, auf dem sich die Kunden eintragen müssen, bevor sie an ihr Bankschließfach können.«

»Und haben Sie gesehen, wie der Angeklagte Graham Russo sich darauf eintrug?«

»Ja.«

»Müssen die Kunden nicht zusätzlich zu ihrer Unterschrift auch noch das Datum vermerken, Ms. Li?« fuhr Soma beschwingt fort.

»Ja.«

»Aber offenbar hat Mr. Russo das versäumt.«

»Richtig.«

»Haben Sie ihn nicht dazu aufgefordert?«

»Doch.«

»Und trotzdem tat er es nicht?«

Um Soma aus dem Rhythmus zu bringen, stand Hardy

auf. »Die Frage wurde bereits gestellt und beantwortet, Euer Ehren.«

Vielleicht hatte Salter ja Mitleid mit Hardy. Obwohl der Einspruch ziemlich kläglich klang, nickte der Richter. »Stimmt. Stattgegeben. Nächste Frage, Mr. Soma.«

Allerdings fehlte es Soma nicht an der Liebe zum Detail. »Hat der Angeklagte Ihnen einen Grund genannt, warum er kein Datum in das Formular eintrug?«

»Nein. Es fiel mir zunächst nicht auf. Er sagte, er werde es später tun, und ich nahm an, daß er es nachholen würde – aber das hat er nicht getan.«

Und so ging es weiter und weiter.

Als Hardy sich erhob, um Alison Li ins Kreuzverhör zu nehmen, schien eigentlich alles klar. Graham Russo sei irgendwann am Freitag nachmittag in die Bank gekommen, um etwas in seinem Schließfach zu hinterlegen. Er habe nervös gewirkt und sei in Eile gewesen.

Hardy hatte die Videobänder zwar fest eingeplant, doch nun mußte er sich auf David Freemans Strategie verlassen, die die beiden Verteidiger gründlich vorbereitet hatten. Hardy wurde von einer unheimlichen Ruhe ergriffen. Beseelt vom Mut der Verzweiflung, baute er sich mitten im Gerichtssaal auf.

Er zwang sich zu einem freundlichen Lächeln und wandte sich an die Zeugin. »Ms. Li, Sie haben ausgesagt, Graham Russo habe am fraglichen Nachmittag einen Aktenkoffer bei sich gehabt. Konnten Sie den Inhalt erkennen?«

Alisons Schüchternheit gewann wieder die Oberhand. Sie rutschte auf ihrem Stuhl herum, blickte zwischen den Geschworenen und Soma hin und her und sah schließlich Hardy an. »Das habe ich nie behauptet.«

»Ich habe auch nicht gesagt, sie hätten es getan.« Hardy schlug einen leichten Plauderton an, um sie bloß nicht unter Druck zu setzen. »Ich möchte es aber gern von Ihnen wissen: Konnten Sie sehen, was sich in dem Aktenkoffer befand?«

»Nein.«

»Zu keinem Zeitpunkt?«

»Nein.«

»Also wissen Sie nicht, was der Aktenkoffer enthielt, oder ob er nicht sogar leer war, richtig?«

Hardy nutzte den Moment, um zu den Geschworenen hinüberzusehen. Seine Frage an die Zeugin war zwar ziemlich offensichtlich gewesen, hatte aber die von Freeman vorhergesagte Wirkung: Sie brachte die Theorie der Staatsanwaltschaft ins Wanken, ihre Version des Ablaufs von Sals Todestag. Er bemerkte, daß einige der Geschworenen sich gerade hinsetzten und aufmerkten.

Alison nickte und sagte, ja, das sei richtig. Sie wisse nicht, was in dem Aktenkoffer gewesen sei.

Hardy wollte deutlich machen, daß Graham das Geld und die Baseballkarten nicht unbedingt aus Sals Wohnung entwendet und in seinem Schließfach versteckt haben mußte. Es gab keinen Beweis dafür, daß das Geld nicht schon Monate vor Sals Tod hinterlegt worden war.

Tatsächlich glaubte Hardy Grahams Version, daß er das Geld und die Baseballkarten in seinen Aktenkoffer am Donnerstag zur Bank gebracht hatte. Doch diesmal würde die Wahrheit nicht zur Rechtsfindung beitragen. Und da sie in diesem Fall ohnehin keine Chance zu haben schien, warf Hardy sie ohne viel Federlesen über Bord.

»Haben Sie persönlich Gelegenheit gehabt, einen Blick auf den Inhalt von Graham Russos Schließfach zu werfen, Ms. Li?« fuhr Hardy fort. Er durfte jetzt nicht lockerlassen.

»Nein. Für gewöhnlich öffnen die Kunden ihre Schließfächer in einem nicht einsehbaren Raum.«

»Wissen Sie, wie lange sich die Baseballkarten und das Geld in Mr. Russos Schließfach befanden?«

Sie erstarrte, machte ein paarmal den Mund auf und zu und drehte sich hilfesuchend zu den Geschworenen um. »Nein.«

»Hätten es mehrere Wochen sein können?«

»Ja, das ist möglich.«

»Auch Monate?«

»Ich glaube nicht.«

Hardy hatte sein Ziel erreicht. Nun waren sich die Geschworenen nicht mehr so sicher, ob Graham Sal tatsächlich umgebracht und sich dann mit seinem Geld aus dem Staub gemacht hatte, um es in der Bank zu deponieren.

Sein Selbstbewußtsein kehrte allmählich zurück, und außerdem hatte er noch einen Trumpf im Ärmel. »Erinnern Sie sich noch an unser Gespräch in der Bank irgendwann im vergangenen Mai?«

Bei dieser Frage begannen Alisons Augen trotzig zu funkeln. »Natürlich.«

»Und haben Sie mir damals nicht erzählt, Graham Russo sei wahrscheinlich am Donnerstag in der Bank gewesen?«

»Nein, ich sagte, ich sei mir nicht sicher. Es hätte am Donnerstag oder am Freitag sein können.«

Hardy unternahm einen zweiten Anlauf. Entweder log sie, oder ihr Gedächtnis ließ sie im Stich. »Sie erinnern sich nicht mehr, daß Sie Donnerstag gesagt haben?«

»Nein.«

Hardy holte tief Luft. »Gut, Ms. Li, also glauben Sie, daß Graham am Freitag da war.«

»Ja, es war am Freitag.« Anscheinend hatte sie das der Polizei gegenüber so oft wiederholt, daß sie es inzwischen für wahr hielt.

»Wissen Sie das noch genau?«

»Ja.«

»Gut, Ms. Li. Wenn Sie so sicher sind, erinnern Sie sich bestimmt noch an die Uhrzeit.«

Sie überlegte eine Weile. »Es war Nachmittag.«

»Später Nachmittag oder früher Nachmittag?«

Hardy machte es zwar keinen Spaß, so mit ihr umzuspringen, aber sie befand sich in der Defensive und war immer noch trotzig, und das konnte er gegen sie ausspielen. Ihr Tonfall wurde zunehmend gereizter. »Später.«

»Nach drei? Nach vier?«

»Wahrscheinlich kurz vor Feierabend.«

Da hatte sie recht, dachte Hardy. Nur daß es nicht am Freitag, sondern am Donnerstag gewesen war. Er hatte sie da, wo er sie haben wollte. Die Geschworenen wußten, daß Graham am Freitag nachmittag gearbeitet hatte.

»Sie sind sicher, daß es kurz vor Feierabend war?«

»Ja, das habe ich doch eben gesagt.«

»Nach drei?«

»Mindestens.«

»Nach vier?«

»Mir kam es so vor. Vielleicht. Ja.«

»Am Freitag?«

Ihr Zorn war jetzt unüberhörbar. »Ja, am Freitag. Das habe ich doch schon gesagt.«

Freundlich lächelte Hardy sie an. »Richtig, das haben Sie, Ms. Li. Freitag, am späten Nachmittag. Nach vier. Danke, keine weiteren Fragen.«

Salter nickte den ein wenig bedrückt dasitzenden Staatsanwälten zu.

Soma stand auf. »Wir haben keine Fragen mehr an diese Zeugin.« Er tuschelte kurz mit Drysdale. »Die Staatsanwaltschaft hat keine weiteren Zeugen, Euer Ehren.«

Hardy hatte es ihnen gezeigt. Obwohl ihn der Verlust der Videobänder zunächst entmutigt hatte, hatte er sich doch noch aus der Affäre gezogen. Er riskierte ein kurzes Lächeln in Richtung Soma und mußte dabei an ein Schild denken, das er einmal an einem Motorrad vor einer Kneipe gesehen hatte: »Diese Harley gehört einem Hell's Angel. Pfoten weg, sonst setzt's was!«

»Das war ziemlich gut«, sagte Graham. Die Verhandlung war auf morgen vertagt worden, und sie saßen in der Zelle hinter dem Gerichtssaal. »Am Freitag nach drei hatte ich Dienst. Das kann ich beweisen. Du hast sie im Sack.«

»Ich glaube schon«, stimmte Hardy zu.

»Allerdings zählt das nicht«, brummte Freeman. Er saß auf dem Tisch und baumelte mit den Beinen.

»Yoda unglücklich«, sagte Graham. »Yoda traurig.«

»Ich bin nicht unglücklich. Du hast das wirklich toll gemacht Diz, aber es hilft uns nicht weiter. Wenn ich Soma wäre – nein, das will ich mir nicht mal vorstellen –, wenn ich Drysdale wäre, würde ich meine Geschichte eben ein wenig ergänzen.

Falls die Geschworenen auf seiner Seite stehen, ist es noch nicht zu spät.«

»Für was?« fragte Hardy.

»Kannst du dir aussuchen. Was hältst du davon? Graham kennt die Kombination des Safes und denkt, daß Sal sowieso nie hineinschaut. Darum wartet er, bis sein Vater das Zimmer verläßt, nimmt das Geld raus – der Zeitpunkt ist unwichtig – und hinterlegt es in seinem Bankschließfach. Am 9. Mai guckt Sal doch zufällig in den Safe und erkennt, daß es weg ist. Aus *diesem* Grund ruft er an diesem Vormittag zweimal bei Graham an. Und aus diesem Grund kommt Graham auch sofort zu ihm. Das ist sein Motiv für den Mord.«

Hardy hatte in dieser Woche ohnehin nur wenig Grund zum Feiern gehabt, weshalb er gut auf diesen Vortrag hätte verzichten können. »Dafür gibt es keine Beweise.«

Freeman grinste. »Genau darauf will ich ja hinaus. Man kann überhaupt nichts beweisen, weil die Indizien fehlen. Soma versucht nur, dich in einen Hahnenkampf hineinzuziehen. Laß dich nicht darauf ein. Das hast du nicht nötig.«

Graham seufzte tief. »Mir hat es jedenfalls Spaß gemacht zuzuschauen, wie Mr. Hardy ihm eins ausgewischt hat.«

»Verstehen Sie mich nicht falsch, Graham. Ich bin wirklich der letzte, der etwas gegen ein kleines Feuerwerk einzuwenden hätte, aber darum geht es nicht. Wir müssen uns an die Beweise halten. Diz, du solltest jetzt deinen Elf-Achtzehner schreiben. Laß ihn Salter noch heute abend zukommen. Morgen früh kann dann darüber verhandelt werden.«

Damit meinte Freeman die im kalifornischen Strafgesetzbuch, Abschnitt 1118.1, vorgesehene Möglichkeit, nach dem Vortrag der Staatsanwaltschaft die Einstellung des Verfahrens zu beantragen, und zwar mit der Begründung, daß die Beweise nicht für eine Verurteilung des Angeklagten ausreichten. Natürlich wurde ein solcher Antrag fast immer abgelehnt.

Auch Hardy hatte schon mit diesem Gedanken gespielt, doch es erschien ihm in diesem Fall als Zeitvergeudung. »Was soll das, David? Salter lehnt ihn sowieso ab. Solange so viele wichtige Leute an der Sache interessiert sind, kann er das Verfahren nicht einstellen.«

Freeman nickte. »Er könnte durchaus. Ich glaube auch nicht, daß er es tut, aber es sind schon seltsamere Dinge passiert.«

»Wann?« fragte Graham.

Freeman stand auf. »Wir dürfen uns nicht auf die faule Haut legen. Um den großen Yogi Berra zu zitieren: Es ist nicht vorbei, bis es vorbei ist, und manchmal selbst dann nicht.«

»Das ist nicht von Berra, oder?« fragte Graham.

»Der erste Teil schon, glaube ich. Von wem sonst?«

Hardy griff nach seinem Aktenkoffer. »Das könnt ihr Geistesgrößen ja ausklamüsern. Ich gehe jetzt den verdammten Antrag schreiben.«

Es war Donnerstag nachmittag, fünf Uhr, als er an Phyllis' Empfangstisch vorbeikam. Sie telephonierte und blickte nicht einmal auf. In der Hoffnung auf ein Schwätzchen schaute Hardy ins Solarium, aber alle Mitarbeiter saßen offenbar in ihren Büros.

Vielleicht gingen sie ihm auch aus dem Weg. Wenn sie von Michelles Fischzug oder seinem Reinfall gehört hatten, bemitleideten sie ihn entweder oder hielten ihn für eine absolute Flasche. Jedenfalls ließ sich niemand blicken. Während Hardy die Treppe zu seinem Büro hinaufstapfte, fühlte sich sein Aktenkoffer so schwer an, als hätte er seine Hanteln hineingepackt.

Auf jeder glatten Oberfläche lag eine dicke Staubschicht. Das Fenster war seit einer Woche nicht geöffnet worden. Er knipste die Schreibtischlampe an. Sie hatte einen grünen Schirm und stammte aus jener Zeit, als sich sein Büro noch in Rebeccas jetzigem Zimmer befunden hatte. Dann machte er das Fenster auf. Von der Sutter Street stieg der Geruch nach Diesel und Kaffee und, ein wenig feiner, Patschuli und Krabben nach oben. Die Stadt.

Der Brief von Michelle lag mitten auf seinem Schreibtisch. Hardy setzte sich, riß den Umschlag auf und überflog das Schreiben. Nichts Neues. Nachdem er es bis zur Hälfte noch einmal gelesen hatte, knüllte er es zusammen und warf es in Richtung Papierkorb. Daneben.

Mit der Handfläche schuf er eine staubfreie Zone auf der riesigen Schreibtischplatte und legte die Füße hoch.

Hardy hatte keine Ahnung, wieviel Zeit vergangen war. Er dachte nicht im eigentlichen Sinne nach. Entspannung konnte man seinen Zustand auch nicht nennen, eher eine Art Abwarten, Lauschen und Tasten nach etwas, das...

Er war nicht sicher.

Vielleicht war es besser, sich zu gedulden, bis die gewaltige Menge an Fakten, Strategien, Ereignissen und Nebensächlichkeiten sich gesetzt hatte. Konnte es sein, daß er sich von der bloßen Masse hatte erdrücken lassen? Hatte er etwas übersehen?

Natürlich passierte einem das andauernd. Hardy konnte sich den Mörder Sal Russos einfach nicht vorstellen. Es gab zwar keine vernünftigen Gründe dafür, aber Hardy wußte, daß er nicht ruhen würde, bis er den wirklichen Täter kannte. Ansonsten würde der Fall für ihn immer unaufgeklärt bleiben. Sich etwas anderes einzureden, war Augenwischerei.

Selbst wenn es nichts an der Entscheidung der Geschworenen änderte, mußte er mehr in Erfahrung bringen – und das trotz der unzähligen Details, die er bereits im Kopf hatte. Und was noch schlimmer war, sein sechster Sinn sagte ihm, daß er bereits Zugang zu den notwendigen Informationen hatte – er hatte es nur nicht bemerkt.

Sein Gehirn war blockiert. Hardy war klar, daß er keinen Schritt weiterkommen würde, ehe bei ihm der Knoten nicht platzte.

Es war ihm gar nicht aufgefallen, daß es inzwischen dämmerte. Als er den Sessel in Richtung Fenster drehte, schimmerte über den Straßen und Häuserschluchten ein satt türkisfarbener Himmel. Der Verkehrsstau hatte sich aufgelöst.

Die Lampe mit dem grünen Schirm, die einzige, die im Zimmer brannte, warf einen Lichtkegel auf seinen Schreibtisch. Hardy stand auf, zog die drei Pfeile aus der Dartscheibe und fing im Halbdunkel an zu werfen.

Sarah hatte sich immer viel darauf zugute gehalten, daß sie zu abgebrüht war, um zu weinen. Doch seit sie vor zwei Tagen aller Welt mitgeteilt hatte, daß sie an Graham glaubte, war sie häufig den Tränen nah.

Das lag nicht nur an Lanier. Sie hatte sich schwer ins Zeug gelegt, um von den Männern in ihrer Einheit anerkannt zu werden, und gedacht, daß alle sie als Kollegin akzeptierten. Und nun war es aus und vorbei damit.

Nach Jeff Elliots Kolumne – »Ein ›Ja‹ hallt durch die Stadt« – war Sarah in Glitskys Büro zitiert worden. Anscheinend hörte er ihr aufmerksam zu, obwohl ihre Meinung nicht der offiziellen Linie entsprach.

Sie sagte, sie sei zu dem Schluß gekommen, daß Sal zwar ermordet worden sei, aber nicht von seinem Sohn. Außerdem gab sie zu, beim Softball und nach dem Interview mit dem Reporter des *Time Magazine* unter vier Augen mit ihm gesprochen zu haben. Sie kenne ihn also ein wenig.

Grahams Lügen, erklärte sie, seien zwar ein schwerer Fehler gewesen, aber sie gingen allesamt auf einen einzigen Impuls zurück. Und wenn man mit dem Lügen angefangen habe, könne man nicht mehr damit aufhören, ohne sich in Widersprüche zu verstricken. Graham habe Sal nicht umgebracht. Man müsse den Täter anderswo suchen.

Glitsky hatte zurückgelehnt dagesessen und die Arme auf die Lehnen seines Sessels gestützt. »Wenn das zu einer persönlichen Angelegenheit wird oder bereits ist, und jemand erfährt davon, Sergeant«, sagte er so leise, daß sie ihn kaum verstehen konnte, »fallen Sie Ihrem Partner, mir und der gesamten Polizei in den Rücken. Sind Sie sich darüber im klaren?«

Sarah wurde flau im Magen. Glitsky wußte Bescheid. Sie war am Ende. Doch er reagierte anders als erwartet. Er holte tief Luft und richtete sich auf. »Gut, Sie wollen also den Mörder finden?«

Falls ja, ließe er ihr freie Hand.

Glitsky hatte Sarah ein bestimmtes Stundenkontingent für den Fall Russo genehmigt. Offiziell würde es allerdings unter dem Posten »Verwaltungsaufgaben« abgerechnet werden. Nun mußte sie wenigstens nicht mehr in ihrer Freizeit ermitteln.

Aber Glitsky hatte einige Bedingungen daran geknüpft, weil er nicht riskieren wollte, daß Dean Powells Leute ihn zur Schnecke machten. Es durfte sich unter keinen Umständen herumsprechen, daß die Polizei jetzt, kurz vor Prozeßende, Zeugen überprüfte und womöglich nach einem weiteren Verdächtigen fahndete.

Sarah fing mit George Russo an. Nachdem sie sich Hardy anvertraut hatte, war sie hin und wieder abends zu Georges viktorianischem Haus in der Bush Street gefahren. Offenbar lebte George sehr zurückgezogen. Doch da er seinen leiblichen Vater anscheinend leidenschaftlich gehaßt hatte, konnte er Sal durchaus auch in der Mittagspause ermordet haben, um die angeblich gekränkte Ehre seiner Mutter zu retten oder ihr den Seelenfrieden zurückzugeben. Sarah hielt das für gar nicht so unwahrscheinlich.

Aber ganz gleich, wie es sich zugetragen hatte, George hatte jedenfalls eine weiße Weste und spielte die Rolle des Kronprinzen eines Bankenimperiums auch nach Feierabend. Außerhalb seiner kleinen, geordneten Welt hatte er keine Freunde. Bald war Sarah überzeugt, daß es zwecklos war, ihn weiter zu beschatten.

Doch da sie heute abend nichts Besseres vorhatte, beschloß sie, einen neuen Versuch zu unternehmen. Marcel war offensichtlich erleichtert gewesen, sie früh im Justizpalast absetzen zu können. Sarah machte sich in ihrem eigenen Auto auf den Weg zur Baywest Bank und wartete.

George, hochgewachsen und elegant, war der Traum eines jeden Beschatters. Trotz des verhältnismäßig warmen Septemberabends trug er einen Homburg, den Sarah ziemlich affektiert fand, und dazu einen Kaschmirmantel.

Er verließ die Bank um kurz nach sechs zu Fuß. Die Hände in den Taschen, schlenderte er zielsicher ein paar Blocks, ohne sich ein einzigesmal umzusehen. Sarah wunderte sich, daß er den Weg durchs Tenderloin nahm, wo es von Zuhältern, Nutten und Obdachlosen wimmelte. Sie konnte sich nicht vorstellen, was er hier wollte, doch ihre Frage beantwortete sich, als er ein kleines, teures französisches Restaurant in der Polk Street ansteuerte. Er setzte sich an einen Tisch am Fenster und verzehrte allein sein Abendessen.

Sarah blieb nichts anderes übrig, als abzuwarten, bis er wieder herauskam.

Es war kurz vor halb neun. Sie saß allein im Auto, und plötzlich kamen ihr wieder die Tränen. Sie war völlig erschöpft. Seit drei Monaten hatte sie Graham nicht mehr unter vier Augen gesprochen. Zum Sport fehlte ihr ebenfalls die Zeit. Sie hatte fast vergessen, wie es sich anfühlte, Graham zu berühren, und es kam ihr vor wie ein Traum. War vielleicht alles umsonst gewesen? Würden sie einander noch lieben, wenn er freikam. *Falls* er freikam...

Diese Möglichkeit hing wie ein Damoklesschwert über ihr, so sehr sie sich auch bemühte, nicht daran zu denken. Vielleicht würde Graham den Rest seines Lebens im Gefängnis verbringen. Hardy und Freeman und – wenn man ehrlich war – sie selbst konnten möglicherweise nichts daran ändern.

Was würde dann aus ihr? Wie konnte sie weiter bei der Polizei arbeiten und gleichzeitig wissen, daß der Staat, dem sie durch einen Eid verpflichtet war, ihr Leben ruiniert hatte? Glitsky hatte ihr nichts Neues gesagt – ihre Karriere war in Gefahr. Was sollte aus ihr werden, wenn sie kein Cop mehr sein konnte?

George, der in diesem Augenblick aus dem Restaurant kam, bewahrte sie davor, noch tiefer in Selbstmitleid zu versinken. Er nahm denselben Weg zurück zur Baywest Bank und holte sein Auto vom Parkplatz. Sarah dachte schon, daß er nach Hause fahren würde, doch zu ihrer Überraschung bog er rechts ab – zurück ins Tenderloin.

Inzwischen war es dunkel geworden, und die wenigen Straßenlaternen, die in diesem Viertel noch funktionierten, gingen an. Langsam fuhr George die Eddy Street zur Polk Street, bog zweimal rechts ab und wandte sich wieder nach Norden. Er bog wieder rechts ab. Und wieder. Fuhr im Kreis herum.

Auf einmal schlug Sarahs Puls schneller. Jetzt wußte sie, was George vorhatte. Er wollte eine Nutte aufgabeln.

Sie griff zum Mikrophon und funkte die Zentrale an. »Ich brauche schnellstens einen Streifenwagen zur Verstärkung, und zwar an der...«

Als George am Straßenrand hielt, um die Frau einsteigen zu lassen, war Sarah bereit. Sie wartete, bis er in eine Seitenstraße einbog, und gab dann dem Streifenwagen den Einsatzbefehl.

Sarah parkte direkt hinter dem Streifenwagen und beobachtete aus der Entfernung, wie sich zwei uniformierte Polizisten Georges Auto näherten, auf beiden Seiten an die Scheiben klopften und ihre Taschenlampen ins Wageninnere richteten, um zu sehen, was dort vor sich ging.

Endlich hatte sie einen Punkt, um den Hebel anzusetzen.

Während die beiden Beamten die Prostituierte zum Streifenwagen brachten, stand Sarah mit George vor dessen Auto. Wahrscheinlich hätte er sie sowieso nicht erkannt, aber jetzt, in der Dunkelheit, wußte er in seiner Angst nur eines: Sarah konnte ihn in Schwierigkeiten bringen. Weil er aus naheliegenden Gründen den Mantel ausgezogen hatte, fror er sichtlich im kalten Wind. Sarah hatte kein Mitleid mit ihm.

Sie hielt seine Brieftasche in der Hand und überprüfte in aller Seelenruhe seinen Ausweis. »George Russo. Wußten Sie nicht, daß gewerbliche Prostitution verboten ist?«

Er entschloß sich zu einem lächerlichen Täuschungsmanöver. »Ich habe nicht...« Brach ab. »Sie ist eine Freundin von mir.«

Sarah lächelte. »Hey, Jungs! Dieser Freier behauptet, er wäre mit dem Mädchen befreundet. Fragt sie mal, ob sie weiß, wie er heißt«, rief sie ihren Kollegen zu. Dann wandte sie sich wieder an George. »Ich gehe jede Wette ein, daß sie es nicht weiß, George. Kennen Sie *ihren* Namen?«

George hatte den Blick eines gehetzten Tiers. Er sah Sarah über die Schulter, als ob er von dort die Rettung erwartete. Sarah sah ihn unverwandt an. »Linda? Julie? Oder wie?«

»Sie sagt, er soll sich zum Teufel scheren!« rief einer der Beamten. »Sie kennt ihn nicht.«

»Sehen Sie? Ich habe die Wette gewonnen«, sagte Sarah.

»Okay, und was jetzt? Ich zahle ein Bußgeld? Na und?«

Sarah hätte dieses Spiel noch eine Weile weitertreiben können, aber sie wußte genau, was sie wollte. »Haben Sie schon gehört, daß wir bei der Polizei ein neues Programm zur Bekämpfung der Prostitution haben, George? Sie nimmt nämlich wirklich überhand, und ihr Freier macht euch einfach aus dem Staub«, log sie. »Deshalb haben wir beschlossen die Namen und Photos der Männer in die Zeitung zu setzen.«

»Das ist nicht wahr.«

»Jetzt schon. Das ist ein neues Programm. Habe ich das nicht gesagt?«

»Das kann ich mir nicht erlauben.«

»Die Entscheidung liegt nicht bei Ihnen«, entgegnete Sarah mit scharfer Stimme und legte die Hand an die Waffe. »Los, mitkommen.«

»Wohin?«

»Zu meinem Wagen. Er steht hinter dem meiner Kollegen. Und dann fahren wir alle in den Justizpalast. Was haben Sie denn gedacht?«

»Soll das heißen, daß ich verhaftet bin?«

Als sie nicht antwortete, stammelte er: »Hören Sie, ich kann es mir nicht leisten, daß Sie mich festnehmen, weil ich eine Prostituierte aufgelesen habe. Es ist mir egal, was das Mädchen sagt, sie ist eine Freundin. Ich muß meinen Anwalt anrufen.«

»Das können Sie auch vom Justizpalast aus tun.«

Er senkte die Stimme. »Was wäre, wenn... Ich meine, können wir das nicht unter uns regeln. Vielleicht...«

»Machen Sie es nicht noch schlimmer, George«, unterbrach sie ihn. »Versuchte Bestechung eines Polizeibeamten ist ebenfalls eine Straftat. Oder haben Sie das auch nicht gewußt? Gehen wir mal davon aus. Und jetzt Abmarsch.«

Allmählich verlor George die Nerven. »Nein, hören Sie, bitte...«

»Hey!« rief Sarah.

Einer der beiden Polizisten blickte auf und kam näher. »Alles in Ordnung, Inspector?«

Sie brachte ihn mit einer Handbewegung zum Stehen. »Einen Moment noch. Bleiben Sie in der Nähe.«

Dann wandte sie sich wieder an George. »Umdrehen«, sagte sie. »Hände auf den Rücken.«

Eigentlich wollten die Polizisten George im Streifenwagen mitnehmen, wo es zwischen Vordersitz und Rückbank eine Trennscheibe gab und die hinteren Türen keine Griffe hatten. Aber Sarah war von der Mordkommission – die Spitze der internen Hierarchie –, was sie von der Nummer wußten, die die Zentrale ihnen durchgegeben hatte: 14 M. Für Mordkommission. Sarah wies die beiden Beamten an, die Prostituierte um die nächste Ecke zu fahren und laufenzulassen. Der Freier sei ein Zeuge in einem Mordprozeß, den sie nun in die Mangel nehmen werde. In ihrem Auto.

George saß in Handschellen auf dem Rücksitz. Ob er vor Kälte oder vor Angst zitterte, war nicht festzustellen. Sarah stieg vorne ein und drehte sich um. »Ich möchte Ihnen ein Geschäft vorschlagen.«

Bei dieser unerwarteten Eröffnung leuchteten die Augen Georges, des geborenen Kaufmanns, auf.

Doch Sarah ließ ihn nicht zu Wort kommen. »Ich interessiere mich eigentlich für Ihren Bruder.«

»Graham? Was hat denn Graham damit zu tun?«

»Ich will, daß Sie mir erzählen, wo Sie waren, als Ihr Vater ermordet wurde.«

»Sie können mich mal. Warum sollte ich?«

Sarah musterte ihn kühl, drehte sich dann um und ließ den Motor an.

»Moment mal!

»Möchten Sie sich lieber im Justizpalast unterhalten?«

»Nein, ich habe doch nur...«

»... dummes Zeug geredet?«

»Ja, wirklich. Tut mir leid. Was wollen Sie über Graham wissen?«

Sarah stellte den Motor wieder ab. »Über Graham will ich gar nichts wissen, sondern über Sie. Graham hat Ihren Vater nicht umgebracht.«

»Mein Vater ist nicht tot«, sagte George. »Wir sehen uns jeden Tag in der Bank.«

»Ich meine Sal«, zischte Sarah. »Wenn Sie noch mal eine dicke Lippe riskieren, ist dieses Gespräch vorbei, verstanden?«

George schwieg zwar, aber er nickte. »Gut, Graham hat Sal also nicht auf dem Gewissen. Na und?«

»Also muß es jemand anderes gewesen sein. Ich bin dabei, Verdächtige auszuschließen.«

George lehnte sich zurück. Sein verängstigter Blick wurde von einem gefährlichen Funkeln abgelöst. »Glauben Sie allen Ernstes, daß ich etwas damit zu tun habe? Ich wußte nicht mal, wo Sal wohnte.«

»Das haben Sie behauptet, aber woher soll ich wissen, ob es stimmt? Sie wollten weder Grahams Anwalt noch sonst jemandem verraten, wo Sie an jenem Nachmittag waren.«

»Warum auch? Das geht niemanden was an. Außerdem haben die Cops mich nie danach gefragt.«

»Nun, mich geht es etwas an. Und ich frage Sie jetzt. Wenn Sie mir sagen, wo Sie waren, bin ich verschwunden, und Sie können Ihr heutiges Abenteuer als abgeschlossen betrachten. Anderenfalls schreibe ich einen Bericht und sorge dafür, daß Sie Ihren Namen in der Zeitung wiederfinden.« Sie beugte sich vor. »Hören Sie, mich interessiert doch nur, wo Sie waren. Durch Ihre Weigerung machen Sie sich bloß verdächtig und geben mir einen Anlaß, Sie gründlicher unter die Lupe zu nehmen.«

»Ich werde nicht...«

»Wenn Sie mir andererseits sagen, wo Sie waren, und es nichts mit Ihrem Vater zu tun hat, können Sie alles, was heute abend hier vorgefallen ist, vergessen.«

»Sie schreiben keinen Bericht?«

»Ich unternehme gar nichts.«

»Mein Vater. Er darf nichts erfahren.«

Zuerst war Sarah verblüfft, bis ihr dämmerte, daß er von Leland sprach, nicht von Sal. »Das wird er nicht.«

Nun hatte sie ihn fast so weit, doch ärgerlicherweise kam er wieder mit Ausflüchten. »Woher weiß ich, daß ich Ihnen trauen kann?«

Sie lächelte. »Um ehrlich zu sein, gibt es keine Garantie. Jedenfalls können Sie Ihre Lage nicht mehr verschlimmern«, sprach sie im Plauderton weiter. Sie wußte, daß sie es schaffen würde, wenn sie sich nicht aus der Ruhe bringen ließ. Es gab keinen Grund, scharfe Geschütze aufzufahren – obwohl sie die Antwort auch mit der Taschenlampe aus ihm hätte rausprügeln können. »Hören Sie, George, es ist ganz einfach. Sie haben nichts zu verlieren. Sagen Sie es mir einfach.«

Er schloß die Augen und schluckte. »Mitchell Brothers«, murmelte er.

»Was?«

Er wiederholte es. Die Gebrüder Mitchell hatten jahrelang San Franciscos größten Pornoschuppen betrieben, eine Geschäftspartnerschaft, die ein jähes Ende gefunden hatte, als ein Bruder den anderen erschoß. Doch das Lokal, fünf oder sechs Blocks von der Baywest Bank entfernt, florierte weiterhin unter dem alten Namen.

Dort ging es mehr zur Sache als in den bei Touristen so beliebten Sexshops in North Beach, denn von tabufreien Live-Shows, Einzelkabinen bis hin zu Privatdarbietungen waren alle vorstellbaren Spielarten geboten. Einen heißeren Laden gab es in San Francisco nicht.

»Ich bin eben ein Pechvogel«, stöhnte George, der auf dem Rücksitz zusammengesunken war. »Wenn ich einmal was Verbotenes tue, muß es natürlich ausgerechnet an dem Tag, in der *Stunde* sein, in der Sal stirbt. Und dann will jeder wissen, wo ich gewesen bin. Wenn Leland das rauskriegt ...« Er schüttelte den Kopf. »Er würde mich auch verstoßen, so wie Sal. Dann wäre alles vorbei.«

»Was wäre vorbei?«

»Mein Leben. Meine Karriere. Alles, wofür er mich erzogen hat.«

Sarah konnte sich die Frage nicht verkneifen. »Warum haben Sie es dann aufs Spiel gesetzt. Warum haben Sie heute eine Prostituierte aufgegabelt? Warum suchen Sie sich keine Freundin?«

»Das geht nicht. Leland würde nicht ...«, stammelte George gequält.

»Er wäre mit keiner einverstanden?«

George schüttelte den Kopf. »Ich darf mir keine Fehler erlauben.«

Sarah versuchte, ihn zu verstehen. George gab sich selbst die Schuld daran, daß er verlassen worden war, und glaubte, es wäre nie so weit gekommen, wenn er nur ein besserer, liebenswerterer Mensch gewesen wäre. Vielleicht würde er nie begreifen, wie dieses Erlebnis ihn geprägt hatte, doch nun war er ein erwachsener Mann mit Bedürfnissen. Und da er sich so vor Zurückweisung fürchtete, wagte er nicht, sie sich zu erfüllen. Zumindest nicht ohne Heimlichkeiten.

Es war ein Trauerspiel. »Ich glaube, wenn Sie keine Fehler machen wollen, sind Sie falsch auf diesem Planeten, George«, sagte sie deshalb sanft. »Wir hier auf Erden machen alle Fehler. Und das ist auch nichts Schlimmes.«

»Für mich schon. Sie haben ja keine Ahnung.«

Er verschanzte sich schon wieder hinter seiner Mauer, straffte die Schultern und musterte Sarah argwöhnisch. Auch sein Gesicht wirkte nicht mehr so schlaff. »Wie dem auch sei, jedenfalls war ich dort«, sagte er. »Wollten Sie das hören? Gilt unsere Abmachung noch?«

»Ja.«

»Sie verraten nichts meinem Vater?«

»Versprochen. Ihnen ist sicher klar, daß so etwas wie heute abend irgendwann wieder passieren kann. Er wird es erfahren.«

»Nein. Ich mache Schluß damit.«

Na, großartig, dachte Sarah. Und dabei war er sowieso schon einer der verklemmtesten jungen Männer, die sie je kennengelernt hatte. Allerdings war sie nicht seine Therapeutin, obwohl sie sogar versucht hatte, ihm ins Gewissen zu reden. Mitgefühl mit einem Verdächtigen konnte sie sich nicht leisten.

Eines Tages würde er etwas verändern müssen, wenn er nicht an dem inneren Druck zerbrechen wollte. Falls alles beim alten bliebe, würde er ein trauriges, lustfeindliches Dasein fristen und sich mit Geld und Spielzeugen trösten. Sarah hatte nicht vor, sich in sein Leben einzumischen.

Sie wußte nicht, wie sie Georges Alibi überprüfen sollte, doch es klang ziemlich glaubhaft. Wenigstens eine ihrer Fragen hatte sich beantwortet.

Aber das hieß noch lange nicht, daß Grahams Problem aus der Welt war.

32

Der Geruch nach gebratenem Speck stieg Hardy in die Nase, und er spürte die Lippen seiner Frau sanft an seiner Wange. »Ich habe den Wecker ausgeschaltet und dich eine halbe Stunde länger schlafen lassen.«

»Du bist meine Rettung.«

»Ich weiß. Komm essen. Anziehen kannst du dich ja nachher.«

Es war Viertel vor sechs. Hardy schlüpfte in Jeans und Sweatshirt. Durch das Schlafzimmerfenster konnte er die Umrisse der Hügel von Oakland sehen; die Sonne stand noch nicht am Himmel.

Eine große Tasse Kaffee wartete schon auf ihn. Auf seinem Teller häufte sich dampfendes Rührei. Dazu gab es sechs dicke Speckstreifen, English Muffins und Marmelade. Obwohl Hardy Marmelade liebte, kam er nie von selbst auf die Idee, welche zu essen.

Er setzte sich. »Jetzt fühle ich mich wieder wie ein Mensch.«

Sie lächelte. »Wann bist du denn nach Hause gekommen?«

»So zwischen halb eins und eins. Ich habe noch den Antrag fertiggeschrieben. Vielleicht wird Salter ...«

»Später.« Sie tätschelte ihm die Hand. »Zuerst wird gegessen, und dann kannst du mir vom Prozeß erzählen.«

Lächelnd schloß er die Augen und nickte. Frannie hatte recht. »Gute Idee«, sagte er.

»Siehst du, ich bin doch nicht auf den Kopf gefallen.«

Um halb acht kam der vierschrötige Jogger am Ende der Seitenstraße in Sicht. Hardy erwartete ihn am elektrischen Tor des Parkplatzes hinter dem Bundesgerichtsgebäude. Er war bereits fürs Gericht gekleidet und trug einen dunklen Anzug mit blauer Krawatte.

Giotti, der ziemlich ins Schwitzen geraten war, blieb erst kurz vor ihm stehen. Mit einer Unterbrechung bei seinem Morgentraining hatte er nicht gerechnet, insbesondere nicht durch einen Anwalt, der ein juristisches Anliegen hatte.

»Guten Morgen, Herr Richter.«

Giotti keuchte, brachte aber dennoch ein freundliches Lächeln zustande. Er hatte Hardy nicht auf Anhieb erkannt. »Ach, Mr. Hardy, Sie sind aber früh auf den Beinen.«

Hardy fühlte sich, als wäre es bereits Mittag. »Ich muß um acht einen Antrag im Justizpalast abgeben und wollte zuerst mit Ihnen sprechen. Und da habe ich mich daran erinnert, daß Sie morgens meistens joggen gehen.«

»Viel zu selten.« Giotti wies auf das Tor hinter Hardy, das sich wie durch Zauberhand geöffnet hatte. Hatte ein Wachmann nach dem Richter Ausschau gehalten oder trug Giotti eine Fernbedienung in der Hosentasche? »Möchten Sie mich nicht begleiten?«

»Lieber nicht. Ich habe nicht viel Zeit.«

»Gut. Wie kann ich Ihnen helfen?«

»Wissen Sie, ob Sal eine Frau namens Singleterry kannte? Joan Singleterry?«

Gestern abend war Hardy endlich ein Licht aufgegangen. Er und Graham hatten stundenlang versucht, Sals Vergangenheit zu rekonstruieren und die geheimnisvolle Mrs. Singleterry ausfindig zu machen – aber vergebens. Doch beim Nachgrübeln in seinem Büro hatte sich Hardy auf einmal daran erinnert, daß Giotti und Sal Russo seit ihrer Jugend Freunde gewesen waren. Sie hatten gemeinsam gefischt, gearbeitet, derselben Baseballmannschaft angehört und ihren Spaß gehabt.

Allmählich wuchs in Hardy der Verdacht, daß Joan Singleterry eine wichtige Rolle in Sals Leben gespielt hatte. Und möglicherweise konnte Giotti ihm mehr über sie verraten.

Einen Moment schien der Richter verunsichert, aber vielleicht hatte Hardy sich das auch nur eingebildet. Denn schon im nächsten Augenblick wirkte Giotti ganz wie immer. Er versuchte, wieder zu Atem zu kommen, und überlegte. »Ich glaube nicht«, antwortete er und machte damit Hardys Hoffnungen zunichte.

»Sind sie früher mal zusammen gegangen, bevor er Helen kennenlernte?«

Giotti dachte noch einmal nach und schüttelte dann den Kopf. »Tut mir leid. Weshalb ist das so wichtig? Worum geht es?«

Ausweichend erklärte Hardy, der Name sei während der Beweisaufnahme aufgetaucht, die Person aber weiterhin unbekannt. Da er heute mit dem Vortrag der Verteidigung beginnen werde, brauche er alle verfügbaren Informationen. Falls das Geld etwa von dieser Mrs. Singleterry stammte, konnte das ein Hinweis auf einen weiteren Verdächtigen sein.

Anscheinend merkte man ihm seine Enttäuschung an, denn der Richter klopfte ihm aufmunternd auf die Schulter. »Denken Sie wirklich, daß Sie noch andere Verdächtige brauchen? Ich habe den Prozeß genau verfolgt. Meinem Eindruck nach entwickelt sich alles großartig.«

»Wenn ich den wirklichen Täter vorführen könnte, würde es die Chancen um einiges erhöhen.«

Giotti hatte Verständnis dafür. »Das stimmt natürlich. Aber Sie haben die Möglichkeit eines Kampfes ziemlich heruntergespielt, dachte ich.«

»Ich wollte Ihnen noch dafür danken. Für die Idee.«

Der Richter zuckte die Achseln. »Ich habe nur die Wahrheit gesagt. Nichts wies auf eine tätliche Auseinandersetzung hin. Da ich Ihre Strategie kenne, kann ich mir denken, was Sie vorhaben. Doch Soma und Drysdale tappen vermutlich völlig im Dunkeln.«

Hardy lächelte schief. »Nun, wäre das nicht ein schöner Gedanke?«

Giotti grinste breit. »Sie zitieren sogar Hemingway? Für einen Anwalt sind Sie ein sehr interessanter Mann, Mr. Hardy. Wenn alles vorbei ist und Sie nicht in die Berufung gehen« – wieder diese dezente Andeutung – »müssen wir mal zusammen einen trinken.«

»Sie könnten mich wahrscheinlich dazu zwingen.«

Der Richter nickte. »Das könnte ich wohl.« Er verzog wehmütig das Gesicht. »Mir ist gerade wieder bewußt geworden, wie sehr ich Sal vermisse. Ist das nicht komisch?«

»Inwiefern?«

Giotti zögerte. Möglicherweise war es ein Fehler, so offen zu sein, und er wollte seine Bemerkung schon mit einem Achselzucken abtun. Dann aber lächelte er verlegen. »Haben Sie viele gute Freunde, Mr. Hardy?«

»Ein paar. Wahrscheinlich habe ich in dieser Hinsicht Glück gehabt.«

»Früher war das bei mir auch so. Leider wird man nicht gewarnt, ehe man einen Job wie meinen übernimmt.«

»Wovor?«

»Nun, um ihn zu bekommen – und verstehen Sie mich nicht falsch, ich habe mein Leben lang darauf hingearbeitet. Aber um ihn zu bekommen, muß man – wie soll ich das ausdrücken? – gewisse Freundschaften pflegen. Solange man noch an seinem Aufstieg bastelt, findet man wirkliche Freunde. Man veranstaltet Partys oder besucht welche und läßt sich überall blicken. Man beeindruckt die anderen mit seinem juristischen Wissen, seiner Bildung und seiner Schlagfertigkeit. Es steigt einem zu Kopf.«

»Das kann ich mir vorstellen«, sagte Hardy, obwohl er keine Ahnung hatte, worauf Giotti hinauswollte oder warum er ihm all das anvertraute.

»Dann wird man ernannt.« Giottis Miene spiegelte eine gewisse Enttäuschung wider. »Und alles ist vorbei. Wie abgeschnitten. Einige Richter sind mit ihrem Beruf verheiratet und stören sich nicht daran. Andere vermissen die Freundschaften, doch die sind in unserem Job nicht vorgesehen. Sie bergen nämlich die Gefahr, daß es irgendwann zu einem Interessenskonflikt kommen könnte. Und dabei handelt es sich um dieselben Leute, durch die man den Posten bekommen hat. Auf einmal hat man keine privaten Kontakte mehr, wenigstens nicht so wie früher. Man ist ziemlich allein.«

Nun begriff Hardy. »Bis auf Sal?«

»Der letzte meiner alten Freunde. Ich konnte mich mit ihm treffen und einfach« – automatisch sah der Richter sich um, ob sie auch nicht belauscht wurden – »herumalbern. Ich glaube, es hat mit Ihrer Hemingway-Anspielung eben zu tun. Das war wie mit Sal. Er wußte eine Menge, er war witzig. Bei ihm brauchte ich mich nicht zu verstellen.«

Hardy zeigte auf das Gerichtsgebäude. »Sie und Ihre Kollegen haben wohl nicht viel Spaß miteinander.«

»Wir tragen eine große Verantwortung, Mr. Hardy«, erwiderte der Richter heiser. »Glauben Sie niemandem, der das Gegenteil behauptet.« Giottis nachdenkliche Stimmung verflog. Er war ein vielbeschäftigter Mann. »Eines Tages schaffen wir beide es vielleicht, zusammen einen trinken zu gehen. Was halten Sie davon, wenn ich Dismas zu Ihnen sage?«

»Ich werde Sie weiter ›Euer Ehren‹ nennen.«

Giotti lachte laut auf. »Das meine ich«, sagte er. »Genau das meine ich.«

Hardy übergab Salter im Richterzimmer seinen Antrag und saß wie auf Kohlen, während der Richter das fünfseitige Schriftstück studierte.

Da es sich um einen Mordprozeß handelte, würde die Erörterung von Hardys Antrag ins Protokoll aufgenommen werden. Deshalb standen Soma, Drysdale und Freeman leise plaudernd am Fenster und tauschten den neuesten Anwaltsklatsch aus. Sie hatten das Schriftstück auf dem Flur gelesen und ein paar Worte darüber gewechselt, bevor der Richter sie in sein Zimmer gerufen hatte.

Die Gerichtsstenographin saß startbereit neben Hardy, um sich ja keine wichtige Äußerung entgehen zu lassen.

Hardy fand, daß er seinen Antrag gut formuliert hatte. Er hatte jede von der Staatsanwaltschaft vorgebrachte Anschuldigung einzeln aufgelistet und begründet, warum diese nicht ausreichend auf Graham als Täter hinwies. Es gab keinerlei Gewißheit, daß Graham zur Tatzeit wirklich in Sals Wohnung gewesen war oder daß ein Kampf stattgefunden hatte. Selbst der Leichenbeschauer hatte, was den Mord betraf, seine Zweifel. Zwischen dem Deponieren des Geldes und der Baseballkarten und Sals Ableben bestand kein zeitlicher Zusammenhang. Alison Lis Zeugenaussage war wertlos.

Die Staatsanwaltschaft hatte also nichts in der Hand.

Für Richter Salter war die Sache alles andere als einfach. Immerhin hatte er es mit einem pressewirksamen, heiklen und äußerst wichtigen Fall zu tun, den ihm sein guter Bekannter und Parteifreund Dean Powell persönlich ans Herz gelegt hatte. Außerdem hatte die Grand Jury Anklage erhoben und den Stein damit ins Rollen gebracht. Salter hatte die juristischen Winkelzüge hinter den Kulissen miterlebt, kannte sämtliche Anträge und hatte die Lügen des Zeugen gehört. Darüber hinaus war er auch mit Bundesrichter Harold Draper, Grahams früherem Chef, gut bekannt – allerdings nicht gut genug, um sich wegen Befangenheit ablösen zu lassen. Doch er war sich im klaren darüber, daß Hardy genau das anführen würde, wenn es zu einer Berufungsverhandlung kam.

Keins dieser Dinge hatte etwas mit dem Gesetz zu tun. Alle zusammen wogen sie schwerer als das Gesetz.

Hardy zweifelte nicht daran, daß Salter eines Tages das Richteramt aufgeben würde, um in der Politik Karriere zu machen. Er sah auf eine ansprechende Weise gut aus und verfügte über die richtigen Beziehungen und eine angenehme Art, an der niemand Anstoß nehmen konnte. Stets verhielt er sich korrekt und schaffte es sogar, freundlich und gleichzeitig unpersönlich zu sein.

Nachdem er Hardys Antrag durchgelesen hatte, nahm er die Brille ab und legte sie auf die ordentlich ausgerichteten Papiere. Sein Stirnrunzeln, das besagen sollte, wie tief er in Gedanken versunken war, wich einem leutseligen Lächeln.

»Meine Herren.« Er winkte die anderen Anwälte heran und wandte sich dann an Hardy. »Dieser Antrag ist wirklich ausgezeichnet formuliert, Diz. Sie haben Ihr Anliegen sehr anschaulich begründet.«

Anschaulich, dachte Hardy, das konnte ja heiter werden. Er warf einen Blick auf Freeman, der die Achseln zuckte. Keine Chance, aber sie hatten ja auch nichts anderes erwartet.

Doch Salter hielt sich an die Form. »Haben Sie dem mündlich noch etwas hinzuzufügen?«

»Sie haben nichts bewiesen, Euer Ehren. Jedenfalls keinen Raub, der schließlich der Anlaß für die strafverschärfenden

Umstände ist. Es besteht kein kausaler Zusammenhang zwischen dem Geld und Sal Russos Tod. Nirgendwo ist dokumentiert, wann Graham das Geld und die Baseballkarten erhalten hat. Der junge Mann hat seinen Vater gepflegt. Er liebte ihn.«

Aus dem Augenwinkel erkannte Hardy, daß Soma schon zu einer Erwiderung ansetzte, aber Drysdale hielt ihn mit einer Handbewegung zurück.

Salter ließ eine kleine Pause einkehren. Es ging nicht an, einen derart gut formulierten und *anschaulich* begründeten Antrag so mir nichts dir nichts abzulehnen. Eine wichtige Entscheidung wie diese bedurfte einer gründlichen Überlegung, obwohl deren Ergebnis von vorneherein feststand.

Das gebot nun einmal der gute Ton.

»Ich bin mir nicht sicher«, räumte Salter schließlich ein. »Die Lügen des Angeklagten bereiten mir weiterhin Kopfschmerzen.«

»Ich glaube, das habe ich ausreichend erklärt, Euer Ehren. Graham Russo ist in Panik geraten und mußte danach weiterlügen, um sich nicht zu widersprechen.«

»Aber warum ist er in Panik geraten, wenn er unschuldig ist?«

»Als die Mordkommission vor seiner Tür stand, hat er die Nerven verloren. So etwas kommt öfter vor.«

Natürlich war das nur an den Haaren herbeigezogen und völlig belanglos, was alle Anwesenden wußten. Salter würde den Antrag ablehnen, weil Hardy ihn nicht zwingend vom Gegenteil überzeugen konnte. Er konnte nicht mit dem wirklichen Täter aufwarten, und er hatte Strout nicht dazu bewegen können, Sals Tod als Selbstmord einzustufen. Seine Begründung stand auf tönernen Füßen.

Wieder hielt Salter inne und atmete tief durch. »Ich glaube, wir überlassen die Entscheidung den Geschworenen, Diz. Ich werde den Antrag ablehnen.«

»Ich möchte, daß du dir etwas vorstellst«, sagte Freeman. Die beiden Anwälte saßen mit Graham am Tisch der Verteidigung und warteten auf Richter Salters Erscheinen. Da die Verhandlung noch nicht begonnen hatte, herrschte in den Zuschauerbänken das übliche Gemurmel. Doch Hardy hatte sich inzwischen so an das Geräusch gewöhnt, daß er es kaum noch wahrnahm. »Ich meine es ernst. Schließ die Augen.«

»Wenn ich die Augen schließe, bin ich eingeschlafen, wenn der Richter kommt. Da kannst du Gift drauf nehmen, ich habe es nämlich schon mal ausprobiert.«

Graham blickte zwischen Hardy und Freeman hin und her. »Du besser tun, was Yoda sagt. Sonst er brauchen Gewalt. Du toter Mann.«

Eigentlich war Hardy fast erleichtert, daß Graham in dieser Situation seinen Sinn für Humor nicht verloren hatte. Er verdrehte die Augen zur Decke und machte sie dann zu. »Schaut, ich habe euch gewarnt. Ich bin schon eingeschlafen.«

»Du redest aber noch«, sagte Graham.

»Im Schlaf. Das passiert mir öfter.«

»Diz«, sagte Freeman. »Du stehst auf einem hohen Sprungbrett und willst einen anderthalbfachen Salto vorwärts machen. Verstanden?«

»Verstanden.«

»Und jetzt stell dir den Sprung vor, Zentimeter für Zentimeter. Konzentrier dich drauf. Du machst eine ganze Umdrehung und dann noch eine halbe. Du bist sehr lange in der Luft. Ja?«

»Ich bin bereit.«

»*Stell es dir vor.*«

Hardy rief sich das Bild vor Augen.

»Und jetzt spring! Roll dich zusammen, dreh dich. Fühlst du es? Nicht ausstrecken!«

Hardy ließ sich fallen. Der Sprung dauerte eine Ewigkeit, doch er hielt seine Position und tauchte sanft ins Wasser ein. Er öffnete die Augen. »Okay.«

»Hast du's geschafft?«

»Ohne Spritzer«, antwortete Hardy. »Wie geschmiert.«

Graham sah die beiden zweifelnd an. »Ihr seid ja total bescheuert«, sagte er.

Aber Freeman hatte seine Gründe. Heute vormittag sollte Hardy mit der Darstellung des Falls aus der Sicht der Verteidigung beginnen. Er würde die Entlastungszeugen aufrufen und durfte sich nicht von seiner Strategie abbringen lassen. Und dabei würde er ganz sicher das Gefühl haben, eine sehr lange Zeit in der Luft zu hängen.

Anders als normalerweise üblich würden sie den Richter nicht darum bitten, auf einen geringeren Straftatbestand zu erkennen. Die Geschworenen würden keine Gelegenheit erhalten, Graham als Kompromißlösung wegen Totschlags schuldig zu sprechen. Außerdem würde Graham nicht in den Zeugenstand treten und versuchen, einen sympathischen Eindruck zu machen. Er wollte sich nicht darauf einlassen, mit ein paar Jahren Gefängnis davonzukommen und danach sein gewohntes Leben wieder aufzunehmen. Entweder würde er wegen Mordes verurteilt oder freigesprochen werden.

Allerdings würde niemand daran zweifeln, daß Graham es getan hatte – und dieses »es« war vom Gesetz nun einmal als Mord definiert, die absichtliche Tötung eines anderen Menschen. Ziel der Verteidigung war es, die Geschworenen in Gewissensnöte zu bringen. Wenn sie nicht annahmen, daß Graham seinen Vater wegen des Geldes getötet hatte, sollten sie ihn freisprechen, anstatt ihn wegen eines weniger schweren Verbrechens zu verurteilen.

Während die Staatsanwaltschaft auf den finanziellen Beweggründen herumgeritten war, um eine Verurteilung wegen vorsätzlichen Mordes zu erreichen, wollte Hardy aufs Ganze gehen – alles oder nichts.

Natürlich barg diese Strategie erhebliche Gefahren, doch Freeman und Hardy waren sich einig, daß die Chancen auf einen Freispruch so am größten waren.

Falls Hardy das allerdings auch nur einen Moment lang vergaß und sich streckte, bevor er die Drehung vollendet hatte, war es aus und vorbei. Weitere Verdächtige ins Spiel zu bringen, war zu riskant. Statt dessen mußte er sich strikt an seine Geschichte halten, ohne sich auch nur die geringsten Zweifel anmerken zu lassen. Sonst konnten sie einpacken.

Mit Dr. Russ Cutler hatte Hardy bereits im Little Shamrock gesprochen. Damals war der junge Mann übermüdet und unrasiert gewesen und hatte in seinem OP-Anzug keine sehr gute Figur gemacht. Außerdem quälte ihn das schlechte Gewissen, weil er das Morphium verschrieben und darüber geschwiegen hatte. Inzwischen jedoch hatte er seine Zeit als Assistenzarzt hinter sich gebracht und eine eigene Praxis eröffnet. Und er war seine Aussage mehrere Male mit Freeman und Hardy durchgegangen.

Nun trug er einen hellbraunen Leinenanzug mit einer dunkelbraunen Krawatte und wirkte ausgeruht und selbstbewußt. Er trat in den Zeugenstand und wurde vereidigt.

»Dr. Cutler, würden Sie dem Gericht bitte mitteilen, in welcher Beziehung Sie zu Graham stehen?«

»Wir spielen in derselben Softballmannschaft. Ich betrachte mich als seinen Freund. Und ich war der Arzt seines Vaters.«

Bei diesen Worten erstarb das Getuschel im Gerichtssaal, so daß Hardys Stimme in der Stille widerhallte. »Haben Sie Sal Russo innerhalb des letzten Jahres vor seinem Tod untersucht?«

»Ja. Graham erzählte mir, sein Vater sei krank, und bat mich, ihn mir einmal anzusehen.«

»Würden Sie den Geschworenen das Ergebnis mitteilen?«

Das tat Cutler gern. Hardy fand, daß er bei der hauptsächlich aus Männern zusammengesetzten Jury gut ankam. Zunächst einmal war er selbst ein Mann, nicht zu jung und nicht zu alt. Seine Kleidung verlieh ihm zwar Respekt, war aber nicht zu förmlich. Mit seinem markanten Gesicht wirkte er nicht wie ein Schönling, und er hatte ein offenes Lächeln. Alles in allem machte er einen freundlichen, sympathischen Eindruck.

Hardy stellte fest, daß er Richter Salter gar nicht so unähnlich war, nur zwanzig Jahre jünger und aufrichtiger.

»Was taten Sie, als Sie bei der Computertomographie einen Gehirntumor feststellten?«

»Ich nahm noch ein Magnetoenzephalogramm vor.« Auf Hardys Fragen erklärte Cutler die Einzelheiten. »Dann zog ich noch zwei Kollegen hinzu.«

»Und was kam dabei heraus?«

»Was ich erwartet und befürchtet hatte. Der Krebs war so weit fortgeschritten, daß man ihn nicht mehr behandeln konnte, und hätte über kurz oder lang zum Tode geführt.«

Hinter sich vernahm Hardy Drysdales Stimme. »Entschuldigen Sie, Euer Ehren, dürfen wir Sie um eine kurze Besprechung bitten?«

Das gefiel Hardy gar nicht. »Euer Ehren, ich befinde mich gerade mitten in einer Befragung.«

»Es bezieht sich auf Mr. Hardys Vorgehensweise, Euer Ehren.«

Ohne lange zu überlegen, winkte Salter die Anwälte an den Richtertisch.

Drysdale kam sofort auf den Punkt. »Euer Ehren, die Staatsanwaltschaft konzediert gern, daß Sal Russo an unheilbarem Krebs und vermutlich an der Alzheimerschen Krankheit litt und daß er ohnehin bald gestorben wäre. Mr. Hardys Fragen beziehen sich nicht auf irgendwelche vorliegenden Beweise.«

»Genau wie Ihre Darstellung«, zischte Freeman.

Mit einem warnenden Blick rief Salter ihn zur Ordnung. »Mr. Hardy?« sagte er dann.

»Euer Ehren, wir beabsichtigen aufzuzeigen, daß der Gesundheitszustand des Verstorbenen in ihm den Wunsch geweckt haben könnte, seinem Leben ein Ende zu bereiten.«

»Na und?« protestierte Soma schrill. »Es bleibt trotzdem Mord.« Alle Blicke wandten sich ihm zu. Salter ließ sich nicht aus der Ruhe bringen. »Ich bitte Sie alle, Ihre Äußerungen an mich zu richten. Haben Sie verstanden, Mr. Soma? Sie auch, Mr. Freeman?« Er sah die beiden Anwälte scharf an. »Mr. Hardy, wollen Sie auf geistige Unzurechnungsfähigkeit hinaus? Haben Sie eine Theorie, die auf Totschlag hindeutet?«

»Euer Ehren«, antwortete Hardy ausweichend. »Ich versuche, Licht auf das Verhältnis zwischen Graham und seinem Vater zu werfen. Die Staatsanwaltschaft behauptet, daß er Sal beraubt hat, obwohl sie das, wie Sie heute morgen selbst festgestellt haben, nicht belegen kann.«

»Das ist nicht ganz richtig«, verbesserte ihn Salter. »Ich habe Ihren Antrag abgelehnt, auch wenn ich ihn in vielen Dingen für zutreffend hielt.«

Aber Hardy ließ nicht locker. Das war der entscheidende Punkt in diesem Fall, und er durfte sich nicht so einfach abspeisen lassen. »Dennoch bezieht sich Dr. Cutlers Aussage auf das Motiv des Angeklagten. Graham Russo hätte seinen Vater nie bestohlen. Er hat ihn geliebt.«

Der Richter verzog nachdenklich das Gesicht und fingerte an seiner Lesebrille herum. »Motiv?«

»Ja, Euer Ehren.« Hardy wußte, daß er mit dem Feuer spielte.

Salter überlegte eine Weile. »Ich werde es zulassen«, verkündete er schließlich.

Hardy atmete erleichtert auf. Die Anwälte kehrten zu ihren Tischen zurück.

»Dr. Cutler«, fing Hardy an. »Sie haben uns soeben mitgeteilt, daß Sal Russo an unheilbarem Krebs litt. Wie lange hatte er Ihrer Einschätzung nach noch zu leben?«

»Zwischen sechs Monaten und einem Jahr.«

»War der Tumor schmerzhaft?«

»Ja. Er führte zu entsetzlichen Kopfschmerzen, Lichtblitzen vor den Augen und gelegentlichen Krämpfen.«

»Hätten sich diese Symptome im Laufe des kommenden Jahres verschlechtert?«

»Ja.«

»Er hatte also mit großen Qualen zu rechnen?«

»Ja, die Schmerzen wären irgendwann unerträglich geworden.«

»Unerträglich.« Hardy nickte und ging zu seinem Tisch, um einen Schluck Wasser zu trinken. Zu seiner großen Überraschung stellte er fest, daß seinem Mandanten, der sonst immer einen lockeren Spruch auf den Lippen hatte, die Tränen in den Augen standen. Hardy wollte zwar keine Aufmerksamkeit darauf lenken, da man es auch als Theater hätte auslegen können, doch er stellte fest, daß einige Geschworene ihm mit den Augen gefolgt waren. Hoffentlich bemerkten sie es und zogen die richtigen Schlüsse daraus.

Hardy wandte sich wieder an den Zeugen. »War Sal wegen dieser ausführlichen Untersuchungen häufig bei Ihnen, Dr. Cutler?«

»Zwei- oder dreimal pro Woche über einige Monate hinweg.«

»Kam er allein?«

»Nie. Graham war immer bei ihm.«

»Graham Russo begleitete ihn jedesmal?«

»Ja, Sir.«

»Wie hat Sal die Untersuchung durch Sie und die weiteren Fachärzte finanziert? War er krankenversichert?«

»Nein. Das war eins seiner größten Probleme.«

»Und wie hat er das gelöst?«

»Graham hat die Kosten aus eigener Tasche bezahlt.«

Grahams Anhänger unter den Zuschauern begannen zu tuscheln, so daß Salter sie zur Ordnung rufen mußte.

»Können Sie im einzelnen aufzählen, was Graham alles bezahlt hat?«

Unbefangen drehte sich Cutler zu den Geschworenen um, die ihm gebannt an den Lippen hingen. »Sämtliche Kosten eben. Die Konsultationen, die Computertomographien, das Magnetoenzephalogramm, die verschriebenen Medikamente.«

»Danke, Doktor. Auf die Medikamente kommen wir noch zu sprechen. Woher wußten Sie, daß Graham die Behandlung mit seinem eigenen Geld bezahlte und nicht mit dem seines Vaters?«

Dr. Cutler schlug die Beine übereinander. Er wandte sich wieder direkt an die Geschworenen. »Graham und ich spielten in einer Halbprofi-Mannschaft. Wenn wir nach den Spielen ausbezahlt wurden, erhielt ich von ihm sofort mein Honorar.«

»Gut. Nun zu den Rezepten, die Sie für Sal ausgestellt haben. Stammt die Bescheinigung, daß er nicht wiederbelebt werden wollte, auch von Ihnen?«

»Ja.«

»Können Sie das ein bißchen genauer erläutern?«

»Natürlich.« Obwohl Cutler schon eine Weile im Zeugenstand saß und Hardy mit seiner Befragung noch lange nicht am Ende war, war der Doktor immer noch mit ganzem Herzen bei der Sache. Wieder stellte Hardy fest, daß die Geschworenen ihm andächtig lauschten. »Eigentlich haben Sie es ja schon erklärt«, antwortete er fast entschuldigend. »Sal wollte verhindern, daß man ihn um jeden Preis am Leben hielt. Wenn die Sanitäter ihn bewußtlos vorfanden, sollten sie ihn sterben lassen. Dazu war er fest entschlossen. Er wollte nicht dahinvegetieren.«

»Hat er Sie selbst um diese Bestätigung gebeten?«

»Ja. Graham war dabei. Sal wollte sie auch für den Fall, daß er beschloß, Selbstmord zu begehen.«

Hardy ließ sich von dem Stimmengewirr unter den Zuschauern nicht ablenken. »Hat Sal Ihnen ausdrücklich von seinen Selbstmordplänen erzählt?«

Der gute Dr. Cutler schaffte es sogar, leise aufzulachen. »Nicht wörtlich. Wir haben verschiedene Möglichkeiten erörtert, und das war eine davon. So läuft es eben in solchen Fällen«, fügte er zur Erklärung für die Geschworenen hinzu.

»Was meinen Sie damit, Doktor?«

»Nun, wenn man einen Patienten hat, der bald unter großen Schmerzen sterben wird. Außerdem hatte Sal Angst, daß sich seine Alzheimersche Krankheit verschlechtern könnte. Also gab es eine Menge Andeutungen und versteckte Fragen.«

»Versteckte Fragen?«

Cutler überlegte, wie er das anders ausdrücken sollte. »Beim Thema Morphium zum Beispiel. Sal erkundigte sich, ob acht Milligramm eine tödliche Dosis wären. ›Schließlich will ich mich nicht aus Versehen umbringen‹, sagte er. Aber eigentlich meinte er: ›Kann ich damit Selbstmord begehen, wenn ich mich dazu entschließe?‹«

»Euer Ehren! Einspruch. Mutmaßung. Dr. Cutler kann nicht wissen, was Sal Russo mit dieser Frage gemeint hat.«

Salter wollte dem Einspruch schon stattgeben, aber Cutler hatte die Nase voll von Anwälten, die ihm vorschreiben wollten, was er als Arzt tun könne oder nicht. »Ich weiß *genau*, was er gemeint hat«, rief er. »Er wollte wissen, wie er sich umbringen konnte. Er fragte mich, ob es in Kombination mit Alkohol besser wirken würde, und ich habe ihm gesagt, wenn ich das beantworte, könnte ich meine Approbation verlieren und sogar ins Gefängnis kommen. Dieses Spiel haben wir getrieben ...«

Salter unterbrach ihn. »Bitte, Dr. Cutler. Beschränken Sie sich auf die Beantwortung der Fragen, wie es vor Gericht üblich ist.«

Angespanntes Schweigen senkte sich über den Gerichtssaal. Allerdings hatte Cutler sein Ziel erreicht: Die Geschworenen hatten verstanden, daß unheilbar Kranke aus gesetzlichen Gründen häufig zu dieser Art von Verschlüsselung gezwungen waren, obwohl Arzt und Patient genau wußten, was gemeint war.

Endlich ergriff Salter wieder das Wort: »Fahren Sie fort, Mr. Hardy.«

Hardy nickte. »War Graham bei diesem Gespräch über Selbstmord anwesend?«

»Ja, er war immer dabei.«

Hardy trank noch einen Schluck Wasser. Graham, der sich inzwischen wieder gefaßt hatte, nickte ihm zu. Cutlers Aussage hatte ihre Wirkung auf die Geschworenen nicht verfehlt. Einige der Männer machten sich Notizen. Keiner von ihnen schien geistesabwesend, und alle warteten gespannt auf Hardys nächsten Schritt. »Dr. Cutler, wußten Sie, daß Graham als Sanitäter arbeitete?«

»Klar. Beim Sport kommt es häufig zu Verletzungen. Graham und ich waren sozusagen die Fachleute in der Mannschaft. So haben wir uns auch näher kennengelernt.«

»Wissen Sie, ob er seinem Vater Morphiumspritzen verabreicht hat?«

»Ja. Die ersten beiden Male tat er es in meiner Gegenwart. Es ist ein großer Unterschied, ob man ein Medikament intramuskulär oder intravenös spritzt. Da die Dosis, die ich Sal verschrieb, bei intravenöser Injektion tödlich gewesen wäre, wollte ich, daß Graham ganz genau Bescheid weiß.«

Die Geschworenen hatten das zwar schon einmal gehört, aber eine Wiederholung konnte nicht schaden. Graham hatte gewußt, was sie wußten.

»Und Graham hat die beiden Spritzen, die Sie eben erwähnten, intramuskulär gegeben?«

»Ja.«

»Hätte Sal bemerkt, wenn er Sie ihm statt dessen intravenös verabreicht hätte?«

»Euer Ehren, Einspruch. Ich sehe nicht, was das zur Sache tut«, unterbrach Drysdale.

»Mr. Hardy?« Anscheinend fand Salter dieses Schauspiel wider Willen interessant, denn er gestattete Hardy bei Dr. Cutlers Befragung ziemlich große Freiräume. Allerdings hatte Drysdale seiner Ansicht nach recht mit seinem Einwand. Worauf wollte Hardy hinaus?

Hardy freute sich über den Einspruch, da dieser ihm Gelegenheit zu einer Erklärung gab. »Euer Ehren, Mr. Drysdale und Mr. Soma haben sich sehr bemüht, den Eindruck zu erwecken, daß Graham seinen Vater mit einer Whiskeyflasche niedergeschlagen hat, und zwar damit sich dieser nicht gegen die Spritze zur Wehr setzen konnte. Auch wenn sie das nicht beweisen konnten, soll meine Frage an Dr. Cutler klarstellen, ob das überhaupt nötig gewesen wäre.«

Salter überlegte und lehnte den Einspruch dann ab. Die Frage wurde noch einmal vorgelesen, und Cutler entgegnete, Graham hätte es aufgrund seiner Erfahrung tun können, ohne daß Sal etwas davon bemerkte.

Hardy hoffte, damit verdeutlicht zu haben, daß Sal ohnehin niemals Verdacht geschöpft hätte. Also wäre ein Kampf überflüssig gewesen – jedenfalls wenn Graham der Täter war.

Was natürlich nicht der Fall war. Doch das war nicht länger das Problem.

Hardy hielt es für einen taktischen Fehler, daß Drysdale es Soma überließ, Cutler ins Kreuzverhör zu nehmen. Die beiden Männer waren krasse Gegensätze, wobei Grahams Freund eindeutig besser abschnitt als Soma mit seinem aggressiven Auftreten.

Andererseits waren Soma und Cutler beruflich erfolgreich und karriereorientiert und hatten es sicher nur aufgrund ihrer Intelligenz so weit gebracht. Tief in ihrem Innersten wiesen sie gewiß einige Gemeinsamkeiten auf, auch wenn sie jeder einen völlig unterschiedlichen Stil bei der Verfolgung ihrer Ziele pflegten. Aber gerade auf den Stil kam es jetzt an, und am Anfang schien es, als hätte Graham die bessere Karte gezogen.

»Dr. Cutler, Sie sagten, Sie betrachteten sich als Freund des Angeklagten. Kennen Sie ihn schon lange?«

Cutler zuckte die Achseln. »Etwa zwei Jahre.«

»Und Sie spielen gemeinsam Baseball?«

»Softball, um genau zu sein.«

»Treffen Sie sich, vom Softball abgesehen, hin und wieder auch privat?«

Offenbar fand Cutler diese Frage komisch. »Abgesehen vom Softball habe ich kein Privatleben.«

Soma schnalzte humorlos mit der Zunge. »Das heißt also nein, Doktor? Sie haben sich nie mit dem Angeklagten privat verabredet?«

»Stimmt.«

Diese einfache Antwort brachte Soma aus dem Konzept. »Euer Ehren«, wandte er sich an Salter. »Diese Frage verlangt nach einem ›nein‹, nicht nach einer Bestätigung.«

»Dann müssen Sie Ihre Fragen eben klarer formulieren, Mr. Soma«, sagte Salter tadelnd. »Machen wir weiter.«

Soma schluckte seinen Ärger herunter und wandte sich wieder dem Zeugen zu. »Also noch einmal, Doktor: Haben Sie sich mit dem Angeklagten, abgesehen vom Softball, je privat getroffen?«

Hardy wußte nicht, worauf Soma mit diesem Theater hinauswollte. Was hoffte er zu erreichen, indem er sich als kleinlicher Erbsenzähler gebärdete? Na und, dann waren Cutler und Graham eben nie zusammen ein Bier trinken gegangen.

Dr. Cutler lächelte nur gelassen. »Nein«, erwiderte er.

»Vielen Dank«, sagte Soma steif.

»Keine Ursache.«

Die Zuschauer kicherten, und selbst Salter schien ein Lachen unterdrücken zu müssen. Endlich schien Soma zu kapieren. Er zwang sich ein Lächeln ab. »Hat der Angeklagte Ihnen erzählt, warum er seinen Vater begleitete?«

»Ja, natürlich. Außerdem hielt ich es ohnehin für ziemlich offensichtlich.«

»Ach ja?« Mit hochgezogenen Augenbrauen sah Soma die Geschworenen an. Offenbar wähnte er sich trotz seines unglücklich geratenen Anfangs auf der richtigen Spur. »Für Sie war es also offensichtlich, warum Graham seinen Vater begleitete?«

»Genau.«

»Dachten Sie, daß er es tat, weil er seinen Vater liebte?«

»Ja.«

»Und wußten Sie, seit wann er dieser liebevolle Sohn war?«

Hardy stand auf. »Einspruch, Euer Ehren.«

»Stattgegeben.«

»Zeugen haben in dieser Verhandlung ausgesagt, daß der Angeklagte seinen Vater seit fünfzehn Jahren nicht gesehen hatte. Würden Sie so etwas als das Verhalten eines liebevollen Sohnes bezeichnen, Doktor?«

Wieder erhob Hardy Einspruch.

Doch Soma gab nicht so schnell klein bei. »Euer Ehren, die Geschworenen müssen dem Angeklagten diesen späten Anfall von Nächstenliebe nicht abkaufen.«

Der Richter gab Hardys Einspruch zwar statt, aber Soma ließ nicht locker. »Empfanden Sie Sal Russo als schwierigen Patienten?«

»Was meinen Sie damit?«

»Nun, Doktor, der Mann litt an Alzheimer und wußte manchmal nicht, wo er war. Er erkannte Sie nicht, er hatte einen schmerzhaften Gehirntumor. Sicher war er deshalb zuweilen leicht reizbar. Können Sie das bestätigen?«

»Ja, hin und wieder.«

»Hat der Angeklagte Ihnen gegenüber je erwähnt, daß sein Vater eine Belastung für ihn sei?«

»Nun, er ...«

»Ja oder nein?«

»Ja.«

»Hatte er vielleicht allmählich genug davon?«

»Einspruch! Hörensagen. Mutmaßung. Bedrängung des Zeugen.«

Soma wirbelte herum, bedachte Hardy mit einem haßerfüllten Blick und wandte sich dann wieder an Salter. »Ich habe den Zeugen nur nach etwas gefragt, was er mit eigenen Ohren gehört hat, Euer Ehren. Also handelt es sich weder um Hörensagen noch um Mutmaßungen. Und ich bedränge den Zeugen nicht. Ich versuche lediglich, eine klare Anwort von ihm zu bekommen.«

Salter ließ die Frage zu und wollte sie gerade noch einmal verlesen lassen, als Soma selbst sie wörtlich wiederholte. »Hatte er vielleicht allmählich genug davon? Hat Graham Russo das je Ihnen gegenüber geäußert?«

»Kann sein.«

»Kann sein. Also ja. Nun befassen wir uns einmal mit den Krankenhaus- und Arztrechnungen, die der Angeklagte bezahlt hat. Die waren doch sicherlich recht hoch?«

»Ja.«

»Sehr hoch? Ging es um Hunderte von Dollar? Um Tausende? Zehntausende?«

»Sagen wir mal ein paar Tausender.«

»Gut. Hat der Angeklagte je erwähnt, daß ihm allmählich das Geld ausging. Daß er keine Lust mehr hatte, diese finanzielle Last zu tragen?«

»Nein.«

»Nein? Er gab Tausende von Dollar dafür aus, einen Sterbenden am Leben zu erhalten, ohne das als Ärgernis zu empfinden?«

»Richtig. Wir haben nie darüber gesprochen.«

»Sie haben nie darüber gesprochen. Könnte das daran gelegen haben, daß es nicht sein eigenes Geld war?«

Wieder erhob sich Hardy. »Euer Ehren ...«

Aber Soma fiel ihm ins Wort. »Euer Ehren, Dr. Cutler hat uns berichtet, daß er von Graham nach den Softballspielen für seine Dienste bezahlt wurde. Nun aber erfahren wir, daß es sich um einige tausend Dollar handelte.«

»Fahren Sie fort«, verkündete Salter.

»Sollen wir glauben, Doktor, daß der Angeklagte beim Softball Tausende von Dollar verdiente und daß Sie bei jeder Zahlung an Sie genau wußten, woher das Geld stammte?«

»Nicht jedesmal ...«

»Aha, also hat der Angeklagte Ihnen zuweilen auch Geld aus einer anderen Quelle mitgebracht?«

Cutler warf Graham und Hardy einen entschuldigenden Blick zu. Er hatte keine andere Wahl. »Ja, hin und wieder«, antwortete er.

»Und diese Quelle war sein Vater, richtig?«

»Einspruch! Mutmaßung.«

Aber Soma ließ sich nicht zum Schweigen bringen. Seine Stimme wurde schrill. »Und vielleicht trocknete die Quelle allmählich aus, oder nicht, Doktor? Möglicherweise war das Geld fast aufgebraucht, als der Angeklagte –«

»Euer Ehren! Einspruch.« Hardy war gezwungen, lauter zu werden.

Salter schlug heftig mit dem Hammer auf den Tisch. »Mr. Soma, bitte mäßigen Sie sich! Noch so ein Ausbruch, und ich bestrafe Sie wegen Mißachtung des Gerichts. Haben Sie mich verstanden?«

»Enschuldigen Sie, Euer Ehren.« Allerdings schien sich Soma aus diesem Tadel nicht viel zu machen, und offenbar bereute er sein Verhalten nicht. Er hatte Blut geleckt.

»Doktor«, fuhr er fort. »Hat der Angeklagte je Andeutungen gemacht, daß er für all seine Mühen eine Gegenleistung erwartete?«

»Nein. Er hat –«

»Hat Sal Russo, der Vater des Angeklagten, sich je über die Arztkosten beklagt?«

»Ja, manchmal.«

»Sind Sie je auf den Gedanken gekommen, daß er sich deshalb für die Kosten interessierte, weil er und nicht Graham sie trug?«

»Nein, es war nicht –«

»Wissen Sie genau, daß das Geld nicht vom Vater des Angeklagten stammte?«

»Nein, aber –«

»Wissen Sie, ob sein Vater Graham nach den Softballspielen das Geld nicht vielleicht wieder zurückzahlte?«

»Nein, aber ich –«

»Euer Ehren.« Hardy durfte das nicht weiter zulassen. »Der Zeuge hat das Recht, seine Antworten zu erläutern.«

»Es handelt sich ausschließlich um Fragen, bei denen ein einfaches ja oder nein genügt.« Soma war nicht mehr zu bremsen. Er wollte dem Richter nicht die Zeit geben, über den Einspruch zu entscheiden. Schließlich würden sich die Geschworenen nur noch an die Ergebnisse erinnern, nicht daran, wie sie zustandegekommen waren. »Ich werde darauf achten, Euer Ehren.« Dieses Versprechen fiel ihm nicht weiter schwer, da er ohnehin fertig war. »Keine weiteren Fragen.«

»Aber ich habe eine.« Unerwartet stand Freeman auf, um den Zeugen noch einmal ins Kreuzverhör zu nehmen. Da er sich nicht einmal mit Hardy abgesprochen hatte, war ihm sicher gerade erst etwas eingefallen. »Dr. Cutler, haben Sie mit Sal und Graham im Laufe der Behandlung je offen über das Thema Sterbehilfe gesprochen?«

Die Zuschauer schnappten nach Luft. Mit so einer Frage hätte man eher bei Soma gerechnet. Sie von seiten der Verteidigung zu hören war schockierend.

Doch Freemans Vorstoß stand nun im Protokoll vermerkt. Cutler, der sich noch nicht von Somas Überfall erholt hatte, sah Freeman entsetzt an. »Ja, öfter. Er bat mich, ihm Sterbehilfe zu leisten, wenn es dem Ende zuging. Ich habe das abgelehnt.«

»Und war Sal Russo während zumindest einiger dieser Gespräche bei klarem Verstand?«

»Ja. Bei vielen dieser Gespräche. Bei den meisten.«

»Auch wenn ich mich damit selbst lobe, muß ich sagen, es war ein Geniestreich.« Freeman stand in der Zelle hinter dem Gerichtssaal und rechtfertigte sich. Allerdings hatten Hardy und Graham Schwierigkeiten, seinen Geistesblitz angemessen zu würdigen. »Jetzt denken alle, daß es Sterbehilfe war.«

»Das war auch vorher schon so, David. Die Holzhammermethode war also überflüssig.«

»Ach, Unsinn«, höhnte Freeman. Er wickelte sein Sandwich aus, nahm einen großen Bissen und beugte sich vor, um sich nicht zu bekleckern. Nachdem er sich die Lippen mit einer Serviette abgetupft hatte, sprach er weiter: »Jetzt hört mir mal zu. Graham hat nie zugegeben, daß er seinen Vater *aus irgendeinem Grund* töten wollte. Die Sache mit der Sterbehilfe ist zwar große Klasse, aber trotzdem illegal, Kinder.« Er zeigte auf Graham. »Auch wenn Sie deswegen freikommen.«

Graham war nicht überzeugt. »Yoda das besser deutlich machen.«

Freeman wies auf Hardy. »Das überlasse ich unserem silberzüngigen Teufel beim Schlußplädoyer.«

»Wie soll ich dir nur danken?« fragte Hardy.

Freeman grinste und nahm noch einen Bissen zu sich. »Keine Ursache.«

33

Von Donnerstag nachmittag bis zum Dienstag der nächsten Woche schleppte sich die Verhandlung für die beiden Verteidiger quälend dahin. Damit die Geschworenen von Sals fortschreitender Alzheimerschen Krankheit, seinem Verhältnis zu seiner Familie, mit der er schon lange gebrochen hatte, und seiner Beziehung zu Graham erfuhren, rief Hardy Helen, George und Debra in den Zeugenstand. Außerdem nahm er den jungen Dr. Finer von der County Clinic ins Kreuzverhör, der Sals erste Diagnose gestellt hatte. Danach sagte der Besitzer des U.S. Restaurants aus, wo Sal und Graham häufig zusammen beim Essen gewesen waren.

Um die Frage nach dem Motiv näher zu beleuchten, vernahm er einige von Grahams früheren Kollegen, unter anderem drei Sanitäter und zwei Sanitäterinnen, die in den letzten beiden Jahren mit ihm im Krankenwagen gefahren waren. Sie alle hatten nur Gutes über ihn zu berichten. Graham habe sich aufopfernd um die Patienten gekümmert, ihnen gut zugeredet und sei ein angenehmer, zuverlässiger und fähiger Mitarbeiter gewesen, dessen medizinische Kenntnisse nichts zu wünschen übrigließen. Er hatte sich unter seinen Kollegen und Vorgesetzten keine Feinde gemacht.

Außer Russ Cutler sagten noch drei weitere Mannschaftsmitglieder der Hornets aus, er habe seinen Vater zu Spielen mitgenommen, ihn allen vorgestellt und ihn danach zum Essen eingeladen, wie es sich für einen besorgten und pflichtbewußten Sohn gehörte.

Besonders eindrucksvoll war der Bericht von Roger Stamps, der nach einem Spiel in Fremont vor einem Jahr miterlebt hatte, wie Sal auf einmal verschwunden gewesen war. Roger und Graham waren mehr als eine Stunde durch die dunklen Straßen gefahren, bis sie Sal endlich im Café einer Bowlingbahn entdeckten.

Graham hatte die Zeche seines Vaters bezahlt, ihn ins Auto verfrachtet und ihn nach Hause gefahren. Kein einziges Mal hatte er sich Ungeduld oder Ärger anmerken lassen. Stamps meinte, er hoffe, einmal im Alter einen so treuen Sohn zu haben wie Graham.

Craig Ising war ein Mann, der bei seinen Geschlechtsgenossen gut ankam, weshalb auch die Geschworenen ihn sicher ins Herz geschlossen hätten, aber ihn aufzurufen stellte dennoch ein gewisses Risiko dar. Die rechtliche Frage, ob Grahams Teilnahme an Softballspielen, bei denen um hohe Geldsummen gewettet wurde – abgesehen von der begangenen Steuerhinterziehung –, eine Straftat darstellte, war nämlich nicht geklärt.

Schließlich entschied er sich doch, Ising in den Zeugenstand zu rufen, denn er konnte ein positives Licht auf Grahams scheinbar verantwortungslose Entscheidung werfen, seine Stelle als Referendar bei Richter Draper zu kündigen. Außerdem würde er die komplizierten Gründe, die Graham zu einer Bewerbung als Ersatzspieler bewogen hatten, erläutern können: Graham, der das Ende des Baseballstreiks richtig vorhergesagt hatte, wollte es noch ein letztes Mal bei einem wichtigen Verein versuchen.

Da Graham nicht selbst als Zeuge auftreten würde, mußte ein anderer den Geschworenen vermitteln, welches Kalkül hinter seiner Entscheidung stand, und Ising eignete sich am besten dazu. Graham hatte sich nicht egoistisch verhalten, sondern versucht, einen Traum in Erfüllung gehen zu lassen.

Soma und Drysdale hielten sich bedeckt. Hin und wieder kam es zu einem Einspruch, wenn ein Zeuge sich über eine von Grahams Handlungen in Spekulationen verlor, doch meistens gaben sich die Staatsanwälte damit zufrieden, dazusitzen und zuzuhören.

Da keiner der Zeugen die vorgelegten Beweise entkräften konnte, brauchten sie sich keine Sorgen zu machen.

Um halb acht am Mittwoch morgen saß Hardy mit David Freeman und Sarah Evans bei geschlossener Tür in Abe Glitskys Büro. Sie erörterten die Spuren, die Sarah in den letzten vier

Monaten, leider ohne Ergebnis, verfolgt hatte. Hardy und Freeman spielten mit dem Gedanken, einen weiteren Zeugen aufzurufen und dann ihre Darstellung des Falls abzuschließen. Endlich würde Hardy die Gelegenheit bekommen, die Einzelheiten von Grahams Geschichte zu einem Ganzen zusammenzufügen.

Inzwischen war sein Vertrauen in seine Strategie wie weggeblasen. Die Verhandlung war zwar nicht schlechter verlaufen als erwartet, doch mit den Geschworenen war es immer eine Glückssache – insbesondere bei diesen. Hardys Sprung vom Brett dauerte nun schon fast vier Verhandlungstage, und es würde schwer werden, sich auch in den nächsten Stunden nicht aus dem Konzept bringen zu lassen.

Leider war es ihm nicht gelungen, die Beweise der Staatsanwaltschaft zu widerlegen. Er hatte zwar sein Bestes getan, die Zeugen, die von einem angeblichen Kampf gesprochen hatten, als unglaubwürdig darzustellen – aber dann war er mit seinem Latein am Ende gewesen und hatte sich damit begnügen müssen, die von der Staatsanwaltschaft angeführten Fakten anders auszulegen.

Am Ende würde es darauf hinauslaufen, was die Geschworenen glaubten. Wem sie glaubten. Und deshalb war es eigentlich kein Nachteil, daß niemand einen anderen Verdächtigen aufgetrieben hatte.

Da Hardy sich nun einmal für diesen Weg entschieden hatte, blieb ihm keine andere Wahl. Allerdings bereitete es ihm weiterhin Unbehagen, daß seine Argumentation im Grunde genommen auf einer Lüge beruhte. Einer Lüge im Dienste der Gerechtigkeit, wie er glaubte, aber dennoch einer Lüge.

Auch Freeman war mißmutig. Er wirkte, als hätte er in seinem Anzug geschlafen, und hatte mit Sicherheit auf das Duschen verzichtet, was in dem engen Raum offenkundig war. Gerade hatte er seine Frühstücksportion Erdnüsse vertilgt. Die Reste dieser gesunden, ausgewogenen Mahlzeit lagen vor ihm auf Glitskys Schreibtisch. »Hören Sie, Lieutenant, wir könnten sofort zu Richter Salter gehen und ihn um eine Verhandlungspause von einem Monat bitten. Ich finde, wir sollten das tun, um diese Glücksspielgeschichte noch einmal gründlich unter die Lupe zu nehmen.«

Hardy versuchte, seinen Partner zu bremsen. »Das würde er den Geschworenen nie zumuten. Nicht so kurz vor Schluß. Außerdem geht es hier nicht um Glücksspiel.«

Aber Freeman ließ sich nicht aufhalten und redete weiter auf Glitsky ein. »Wir wissen, daß Craig Ising mit mindestens zwei Dutzend Zockern in dieser Stadt unter einer Decke steckt. Die meisten von ihnen haben Sal Russo als Geldkurier beschäftigt...«

»Das ist viele Jahre her«, wandte Hardy ein.

»... und vielleicht stammt das Geld mit den Banderolen ja aus dieser Quelle.«

»Dafür gibt es keine Beweise«, sagte Sarah.

»Keine, die Sie gefunden haben«, zischte Freeman.

Zornig funkelte Sarah ihn an. »Stimmt. Weil es nichts zu finden gibt.«

Glitsky richtete sich auf. »He, he, das muß doch nicht sein. Es bringt uns nicht weiter, wenn wir wütend werden.«

»Ich bin nicht wütend.« Freeman schien ehrlich überrascht. Er hatte ja nur seinen Standpunkt vertreten, was für ihn so natürlich war wie das Atmen. Wie konnte man sich dadurch nur angegriffen fühlen?

Sarah Evans war jedoch rot angelaufen. »Ich habe Craig Ising zweimal vernommen, Mr. Freeman.« In Wirklichkeit war es viermal gewesen, doch Glitsky hatte nur die beiden letzten Verhöre genehmigt, weshalb er von den anderen nichts erfahren durfte. »Ich habe ihm erklärt, daß ich mich nicht für seine Wettgeschäfte, sondern nur für Sal interessiere. Er hat gesagt, seines Wissens habe Sal seit mindestens zwei Jahren nicht mehr in diesem Bereich gearbeitet.«

»Sagt er«, höhnte Freeman.

»Und Graham bestätigt es«, sagte Hardy.

Freeman blickte zwischen Sarah und Hardy hin und her. »Es könnte sich folgendermaßen abgespielt haben«, sagte er. »Sal litt an Gedächtnisverlust. Kommt euch das bekannt vor? Vielleicht ist er über diese Gelegenheit gestolpert, einen Sack Bargeld abzuliefern, und hat dann sogar vergessen, daß er den Auftrag angenommen hat.«

»Von wem bekam er das Geld und wer war der Empfänger?« fragte Glitsky.

»Das herauszufinden ist Ihre Aufgabe, Lieutenant«, entgegnete Freeman.

Glitsky war ebensowenig verärgert wie Freeman. Er bewunderte zwar die Hartnäckigkeit des alten Anwalts, war sich aber im klaren darüber, daß dieser nichts in der Hand hatte. »Wenn Sie mir irgendeinen direkten Hinweis geben, irgendeinen Namen, David, gehen wir der Sache nach. Ich sage ja nicht, daß es nicht so gewesen sein kann. Ich sage nicht mal, daß es nicht so gewesen *ist*. Aber leider kennen wir die Leute nicht, die Klarheit in die Angelegenheit bringen könnten, wegen der Graham vor Gericht steht.«

»Was ist mit dem hilfsbereiten Mr. Ising?«

»Der ist einer unserer Entlastungszeugen, David. Er war eine große Hilfe für uns«, protestierte Hardy.

Freeman tat das mit einer Handbewegung ab. »Schnee von gestern. Was hat er in letzter Zeit für uns getan?« Er wandte sich wieder an Glitsky. »Sie knöpfen sich jetzt Ising vor und reißen ihm wegen seiner Wettgeschäfte so richtig den Arsch auf. Sie können ihm ja drohen, daß Sie ihn der Sitte überlassen, wenn er uns nicht die Namen all seiner Zockerkumpel nennt. Und dann nehmen Sie die ebenfalls in die Mangel und finden raus, ob ihre Anworten sich widersprechen. Ist Ising übrigens vorbestraft?«

Glitsky mußte sich ein Lachen verkneifen und verdrehte die Augen zur Decke. »Hast du sonst noch was auf dem Herzen, Diz?« fragte er dann.

»Ich glaube, mit deinem Vorschlag, sämtliche jungen, erfolgreichen Managertypen in der Stadt zu verhaften, bist du ein wenig zu weit gegangen, David. Ich weiß nicht so recht, aber für mich hat es sich ziemlich daneben angehört.«

»Glitsky könnte es tun.«

Sie saßen im leeren Gerichtssaal an ihrem Tisch. In einem zweiten Anlauf hatte Freeman von Glitsky verlangt, Dan Tosca zu verhaften, um ihn über die Millionengewinne im illegalen Fischhandel auszuquetschen. Doch Glitsky und Sarah hatten ihm klargemacht, daß gegen Tosca nicht der geringste Verdacht bestand, weshalb es keinen Grund gab, ihn sich vorzuknöpfen.

»Es geht nicht darum, daß er es tun könnte, David, sondern daß er erklären müßte, warum er es getan hat. Und er hätte keine ausreichende Begründung.«

Freeman schüttelte den Kopf. »Nichts als Haarspaltereien.«

»Außerdem dachte ich, wir hätten beschlossen, uns auf keinen Fall zu früh zu strecken.«

»Das ist dein Problem. Ich würde alles tun, um die Geschworenen an einem Urteil zu hindern. Wenn ein Richter mir eine Unterbrechung von fünf Jahren genehmigt, würde ich sie schon aus Prinzip annehmen.«

»Du klingst wie ein richtiger Verteidiger.«

»Darf ich dich daran erinnern, daß ich einer bin?«

»Und du würdest deinen Mandanten in Untersuchungshaft verschimmeln lassen?«

»Ohne mit der Wimper zu zucken.«

Hardy konnte sich ein Lachen nicht verkneifen. »Hattest du diese mitmenschliche Ader schon von Geburt an oder mußtest du lange daran arbeiten?«

»Beides. Also in Ordnung, Glitsky hat schlappgemacht. Deshalb tritt jetzt wieder Plan A in Kraft. Rufen wir die Brandt auf?«

Diese Frage hatten sie bis zum Überdruß erörtert, waren sich aber schließlich einig gewesen, was sie tun sollten. Einerseits würde Barbara Brandt als flammende Fürsprecherin der Sterbehilfe den Geschworenen das Thema anschaulich darstellen können. Andererseits hatte Freeman das mit seiner Frage an Russ Cutler eigentlich schon erreicht. Nur ein Idiot – und Hardy hoffte, daß sich unter den Geschworenen keiner befand – hätte übersehen können, worum es in diesem Fall wirklich ging.

Allerdings würde Barbara Brandt beschwören, daß Graham Sal getötet hatte. Wahrscheinlich log sie und mit Sicherheit war sie unberechenbar. Hardy hatte keine Ahnung, was Drysdale und Soma über das Ergebnis von Brandts Lügendetektortests erfahren hatten. Doch der Name des Experten – Les Worrell – stand auf ihrer Zeugenliste.

Hardy hatte Worrell befragt und glaubte, daß Brandt den Test bestanden hatte. Doch viele Artikel in Zeitungen und Zeitschriften äußerten die Vermutung, daß die Lobbyistin zuvor dementsprechend instruiert worden war. Jedenfalls wußte er nicht, ob Worrell mit Brandt unter einer Decke steckte, und er wagte nicht, Fragen zu stellen, deren Antwort er nicht kannte. Außerdem waren Lügendetektortests vor Gericht nicht zugelassen. Freeman witterte Gefahr.

»Ich denke, ich mache das aus dem Bauch raus«, sagte Hardy schließlich.

»Ganz nach Gefühl, was?« fragte Freeman.

»Genau.«

»Die dämlichste Idee, die ich je gehört habe.«

Hardy zuckte die Achseln. »Du tust das doch ständig.«

»Aber ich bin auch der unglaubliche David Freeman.« Es war nicht klar, ob er das ernst meinte.

»Ich werde die Geschworenen überzeugen, David. Bestimmt verstehen sie, was ich meine.«

»Ohne Brandts Aussage?«

»Vermutlich schon. Sie könnte den Geschworenen nichts erzählen, was sie nicht ohnehin schon wissen.«

Anscheinend sah Freeman das ein. »Und hast du einen Plan?«

Hardy grinste schief. »Das Konzept ist noch nicht ganz klar. Glaubst du, es hilft, wenn ich einen kleinen Steptanz hinlege?«

Drysdale, Soma und Dean Powell höchstpersönlich hatten eine Unterredung im Büro des Generalstaatsanwalts in der Fremont Street. Obwohl sie rund einen Tag gebraucht hatten, bis sie begriffen, wie der Hase lief, war ihnen inzwischen klar, daß Hardy den Prozeß auf einer anderen Ebene führte als sie.

Nun mußte eine schwerwiegende Entscheidung getroffen werden, doch die drei waren sich noch nicht einig. Dean Powell thronte an seinem langen, robusten Behördenschreibtisch und leitete die Sitzung. Er hatte den Kiefer vorgeschoben. Sein Gesicht unter dem schlohweißen Haarschopf war gerötet. »Wer hier Angst hat, sich zu blamieren, interessiert mich einen feuchten Dreck, Art. Die strafverschärfenden Umstände bleiben.«

»Ich sage doch nur«, wandte Drysdale ruhig ein, »daß wir einen Freispruch verhindern wollen. Wenn die Geschworenen vor der Wahl stehen, ihn wegen Mordes in Tateinheit mit Raub zu verurteilen oder ihn laufenzulassen, lassen sie ihn vielleicht laufen, und dann war alle Mühe umsonst.«

»Unsere Aufgabe ist es, dafür zu sorgen, daß ein Mörder seine gerechte Strafe erhält.« Powell ließ sich nicht erweichen. »Und an nichts anderes dürfen wir denken. Außerdem sprechen sie ihn sicher nicht frei.«

»Wir wollen diese Möglichkeit nur hundertprozentig ausschließen, Dean«, ließ sich Soma furchtlos vernehmen. »Ihnen eine andere Möglichkeit anbieten. Totschlag wäre besser als gar nichts.«

»Denn genau darauf will Hardy hinaus, Dean«, fügte Drysdale hinzu. »Gil und ich möchten dem einen Riegel vorschieben.«

»Verdammt noch mal!« polterte Powell. »Hören Sie beide mir überhaupt zu? Drücke ich mich nicht klar genug aus? Wir haben Russo wegen Mord in Tateinheit mit Raub unter Anklage gestellt, und ich kann Ihnen versichern, daß ich weiß, was das bedeutet. Und ich sage Ihnen noch etwas: Wenn wir einen Rückzieher machen oder auch nur diesen Eindruck erwecken, müssen die Geschworenen zwangsläufig annehmen, daß unsere Beweise nicht ausreichen. Dann sprechen sie ihn sicher frei.«

Schweigen entstand wie meistens, wenn ein Vorgesetzter seinen Untergebenen die Leviten liest. Drysdale holte Luft. »Was halten Sie davon, Dean: Wir bezeichnen es nicht als Sterbehilfe...«

»Natürlich nicht!«

»... aber wir weisen Salter darauf hin, daß er die Geschworenen dementsprechend instruieren soll.«

Sie steckten tatsächlich in einer Zwickmühle. Denn ebenso wie Hardy, der sich geschworen hatte, nicht lockerzulassen, bis er seine Sichtweise des Falls durchgesetzt hatte, wollte auch die Staatsanwaltschaft keinen Zentimeter von ihrer Strategie abweichen. Auch nur anzudeuten, daß Sal nicht durch einen vorsätzlichen Mord zu Tode gekommen war, hätte nur Verwirrung gestiftet. Außerdem galt Sterbehilfe im Staat Kalifornien gesetzlich gesehen immer noch als Verbrechen, allerdings nicht als vorsätzlicher Mord. Doch auch auf Mord ohne Vorsatz stand eine lange Gefängnisstrafe.

Drysdale mußte zugeben, daß Powell gar nicht so unrecht hatte. Wenn sie nun umschwenkten und von Sterbehilfe sprachen, würden sie sich der Lächerlichkeit preisgeben und einen Freispruch riskieren. Jedoch erhöhten sie so auch die Wahrscheinlichkeit, daß die Geschworenen Graham Russo für schuldig befanden.

Drysdale war überzeugt, Richter Salter zu einem eindeutigen Hinweis an die Geschworenen bewegen zu können: Sterbehilfe war Mord. Dann konnten die Geschworenen dementsprechend entscheiden, und Powell hatte wenigstens einen Teilsieg zu verbuchen.

Aber der Generalstaatsanwalt war unerbittlich. Das würde er nicht zulassen. Seine Leute würden sich auf ein solches Spiel nicht einlassen. »Wir haben den Stein vor sechs Monaten ins Rollen gebracht, Art. Entweder kriegen wir Russo wegen Mordes in Tateinheit mit Raub dran, oder wir lassen ihn laufen.«

Die Nerven waren zum Zerreißen gespannt, und Soma verlor die Geduld. »Scheiße!« rief er und schlug mit der flachen Hand auf den Tisch.

»Wenn Sie sich weiter solche Frechheiten herausnehmen, Mr. Soma, können Sie sich nach einem anderen Job umsehen«, zischte Powell. »Verstanden? Oder befürchten Sie, daß Sie den Fall nicht richtig dargestellt haben?«

Soma hob den Kopf. »Unsere Beweise reichen aus, Sir.«

Powell starrte ihn finster an, bis er den Blick abwenden mußte. »Wollen wir's hoffen. Jedenfalls will ich das Wort Sterbehilfe in Ihrem Schlußplädoyer nicht hören, außer um zu betonen, daß es sich dabei dennoch um Mord handelt. Der Angeklagte hat seinen Vater wegen des Geldes umgebracht. Daran ist nicht zu rütteln. Und wenn das einem von Ihnen nicht paßt« – er hielt inne und sah die beiden drohend an – »hat er eben Pech gehabt. Sie werden damit leben müssen.«

Sarahs frühmorgendliche Besprechung mit Hardy und Freeman in Glitskys Büro war schon einige Stunden her. Lanier und sie beschlossen, nicht auf den Lift zu warten und die Treppe zu nehmen. Als Sarah im ersten Stock den Flur entlangblickte, sah sie eine schwangere Frau breitbeinig auf der Bank vor dem Gerichtssaal sitzen, in dem Grahams Verhandlung stattfand. Sarah traf eine spontane Entscheidung. Sie bat Lanier, einen Moment zu warten, und ging auf die Frau zu.

»Sind Sie Debra McCoury?«

Die Frau hatte hektische Flecken im Gesicht und schien den Tränen nahe. Sie nickte. »Und wer sind Sie?«

Sarah nahm neben ihr Platz und stellte sich vor. »Ich habe Ihren Bruder festgenommen. Vielleicht erinnern Sie sich nicht mehr, aber wir haben miteinander telephoniert, als ich anfing –«

»Ich erinnere mich.« Ihr Gesichtsausdruck wurde abweisend.

»Seitdem habe ich ein paarmal versucht, Sie zu erreichen, aber das ist offenbar ziemlich schwierig.«

»Ich bin berufstätig.« Anscheinend nur unfreiwillig.

»Müssen Sie heute nicht zur Arbeit?«

»Vorgestern war ich auch schon hier. Als Zeugin konnte ich mir freinehmen«, erwiderte Debra. »Ohne Bezahlung. Es hieß, daß heute die Schlußplädoyers stattfinden, und ich wollte dabeisein.«

Von Graham hatte Sarah eine Menge über Debra erfahren. Wie ihre Mutter damals hatte auch sie einen Mann geheiratet, der nicht ihren Kreisen angehörte, und offenbar kam sie genauso schlecht damit zurecht. Graham hatte Mitleid mit ihr. Warum lebte sie freiwillig in einer Situation, die sie unglücklich machte, lief herum wie eine graue Maus und blieb bei einem Mann, der sie betrog?

Anscheinend litt sie wie George an einem lähmenden Mangel an Selbstbewußtsein, seit Sal die Familie verlassen hatte, und war so verbittert, daß sie sich über nichts mehr richtig freuen konnte. Tief in ihrem Innersten war Debra vermutlich davon überzeugt, daß sie nicht liebenswert war und deshalb auch nie wahre Liebe erfahren würde. Sarah fand, daß man ihr das auf den ersten Blick ansah. Und nun würde sie ein Kind von Brendan bekommen und ihre mißliche Lage dadurch noch verschlimmern.

»Warum sind Sie gekommen?« fragte Sarah. »Sie haben mir doch erzählt, daß Sie Graham nicht leiden könnten, daß man ihm nicht trauen könnte.«

Debra schluckte mühsam. »Er ist mein Bruder.«

»Und was heißt das?«

»Daß ich nicht will, daß er ins Gefängnis kommt.«

»Glauben Sie, daß er Ihren Vater umgebracht hat?«

Die roten Flecken überzogen inzwischen auch ihren dicklichen Hals. »Keine Ahnung.«

»Aber Sie denken, er hat Sals Geld gestohlen?«

»Da bin ich mir auch nicht mehr sicher. Ich habe die Aussage der Bankangestellten gehört. Anscheinend kann niemand sagen, was wirklich passiert ist. Warum wollten Sie mich sprechen?«

Eigentlich hatte Sarah hauptsächlich auf Hardys Bitte hin angerufen. Das war, bevor sie die Suche nach einem weiteren Verdächtigen aufgegeben hatten. Allerdings hatten sie und Hardy eigentlich nicht damit gerechnet, etwas Aufschlußreiches von Debra zu erfahren.

Doch daß sie nie zu erreichen war, hatte Sarahs Argwohn geweckt. »Ich habe noch einige Fragen. Sie haben mir von den Baseballkarten erzählt. Und außerdem haben Sie angedeutet, sie hätten gewußt, daß Sal irgendwo Geld versteckt hatte.«

»Was sich ja auch als richtig erwiesen hat.«

»Stimmt, aber das war nicht meine Frage. Mich interessiert eher, woher Sie es wußten?«

»War nur so eine Vermutung. Vielleicht hat Graham ja mal davon geredet.«

»Ich dachte, Sie hätten seit Jahren nicht mehr mit Graham gesprochen?« Debra betastete ihren Bauch. Ihre Miene war unbewegt, doch in ihren Augen funkelten Tränen. »Und Sie haben gesagt, Sal hätte die Baseballkarten in seiner Wohnung aufbewahrt. Waren Sie schon einmal dort? Woher wußten Sie von der Existenz der Baseballkarten?«

Sie schüttelte den Kopf. »Nein, ich habe nur angenommen ...« Plötzlich sah sie Sarah zornig an. »Warum stellen Sie mir all diese Fragen? Ich habe nichts Unrechtes getan.«

»Das habe ich auch nicht behauptet.«

»Aber Sie –«

»Ich bitte Sie nur, mir zu erklären, woher Sie diese Informationen hatten.« Allmählich hatte Lanier das Warten im Treppenhaus satt. Er kam auf die beiden Frauen zu. »Das ist mein Partner, Inspector Lanier«, stellte Sarah ihn vor.

Lanier nickte. »Alles in Ordnung?« erkundigte er sich.

Sarah ließ nicht locker. »Sicher erinnern Sie sich noch, wo Sie an dem Nachmittag waren, als Ihr Vater getötet wurde. Das haben Sie doch sicher nicht vergessen.«

»Nein. Das war ein Freitag, richtig? Ich habe gearbeitet.«

»Den ganzen Tag? Hatten Sie keine Mittagspause?«

»Ja. Nein, wahrscheinlich nicht. Ich weiß nicht mehr. Vielleicht schon.« Debra strich über ihren Bauch. »Hören Sie, ich fühle mich nicht wohl. Mir wird übel.« Sie machte keine Anstalten aufzustehen, vielleicht weil Lanier drohend vor ihr stand. »Sal hatte die Baseballkarten schon damals, als ich ein Kind war«, sprach sie weiter. »Also besaß er sie bestimmt immer noch. Und meine Mutter meinte, er müsse noch Geld haben. Deshalb bin ich auf die Idee gekommen.«

»Und warum haben Sie mir dann gesagt, Graham habe etwas zu verbergen und sei nicht vertrauenswürdig?«

Sarah kannte die Anwort zwar, wollte aber hören, wie Debra sich aus der Affäre zog. Schließlich begann sie zu weinen und wühlte in ihrer Handtasche nach einem Taschentuch. »Er ist kein schlechter Mensch«, sagte sie.

»Wer ist kein schlechter Mensch, Debra? Graham?«

Doch Debra schüttelte nur schniefend den Kopf. »Ich will nicht, daß er ins Gefängnis kommt. Er hat Sal nicht umgebracht, um an irgendwelches Geld ranzukommen. Das weiß ich genau.«

»Und woher wissen Sie das?«

»Ich kenne ihn. So etwas hätte er nie getan.« Flehend sah sie Sarah und Marcel an. »Mir ist das Geld inzwischen auch egal.

Ich möchte nicht einmal meinen Anteil. Es interessiert mich nicht. Brendan wollte...« Sie hielt inne.

»Ihr Mann? Was ist mit Ihrem Mann?«

»Er war scharf auf das Geld und ist mir ständig deswegen in den Ohren gelegen.« Sie schluchzte auf. »Ich wollte nicht, daß Graham Schwierigkeiten kriegt. Ich wünsche mir nur, daß es in unserer Familie wieder so wird wie früher. Ich wünsche es mir so sehr.«

Nun liefen ihr die Tränen die Wangen hinab. Sarah legte ihre Hand auf Debras Schulter, erhob sich und gab Lanier das Zeichen zum Aufbruch.

34

Zwei Tage später schloß Hardy seine Darstellung des Falls ab, ohne Barbara Brandt und Graham Russo in den Zeugenstand gerufen zu haben. Gil Soma beriet sich leise mit Art Drysdale. Die beiden waren enttäuscht, aber nicht überrascht, daß sie nun keine Gelegenheit bekommen würden, Graham in die Mangel zu nehmen.

Einen ganzen Tag lang saßen Staatsanwälte und Verteidiger im Richterzimmer beisammen und besprachen die Instruktionen an die Geschworenen. Salter hätte der Jury am liebsten die Möglichkeit gegeben, auf Totschlag zu erkennen. Die Alternative Mord oder Freispruch gefiel ihm gar nicht. Doch sowohl Staatsanwaltschaft als auch Verteidigung lehnten Totschlag ab, womit sie sich im Einklang mit dem Gesetz befanden. Also zuckte Salter die Achseln und wünschte ihnen viel Glück.

Nun sah Hardy sich im bis zum letzten Platz besetzten Gerichtssaal um. Wie am ersten Tag waren Pratt und Powell mit ihrem Hofstaat gekommen. Auch Jeff Elliot, der Kolumnist des *Chronicle*, war da. Barbara Brandt war mit ihrem Gefolge erschienen. Sie machte gute Miene zum bösen Spiel und ließ sich ihre Enttäuschung nicht anmerken. Helen Taylor saß in der ersten Reihe hinter Hardy neben ihrer hochschwangeren Tochter Debra, die einen ziemlich mitgenommenen Eindruck machte.

Als Soma aufstand, richteten sich alle Blicke auf ihn, und Hardy drehte sich zu ihm um. Nach dem Schlußplädoyer der Staatsanwaltschaft war die Verteidigung an der Reihe. Dann durfte Soma noch ein Schlußwort sprechen, und zu guter Letzt würde Salter die Jury instruieren. Und wenn all das erledigt war, konnten sich die Geschworenen zur Beratung zurückziehen.

Hardy lehnte sich zu Graham hinüber, erkundigte sich im Flüsterton nach seinem Befinden und warnte ihn, daß es wahrscheinlich ziemlich hart hergehen würde. Er müsse Ruhe bewahren und dürfe sich auf keinen Fall zu Zwischenrufen hinreißen lassen.

Mit einem tapferen Lächeln berührte der junge Mann Hardy am Arm. »Keine Sorge.«

»Du hast gut reden.«

Nach der Mittagspause – Hardy hatte keinen Bissen heruntergebracht – saß er wieder mit David Freeman und Graham Russo im Gerichtssaal. Wie beim Eröffnungsplädoyer hatte Soma seinen so wirkungsvollen gelassenen Ton angeschlagen. Er hatte anderthalb Stunden gebraucht, um die mittlerweile hinlänglich bekannte Geschichte, die aus seinem Mund sehr glaubhaft und plausibel klang, noch einmal zu erzählen. Dean Powells Anweisung folgend, hatte er kein einziges Mal auch nur angedeutet, daß die vorgelegten Beweise auch auf Sterbehilfe hindeuten könnten – der Verteidigung fiel ein Stein vom Herzen.

Hardy und Graham rechneten sich eine Chance aus. David Freeman meinte, daß sie den Prozeß so gut wie gewonnen hatten. Es würde zu einem Freispruch kommen. Und da Freeman weder abergläubisch noch besonders taktvoll war, wiederholte er diese Auffassung während der Pause immer wieder, bis Hardy und Graham ihm am liebsten an die Gurgel gesprungen wären.

»Kennen Sie eigentlich den Spruch, daß man den Tag nicht vor dem Abend loben soll?« zischte Graham.

»Warum denn nicht?« fragte Freeman.

»Gib's auf, das bringt nichts«, sagte Hardy zu Graham und verließ die Zelle.

Jetzt stand er vor dem Tisch der Verteidigung, näher an den Geschworenen als zuvor bei den Kreuzverhören. Nach einer kurzen Kunstpause nickte er Graham und Freeman aufmunternd zu, holte tief Luft und begann.

»Meine Damen und Herren Geschworenen, am Anfang dieses Prozesses habe ich Ihnen gesagt, daß Graham Russo seinen Vater liebte, und ich sage es Ihnen jetzt noch einmal.«

Er trat einen weiteren Schritt auf die Geschworenen zu. »Sal Russo lebte in einer Welt, die täglich enger wurde. Eine Welt der verschwommenen Erinnerungen und der immer stärker werdenden Schmerzen. Schon vor langer Zeit hatte er jegliche Verbindung zu seinen drei Kindern abgebrochen, doch vor etwa zwei Jahren hatte er zu Graham, seinem ältesten Sohn, wieder Kontakt aufgenommen.

Damals hatte Graham selbst mit Schwierigkeiten zu kämpfen. Aber wahrscheinlich wissen die meisten von Ihnen, daß es nicht leicht ist, sich im Beruf und im Leben zu behaupten.«

Hardy wollte vor allem die männlichen Geschworenen auf seine Seite bringen und ihnen klarmachen, daß es zwischen dem Angeklagten und ihnen Gemeinsamkeiten gab.

»Er kündigte die lukrative Stelle, die er gleich nach dem Abschluß seines Studiums bekommen hatte, um seinen Traum zu verwirklichen. Er wollte es noch einmal als Baseballprofi versuchen, doch dieser Wunsch entpuppte sich als Luftschloß.« Hardy drückte noch etwas mehr auf die Tube. »Er konnte einfach keinen *Curveball* schlagen. Ich bin sicher, viele von uns wissen, wie das ist.« Ein oder zwei Geschworene kicherten.

»Als er nach San Francisco zurückkam, entschied er sich deshalb endgültig für eine Laufbahn als Anwalt. Leider jedoch mußte er feststellen, daß er keine Arbeit finden konnte. Die Menschen, die er in der karriereorientierten Welt der Juristen für seine Freunde gehalten hatte, ließen ihn im Stich.« Hardy hatte sich diese Worte genau überlegt. Die Geschworenen, zum Großteil einfache Arbeiter, sollten sich mit Graham identifizieren.

Er fuhr fort. »Graham nahm wieder Verbindung zu seinem Vater auf. Seine Mutter und seine Geschwister haben hier ausgesagt, daß ihm der Gedächtnisverlust seines Vaters schon damals auffiel. Sal Russo litt an der Alzheimerschen Krankheit im ersten Stadium. Manchmal vergaß er, wo er war oder was er gerade erledigen wollte. Und Graham war als einziger immer für ihn da.

Er unterstützte seinen Vater nicht nur im Alltag, sondern wurde sein Freund und ständiger Begleiter. Er ging mit ihm in

Restaurants und zum Baseball. Er fuhr mit ihm in der Stadt herum, redete und lachte mit ihm und vertraute sich ihm an. Und dann begannen – wie Dr. Cutler uns erklärt hat – bei Sal die schrecklichen, unerträglichen Kopfschmerzen.«

Hardy hielt einen Moment inne. Nun würde er seine Stoßrichtung ändern und die Staatsanwaltschaft direkt angehen. »Mr. Soma und Mr. Drysdale haben behauptet, daß Graham seinen Vater und die Zeit, die er mit ihm verbrachte, als Belastung empfand, und daß ihn die hohen Ausgaben für die ärztliche Behandlung wurmten. Ich möchte Sie daran erinnern, daß diese Behauptungen im Laufe dieses Prozesses durch nichts bewiesen wurden. Und wissen Sie, warum das so ist? Weil sie nicht der Wahrheit entsprechen.

Graham war es nicht leid, seinen Vater zu unterstützen und ihn zu pflegen. Richter Giotti hat Ihnen erzählt, daß Graham Sal bis zum Schluß einige Male in der Woche besuchte, um sich zu vergewissern, daß es ihm an nichts fehlte, und um ihm seine Spritzen zu geben. Blue, Sals Nachbarin und Zeugin der Anklage, hat das bestätigt. Graham war immer für Sal da. Er liebte ihn.«

Wieder machte Hardy eine Pause und trank einen Schluck Wasser. Dabei warf er einen kurzen Blick auf seinen Notizblock, auf dem nur drei Wörter standen: Liebe. Beweise. Ende. Auf die Beweise war er noch kaum zu sprechen gekommen, und auch nicht darauf, daß die Beweislast bei der Staatsanwaltschaft lag. Und diesem Aspekt, der normalerweise ein weites Betätigungsfeld bot, wollte er sich jetzt widmen und Soma einen Strich durch die Rechnung machen. Er näherte sich der Geschworenenbank. Jetzt kam es darauf an, von Mensch zu Mensch mit diesen Leuten zu reden und nicht dozierend zu wirken.

»Einigen von Ihnen ist sicher aufgefallen, daß ich mich kaum mit den von der Staatsanwaltschaft vorgelegten Beweisen befaßt habe. Der Grund dafür ist, daß diese Beweise recht dürftig sind. Niemand hat gesehen oder auch nur den Eindruck gehabt, daß Graham seinen Vater nicht wie einen Freund behandelte. Und was ist mit den so häufig erwähnten fünfzigtausend Dollar und den Baseballkarten? Haben Mr. Soma oder Mr. Drysdale mehr belegen können, als daß sie sich zuerst in Sals und dann in Grahams Besitz befanden?

Liegt da die Vermutung nicht nahe, daß Sal, der spürte, daß sein Gedächtnis allmählich nachließ, diese Wertsachen seinem Sohn anvertraute, der ihn liebte und der ihm in dieser Situation beistand? Daß er verhindern wollte, daß sie verlegt wurden oder verlorengingen? Ist es nicht möglich, daß Graham das Geld und den Erlös der Karten benutzen sollte, um Sals Arztkosten zu bezahlen? Angesichts dessen, was Sie inzwischen über Graham wissen, ergibt das doch um einiges mehr Sinn als die Theorie, daß Graham aus heiterem Himmel auf seinen Vater eingeschlagen und ihn beraubt haben soll. Das ist lächerlich. So hat es sich nicht ereignet.

Außerdem existieren keinerlei Beweise für einen solchen Kampf. Sie müssen sich eines klarmachen, und Richter Salter wird es Ihnen während der Instruktionen an die Geschworenen noch einmal sagen: Die Staatsanwaltschaft muß jenseits aller vernünftiger Zweifel beweisen, daß Graham schuldig ist, und ich muß gar nichts beweisen. Die Beweislast trägt immer die Staatsanwaltschaft, und solange sie etwas nicht beweisen kann, hat es einfach nicht stattgefunden, soweit es Sie betrifft.«

Salter räusperte sich. »Mr. Hardy, ich werde die Geschworenen dahingehend instruieren, wenn Sie fertig sind.«

Hardy ließ sich nicht aus der Ruhe bringen. Salter hatte recht. Doch es konnte nicht schaden, den Geschworenen sein leidenschaftliches Engagement für Recht und Gesetz zu demonstrieren. Mit einem entschuldigenden Lächeln drehte er sich zu ihnen um.

»Sie haben viele Zeugen gehört, die über Grahams Charakter, sein Verhältnis zu Sal und über seine Persönlichkeit berichteten. Doch selbst ohne diese Aussagen – selbst wenn Graham keine Freunde hätte, die sich für ihn verwenden –, hat die Staatsanwaltschaft mit nichts aufgewartet, was ihre Theorie untermauern würde. Weil es sich dabei nämlich um nichts weiter handelt, als um eine auf Irrtümern basierende Theorie, die sich nicht auf irgendwelche Beweise stützt.

Sicher fragen Sie sich jetzt, warum Graham Russo dann überhaupt hier vor Gericht steht, und diese Frage ist durchaus berechtigt. Ich werde es Ihnen verraten.

Es gibt dafür nur einen einzigen Grund.«

Eigentlich waren es zwei Gründe. Hardy hoffte, daß die Geschworenen die Zeitungen gelesen, mit Familienmitgliedern gesprochen oder auf eine andere Weise von Gil Somas und Graham Russos gemeinsamer Vergangenheit gehört hatten. Freeman hatte zu Beginn des Verfahrens bei jeder sich bietenden Gelegenheit der Presse gegenüber erwähnt, daß Soma mit dem Angeklagten noch ein Hühnchen zu rupfen hatte. Und auch Hardy hatte in Unterhaltungen mit seinem Freund, dem Journalisten Jeff Elliot, darauf angespielt, der es in seiner Kolumne »Stadtgespräch« gedruckt hatte. Natürlich waren solche Hinweise vor Gericht nicht zugelassen, aber manchmal mußte man den Geschworenen eben bestimmte Dinge auf jede nur mögliche Weise beibringen.

Nun mußte Hardy auf Grahams Lügen eingehen, ein heikles Thema, um das allerdings kein Weg herum führte. »Als die Polizei Graham vernehmen wollte, ist er in Panik geraten. Nicht, weil er glaubte, etwas Unrechtes getan zu haben« – hier mußte seine Ausdrucksweise ganz präzise sein – »sondern weil ein naher Angehöriger sich das Leben genommen hatte. Schließlich hatte er seinem Vater gezeigt, wie man eine Spritze verwendete. Hin und wieder verabreichte er ihm sogar selbst die Injektionen. Er tröstete und beriet ihn, als alle sich von ihm abwandten. Und ihm war klar, daß man ihm einen Strick daraus drehen konnte. Er wußte, daß Menschen, denen es eher um ihre Karriere und um ihren eigenen Vorteil als um die Gerechtigkeit geht, ihm diese Hilfsbereitschaft und Anteilnahme zum Vorwurf machen würden.

Graham Russo hatte keine Illusionen, was die Bürokraten in dieser Welt angeht – engstirnige Männer und Frauen, deren Lebensziel darin besteht, Macht über ihre Mitmenschen auszuüben. Ihre größte Freude ist es, Männern wie Dr. Cutler vorzuschreiben, welchen ärztlichen Rat sie einem Patienten erteilen dürfen, und uns allen vorzuschreiben, welche Medikamente gegen unsere Schmerzen wir nehmen dürfen und welche nicht.

Graham wußte, daß es diesen Kleingeistern nicht genügt, uns zu Lebzeiten in ein Korsett zu pressen. Selbst im Tod würden sie uns am liebsten weiter behelligen. Sal Russo hatte sich zwar ihrem Zugriff entzogen, doch Graham war ihnen weiterhin ausgeliefert. Deshalb hatte er Angst, und aus diesem Grund hat er gelogen.«

Hardy hielt inne, damit diese Informationen sich setzen konnten.

»Als zugelassener Anwalt im Staat Kalifornien mußte Graham mit seinem Ausschluß aus der Anwaltskammer rechnen, unabhängig davon, ob er schuldig oder unschuldig war. Er würde trotz einer jahrelangen schwierigen Ausbildung und Tausenden von Dollar Studiengebühren nicht mehr als Anwalt praktizieren können, und das wollte er unbedingt verhindern. Also belog er die Polizei und mußte danach weiterlügen, um sich nicht in Widersprüche zu verwickeln. Ich wünschte, er hätte es nicht getan. Doch es war nun einmal so, und darum steht er heute vor Gericht. Ich möchte dem noch hinzufügen, daß sogar Sergeant Evans Graham für vertrauenswürdig hält, obwohl sie als erste von ihm belogen wurde.«

Erleichtert holte Hardy Luft, denn eigentlich hatte er erwartet, ständig durch Einsprüche unterbrochen zu werden. Allerdings war ein Schlußplädoyer nun einmal von Haus aus argumentativ. Hardy hatte seine Auffassung vertreten und anschaulich begründet. Auch wenn er sich bald auf das Gebiet der Mutmaßungen vorwagen mußte, befand er sich im Augenblick noch auf sicherem Terrain.

»Graham wußte, daß es so aussah, als hätte sein Vater Selbstmord begangen. Auch Dr. Strout kann einen Freitod noch immer nicht ausschließen. Vielleicht war Graham besser im Bilde. Er hatte den Aufkleber gesehen, der darauf hinwies, daß Sal nicht wiederbelebt werden wollte. Er hatte mitbekommen, welche unerträglichen Schmerzen sein Vater litt. Und er hatte ihn sagen hören, daß er bereit sei zu sterben und daß der Tod für ihn eine Erlösung bedeuten würde.«

Hardy ließ den Blick über die Geschworenenbank schweifen und sah einige der Geschworenen eindringlich an. Er forderte sie in keiner Weise heraus, sondern erzählte ihnen nur, was er glaubte und was sie glauben sollten.

Dann senkte er die Stimme fast bis zu einem Flüstern. »Graham ist ausgebildeter Sanitäter. Am Morgen des Todestages erhielt er zwei Anrufe von seinem Vater. Er fuhr in dessen Wohnung, wo Sal schreckliche Schmerzen litt. Vielleicht saß er auf dem Boden neben dem Couchtisch und trank sich Mut an. Wie Dr. Strout Ihnen erläutert hat, wirkt eine intravenöse Morphiuminjektion rasch und schmerzlos. Es kam nie zu einem Kampf. Endlich befreit von Schmerzen und geistiger Verwirrung, glitt Sal Russo in den Todesschlaf, ohne seine Würde zu verlieren. Er hatte endlich seinen Frieden gefunden.«

Er blickte jeden Geschworenen der Reihe nach an, was eine Ewigkeit zu dauern schien.

»Ich sage Ihnen, daß Graham Russo kein Verbrechen begangen hat. Wir haben es hier nicht mit einem Mord zu tun, mit keinem Verstoß gegen unsere Gesellschaftsordnung, der nach einer Strafe verlangt. Er ist unschuldig, in juristischer, tatsächlicher und vor allem in moralischer Hinsicht. Und es wäre das beste für uns alle, wenn Sie ihn freisprechen.«

STADTGESPRÄCH von Jeff Elliot:
Am meisten bewegte die Gemüter in dieser Stadt wohl, was am Donnerstag in Gerichtssaal 27 unter dem Vorsitz von Richter Jordan Salter geschah. Nur noch Stehplätze waren zu haben, denn von hohen Justizbeamten wie Generalstaatsanwalt Dean Powell und Bezirksstaatsanwältin Sharron Pratt bis hin zu Befürwortern der Sterbehilfe, Bürgerinitiativen, Ärztevertretern und Journalisten waren alle gekommen, um den Abschluß des Prozesses gegen Graham Russo, den Anwalt und ehemaligen Baseballspieler, mitzuerleben. Staatsanwaltschaft und Verteidigung lieferten sich ein heißes Wortgefecht.
Meiner Auffassung nach drehte sich dieser Prozeß von Anfang an weniger um die Ermordung von Sal Russo als um die alte Feindschaft zwischen Gil Soma und Graham Russo, die beide einige Jahre lang als Referendare bei Bundesrichter Harold Draper tätig waren. Soma, der Russo nicht verzeihen

konnte, daß dieser ihn trotz des großen Arbeitsanfalls im Stich ließ, nutzte nun die Gelegenheit, um sich zu revanchieren.

Das nennen Sie kleinlich? Allerdings.

Verteidiger Dismas Hardy hatte sich kühn entschlossen, nicht groß auf die von den Herren Soma und Drysdale vorgelegten Beweise einzugehen. Statt dessen schilderte er den Angeklagten als liebevollen Sohn, den die unheilbare Krankheit seines Vaters vor eine schwere Gewissensentscheidung stellte.

Offenbar teilten die Geschworenen diese Auffassung. Nach nur anderthalbstündiger Beratung sprachen sie Graham Russo um fünfzehn Uhr dreißig gestern nachmittag frei. Ob er seinem Vater Sterbehilfe geleistet hat, ließen sie offen, da der Gesetzgeber diese Möglichkeit nicht vorsieht.

Statt dessen stellten sie fest, daß Graham Russo nichts Unrechtes getan hat.

Und ich glaube, sie hatten recht.

Fünfter Teil

35

Als Hardy gerade am sonnendurchfluteten Solarium vorbei zu Freemans Büro ging, hielt Phyllis ihn zurück. »Ach, Mr. Hardy.«

Er machte auf dem Absatz kehrt und marschierte auf den Empfangstisch zu. »Ach, Phyllis.« Sie starrten einander in die Augen. »Eines Tages werde ich Sie beim Lächeln ertappen, und dann erzähle ich es überall herum.«

Allerdings war jetzt nicht der richtige Zeitpunkt. Auf dem Schaltbrett der Telephonzentrale blinkten sämtliche Lämpchen. Phyllis zeigte hinter sich. »Mr. Russo würde Sie gern in seinem Büro sprechen.«

Yoda war zu dem Schluß gekommen, daß vier Monate Prozeßvorbereitung in seiner erlauchten Gegenwart das angemessene Training waren, um Graham in seinen ganz persönlichen Jedi-Ritter zu verwandeln. Nachdem der Exangeklagte eine Woche Zeit bekommen hatte, um sich wieder an ein Leben in Freiheit zu gewöhnen, hatte Freeman ihn als Mitarbeiter in die Kanzlei aufgenommen. Grahams Befürchtungen, keinen Job als Rechtsanwalt zu bekommen, hatten sich also erledigt.

Es bereitete Hardy ein wenig Genugtuung, daß Graham Michelles früheres Büro bekommen hatte. Michelle selbst war inzwischen nur noch eine ferne Erinnerung – was auch halbwegs für die große Chance galt, die Hardy verpaßt hatte.

Hardy blieb am Empfangstisch stehen und überlegte, ob er zuerst nach oben gehen und seinen Anrufbeantworter abhören sollte. Seit Ende des Prozesses war er auf der Jagd nach neuen Mandanten, und seine Bemühungen waren nicht völlig erfolglos gewesen.

Seitdem Graham freigesprochen worden war, genoß Hardy in der Stadt ein gewisses Ansehen. Die Presse interessierte sich für ihn, und es waren einige Anrufe eingegangen. Hardy freute sich schon darauf, sich wieder mit Dean Powells Kofferträgern anzulegen. Der Generalstaatsanwalt hatte nämlich beschlossen, seinen Gesichtsverlust wettzumachen, indem er einige (aber nicht alle) Ärzte verfolgte, die sich zur Sterbehilfe bekannten. Zwei der betroffenen Mediziner hatten sich an Hardy gewandt. Hardy wußte zwar nicht so recht, ob er sich auf dieses Thema spezialisieren wollte, doch als Anwalt, der auf jeden Mandanten angewiesen war, hätte er es auch schlechter treffen können. Wenigstens stritt er für eine gute Sache.

Allerdings verdiente er weiterhin viel weniger, als er zum Leben brauchte, obwohl er noch ein paar Monate Luft hatte. Hardy hatte die Verteidigerregel Nummer eins gebrochen, die lautete, das Honorar immer im voraus zu kassieren. Er war sicher gewesen, den Prozeß zu gewinnen, und hatte deshalb mit Lelands Zahlungswillen gerechnet. Also hatte er sich nach einer großzügigen Anzahlung mit monatlichen Raten einverstanden erklärt. Sein Vertrauen war nicht enttäuscht worden. Jeden Monat traf ein Scheck ein, und es war nicht zu erwarten, daß sich daran etwas ändern würde.

Da Hardy für Stunden bei Gericht den dreifachen Satz verlangte (Graham gegenüber hatte er nur vom doppelten gesprochen), würden sich die Zahlungen auf ein anständiges Sümmchen belaufen, mit dem er sich einige Zeit über Wasser halten konnte. Danach mußten wieder regelmäßige Aufträge her. Sicher würde Freeman ihm wieder ein paar Mandanten zuschanzen, aber Hardy wollte lieber auf eigenen Füßen stehen. Seine Ein-Mann-Kanzlei mußte endlich ordentliche Gewinne abwerfen. Vielleicht wartete oben ja Arbeit auf ihn.

Allerdings trugen ihn seine Füße ganz automatisch zu Grahams Büro. Hardy klopfte und drückte die Klinke herunter. In Freemans Kanzlei wurde nicht abgeschlossen.

Graham trug einen hellblauen Anzug und hatte sich die Haare schneiden lassen. Er sah sehr jung, gut und erholt aus und schlief anscheinend zum erstenmal seit sechs Monaten wieder richtig durch, denn die Tränensäcke unter seinen Augen waren verschwunden. Bei genauerem Hinsehen stellte Hardy jedoch fest, daß Grahams Haut immer noch fahl war – wahrscheinlich eine Nachwirkung der langen Haft. Und noch etwas fiel ihm auf: Offenbar machte sich sein junger Kollege über irgend etwas Sorgen.

Hardy schloß die Tür hinter sich. »Unsere liebe Phyllis sagte mir, daß du mich sprechen willst.«

»Ja, richtig«, stieß Graham hervor und holte tief Luft. »Ich kann Sals Sachen abholen.«

Nun wußte Hardy, was ihn bedrückte: Sals Habe befand sich noch in der Asservatenkammer und in einem städtischen Lagerhaus und bedeutete für Graham in dem langen Nachspiel des Mordprozesses eine weitere emotionale Hürde. Er würde die Hinterlassenschaft seines Vaters abholen und wieder den Justizpalast betreten müssen, wo er als Häftling so viel Zeit verbracht hatte.

Hardy überlegte knapp zwei Sekunden. Wahrscheinlich würde es den Großteil des Nachmittags in Anspruch nehmen, aber Grahams Gefühle waren wichtiger als das Geschäft. Wenigstens glaubte er das, denn Weichherzigkeit gehörte nun einmal zu seinen größten Schwächen. »Gut«, sagte er. »Ich höre nur schnell meinen Anrufbeantworter ab.«

Er fand sieben Anrufe vor.

Der dritte stammte von einer gewissen Jeanne Walsh, die sich wegen der Joan-Singleterry-Anzeige meldete. Sie hatte ihre Nummer hinterlassen, die Hardy sofort wählte. Doch niemand hob ab.

Nach dem Urteil hatte Graham sofort vorgeschlagen, eine weitere Anzeigenkampagne zu starten, um Joan Singleterrys Kinder ausfindig zu machen und ihnen das Geld zu übergeben. Hardy hatte ihn deshalb noch mehr ins Herz geschlossen.

George und Debra hingegen zweifelten an Joan Singleterrys Existenz und auch daran, daß Sal ihr sein Geld vermacht hatte. Allerdings waren diese Zweifel nur allzu verständlich.

Aber da ihnen bald klargeworden war, daß sie so am ehesten ohne Rechtsstreit an Sals Geld herankommen würden, hatten sie sich mit einer letzten Suchaktion einverstanden erklärt. Wenn diese ohne Ergebnis blieb, würden sie das Geld unter sich aufteilen. Graham, der wußte, daß ein Prozeß den Großteil der

Summe ohnehin in Form von Anwaltsgebühren verschlungen hätte, hatte schließlich zugestimmt.

Graham und Hardy wollten nichts unversucht lassen. Anstatt wie zuvor eine Kleinanzeige in dreißig oder vierzig Blättern landesweit zu veröffentlichen, beschlossen sie, eine acht Zentimeter hohe Annonce zu schalten, und zwar im Sportteil der fünf größten kalifornischen Zeitungen. Dazu war ein fünf Zentimeter hohes Inserat im *Wall Street Journal* geplant. Die Werbekampagne – finanziert mit dem Geld, das Graham bei Craig Ising verdient hatte – sollte eine ganze Woche laufen. Am Sonntag, vor zwei Tagen also, war diese Frist verstrichen.

Hardy knüpfte an einen Anruf in Sachen Joan Singleterry nicht unbedingt große Hoffnungen. Vor dem Prozeß war ein halbes Dutzend derartiger Reaktionen eingegangen, die sich alle als fruchtlos erwiesen hatten. Trotzdem schlug sein Herz schneller. Die Verhandlung war zwar vorbei, doch für ihn war der Fall noch nicht aufgeklärt. Seit dem Freispruch ging ihm die Frage nach dem wirklichen Täter auch nachts nicht mehr aus dem Kopf.

Jemand hatte Sal Russo ungestraft getötet, und Hardy wurde das Gefühl nicht los, daß das irgendwie mit Joan Singleterry zusammenhing. Außerdem war durchaus möglich, daß Mrs. Singleterry selbst ermordet worden war, wenn sie den Schuldigen kannte. Möglicherweise brachte die Anzeigenkampagne sogar ihr Leben in Gefahr. Deshalb hatten Graham und Hardy die Inserate so knapp wie möglich formuliert. Nur der Name Joan Singleterry, Hardys Telephonnummer und die Aussicht auf eine Belohnung. Graham, Hardy und Sal wurden nicht erwähnt. Vielleicht würde es ja funktionieren.

Da das Lagerhaus, wo die Stadt den kläglichen Rest von Sals Habe deponiert hatte, auf dem Weg zum Justizpalast lag, machten sie zuerst dort Halt.

Dank der Veränderungen der letzten Jahre, des neuen Moscone Centers und des geplanten Stadions für die Giants in China Basin hatte sich in der Gegend südlich der Market Street einiges getan. An manchen Stellen waren die Bemühungen deutlich zu erkennen, andere Gebäude zwischen Market Street und

Justizpalast – wie zum Beispiel das Lions Arms – wirkten heruntergekommen, schäbig und bedrückend.

Nachdem Graham einen Nummerncode in den Kasten am Gitterzaun eingetippt hatte, fuhren sie in den Hof des Lagerhauses. Das anonyme, menschenleere Gebäude, wo man für eine monatliche Gebühr seine Habe unterstellen konnte, hatte gelbe Wände, von denen die Farbe abblätterte, und rostige Eisentüren. Im Schrittempo bogen sie um mehrere Ecken.

»Hier sollte man mal eine Party feiern«, sagte Hardy. »Mit ein paar Luftballons, einer Blaskapelle und ein bißchen Fantasie wird es sicher ganz nett.«

Schon vor einer Woche hatte Hardy den Schlüssel bei der Stadtverwaltung abgeholt. Er würde ihn wieder zurückbringen, wenn sie die Sachen ausgeräumt hatten. Graham zögerte. Ob er wegen des Wetters nicht aussteigen wollte oder ob er befürchtete, den Anblick von Sals Sachen nicht zu verkraften, war nicht festzustellen. Es stürmte so heftig, daß rings um das Auto Staubwolken, Sand und Abfälle aufgewirbelt wurden. »Los«, murmelte Graham vor sich hin.

Hardy wartete im Wagen, während Graham sich mit dem schweren Vorhängeschloß abmühte und dann die Tür aufriß.

Der Verschlag war winzig, etwa einen Meter achtzig tief und eins zwanzig breit, aber dennoch halb leer. Fast wortlos reichte Graham Hardy die Gegenstände, die dieser in den Kofferraum des BMW lud: sechs Kisten voller Bücher, Nippes, Küchengeräte und Badezimmerutensilien. Dazu Photoalben und ein paar abgetragene Kleidungsstücke. Nichts davon war in die Beweisaufnahme eingeflossen, und Hardy stellte erschrocken fest, daß er diese Sachen zum erstenmal sah.

Er tröstete sich damit, daß er sie auch nicht gebraucht hatte. Er hatte gewonnen. Aber es wurmte ihn trotzdem. Graham reichte ihm ein rechteckiges Stück Sperrholz.

»Warum haben die das bloß da reingepackt?« wunderte sich Hardy. »Ich glaube, ich habe am Tor einen Müllcontainer gesehen.«

Graham sah ihn gekränkt und zornig an, doch seine Miene änderte sich, als ihm klarwurde, daß Hardy die Rückseite betrachtete. Anscheinend dachte er, daß die Spediteure das Brett einfach oben auf den Haufen geworfen hatten. »Dreh es um.«

Hardy folgte der Aufforderung.

Der helle Sonnenschein brachte die Farben zum Leuchten, so daß die Maserung des Holzes kaum noch zu sehen war. Ein Boot am Fisherman's Wharf. Auf der Brücke saß ein kleiner Junge und fischte mit einer zerbrochenen Angelrute. »Was ist das?« wollte Hardy wissen.

Graham zuckte die Achseln. Er hielt einen Karton in den Armen und wartete darauf, daß Hardy das Bild in den Kofferraum legte und ihm die Last abnahm. »Es ist von Sal.«

»Hat dein Vater das gemalt?«

Graham stellte den Karton ab und musterte das Bild. »Er war ziemlich gut, nicht?«

Hardy fand das auch. Doch noch mehr interessierte ihn der Hintergrund. »Wo ist das?«

»An seinem Anlegeplatz. Damals hatte er noch die *Signing Bonus*, so hieß sein Boot. Schau, man kann den Namen noch lesen.«

»Und dahinter?« Hardy zeigte auf das ausgebrannte Gebäude.

»Das alte Grotto. Kurz nach dem Feuer.«

»Hat er dabei sein Boot verloren. Ist es auch verbrannt?«

»Nein. Ich glaube, er hat es später ausgeschlachtet und verkauft. Es war einfach nur noch kaputt.«

»Auf diesem Bild sieht es schon ziemlich mitgenommen aus. Also muß es zur gleichen Zeit gewesen sein.«

Ein heftiger Windstoß riß Hardy fast das Bild aus der Hand. Graham schüttelte den Kopf und überlegte. »Nein. Ich weiß, daß er es nach dem Feuer draußen in der Garage gemalt hat. Wir wohnten schon in der Villa.« Er starrte das Bild an. »Er hing sehr daran.«

»Und offensichtlich hatte er es in seiner Wohnung aufgehängt.«

Ein Nicken. »Über dem Sofa.« Hardy konnte den Blick nicht davon lösen. »Was ist los?« fragte Graham.

»Es ist beeindruckend.«

»Sal war echt begabt«, stimmte Graham zu. »Vielleicht hänge ich es bei mir auf. Übernimmst du den letzten Karton?«

Die Asservatenkammer befand sich im tiefsten Keller des Justizpalastes. In dem riesigen Raum roch es nach einer Mischung aus alter Bibliothek und Autowerkstatt. Mit den graugrün gestrichenen Wänden, den Eisengittern, der nackten Glühbirne an der Decke und dem widerhallenden Echo verströmte er wie das übrige Gebäude anheimelnde Behörden-Gemütlichkeit.

Sarah wartete am Eingang. Aus reiner Gewohnheit hatte Hardy seinen Aktenkoffer mitgebracht, den er nun zwischen seinen Füßen abstellte. Als er aufblickte, wunderte er sich zuerst, weil Graham Sarah mit einem raschen Kuß begrüßte. Doch dann wurde ihm klar, daß der Beamte, der hier unten Dienst tat, Graham wahrscheinlich ohnehin nicht erkannte. Und selbst wenn, hatte er keinen Grund, Anstoß daran zu nehmen. Graham war wieder ein freier Mann und konnte Polizistinnen küssen, so viel er wollte.

Es dauerte nicht lange. Zuerst mußte Sarah, die die Verhaftung vorgenommen hatte, einige Papiere unterzeichnen.

»Wo ist Marcel?« erkundigte sich Hardy.

Sarah bedachte ihn mit einem finsteren Blick. »Ich habe heute nachmittag freigenommen«, sagte sie als Anwort auf seine Frage. Die Schwierigkeiten, weil sie sich mit einem Mordverdächtigen eingelassen hatte, fingen für Sarah vermutlich erst an. In der Woche nach dem Prozeß hatten sich die Zeitungen mit Berichten über ihr Verhältnis mit Graham überboten.

Da Hardy vermutete, daß dieses Thema keinem von ihnen angenehm war, wandte er sich zur Theke um, wo drei Pappkartons standen, zwei mit verschiedenen Papieren aus Sals Wohnung und ein dritter, kleinerer mit dem Inhalt aus dem Safe. »S. Russo. Safe Nr. 97-101254. Evans/Lanier, Mordkommission« war mit schwarzem Markierstift ordentlich draufgeschrieben.

Graham öffnete ihn zuerst und sah hinein. Dann blickte er auf, nickte und lächelte gezwungen.

»Alles da?« fragte Sarah.

»Das meiste schon.«

»Er hat mir einfach nicht geglaubt, daß aus der Asservatenkammer nichts wegkommt«, sagte Sarah zu Hardy.

»Sie ist eben zu vertrauensselig«, sagte Graham.

»Dein Glück.« Hardy klappte den Karton auf und breitete das Geld auf der Theke aus – Bündel von Hundertdollarnoten. »Aber es schadet nichts, noch einmal nachzuschauen.«

Dem Wachbeamten fielen fast die Augen aus dem Kopf, und er wollte wissen, ob sie sich um Geleitschutz gekümmert hätten. Es waren insgesamt zehn Geldbündel.

Darunter befand sich ein Schuhkarton. Hardy pustete den Staub weg und hob den Deckel. Da die Baseballkarten nicht den gesamten Platz einnahmen, waren die Lücken mit Zeitungspapier ausgestopft, damit nichts verrutschte. Graham wühlte in dem zweiten Schuhkarton herum.

»Sollten wir das Geld nicht lieber zurücklegen?« schlug Sarah vor.

Hardy nickte. »Am besten packen wir alles wieder ein und bringen es sicher unter. Die Sachen sind komplett.«

»Genau das hatten wir auch vor«, sagte Graham. Er griff nach dem alten Gürtel, ließ ihn baumeln und legte ihn sich dann um die Taille. »Glaubst du, ich finde jemanden, der mir eine neue Schnalle dranmacht?«

Offenbar wollte Graham den Gürtel als Erinnerungsstück an seinen Vater tragen, obwohl er eindeutig nicht mehr der neuesten Mode entsprach. Er bestand aus derbem, schwarzem Leder und war ziemlich dick und schwer. »Allerdings ist er ein bißchen zu lang für mich.« Er zog seinen durchtrainierten Bauch ein und drehte sich grinsend zu Hardy um. »Vielleicht paßt er dir ja. Willst du mal probieren?«

Hardy bedachte ihn mit einem eisigen Lächeln. »Ich würde dir ja gern die passende Antwort geben, aber leider ist eine Dame anwesend. Was ist denn das hier?«

Da »das hier« als Beweisstück gekennzeichnet war, hatte er es schon einmal gesehen. Der wiederverschließbare Plastikbeutel enthielt das Photo der *Signing Bonus*, das Sarah in einem der Familienalben entdeckt hatte. Sie warf einen kurzen Blick darauf. »Das ist Sals Boot. Hat mit dem Fall nichts zu tun. Ich habe es nur so auf Verdacht eingetütet.«

»Darf ich das behalten?« fragte Hardy Graham.

»Klar. Wozu brauchst du es?«

»Zum Andenken an unsere schöne gemeinsame Zeit.« Er steckte es in die Innentasche seines Sakkos. »Was haltet ihr davon, wenn wir jetzt verschwinden?«

Auf dem Parkplatz luden sie die Kartons auf den Rücksitz von Grahams BMW, weil der Kofferraum bereits mit den Sachen aus dem Lagerhaus gefüllt war. Mit Sarah als bewaffnetem Geleitschutz wollte Graham sofort zur nächsten Bank fahren und das Geld und die Baseballkarten in einem Schließfach deponieren. Die restlichen Sachen würde er zunächst in seine Wohnung bringen und dort entscheiden, was er mit ihnen anfangen wollte.

Graham hatte Hardy zwar angeboten, ihn mit dem Auto mitzunehmen, doch er wollte noch einmal versuchen, die Frau zu erreichen, die wegen Joan Singelterry bei ihm angerufen hatte. Er hatte Graham noch nichts von dem Anruf erzählt, um ihm keine falschen Hoffnungen zu machen.

Der Motor lief schon, aber Hardy konnte sich eine letzte Frage nicht verkneifen. »Hast du schon rausgekriegt, was die Baseballkarten wert sind?«

»Ich war bei verschiedenen Tauschbörsen. Wahrscheinlich werden sie zwischen vierzig- und fünfzigtausend einbringen.«

»Teilst du die auch mit George und Debra?«

Graham zuckte die Achseln. »Wenn wir die Singleterry nicht finden, gehört das Geld ihnen, fürchte ich. Was bleibt mir anderes übrig?«

Sarah lehnte sich aus dem Fenster. »Er überlegt sogar, ob er seine Softball-Honorare beim Finanzamt melden soll.«

»Ach, du meine Güte!« sagte Hardy trocken. »Jetzt übertreibst du es aber ein bißchen.«

»Ich habe mich gebessert.« Graham meinte es ernst. »Für den Rest meines Lebens werde ich jeden Cent angeben. Und meine Steuererklärungen der letzten Jahre werde ich korrigieren. Unter keinen Umständen werde ich je wieder eine einzige Nacht im Gefängnis verbringen.«

Hardy nickte. »Hier sehen wir ein Musterbeispiel für die Wirksamkeit unseres Rechtssystems. Kaum ist man ein paar Monate im Knast, kommt man als geläuterter Mensch wieder raus.«

Als Hardy zurück in seinem Büro war, wählte er noch einmal die Nummer der Anruferin. Diesmal meldete sie sich nach dem zweiten Läuten.

»Hallo? Jeanne Walsh?«

»Ja.« Die Frauenstimme klang sehr jung. Im Hintergrund schrie ein Baby.

»Sie haben mich wegen der Zeitungsannonce angerufen?«

»Stimmt. Worum geht es? Kriege ich die Belohnung? Die könnte ich nämlich gut gebrauchen.«

»Vielleicht«, antwortete er ausweichend. »Eigentlich versuchen wir, Joan Singleterry selbst zu finden. Kennen Sie sie?«

»Natürlich. Deshalb habe ich ja angerufen. Joan Singleterry war meine Mutter.« Hardy fiel sofort auf, daß sie in der Vergangenheit sprach. »Sie ist vor etwa vier Jahren gestorben.«

»Könnten Sie mir einige Fragen über sie beantworten?«

»Natürlich. Aber zuerst möchte ich wissen, wer Sie sind.«

Hardy entschuldigte sich. »Ich heiße Dismas Hardy und bin Anwalt in San Francisco.«

»San Francisco? Das ist aber ziemlich weit weg.«

»Wo wohnen Sie denn?«

»In Eureka.«

Hardy, der bis jetzt nur auf seinem Schreibblock herumgekritzelt hatte, beschloß, sich ein paar Notizen zu machen. Eureka war ein alter Holzverladehafen und die Kreisstadt von Humboldt County, Kalifornien, etwa vierhundertfünfzig Kilometer im Norden.

»Lebte Ihre Mutter auch in Eureka?«

»Ja.«

»Schon immer?«

»Einen Moment bitte.« Sie legte den Hörer weg, und Hardy hörte sie schimpfen: »Nein, nein, nein. Laß das sein, Brittany. Mama ist gleich fertig.«

Hardy hatte Verständnis für sie. »Tut mir leid«, sagte Jeanne. »Wo waren wir gerade?«

»Hat Ihre Mutter immer in Eureka gewohnt?«

»Den Großteil ihres Lebens. Sie wurde hier geboren, zog für ein paar Jahre nach San Francisco und kam dann zurück. Doch in San Francisco hieß sie nicht Singleterry, sondern Palmieri. Erst als sie wieder in Eureka war, hat sie Ron Singleterry geheiratet.«

Hardy war enttäuscht. »Wie hieß Ihre Mutter noch mal, als sie in San Francisco wohnte?«

»Palmieri.« Jeanne buchstabierte den Namen, und Hardy schrieb ihn auf.

»Kennen Sie einen Mann namens Sal Russo?«

»Nein, ich glaube nicht.«

»Wissen Sie, ob Ihre Mutter ihn je erwähnt hat?«

»Sal Russo?« Sie schwieg eine Weile. »Nein, da klingelt bei mir nichts. Hätte sie ihn kennen sollen? Heißt das, daß ich die Belohnung nicht kriege? Brittany, laß das!«

Belohnung oder keine Belohnung – das Kind beanspruchte mehr als die Hälfte von Jeanne Walshs Aufmerksamkeit. Hardy kam zu dem Schluß, daß es im Augenblick keinen Sinn hatte, sich weiter mit ihr zu unterhalten. Er mußte Nachforschungen anstellen. Sie hatte Joan Singleterry eindeutig gekannt, und der Name Palmieri würde ihm vielleicht helfen, mehr in Erfahrung zu bringen.

Also bedankte er sich bei ihr und versprach, sie wieder anzurufen. Diesmal gelang es ihm nicht, seine Aufregung zu unterdrücken. Seine Ahnung verdichtete sich zur Gewißheit. Er wußte zwar nicht wie, aber Joan Singleterry würde ihn zu Sal Russos Mörder führen.

36

Die ganze Familie beteiligte sich an der Zubereitung von Chili, Quesadillas und Tacos. Pico und Angela Morales kamen mit ihren drei Kindern zu Besuch, und alle aßen zusammen am selben Tisch.

Juristische Probleme wurden nicht besprochen.

Kurz vor halb neun wurden die Kinder in Rebeccas Zimmer schlafengelegt. Als Pico und Angela und ihre Rasselbande drei Stunden später aufbrachen, gingen Hardy und Frannie ins Bett – allerdings nicht, um zu schlafen.

Am nächsten Morgen joggte Hardy seine sechs Kilometer, wobei er feststellte, daß seine Kondition allmählich besser wurde. Für kalifornische Verhältnisse war es ziemlich kalt geworden; der Wetterbericht hatte Höchsttemperaturen von nur knapp fünfzehn Grad vorhergesagt. Deshalb holte Hardy Feuerholz von dem Stapel, der an einer Seite des Hauses lagerte. Während Frannie Brot buk, machte er sein Aquarium sauber.

Wegen all dieser häuslichen Pflichten war er erst kurz vor zwölf Uhr mittags im Büro. Da er am Vortag vergessen hatte, den Schlüssel zum Lagerhaus zurückzugeben, beschloß er, das als Vorwand für einen weiteren Besuch im Justizpalast zu nehmen.

Die Tür zu Glitskys Büro stand offen. Der Lieutenant saß an seinem Schreibtisch und war offenbar in Papierkram vertieft. Seinen Aktenkoffer in der einen und eine Tasse heißen Tee in der anderen Hand, kam Hardy herein. Glitsky blickte auf und nahm die Opfergabe gnädig entgegen. Seit dem Freispruch hatten die beiden Männer kein Wort mehr miteinander gewechselt, und damals war Sarahs und Grahams Verhältnis noch nicht in aller Munde gewesen. Inzwischen hatte sich das natürlich geändert.

Vorsichtig trank Abe einen Schluck von der kochendheißen Flüssigkeit. »Warum machst du nicht die Tür zu?« fragte er aufgeräumt. »Ach, ich liebe dieses Geräusch.« Als sie unter sich waren, nahm er noch einen Schluck. »Vermutlich wußtest du über Sarah Evans und deinem Mandanten nicht Bescheid.«

Hardy verzog keine Miene. »Was meinst du?«

Glitsky schob ein paar Papiere zur Seite. »Bestimmt dachtest du, ich würde ihr kein objektives Urteil über Grahams Schuld oder Unschuld zutrauen, wenn ich von ihrem Verhältnis gewußt hätte. Möglicherweise hätte ich ihr nicht erlaubt, gegen unschuldige Bürger zu ermitteln.«

»So unschuldig war George nun auch wieder nicht. Außerdem ist Graham freigesprochen worden. Das haben die Geschworenen gesagt.«

Der Lieutenant widmete sich wieder seiner Tasse. »Sie ist eine gute Polizistin, sonst hätte sie es nicht bis in die Mordkommission geschafft. Aber man geht nicht mit Verdächtigen ins Bett.«

»Mir ist das zwar noch nie passiert, doch ich gebe zu, daß an diesem Tip was dran ist.«

Glitsky nickte. Es hatte keinen Zweck weiterzubohren. Was sich zwischen Evans und Graham Russo abgespielt hatte, war schließlich nicht Hardys Schuld. Allerdings wurmte es Glitsky, daß Hardy möglicherweise – verdammt, wahrscheinlich; verdammt, mit Sicherheit – schon seit Monaten darüber im Bilde war und es ihm verschwiegen hatte.

Doch Glitsky war klar, daß der Fehler zum Großteil bei ihm lag. Nicht Hardy, sondern er selbst war es gewesen, der die Verbindung zwischen ihnen abgebrochen hatte. Er trank noch einen Schluck Tee und lehnte sich zurück. »Und was verschafft mir heute die Ehre?«

»Ich habe ehrlich geglaubt, das würdest du mich nie fragen.«

»Das Überraschungsmoment«, sagte Glitsky. »Ein alter Polizeitrick.«

»He, das bringt mich auf eine Idee. Klopf, klopf.«

Glitsky schüttelte den Kopf. »Nein.«

»Komm schon, mach mit. Tu mir den Gefallen. Nur einmal. Klopf, klopf.«

Glitsky zögerte. Aber er hatte keine Wahl. Sonst würde

Hardy einfach mit seinem dämlichen Grinsen dort sitzenbleiben und immer wieder »Klopf, klopf« sagen, bis er eine Antwort bekam. Knurrend sagte er: »Also gut, Herrgott noch mal. Wer ist da?«

»Kuh von rechts.«

»Kuh von re-?«

»Muuuh!«

Als kurz ein Lächeln über Glitskys Gesicht huschte, verbuchte Hardy das als Sieg für die Verteidigung. »Okay«, sagte Glitsky. »Das war nicht schlecht. Man merkt, daß du in letzter Zeit viel mit deinen Kindern spielst. Wie geht es ihnen? Ich sollte wieder mal mit Orel vorbeikommen.«

Da Hardy den Prozeß glücklich hinter sich gebracht hatte und auch die ersten hektischen Schulwochen überstanden waren, genoß er das Zusammensein mit seinen Kindern sehr. Ein schöner Abend wie gestern wurde inzwischen fast zur Regel. Mittlerweile ließ Vincent sich sogar lieber von Hardy als von Frannie ins Bett bringen. Und wie durch ein Wunder war es ihm in den letzten Wochen meistens gelungen, rechtzeitig zu Hause zu sein. Offenbar bedeutete es dem Jungen viel, seinen Vater regelmäßig um sich zu haben, und Rebecca war sowieso sein Liebling.

»Wann immer du willst«, sagte Hardy. »Die Kinder vergöttern Orel. Aber jetzt zu dem eigentlichen Grund meines geschäftlichen Besuchs.« Er stellte den Aktenkoffer auf seinen Schoß und klappte ihn auf. Seit er sich gestern nachmittag von Graham und Sarah auf dem Parkplatz verabschiedet hatte, hatte er nicht mehr hineingeschaut.

Er konnte sich ein Lachen nicht verkneifen. Anscheinend hatte Graham Sals Gürtel in den Aktenkoffer geschmuggelt, während Hardy mit dem Verladen der Kartons beschäftigt gewesen war.

Er zog ihn heraus. »Das gehört zum Inhalt von Sal Russos Safe.«

»Was ist das?«

»Ich finde, daß es wie ein Gürtel aussieht, Abe.«

»In Sal Russos Safe?«

Hardy nickte. »Wir haben ihn gestern aus der Asservatenkammer geholt.«
»Und was macht das Ding in deinem Aktenkoffer?«
»Du würdest nicht glauben, was für Zeug sich da drin ansammelt«, antwortete Hardy ausweichend.
Als Glitsky die Hand ausstreckte, stand Hardy auf und reichte ihm den Gürtel. »Willst du ihn haben?« fragte er und setzte Grahams Witz fort. »Vielleicht paßt er dir.«
Der Lieutenant blieb ernst. »Was sollte er beweisen?«
»Nichts. Wir haben ihn nie benutzt.«
»Aber ihr habt ihn doch überprüft?«
Hardy neigte den Kopf zur Seite. Glitskys plötzliches Interesse machte ihn argwöhnisch. »Natürlich. Das ist ein unbearbeiteter Lederriemen, bevor er zum Gürtel verarbeitet wird. Er hat keinen Herstellerstempel; auf der Rückseite ist E-2 eingeprägt. Kein Mensch wußte, was das bedeutet, nicht einmal Freeman, und Freeman weiß alles. Als einzige Erklärung fiel uns ein, daß Sal sich vielleicht von einem Freund einen Gürtel anfertigen lassen wollte und sich diesen Lederriemen ausgesucht hat. Und dann hatte der Freund keine Zeit mehr dafür.«
Glitsky starrte ihn an. Die Narbe auf seinen Lippen verfärbte sich weiß, was auf Anspannung hinwies. »Möglicherweise hat es nichts zu bedeuten«, sagte er, »aber auf der Wache in North Beach stempeln sie E-2 auf ihre ganze Ausrüstung.«
»Meinst du bei der Polizei?«
Glitsky schüttelte den Kopf. »Nein, bei der Feuerwehr.«

Wenn man zwischen dem Justizpalast und Hardys Büro in der Sutter Street eine gerade Linie gezogen hätte, dann hätte diese mitten durch die Zentralverwaltung der Feuerwehr in der Golden Gate Avenue geführt. Während der Fahrt im Taxi konnte Hardy sich des absurden Gedankens nicht erwehren, daß dieselbe Linie Mario Giottis Büro direkt mit Sal Russos Wohnzimmer verbunden hätte.
Obwohl sie bislang seiner Aufmerksamkeit entgangen war – schließlich war sie ja nur imaginär –, drängte sich ihm nun das

Bild auf, daß sie gewissermaßen die Achse bildete, um die sich der ganze Fall Russo drehte.

Hardy wußte nicht, wo die Zeit geblieben war. Nachdem er den Schlüssel zum Lagerhaus zurückgegeben hatte, war er vor den städtischen Gerichtssälen ein paar Kollegen begegnet, die über den Fall sprechen und ihn auf einen Drink einladen wollten. Doch Hardy hatte abgelehnt.

Dann war Jeff Elliot aus dem Presseraum im zweiten Stock gekommen, und Hardy hatte etwa vierzig Minuten mit ihm geplaudert. Allerdings hatte er nicht verraten, was wirklich in ihm vorging. Wenn man nicht vorhatte, etwas durchsickern zu lassen oder ein Gerücht in die Welt zu setzen, war es nicht ratsam, sich einem Reporter anzuvertrauen.

Und jetzt war es kurz vor fünf. Erleichtert stellte er fest, daß er es schaffen würde, bevor die Zentralverwaltung der Feuerwehr ihre Tore schloß.

Obwohl die Sonne die Gipfel von Twin Peaks zum Leuchten brachte, war es weiterhin kalt. Der schneidende Wind von gestern hatte noch zugelegt, und die kühle Luft von den Bergen der Sierra Nevada vertrieb die letzte Erinnerung an den Altweibersommer.

Eilig drückte Hardy dem Taxifahrer ein paar Geldscheine in die Hand und rannte mit seinem Aktenkoffer die breite Treppe hinauf, die in das Gebäude führte.

Die Nachmittagssonne spiegelte sich so grell in der auf Hochglanz polierten Wand auf der rechten Seite der Vorhalle, daß Hardy schützend die Hand vor Augen halten mußte. Schließlich entdeckte er das Büro, das er suchte, und trat ein.

Für eine städtische Behörde wurde hier erstaunlich engagiert gearbeitet. Sobald Hardy sich der Theke näherte, erhob sich eine uniformierte junge Schwarze und fragte ihn, ob sie ihm helfen könne.

»Mein Anliegen ist ein wenig ungewöhnlich«, sagte er. »Ich möchte Sie bitten, mir zu sagen, was das ist.« Er legte den Gürtel auf die Theke.

Sie nahm ihn in die Hand, drehte ihn ein- oder zweimal um, bemerkte den E-2-Stempel auf einer Seite und legte ihn wieder hin. »Das ist ein Riemen zur Befestigung von Schläuchen und Leitern«, erklärte sie, als ob sie derartige Gegenstände täglich zu Gesicht bekam, was vielleicht ja auch zutraf. »Wir benutzen sie, um die Ausrüstung am Löschzug festzuzurren. Dieser hier trägt den Stempel der Wache in North Beach. Woher haben Sie ihn?«

»Von einem Freund«, antwortete Hardy ausweichend. »Er hat ihn mir gegeben. Ich dachte, ich lasse mir einen Gürtel daraus machen.«

Die Frau lachte auf. »Aus diesem alten Ding? Zuerst müßten Sie die Hälfte abschneiden und ihn dann polieren und stanzen lassen.«

Das war Glitskys zweiter Einwand gewesen. Hardy bedauerte, daß er nicht von selbst darauf gekommen war. Der »Gürtel« war viel zu lang für Graham oder Hardy, und Sal war ein drahtiger alter Mann gewesen. Warum hatte Hardy automatisch angenommen, daß er ihm gepaßt hatte – daß es sich überhaupt um einen Gürtel handelte?

Die Frau drehte den Riemen noch einmal in der Hand hin und her und ließ ihn zweimal schnalzen. »Außerdem ist das Leder ziemlich mürbe«, sagte sie. »Ihr Freund hatte ihn sicher schon einige Zeit. Hat er Ihnen erzählt, wie er daran gekommen ist?«

»Ich glaube, er hat ihn nach einem Brand gefunden und vergessen, ihn zurückzugeben.«

Sie grinste ihn an. Offenbar nahm sie an, daß Hardy nicht von einem Freund, sondern von sich selbst sprach. Vielleicht hatte er wegen des gestohlenen Riemens ein schlechtes Gewissen bekommen. »Ich glaube nicht, daß die in North Beach ihn noch brauchen. Behalten Sie ihn ruhig. Sie können ihn auch hierlassen. Als Gürtel taugt er nichts mehr.«

»Ich bringe ihn meinem Freund wieder. Kann sein, daß er daran hängt.«

Sie bedachte ihn mit einem zweifelnden Blick und gab ihm den Riemen. »Kann sein. Hatten Sie sonst noch eine Frage?«

»Ja. Könnten die in North Beach mir sagen, wo sie das Ding verloren haben?«

»Keine Ahnung. Sie müßten sich mal erkundigen. Vielleicht führen sie so eine Art Inventurliste über abhandengekommene Ausrüstung. Allerdings ist der Riemen so alt, daß es mich wundern würde.«

Hardy hatte ihn um seine Hand gewickelt, nahm ihn nun ab, steckte ihn in den Aktenkoffer und klappte den Deckel zu. »Mich auch.« Damit war alles gesagt. »Vielen Dank. Sie haben mir sehr geholfen.«

Hardy trat auf den Flur hinaus, ging ein paar Schritte und blieb dann stehen. Kurz spielte er mit dem Gedanken, zurück zu Glitsky ins Büro zu fahren. Seit Grahams Freilassung wurde Sal Russos Tod wieder als ungelöster Todesfall behandelt. Deshalb hätte sich Abe eigentlich für jedes Beweisstück interessieren müssen, das damit zusammenhing.

Das Problem war nur, daß die ganze Stadt nun dank Hardys Bemühungen glaubte, daß Graham seinem Vater Sterbehilfe geleistet hatte. Niemand – abgesehen von Graham selbst, Sarah und Hardy – suchte mehr nach einem Mörder. Die Angelegenheit war zwar offiziell noch nicht aufgeklärt, aber alle gaben sich damit zufrieden.

Sogar Glitsky.

Obwohl Hardy aus dem Augenwinkel bemerkte, daß aus den Aufzügen und Büros Menschen strömten – schließlich war es Feierabend –, konnte er sich nicht von der Stelle rühren. Er wollte weiter nachdenken und den roten Faden nicht verlieren. Um einen anderen Verdächtigen ins Spiel zu bringen, würde er mehr vorweisen müssen als diesen Riemen.

Und er hatte auch schon eine Idee. Zuerst würde er im Archiv des *Chronicle* noch einmal alle Artikel über das Feuer in Giotti's Grotto lesen. Auch wenn sich der Brand Monate vor dem auf den Banderolen der Geldscheine vermerkten Datum ereignet hatte, war ein Zusammenhang durchaus möglich. Ohne den Riemen wäre es schwer gewesen, eine Verbindung zwischen Sal und dem Unglücksfall zu knüpfen. Aber da dieser Riemen nun einmal existierte, durfte Hardy diese Möglichkeit nicht außer acht lassen. Er war ein wichtiger Hinweis – Hardy konnte nur noch nicht sagen, worauf.

Er würde Sarah auf die Sache ansetzen, denn sie würde weniger Rücksicht nehmen als Glitsky. Wer auch immer Sal Russo auf dem Gewissen hatte, war ihr Feind, weil er den Mann in eine üble Lage gebracht hatte, den sie liebte. Sarah würde alles tun, um den Täter zu schnappen.

Könnte es Giotti gewesen sein? Hardy rief sich das Bild des freundlichen, brillanten Juristen vor Augen. Er konnte sich allenfalls vorstellen, daß der Richter Sal Sterbehilfe geleistet hatte. So sehr es Hardy auch in den Kram gepaßt hätte, da es ihm logisch erschien, traute er Giotti einen kaltblütigen Mord an Sal einfach nicht zu. Nie hätte er Gewalt gegen seinen alten, von schwerer Krankheit gezeichneten Freund angewendet, ihn bewußtlos geschlagen und ihm eine tödliche Morphiumspritze verabreicht.

Und das, hielt sich Hardy vor, war nun einmal geschehen. Daran konnte auch die Geschichte nicht rütteln, mit der er die Geschworenen und die ganze Stadt überzeugt hatte.

Im Westen ging die Sonne rasch hinter Twin Peaks unter. In der Innenstadt wurde es so schlagartig dunkel, als ob jemand die Jalousien heruntergelassen hätte. Auch das gleißende Sonnenlicht, das von der glänzenden Wand in der Vorhalle reflektierte, war verschwunden. Die plötzliche Dämmerung und die veränderte Stimmung in dem riesigen Raum riß Hardy aus seinen Grübeleien. Er blinzelte.

Wie von selbst wanderte sein Blick zu der Wand, in die vergoldete Buchstaben eingraviert waren. Hier standen die Namen derer, die bei der Bekämpfung von Bränden seit dem großen Erdbeben im Jahr 1906 ums Leben gekommen waren.

Die Vorhalle war fast menschenleer. Nur noch gedämpft waren aus der Ferne Schritte und Stimmen zu hören.

Wie angewurzelt stand Hardy da, und eine Vorahnung kitzelte ihn ganz am Rand seines Bewußtseins. Er machte einen Schritt auf die Wand zu, um sie sich aus der Nähe anzusehen.

Noch ein Schritt. Und bevor sein Blick auf den Namen fiel, wußte er, daß er ihn dort finden würde. Sein Instinkt hatte ihn nicht getrogen.

Die Wirkung war ähnlich wie beim Betrachten eines Posters vom Magischen Auge.

Wieder blinzelte er und zwang sich, genau hinzuschauen, um jeden Irrtum auszuschließen.

R-A-N-D-A-L-L

Buchstabe für Buchstabe, sagte er sich. Du darfst nichts übersehen, keinen Fehler machen. Nicht jetzt.

G.

Gut. Und jetzt lies es noch mal. Ganz langsam, von links nach rechts.

P-A-L-M-I-E-R-I

Es war nur ein Name an der Wand, doch Hardy wußte, daß er viel mehr zu bedeuten hatte. Der Name war der Schlüssel zu diesem Geheimnis.

Randall Palmieris Todestag ging aus der Inschrift nicht hervor, doch Hardy war sich seiner Sache sicher: Palmieri war im November 1979 bei der Bekämpfung des Brandes im Grotto umgekommen.

Schritt für Schritt ging er zurück zur Tür der Feuerwehrverwaltung, aber sie war inzwischen verschlossen.

Timing, dachte er. Das Leben erinnerte einen gern daran, wie wenig man die Dinge im Griff hatte.

Er sah auf die Uhr: zehn nach fünf. Nun war Hardy wütend auf die Behörde, deren ausgezeichnete Organisation er noch vor einer Viertelstunde bewundert hatte. Jede Wette, daß sie pünktlich um neun wieder aufmachen würden.

Im Laufschritt eilte er die Vortreppe hinunter und winkte ein Taxi heran.

Und er mußte einen weiteren Tiefschlag einstecken.

Als er ankam, hatte auch das Archiv des *Chronicle* bereits geschlossen. Von einer Telephonzelle auf der anderen Straßenseite rief er Jeff Elliot an. Er hoffte, daß Jeff noch in seinem Kellerbüro arbeitete. Jeff machte ständig Überstunden und saß schon bei Morgengrauen an seinem Schreibtisch. Hardy hatte vor, ihn als ersten von dem Knüller zu unterrichten.

Der Kolumnist würde sicher erfreut sein und sich dafür erkenntlich zeigen.

Aber natürlich war Jeff nicht da. Hardy sparte sich die Mühe, ihm eine Nachricht zu hinterlassen. Er wollte seine Antworten *jetzt*. Er hatte lange genug gewartet.

Ohne lange zu überlegen, rief er beim Bundesgericht an – eine weitere Behörde, die sicher schon geschlossen hatte. Seine Vermutung bestätigte sich: nur der Anrufbeantworter.

Das mußte allerdings nicht bedeuten, daß niemand dort arbeitete. Vielleicht waren die Empfangsdamen und die Sekretärinnen schon nach Hause gegangen, aber Hardy kannte sich aus. Sicher ging es im Büro des Richters noch zu wie in einem Bienenstock, während er hier zitternd in der Kälte stand. Graham hatte ihm erzählt, er sei in seiner Zeit als Referendar bei Harold Draper einmal drei Tage am Stück nicht nach Hause gekommen.

Es mußte jemand da sein.

Eine innere Stimme riet ihm, nichts zu überstürzen. Das Schicksal wollte, daß er eine Pause einlegte – niemand war zu sprechen. Die Botschaft war eindeutig: Jetzt war der falsche Zeitpunkt. Es sollte nicht sein. Er mußte die Gelegenheit nutzen, um innezuhalten, seine Erkenntnisse und Vermutungen zu prüfen und in den nächsten Tagen systematisch einen Schritt nach dem anderen zu unternehmen.

Aber er war der Lösung so nahe. Er konnte es regelrecht spüren. Plötzlich hielt er das Warten nicht mehr aus. Wenn er nicht sofort handelte, würde ihm die Anwort wieder entgleiten, und das durfte er nicht zulassen.

Um sich den Kampf um einen Parkplatz zu ersparen, ging Hardy in der steifen Brise frierend zu Fuß ein paar Blocks die Mission Street entlang. Mit zusammengebissenen Zähnen sagte er sich, daß sich all die Bemühungen der letzten Monate nun endlich auszahlen würden. Bis zum Bundesgericht brauchte er nur fünf Minuten.

Diesmal ließ er sich von der gewaltigen Pracht des Gebäudes, von den fast vier Meter hohen Bronzeportalen und den eisernen Laternen, die aus einem florentinischen Palast stammten, nicht beeindrucken. Wie erwartet, waren die Portale verschlossen. Doch neben dem Tor zum Parkplatz, in der Seitenstraße gegenüber vom Lions Arms, gab es einen weiteren Eingang.

Der Wachmann hatte so etwas schon hundertmal erlebt: Ein verzweifelter Anwalt hatte eine Frist versäumt und bat ihn um Einlaß, um seinen Schriftsatz mit einer halben Stunde Verspätung doch noch abgeben zu können. Aber der Wachmann wußte auch, daß der Betreffende in solchen Fällen nur wenig Chancen hatte.

»Ist Richter Giotti noch da? Ich möchte ihn gerne sprechen.«

»Ich fürchte, die Bürozeiten sind vorbei.«

»Genau genommen ist es nicht dienstlich. Es geht nicht um eine Gerichtssache.«

»Sind Sie mit dem Richter befreundet?«

Der Anwalt schien zu überlegen. Vielleicht war er ja ein Freund des Richters, wollte damit aber nicht auftrumpfen. »Nein«, entgegnete er schließlich. »Er hat mich gebeten, ihn über einen meiner Fälle auf dem laufenden zu halten. Ich habe ihm einiges zu berichten.«

Der Wachmann musterte Hardy prüfend. Die Regel lautete, den Bittsteller im Zweifelsfall abzuweisen. Schließlich hatten die Richter auch nach Büroschluß alle Hände voll zu tun und konnten es nicht leiden, wenn man sie störte. Aber wenn der Mann ein Freund von Giotti war...

Natürlich hätte er als Freund die Privatnummer des Richters gekannt. Andererseits benahm er sich nicht aufdringlich, und da es draußen ziemlich kalt war, hatte sicher niemand etwas einzuwenden, wenn er sich ein wenig aufwärmte. »Warten Sie einen Moment. Ich werde in seinem Büro anrufen, ob noch jemand da ist.«

»Du konntest nicht mal eine Nachricht hinterlassen?« Obwohl Graham ohnehin nicht viel von den Mitarbeitern des Bundesgerichts hielt, war selbst er überrascht, daß sich nicht einmal eine Sekretärin um Hardy gekümmert hatte.

»Anscheinend waren sie zu beschäftigt.«

Seit seinem gescheiterten Besuch bei Giotti hatte sich Hardy wieder ein wenig beruhigt. Nun saß er in der Sutter Street an seinem Schreibtisch und hatte Graham hochgebeten. Da es mitten in der Woche und erst kurz nach sechs war, herrschte in der Kanzlei noch geschäftiges Treiben. Eigentlich hatte Hardy vorgehabt, Graham mit einem Teil der Recherchen zum Brand im Grotto zu beauftragen. Auch Sarahs Hilfe hätte er gut gebrauchen können.

Doch während er seinem Ärger Luft machte, überlegte er es sich anders. Er würde nichts weiter über seinen Verdacht verlauten lassen, bevor er ein wenig mehr wußte. Falls das Feuer in Grahams Leben eine wichtige Rolle gespielt hatte, wollte Hardy ihm die Gelegenheit geben, von selbst darüber zu sprechen. Wenn nicht, sollten er und Sarah nicht herumlaufen, die Pferde scheu machen.

Hardy war klar, daß er sich jeden weiteren Schritt genau überlegen mußte. Seine Vermutungen waren noch ziemlich vage. Er hielt sich vor Augen, daß Jeanne Walsh noch nie von Sal Russo gehört hatte. Ihre Mutter Joan Singleterry hatte nie erwähnt. Vielleicht waren Joan Singleterry und Joan Palmieri doch nicht dieselbe Person. All das mußte er zuerst klären.

Graham hatte sich die Dartpfeile gegriffen und mit dem ersten genau in die Mitte getroffen. Er schien es kaum zur Kenntnis zu nehmen. »Warum wolltest du mit Giotti reden?«

»Wegen Sals Bild«, antwortete Hardy ausweichend. »Ich habe mir darüber Gedanken gemacht. Außerdem wollte ich ihn noch einmal nach dem Brand im Grotto fragen. Erinnerst du dich noch daran?«

Graham verneinte. »Damals war ich fünfzehn und hatte nichts außer Baseball im Kopf.«

»Offenbar hat das Feuer Sal sehr beschäftigt.«

»So war er eben, Diz. Ihm ging alles nahe.« Er warf noch einen Pfeil – wieder genau in die Mitte. »Für mich stellt das Bild den Verlust der Unschuld dar. Das Feuer ist nur ein Symbol. Dazu das kaputte Boot und der Junge mit der zerbrochenen Angelrute im Vordergrund. Ist dir der Müll im Wasser aufgefallen? Er hat das Bild draußen in der Garage gemalt, als er und Mama gerade dabei waren, sich zu trennen. Das darfst du nicht vergessen. Ich halte es für impressionistisch. Seine Welt war im Begriff zu zerbrechen.«

»Wahrscheinlich hast du recht.«

Nachdem Graham gegangen war, versuchte Hardy es wieder bei Jeanne Walsh. Sie besaß anscheinend wirklich keinen Anrufbeantworter – oder sie hatte keine Lust gehabt, ihn einzuschalten.

Es war nicht sein Tag. Er machte sich besser auf den Heimweg.

Als er die Haustür aufschloß, begrüßte ihn eine fast unheimliche Stille. Nachdem Hardy eine Weile gelauscht hatte, rief er nach Frannie.

Nur Gerschel war zu hören. »Frannie! Kinder! Papa ist da!«

Auch in der Küche war niemand.

Aus dem hinteren Teil des Hauses war gedämpftes Kichern zu hören – also wenigstens kein Grund zur Sorge. Hardy ging in Vincents Zimmer, das mit Decken, Kissen und zwischen den Möbeln gespannten Seilen in ein undurchdringliches Labyrinth verwandelt worden war. Er hob eine der Decken an und spähte darunter. »Hallo, ihr Süßen.«

»Pssst.« Rebecca hielt den Finger an die Lippen.

»Wo ist Mama?« flüsterte Hardy.

»Keine Ahnung. Pssst!«

Diese Antwort paßte Hardy zwar gar nicht, aber da es sich um ein wichtiges Spiel zu handeln schien, wollte er den Kindern nicht den Spaß verderben. Er drehte sich um.

»Hallo, Mr. Hardy.«

Im ersten Moment war Hardy verdutzt. Mary, die Babysitterin, tauchte plötzlich aus irgendeinem Versteck auf. Was tat sie hier? »Ist etwas mit Frannie?« fragte er verwirrt.

Das Mädchen verstand ihn zuerst nicht. »Was soll denn sein? Ich dachte, Sie wären irgendwo mit ihr verabredet. Das hat sie wenigstens gesagt.«

Nun fiel es ihm wieder ein. Es war Mittwoch. Sein und Frannies gemeinsamer Abend. Er hätte Frannie um sieben im Shamrock abholen sollen. Vor lauter Ärger und Grübeln hatte sein Gehirn diese Information nicht nur vergessen, sondern schlichtweg entsorgt.

Er sah auf die Uhr – zwanzig nach sieben – und grinste Mary entschuldigend an. »Tut mir leid, daß ich so hereingeplatzt bin. Wahrscheinlich leide ich schon an Gedächtnisschwund. Ich muß mal telephonieren.«

Sie saßen im Stagnola's. Eigentlich aßen Hardy und Frannie nie am Fisherman's Wharf, wo es von Touristen wimmelte. Der Verkehr war eine Zumutung, und die Parkgebühren waren eine Unverschämtheit. In San Francisco gab es schließlich eine Unmenge guter Restaurants. Heute allerdings hatte es Hardy magisch hierhergezogen.

Er fühlte sich, als hätte er in den letzten drei Stunden Hunderte von Kilometern zurückgelegt. Vom Justizpalast zur Feuerwehrzentrale, dann zum *Chronicle* und von dort aus zu Fuß zum Bundesgericht und zurück. Danach ins Büro und später mit dem Auto durch die ganze Stadt nach Hause. Und zu guter Letzt wieder in die Innenstadt ins Shamrock, um die arme Frannie zu erlösen.

Nun saß er endlich am Tisch, hatte ein Glas Chianti vor sich und widmete sich einem Vorspeisenteller: Pepperoni, Salami, Mortadella, Provolone, Artischockenherzen, Oliven und Caponata. Dazu ein Korb mit ofenfrischen Brötchen. Es war himmlisch.

Als er endlich eingetroffen war, hatte er sich von Frannie eine ordentliche Standpauke gefallen lassen müssen. »Ich verstehe dich. Ich bin auch oft so im Haus beschäftigt, daß ich dich ganz vergesse. Dann schnippe ich auf einmal mit den Fingern und sage: ›Ja, richtig, Dismas ist auch noch da.‹« Und so weiter und so fort.

Da Hardy glaubte, es im Grunde verdient zu haben, hatte er ihr nicht widersprochen. Inzwischen hatte sie sich wieder beruhigt, hielt seine Hand und freute sich, ihn zu sehen. Hardy beschloß, ihr von seiner Theorie zu erzählen, weil er wissen wollte, ob er sich in etwas verrannt hatte.

Sie hörte aufmerksam zu und machte dann einen Vorschlag: »Ich finde, du solltest damit zur Polizei gehen.«

»Womit genau?«

»Mit dem, was du gefunden hast. Laß sie die Sache untersuchen. Sprich mit Abe darüber. Das ist schließlich sein Job.«

Aber Hardy schüttelte den Kopf. »Nein, ist es nicht. Er braucht Anhaltspunkte für einen Mord.«

»Was ist mit Sal Russos Leiche? Zählt die nicht?«

»Doch, aber ich kann nicht beweisen, daß Sal in irgend etwas verwickelt war. Ich habe nur den Riemen, einen Brand vor achtzehn Jahren und einen toten Feuerwehrmann, der vielleicht bei diesem Feuer umgekommen ist.«

»Und die fünfzigtausend Dollar.«

»Na und? Niemand hat sie Sal gestohlen. Sie befanden sich in seinem Besitz, als er starb – oder vielmehr in Grahams, was auf dasselbe hinausläuft.«

Frannie trank einen Schluck Wein. »Und du denkst, es gibt da einen Zusammenhang?«

Er nickte. »Ganz bestimmt. Ich muß nur noch herauskriegen, wie ein paar Dinge miteinander zusammenhängen.«

»Nur noch.«

Er zuckte die Achseln.

»Ich meine doch nur, daß du mit Abe darüber reden könntest. Er soll Erkundigungen über diesen Palmieri einziehen, die Frau in Eureka anrufen...«

»Und einem amtierenden Bundesrichter auf die Bude rükken.« Da Hardy Glitsky kannte, war ihm klar, daß ihm diese Hinweise nicht genügen würden. »Abe wird nichts unternehmen, noch nicht, vielleicht nie.«

Allerdings hatte Frannie gar nicht so unrecht. In ein paar Tagen, wenn Hardy mehr wußte, hätte er sich ohnehin an Glitsky gewandt. Er hatte nicht das geringste Bedürfnis, eigenhändig einen Mörder dingfest zu machen, denn das war tatsächlich Aufgabe der Polizei und konnte ganz schön brenzlig werden.

Doch Hardy glaubte nicht, daß Giotti der Täter war. Besser gesagt, er wollte es nicht glauben, obwohl er überzeugt davon war, daß der Richter ihm wichtige Informationen liefern konnte.

Er hatte Hardy etwas verheimlicht, und deshalb mußte er unbedingt mit ihm sprechen.

Der Kellner hatte sich als Mauritio vorgestellt. Er war einer dieser freundlichen, dunkelhäutigen, gutaussehenden älteren Männer im Smoking, deren Geschwätzigkeit ein wenig gewöhnungsbedürftig war. Nun trat er an den Tisch, um die Bestellung zum Hauptgang entgegenzunehmen.

Hardy setzte sein entwaffnendes Lächeln auf, drückte Frannies Arm zärtlich, eine stumme Bitte, cool zu bleiben. Sie warf ihm einen strafenden Blick zu – schließlich war sie das immer. Dann wandte Hardy sich an den Kellner: »Ißt Richter Giotti noch öfter hier?«

»Aber ja doch. Er und seine Frau kommen ein paarmal in der Woche zum Mittagessen. Sind Sie ein Freund des Richters? Dann geht der Chianti aufs Haus.«

»Ich weiß nicht, ob er mich als Freund bezeichnen würde. Ich bin Anwalt. Aber Giotti ist ein guter Richter, und er schwärmt von dem Essen hier.« Hardy wies auf seinen leeren Teller. »Dieses Antipasto gibt ihm recht. Er ist ein großartiger Mann.«

»Das finde ich auch«, entgegnete Mauritio.

»Stimmt es, daß dieses Lokal früher seiner Familie gehörte?«

»Ja, aber das ist schon lange her. Es hieß Giotti's Grotto.« Mauritios Züge belebten sich. »Ob Sie's glauben oder nicht, ich habe damals hier die Tische abgeräumt.«

Hardy schmeichelte dem Mann schamlos. »Bevor Kinderarbeit verboten wurde?« Frannie ergriff seine Hand – trag nicht zu dick auf. »Dann kannten Sie sicher auch Sal Russo.«

Mauritios Miene bewölkte sich kurz. Aber als Hardy ihm erklärte, daß er der Verteidiger von Sals Sohn war, wurde er wieder zugänglicher.

»Wenn das so ist, geht die Flasche wirklich auf uns. Eine tolle Leistung. Der arme Sal. Ich bete zu Gott, daß mein Sohn sich auch so verhält, wenn es einmal nötig werden sollte. Wie war noch mal Ihr Name?«

Nachdem sie sich miteinander bekanntgemacht hatten, fragte Hardy, ob Sal oft im Grotto gegessen hatte.

»Na klar. Er und der Richter. Sie waren dicke Freunde.« Mauritio legte zwei Finger aneinander. »Schellfisch-Sal.« Traurig schüttelte er den Kopf. »Ein schreckliches Ende. Aber wenigstens war es schnell vorbei. Wenn er noch länger frei herumgelaufen wäre, hätte ihm etwas Schlimmes zustoßen können.«

Hardy warf seiner Frau einen raschen Blick zu und wandte sich dann wieder an Mauritio. »Was meinen Sie damit?«

»Ach, wissen Sie, zum Schluß, in den letzten paar Monaten, ist er zu einer echten Nervensäge geworden. Als ich ihm das letztemal hinten in der Küche was zu essen gegeben habe, fing er an, mit mir wegen einer Wette zu streiten, die schon mindestens zwanzig Jahre her war. Ich hatte sie total vergessen. Es ging um Roberto Clemente, stellen Sie sich das mal vor. Also kläre ich ihn auf, daß Roberto schon seit einer ganzen Weile tot ist. Und auf einmal flippt er völlig aus und behauptet, ich schulde ihm einen Riesen, und er wird mir den Arsch aufreißen.« Mauritio lächelte Frannie zu. »Entschuldigen Sie, Ma'am.«

»Macht nichts.« Sie strahlte ihn an. »Mich schockiert man nicht so leicht.«

Hardy hatte den Eindruck, daß Mauritio kurz davor war, sich in Frannie zu verlieben. »Der Arme«, fuhr der Kellner fort. »Er macht eine Szene, ich schmeiße ihn raus, und dann brüllt er mich an der Hintertür an, er würde überall rumerzählen, daß ich ein Betrüger bin. Und ich habe dem Kerl gerade ein Mittagessen spendiert.« Bedauernd schüttelte er den Kopf. »Er konnte nichts dafür. Man konnte ihm keinen Vorwurf machen. Aber es war mit ihm nicht mehr auszuhalten. Für ihn war der Tod eine Erlösung. Sein Sohn hat ihm einen großen Dienst erwiesen.«

Nach dem Essen hatte Hardy noch ein paar Fragen.

»Das Grotto ist doch abgebrannt.«

»Bis auf die Grundmauern. Es war die traurigste Nacht meines Lebens. Wir alle hätten nie mit so was gerechnet.«

»Warum nicht?«

Mauritio zuckte die Achseln. »Der Vater des Richters hatte eine panische Angst, daß es einmal brennen könnte. In keinem Lokal gab es so viele Feuerlöscher und Alarmvorrichtungen wie bei uns. Und wenn man das Zeug wirklich mal braucht, funktioniert es trotzdem nicht.«

»Murphys Gesetz«, sagte Hardy. »Wo ist das Feuer denn ausgebrochen?«

»Wahrscheinlich in der Küche«, seufzte Mauritio. »Ein Feuerwehrmann ist sogar ums Leben gekommen. Eine Tragödie. Nun aber genug davon.« Er klatschte in die Hände. »Hat es Ihnen geschmeckt? Wenn ich den Richter sehe, sage ich ihm, daß Sie hier waren.«

37

Sobald Frannie mit den Kindern zur Schule aufgebrochen war, setzte sich Hardy an den Küchentisch. Es überraschte ihn fast, daß er trotz seines – glücklicherweise nur vorübergehenden – gestrigen Anfalls geistiger Umnachtung daran gedacht hatte, Jeanne Walshs Telephonnummer einzustecken. Aber sie lag in seinem Aktenkoffer.

Sie hob nach dem zweiten Läuten ab. Diesmal schrie kein Baby im Hintergrund, und sie klang nicht so nervös. »Mrs. Walsh, hier ist noch einmal Dismas Hardy, der Anwalt aus San Francisco.«

»Ich weiß, wer Sie sind. Es ging um die Belohnung.«

Hardy beschloß, sie zunächst in diesem Glauben zu lassen. »Deshalb rufe ich an. Es ist nicht ausgeschlossen, daß Sie die Belohnung bekommen. Aber zuvor möchte ich Ihnen noch ein paar Fragen stellen. Haben Sie einen Moment Zeit?«

»Hoffentlich. Brittany schläft gerade. Meistens ist sie ja ziemlich brav. Keine Ahnung, warum sie gestern so quengelig war. Vielleicht kriegt sie Zähne.«

Hardy erinnerte sich noch gut an die Zeit, als seine Kinder klein gewesen waren und nichts außer ihrer Gesundheit und ihren Gewohnheiten eine Rolle gespielt hatte. Selbst die Hoffnung auf eine Belohnung versank daneben in Bedeutungslosigkeit. »Sie ist sicher ein reizendes kleines Mädchen«, sagte er. »Ich würde gern noch etwas über Ihre Mutter erfahren. Sie sagten, in San Francisco hieß sie Joan Palmieri. War das ihr Mädchenname oder war sie schon einmal verheiratet?«

Jeannie Walsh lachte auf. »Habe ich das nicht erwähnt? Anscheinend nicht. Sie war mit meinem leiblichen Vater verheiratet. Ron ist nur mein Stiefvater.«

Hardy fing an, die vielen Namen durcheinanderzubringen. »Ron?«

»Ron Singleterry.«

»Und Palmieri?«

»Ich bin eine geborene Palmieri.«

Allmählich blickte er durch. »Hieß Ihr Vater mit Vornamen Randall?«

»Ja, Randy. Woher wissen Sie das?«

»Und kam er 1979 bei einem Brand in Giotti's Grotto ums Leben?«

»Ja, richtig. Ich war damals noch ein Baby. Na ja, vier oder fünf muß ich schon gewesen sein, aber ich erinnere mich nicht mehr an ihn. Wir sind wieder nach Eureka gezogen, weil Mama noch einmal von vorne anfangen wollte. Wahrscheinlich eine gute Idee, die sich für sie ausgezahlt hat. Ron war ein netter Mann.«

Hardy machte sich Notizen. »Aber Sie kennen wirklich niemanden namens Sal Russo?«

»Nein, ich habe die ganze Nacht lang überlegt und sogar meine Schwester angerufen. Aber sie erinnert sich auch nicht mehr.«

Hardy kam der Lösung immer näher. Sal hatte von Joan Singleterrys Kindern gesprochen, also im Plural. Und nun hatte er die Bestätigung. »Wie groß ist denn Ihre Familie, Jeanne?«

»Da wären mein Mann Johnny und Brittany. Sonst habe ich nur noch meine Schwester Margie. Sie heißt jetzt Sanford.«

»Gut. Wenn es Sie nicht stört, hätte ich ein paar weitere Fragen. Kommt Ihnen der Name Mario Giotti bekannt vor?«

Sie lachte. »Wenn es sein muß.«

»Ist nicht nötig. Sie machen Ihre Sache sehr gut. Die Belohnung hängt nicht davon ab, ob Sie Mario Giotti kennen.«

»Das freut mich, denn ich habe nie von ihm gehört.«

»Wirklich nie?«

»Nein. Tut mir leid.«

Mir auch, dachte Hardy.

Aber er wußte nun mehr, als er noch vor wenigen Tagen zu hoffen gewagt hatte. Er spulte jeden Namen herunter, der ihm einfiel: Brendan oder Debra McCoury, Graham Russo, George

Russo, Leland und Helen Taylor. Fast hätte er David Freeman erwähnt, man konnte nie wissen. Sie kannte keinen von ihnen.

Hardy bat sie um Geduld. Offenbar sei sie wirklich die Tochter der gesuchten Joan Singletery. Er versprach, sich wieder zu melden.

Wo lag die Verbindung? Woher hatte Sal Joan gekannt? Hardy schenkte sich eine Tasse Espresso ein und überlegte.

Randy Palmieri war beim Brand im Grotto umgekommen. Das Grotto hatte bis kurz nach dem Unglück der Familie Giotti gehört. Ein geheimnisvolles Feuer hatte in der Küche angefangen, der hochmodernen Löschanlage ein Schnippchen geschlagen und das gesamte Lokal verwüstet. Sal Russo hatte bis zu seinem Tod ein Andenken an die Katastrophe aufbewahrt – und außerdem fünfzigtausend Dollar in bar, deren Banderolen wenige Monate später datiert worden waren.

Etwa zur gleichen Zeit war Sals Ehe zerbrochen. Anscheinend hatte sein Selbstbewußtsein durch irgend etwas einen herben Schlag erlitten, so daß er nicht mehr die Kraft gehabt hatte, sich gegen Leland Taylor und alles, was dieser verkörperte, zu wehren. Er glaubte, eine Frau wie Helen und so wunderbare Kinder nicht verdient zu haben, und fand es gerechtfertigt, daß sie ihn loswerden wollte. Und deshalb hatte er nicht einmal mehr den Versuch unternommen, seine Kinder zu sehen.

Er hatte nicht nur versagt, er war abgestürzt.

Und in letzter Zeit lebte Sal mehr und mehr in seiner Vergangenheit – wo er nun vielleicht seine alten Sünden wiedergutmachen, seine alten Schulden abbezahlen und seine geliebte Frau zurückgewinnen konnte. Es geschah jetzt, alles, sein ganzes Leben.

Und das machte Sal, wie Mauritio gesagt hatte, zu einer echten Nervensäge. Vielleicht zu etwas Schlimmerem, als seine grauen Zellen nicht mehr funktionierten, als er vergaß, was er geheimhalten sollte, und sich an Dinge erinnerte, die er versprochen hatte zu vergessen.

Vielleicht war Sal zu einer Gefahr geworden.

In der Feuerwehrzentrale nahm sich die tüchtige Angestellte von gestern wieder seiner an. »Mit dem Riemen haben Sie mir doch was vorgeschwindelt, richtig?«

Leichte Verlegenheit. Er war bei seiner Notlüge ertappt worden. »Es tut mir leid«, sagte er. »In Wahrheit bin ich Anwalt und wollte besonders schlau sein. Berufsrisiko.«

Sie ließ sich davon nicht beeindrucken. »Also gehört der Gürtel nicht ihrem Freund?«

»Nein. Gestern abend habe ich herausgefunden, daß er wahrscheinlich während eines Brandes eingesetzt wurde, bei dem ein gewisser Randall Palmieri ums Leben kam. Sein Name steht draußen an der Wand. Ich würde gerne mit jemandem vom Fonds für Witwen und Waisen sprechen und ein bißchen mehr darüber erfahren.«

»Erzählen Sie alles mir. Ich bin für Auskünfte zuständig.«

»Ich bräuchte Informationen über die Kinder dieses Mannes. Es geht um eine beträchtliche Belohnung, die sie sicher gebrauchen könnten. Es gibt doch sicher eine Art Abfindung, wenn ein Feuerwehrmann im Dienst stirbt.«

Die Frau nickte. »Palmieri?«

»Randall G.« Hardy buchstabierte.

»Einen Moment bitte.«

Nach etwa fünf Minuten kehrte sie mit einem schwarzen Ordner zurück. »Tut mir leid, daß es so lange gedauert hat«, sagte sie. »Ich mußte zuerst meinen Vorgesetzten fragen, ob die Daten vertraulich sind.« Sie zuckte die Achseln. »Ohne richterliche Anordnung darf ich Ihnen keine Adresse nennen. Aber wenn Sie mir den Namen sagen, kann ich nachsehen, ob er hier drin steht. Reicht Ihnen das?«

Hardy würde sich wohl damit zufriedengeben müssen. »Eigentlich ja. Randall Palmieri«, wiederholte er.

Sie schlug die Seite auf und wartete.

Hardy brauchte seine Notizen nicht zu Rate zu ziehen. »Seine Frau hieß Joan. Sie zog nach Eureka und heiratete einen Ron Singleterry. Sie hatte zwei Kinder, Jeanne und Margie, die seitdem ebenfalls geheiratet und den Namen ihres Mannes angenommen haben.«

Die Frau nickte. »So steht es hier.«

»Bekommen die Töchter noch eine Pension?«

»Nein. Die Leistungen enden mit dem Tod des Ehepartners.«

»Also erhalten sie keine Unterstützung mehr?«

»Nicht von uns.« Die Frau hatte den Kopf über den Ordner gebeugt. Dann blickte sie auf. »Ich glaube, es schadet nichts, wenn ich es Ihnen verrate. Hier ist ein Treuhandfonds aufgeführt. Es kann sein, daß die Singleterrys zusätzlich zur Pension auch daher Zahlungen bezogen haben. Sie sollten dort nachfragen.«

»Vielen Dank. Wo wird der Fonds geführt?«

»Er nennt sich BGG Memorial Trust 1981«, las sie vor. »Und geführt wird er, mal sehen... ach, das sind nur ein paar Blocks von hier, bei der Baywest Bank. Sie können zu Fuß hingehen.«

Hardy hatte keine Lust, jemandem zu begegnen, am allerwenigsten David Freeman und Graham Russo. Aber natürlich standen die beiden in der Halle herum, als er kurz nach elf das Gebäude betrat. Da es keine Möglichkeit gab, ihnen aus dem Weg zu gehen, tat Hardy, als hätte er es furchtbar eilig, und sah mit gehetzter Miene auf die Uhr.

»Bin schon wieder weg, Jungs. Ich habe eine Verabredung zum Mittagessen. Da steckt eine Menge Geld für mich drin, David. Du wirst stolz auf mich sein.«

Phyllis, die hinter ihrer Telephonzentrale saß, warf Hardy einen tadelnden Blick zu. Er redete zu laut. Doch Hardy achtete nicht auf sie. »Übrigens, Graham, du solltest deinen Geschwistern raten, nicht auf ihr Erbe zu spekulieren. Vielleicht haben wir Joan Singleterry gefunden. Alles Weitere später.« Er hielt auf die Treppe zu.

Doch Graham ließ sich nicht abschütteln. »Dasselbe wollte ich dir auch gerade erzählen.«

Hardy blieb stehen und drehte sich um. Graham, der zwei Stufen auf einmal nahm, hatte ihn inzwischen überholt. »Ich habe es in deinem Büro gelassen.«

Gespielte Entrüstung. »Du brichst in mein Büro ein?«

Graham stand oben auf dem Treppenabsatz und grinste auf ihn hinunter. »Deine Schuld, wenn du nicht abschließt.« Der junge Mann war aufgeregt. Anscheinend hatte er eine wichtige Entdeckung gemacht. »Wir hätten dich am liebsten gleich gestern nacht angerufen, aber es war nach halb zehn. Wir dachten, alte Leute wie du und Frannie liegen da schon im Bett.«

»Aus dem Weg.«

Übers ganze Gesicht strahlend machte Graham großzügig Platz, damit Hardy seine Bürotür öffnen konnte. Mitten auf der Schreibtischablage sah Hardy einen langen, zusammengehefteten Artikel aus dem *Chronicle*. Jahrgang 1988.

Während er las, erklärte Graham ihm alles Weitere. »Das ganze Zimmer stand voller Kartons. Meistens waren nur Krimskrams und Papiere drin. Sarah hat vorgeschlagen, alles Seite für Seite durchzugehen und wegzuschmeißen, was wir nicht brauchen, um Platz zu schaffen.«

Hardy blickte auf. »Und ich dachte, ich führe ein wildes Leben, wo ich um halb zehn ins Bett gehe und so.«

»Das heißt nicht, daß wir uns den ganzen Abend nur damit beschäftigt haben. Aber egal – jedenfalls hat Sarah das da gefunden.«

Der Artikel stammte aus einer Serie, wie sie Zeitungen hin und wieder unter dem Titel »Was wurde aus…?« oder »Das Leben danach« brachten. Dieser Bericht behandelte die Geschichte von sechs Frauen, deren Männer in der Blüte ihrer Jahre bei einem Arbeitsunfall umgekommen waren: ein Bauarbeiter, zwei Polizisten, ein Rennfahrer, ein Pilot und Randy Palmieri, Feuerwehrmann.

»Joan Palmieri, die Frau dieses Typen, ist nach Eureka gezogen und hat einen Mann namens Singleterry geheiratet«, erläuterte Graham.

»Und wie ich sehe, ist ihr Mann beim Brand im Grotto getötet worden.«

»Sie muß unsere Joan Singleterry sein«, sagte Graham.

»Sie ist es.«

Graham verstummte. »Du weißt über sie Bescheid?« fragte er schließlich.

»Ein bißchen. Das war es, was ich dir erzählen wollte.«

»Das einzige Problem ist«, sagte Graham, »daß die Auskunft in Eureka ihre Nummer nicht hat. Weder unter Singleterry noch unter Palmieri.«

Richtig, dachte Hardy. Du hättest dich nach Walsh und Sanford erkundigen müssen, aber das brauchst du jetzt noch nicht zu wissen. »Nun ja«, sagte er. »Das ist wenigstens ein Anfang. Hör mal, ich muß jetzt wirkich los. Wir reden später weiter.«

Aber Graham wähnte sich dem Ziel so nah, daß er Hardy nicht gehen lassen wollte. »Moment noch. Was hast du rausgekriegt?«

»Dasselbe, nur auf einem anderen Weg. Im Archiv des *Chronicle*. Ich versuche, heute mit Mario Giotti zu sprechen. Mich interessiert, was Sal mit dem Feuer im Grotto zu tun hatte. Falls es da überhaupt einen Zusammenhang gibt.«

»Glaubst du etwa, daß Sal es aus Versehen verursacht hat? Zum Beispiel, weil er betrunken war?«

»Nein«, antwortete Hardy aufrichtig. »Nein, das glaube ich nicht.«

Wenigstens wußte er nun, wie Sal an Joan Palmieris neuen Namen gekommen war. Nun war die Verbindung klar.

»Mr. Hardy.« Richter Mario Giotti trug noch seine Robe, obwohl er allein am Schreibtisch in seinem Büro saß und las. Hardy hielt das nicht für einen Zufall. Es symbolisierte Macht und Autorität. »Sie sagten, es sei dringend.«

»Ich störe Sie ja nur ungern, Herr Richter. Vielen Dank, daß Sie mich empfangen, obwohl Sie so beschäftigt sind.«

»Wenn ich keine Leute empfinge, weil ich beschäftigt bin, würde ich nie jemanden zu Gesicht bekommen.« Er lächelte. »Nehmen Sie doch Platz.«

Hardy ging zur Sitzecke vor dem prächtigen Kamin, in dem der elektrische Heizstrahler surrend versuchte, die Kälte zu vertreiben. Der Wind hatte eine dichte Wolkendecke herangeweht, und als Hardy sich im Trenchcoat auf den Weg zu Giottis Büro gemacht hatte, hatte es zu nieseln angefangen.

Er kam sofort auf den Punkt. »Herr Richter, ich habe ein großes Problem.«

»Das habe ich angenommen. Worum geht's?«

Hardy überlegte, was er anworten sollte. Am liebsten wäre er herausgeplatzt:«Um Sie«, aber er mußte sich beherrschen.

Er mußte den Richter in die Enge treiben, bis ihm kein Ausweg mehr blieb.

»Ich muß Sie leider noch einmal mit dem Brand in Ihrem Restaurant belästigen. Inzwischen bin ich auf einige Informationen gestoßen, die vermuten lassen, daß Sal etwas damit zu tun hatte.«

Giotti lehnte sich zurück und führte die aneinandergelegten Fingerspitzen an die Lippen. »Fahren Sie fort.«

»Erinnern Sie sich noch an den Tag, als Sie gerade vom Joggen kamen und ich Sie fragte, ob Sie eine Frau namens Singleterry kennen?«

»Natürlich.«

»Damals habe ich der Öffentlichkeit Dinge verheimlicht, die ich nicht in den Prozeß einfließen lassen wollte, weil ich befürchtete, daß man sie mir sowieso nicht glauben würde.«

»Und was waren das für Dinge?«

Hardy erzählte von Sals Bitte an Graham, das Geld dieser Mrs. Singleterry zu übergeben. »Weil wir sie nicht finden konnten, ging ich davon aus, daß mir niemand im Gerichtssaal die Geschichte abnehmen würde. Deshalb haben wir beschlossen, sie nicht zu erwähnen.«

»Es hört sich ein wenig weit hergeholt an«, stimmte Giotti zu. »Anscheinend haben Sie die Frau inzwischen entdeckt.«

»Nicht ganz«, entgegnete Hardy. »Ihre Töchter.«

Der Richter verdaute diese Nachricht. »Das ist doch wunderbar. Dann könnten Sie alles Nötige über Sal erfahren.«

»Richtig. Ich habe bereits Nachforschungen angestellt. Joan Singleterrys erster Mann hieß Randy Palmieri.«

Giottis Gesicht verfärbte sich dunkel, und die Ringe unter seinen Augen traten stärker hervor. Er ließ das Kinn sinken, stöhnte tief auf und hob dann wieder den Kopf. »Das ist der Feuerwehrmann, der bei dem Brand ums Leben gekommen ist.«

Hardy nickte. »Genau. Kannten Sie ihn?«

»Nur seinen Namen. Der hat sich für immer in mein Gedächtnis eingebrannt. Eine Tragödie. Wie könnte ich diesen Namen je vergessen?«

»Wahrscheinlich haben Sie recht. Aber wie konnten Sie dann den Namen Singleterry vergessen?«

»Weil die Frau nicht Singleterry hieß. Woher sollte ich –«

Hardy konnte sich das nicht länger anhören. »Weil Sie den BGG-Treuhandfonds eingerichtet haben, richtig?« unterbrach er ihn. »Den Bruno-Giotti's-Grotto-Gedächtnisfonds. Siebzehn Jahre lang hat Mrs. Singleterry jährlich Zahlungen daraus erhalten. Und ich habe Schwierigkeiten zu verstehen, wie Ihnen das entfallen konnte.«

Giotti nickte und blickte ins Leere. Nach einer Weile stand er auf, ging zu seinem Schreibtisch und starrte durchs Fenster in den Nebel hinaus. »Ich erinnere mich, daß ich Ihren Verstand bewundert habe, Mr. Hardy. Vielleicht war das ein Irrtum. Wollen Sie etwa andeuten, daß ich etwas mit dem Feuer zu tun hatte? Mit Brandstiftung und Mord?« Er drehte sich um. »Leider bin ich zu beschäftigt, um mir einen solchen abwegigen Unsinn anzuhören.«

»Ich würde mich für Ihre Erklärung interessieren.«

Giotti blähte die Nüstern. »Ich bin Ihnen keine Erklärung schuldig, Mr. Hardy. Wie jeder amerikanische Bürger gelte ich als unschuldig, bis mir eine Schuld nachgewiesen werden kann. Und wenn Sie für diese unverschämte Unterstellung einen Beweis haben, können Sie sich ja an die Polizei wenden. Ich betrachte dieses Gespräch als beendet.« Er wies auf die Tür. »Sie finden wohl selbst hinaus.«

Hardy stand auf. Doch statt zu gehen, baute er sich lässig vor seinem Sessel auf. »Das wäre ein Fehler.«

Giotti erstarrte. Offenbar war er es nicht gewöhnt, daß seinen Befehlen nicht unverzüglich Folge geleistet wurde. »Ich sagte, Sie sollen machen, daß Sie hier rauskommen!« Er griff nach dem Telephon. »Sonst lasse ich Sie hinauswerfen.«

»Das würde ich Ihnen nicht raten«, sagte Hardy ruhig. »Ich spreche nicht von dem Brand vor zwanzig Jahren, sondern von Sal Russo.«

Langsam legte Giotti den Hörer auf. »Was soll mit ihm sein?«

»Die fünfzigtausend Dollar.«

Der Richter wartete ab.

»Zwischen dem Geld und dem Feuer besteht irgendein Zusammenhang. Ich weiß zwar nicht, wie die Summe in Sals Hände gelangt ist, aber die Polizei wird es sicher interessieren. Sie wird eine Verbindung zwischen Ihnen und Sals Tod herstellen. Vielleicht hatten Sie sogar ein Motiv, ihn umzubringen. Aber das brauche ich Ihnen ja nicht zu erläutern.«

»Denken Sie, ich hätte Sal ermordet?«

»Ich denke, Sal war noch nicht bereit zu sterben, als Sie ihm die Spritze gaben. Und deshalb war es Mord.«

»Sie sind verrückt.«

Hardy achtete nicht auf das wenig überzeugende Leugnen des Richters. »Ich möchte wissen, wie es sich abgespielt hat. Das heißt nicht, daß ich zur Polizei gehe. Aber es ist mir wichtig, und ich bleibe, bis ich die Wahrheit kenne.«

»Das glaube ich Ihnen gern.« Giotti ging um seinen Schreibtisch herum, zog seinen Sessel hervor und setzte sich. »Dieser Palmieri starb bei einem Brand im Restaurant meines Vaters. Wir haben versucht, die Familie zu unterstützen.«

»Sie haben abgestritten, den Namen zu kennen. Das ist ein Zeichen für Schuldbewußtsein.«

Der Richter zuckte die Achseln. »Wir tun unsere guten Werke lieber im Verborgenen. Vielleicht halten Sie das für ein Verbrechen. Ich glaube nicht, daß viele andere das auch so sehen. Die Polizei mit Sicherheit nicht.« Wieder griff er zum Telephon. »Soll ich den Sicherheitsdienst rufen, oder gehen Sie freiwillig?«

Dies war eine Pokerpartie um hohe Einsätze, und der Richter durchschaute seinen Bluff. Allerdings hatte Giotti sich bereits verraten – Hardy wäre längst nicht mehr hier, wenn er nicht die besseren Karten hätte. Er hatte sie, und er wußte es. Und nun erhöhte er den Einsatz. »Sie rufen besser Ihre Leute«, sagte er. »Ich gehe nirgendwohin. Nicht aus freien Stücken. Denken Sie, ich gebe jetzt auf? Nach allem, was ich Ihretwegen durchgemacht habe?«

Giottis schwarze Augen funkelten zornig. »Sie Schweinehund.« Seine Hand lag noch immer auf dem Telephon.

Hardy sprach mit gedämpfter Stimme, gelassen. »Wenn der Sicherheitsdienst kommt, muß ein Bericht geschrieben werden. Die Sache wird offiziell. So weit sind wir doch noch nicht. Oder?«

Der Richter sah ihn unverwandt an. »Und warum nicht?«

»Weil ich es nicht will.«

»Und jetzt möchten Sie mir wohl eine Art Kuhhandel anbieten.«

»Ich biete Ihnen überhaupt nichts an, Herr Richter. Ich will nur wissen, was passiert ist. Ich bin ein Vertreter der Rechtspflege. Wenn ich zur Polizei gehen muß, werde ich das tun. Wenn ich es nicht tun muß ...« Er ließ den Satz unbeendet.

Giotti musterte ihn zornig und hob dann den Hörer ab. Hardy fürchtete schon, das Spiel verloren zu haben. Giotti würde einen seiner hochrangigen Parteifreunde anrufen. Dann würde die Polizei höchstens einen beiläufigen Blick auf Hardys Informationen werfen und zu dem Schluß kommen, daß ein angesehener Bundesrichter nichts verbrochen hatte. Und Hardy würde als skrupelloser, aufdringlicher Anwalt dastehen, der nur auf Schlagzeilen aus war und nicht davor zurückschreckte, einen Vertreter von Recht und Ordnung in den Schmutz zu ziehen, solange es ihm nur ein paar Mandanten einbrachte.

»Und natürlich dürfen sie die Zeitungen nicht vergessen«, sagte Hardy.

Giotti nahm die letzte Warnung zur Kenntnis, traf seine Entscheidung und drückte einen Knopf an seinem Telephon.

Nachdem er seine Sekretärin gebeten hatte, keine Anrufe durchzustellen, sah er Hardy an. »Möchten Sie wissen, was geschehen ist oder wollen Sie Informationen für die Mordkommission? Beides zusammen werden Sie nämlich nicht bekommen, zumindest nicht von mir. Und ganz gleich, was geschieht, es sieht jedenfalls so aus, als bräuchte ich einen Rechtsbeistand.« Giotti zog seine Brieftasche aus den Falten seiner Robe und holte einen Geldschein heraus. »Möchten Sie mein Anwalt sein, Mr. Hardy?«

Giotti bot ihm fünf Dollar als Anzahlung an. Wenn Hardy sie annahm, fiel jedes Wort, das sie von nun an wechselten, unter das Anwaltsgeheimnis. Hardy durfte mit der Polizei nicht darüber sprechen.

Ein wirklich schlauer Schachzug, dachte Hardy. Er hielt sich vor Augen, daß der Gerechtigkeit rein gesetzlich gesehen bereits Genüge getan worden war. Niemand suchte mehr nach Sal Russos Mörder. Aber er mußte die Wahrheit wissen.

Dennoch zögerte er.

Obwohl Giotti leise sprach, klang seine Stimme schneidend. »Glauben Sie ernsthaft, daß Sie nach achtzehn Jahren noch Indizien für eine Brandstiftung finden, die einer Überprüfung vor Gericht standhalten würden? Die Versicherung hat sich ziemlich gründlich umgesehen, bevor sie das Geld rausgerückt hat. Das dürfen Sie mir glauben.«

Wieder veränderte sich sein Tonfall. Wurde der Richter ungeduldig, oder wollte er Hardy herumkommandieren? »Entweder kommen Sie her und nehmen das Geld, oder Sie gehen. Die Entscheidung liegt ganz bei Ihnen.«

Als Hardy den Raum durchquerte, beobachtete Giotti jeden seiner Schritte. Hardy griff nach dem Geldschein und steckte ihn in die Tasche.

»Gut, Herr Anwalt«, sagte der Richter. »Setzen Sie sich, und ich erzähle Ihnen eine Geschichte.«

»Nehmen wir an, das Grotto erlebt eine ziemliche Flaute. Es kommen immer weniger Touristen, und außerdem muß man in der Gastronomie ohnehin recht knapp kalkulieren. Und eines schönen Tages trifft ein behördliches Schreiben ein: Der Zugang zu unserem Lokal sei nicht behindertengerecht. Wir müßten eine Rampe einrichten und den Eingangsbereich renovieren. Um es kurz zu machen: Wenn wir nicht etwa fünfundvierzigtausend Dollar in vorschriftsgemäße Umbauten investierten, macht man uns den Laden dicht.

Nehmen wir weiterhin an, daß der Sohn des Besitzers ein junger Anwalt mit politischen Ambitionen ist. Hin und wieder arbeitet er trotzdem noch in der Küche, weil es ihm Spaß macht.

Seine berufliche Zukunft bereitet ihm Sorgen, weil er sich noch nicht entschieden hat, was er eigentlich will. Also behält er einen Fuß im Restaurant, und nun sieht es plötzlich so aus, als würde das Lokal bankrott gehen. Es besteht nämlich nicht die geringste Möglichkeit, das Geld für behindertengerechte Umbauten aufzutreiben.

Aber er ist ein kluger Junge und hat einen besonders schlauen Einfall. Wenn zum Beispiel in der Küche ein kleines, harmloses Feuer ausbricht, wird das Geld von der Versicherung für die Renovierung genügen. Nehmen wir an, der junge Anwalt hat einen guten Freund – seinen ältesten und besten Freund –, nennen wir ihn Sal. Sal besitzt ein Boot, das genau hinter dem Lokal vor Anker liegt. In jener Nacht fahren die beiden Burschen wie so oft raus zum Fischen, während der Brand ausbricht. Sie kommen erst zurück, als alles lichterloh in Flammen steht.

Der Anwalt hat es für unmöglich gehalten, daß sich das Feuer derart ausbreiten könnte. Schließlich ist das Gebäude absolut brandsicher. Es gibt sogar eine zweite Alarmanlage, die anspringt, sobald die erste ausfällt. Aber vielleicht hat er nicht damit gerechnet, daß sich das Fett in der Küche so schnell erhitzen könnte. Jedenfalls geht alles in Flammen auf.

Und ein Mann stirbt, ein Feuerwehrmann. Er ist noch jung und hat zwei kleine Kinder und eine hübsche Frau.

Nichts weist auf Brandstiftung hin. Es sieht aus, als hätte sich heruntertropfendes Fett an einer Gasrichtflamme entzündet. Ein Angestellter muß seine Schürze neben dem Herd liegengelassen haben. Obwohl sie eigentlich niemand danach fragt, geben die beiden Freunde einander ein Alibi. Sie waren in der Nacht überhaupt nicht in der Nähe des Brandorts, sondern draußen unter der Golden Gate Bridge und haben Heilbutte gefangen. Zum Beweis können sie eine ganze Bootsladung Fische vorzeigen.«

Giotti lehnte sich zurück und faltete die Hände vor dem Bauch. Er seufzte müde. »Nehmen wir an, daß es so ähnlich gewesen ist, Herr Anwalt. Würden Sie damit einen Prozeß anfangen?«

Hardy stand zu sehr unter Anspannung, um sich auf solche Spielchen einzulassen. Doch er wußte, daß Giotti hundertprozentig recht hatte. Es gab keine Beweise mehr. Auch wenn Mord nicht verjährte, brauchte man für eine Verurteilung mehr, als er je in der Hand haben würde.

Sämtliche Spuren des Brandes waren längst beseitigt. Und Sal hatte sein unumstößliches Alibi – und damit auch Giottis – mit ins Grab genommen. Selbst die Detektive der Versicherungsgesellschaft hatten keinerlei Anhaltspunkte für kriminelle Machenschaften gefunden. Keine Chance. Die Polizei würde sich niemals mit so etwas abgeben.

Allerdings hatte Hardy das Bedürfnis, noch mehr zu erfahren. »Wie kann Ihrer Ansicht nach jemand wie Sal an fünfzigtausend Dollar in bar kommen?«

»In dieser Version könnte es von der Versicherungsgesellschaft stammen.«

»Eine Art Schweigegeld, meinen Sie?«

»Vielleicht auch ein Zeichen der Dankbarkeit. Oder ein wenig von beidem.« Giotti zuckte die Achseln. »Das Leben ist kompliziert.«

»Und Sal kam mit seinen Schuldgefühlen nicht zurecht. Er hatte den Tod eines unschuldigen Menschen auf dem Gewissen. Ein Mann, der wie er selbst Frau und Kinder hatte. Und daran ist er zerbrochen.«

Wieder ein Achselzucken.

Hardy wühlte in seiner Tasche, holte den Geldschein hervor und legte ihn auf den Schreibtisch. »Schluß mit den hypothetischen Geschichten, Herr Richter. Sie sind nicht mehr mein Mandant. Sie haben Sal getötet, richtig?«

»Nein, das habe ich nicht.«

»Weil er anfing, über den Vorfall zu reden. Er lebte wieder in der Vergangenheit und sprach mit anderen Leuten über das Feuer.«

»Ich habe ihn nicht getötet«, sagte Giotti.

»Ich glaube ihnen nicht.«

Der Richter breitete den Geldschein vor sich aus. »Es ist mir egal, was Sie glauben, Mr. Hardy. Sal war mein bester Freund.

Ihm habe ich mein Leben, meine Karriere, ja, eigentlich meine heutige Position zu verdanken. Und er hat schrecklich dafür gebüßt und alles verloren. Glauben Sie, daß ich ihn zum Dank für seine Hilfe umbringen würde?«

»Ich glaube, Sie hatten keine andere Wahl.«

»Nun, da irren Sie sich. Das Feuer war ein tragischer Unfall und ein verhängnisvoller Fehler. Ich habe mich bemüht, die arme Familie so gut wie möglich zu entschädigen. Und Sal ebenfalls. Wir haben zusammengehalten, auch wenn es manchmal ein wenig schwierig mit ihm war. Aber ich hätte ihn nie getötet. Begreifen Sie das nicht? Niemals, unter keinen Umständen. Lieber wäre ich selbst zugrunde gegangen.«

38

Es war kurz nach drei, als Hardy Richter Giottis Büro verließ. Da er sich ohnehin auf nichts anderes konzentrieren konnte, ging er zu Fuß zum *Chronicle* und las im Archiv sämtliche Artikel über den Brand, Palmieri und Giotti.

Im dichten Regen kehrte Hardy zu seinem Büro zurück, wo er einundzwanzig Telephonnotizen vorfand. Außerdem hatten sich in den letzten zwei Tagen auf seiner Mailbox so viele Nachrichten angesammelt, daß es mehr als zehn Minuten dauerte, sie alle abzuhören. Zweifellos hatte ihn der Prozeß gegen Graham Russo zu einem begehrten Anwalt gemacht. Doch im Augenblick kam Hardy sich derart dämlich vor, daß er sich nicht zutraute, einen guten Eindruck auf potentielle Mandanten zu machen.

Was hatte er falsch verstanden? Was übersehen?

Aber daran durfte er jetzt nicht denken. Schließlich war heute ja nicht alles schiefgegangen. Er hatte Joan Singleterry entdeckt und erfahren, was sie mit Sal Russo zu tun hatte. Nun würden ihre Töchter das Geld bekommen. Wenigstens ein Erfolg.

Allerdings machte ihm immer noch zu schaffen, daß es ihm einfach nicht gelang, Mario Giottis Beteuerungen als unwahr abzutun – er wußte nicht, wie er diesen Gedanken einfacher ausdrücken sollte. Daß der Richter am Ende des Gesprächs über seine Freundschaft mit Sal tiefe Gefühle gezeigt hatte, war nicht spurlos an Hardy vorübergegangen. Auf einmal war er nicht mehr so überzeugt davon, daß Giotti log.

Ein Mord an Sal war Giotti eigentlich nicht zuzutrauen. Immerhin hatte er noch nie zuvor jemanden umgebracht. Und außerdem hatte er versucht, die Angehörigen des Mannes zu entschädigen, der zufällig durch seine Schuld ums Leben gekommen war. Nach dem Gesetz war dieser Todesfall zwar auch als Mord zu betrachten, jedoch fehlte eindeutig der Vorsatz. Der Richter war kein kaltblütiger Killer und hätte auch niemanden ermordet, der sowieso schon dem Tode nah war. Sicher ging er nicht leichtfertig mit dem Leben anderer Menschen um, und als Jurist mit Leib und Seele kannte er den Unterschied zwischen Mord und Sterbehilfe ganz genau.

Wer hatte Sal also umgebracht?

In Hardys Büro war es dunkel geworden, und er knipste die Lampe mit dem grünen Schirm an. Sein schlechtes Gewissen wegen der unbeantworteten Anrufe nagte nicht nur an ihm, es überwältigte ihn geradezu. Er würde wohl aufs Abendessen verzichten müssen, um das Versäumte nachzuholen. Frannie würde schon Verständnis haben. Vielleicht war sie sogar ganz froh, ihn und seine Grübeleien eine Weile los zu sein. Außerdem waren sie ja erst gestern zusammen ausgewesen und hatten vorgestern einen netten Abend mit Freunden verbracht.

Er mußte Geld verdienen und sich ums Geschäft kümmern, damit er endlich ein paar Resultate vorzeigen konnte.

Frannie erkannte schon an seiner Stimme, daß ihr Mann das Gefühl brauchte, etwas – ganz gleich was – erledigt zu haben, bevor er nach Hause kam. Deshalb versicherte sie ihm, es sei kein Problem, und versprach, auf ihn zu warten. Das Buch das sie gerade las, sei sehr spannend. Natürlich würde sie den Kindern einen Gutenachtkuß von ihm geben.

Ach, fast hätte sie es vergessen! Vorhin hatte eine potentielle Mandantin angerufen. Frannie hatte ihr gesagt, daß Hardy noch im Büro zu erreichen sei, und ihr die Nummer gegeben. Wahrscheinlich würde sie sich noch melden.

Inzwischen waren drei Stunden vergangen, ohne daß das Telephon geläutet hatte. Hardy hatte keine Lust, länger herumzusitzen. Wenn es so wichtig war, würde die Frau sicher eine Nachricht hinterlassen.

An den gedämpften Geräuschen und Stimmen aus dem unteren Stockwerk erkannte er, daß die Mitarbeiter der Kanzlei allmählich nach Hause gingen. Ihre Stimmen hallten durchs Treppenhaus, als sie zu zweit oder zu dritt an Phyllis' Empfangstisch vorbeikamen.

Um halb zehn hatte Hardy die meisten seiner Telephonate erledigt, allerdings hauptsächlich mit Anrufbeantwortern gesprochen. Außerdem hatte er einen seiner neuen Mandanten, einen Arzt, getröstet, und zwei Scheidungsfälle rundheraus abgelehnt.

Nun arbeitete er einen Stoß Schriftsätze durch und machte sich Notizen. Es ging um Verfahren an verschiedenen Bundesgerichten, die sich mit dem Recht auf Freitod befaßten.

Da ihm die Schreibtischlampe lieber war als die Deckenbeleuchtung, lag das Zimmer fast völlig im Dunkeln. Der Schimmer des grünen Lampenschirms wirkte beruhigend und half ihm dabei, sich zu konzentrieren.

Hardy lehnte sich zurück und schloß einen Moment die Augen. Im Gebäude war es totenstill. Heftiger Wind peitschte Regentropfen gegen die Fensterscheiben. Es regnete also immer noch. Er stand auf, streckte sich und blickte durchs Fenster auf die Sutter Street hinunter, wo um diese Uhrzeit kaum Verkehr herrschte. Auf der anderen Straßenseite stand ein schwarzes Auto, ansonsten waren alle Parkplätze frei. Das Licht der Straßenlaternen spiegelte sich im nassen Asphalt.

Hardy setzte sich wieder an den Schreibtisch, zog seinen Notizblock heran und griff nach dem nächsten Schriftsatz. Doch plötzlich hielt er inne.

Warum fuhr er nicht endlich nach Hause und erledigte die Notizen ein andermal? Schließlich hatte er jetzt lange genug versucht, diesen verpfuschten Tag doch noch zu retten und für die vergeudete Zeit Buße zu tun. Allerdings konnte er nicht behaupten, daß er viel zustande gebracht hatte.

Es läutete an der Tür, was an sich schon seltsam war. Nur Angestellte, die sich auch nachts nicht von der Arbeit trennen konnten, kamen normalerweise so spät noch ins Büro. Und die hatten einen eigenen Schlüssel. Auch ein Mandant konnte es unmöglich sein, denn Hardy war sicher, daß alle Anwälte außer ihm bereits Feierabend gemacht hatten. Vielleicht hatte ja ein Obdachloser unter dem Vordach Schutz vor dem Regen gesucht und versehentlich auf den Klingelknopf gedrückt.

Doch als es ein zweitesmal läutete, beschloß Hardy nachzusehen. Im Flur und im Treppenhaus brannte die Notbeleuchtung. Auch in der riesigen Vorhalle waren nur ein paar schwache Deckenstrahler eingeschaltet, so daß Hardy sich wie in einem abgedunkelten Kino fühlte.

Er ging die Haupttreppe hinunter zu dem runden, mit Marmor verkleideten Windfang. Nachdem er den Riegel zurückgeschoben hatte, öffnete er die schwere Holztür.

Niemand.

Hardy trat vor das Haus und sah sich um. Wirklich kein Mensch. Er spähte durch den Regen zu dem geparkten Wagen hinüber. Vorne war er unbesetzt. Die hinteren Scheiben bestanden offenbar aus getöntem Glas, so daß er nichts erkennen konnte.

Jetzt reichte es. Er würde nach Hause fahren. Aber zuerst mußte er oben im Büro den Aktenkoffer mit den Schriftsätzen holen. Dann durch die Vordertür zur Tiefgarage, und endlich weg hier. Nach Hause.

Die hintere Tür von Giottis Auto öffnete sich. Das Klingeln war nötig gewesen, um festzustellen, ob sich sonst niemand im Gebäude befand. Auch um sich zu vergewissern, daß es sich bei dem erleuchteten Zimmer im zweiten Stock tatsächlich um Hardys Büro handelte. Anscheinend arbeitete außer ihm kein Mensch mehr. Aber in manchen Situationen konnte man nicht vorsichtig genug sein. Die Fenster in der unteren Etage waren dunkel.

Als es zum zweitenmal läutete, erhob sich der Besitzer des Büros im zweiten Stock, kam herunter, machte auf und trat auf den Gehweg. Es war Hardy, wenn auch nicht so elegant gekleidet wie vor Gericht, auf den Photos in den Zeitungen oder bei den Fernsehinterviews. Offenbar hatte er am Schreibtisch gesessen, denn seine Krawatte war verrutscht, sein oberster Knopf stand offen, und er war in Hemdsärmeln. Doch selbst aus dieser Entfernung war er unverkennbar.

Nun bewegte sich in seinem Büro etwas. Sicher war er wieder nach oben gegangen. Jetzt brauchte man nur noch einmal zu läuten und zu warten, bis er an die Tür kam.

Um dann zu tun, was getan werden mußte.

Hardy wollte nur noch die letzten drei Seiten zu Ende lesen. Ansonsten hätte er die ersten zwölf später noch einmal durcharbeiten müssen, um den roten Faden wiederzufinden. Da ihm der Anfang des Schriftsatzes und die Logik der Begründung noch klar vor Augen standen, kehrte er zu der Stelle zurück, wo er vorhin aufgehört hatte, und griff nach seinem Kuli.

Auf einmal hörte er ein Geräusch.

Er hob den Kopf und lauschte. Bestimmt hatte er sich geirrt. Das Haus war leer, und er hatte die Tür doch hinter sich abgeschlossen.

Oder etwa nicht?

Plötzlich konnte Hardy sich nicht mehr erinnern, ob er den Riegel wieder vorgeschoben hatte. Eigentlich war es ja nicht wichtig, weil er sowieso gleich aufbrechen wollte, aber vielleicht...

Nein, er hatte abgeschlossen. Er war ziemlich sicher. Außerdem war er in zwei Minuten sowieso hier fertig.

Das war er auch.

Er hörte kein weiteres Geräusch, war allerdings so in seine Lektüre und in seine Aufzeichnungen vertieft, daß er vermutlich sowieso keins bemerkt hätte.

Als er endlich zu Ende gelesen hatte, klappte er den Schriftsatz zu, legte den Kuli weg und lehnte sich zurück.

Er hob den Kopf.

In der Tür zu seinem Büro sah er einen schwarzen Schatten.

39

»Mr. Hardy?«
Hardy faßte sich an die Brust. »Du meine Güte!«
»Tut mir leid, wenn ich Sie erschreckt habe.«
»Schon gut. Ich werd's überleben.«
»Ihre Frau sagte, Sie würden heute länger arbeiten. Und da dachte ich ...«
»Kein Problem.« Langsam bekam Hardy wieder Luft. »Wie sind Sie hier reingekommen? Haben Sie vorhin geklingelt?«
»Ja.«
Hardy atmete tief durch. »Und wohin waren Sie so plötzlich verschwunden?«
»Weil niemand aufmachte, habe ich mich wieder ins Auto gesetzt. Wahrscheinlich habe ich einen Moment nicht hingeschaut, denn auf einmal habe ich gesehen, wie die Tür hinter Ihnen zufiel. Und dann sind Sie hier im Zimmer umhergegangen. Also bin ich ausgestiegen, und habe es noch einmal versucht. Diesmal war die Tür offen.«
»Gut«, sagte Hardy. »Aber ich fürchte, es ist schon ein bißchen spät. Ich wollte eigentlich gerade nach Hause. Wenn Sie möchten, begleite ich Sie nach unten, und wir vereinbaren für morgen einen Termin. Einverstanden?«
Als die Frau ins Zimmer kam, bemerkte Hardy, daß sie den Riemen ihrer Handtasche um den Hals trug. Die Tasche selbst hielt sie mit beiden Händen vor der Brust. Oder besser gesagt, eine Hand steckte in der Tasche, während die andere sie festhielt. »Bedaure, aber so lange kann ich nicht warten.«
Hardy ordnete seine Papiere und wollte aufstehen. »Nun, Sie werden sich trotzdem gedulden müssen ...«
»Bitte setzen Sie sich!«
Etwas in ihrer Stimme ließ ihn aufmerken.
Sie trat einen Schritt näher und senkte die Tasche. Hardy

erkannte eine kleine Pistole, die genau auf ihn gerichtet war.

»Sie wissen wohl nicht, wer ich bin?«

»Nein, Ma'am, aber Sie werden es mir sicher gleich verraten.«

»Ich heiße Pat Giotti und bin Richter Giottis Frau. Schade, daß wir uns unter solchen Umständen kennenlernen müssen.«

Mir kommen die Tränen, dachte Hardy, aber er schwieg.

Pat Giotti schnalzte mit der Zunge. »Sie hatten heute ein langes Gespräch mit Mario. Er hat mir alles erzählt.«

»Ja, Ma'am. Allerdings hat er Ihnen sicher erklärt, daß er mich als Anwalt engagiert hat. Deshalb darf ich den Inhalt unserer Unterredung nicht preisgeben. Sie fällt unter das Anwaltsgeheimnis.«

Ein freudloses Kichern. »Damit kenne ich mich aus, Mr. Hardy. Und ich weiß auch, daß diese Regelung recht dehnbar ist und leicht mißbraucht werden kann.«

»Ich hatte nicht vor, sie zu mißbrauchen.«

»Natürlich nicht. Wenigstens nicht im Augenblick. Aber was ist, wenn Sie eines Tages Ihre Meinung ändern? Ich muß mich leider darauf verlassen können.«

Hardys Verstand arbeitete fieberhaft. Er mußte einen Ausweg aus dieser verzweifelten Lage finden, bevor diese Frau ihn für immer zum Schweigen brachte. Es fiel ihm nichts Besseres ein, als dafür zu sorgen, daß sie weiterredete. »Waren Sie zu Sal auch so höflich, bevor Sie ihn niedergeschlagen haben?«

Vor Anspannung klang ihre Stimme gepreßt. »Ich glaube nicht, daß man mit schlechtem Benehmen viel erreicht. Ich wollte Sal nicht weh tun. Ich glaube nicht, daß ich ihm weh getan habe.«

Nein, dachte Hardy, du hast ihn bloß umgebracht.

»Er hätte uns sehr schaden können«, fuhr sie fort. »Er hätte Marios Leben zerstört. Niemand scheint das zu begreifen. Selbst Mario hat das nicht kapiert. Ständig hat er gesagt, Sal sei harmlos, sein alter Kumpel und ein netter Kerl. Doch leider war Sal nicht mehr ganz bei Sinnen. Freiwillig hätte er nicht den Mund gehalten. Also mußte ihn jemand bremsen. Und das Beste daran war, daß es eigentlich keine Rolle spielte, weil er in ein paar Monaten sowieso gestorben wäre.«

»Ich weiß«, sagte Hardy. »Warum sahen Sie sich dann gezwungen, etwas zu unternehmen?«

Du mußt sie dazu bringen, daß sie weiterredet. Laß dir was einfallen. *Laß dir was einfallen!*

»Sie haben wirklich keine Ahnung? Hat Mario Ihnen das nicht verraten?« Sie lachte bitter. »Das ist typisch für ihn. Immer macht er nur halbe Sachen und überläßt mir die Drecksarbeit.«

»Erklären Sie es mir«, sagte Hardy.

Ihre ganze Haltung zeigte, daß es sie Mühe kostete, sich zu beherrschen, und sie zielte mit der Waffe weiter auf Hardy. Als sie eine rasche Bewegung machte, glaubte Hardy schon, sein letztes Stündlein habe geschlagen. Er schnappte nach Luft.

»Am Freitag, kurz vor der Mittagspause, gab es eine Bombendrohung. Bestimmt haben Sie davon gehört.«

Hardy nickte.

»Als das Gerichtsgebäude geräumt wurde, stand Mario mit seinen Mitarbeitern draußen auf der Straße. Auf einmal tauchte Sal auf und zog ihn beiseite. Er war völlig aufgelöst und erzählte Mario, er müsse das Geld wiederbeschaffen. Es sei nicht mehr in seinem Safe. Anscheinend glaubte er, Mario habe es sich zurückgeholt. Sal drohte, er werde die Sache mit dem Feuer überall herumerzählen, wenn er das Geld nicht bekäme. Er wolle nicht länger schweigen.«

Sie senkte die Stimme, richtete die Waffe aber weiterhin auf Hardy. »Begreifen Sie nicht, Mr. Hardy, daß er damit Marios Namen in den Schmutz gezerrt hätte. All die Jahre haben wir dafür gekämpft, daß Mario von seinen Berufskollegen anerkannt wird. Und nun sollten wir uns von einem senilen Penner alles kaputtmachen lassen? Nein, ich mußte Sal stoppen. Ich durfte nicht zulassen, daß er Mario schadete. Sal war ein Niemand. Er stand ohnehin schon mit einem Bein im Grab.«

»Also rief Ihr Mann Sie an, nachdem er wieder im Büro war?«

Pat nickte. »Er dachte, Sal hätte das Geld verlegt, es aus dem Safe genommen, irgendwo anders versteckt und es dann vergessen. Deshalb hat er Sal in dessen Wohnung begleitet, um ihm beim Suchen zu helfen. Können Sie sich vorstellen, welches Risiko er damit einging? Jemand hätte ihn beobachten und sich daran erinnern können. Als Mario das Geld auch nicht finden konnte, ist Sal wütend geworden. Mario hat zurückgebrüllt.«

Wieder beantwortete sich eine offene Frage. Die Männerstimme, die Blue vor ihrem Nickerchen aus Sals Wohnung gehört hatte, war also doch Giottis gewesen.

»Dann kehrte Mario in sein Büro zurück und berichtete mir, was geschehen war«, fuhr Pat fort. Sie bedrohte Hardy immer noch mit der Waffe. »Trotzdem beharrte er darauf, daß alles in bester Ordnung sei. Sal hätte nur einen schlechten Tag. Wie konnte er nur so leichtgläubig und blind sein?«

»Und was haben Sie getan?«

»Als ich losfuhr, hatte ich noch keinen Plan. Mir war nur klar, daß ich Sal aufhalten mußte. Für alle Fälle hatte ich meine Pistole bei mir. Dann aber sah ich das Morphium auf dem Tisch – das war so viel dezenter und sauberer. Ich weiß, wie man Spritzen verabreicht. Eines meiner Kinder ist Diabetiker. Außerdem wußte ich, daß ich ihm das Medikament in die Vene injizieren mußte. Eine schwere Whiskeyflasche stand da. Sal hat überhaupt nichts gespürt. Ich habe an seine Tür geklopft, er hat mich reingelassen, und wir haben ein bißchen geplaudert, so wie wir beide jetzt. Und alles lag für mich bereit, so als hätte Gott mir ein Zeichen gegeben.«

Entsetzt stellte Hardy fest, daß er sich in eine Situation manövriert hatte, die genau in ihr Denkmuster paßte. Auch in diesem Fall hatte Gott ihr sämtliche Hindernisse aus dem Weg geräumt: Hardy war allein im Gebäude, die Tür stand offen, und in der Dunkelheit konnte Pat Giotti unbemerkt entkommen.

Die Gelegenheit war günstig für ihren zweiten perfekten Mord.

Eine letzte Frage kam ihm in den Sinn. »Weiß Ihr Mann Bescheid?«

Es war kein richtiges Lachen. Dazu war es zu abschätzig. »Mario? Denken Sie, ich könnte ihm so etwas sagen? Er ist ein guter Mensch, ein Richter. Er glaubt an die Gerechtigkeit. Und er versteht einfach nicht, daß man manchmal handeln muß, anstatt zu philosophieren.«

»Wie erklärt er sich, was geschehen ist? Mit einem glücklichen Zufall?«

»Ja. Er ist überzeugt, daß Graham es war. Das habe ich wohl Ihnen zu verdanken.«

Das war ihr Schlußwort. Hardy spürte es.

Ihm kam eine Idee, deren Ursprung eher instinktiver als rationaler Natur war. Die Zeit reichte nicht, um darüber nachzudenken. Hardy bemühte sich, den Oberkörper ruhig zu halten, um sich nicht zu verraten und trat gegen ein Bein des Schreibtischs, sein verzweifelter letzter Versuch. Ein dumpfes Geräusch war zu hören.

Es mußte schnell gehen, wenn er eine Chance haben wollte.

»Was war das?« Sie mußte nur einen Moment den Blick von ihm abwenden. Wenn er sie dazu bringen könnte ...

»Vielleicht haben Sie vergessen, unten abzuschließen.«

Sie wandte leicht den Kopf; das mußte reichen. Hardy machte einen Satz nach seiner Schreibtischlampe, als sie schoß, rutschte ein Stück über den Tisch und ließ sich mit der Lampe zu Boden fallen. Sie zerbrach mit einem Krachen, und es wurde schlagartig finster im Raum. Ein weiterer Schuß fiel, und Hardy spürte einen scharfen Schmerz. Himmel, er war getroffen!

Noch ein Schuß. Dann noch einer.

Sein Bein brannte wie Feuer, unterhalb des Knies. Und wieder knallte es – sie verlor wirklich keine Zeit. Hardy spürte, wie der Boden vibrierte, als sie auf ihn zuging.

Der Raum wurde nur noch vom Dämmerlicht aus dem Flur beleuchtet. Hardy kämpfte Angst und Schmerzen nieder und suchte hinter dem Schreibtisch Deckung. Als er aufblickte, stand sie direkt über ihm. Trotz der Dunkelheit sah er, wie sie den Arm senkte. Er lag auf der Seite, mit dem Rücken an den Schreibtisch gepreßt.

Ohne zu zögern, drückte sie wieder ab. Das Mündungsfeuer blitzte vor seinem Bauch auf.

Er wollte nicht auf diese Weise sterben.

Als sie zum tödlichen Schuß ansetzte, machte sie endlich einen Fehler. Sie kam zu nahe, befand sich nun in seiner Reichweite. Hardy packte sie am Knöchel und umfaßte mit der anderen Hand ihr Bein.

So fest er konnte, zog er sie an sich und drehte ihr dabei den Fuß um. Sie stürzte mit einem Aufschrei neben ihm zu Boden.

Als die Pistole auf den Boden aufprallte, löste sich wieder ein Schuß. Hardy wußte, daß er ihr Bein um keinen Preis loslassen durfte. Mit aller Kraft wälzte er sich auf seine sich heftig sträubende Gegnerin. Er spürte, wie ihn eine Schwäche überkam, aber er durfte ihr nicht nachgeben. Er mußte sie irgendwie festhalten.

Mit beiden Fäusten trommelte sie auf seinen Kopf und seine Schultern ein. »Nein! Nein! Nein!« kreischte sie. Hardy spürte etwas Hartes unter sich und griff danach: die Pistole. Nachdem er sie sicher in der Hand hielt, rollte er sich von ihr weg.

»Ich habe die Waffe«, sagte er. »Keine Bewegung. Es ist vorbei.«

»Nein!« Sie trat nach ihm. Für sie war es noch nicht vorbei. Sie würde sich nicht lebend von ihm gefangennehmen lassen. Wie eine Furie stürzte sie sich auf ihn, traf ihn voll gegen die Brust, warf ihn auf den Rücken und griff nach der Waffe.

Als er versuchte, sie mit einem Bein wegzustoßen, wollte es ihm nicht gehorchen. Als er sich drehte, um an sie ranzukommen, spürte er einen schmerzhaften Stich im Bauch. Unwillkürlich stöhnte er auf. Sie kämpfte mit der Verbissenheit eines wilden Tiers, zerkratzte ihm das Gesicht und stürzte sich auf die Pistole in seiner linken Hand.

Ihm blieb nichts anderes übrig. Seine Kräfte ließen nach, und jede Bewegung kostete ihn Mühe. Er riß die Waffe hoch und spürte, wie sie auf Widerstand stieß – ihre Schläfe. Ihre kurze Benommenheit nutzte er instinktiv, um noch einmal zuzuschlagen. Sie sackte zusammen.

Er mußte den Lichtschalter und das Telephon erreichen. Mit letzter Kraft schob er sie von sich.

Hardy wußte nicht, wie er aufstehen sollte. Sein Bein reagierte nicht mehr, und wegen der Schmerzen in seinem Bauch konnte er den Oberkörper nicht drehen.

Aber er hatte keine andere Wahl.

Er zog sich an der Schreibtischkante hoch, humpelte zur Tür und machte Licht. Pat Giotti bewegte sich. Sie kam wieder zu sich.

»Keine Bewegung!« keuchte er.

Sie trug schwarze Stretchleggins und eine Windjacke aus schwarzem Nylon. Außerdem war sie über und über mit Blut besudelt – sein Blut, wie er begriff. Er bekam keine Luft mehr. Keuchend richtete er die Pistole auf sie, während er zurück zum Schreibtisch hinkte. Nachdem er den Hörer von der Gabel geschubst hatte, wählte er die Notrufnummer der Polizei und nahm den Hörer dann zur Hand.

»Bleiben Sie, wo Sie sind!« stieß er mühsam hervor.

Doch sie kniete bereits wieder und war nur knapp anderthalb Meter von ihm entfernt. Er konnte sich kaum noch auf den Beinen halten.

Hardy hielt die Waffe in der einen, den Telephonhörer in der anderen Hand. Als sich die Telephonistin meldete, versuchte er, seinen Namen zu nennen. Allmählich schwanden ihm die Sinne. Er schnappte nach Luft.

In diesem Augenblick warf sie sich über den Schreibtisch, um an die Pistole zu kommen.

Hardy war von zwei Schüssen getroffen und hatte viel Blut verloren. Sie hingegen hatte nur eine Beule abgekriegt und schien kaum mitgenommen. Außerdem verlieh die Wut ihr erstaunliche Kräfte.

Als sie ihm einen heftigen Stoß vor die Brust versetzte, stürzte er wieder zu Boden. Mit beiden Händen zerrte sie an der Pistole, verdrehte ihm das Handgelenk und brachte sie an sich. Sie richtete die Waffe auf ihn.

Hardy sah die schwarze Mündung nur wenige Zentimeter vor seinem Gesicht.

Mit einem letzten, verzweifelten Griff packte er ihr Handgelenk und versuchte, die Pistole wegzudrücken.

Ein Schuß fiel. Sie schrie auf und zuckte zusammen. »Ich bin getroffen. Oh, Gott, ich bin getroffen.«

Mit der Hand, in der sie die Pistole hielt, fuhr sie sich an die Schulter. Aber sie ließ die Waffe nicht fallen. Sie stürzte sich auf

Hardy, so daß er sich nicht bewegen konnte, und rammte ihm den Lauf unters Kinn.

Sie drückte ab.

Klick.

Und wieder: *Klick.*

Mit einem Aufstöhnen sackte sie zusammen. Hardy schob ihren schlaffen Körper beiseite. Eine Kugel in der Schulter würde sie schon nicht umbringen.

Mühsam rappelte er sich auf und schleppte sich zum Telephon.

Er murmelte etwas, versuchte seinen Namen und seine Adresse zu artikulieren. Doch es klang komisch, undeutlich. Er versuchte es noch einmal.

Schießerei.

Die Farben verblaßten rasch. Es wurde schwarz um ihn.

Machen Sie schnell.

Er verlor das Bewußtsein.

40

Sarah stand vor Glitskys Schreibtisch und wartete auf das Donnerwetter. Die Tür des Büros war geschlossen. Seit Grahams Freispruch erregte der Fall Russo die Gemüter, wozu der Überfall auf Hardy und die anschließenden Gerüchte und Enthüllungen über das Ehepaar Giotti das Ihre beigetragen hatten.

Die Reporter belagerten die wichtigsten Beteiligten am Geschehen unablässig, damit ihnen auch nicht die kleinste Nachricht entging. Am Wochenende hatte ein Fernsehjournalist, der die Verbindung zwischen Ising und Grahams Einkommen herzustellen versuchte, mit Ising gesprochen und war dabei auf die Information gestoßen, daß Sarah Graham kurz nach der Anklageerhebung durch die Grand Jury zu einem Softballturnier begleitet hatte. Am vergangenen Abend hatten die Nachrichten die Meldung gebracht, und Glitsky hatte Sarah morgens sofort in sein Büro gerufen. Es war der Tropfen, der das Faß zum Überlaufen brachte.

»Ich habe keine Entschuldigung, Sir. Es stimmt. Ich war da.« Glitsky saß hinter seinem Schreibtisch und sah sie an. Ihm gefiel gar nicht, was er da hörte. Ein Verhältnis mit einem Verdächtigen war nicht nur ein Grund für eine Entlassung aus dem Polizeidienst. Sarah hatte sich außerdem der Beihilfe zur Flucht schuldig gemacht. »Ich kann dazu nur sagen, daß ich von Grahams Unschuld überzeugt war. Und ich habe ihm nicht zur Flucht verholfen. Ich habe dafür gesorgt, daß er sich freiwillig stellt.«

»Freiwillig stellt? Sie haben beschlossen, einen Mann, der wegen Mordes gesucht wurde, nicht zu verhaften. Das ist keine Ermessenssache, Sergeant.«

»Ja, Sir. Ich weiß, daß das ein Fehler war.«

»Die Grand Jury hatte bereits Anklage erhoben.«

»Ja, Sir.«

Über das politische Theater, das der Anklageerhebung vorausgegangen war, brauchte sie kein Wort zu verlieren. Glitsky wußte darüber genauso Bescheid wie sie. Er öffnete seine Schreibtischschublade, überlegte kurz und knallte sie wieder zu. »Natürlich möchte die Polizeigewerkschaft verhindern, daß wir Sie rauswerfen. Sie drohen mit einer Klage. Weil Sie die erste Frau bei der Mordkommission sind, dieser ganze Mist. Hoffentlich ist Ihnen klar, daß Sie Ihren Hut nehmen müßten, wenn Sie ein Mann wären.«

Sarah reckte das Kinn. »Mit allem Respekt, Sir, aber wenn ich ein Mann wäre, würden sich die Medien überhaupt nicht dafür interessieren. Niemand hätte es erwähnt. Es wäre unter den Teppich gekehrt worden.«

Glitsky schnaubte verächtlich. »Glauben Sie das wirklich?«

»Ja, Sir. Ich will Ihnen ja nicht zu nahe treten, doch ich habe es schon ein paarmal erlebt.«

Der Lieutenant überlegte. »Wenn Sie freiwillig den Dienst quittieren, würden Sie uns allen eine Menge Ärger ersparen.«

»Mir würde ich eine Menge Ärger einhandeln, Sir. Ich habe hart gearbeitet, um diesen Job zu bekommen, und ich habe ihn mir verdient.«

Glitsky musterte sie eindringlich. Sie hatte zwar einen großen Fehler gemacht, verfügte aber trotzdem über das Durchhaltevermögen, die Urteilsfähigkeit und die Intelligenz, die einen guten Cop auszeichneten. Er wählte seine Worte mit Bedacht. »Sicher wissen Sie, daß eine Beförderung in die Mordkommission nicht dasselbe ist, als ob man in den Himmel kommt. Man kann sich nicht auf seinen Lorbeeren ausruhen.«

»Das habe ich auch nie –«

Er unterbrach sie mit einer Handbewegung. »Sie sagten, Sie hätten sich diesen Job verdient. Nun, das stimmt, doch damit dürfen Sie sich nicht zufriedengeben. Sie müssen sich jeden Tag aufs neue bewähren. Ansonsten haben Sie hier nichts verloren. Verstanden?«

Sarah nahm den Tadel ruhig entgegen. »Er wurde freigesprochen, Lieutenant. Er hat niemanden getötet. So etwas wird mir nie wieder passieren. Außerdem ist Graham nicht einmal aus der Anwaltskammer ausgeschlossen worden.« Sie hielt kurz inne und dachte nach. »Wir werden heiraten«, fügte sie dann hinzu.

Glitsky öffnete wieder die Schublade und betrachtete die Abmahnung, die er bereits unterschrieben und an den Polizeichef adressiert hatte. Auf einmal war ihm klar, daß er sie nicht abschicken würde.

Nachdem er die Schublade geschlossen hatte, sah er Sarah an. »Herzlichen Glückwunsch«, sagte er.

Es dauerte einige Wochen, bis Hardys Zweifel sich legten und er sicher war, daß sich die Mühe gelohnt hatte. Sein Bedürfnis, mehr über die Hintergründe von Sals Ende zu erfahren, hatte ihn fast das Leben gekostet. Die Narbe, die die zweite Kugel auf seinem Bauch hinterlassen hatte, würde ihn immer daran erinnern, wie knapp er dem Tod von der Schippe gesprungen war. Vier Zentimeter tiefer, und der Schuß hätte beide Lungenflügel und das Herz durchschlagen.

Hardy wußte, daß er den Alptraum noch nicht überstanden hatte. Das Klicken des leeren Magazins unter seinem Kinn hatte seine seelischen Spuren hinterlassen. Oft fuhr er nachts schweißgebadet im Bett hoch, rappelte sich nach einer Weile mühsam auf und hinkte durchs dunkle Haus, um nach den Kindern zu sehen oder um die Elefanten in einer neuen Formation aufzustellen.

Manchmal saß er stundenlang im Wohnzimmer, ohne Licht zu machen.

Ihm war klar, daß er trotzdem großes Glück gehabt hatte. Ein glatter Durchschuß des Wadenmuskels. Der Arzt hatte ihm versichert, daß er in einem halben Jahr wieder mit dem Joggen anfangen konnte. Als Weitsprung-Profi würde er allerdings nicht mehr Karriere machen.

Es fiel ihm immer noch schwer, sich zu konzentrieren, obwohl es allmählich besser wurde. Wenn er mit Frannie und den Kindern am Tisch saß, war er häufig geistesabwesend und sah dann wieder die auf ihn gerichtete Pistole vor sich – das vollkommene, schwarze, kleine »o«.

Auch jetzt, kurz vor 12 Uhr an einem Dienstag im Oktober, erschien ihm plötzlich dieses Bild vor Augen, und er schreckte hoch. Er saß im Solarium und versuchte, einen Artikel in einer Fachzeitschrift durchzuarbeiten: In einigen Bundesstaaten – zum Beispiel in Oregon und Montana – waren Sterbehospize eröffnet worden. Hardy notierte sich die Fakten, die den Ärzten, die er hier in San Francisco vertrat, vielleicht nützlich sein konnten. Allerdings verstärkte sich in letzter Zeit der Eindruck, als sähe Dean Powell in den meisten Fällen von einer Anklageerhebung ab und gäbe sich mit durchaus akzeptablen Strafbefehlen – geringe Geldbußen und leichter sozialer Dienst, den Hardys Mandanten ohnehin leisteten – zufrieden.

Von der Ärztekammer hatte Hardy die Zusicherung erhalten, daß den betroffenen Ärzten nicht die Approbation entzogen werden würde, was Freeman jedoch noch nicht genügte. »Verdammt«, sagte er zu Hardy. »Vielleicht kriegst du sie ja dazu, daß sie sich schriftlich entschuldigen.«

Aber weder Hardy noch seine Ärzte, die kürzlich festgestellt hatten, daß es in der rauhen Wirklichkeit Konsequenzen haben konnte, wenn man sich aus politischen Gründen zu weit aus dem Fenster lehnte, wollten es darauf ankommen lassen.

Hardy gefiel der Gedanke, daß der Generalstaatsanwalt den Fall Graham Russo zum Anlaß genommen hatte, seine unnachgiebige Einstellung zur Sterbehilfe zu überdenken. Wenigstens war Powell zu der Erkenntnis gelangt, daß er sich mit seiner ursprünglichen Absicht, die beteiligten Ärzte strafrechtlich zu belangen, ziemlich unbeliebt machte. Und was keine Wählerstimmen einbrachte, war für den Generalstaatsanwalt uninteressant.

Hardy saß kerzengerade da und redete sich ein, daß die Bandagen um seine Brust gut für seine Haltung waren. Fläzen jeder Art bereitete ihm unerträgliche Schmerzen. Die vertrauten Geräusche hinter ihm in der Vorhalle empfand er als beruhigend. Telephone läuteten, und Mitarbeiter kamen und gingen. Hardy blickte durch die Glasscheiben hinaus in den Garten, wo ein paar Tauben ein Sonnenbad nahmen.

Bald würde er gesundheitlich wieder auf dem Damm sein. Allerdings juckte seine Brust im Augenblick wie verrückt, weil man ihm die Haare abrasiert hatte. Außerdem fielen die Krusten allmählich ab. Wie erwartet tat es weh, wenn er die Wade anspannte. Doch auch die befand sich vermutlich auf dem Wege der Besserung. Er wandte sich wieder seinem Artikel zu.

David Freeman, eine braune Papiertüte in der Hand, klopfte an den Türrahmen des Solariums und kam herein. Er packte ein paar eingewickelte Sandwiches, eine große Flasche San Pellegrino, kleine Plastikbecher und ein Glas eingelegter Artischockenherzen aus. »Ich bin so frei«, sagte er und holte das erste Brot aus dem weißen Wachspapier. »Mortadella, Sauerteigbrot, Provolone. Nahrung fürs Gehirn.«

Hardy schob die Zeitschrift beiseite. »Ich dachte, das wäre Fisch.«

»Fisch auch.« Ordentlich breitete Freeman das Einwickelpapier vor Hardy auf dem Tisch aus und schenkte ihm Mineralwasser ein. So viel Fürsorge war bei Freeman ungewöhnlich. Hardy warf ihm einen Blick zu. »Was ist los?« sagte er.

»Was soll denn los sein?«

»Tu nicht so unschuldig, David.«

Freemans eigenes Sandwich lag noch unausgepackt vor ihm. Er lehnte sich zurück. »Sie haben einen Deal mit der Frau des Richters ausgehandelt. Die Pratt hat ein Schuldbekenntnis akzeptiert.«

Hardy bedachte Freeman mit einem ungläubigen Blick. »Was für ein Schuldbekenntnis?«

»Totschlag im Fall Russo, das gibt drei Jahre. Bewaffneter Überfall und Körperverletzung bei dir, noch mal drei Jahre, die aber gleichzeitig mit der ersten Strafe verbüßt werden. Keine zusätzliche Strafe für die Waffe.«

Hardy hatte das Gefühl, als ob der Raum sich um ihn drehte.

»Diz?«

»Bewaffneter Überfall? Es war versuchter Mord, David. Sie wollte mich umbringen. Und Sal Russo hat sie eindeutig getötet. Und was soll das heißen, keine zusätzliche Strafe für die Waffe?«

Freeman holte tief Luft und ließ die Fingerknöchel knacken. »Anscheinend stand Mrs. Giotti in letzter Zeit unter großem Druck. Sie hat sich eingebildet, daß Sal Russo die Karriere ihres Mannes gefährdete und daß du irgendwie an dieser gewaltigen Verschwörung beteiligt warst.

»Sie hat es sich eingebildet? Mir hat sie *gesagt*, ihr Mann und Russo hätten einen Brand gelegt, bei dem ein Feuerwehrmann ums Leben gekommen ist. Sie hat mir *gesagt*, sie hätte Russo ermordet, um ihn zum Schweigen zu bringen. Und sie hat mir *gesagt*, sie würde *mich* töten, damit ich sie nicht verrate.«

Freeman nickte zustimmend. »Ja, mein Junge. Ziemlich verstört, die Gute, wenn sie sich diese schreckliche Geschichte über ihren Mann und irgendein Feuer einbildet.«

»Aber Giotti –« Hardy brach mitten im Satz ab. Er durfte nicht darüber sprechen, und diese Erkenntnis schnürte ihm die Kehle zu.

»Was? Der Richter streitet alles ab, und Mrs. Giottis Ärzte bestätigen, daß sie unter Wahnvorstellungen leidet. Also wissen alle bis auf ein paar böswillige Reporter, daß das alles nie passiert ist.« Freemans Augen blickten Hardy listig an. »Es sei denn, jemand hätte tatsächlich ein paar stichhaltige Beweise dafür, daß Giotti wirklich der Brandstifter war. Kennst du vielleicht so jemanden, Diz?«

»Nein.«

»Hab' ich mir gedacht. Sonst würdest du es doch wenigstens deinem alten Freund David verraten.«

Aber Hardy wußte, daß er weder Freeman noch sonst jemanden verraten durfte, was Giotti ihm unter dem Siegel des Anwaltsgeheimnisses anvertraut hatte. So schwer hatte er noch nie fünf Dollar verdient. »Ich habe keine Ahnung, David.«

Der alte Mann nickte. »Ich glaube dir. Doch du weißt ja sicher, daß die Pratt nicht gerade zu deinen Verehrerinnen gehört. Und da du nicht mehr Informationen über Giotti beisteuern konntest, sah sie auch keinen Grund, seiner Frau gegenüber besonders hart aufzutreten. Immerhin genießt der Richter immer noch ziemlichen Einfluß, und es ist riskant, ihm an den Karren zu fahren. Die Pratt weiß das. Du kannst von Glück reden, daß sie nicht *dich* wegen Mordversuchs an *ihr* vor Gericht bringt.«

»Vielleicht liegt das daran, daß es sich um ihre Waffe handelte, die sie selbst...« Hardy verzog das Gesicht. »Egal. Was ist mit Powell? Wird der nichts unternehmen?«

Freeman zuckte die Achseln. »Warum sollte er? Außerdem ist er sowieso machtlos. Man kann nicht zweimal wegen derselben Tat vor Gericht gestellt werden. Und die beiden Verbrechen – der Mord an Sal und der Mordversuch an dir – fanden in Pratts Zuständigkeitsbereich statt. Sie hat Mrs. Giotti angeklagt und eine Verurteilung erwirkt. Damit ist der Fall erledigt.«

Hardy versuchte, seine Kopfschmerzen wegzumassieren. »Wie viele Jahre muß Mrs. Giotti jetzt absitzen?«

Freeman schüttelte bedauernd den Kopf. »Das Beste hast du noch gar nicht gehört. Der Richter hat ihre Überstellung an eine Bundeshaftanstalt ausgesetzt; sie ist verschoben.«

»Ich weiß, was ›ausgesetzt‹ heißt. Wie lange?«

»Unbegrenzt. Mrs. Giotti wird ihre Strafe im einem Countygefängnis ganz in der Nähe verbüßen.«

Nun riß Hardy endgültig der Geduldsfaden. »Mein Gott, David! Es handelt sich hier doch nicht um einen Ladendiebstahl! Zu so etwas ist kein Richter ermächtigt!«

»Nun, offenbar ist er ein Bekannter von Giotti, und er hat es eben so entschieden. Und da die Pratt diese Idee großartig findet, erhebt niemand einen Einspruch dagegen.«

»Ich erhebe Einspruch, zum Teufel!«

»Aber du wirst nun mal nicht gefragt, mein Junge. Ich spreche es zwar nur ungern an, Diz, aber du hast dir einige Feinde geschaffen. Deine Meinung interessiert niemanden.«

Hardy gewann seine Fassung wieder. So groß war der Schock auch wieder nicht. Aber neugierig war er doch. »Und wie lange bleibt Pat Giotti deiner Ansicht nach nun wirklich hinter Gittern?«

»So etwa zwei Jährchen«, antwortete Freeman. »Und da sie eine vorbildliche Gefangene sein wird, wird sie bestimmt vorzeitig entlassen.«

»Und warum habe ich das alles bloß veranstaltet?« fragte Hardy. »Was war der Zweck des Ganzen?«

Freeman nahm einen großen Bissen von seinem Sandwich, kaute nachdenklich und spülte mit Mineralwasser nach. »Du hast den Prozeß gewonnen. Dein Mandant ist frei. Du hast ein paar neue Mandanten an Land gezogen.«

Kein großer Trost. Hardy mußte einfach nachfragen. »Also hab ich zwei Kugeln abgekriegt, wär dabei fast draufgegangen, und die Frau, die das zu verantworten hat, kommt mit ein paar Monaten Luxusknast davon. Wo bleibt nur die Gerechtigkeit?«

Freeman nickte und trank achselzuckend noch einen Schluck Wasser. »Die Gerechtigkeit? Die macht wahrscheinlich gerade Urlaub.«

Wie immer zur Mittagszeit war auch am Donnerstag fast jeder Tisch im Stagnola's besetzt.

Im Oktober war Hochsaison in San Francisco. Am Fisherman's Wharf wimmelte es von Touristen, die von den Fähren strömten, über das Pier 39 schlenderten oder über den Ghirardelli Square spazierten.

Daß seine Frau mit dem Gesetz in Konflikt geraten war, machte Mario Giotti seit einigen Wochen schwer zu schaffen. Zu seinem Entsetzen und Bedauern hatte sie Sal tatsächlich umgebracht. Doch nachdem das endgültig feststand, ging es nur noch darum, den Schaden möglichst zu begrenzen. Und das war ihm dank seines Einflusses und seiner Beziehungen nicht allzu schwergefallen.

Wie erwartet, hatten sich seine Kollegen und Standesgenossen schützend vor ihn gestellt. Pat – dem Himmel sei Dank, daß sie noch lebte – hatte sich schließlich sogar einverstanden erklärt, sich an seine Version der Geschichte zu halten: Sie habe sich von den Vorwürfen, die Sal gegen ihren Mann erhoben hatte, derart unter Druck gesetzt gefühlt, daß sie einen Zusammenbruch erlitten habe.

Der Brand im Grotto ließ sich natürlich nicht abstreiten. Allerdings war dabei alles mit rechten Dingen zugegangen, so daß niemand dem Richter etwas vorwerfen konnte. Außerdem stellten die jahrelangen Zahlungen an Randall Palmieris Familie einen Beweis für seine Großzügigkeit und sein soziales Denken dar.

Während seine Anwälte mit Sharron Pratt verhandelten, hatte Giotti befürchtet, daß Dismas Hardy reden und alles verderben könnte. Doch anscheinend hatte er den Mann ordentlich eingeschüchtert. Wenn er es wirklich wagte, das Anwaltsgeheimnis zu verletzen, würde die Anwaltskammer einen berechtigten Grund haben, ihm die Zulassung zu entziehen. Giotti kam nie in den Sinn, daß Hardy schlicht und ergreifend ein Ehrenmann war, der ein einmal gegebenes Versprechen nie gebrochen hätte.

Der Richter fragte sich, ob Hardy vielleicht einen Teil ihres vertraulichen Gesprächs an den Kolumnisten Jeff Elliot ausgeplaudert hatte. Aber er konnte das nicht beweisen und keine Anschuldigungen gegen Hardy erheben, ohne sich selbst zu belasten. Elliot war in seiner Kolumne den tatsächlichen Ereignissen recht nahegekommen, hatte sich jedoch in einigen Punkten geirrt. Deshalb war Giotti einigermaßen beruhigt. Anscheinend hatte Hardy tatsächlich geschwiegen.

Der Reporter hatte bei seinen Recherchen Glück gehabt, war aber nicht auf sämtliche Einzelheiten gestoßen. Die Gerüchte waren nach einigen Tagen im Sande verlaufen. Giotti hatte sich sogar die Mühe einer offiziellen Gegendarstellung gespart.

Alles klappte also wie am Schnürchen. San Francisco war seine Stadt; er gehörte hierher. Die Menschen liebten ihn, und daran würde sich auch nichts ändern.

Sein alter Bekannter Mauritio stand an der Tür und begrüßte die ankommenden Gäste. Wegen der Probleme der letzten Wochen und Gerichtsterminen in Idaho und Hawaii war Giotti schon fast einen Monat nicht mehr hier gewesen, um Kraft zu tanken und in Jugenderinnerungen zu schwelgen.

»Hallo, Mauritio«, wandte er sich leutselig an den Kellner.

Der frühere Angestellte seines Vaters stand kerzengerade da, und sein Lächeln war plötzlich verflogen. »Guten Tag, Euer Ehren«, sagte er förmlich.

Giotti betrachtete ihn fragend und lächelte standhaft weiter. »Was ist los, Mauritio? Sie sehen aus, als hätten Sie ein Gespenst gesehen.«

»Vieleicht stimmt das auch, Euer Ehren.«

Giotti kam sich unbehaglich vor, aber er versuchte, einen Witz daraus zu machen. »Nun, dann bitten Sie es doch herein. Es kann ja bei mir am Tisch sitzen.«

»An Ihrem Tisch?«

»Meinem Stammplatz.« Als er sich an Mauritio vorbeidrängen wollte, trat ihm dieser in den Weg. »Haben Sie reserviert, Euer Ehren? Das Lokal ist voll besetzt.«

»Was soll das heißen, voll besetzt?« erwiderte Giotti, nun ein wenig lauter. »Ich will meinen Tisch. Was bilden Sie sich …?«

Giotti stellte fest, daß sich hinter ihm eine neugierige Menschenmenge geschart hatte. Er durfte kein Aufsehen erregen. Der Richter zwang sich zur Ruhe. »Nein, ich habe nicht reserviert.«

Mauritio schnalzte mit der Zunge. »Dann tut es mir furchtbar leid, Euer Ehren. Vielleicht ein andermal. Sie sollten ein paar Stunden im voraus anrufen. Versuchen Sie es doch nebenan. Aber ich fürchte, da ist es auch ziemlich voll. Offen gesagt, Herr Richter, dürfte es recht schwierig für Sie werden, am Wharf Fisch zu essen. Seit Sal Russo tot ist, dürfte es überhaupt schwierig für Sie sein, irgendwo hier in der Gegend guten Fisch zu finden.«

Giotti blieb einen Moment wie erstarrt stehen. Dann nickte er und machte auf dem Absatz kehrt.

Hinter sich hörte er, wie Mauritio mit lauter Stimme eine Gruppe Touristen begrüßte. »He, wie geht's, wie steht's? Immer reinspaziert. Wie haben extra für Sie noch einen Tisch frei.«

Eine steife Brise wehte vom Meer herüber, sauste die Klippen entlang und fegte über die Halbinsel ins Landesinnere, so daß sich die Zypressen bis fast zum Boden bogen. Draußen am Horizont versank eine fahle Herbstsonne im Wasser. Ein junges Paar stand vor einem Grab am Rande des Friedhofs von Colma. Der Mann trug ein Baseballtrikot.

Tagsüber hatte Graham im letzten Turnier der Saison in Santa Clara gespielt. Da die Hornets im dritten Spiel geschlagen worden waren, hatte er früher gehen können. Deshalb hatten er und Sarah beschlossen, an die Küste nach Santa Cruz zu einem späten Mittagessen zu fahren und den Highway One zurück nach San Francisco zu nehmen. Und dann waren sie in Colma plötzlich hierher abgebogen.

Den Erlös aus dem Verkauf der Baseballkarten und die fünfzigtausend Dollar hatte Graham Jeanne Walsh und ihrer Schwester in Eureka ausgezahlt. Seinen Geschwistern hatte das zwar gar nicht geschmeckt, doch Graham fand, daß es sich um eine Ehrenschuld handelte. Er hatte einen Brief von Lelands Anwalt erhalten, der ihm im Namen der anderen Erben untersagte, ein Erbteil zu verschenken, das ihm nicht gehörte. Joan Singleterrys Töchter hätten keinen Rechtsanspruch auf das Geld. Graham hatte seine Geschwister aufgefordert, ihn ruhig zu verklagen, und das Geld trotzdem in bar verteilt.

Wenn George und Debra das nicht begriffen, sollte das nicht seine Sorge sein. Aber dann hatte Debra ihn angerufen und ihr Einverständnis gegeben. Sie hatte nicht vor, sich an dem Rechtsstreit zu beteiligen, den George vielleicht anzetteln würde. Also war bei ihr doch noch nicht alle Hoffnung vergebens.

Was seinen Bruder und seine Mutter anging, machte Graham sich hingegen keine Illusionen. George und Helen hatten sich Leland auf Gedeih und Verderb ausgeliefert und würden bis ans Ende ihrer Tage ein bequemes, wenn auch von gesellschaftlichen Tabus eingeschränktes Leben führen. Das war ihre Entscheidung.

Seine nicht. Er ließ sich auf ein Knie nieder und strich über das Gras, das auf dem Grab seines Vaters wuchs. Dann nahm er die Baseballschuhe ab, die er an den zusammengeknoteten Schnürsenkeln um den Hals trug, als handle es sich um ein geweihtes Schmuckstück, und legte sie neben den Grabstein.

»Mach keine Versprechungen, wenn du sie nicht halten kannst. *Don't say mañana if you don't mean it*«, sagte sie leise. Die Zeile stammte aus einem alten Song von Jimmy Buffett, einem der Lieder auf einer CD, die sie seit dem Urteil dauernd laufen ließen – »Cheeseburger in Paradise«, »Cowboy in the Jungle«. In ihnen ging es um Freiheit und Rebellion, Rum und Sonne. Nach seiner Zeit im Gefängnis schienen die Melodien Graham dabei zu helfen, sich wieder in ein normales Leben einzugewöhnen. Er würde es schaffen.

Aber die Spikes aufzuhängen war ein anderes Symbol, eine andere Art von Verpflichtung. Er stand auf und sah die Schuhe noch einmal an. »Ich meine es ernst«, sagte er.

Hand in Hand schlenderten Sarah und Graham den Hügel hinunter. Sarah seufzte. »Aber da ist eine Sache, die ich immer noch nicht verstehe.«

»Was?«

»Die ganzen Papiere. Die Notizen. Die Namen.«

»Was soll damit sein?«

»Ich habe mindestens hundert Anrufe gemacht, um die Adressen zu überprüfen und ein System hinter diesen Aufzeichnungen zu entdecken. Von den Leuten, die ich erreicht habe, kannten etwa sechs deinen Vater. Allerdings hatte keiner etwas mit Fischen, Baseball oder Glücksspiel zu tun. Es gab überhaupt keine Verbindung. Ich kapier's einfach nicht. All diese Namen, die Sal aufgeschrieben hat, all diese Nummern.«

Sie hatten den Parkplatz erreicht. Graham ging immer langsamer und blieb schließlich stehen. Sarah sah ihn abwartend an.

»Das waren alle Leute, die er je gekannt hat. Er wollte sie nicht vergessen.« Ein Windstoß trieb ihm die Tränen in die Augen. »Er dachte, wenn er es aufschreibt...« Er stand bewegungslos da, von Gefühlen überwältigt.

Zögernd machte Sarah einen Schritt auf ihn zu und legte die Arme um ihn.

Sal saß am Küchentisch und bekritzelte hektisch den Rand der Zeitung, die vor ihm lag. Er hatte Earl Willis' Todesanzeige gelesen, und der Name erinnerte ihn an etwas. Sal war bereits bei Dr. Finer gewesen und wußte, wie es um ihn stand. Doch das würde er niemandem verraten. Er wollte kein Mitleid, kam überhaupt nicht in Frage.

Der Junge, der in der dritten Klasse neben ihm gesessen hatte, hieß Earl Willis. War das der Mann, der jetzt gestorben war? Nicht katholisch. Earl Willis, das war sein Name.

Sal erinnerte sich. Wer hatte hinter Earl gesessen? Der Name mußte ihm unbedingt wieder einfallen. Dorothy Soundso. Blake, genau! Dorothy Blake.

Sal schloß die Augen und stellte sich das alte Klassenzimmer vor. Die Weltkarte über der Tafel. Miss Gray! So hatte sie geheißen. Die Lehrerin. Und die anderen Lehrer? Er durfte die Namen nicht vergessen, mußte sie sofort aufschreiben. Für den Fall, daß ihn jemand fragte, für den Fall, daß er vergaß.

Wie hieß noch mal der Assistenztrainer der Kindermannschaft, in der Graham Baseball gespielt hatte – die Jaguars? Genau, Jaguars. Sal sah den Mann noch deutlich vor sich. Kettenraucher. Hatte immer eine Zigarette hinter dem Ohr und eine Packung im Ärmel seines T-Shirts. Wie war sein Name? Er lag ihm auf der Zunge. Aber er hatte ja einen Schreibblock neben dem Bett liegen, falls es ihm heute nacht noch einfiel. Dann würde er es aufschreiben. Niemand würde mitbekommen, daß sein Gedächtnis nachließ. Er hatte alles notiert.

Moment mal! Was war mit den anderen Jungen in Grahams Team. Der Shortstop hieß Kenny Frazier. Guter Fänger, miserabler Schläger.

Auf dem Rand der Zeitung war kein Platz mehr. Miss Gray, die anderen Lehrer, die Jaguars. Aber da lag ja noch eine braune Papiertüte aus dem Lebensmittelladen. Er nahm sie und schrieb rasch weiter. Seine und Helens erste Telephonnummer, als sie noch in der Taraval wohnten. Die mußte er sich auch merken.

Und der Rest ...

Es gab noch so viel aufzuschreiben.
Im Licht der Nachmittagssonne kritzelte er weiter, bis es dämmerte. Wenn er alles notierte, jeden Menschen und jede Tatsache von Anfang an, würde er vielleicht darauf zurückgreifen können, wenn er es brauchte. Dann würde sein Leben ihm vielleicht nicht immer weiter entgleiten.
Dann würde er vielleicht ewig leben.

Danksagung

Ich muß mich bei einer Menge Leute bedanken, die das fertige Manuskript gelesen und/oder mir in der Planungsphase Einblick in ihr Fachgebiet gewährt haben: Dr. Peter S. Dietrich; Kay Schneider vom Rush Alzheimer's Disease Center in Chicago; Schwester Mary Beth Stamps vom Vorstand des Alzheimer's Disease Center an der Universität von Kalifornien in Sacramento; Bundesrichter William Shubb für seine großzügige Unterstützung und für die Empfehlung ans 9. Appellationsgericht; Terri Nafisi, die ihre Erfahrungen im Dunstkreis der Gerichte mit mir teilte; Bob Lindell für eine hochinteressante Tour durch das Bundesgerichtsgebäude in San Francisco und die Einführung in dessen Geschichte; Al Markel von der Feuerwehr von San Francisco; und meinem Onkel John E. Lescroart.

Al Giannini vom Büro des Bezirksstaatsanwalts in San Francisco war mir durch seine scharfsinnigen Analysen, seine Freundschaft und seine Mitarbeit wieder einmal eine große Hilfe. Seine Frau Jan schürte die Flamme meiner Kreativität, wenn sie zu erlöschen drohte. Don Matheson schwirrt wahrscheinlich schon der Kopf, so viel mußte er von mir erdulden. Peter J. Diedrich war immer zur Stelle, wenn ich Fakten, Namen und Daten brauchte. Er ging auch den schwammigsten Hinweisen nach und versorgte mich mit Hintergrundinformationen. Die Gespräche mit ihm sind eine reine Freude.

William P. Wood und Richard Herman jun. unterstützten mich beim Endspurt. Karen Kijewski und Max Byrd leisteten moralische Aufbauarbeit.

Schließlich möchte ich noch Jackie Cantor, meiner Lektorin, Vertrauten und Freundin danken. Und außerdem Barney Karpfinger, ohne den es dieses Buch nicht gäbe.

John T. Lescroart

Der Senkrechtstarter aus den USA. Furiose und actiongeladene Gerichtsthriller!

John T. Lescroart »hat eine neue Dimension des Thrillers erfunden.«
NDR BÜCHERJOURNAL

Eine Auswahl:

Der Deal
01/9538

Die Rache
01/9682

Das Urteil
01/10077

Das Indiz
01/10298

Die Farben der Gerechtigkeit
01/10488

Der Vertraute
01/10685

01/9538

HEYNE-TASCHENBÜCHER

John Grisham

»Mit John Grishams Tempo kann keiner Schritt halten.«
THE NEW YORK TIMES

»Hochspannung pur.«
FOCUS

Eine Auswahl:

Die Jury
01/8615

Die Firma
01/8822

Die Akte
01/9114

Der Klient
01/9590

Die Kammer
01/9900

Der Regenmacher
01/10300

Das Urteil
01/10600

Der Partner
01/10877

Der Verrat
Im Heyne-Hörbuch als MC oder CD lieferbar

01/10877

HEYNE-TASCHENBÜCHER

Michael Connelly

»Michael Connellys spannende Thriller spielen geschickt mit den Ängsten seiner Leser.« *DER SPIEGEL*

»Packend, brillant, bewegend und intelligent!«
LOS ANGELES TIMES

Schwarzes Eis
01/9930

Die Frau im Beton
01/10341

Der letzte Coyote
01/10511

Das Comeback
01/10765

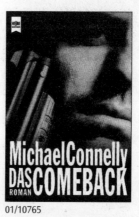

01/10765

HEYNE-TASCHENBÜCHER

William Bernhardt

Gerichtsthriller der Extraklasse. Spannend, einfallsreich und brillant wie John Grisham!

Tödliche Justiz
01/9761

Gleiches Recht
01/10099

Faustrecht
01/10364

Tödliches Urteil
01/10549

01/10364

Heyne-Taschenbücher